D1732499

PAUL WÜHR

DER FAULE STRICK

Hanser

Die Arbeit des Autors an diesem Buch wurde durch den
Deutschen Literaturfonds e. V. gefördert.

Für Inge Poppe

31. Dezember 1977, Jerusalem

Im 10. Stock des Shalom Tower Hotels eingezogen. Unter uns liegt die neue Stadt, hinter dem Berg die alte. Wir wissen, daß wir das neue Jahr eine Stunde später beginnen werden. Im Schlaf, im Traum und im Rausch hinter die Wahrheit kommen: mit der Sprache.
Im Radio: Mozart, wahrscheinlich »Don Giovanni«.
Ich denke an ein frühes Gedicht: »Jerusalem-Ode«. Damals begann der Trip.
Wo ist mein Bruder Hermann? Der integrierte Christ. Der Richtige. Bestimmt muß er mich verstoßen. Ich meide ja die Gemeinde. Es gab keine zwölf Schläge. In Israel beginnt kein Neues Jahr. Ein falscher Anfang. Verspätet, unpünktlich stießen wir an. Inge sorgte sich deshalb nicht.

19. 06. 85 Karin Krähe hat sich erhängt. Wann waren wir in Graz? 1976 kam »Grüß Gott« heraus. Also etwa 1974 oder 75. Zehn Jahre lebte dieses wunderbare Mädchen noch. Jetzt gibt es eine kleine Tochter von ihr, ohne Arme.

07. 08. 85 Da ich heute die Einträge des Dezember 1977, die ich wegen der Israelreise der Schlinge vorausstellte, wegnahm, um mit dem Jahr 78 anzufangen, steht jetzt Karins Tod wie eine Sensation (weil am Beginn!) am Beginn des Buches. Ich bemerkte es erst, als ich den Anfang noch einmal las. Es soll so sein.

08. 08. 85 Das Sakrale: Zusammenbruch auf dem richtigen Standpunkt: Niederlage im Dreck. Abholung. Abfuhr, Erholung in der Trivialität.

17. 08. 85 Vor drei Tagen sah ich mit Michael Langer am Platzl vor dem Hofbräuhaus einen Menschenmann sitzen, geneigt über das Loch seines Hutes, in den ich nichts warf. Wenig später wechselte dieser Mannmensch seinen Platz und begab sich ins Gegenüber, sodaß er seine Verlassenheit voll überblicken konnte; auch mit der Urinspur, die er von diesem aus zu sich her hinterließ, welche der Mensch als Mann von sich wies und als Mann menschlich von jeder anderen Herkunft in jede andere Hinkunft geflossen sein ließ. Mir fällt nichts Gutes für ihn ein, sonst würde ich das Beste für ihn schreiben.

20. 04. 83 Mein Bruder: ein energischer Fürchte-Gott. Aber ein lieber Jesus ist er auch. – Lichtenberg kann sich auch nichts Gesagtes vorstellen, das über diesen Galiläer hinausgeht. Ein Kanaite hat das europäische Alphabet erfunden (siehe Johannes Lehmann).

Von Anfang an hatte der Jordan mit dem außerordentlich Richtigen zu fließen. Mit der Isar rinnsalt das Falsche in den Ostblock.

Aus einem unverzagten Raufbold wurde ein verzagter Poet.

Ich bin mit Dietrich von Bern aufgewachsen. Im Rosengarten küßte er Siegfried im Staub, in den er ihn geworfen. Kriemhild. Sie wird zum Problem. Daß ich nie die Achtung vor ihr verlieren möge. Die Liebe: verloren. Auch Attila.

1. Januar 1985, München

Ein finsterer Tag. Wir laufen im Schnee durch den Luitpoldpark zum Schwabinger Krankenhaus. Besuch bei Wolfgang Ebert. Entzündung am rechten kleinen Finger. Die Ärzte sind ratlos. Wolfgang ist nicht wehleidig.

17. 08. 85 Der Wolfgang Bellheim; dessen Drohungen nützen gar nichts. – Dieser Mitbürger bewegt sich derart extrem zwischen Witz und Trauer – weder an jenem noch an dieser, schon gar nicht auf einer goldenen Mitte Halt suchend, sodaß man neben seiner Laufbahn mitlesend nur noch eine Sorge kennt: er habe ein Ziel, er würde es sogar erreichen.

28. 08. 85 Wolfgang Ebert ist zur Zeit in Australien.

07. 11. 85 Er ist wieder hier. Er hat in Klagenfurt einen großen Preis bekommen.

02. 10. 85 Das Ohr: durchgehend geöffnet.

Meine Angst, daß am Ende herauskommt, was absolut widerspricht: das Richtige, nämlich der Tod, unter Ausschluß des Dritten – der für alle Möglichkeiten spricht: seine Rede: die Liebe. Gott sollte der Dritte sein, nicht die Dreieinigkeit. Aber das ist darin erhofft. Der Dritte = Geist. Vater-Sohn. Und Sophia. Mein Gott, was für eine Aoxa, was für ein Irrgarten in guten Wünschen und wahrscheinlich bösen Taten.

Ich setze das hierher. In diesem Buch habe ich meine Richtigkeit, und diese befolge ich falsch.

Verdrehte Wörter. Das Wörterbuch der verdrehten Tatsachen. Das Buch der verdrehten Wörter. Das verdrehte Buch der Tatsachen, die mit Wörtern verdreht wurden, und am Ende die Umkehrung: diese verdrehten Tatsachen, die mit Wörtern zur Wahrheit verdreht wurden in aller ihrer Falschheit.

So soll man das verstehen: Die Sprache zu verstehen ist schlimm. In Wahrheit ist es gut: zu fehlen (im Sinne von Verfehlung). Aufwachen ist so. In der Sprache wacht auf, wer sich verspricht. Ich kenne Freud nicht. Der Fehler ist im Anfang. Gott. Die vergebliche Richtigstel-

lung ist diese Welt: nur: ihr Schöpfer weiß das. Und er gibt diese Welt nicht auf. Also für ihn gibt es keine Rechtfertigung. Dazu hat er keine Zeit, abgesehen davon, daß er in meinem Buch sein Oben, sein Darüber aufgibt. Aber das kann mir nur einfallen, weil er einfällt.
Bloch wird zur Zeit kritisiert: zu spekulativ. Vorsicht. Wurscht. Sein Jesus rennt ihm voraus, mein Gott läßt sich in der Pariser Straße nieder. Wir sind unverantwortliche Spinner. Uns ist wohl. Wohl soll es Bloch sein. Ich bin nur ein Dichter; das muß in Deutschland einem dichtenden Publizisten gesagt werden. Mir fehlt jedes Adjektiv.
Ich habe zwar immer diese Scheißangst vor diesem Scheiß-Schlinge-Buch. Ob das nicht zu unrichtig werden könnte. Aber unter meiner Hand ist das ja so dick, als ob Beatrice oder Konstanze oder Tobias drinstecken würden.
Zur Zeit sitze ich vor riesigen Blättern, worauf komponiert werden soll: München, Metropolis, Soundseeing. Bitte.

08. 10. 85 Ich bin im Bild. Das kann traurig heißen oder froh. (Froh – das ist ein schönes Wort.) Aber bei mir ist das anders und doch so: Ich bin im Buch. Vielleicht ist ein Dichter ein ungeduldiger Mensch, der so schnell wie möglich ins Buch will.
Am schlimmsten kam es mir vor und am schwersten fällt es mir: daß dieses Buch gar nie Wahrheit werden kann in einer Gestalt, die am Ende seiner Ausführung oder Darstellung sich mir vorstellt. Wie konnte ich mich für eine Figuration entscheiden, die sich selber erst im Laufe ihrer Entstehung und von Mal zu Mal / hier von Jahr zu Jahr – ehrlicher: von Tag zu Tag mehr entschied. Das sind diese Werke, in denen man nicht durch den Schoß zurückgreifen kann bis zum Foetus. Das wächst fehlerhaft, d. h. noch vollkommen unvollkommen; man hat nichts Besonderes damit vor und dann, wenn es herauskommt, muß man gestehen, man habe doch einige Monate heftig und sehr erregt an der Gestalt gebastelt: der Mensch, also hier das Buch, ist da. Die

Anfänge, inzwischen im ganzen gar nicht mehr so recht auszumachen: sind sehr dürftig. In der Gegenwart wird das Ganze dicker. Man wäre versucht, es zu umarmen, bedürfte man nicht der wärmechronologischen Ferne. Heutzutage ist das so. Unbekanntes wird als Mischung mit Bekanntem genossen. Orakel biegen sich nicht mehr wie in der Moderne. Sie fallen über einen her. Vor her. End.

Nietzsche wird von hinten nach vorne gelesen, und schon kann man darüber reden. Er hat so geschrieben: also darf er sich nicht über die Lesart beklagen. Es gibt jetzt keinen biologistischen Gott mehr; dieser wurde soziologistisch. Lorenz schaut nach hier. Jost Herbig, der Moderator dieser Epoche, noch wenig bekannt, aber treffsicher wie keiner: schifft im Raum noch sicherer als Luhmann. Der eine, nämlich dieser läßt uns Gott privatum, der andere stellt die Frage nach Gott so sozial, daß einem die andere Wirklichkeit vertanzt wird. Der Techner und der Frieder. Und diese Erde. Um diese geht es beiden. Und die geht in die Luft. Luftschiffer. Ach Jost, ach Niklas: Laßt es Gott sein. Einem Dichter macht ein Gott keine solchen Sorgen. Er liebt ihn. Er stellt ihn schon auch in Frage. Aber das ist Tratzerei. Bei euch ist das so ernst. Ihr nehmt euch selber so. Keine Frage. Gott.

Ich habe dem Schuldt ins »Falsche Buch« eine Widmung geschrieben: Für den Mamelucken Schuldt, hell, herzlich usw. Hier schreibe ich für Jost, hell. Dein Paul, dunkel. – Ihr haltet mich alle für dumm.

07. 11. 85 Im Vorzimmer von Professor König las ich in »Geo«: Das Chaos wird entdeckt, der determinierte Anarchismus.

Horch, was kommt von draußen rein.

Wie heißt mein Spruch, den der Achternbusch mir (im »Wanderkrebs«) gestohlen hat?: »Wir müssen die ursprüngliche Unordnung wiederherstellen.«

Ich zeige den Herbert nicht an, wie dieser den Otto; vielleicht.

Ich möchte alles, alles von Jesus gelernt haben, und auch noch von Gott.

29. 11. 85 Ein erster Tag ist so geschwätzig wie ein letzter. Nur in der Dauer vergißt es sich leicht. ›Es sich leicht‹ – das ist schon eine Floskel für Abhub. Dreck. Ja.

19. 12. 85 Der erste Tag dieser Schlinge begann ohne Uhr. Ohne Schüsse. Ohne Übergang. Ja? Und? Was soll das bedeuten?

Ulrike. Die Schwester Kleists. Ulrike Meinhof. Mit dem Körper geschrieben: ihre Sage. Das Lächerliche des Poeten vor dieser Inschrift. Aber sie war das Wort der RAF. Zur Täterin mußte sie sich zwingen.

2. Januar 1978, Jerusalem

Gestern den ganzen Tag herumgelaufen auf Schutt und Steinen, unter denen sich ein großer Teil der Heilsgeschichte abgespielt hat. Keine Andacht. Verwirrung. Kälte. Staunen. Auch war ich zu sehr verstrickt in eine Posse: Inge kaufte einen Plastiksack voll Beduinenwolle. Diese durfte jedoch, wie der mir nicht gut gesonnene Führer (ich hatte angemerkt, daß ich sein Stuttgarterisch nicht verstünde) vor den Teilnehmern der Stadtrundfahrt erklärte, da sie aus den besetzten Gebieten stammte, weder in Israel eingeführt noch nach Deutschland ausgeführt werden. Blamage. Umtausch. Verstimmung.
In Bethlehem. Wir suchten die Geburtskirche und liefen in die völlig falsche Richtung, weil ich diesen heiligen Ort in einer Villengegend vermutete (mittelständische, kleinbürgerliche Imagination). Die wirklich falsche ›wahre‹ Geburtsstätte betraten wir eine Stunde später: großer Lärm, schlimmer Plunder, Touristenschlange.
An Michael Krüger (Postkarte von Gethsemane): Jenseits dieser Photographie ist wirklich etwas, wie Jochen Gerz sagen würde. Wir sind vielleicht hier. Warum aber? Das könnte man in einem Gespräch verdunkeln. Ich messe täglich in der Sonne den Abstand zu meinem Schreibtisch, der mir doch nicht gestohlen sein kann.

26. 11. 85 »Alle Schmerzen eines Lebens sind nichts. Staub.« Das ist niemals der Satz eines Poeten.
Ich hatte eine Stadt. Sie machte sich selber – wie ich damals dachte – zur Ruine. Dann kamen die Adenauer-Architekten und zerstörten den Rest. Ihre Bauten, so erklärte mir ein junger CSU-Architekt in Lochham, werden eines Tages wahre Wunder sein. Das ist das Vertrauen auf die Geschichte. Das falsche Konstrukt als Wunder. Und da bin ich, als Falscher, nicht dabei! Das ist wieder einmal zum Richtig-Werden.

28. 08. 85 Die Adenauer-Architekten. Ich habe vielleicht nie ein zeitgeschichtlich wahres Wort geschrieben: vor Tagen noch stand und verlief ich mich in einer ruinierten, leider nicht ruinösen Stadt: Köln. Das ist ja garstig, um ein nördliches Wort wieder zu chiffrieren.

2. Januar 1986, München

Nach vielen Wochen wieder ein Rundgang durch den Luitpoldpark, eine Acht schleifend, nämlich auf den Schuttberg hinauf. Rundblick. Schneeregen über München. Als ich sozusagen meinen Blick wandern ließ, in der Hauptsache beschäftigt mit dem Osten des Blauen Talion, wußte ich noch nicht, daß in der nordöstlichen Stadt, in der Geisendörfer-Klinik im Tucherpark, Heidi Wühr in den Wehen lag. Am späten Nachmittag, zwischen 17 und 18 Uhr kam mein Enkelkind zur Welt, ein Bub, also wahrscheinlich der Max. Etwa um 21 Uhr rief mich der Vater Tobias an, ich hatte aber von der Geburt schon durch Siglinde Wühr gehört. Kaiserschnitt wegen Atembeschwerden des Kindes, die auch nach der Geburt noch anhielten.
In der SZ: Verabschiedung Inges von der Autorenbuchhandlung durch Jörg Drews. Sehr schön. Der Freund.

28. 01. 86 Immerhin: Die erste Schlinge begann mit Jerusalem, diese mit Max Balthasar. Ich schreibe das Leben, d. h. ich wollte schreiben: ich schreibe mein Leben.

13. 02. 86 Heidi und Tobias schrieben vor einigen Tagen und baten um einen Besuch. Es lag ein Photo von Max bei.

19. 02. 86 Tut mir leid, Max Balthasar: Es beginnt keine neue Schlinge mit Dir. Aber was sollte Dir das Sorgen machen. Ich lege diese Blätter zu den übrigen. Auslaufen soll dieses Buch in etwa seiner Mitte, nämlich mit dem Abschied von München, der kein richtiger sein darf.

3. Januar 1978, Jerusalem

Der Mönch in Kapernaum – in einem kleinen Gemüsegarten. Wir gingen an ihm vorbei zur Kirche, zum Felsen, wo Jesus auf Petrus die Kirche gründete. »Shalom«, grüßte Inge, und der Mönch grüßte zurück: »Shalom.« Die Kirchengeschichte? Ein kleines Photo: Inge vor der ›Loaves and fishes‹-Bude.

16. 04. 83 Ich habe diese nicht auf der Münchener Freiheit aufgestellt. Warum?

Wir waren also am See und am Fluß des großen Bruders. Der See war stürmisch und der Jordan eine Grenze, wie sie schlimmer nicht sein kann. Wir fuhren an ihr entlang nach Jericho, Inge am Steuer, ein Israeli mit Maschinengewehr auf dem Rücksitz.

04. 07. 85 Ich erinnere mich: Abend bei Isolde Ohlbaum in der neuen Wohnung. Pastior war da; wieder sehr zurückhaltend, still. Ich war laut, lachte mit Jörg Drews. Das ist nicht Verstellung, aber sicher Verzerrung des derzeitigen Zustandes. Schrill. Diese Übertreibungen werden besonders in der Nähe Oskars deutlich. Das erlebte ich schon mehrmals.

24. 07. 85 Vor vielen Jahren saßen wir in Jürgen Kolbes Haus zusammen: Günter Kunert, seine liebe Marianne, Jörg und Inge. Jörg oder ich hatten ein Reportgerät dabei. Jedenfalls spielten wir ein Interview über das Falsche. Damals begriff ich selbst nicht genau, wohin ich dachte. Heute ist mir alles klar. Also schon vor 1972:

Drews: Gibt es für euch so einen Begriff wie Wahrheit? – Nein, natürlich nicht. Das ist jetzt ziemlich einfach, es tut uns leid: Wenn du jetzt etwas Falsches sagst und wir etwas Falsches sagen und wir bleiben zusammen, oder besser: wenn wir beisammen bleiben, obwohl du falsch bist, was wir auch sind, das ergäbe eine wahre Geschichte. Sie würde erzählen, daß das Falsche zwischen uns steht und wir uns sehen, deshalb. Wahrheit würde uns unsichtbar machen. Die Liebe auf den ersten Blick, dieser luzide Anfang in der Wahrheit, die Liebenden die Augen aufreißt, läßt sie in Wahrheit erblinden im Zwang, in jedem folgenden Augenblick dem entsprechen zu müssen, was hinter ihnen liegt. Wenn wir sagen, es sei etwas Falsches zwischen uns, dann liegt nichts Wahres hinter uns, dann liegt auch nichts Wahres vor uns, dann müssen wir mit dem Falschen leben. Die Wahrheit aber ist das Ende des Lebens, das ist der Tod, da ist der Anfang, der dem Ende entspricht: das ist der Tod.

Drews: Was wäre der Gegenbegriff zu Falsch? – Falsch ist eigentlich noch eher positiv, weil ihr es einfach als eine Gegebenheit akzeptiert. Richtig ist viel schlimmer als falsch.

Wir haben den Begriff Falsch besetzt, um ihn aus dem Gegensatz von Richtig und Falsch herausreißen zu können. Wir wollen nicht mehr herausgerissen werden aus dem Falschen in die Ruhe des Gegensatzes von Richtig und Falsch.

Drews: Selbst Gegensätze wären für euch noch Ruhe? –

Es gibt den Gegensatz von Richtig und Falsch, gut. Und es gibt ein Leben, das mit diesem Gegensatz rechnet und sich zum Richtigen durchlaviert. Und es gibt uns, die nicht mehr zwischen Richtig und Falsch stehen, sondern im Falschen leben und alle Ansätze zum Richtigen hin, auch die Ansätze zum richtigen Falschen im Falschen absterben lassen. Dann wird das Falsche etwas anderes, als es in dem Gegensatz von Richtig und Falsch war – und das Richtige, so abgestorben, steht wieder auf in diesem Falschen, aber es hat nichts mehr an sich, was sich mit dem ehemaligen Begriff vergleichen ließe. Wir sprechen von einer Entwicklung. Wir sprechen nicht von einer Höherentwicklung. Das ist wie eine Seitenlinie, weg von dieser verdammten Hauptstammeslinie des Menschen auf dem Weg zu seiner richtigen Harmonie, zu seinem Frieden. Insofern diese Hauptstammeslinie Unsinn ist, ist die Seitenlinie: Wahrheit. Nur insofern. Das als Spaß. Denn Wahrheit gibt es nicht. Sie wäre unbrauchbar. Es gibt uns. Und es wird uns immer mehr geben. Wir sprechen vom Leben. Wir hoffen, uns im Falschen erleben zu können. Endlich. Ist das eine Utopie? Das Falsche? – Nein.

Drews: Warum reagiert ihr so empfindlich, wenn ein richtiges Leben entworfen wird? –

Wir leben ein falsches Leben. Wir nennen den Entwurf unseres Lebens falsch, weil wir im Elend nicht auch noch von den Gedanken an das unerreichbare Andere: gelähmt werden wollen.

Wir wollen keine Distanz zwischen uns und allen Falschen, auch und vor allem solchen, die an diesem falschen Leben zerbrechen. Deshalb nennen wir den Entwurf unseres Lebens falsch, damit hier kein Unterschied trennt, damit nicht einmal Entwürfe uns von allen zerbrochenen Entwürfen, von allen im Entwerfen zerbrochenen Freunde trennen. Mit ihnen übertreiben wir unser Elend, indem wir alle unsere Wünsche an diesem falschen Leben festmachen, indem wir, was uns einschließt, zu dem ernennen, was uns umschließt, was uns zusammenschließt.

Dies tun wir, um nicht und niemals in einen Glauben konvertieren zu können, der schließlich in scheinbaren Formen der Richtigkeit mit der scheinbaren Richtigkeit dieser Gesellschaft korrespondiert und darin seine Ruhe im Tod findet.

Wir bleiben in diesem falschen Leben bewußt Falsche, um am Leben zu bleiben.

Wir beseitigen die Fehler nicht, weil wir uns derart selbst beseitigen müßten und alles, weil alles falsch ist. Wir müßten nicht das Auge ausreißen, das uns ärgert, sondern uns selbst und alles, weil alles uns ärgert.

Wir leben nicht. Wir sind tot. Wir entwerfen im Tod diesen Tod immer tödlicher. Wir überwerfen uns immer schlimmer mit ihm. Wir übertreiben ihn und uns in ihm. Wir übertreiben ihn immer tödlicher. Wir übertreiben ihn bis in uns hinein.

06. 12. 85 So also rede ich. Aber für diese Welt redet Weizsäcker. Ich meine den Bruder, den Wissenschaftler. Also wenn jemand an letzte Fragen gerät. Und für jene Welt redet Wojtyla. Zwei Karrieristen. Sehr liebe. Brüder, angehende Dichter. Diese also geben Antworten.

Nichts zu sagen ist dazu.

21. 06. 86 Carl Friedrich von Weizsäckers Vorschlag für ein Friedenskonzil: Jede Wahrnehmung sei begrenzt. Neben der auf puren Fakten beruhenden Geschichtsdeutung, Gegenwartsanalyse und Zukunftsprognose gäbe es auch eine Sicht der Dinge, die einen religiösen Hintergrund habe. Ein Ausdruck dafür sei Hoffnung, Hoffnung darauf nämlich, daß auch eine religiöse Geschichtsdeutung – neben der säkularen – Wahrheit enthalte. Und die Wahrheit könne im christlichen Kontext bedeuten, daß die überlieferten Chiffren – Mythen – die Möglichkeit eines Wandels ausdrücken. Die Formulierungen dafür im Christentum würden lauten: Gebet, Führung durch den Heiligen Geist, Wiederkunft des Herrn. Es sei keine Frage, daß diese Vorstellungen stets in der Gefahr stünden, mit einer Mythologie verwechselt zu werden, die heute keine Gültigkeit mehr haben könne, aber sie könnten auch Erfahrungen ausdrücken, die sich nur in religiös chiffrierter Form aussagen ließen. Er glaube nicht daran, daß Christus leibhaftig vom Himmel herabfahren wird – das sei ein Mythos –, aber er könne umgekehrt keine Hoffnung auf das Überleben der Menschheit haben, ohne den Gedanken an die Wiederkunft Christi, von der wir jetzt noch nicht sagen könnten, was sie bedeute.

3. Januar 1986, München

Ein klarer Wintertag. Vorhaben: Solange an der Schlinge gearbeitet wird, werde ich auch dort noch immer Einträge schreiben. Deshalb: Eine spätere Vereinigung der Schlingen entspricht ganz dem Konzept eines Lebensraumes-Zeitraumes; es wird also auch nach einer etwaigen Drucklegung der ersten Schlinge handschriftliche Ergänzungen geben müssen, die dann vielleicht später einmal in den Druck eingefügt werden können. Work in progress. Hier ergibt sich die Möglichkeit ganz von selbst. Ich habe sie mir immer gewünscht.
Ursula Krechel und Herbert Wiesner frühstückten bei uns. Sie kamen aus unserer kleinen Wohnung in der Wörthstraße 7. – Ich

wollte heute mit Michael Langer einige Aufnahmen für Metropolis machen, denn es fehlen noch einige Einheiten (E), aber es wurde nichts draus. Wie oft haben wir das schon verschoben! Keine Kraft zur Arbeit. Das Talion liegt auf dem Schreibtisch. Aber ich werde auch an einem ruhigen Beginn gehindert durch diese merkwürdige Kälte von den Beinen herauf. Auch der Kopf ist vergrippt. Die Wohnung ist außerordentlich gut geheizt, trotzdem: mich friert. – Lektüre: Whitehead III Die Ordnung der Natur, IV Organismen und Umgebung und der Anfang von V Locke und Hume. Außerordentlich kalt philosophiert ist das. Mich friert auch in Gedanken. Ich werde die Lektüre dieser Kapitel oft wiederholen müssen.

Zu Metropolis: Wie hätte ich es nur bei Sinneswahrnehmung belassen und also nur das Ohr befriedigen sollen? Das hätte nichts mit einem Kunstwerk zu tun. Ich mußte als Architekt arbeiten (siehe: Höhen und Tiefen), und die Architektur mußte durchhörbar werden auf ihren Sinn hin. Im Sinne von Leckerei biete ich keine Hörerei an. – Wenn die Architektur meines »Soundseeing« Wassercharakter hat, so hängt das, so merkwürdig es »klingt«, mit der Physiologie des Ohres zusammen: in dem es keine deutlichen Richtungen, also keine Orientierung gibt. Alles verschwimmt; aber gerade das wurde in meinem Spiel thematisch, weil auch Profanes in Sakrales und umgekehrt, und Triviales in seinen Kontrast eindringt in dieser Architektur der Überschwemmungen. (Korrelat = Wechselbegriff, Ergänzung.) Ohr: Hoch = Lärm = laut. Tiefe = Stille = leise. Aber keine Windrose, jedenfalls eine nur sehr ungenau erfaßbare.

4. Januar 1978, Jerusalem

Gestern sind wir auf dem Weg nach Jericho steckengeblieben. Der Tank war leer. Ein israelischer Ingenieur versorgte uns mit Benzin. Der Soldat bewachte die Szene. Etwa fünfzig Palästinenser hatten sich versammelt und schauten zu. Zwei Greenhorns. Ein schlimmer Fehler mehr. Korrigiert von einem klugen und einem kriegerischen Juden. Wieder eine Posse – Ort: Westbank. Auf bayrische Art.
Heute am Toten Meer: ein jüdischer Bademeister angelte uns aus dem Salzwasser.

16. 04. 83 Die Fische berühren den Boden nicht. »Rede«! – Wir brachten unsere Füße nicht einmal unter den Wasserspiegel.

Nach Ein Gedi kamen wir nicht. The bridge was flooded. In Jericho auf dem Schichtkuchen. Die Mauern der ersten Stadt. Dann Josuas Stadt. Im Hintergrund der Berg der Versuchung. Jenseits des Jordan: der Berg, von dem Moses ins Gelobte Land blickte und starb . . .

16. 04. 83 . . . oder von Josua getötet wurde, der die Mauern von Jericho mit Posaunenschall einstürzen ließ, welche zu seiner Zeit schon etwa 200 Jahre im Schutt lagen, also . . . oder noch anders. Nichts, gar nichts stimmt hier. Ein Land ganz für mich. Ganz unmöglich, das im »Falschen Buch« auch nur annähernd nachzuahmen: Falsche Wegweiser, immer eine richtige Erklärung mehr, Zeitfehler, vertauschte Orte, die Konkurrenz sämtlicher Führer, die jeweils Echteres anzubieten haben, bis einem nur noch falsch werden kann im Kopf: das heilige Land. Land der Einweihung in das Geheimnis des Falschen.

Noch einmal ins Tempelrevier. Vor der al-Aksa-Moschee wird das Paar Poppe – Wühr von einem Muselmann getrennt. Hier darf man nicht eingehängt gehen.

16. 04. 83 Der Zerstörer des Paares konnte sich lange nicht beruhigen und beschimpfte eine Weltreligion.

Wir stehen dann mehrmals auf dem Boden, wo Jesus das Kreuz auf sich nahm und mit Dornen gekrönt wurde. Wenig später lassen wir uns von einem Golgatha zum andern führen.

16. 04. 83 Das ist nichts zum Lachen. Das kann man nicht besser erfinden. Die Wirklichkeit stimmt.

6. Januar 1978, Jerusalem

In Beersheva. Beduinenmarkt. Dort sprach mich ein Jude aus Rußland an, der mir die Lektüre der Dissidenten in Deutschland empfahl und behauptete, Solschenizyn habe noch untertrieben.
Im Hotel las mir Inge einen Artikel aus der »Jerusalem Post« vor: »Vereinigung demokratischer Kommunisten Deutschlands« – eine Gründung ostdeutscher Intellektueller, die einen Sozialismus in Freiheit anstreben. Ich werde das Günter Herburger berichten.

16. 04. 83 Unterlassen: Wenn zwei Schriftsteller zusammenkommen, trinken sie so lange, bis jeder nur noch sich selbst reden hört.

Wir sprachen über das Wagnis Jesu: seinen Gegensatz zum Gesetz. Seine universelle Liebe – auch nach dem Tod noch wirksam: Auferstehung und Verklärung. Figuration einer metaphysischen Tröstung.
Das Falsche: der spirituelle Schichtkuchen. Das Sakrale interpretiert fabulierend über alle geographischen Fakten hinweg – immer schon, nicht nur hier. Analog: die Träume – poetische Geographie.
Das Desinteresse der jungen Israeli an den sechs Millionen ermordeten Juden. Die gefallenen 48 Soldaten von 1948 werden hier mehr verehrt. Siehe: Warschauer Aufstand.
In Masada: Wir beobachten die Vereidigung junger israelischer Soldaten. Der Bluträcher.
Besuch der Lazarus-Kirche in Bethanien: Anbiederische Freundlichkeit des arabischen Führers. Nach dem Geldempfang: grobe Geschäftigkeit. Ein Franziskaner sitzt hinter dem Tresen: als Louis, der seine Nutten laufen läßt. Paul VI. weihte diese Kirche bei einem Besuch mit Hussein. Das israelische Jerusalem hat er nicht betreten. Unsere arabische Nutte erzählt uns das grinsend, bevor sie uns wieder in die Oberwelt schiebt und einem Führer übergibt, der uns das wirkliche Grab des Lazarus zeigen will.
Am Morgen beschäftigen wir uns sehr lange mit einem Modell des alten Jerusalem. Es stellt sich heraus, daß die Schweizer Schwestern uns einen ähnlichen Lithostrothos zeigten. Golgatha ist bewiesen. So.
Wahre Punkte in einem falschen Bezugsnetz. Für »Das falsche

Buch«: Privates. – Jedenfalls wiederhole ich in dieser Stadt eine Lektion, die ich für das Buch schon hinter mir hatte, bevor es begann. Ich muß eines Tages eine geographische Gleichörtlichkeit schaffen: das Claustrum von Barcelona neben dem Tempel von Jerusalem auf der Münchener Freiheit.
Gestern abend: Im Fenster der Dominus-flevit-Kapelle auf dem Ölberg: die untergehende Sonne über Jerusalem. Dann saßen wir im Garten der Kapelle auf einer Bank.

16. 04. 83 Poppes und Paw auf der Bank vor der Dominus-flevit-Kapelle. Wir schauen ins Forum der Münchener Freiheit hinunter.

Wir betraten gegen Mittag nach einem Besuch im biblischen Zoo – die Tiere werden mit Zitaten aus der Bibel vorgestellt – Jerusalem vom Berg Zion her. Besuch des Abendmahlsaals, des Davidgrabs. Die Klagemauer. Schabbat. Wir gehen die Via Dolorosa hinauf bis zur III. Station. Hier warten wir auf die Prozession. Viele Zuschauer: Amerikaner, Araber, israelische Soldaten im Einsatz, armenische Frauen. Eine Ziegenherde drängt sich durch. Noch ganz dieselben Statisten wie vor zweitausend Jahren. Die Prozession wird abgesagt: wegen Weihnachten der Orthodoxen drüben in Bethlehem. Nach einem türkischen Kaffee verlassen wir die Altstadt durch das Zionstor. Vorabend unserer Abreise. Verwirrende Notizen.

6. Januar 1986, München

Konstanze und Tobias bei uns, auch Michael Langer. Vorsichtige Annäherungen. Da kommen Felix Ingold und Michael Krüger. Wir trinken; ich erkläre Ingold die Methoden des »Soundseeing«. – Anschließend versuche ich, bei Michel und Tobias die These durchzusetzen, daß das ursprüngliche Erleben aller Literatur im stillen Lesen stattfände. In der Folge muß ich das Theater verwerfen, vor allem die Schauspieler. Wie sehr ich dazu neige, habe ich schon oft bewiesen. Meine Stimme wird leiser geworden sein – so hoffe ich, aber leider verspätet, da Konstanze anwesend ist. Aber sie hört Michael Krüger zu. Tobias widerspricht hartnäckig. Als

ich ausführlich werde und erkläre, daß auf der Bühne des personalen Erfassens beim Lesen der Sound der Lektüre und vor allem der auftretenden Personen kreativ, und zwar original kreativ, wahrzunehmen sei – was jede Vorlesung durch andere Personen oder jeder Auftritt auf anderen Bühnen verderbe, verstelle, rügt Tobias meine rigorose Verteidigung selbständiger Lektüre und meint: er ginge negativ vor und verwerfe Vorgetragenes und Vorgeführtes so lange, bis er zu hören bekomme, was ihm der richtige Sound zu sein scheine. Damit bin ich einverstanden, kann aber wenig damit anfangen, da es meiner These gar nicht widerspricht. Er sucht, er selektiert Annäherungswerte, und im Endeffekt käme dabei eine im Kulturleben außerordentlich private Meinung heraus. Das kann mit meinen Vorstellungen nichts zu tun haben, das spüre ich auch bei augenblicklichem Alkoholeinfluß. Ich hatte ja einen Großteil des Kulturlebens verworfen. Mir ging es darum, die Legitimation von Gattungen zu überprüfen und unter Umständen neue Möglichkeiten zu sehen.
Die Stimmung verschlechterte sich, auch deshalb weil Tobias, wie bei den letzten Begegnungen, sehr mißtrauisch mit mir umging. Er ließ nichts Gutes an dem, was ich tat oder sagte. Um einzulenken, aber auch aus Lust an meinem Spiel, fiel ich mir selber in die These und nannte mich vor meinen beiden Zuhörern einen Richtigen. Ein Falscher könne bei dieser radikalen These, die noch dazu die Authentizität feiern würde, bei aller Unechtheit gar nicht bleiben. Der Lacherfolg blieb aus. Keine Entspannung. Felix und Michel K. gingen. Und wenig später – ich weiß nicht mehr, wie ich das verursacht habe: brach ein Tumult los, wie ich ihn schon lange nicht mehr, aber bisher annähernd vehement nur im Kreise der Familie erlebt hatte. Konstanze brüllte so frenetisch, daß ich aufsprang und mich hinter der Küchentüre versteckte. Abzug der Kinder. Trennung. Der kleine Max Balthasar und seine Mutter Heidi sind auch davon betroffen. Der kleine Weihnachtsbaum hatte bis kurz vor dem Krach noch gebrannt. Drei Könige: Kaspar, Melchior, Balthasar. Ach Max.

13. 02. 86 Meine erste Veröffentlichung: Der Kurfürst Maximilian. In der Schülerzeitung des Wittelsbacher Gymnasiums: »Unser Wort«. Der Rektor nannte mich – nach einer milden Strafpredigt wegen dauernden Fehlens –

einen historischen Mystiker oder mystischen Historiker. Wie man lesen kann, habe ich sehr früh diesen Max Wühr begrüßt. »Frühaufschreiber«, würde der Überwitz des Sohnes Tobias formulieren. Wenigstens auf diesem Blatt muß ich nicht befürchten, daß er sich auf die Schulter meines Witzes setzt und kräht.

17. 02. 86 Immerhin. Ich war noch nicht in Maxens Nähe. Aber ich schreibe von ihm.

7. Januar 1978, Jerusalem

Heute morgen: der morgenländische Himmel: eine zarte Linie Rot am Horizont, Azur, reinstes; darin die feinste Sichel, die ich je sah. Diese Morgenfarben müssen die Araber das Malen gelehrt haben. Gestern nacht: Ich denke an »Das falsche Buch«. Führung durch die Ausgrabungen: nämlich durch das bisherige und das übrige, nur in Bruchstücken vorhandene Werk. Gesprochen wird so wie man hier über Jesus, die Propheten, Generale usw. spricht. Ich erinnere mich an die Anfangssätze des neuen Buches von Jünger »Eumeswil«. Das ist der absolute Gegensatz zu meinem Konzept. In einer viel rückhaltloseren Weise als bisher hinein in dieses Neue Jahr und hinter die Realität. Deshalb war ich hier.
Ich erinnere mich an die Tage in Eilat. Traum (26. 12. 1977): Ich versuche, eine falsch zusammengesetzte Plastik zu korrigieren, scheitere aber an technischen Details. – Ich umwerbe in Anwesenheit Inges ein anderes Mädchen, wobei ich die Frage stelle, wieso ich das unternehme, da dieses Mädchen mit mir verheiratet und Inge selbst ist.
Gespräch mit Inge (25. 12. 1977): Jesus. Wir sitzen am Fenster des Hotelzimmers und betrachten die Bougainvillea. Ich zitiere: »Sehet die Lilien auf dem Felde und die Vögel unter dem Himmel . . .« Da setzt sich ein Vogel auf das Dach über der Bougainvillea. Ein Palmenzweig taucht in den Bildausschnitt ein. Bestätigung des Geistes durch die Realität. Sprich, damit ich dich sehe.
(26. 12. 1977): Nach einem Tage am Fjord am Roten Meer: Ich spreche von der Lesung der Zukunft in der Vergangenheit. Ich denke an Passagen im »Falschen Buch« über die Toten, die in der Zukunft liegen (weil ich die Vergangenheit zur Zukunft erklärte). Poesie richtet den Blick in die Vergangenheit und erklärt sie zur Zukunft. Diskursiven Köpfen sollte man nicht die Erfindung der Zukunft überlassen. Sie schauen dorthin, wo nichts ist.
(27. 12. 1977): Unser Gespräch am Vortag: Der Glaube lebt nur in einer Gemeinde: einer bestätigt die Wahrheit des andern: alle die eine. Der Ungläubige oder der Andersgläubige wird so zum lebendigen Widerspruch; er zieht alles allein durch seine Existenz in Zweifel. Ausschluß oder Abstoßung. Kein Friede. Wir konsumgläubigen Agnostiker haben unseren Frieden mit uns gemacht.
Mein Bruder. Glied der Integrierten Gemeinde. Der Friede meiner

Talmisten im »Falschen Buch« hat nichts zu tun mit dem Frieden der Gemeinde.

13. 04. 83 Meine Talmisten leben nicht in einer Gemeinde.

Ulrich Sonnemann lachte vor Jahren schon über mein damaliges Konzept einer falschen Gemeinde. Er nannte Gemeindebildung eine deutsche Krankheit. Ich habe auf ihn gehört. In »Gegenmünchen« stand es zu dieser Zeit schon so zu lesen: Streckennetz. In der partiell realistisch geschriebenen Fortsetzung meines Werks, also im nächsten Buch, werde ich mich an dieses Streckennetz halten.
(27. 12. 1977): Vielleicht begegne ich doch noch dem ›falschen‹ Jesus, dem größten Vorläufer der Falschen.
Ich erinnere mich, daß ich in den Jahren 1971 und 1972 mit dem »Falschen Buch« nicht vorankam, weil ich immer wieder eine Umdrehung des neutestamentlichen Jesus plante und versuchte: mit wenig oder gar keinem Erfolg. Der unbedingte Bezug zum Vater, dessen unbezweifelte Autorität, ließen eine Umdrehung nicht zu. Jedenfalls scheiterte ich. Es klingt lächerlich, aber der Sterilität entkam ich doch: durch die Umdrehung der sophokleischen, hölderlinschen Antigone. Ich umging die Verstrickung: Ein persönliches Vorspiel (Einübung, Exercitium) ähnlicher Strategeme der Bequemlichkeit im »Falschen Buch«.
Die Situation eines Poeten in einer heruntergekommenen Gesellschaft ohne jeden Glauben. –
Es geht um ein neues Bezugsnetz, um die Knoten (Standorte), die dieses Bezugsnetz halten, oder um den Verzicht darauf, also um die Leere, die sich aber unterscheiden muß von der Leere dieser Welt. Kein Appell wie bei Camus. Diese Leere ist der Inhalt eines neuen Glaubens, ein Zeitraum mit schrecklichen, aber befriedenden Gesetzen. Der Sinai spricht eine traumhaft deutliche Sprache. Wie weit habe ich mich von Griechenland entfernt!
Der Himmel der Fische ist der Wasserspiegel. Sie haben wirklich keinen Boden. Sie kennen nur ein Element. Ganz und gar sind ihre Bewegungen aufgehoben im tiefen Abseits, das ein einziges Phantasma ist, in dem es Manna (Plankton) regnet.

13. 04. 83 Das waren Sätze, welche die »Rede« initiierten. Hier, in

diesem Zusammenhang beschreiben sie die Abseitsposition der Poesie.

Dieses Phantasma werden wir eines Tages auch noch auffressen. Die Diver sind nur die abenteuerlichen Vortaucher einer neuen Konsumwelt.
Zu den Fischen, die ich mit Inge im Unterwasserobservatorium beobachten konnte: Einigen wachsen schon Beine. Nachläufer von unsereinem. Wir haben die anderen Elemente erobert, bis wir ihre Leere erkennen konnten. Also sind die Taucher auch Romantiker. Ihr Abenteuer ist ein liebenswerter Witz, ganz abgesehen von ihrer phantastischen Ausrüstung mit (wie Inge sagte) einer Lebensrettungsversorgung auf dem Rücken.
Die Schönheit ist im Wasser phantastisch. Das Eine kann sich die Mannigfaltigkeit erlauben bis über alle Grenzen des Schaubaren. Für die Vielfalt verbietet sich die Phantastik: sie hält sich, sie muß sich halten an die Gestalt und ihren Gegensatz: das Ungestalte: die Leere.
Die Sinaihalbinsel ist das Pantakel der Mode: oben die nackten Berge und unten die Haute Couture der Fische. Wir haben die Welt der tausend Moden hinter uns gelassen und befinden uns auf dem Weg in nackten Leibern, die sich vom Tod ausziehen lassen müssen. Die Skelette warten auf das neue Fleisch, von dem die Phantasten im Oberen unseres Reiches sprachen und immer noch sprechen.

13. 04. 83 Die Poesie lebt in einem einzigen Element, in dem ihren. Wenn ich immer wieder von der »Rede« reden muß, deshalb: Ich schreibe ein einziges Buch. Ein Stadtbuch. Das muß noch inszeniert werden. Nicht mehr meine Aufgabe.

25. 08. 83 Der Stern, der über der Schulter heraufkommt. Die Erde, die blaue, die über dem Mond als Stern erscheint.

(29. 12. 1977): Mit fünf Seeigelstacheln in der linken Fußsohle vom Fjord heim.
Habe den ganzen Tag in Saul Bellows »Jerusalem hin und zurück« gelesen. Er spricht von der Narkose, in der sich Westeuropa und die USA befinden. Ich muß die Dissidenten lesen.

14. 04. 83 Das habe ich unterlassen. Eine Sünde?

Aufgeregte Szene im Apartment 105: Inge wäscht ihre Haare und findet am Rande der Wüste kein trockenes Handtuch. Mir wird der Vorwurf gemacht, ich bekäme immer etwas in meine Füße. Das kann schon deshalb nicht stimmen, weil ich sie selten gebrauche. Mein Trip geht mit der rechten Hand übers Papier. Der Teufel wäre heute heil vom Sinai zurückgekommen. Bellow erwähnt einen israelischen Poeten: Berrguan, der die »dream songs« geschrieben hat.

14. 04. 83 Wieder ein Faden, der ins Leere hängt.

Sind die Israelis nicht auch betäubt durch die große Politik? Gehöre ich einem Volk an? Besser gefragt: Bekomme ich das zu spüren? – Gott mit dir, du Land der Bayern. Die Narkose: absolute Bedeutungslosigkeit. In einer Stadt des weltweiten Tourismus großgeworden (sic!) zu sein, ist kein Stimulans für ein Werk. Ich schreibe ja auch ein falsches. Der Poet ohne Stoff.
Jehoshua, ein israelischer Poet, wäre vielleicht gerne ein Bayer, um endlich einmal wieder nach Innen abreisen zu können.
Vorhaben (gefaßt im Abspeisungsraum dieser israelischen Herberge, die sich Hotel – mit vier Sternen – nennt): Ein Buch mit Grüß-Gott-Gedichten. Kurze, schlagende Verbindungen, bitte: wörtlichen, Vierzeiler. Grüße, Absagen, Ausfälle. Das werde ich bestimmt machen.

14. 04. 83 Ausflüchte. Angst vor der »Rede« und dem »Falschen Buch«.

(30. 12. 1977): Morgens im Spital. Die Beratung: Seeigelstacheln lösen sich organisch im Fleisch auf. Zur Abwechslung bediente sich also mein Fuß einmal in der Tierwelt.
Ich sollte Arabisten lesen. Sicher ist noch wenig übersetzt. Wir verstehen die Moslems nicht. Die Fundamentalisten. Was für eine chaotische Situation der Zeitgeschichte – und dazu unsere Linken, Sartre als Kopf.
Für das »Falsche Buch«: die unterschiedlichsten Richtigen. Die (immer) richtigen Revolutionen. Die richtigen Staatsmänner; nachzulesen in Bellows Buch. Die richtigen Auguren der Weltlage. Situieren in Jerusalem – auf der Münchener Freiheit. Alle auf diesem Platz, aber in Jerusalem, wach werden lassen.

14. 04. 83 Unterlassen. – Der Schreiber eines totalen Buches?

01. 10. 85 Die Blendung des Teiresias: Weil er das Göttliche sah, das nur (Poesie) gehört werden darf, also mit den Ohren gesehen: die das Göttliche nicht in fataler, banaler Perfektion abbilden können, sondern in der Vision im Hinterhalt der Augen nur an»be«deuten? Dieses Hören mit den Augen ist auch insofern Mythos: als dieser den Menschen schützt: hier stellt er sich nur vor, was er ertragen kann. – Das Göttliche wird vernommen. Vernehmen jetzt aktiv genommen: ist Spurensicherung. Übrigens: Teiresias sah die nackte Athene. Bei Homer hören wir von der nackten Athene. Athene ist auch die Göttin des Sehens, umso weniger will sie gesehen werden (Nicole Loraux: »Was Teiresias sah«, in »Mythos Frau«, publica Verlag, Berlin 1984).

25. 08. 83 Warum ich nicht stolz sein kann. Und daß es keine Befriedigung geben darf: in dieser giebeligen, linkischen Erektion. Gar Bayern, gar Mutter und Vater. Kein Stolz. Auch auf keinen Stoff: München. Da bin ich nicht stolz drauf. Da bin ich versessen. Deshalb verreise ich ungern. Aber auf ›die Welt als Bilderbuch‹ (Lichtenberg) in dieser Stadt habe ich kein Anrecht. Kein Stolz, kein Anrecht, kein Besitz. ›Nichts Besonderes besessen‹ (Grabstein. Inschrift). Schon gar nichts Allgemeines. Riecht nach Poesie. Das Erhabene ist Operette. Das Schöne ist Mode. Das Wahre ist Gesetz. Mein Stolz, gäbe es ihn, er würde verletzt. Insofern bin ich gesund. Das Falsche bleibt heil. Zum Lachen.

25. 08. 85 Als Leser bin ich stolz. Als Leser des Blumenberg. Daß ich ihn lesen kann. Ein Student hätte ich werden sollen. Auch als Leser meines »Falschen Buches« bin ich stolz. Darum nenne ich dieses Buch auch: Das Tagebuch des ersten Lesers des »Falschen Buches«.

26. 04. 83 Es ist historische, politische Ignoranz, von absoluter Bedeutungslosigkeit Bayerns zu reden (wie ich); als stieße dieses Ferienland nicht im Osten an den Eisernen Vorhang. Auch ich habe die Teilung Deutschlands vergessen. Jehoshua müßte schon ein Ignorant wie ich werden, wenn er deshalb gerne ein Bayer würde (was ich

für wahrscheinlich hielt), um endlich wieder einmal nach Innen abreisen zu können.

25.08.83 Diese Abreise wäre eine ins Nichts. Wie ich zu Poppes sagte. Das ist nicht zu belegen. Ich weiß. Mich selbst habe ich noch nicht gesprochen. Aber woher weiß ich etwas von mir. Von dir. Von mir nicht. Ich werde auf diese Leere pochen. Und noch vor dem Spiegel werde ich sagen, ich hätte mich noch nie gesehen. So ist es doch schlimm?

7. Januar 1980, München

In das unmögliche Buch habe ich heute wieder ein Kapitel geschrieben. Es fängt also wieder an. Das Ende ist nicht abzusehen. Ovid kommt vielleicht übermorgen dran. Das Thema von Silvester: Götter widerrufen nicht, was sie verfügten.

14.05.83 Ich meine die Teiresias-Passage im IV. Buch.

Der stolze Mensch tötet nicht. Der stolze Mensch macht Fehler. Stolz entfernt er sich von seinem Fehler, den er Fehler sein läßt. Der stolze Mensch korrigiert nicht. Wer korrigiert: tötet, sich selbst und den anderen.
Die katholische Religion ist wie alle Religionen Verursacherin von Massenmorden. Das hat Lessing schon erkannt.
Götter töten nicht. Zwerge töten.
Hierzu: Die Selektion der guten Gedanken. Luhmann.
Der Falsche geht stolz aus seinem Fehler hervor, keine Vergebung suchend. Der Richtige beichtet und bittet um Buße und Lossprechung.
Die Fertilität der Fehler.
Der fatale Neubeginn.
In der Natur: der fatale Neubeginn: das Kind. Unsere wahren Kinder: unsere Toten. An denen wir uns vergingen. Die Ablehnung der Vergangenheit durch Niklas Luhmann. Weil wir – und mit Recht – glauben, wir hätten uns an unseren Toten vergangen, wollen wir sie vergessen, so wie wir uns selbst vergessen wollen, weil wir uns an uns selbst vergingen.
»Das falsche Buch«: Irenik.

16. 06. 85 Während ich Inge den Anfang dieser Schleife vorlese, stoße ich auf eine Stelle, der widersprochen werden muß mit Bildung: Wagner, Mime, Jude.

21. 09. 85 Was Götter und Zwerge betrifft, weiß Colli Bescheid, der große Nietzsche-Mitherausgeber. In diesem Jahr lese ich immer wieder in seinen Anmerkungen zu Nietzsche.

11. 12. 85 »Das Religiöse in mir, der religiöse Wahn«, stöhnt Ulrike Meinhof.

8. Januar 1984, Lauterbacher Mühle

Inge ist abgefahren. Konstanze war hier. Ich stelle die Möbel um für die Arbeit. – Inge hatte, bevor sie abreiste, versucht, im Speisesaal einen Einzeltisch für mich zu bekommen. Das erreichte sie nicht. Heute abend saß ich mit einer Dame an einem anderen Tisch. Wir unterhielten uns darüber, daß jeder von uns lieber allein sitzen würde und kamen gut ins Gespräch. Bevor sie ging, sagte sie mir, daß sie am nächsten Tag abreise.
Ich habe für die zweite Hälfte meines Aufenthaltes doch einen Einzelplatz bekommen. Das isoliert mich sehr, wunschgemäß. Mit meinem Arzt verstehe ich mich wenig. Alles an ihm ist einstudiert. Blödsinnige Scherze. – 83 kg. Ich darf bis zu zwei Stunden gehen, kann also den See umrunden.

8. Januar 1986, München

Wieder langsam eintauchen in das BT. – Am Nachmittag letzte Einträge von Sound-Material mit Michel L.

13. 02. 86 Noch nicht ahnend, welche Technik-Schläge uns erwarten. Michel Langer hat es nicht leicht bei mir. Er hat es so schwer wie ein Unglücksbote bei einem orientalischen Potentaten. Er läuft nur scheinbar noch mit seinem Kopf herum. Wahrhaftig, so oft hat noch kein Mensch Hiobsbotschaften überbringen müssen. – Wir zwei wären ja wie für die Idylle geschaffen. Aber nein. Wir dienen dem Fatum.

26. 03. 86 Jetzt ist das überstanden. Die Zeiten stimmen. Die Partitur ist noch nicht geschrieben. Wir werden uns in der Erinnerung noch oft treffen, Michel und ich: zwei staunende Knaben, ein erwachsener und ein alter.

9. Januar 1983, München

In den ersten Tagen des Neuen Jahres: Arbeit am Buch, Durchsicht, Korrektur. Zunächst schlimme Angst; wieder einmal: zur Verzweiflung reicht es nicht. – In Baden-Baden im Hotelzimmer: neue Kapitel oder umgearbeitete alte. – Jetzt bin ich im III. Buch. In der Neujahrsnacht goß ich einen Pilz.
In Baden-Baden: erster Entwurf des nächsten Buches des FB. Dort entschied ich mich auch, im Buch zu bleiben.

14. 07. 83 Das tut weh. Vielleicht ist es aber nicht ausschlaggebend, was ich in Baden-Baden dachte. Immerhin, es handelt sich um den Schluß des »Falschen Buches«. Ganz in der Nähe komponierte Brahms. Zur Entschuldigung. Weil ich es nicht gern habe, etwas ohne München zu denken.

28. 08. 85 Wenn nur nichts verrät, daß ich geziert denke. Also ich wollte schreiben: Wenn sich nur nichts so liest, als dächte ich geziert.

21. 09. 85 Das war nicht nur geziert, sondern sehr vage. Sehr viel Sinn, sogar verdoppelter: aber gar kein Geist.

9. Januar 1986, München

Klaus Schöning. Abnahme der ersten Partitur zu Metropolis. Das war so gefürchtet und in der Vergegenwärtigung so sehr gut. Wir saßen zwei Stunden vor der Partitur. Tranken. Inge kam, und wir gingen zum »Scheidecker Garten« und kamen wieder und tranken. Klaus schien zufrieden mit meiner Arbeit. Ma di nova: Angst. Una altera Angst. *Mir geschieht es nie gut.* Das ist die Formel, der kein Unglück auskommt. Der Mulford, von dem ich heute erzählte (für Lutz), liegt auf meinem FormimRaum-Schreibtisch und mahnt. Metropolis Soundseeing. Basta. Complimenti. Molto buono, benissimo, bellissimo. Basta.

10. Januar 1979, München

Schlimme Aufführungen. Habe ich Volker Hoffmann verloren? Ruth, Peter, Michael Faist? –
Inzwischen habe ich das »Falsche Buch« – vor allem in den ersten Tagen des Neuen Jahres – bis zu 160 Seiten konzipiert; das ist beinahe schon alles abgeschrieben. Mein Vorsatz: Lockerung. Keine Verstrickung. Hinaus.
Heute weiß ich schon besser weiter. Ich sehe »Das falsche Buch« vor mir. Das Ende kenne ich noch nicht. Die Organisation ist endlich klar, besser: die Inszenierung.
Ich habe jetzt eine lange Schreibzeit vor mir.

Erste Konzepte, Figurationen – geschrieben im Herzogpark. Ein dunkles Zimmer im Parterre, dessen Fenster sich in den Biergarten der Wirtschaft »Grüntal« öffnet. Das geldhelle Lachen der Schickeria: mein Background. Die ersten Jahre mit Inge. Der Gegenmünchner hatte damals noch eine kleine Gemeinde: Freunde meines jungen Freundes Jürgen Geers. Der Hanser Verlag war ganz nah. Inge arbeitete dort bei Christoph Schlotterer, meinem Verleger. Unvergessene Feste, Exzesse. Freundschaft mit den Kolbes, mit Vera und Jürgen, meinem ersten Lektor. Der Wühr am Wehr – die Isar. Frieder und Waltraud Pfäfflin. Fritz Arnold. Christoph Buggert, der Freund und Redakteur meiner O-Ton-Hörspiele, seine Irmgard. Der wilde Peter Fischer, Lektor im Hanser Verlag. Er pißte in den Vorgarten, als wir an einem der ersten Abende nach dem Einzug in der provisorischen Einrichtung saßen. Damals war ich auch Besitzer eines dreibäumigen Waldes mit Lichtung. Gut, schlimm, schön, nach beinahe zwei Jahrzehnten monasterischen Familienlebens in Gräfelfing: Aufwachen in der Literatur.
Im Herzogpark habe ich also die ersten Figurationen des FB geschrieben: Die Vernichtung des Paares, Antigone, Das Versteckspielregelspiel und den Todesversteckspielturm. Und vieles mehr. Jedenfalls lag schon ein beträchtliches Buch vor (etwa 300 Seiten), als ich mit Inge 1974 nach Spanien fuhr. Der Freund Peter Laemmle nahm das Manuskript in seine Wohnung in Untermenzing in Verwahrung. In unserem spanischen Bungalow hörten wir dann eines Abends die Nachricht, daß über München ein Unwetter

niedergegangen sei und viele Stadtteile unter Wasser stünden, insbesondere Untermenzing.

25. 07. 85 Nur das Papier ist ernst. Für nichts wird erfunden. Mir klingt das sehr dunkel.

Aber die Wörter werfen immer mehr Schatten. Das ist dann die zur Vernunft erschienene Nacht.

Dann ist das Papier das einzig Richtige, auf dem alles falsch gemacht wird. Diese Erde.

Aufstehen, aufschreiben, anfangen. Immer von vorne. Nichts dazugelernt. Bitte. Aus keiner Erfahrung heraus klüger geworden. Ganz falsch froh das Lied auf den Lippen von den aufgeschlagenen Augen. Oder die neue Nacht wie zu sehen an dem aufgegangenen Tag. Nie weitermachen, nur immer beginnen. Vorhang auf. Schon für einen von uns mit zwei Augen. Zwei Füße hinein in zwei Schuhe. Der Darsteller. Der Zuschauer mit zwei Ohren. Die Person ist eine Theaterkonzeption, sagt Pavese. Also bitte. Hier wird nicht erzählt. Aufgetreten wird hier. Antreten muß bitte hier niemand. Anlegen an sich: Hand, schon gar nicht. Auf diesem Papier nämlich werden keine Lügengeschichten erzählt, sondern vom richtigen Leben wird alles ganz einfach weggelogen. Das ist sehr kompliziert, aber lachhaft. Es darf deshalb und nur wirklich gelacht werden. Keine Vertiefung in uns. Man wird sehen: das ist ganz unmöglich. Schon eher: Erweiterung. Ehrlich gesagt: nur von einem. Von diesem abgesehen handelt es sich um Verflachung. Von mir aus: oben. Oder überhaupt noch viel höher hinauf: hochflächiger also. Wenn das nur gutgeht bei so viel Ernst oder so viel Heiterkeit bis zum Lachkrampf. Untersuchung desselben sehr ernsthaft. Dann Ernstkrampf. Diese Mißverständnisse, wo doch die Zahnräder hinter den Lippen weiterlaufen: sehr ergreifend. Applaus. Abwinken.

Vielleicht sind die Vorhänge sonst ganz und gar am schlimmsten? Bestimmt ist das sogenannte Ende der Lebendigen nicht schlimmer als der wirkliche Anfang, wenn man zuschaut im Leben und mitspielt, klatscht und beklatscht wird. Siehe die schlimmen Abenteuer, sagt Pavese am Anfang seines Sterbens. Die Nacht dieser Lebenslage ist nur zu erschlafen. Das Schlimmste wird sein: ihr Träumen, das nur noch von ihrem Aufwachen übertroffen wird, wenn sie einmal gelebt haben werden. Wenn sie jemals. Dann aber wissen sie es. Vorhang zu. Oder nicht auf. Gutes Theater? Gute Kritik? Selber schuld. Immer noch bestenfalls: das Gericht. Jedenfalls: der Ruin.

Kein Fortschritt, kein Zustieg.

Der Mensch muß denken. Da muß ich immer an Büchner denken, dem ich die Realität nicht reichen kann. Was ich auslasse, deshalb: die Ungeduld ist an der Zeit, und sie greift ins Märchen, über den Tod hinweg, der das löscht, was ich liebe, geradewegs in die Leere hinein, die sich noch immer am besten darstellt auf einem unbeschriebenen Blatt Papier: das noch immer der Anfang war von etwas, das kein Ende vorwegnimmt. Der Schriftsteller ist ein Mensch vor einem Blatt Papier. Der Schriftsteller sagt darauf etwas über die Realität, wo ich nur etwas über das Papier sagen könnte. Wo diese Schriftsteller sich lebendig in die Scheiße stellen wollen, fehle ich richtig. Das entwickelt sich nur auf dem Nichts. Das war Naturgeschichte der Literatur. Sie dachten immer, sie müßten den Arsch dieser Welt teilen, um den Heiligen Geist hören zu können. Ich sage: der Arsch ist schon geteilt. Aber einen Furz bekommen sie doch immerhin zu hören. Denn, diesem schicken sie dann ihre illegitimen Lehrer mit. Die fliegen dann auch ganz kurz auf. Wo lerne ich schwimmen? Mich verlangt es nach einem Sprungbrett. Nur wo meine Zehen zusammenwachsen, bin ich bereit, dem Vogel zu folgen, der einen Bescheid weiß.

Mir steht nicht die Sprache, die sich absteht, zu, nur als abgestandene, die Sprache zu erübrigen. Nichts führt sich hier aus, nur auf. Theater. Was sonst?

Der Regenbogen, dem nur das Papier ausgeht, um sich zu reflektieren. Kein Wort fehlte ihm. Aber am Ende, an seinem, hatte er alles, auch das Unsichtbare reflektiert.

Das Theater. Uns wird das Wasser ausgehen, ja, unsere Hähne. Da wird noch getropft werden. Aus Augen. Wie viel rührender. Aber. Die Blasen sind umso gleichgültiger, je verläßlicher sie werden. Was an Trost für die Trinker oben hineinfließt: unten, regelrecht fließt es aus. Das schlägt jedesmal wieder den Zirkel über den Himmel.

Die Erde wird neu, jeden Tag, wenn die Nacht aufgeht über dem Papier. Terra Nova: Das Wort ist falsch geworden, und es hat noch nicht unter uns gewohnt.

06. 11. 85 Ja. Einige – Schatten hin. Papier her – sind zu deutlich in den Auftritt geraten. Ich habe schon vorher Fehler gemacht. Diese letzteren sind noch unverzeihlicher, weshalb ich mich nicht korrigiere. Zwar auch als Inspizient, oder gerade als solcher, verzeihe ich mir das weder, noch rufe ich zurück. Das Papier ist so schrecklich nämlich wie das Leben, wenn man jenes so ernst nimmt, wie dieses ernst genommen sein muß, was freilich umso lachhafter wird, je ernster man jenes nimmt. Es ist auf jenem letzteren nämlich, also auf diesem, nichts wiedergutzumachen, angenommen, man nimmt es so. Nimmt man es aber spaßeshalber ernst auf ihm, was freilich sehr lustig ist, aber einnehmen kann, ernstmäßig: für den, der das schreibt. Im höllischen Ernst, das muß man nur glauben, weil ich die Fehler liebe, weshalb ich hoffen darf, daß man hier nicht erhofft, ich würde liebend gern glauben: Man glaube liebend gern, ich erhoffte nur etwas von einer Korrektur. Nämlich ich schreibe lebend, oder lebend schreibe ich in die Schreibe das Leben. Wo also keine Korrektur sein kann, dort pocht für mich dieses Leben: unkorrigierbar: im Buch. Solange ist es wie jenes: als es stehen läßt, was es als Fehler im nachhinein anzeigt: wie ich, hier. Das ist freilich insofern ein Fehler, als ich im Leben mich nicht entschließen muß dazu, wozu ich so entschlossen bin hier: auf Papier. Schluß. Das habe ich also geschrieben. Bühne. Nur. Leben, sonst noch was.

Nein, Theater. Der Vorhang geht auf. Ging schon öfter auf, bitte. Entschuldigung. Der Vorhang ist auch ein

Theater. Das wiederholt sich zu gern. Das Unechte hat seine Zeit. Es leben die Posen, die Gesten. Und jede andere Zeit ist so echt, wie sie flittert. Ins Unreine rede ich ebensowenig wie die meinen, die ebenso Unreinen nämlich.

06. 12. 85 Mein Mißverständnis, da ich es bereuen werde: das Theater mochte ich nicht.
Vielleicht schäme ich mich.
Der Leser ist selber nackt oder nicht so angezogen, wie man in dieser Welt auftritt. Wir Leser legen uns zurück und vergessen uns. Wir klatschen auch nie. Das Buch ist beinahe heilig. Also, ich meine es an sich.
Ich weiß nur zu gut, wie wenig sich diese Deutschen ein Epos wünschen dürfen, weil sie ein solches nie lesen könnten. Aber ich weiß auch, wie episch diese Deutschen zu töten verstehen.
Jetzt aber bin ich müde, obwohl es kein Tag ist. Dem folgt nichts. Auch keiner. Und keine Nacht. Aber so will ich schlafen.

24. 07. 85 Das das richtige Tun
Richtige,
entspringend
aus Angst
das zu den Deutschen

das Nicht-Rechtbehaltenwollen
das Zugeben
= falsch

falsch = auch: Fehler nicht korrigieren
= auslöschen
sondern stehen lassen:
zur Öffentlichkeit bringen,

darüber figurieren
zur Kontemplation
freigeben!

Die Angst der Lehrer, der Polizisten, der NS-Richter –:
korrigiert = streicht durch.

nichts bestätigen:

= auch so ein Fehler, der noch einmal im Buch ins Richtige übersetzt werden muß: nämlich das ganze Spiel, seine Regel –:

die wird bestätigt.

Also die Hauptsätze der Falschen sind daraufhin zu untersuchen –: ob sie schon wieder: in diesem deutschen Befreiungsakt zu weit gehen: und die praktische Vernunft, also uns alle verletzen!

Ursprünglich waren diese Hauptsätze der Falschen –: Befreiungsakte von der Angst!

28. 08. 85 Kleist. Das hat mich immer wieder an die Augustenstraße erinnert, an die Vorkriegsstraße, diese wunderbare Heimat – das schrieb ich noch nie – mit und aus schwarzgrauen Häusern und einer bimmelnden Bahn zwischendurch, weiß-blau, und mit der musikalischen Tür gegenüber zum Instrumenten-Laden – ein zarter Mann bediente – und neben der mütterlichen Bäckerei hatte der Vater ein »Ideal« im ›Blumerl‹, wie er die botanische Geschäftsinhaberin nannte. Der elegante Laden gegenüber: diese vornehmen Leute in der Außerordentlichkeit, obwohl oder weil es sich um Schuhe handelte – weil doch der Mensch seinen Fuß zuerst und noch vor seiner Hand adeln möchte, weiß der Bauch warum – also, diese Juden waren die schönsten Menschen für mich. Die Juden als Synonym für Schönheit. So begann es bei mir. Die Tochter – ich sah noch keinen Körper – war schwarzes Haar. Der Sohn: er war schön. Beschreiben konnte ich das nicht, weil ich ein bayerischer Bub war. Schande. Schon wieder. Und alles, was ich erlebte, ist für den Stolz ungeeignet und durchaus blamabel. Ich werde da noch einige Zeit durchhalten müssen mit meinen Ansprüchen. Dieser Schuhladen war klasse, dufte. Alles. Tod. Schande.

05. 09. 85 Während dieses schwarze Mädchen und dieser schöne Bub und ihre Eltern ermordet wurden, schrieb Richard Strauss, was ich jetzt höre. Adorno: Alles zusammenhören, ohne Vermischung und ohne, daß sich die heterogenen Partikel sträuben im Dabeisein: das ist dann das Kunstwerk. Hier habe ich also aufgemerkt.

Die Tränen weinen sich in der Schande wie Dreck; sind nur im Leid, von Schändlichen verfügt, wie Quellwasser. Mein Stift ist unruhig.

Gestern war ich in einer der stillsten Straßen Münchens, in der Destouchesstraße – dort, wo die Häuser stehen wie in Dublin: bei Inge Wälcken. Auch der Dichter Hans-Jürgen Schmidt war da, beängstigend gut, geradezu unangenehm poetisch mit seinen (wie er selber sagte): verständnisvollen Augen. Es war ein schöner Abend. Ich dachte immer an ein Buch für Kinder, als wir, angeregt durch die mißverständlichen Übersetzungen eines amerikanischen Freundes – Schreibstiftlinge statt Schriftsteller oder Laufenstock statt Spazierstock –, so wortbrüchelten: Posamente, Posaumente, Posauna (Schmidt!). Wie der Abend in den Garten sank. Ja, so sagt man. Ich weiß. Aber die zwei Katzen, die große graue und die kleine schwarz-weiße: die sagt man nur hier auf diesem Platz. Unvergessen. Die Frauen. Wunderbar. Ganz übermütig. Ich werde zunächst immer älter – dann immer jünger. Ein Koffer voll Unterwäsche.

19. 12. 85 Was ich da am 5. September 85 vermerkte, anfangs, das ist es. Meine Metropolis. Meine Schmerzen, Nachwehen. Eben deshalb: das Unvermischte, aber auch ohne daß sich das Heterogene sträubte gegen seinen Mißbrauch durch mich: Auswuchs der Mißverständnisse.

Aber so ist das Werk: eine Tausendschaft an Mißverständnissen, und damit und derart erregend: alles aber dem genauen Einhören offen zur Aufhellung, diese freilich nie ganz. Also rede ich nicht von den Mißverständnissen, die zum Ruhm befördern – wie der mißverstandene »Steppenwolf« –; schau ins Herz seines Autors. Ich weiß nicht. Also ich weiß nicht. Dieser Hesse.

10. Januar 1981, München

In dieser kriegerischen Welt geriere ich mich heiter, auf sehr anstößige Weise: schlimmste Kommunion. Die Strafe: Abstand, Staunen, sehr verbildet respektvoll. Das eigene schlechte Gewissen darf sich nicht auswachsen bis zur Winzigkeit eines braven Vorsatzes.

19. 05. 83 Es handelte sich um einen Besuch von Günter Herburger und mir im Kunstverein. Die Tische kippten. Der Wein floß am Boden. Ein Aufruhr. Und wir zwei hatten es so richtig gut gemeint.
Derzeit meine Angst vor Arbeit, vor einem Zustand, in dem es mir wieder möglich sein würde: etwas zu tun.
Ich lege nicht Hand an mich, nicht einmal den kleinen Finger.
Meine Angst vor dem Lachen, vor einem Zustand, in dem mir wieder möglich sein wird, mich vor Lachen zu schütteln.

10. Januar 1984, Lauterbacher Mühle

Ich saß heute im Journal-Zimmer und notierte (für die Rede in Bremen). Mich tröstet, daß man mit wenigen Worten zufrieden sein wird.
Sport. Anfangs war das alles sehr unangenehm. Pfadfinder-Manieren. Konnte ich noch nie leiden. Ängste. Befürchte, daß ich bei der Bedienung als übellauniger Sonderling gelte und entsprechend gemieden werde.
Arbeit im Zimmer bis 13.50 Uhr. – Mein Herz sei chronisch krank, betonte Dr. Mischnik bei jeder Untersuchung. Sehr beruhigend.
Spaziergang: So viele Einfälle, daß ich Herzschmerzen bekam. Im Zimmer war dann alles, auch das bereits Formulierte, vergessen. Soll ich unterwegs notieren?

24. 11. 85 Jürgen Geers. Mein Feind. Das ist schon schwer zu begreifen.

11. Januar 1983, München

Drei Bücher sind korrigiert.

14. 06. 83 Es sollten noch viele Fehler gefunden werden. Das zu meiner derzeitigen Beunruhigung. Der Falsche geriert sich als Perfektionist. Das muß kein Widerspruch sein. Wenn ein Richtiger schlampt, muß ein Falscher beckmessern.

14. 05. 85 Ich bin froh, nicht mehr im Jahre 83 zu leben. Dieser Jammer war schlimm.

11. Januar 1984, Lauterbacher Mühle

Ergometrie; gutes Ergebnis. Gymnastik gefällt mir immer besser. Vormittags las ich und notierte im Musikzimmer; dort sitze ich ganz allein. Nachmittags – klares Winterwetter – Arbeit am Schreibtisch 13.30-15.30, wieder vier neue Passagen. Dann kam Hermann. Ich habe meinen Bruder schon lange nicht mehr gesprochen. Wir liefen deshalb um den See und wieder zurück. Auf dem Heimweg erzählte er von seiner Argonautenfahrt. So nannte er den monastischen Teil seines Lebens. Was er mir noch nie anvertraut hatte: Er wollte kurz vor seinem Austritt aus dem Jesuitenorden zu den Kartäusern, ins absolute Schweigen also. Dann, in München, kurze Zeit nach der Ankunft aus Indonesien, engagierte ihn die Integrierte Gemeinde. Das war der Anfang seines Lebens, wie er meint. Ihn hat wohl auch die Kirche enttäuscht.
Ich erzählte ihm von Volker Hoffmann, der heute wieder anrief. Er will das FB in der Hamann-Gesellschaft vorstellen. Ich konnte seinem Manuel zum zweiten Geburtstag gratulieren.

12. Januar 1984, Lauterbacher Mühle

Literatur: Platz 9 auf der Südwestfunk-Bestenliste.
Genesung: Sehr zufriedenstellend. Blutsenkung noch nicht ganz in Ordnung.
Ich werde diesen Scheißtag schon überstehen. Der agonale Wühr. Diese verdammte Liste. Sie läßt uns Poeten wieder zu konkurrierenden Schülern werden.
Produktion lief. Die Dankesrede.
Ursulas Besuch. Eine Stunde Spaziergang. Widerliches Wetter. Gespräch, Thema: Hermann. Ignatius stellte das Bein, wenn sich einer zu sehr an seine Regeln hielt, hatte Hermann bemerkt. Verwandtschaft mit Jehoshua. Diesen sogenannten Christus hatte Hermann gesucht. Hat er ihn jetzt in der Gemeinde gefunden?
Unfreundlicher Anruf von Inge. Das mit dem 9. Platz wußte sie natürlich schon längst. Bittermann hatte die Folge vom 2. über den 3. auf den 9. Platz schon zu Beginn seines Fernsehberichts erwähnt. Wenn das wahr ist, lasse ich in Zukunft keinen Fernsehmenschen mehr in meine Nähe. Er wollte mir also schaden. – Ich soll im Marstall lesen. Im Februar oder März.

26. 11. 85 Wurde nichts daraus.

12. Januar 1986, München

Gestern nacht: Warum nicht in der Zukunft schreiben? In meiner Schlinge ist das möglich. Ich datiere voraus auf Blättern, die erst einmal beschrieben werden – oder auch nicht. Das Wort ›Schlinge‹ steht im Singular, weil ich doch nur von einer Schlinge sprechen möchte, also jetzt schon und in der Zukunft in die erste geschlossene Eintragungen mache; also auch vielleicht in das veröffentlichte Buch.
Wann werde ich zum Gockelwirt Kress am Chiemsee fahren? Er selbst ist schon seit 28 Jahren tot. Der Sekundenzeiger auf seiner Kunstuhr (der größten der Welt) läuft rückwärts, weil mit der Geburt die Zeit des Lebens abnimmt.
Zur Niedertracht: Wer das dunkle Gesetz der gesetzlosen Camorra übertritt, deren Mitglieder sich die ›Ehrenwerten‹ nennen, ist infam

– also niederträchtig. Niedertracht = Ehrlosigkeit. Es ist also auch niederträchtig, der Dunkelheit nicht zu gehorchen. Niedertracht im Mittelalter = Demut. Gott ist dunkel. In heller Wut. Die infame Aufkündigung des Dienstes.
Photographie anstelle der Malerei. Recorder anstelle der Musik.

11. 03. 86 Meine Notizen über die Niedertracht sind selbst niederträchtig. Jedenfalls, was ich über das Mittelalter und Gott schreibe. Vor Tagen las ich, wie an dem Niedergang der Wertbedeutungen abzulesen sei: der Niedergang des Geistes. Aus Niedertracht im Sinne von Demut wurde Infamie. Gibt es ein krasseres Beispiel? – Ich habe übrigens vor einer Woche Klaus Renner am Telephon meine Gedanken über die Niedertracht mitteilen wollen. Es gelang nicht. Ich hatte meine Gleichsetzung von Camorra und der Dunkelheit Gottes vergessen.

13. Januar 1984, Lauterbacher Mühle

Unfreundlichkeiten von der Raumpflegerin und einem Patienten, den ich inzwischen kennenlernte. Sie grüßen mich nicht mehr. Ich denke, weil mich so viele Frauen hier besuchen seit Inge abgereist ist.
Ich konnte vormittags eine und nachmittags zweieinhalb Stunden schreiben. Jetzt dürften es 2-3 Schreibmaschinenseiten sein, ziemlich verdichtete. Arbeitszeit ungefähr eine Woche. Morgen kann ich mich am Vormittag schon an die Arbeit machen, dann Ergometrie und Gymnastik. Zerstreuungsphase. Ab 13.30 Arbeit bis Inge kommt. Bisher fühlte ich mich wohl. Heute abend bin ich bedrängt. Druck auf das Herz. Jandl und Mayröcker ließen mich durch Inge grüßen. Fritzi meinte: So ein Zusammenbruch gehöre zu unserer Arbeit. Sie sei auch beinahe gestorben, nachdem sie ihr letztes Buch abgegeben hatte.

13. Januar 1986, München

Für Lutz erzählt: sechs Stunden. Für Inge: drei Stunden. Die alten Photos, die ich aus der Kiste brachte. Alle Gräber öffneten sich. Auch Resi Kaiser rief an, unser Mädchen in der Augustenstraße von 1937 bis 1942. Sie wird bald kommen. Ihr Photo tauchte heute auch auf. So viele Treffen. Lutz ist überfordert. – Er glaubt nicht an Gott. Das brachte mich zum Lachen. Aber wir werden ernst bleiben. Er ist zu alt, um an Gott zu glauben. Das muß man sich vorsagen. Wir haben diesen Kindern zu oft vom Herrn erzählt: jetzt begreifen sie einen Herrn nicht mehr, der diese Bezeichnung wie eine Tarnkappe trägt. Wer alles schaffte und noch schaffen wird mit unsereiner, muß nicht betitelt werden. Gott.
Schlimmer ist, daß ein P. W. nicht so viel wert ist für einen Lutz Hagestedt, daß er sich überlegt, was das ist. Ich mache mich gemein; das ist nie gut gewesen. Für die Sache war das immer schlecht. Also muß ich annehmen, daß ich selber etwas davon haben will. Mein Sancho. Mein Kater. Mein Fleischfresser, wie aggressiv sind wir zwei. Du bist ohne Schuld.

14. Januar 1981, München

Schmerzen, die wir zufügen müssen, nicht wollen. Schmerzen, die wir zufügen wollen, gehören in ein anderes Register. Registerarie. Der Körper muß den Trauergeist auffangen. Trinken. Ihn begießen. Das ist auch eine Parallelaktion.
Im Leben arbeitet man in der Hauptsache. Gearbeitet wird aber für den Feierabend. Auch mit einem Gedicht will man sich ein gutes Essen verdienen.
»Als unsere Selbstmorde geschahen«, schrieb ich.
Es lebt sich immer weniger gut, gegen jeden Anschein.
Ein Gedicht, das nicht mehr mit uns mitläuft, und auch kein Alibi für unser Mitlaufen ist, wäre ein Monster, das liebt.
Ich sitze mit Poppes vor der Kapelle. Dominus flevit. Wir drei sehen uns dieses Jerusalem an und weinen.
»Alles, was ich über den Kuckuck gehört habe«, sagte Goethe: »gibt mir für diesen merkwürdigen Vogel ein großes Interesse.«
Ich habe mich versteckt. Und für mich gibt es für einen langen Augenblick kein Interesse.
Wer den Spötter belehren will, zieht sich Schmähungen zu, und wer den Boshaften zurechtweisen will, wird sich beflecken. (Sprüche 9, 10)
Kein Kommentar.
Ich sitze über dem Schafwollteppich. Wüste. Weiß. Verdreckt. Nicht gekämmt.

19. 05. 83 Ich denke an Ralph Thenior. Er ließ einen durch diese weiße Wüste wandern.

Ihr Leib ist bloß und warm. (Baudelaire)
Trinken, um nicht zu ertrinken. (Mattheus)
Wenn ihr aber nur die liebtet, die euch lieben, welcher Dank gebührt euch dafür? Denn auch die Sünder lieben die, von denen sie geliebt werden. (Lukas 6, 32)
Sehr deutlich.
»Gin und Bitter für mich.« Ein Wort des Weltkinds Nabokov. Ich hab so sehr in wilder Freude auf den Blättern meines FB getobt, unter dem Regenbogen, der die Erde zur Rechten nicht mehr traf.
Hanns Grössel rief soeben an und wollte einen Text für Heißenbüt-

tel. Er wird 60. Ich sagte zu. Ich verwechselte Hanns mit einem Engel und fragte ihn über das Paradies aus. So betrunken war ich. Diese Verwechslung konnte auch von meiner Lage verursacht sein: Ich lag auf dem Teppich, rücklings.
Mir ist blaß geworden.
Aus dem Gedächtnis lösch' ich mir dein Bild. In dieser Zeit der Selbstsucht und der Rohheit. (Heine, Werke, 223)
Das Glück ist das Dritte. Als solches verspricht es nichts. Es spricht.

14. Januar 1984, Lauterbacher Mühle

Vor Inges Ankunft: Ich bin doch sehr weit gekommen. Die Dankrede für Bremen wird meine Poetik (nach dem Tagebuch das übernächste Werk). Ich werde es »Aesthetica in nuce« – wie Hamann – nennen und also alles in schlimmsten Verwerfungen schreiben. In nächster Zeit muß ich also genau so wie hier in der Mühle . . .
Ich denke, ich wollte schreiben: ›meine Zeit einteilen‹, aber Inge stand schon mit vielen Paketen vor der Tür.

14. Januar 1986, München

Lektüre: »Vicino Orsini und der Heilige Wald von Bomarzo«. Ein Fürst als Künstler und Anarchist. Text von Horst Bredekamp. Photographien von Wolfram Janzer.
Vor einigen Tagen las ich über Sabbioneta, die Stadt des Vespasiano Gonzaga. 16. Jahrhundert. Zusammenhänge: Karl V., seine Kriege, der Zusammenbruch der Europäischen Idee 1556. Religionskriege.
Im »Spiegel« vom 13. Januar schreibt die Janssen-Jurreit in ihrer Besprechung des neuen Buches von Marilyn French: Bachofen habe die Vorstellung gehabt, die von ihm behauptete Periode des Mutterrechts sei gleichzeitig ein Heldenzeitalter voller stolzer Krieger gewesen. Der hohe Status der Frau und die Verantwortung für die Produktion, d. h. die Loyalität der Frauen aus der eigenen Familie, waren Vorbedingung für ausgedehnte Kriegszüge, die

lange Abwesenheit der Männer erforderten. Ähnlich erhöhte sich der Aktionsradius der Frauen während der Kriege in unserem Jahrhundert. – Das schiefe Haus in Bomarzo ist nach Ansicht Bredekamps eine Adaption des schiefen Turms in einem Emblem des Carolus Rhinus (Kupferstich aus: A. Bocchius »Symbolicarum«, 1565) und erinnere wie jener an die Verwaltung und Erhaltung der Herrensitze durch die Frauen in Kriegszeiten: die Heimat litt also, aber stürzte nicht ein. Auch dieses Haus also ist eine Huldigung des Kriegers an seine Frau. Giulia dominierte übrigens zeitweise reizend.

15. Januar 1981, München

Poesie: Wer in Schmerzen lebt, kann sie nicht lesen. Wer ohne Schmerzen lebt, begreift sie nicht. Ihre Entbehrlichkeit.
Dieser gleichgültige Geschäftston, wenn man einen Traum kauft.
Mit zwei Augen lesen. Mit einem schreiben. Blind schweigen.
Das Tragische unter dem Blödsinn begraben. Das Denkmal darüber: Stein. Der bekommt es mit dem Wasser zu tun.
Er hat eine Wahrheit ausgesprochen, der niemand widersprach. Also ist er ein Idiot. Er lebt noch. Die idiotische Nachwelt.
Das Theater der Träume ist ausverkauft.
Das steht nicht in den Sternen, sondern in den Menschen.
Das Stelldichein der Vernunft mit der Hoffnung. Unpünktlichkeit beiderseits.
Jemand widerruft immer wieder seine Bekehrungen. Die kritische Biographie eines Poeten.
Pierangela und Volker Hoffmann haben jetzt einen Manuel.
Leget also Jachwe, dem Gott eurer Väter, Bekenntnis ab und tut, was ihm wohl gefällt, und trennt Euch von den Völkern des Landes und von den fremden Weibern.
Des weiteren mache ich so viel wie möglich falsch. Das ist zum Gutwerden schlecht. Zum Böswerden reicht es nicht.
Das Gedicht spricht sich hinter jedem Vorhang frei.
Die Fenster sind blöde Vögel. Die Tür fliegt auch nicht ab.
Lauter falsche Gefiederte.
Diese alten Hundegeschichten. Diese falsche Treue der Hunde.
Der Künstler und seine ganzen Gegner.
Und noch so ein Wort: Aus ihnen werden dann erschallen Dank und Jubellied, und ich werde sie vermehren, und sie sollen nicht vermindert werden, und ich werde sie erheben, und sie sollen nicht erniedrigt werden.

23. 06. 83 Vermehrung ohne Erniedrigung: Ambiguität. FB. Mit der geistigen Natur gegen die Materie. So ist die Antifertilität meines FB zu verstehen.

DIE FRAGE VOM SEIN
IST EINE PRAKTISCHE FRAGE
EINE FRAGE
BEI DER UNSER SEIN
BETEILIGT IST
EINE FRAGE
AUF LEBEN UND TOD

sagt Feuerbach

wann ist man
ein Materialist

also reden wir von den Toten

aber Kant sagt

wer mit seiner Frage
nach adverbialer
Bestimmung
der Zeit
fragt
hat
ins Schwarze
getroffen

ES IST DER GRUNDMANGEL
DES IDEALISMUS
DASS ER DIE FRAGE
VON DER OBJEKTIVITÄT
ODER SUBJEKTIVITÄT
VON DER WIRKLICHKEIT
ODER UNWIRKLICHKEIT
DER WELT
NUR VOM THEORETISCHEN
STANDPUNKT AUS
STELLT
UND LÖST

sprechen wir
von der Praxis

ES BLEIBT IMMER
EIN SKANDAL
DER PHILOSOPHIE
DAS DASEIN DER DINGE
AUSSER UNS
BLOSS AUF GLAUBEN
ANNEHMEN ZU MÜSSEN
UND
WENN ES JEMAND
EINFÄLLT
ES ZU BEZWEIFELN
IHM KEINEN
GENUGTUENDEN
BEWEIS
ENTGEGENSTELLEN
ZU KÖNNEN

also
beschäftigen
wir
uns
mit dem
Idealismus
und dem
Materialismus

wann ist man
ein Idealist

es ist
der Vorteil der Poesie
das sie die Frage von der Objektivität oder Subjektivität
von der Wirklichkeit oder Unwirklichkeit der Welt
nur vom strategischen Standpunkt aus stellt und löst

NUR WER DIE WAHRHEIT
DES INDIVIDUELLEN WESENS
DES GLÜCKSELIGKEITSTRIEBES
ANERKENNT

dem fällt ein am Dasein der Dinge
zu zweifeln weil er sonst gar nicht
mitleiden kann

sagt Feuerbach

Ins Dunkle
des
Todes
trifft
wer
dies
oder
das
ist
und
beides
zu
seiner
Zeit

HAT EIN WOHLBEGRÜNDETES
MIT SEINEM PRINZIP
SEINEM GRUNDWESEN
ÜBEREINSTIMMENDES
MITLEID

und wenn ich durch meinen
großen und ganzen Zweifel
an allen Voraussetzungen zweifle
und als Nekromant am Tage
am hellen
in der ganzen Bläue
des geglaubten Zeitabschnittes
die Gräber öffne
und den Leichen im Sarge
den Tod stehle?

sprechen wir von der
Praxis

DIE GEWISSHEIT SELBST
VON DEM DASEIN
ANDERER DINGE
AUSSER MIR
IST VERMITTELT

sagt Feuerbach

DURCH DIE GEWISSHEIT
VON DEM DASEIN
EINES ANDEREN MENSCHEN
WAS ICH ALLEIN SEHE
DARAN ZWEIFLE ICH
WAS DER ANDERE AUCH SIEHT
DAS ERST IST GEWISS

sagt Feuerbach

mir fällt ein
zu bezweifeln
dass ich lebe

oder ich lebe
den Mittod

Mystiker!

hier spukt Hume
in den Köpfen

Todschänder!

sprechen wir von den Toten

das Objektive ist
das Grab
aus dem die Gesellschaft
der Lebendigen
steigt

das Subjektive ist
das Leben
an dem die Gesellschaft
der Toten
ruht

hier
und
heute
sind
wir
Idealisten
weil
wir
nicht
als
Tote
die
Toten
begraben

also sprechen wi
aber sprechen wi
wirklich?

DER GESELLSCHAFTLICHE
ZUSAMMENHANG
STIFTET KONSENSUS
INTERSUBJEKTION

es geht also doch
ausschließlich
um uns

wir sollten
noch wirklicher
sprechen

der gesellschaftliche
Zusammenhang
endet nicht
an den Gräbern
endet nicht
an der Materie
nicht
vor unseren
zerfallenen
Brüdern
und
Schwestern

Die Wirklichkeit ist nicht
die Grenze
unserer Praxis

die Wirklichkeit ist nicht
die Grenze
unserer wirklichen Sätze

also
stiften wir
eine erweiterte
gesellschaftliche
Praxis

unsere Praxis ist
die Wirklichkeit
unserer wirklichen Sätze

16. Januar 1984, Lauterbacher Mühle

Auf einem langen, einsamen Spaziergang um den Ostersee: Tagebuch: Stoff für 5 richtige Bücher.
Die Verringerung im Haus schreitet von Buch zu Buch fort und dehnt sich immer unermeßlicher aus = Haus Zimmer Ecke Schrank Buch. Zum ersten Buch: viel mehr Erzähltes. Wer aber erzählt? Von Calvino hätte das was: dieses Spiel mit Buch und Wirklichkeit, da es ganz gewachsen ist aus Fiktion und Realität. Ich bin gelenkt. Ich lenke nicht. Die Steuermänner in der Literatur machen Sachen für amüsante Stunden. Fiktion + Realität dürfen nicht mehr auseinanderzuhalten sein.

12. 11. 85 Nichts. Ich dachte an Ruth Faist. Aber das tut alles zu weh. Ich habe zu viele Netze zerrissen. Man verläßt nie nur einen Menschen. Deshalb trennen sich Paare auch so schwer. Wenn ich die »Trennungen« einmal »mache«, muß mir das bewußt sein. Ich muß alle übrigen auch ins Hörspiel holen, das heißt, ich muß sie von den beiden holen lassen.
Michael Langer. Alles wie sein Name. Da muß ich nichts mehr sagen.

16. Januar 1985, München

Ich erinnere mich an den 4. Juli 85. Fahrt nach Bayreuth. Herr Werner, der Bibliothekar der Juristischen Fakultät, empfing uns mit seinen zwei Adlaten. Sie veranstalteten Lesungen in einer – trotz Jean Paul – unliterarischen Stadt. Mit mir hatten sie wenig Glück. Ich mutete den jungen Hörern auch zuviel zu, vor allem das 1. Kapitel des II. Buches von FB. Vergewaltigung. Schwierige Diskussion. Viele bittere Verweise. Dieser liebe Werner, ein genuiner Leser, blieb treu. Er ließ sich nicht verwirren, war nicht von mir, sondern von seinen Bayreuther Zuhörern enttäuscht.

21. 09. 85 Ich denke gern an Herrn Werner. Wir fahren auch mit Diana Kempff bald ins Fränkische. Da sollten wir ihn besuchen.

02. 10. 85 Ja. Das sollten wir tun. Ich sitze hier über diesem merkwürdigen Buch und nicke. Diana. Ja. Aber ich werde ihr nicht mehr schwerfallen.

19. 12. 85 Inge hat Diana zum letzten Tag dieser Schlinge eingeladen. Wird sie kommen?

17. Januar 1980, München

Niemand kann sagen – wo es keine Richtung gibt – daß es ins Nichts gehen könnte.
Wieder Gedichte. Noch nichts Gültiges.
Einer läuft im Text (realistisch) und bricht in eine andere Zeit ein (unrealistisch): um dort an ein realistisches Ziel (im Sinne der ersten Zeit!) zu kommen. Der Erzähler wollte mit seinen Figuren sich an sich selber annähern – in höchster Vielfalt –, bis er am Ende bei sich ist: im und als Buch. Die Sprache läuft in der Loipe.
Zu Kafka: Nicht nur eine Verwandlung. Nicht nur ein Tausch. Keine Identität. Von ihrem Verlust abspringend tauchen wir in unseren Gewinn.
Da malte Picasso, und Clouzot filmte, wie Picasso die »Mädchen von Avignon« malte, übermalte, neu malte und so mehrmals auf derselben Leinwand und auf demselben Filmstreifen und in derselben Welt.
Austritte von Aktionen in der Gesellschaft sind Rückzüge aus dem sozialen Tag in die asoziale Nacht; also nur Zwischenfälle. – Zu meinen Pseudos.
Die ›unbereinigten Wahrheiten‹ Ulrich Sonnemanns? Er wird engagiert zu Entwürfen, bei denen es um die Welt geht, die einen angeht, also die Wahrheit von unbereinigten, insbesondere menschlichen Sachverhalten. NA Seite 257. Seite 250: Bestätigung durch Entsprungensein aus Vorgegebenem, Gesetztem, wenn auch als späterer Widerspruch.
Das neue Richtige bestätigt nur das alte Richtige, auch im Widerspruch.
Das blonde Gras über dem Loch, in das die Frauen mit Maschinengewehren schießen: Gewalt. Blinde?
Kinder erschrecken über die Bedeutung ihrer nicht erwachsenen Träume.
Statt drei Nornen: drei Norner?

17. Januar 1981, München

Die Erde gibt uns zuviel Trost. Erde ist überhaupt nur: Trost, aber so wie der Boden für die Füße ein Trost ist. Das Fliegen ist trostlos. Der Kopf kommt ohne den Überschwang der Bedeutung nicht aus. Er will keine andere Tröstung.

Das Vergessen ist undemokratisch und hat die ganze Nacht des Ungemeinen für sich.
Am Telephon: Der Partner behält seine Wünsche – und er muß nicht einmal sein Gesicht unter den Händen verstecken, um sich behalten zu dürfen.
Vom Tun: Man tut einen Blick. Es ist wahrscheinlich die einzige wirkliche Tätigkeit. Es handelt sich um das kontemplative Tun, von dem alle Denker sprechen, die uns das Schweigen gelehrt.
Die Liebe, die man fühlt, ist gewöhnlich. Sie ist mehr oder weniger warm, hat etwas von der Kälte und der Wärme.
Keiner ist so wenig Natur, wie jener, welcher sie schuf.
Der Schrecken, in dem wir auffahren in die Träume: ihn anschauen: in den Gesichtern der Schlafenden.
Der Geist kann Geist gar nicht sein, wenn er nicht so ist, wie er ist: Ich bin, der ich bin.
Hauchest Du Deinen Odem aus, so sind die Gestalten die Gestalten der Erde (Salomon). Und noch solche Sprüche aus meinem Beutel und aus anderem Mund.
Hinter jedem Wort beginnt die Hoffnung und die Vergeblichkeit.
Den Schmerz zeigen: das Schlimmste, was man tun kann. Beten oder schreiben.
Die Weisheit der Weiber bringt ihr Haus empor, aber die Torheit zerstört es mit eigenen Händen (Salomon).
Die Klugheit hat ihre Zeit, der Schmerz die seine, die Verzweiflung die längste. Die Freude ist wahrscheinlich Arbeit. Klingt gut. Ist auch hart.

07. 06. 85 Ja, mein Freund Paul. Ich bin so besoffen. Paß auf. Mir ist die Erde kein Trost. Sie wird meiner sterbenden Hoffnung nach immer reicher werden.

17. Januar 1984, Lauterbacher Mühle

Morgens: Der Ostersee glitzert. 30 Paragraphen meiner Aesthetica sind so gut wie fertig. Frau Eichners Vorschlag: Coronar-Gruppe in Schwabing suchen, Frau Moor sei zu psychologisch für mich. Die Katholikin ist eines Wonne; übrigens die einzige Gesprächspartnerin in diesem Börsenverein.

Zum Buch I: Also hier die Biographie des Regisseurs im FB = Paw. Zu den Büchern II-V: Ähnlich wie Rosas Biographie – nachgelieferte, irre Biographien (Labyrinthe). Rosas Biographie also als Ausgangspunkt. Die übrigen Figuren dürfen nicht vergessen werden, neue Verwandtschaften.
Ich sollte im FB noch mehrere solche Urszenen auswählen, die dann in den fünf richtigen Büchern verwendet werden, als Grundfigurationen. Es bleibt also dabei, daß von I-V auf eine Platzverkleinerung die je immer größere Globalisierung stattfindet (von München). Also die Kartographie spielt ebenfalls noch ihre große Rolle – Haus, Zimmer, Tisch, Buch – jeweils magnifique ausgebaut.
Gleichfalls spielt durch die fünf Bücher die Wurfschaufel, ihr Stiel und ihr Griff, eine große Rolle, wobei in jedem Buch eine Reihe neuer Hausübersetzungen oder Neuersetzungen (international) stattfindet – und so getan wird, als habe man bisher nur unterlassen, davon zu reden, so daß am Ende die Hamannsche Wurfschaufel mit Stiel und Griff voll übersetzt ist.
Dabei gibt es Führungen: Archäologie, Umdeutungen des Myzels (wie es als Urszene schon im letzten Tanz der Pseudos vorgeführt wurde).
Die vielen neuen Gebäude auf dem Platz.
Grundsätzlich: Jetzt spielt alles in der ganzen Stadt – teilweise realistisch.
Schwierigkeiten macht mir noch die weitere Bearbeitung des Buches I, des Paw-Buches (hier kann ja Rosas Biographie keine Rolle spielen). Hier verwerfen sich nur das Tagebuch und noch andere, tiefere Schichten.
Übrigens gestern fiel mir ein: »Der Fortsetzungsroman Gottes« könnte doch durch alle Bücher phantastisch vorgeführt werden. Das wäre dann doch des Autors Paw größte Wunscherfüllung.
Wieso die Bücher ›richtige‹ heißen, darüber weiß ich noch zu wenig. Ich könnte ja auch sagen als Motto: Die Erfundenen müssen wie die Toten immer weitererzählt werden.
Buch I: Paw / Buch II: Rosarene / Buch III: Robariel / Buch IV: Popollo / Buch V: Anthalie – Buch VI: Johanna.
Zum Buch I: Hier verwirft sich nicht nur das Tagebuch, sondern noch tiefere Schichten: die kommen wie in der Geologie vor. Also wie im geologischen Querschnitt liegt plötzlich zum Beispiel die

Kindheit oben oder noch Tieferes. Ich muß da in Paw hineinhorchen. Das ist auch ein Widerspruch zu dem Satz zu Poppes: ›Ich sehe nichts, wenn ich in mich hineinschaue.‹ Insofern ist es bestimmt ein falsches Unternehmen, unglaubwürdig, gestellt, ein Manöver, ein Strategem. Keine Wahrheit. Poppes sagt das ja auch. Wo? Das wäre interessant. In welcher Kleidung? In welcher Straße? Meine Viertel. Jetzt muß ich München wirklich entdecken, vor allem, wo in dieser Biographie, die nochmals durchbrochen wird von einem Romangeschehen, alles ganz und gar verwirrend ist, weil hier ja auch die Führung stattfinden muß.
Renate war hier, provozierte die Krämer, ihre Frauen. Als ich ihr sagte, sie solle sich wünschen, engagiert zu werden, widersprach sie und sprach von Phantasmagorien. Ich erklärte ihr meine frühen Erfahrungen mit dem Gebet. Wir besprachen unsere Konstellationen. Wir brauchen uns auf so manchem Sektor (das klingt entsetzlich, ist aber damit die richtige Begleitmusik). Es war doch ein schöner Tag mit einer Frau.

12. 11. 85 Meine Sorge: Frau Fenzl-Schwab.

26. 11. 85 »Schöner Tag, dieser 13.« wiedergelesen. Das ist nicht, wie ich es will, aber wer bin ich dazu? Es hat mich hingerissen. Sehr schön. Es ist eine Dichtung: dieses Leben der beautiful Barbara. Das ist sie. Sie selber in dieser Dichtung. Aber in diesem Buch auch noch wirklich. Da gibt es kein Wort, das nicht stimmt. Oder auch, wenn man so will, nicht nicht stimmt. Ich hätte da gern mitgelebt. Und wer nicht? Aber nicht so einfach. Ach, Barbara. Du bist in der Poesie so unvergeßlich. Da hast du ja auch die höchsten 47er geangelt. Darf ich das hier sagen? Poetisch. Mein Wort schläft diesen 13. – freilich nicht so schön.

17. Januar 1986

»Die liegende Schlinge« (vom 1. Januar 1978 bis 31. Dezember 1985) ist abgeschlossen; trotzdem werde ich aus der zweiten liegenden Schlinge zurückschreiben in die erste, in das Manuskript und später in das Buch, sollte sie eines werden (siehe meine Ergänzung zum 1. Januar 1978):

Das wahre Diarium ist die tote Vergangenheit des wirklichen Einzelwesens Mensch, könnte man mit Whitehead sagen. Dann muß man unterscheiden: Das Diarium eines wirklichen Einzelwesens Autor ist wirklich ein abgeschlossenes Ereignis; dieses ist sicher eine vergangene Parallelaktion zur toten Vergangenheit eines wirklichen Einzelwesens, weshalb es mit dem Leben des Autors nicht etwa nichts, aber doch sehr wenig zu tun hat. Es will selber als Ereignis gesehen werden; es ist ein Manuskript oder ein Buch. Etwaige Rückschlüsse des Lesers auf den Autor dürften, ihre Authentizität betreffend, von ähnlich geringem Wahrheitsgehalt sein wie solche des Autors auf sich selbst.
Autobiographie. – Keine Gattung der Literatur steht derart schlimm im Verdacht, überflüssig zu sein. Wir stehen oder liegen alle sowieso geschrieben. Soweit es notwendig ist, können wir uns auch lesen, freilich nur mit uns selbst. Wir leben, und das darf auch heißen: wir schreiben uns selber und andere und werden von anderen, die sich selber schreiben, geschrieben. – Es kann sich also nur um ein anderes, bestenfalls ein neues Wesen handeln, das von einem Einzelwesen, einem Autor geschrieben wird. Um es kurz zu machen: es gibt keine Autobiographie; es gibt in der Literatur mehr oder weniger poetische Werke, die mehr oder weniger auf das Leben des Autors zurückgreifen oder sich aus ihm bedienen. Ich mache mir das klar, um mir die Angst zu nehmen vor dem Leser dieser »Liegenden Schlinge«, der meine Absetzbewegungen vielleicht schon durchschaut. Mit einer gewissen Sicherheit kann ich dennoch hier behaupten: Die Begegnung des Lesers mit dem Ich dieses Buches könnte schlimm enden für mich, wenn der Leser das wirkliche Leben mit dem wirklichen Schreiben verwechseln will an dem Ort: weißes Blatt, das sich auf seine flache Art gesetzt hat, in keiner Gegend seiner Fläche den Anschein zu erwecken: mit Wörtern Leben im Raum zu veranstalten, und sei es auch nur in geringster Erhabenheit.
Ich bekenne, unartig gewesen zu sein, was die obige Theorie vorliegender Gattungsunsicherheit betrifft, indem ich mit einer absichtlichen Unverbesserbarkeit des Textes schamlos exhibitierte, um gegen alle bessere Einsicht auf dem Umweg über eine oft steuerlose, beinahe kenternde, deshalb oft leckende, oder auch da und dort auflaufende Schreibe dem Leser indirekt Lebensnähe zur erwärmenden Anschauung bringen zu können oder direkt Ersatz

für einen entblößten Körperteil oder ein Körperorgan, z. B. das Herz.
Der Autor wird von seinen Lesern nicht erfaßt. In einem gar nicht kriminellen Sinne.
Weiter zur liegenden Schlinge: Und wenn ich »Die erlegte Schlinge« schreibe? Aber im Ernst: Ist es der Eigensinn dieses (in Ringen) gelegten Diariums, seine Eigenart, sich dadurch zu exhibitionieren, daß es nur unfreiwillige Fehler bloßstellt, diese freilich in der Hoffnung auf nackte Freiheiten in der Sprache oder auf Reaktionen des Schreibers in immer der unmittelbarsten Vergegenwärtigung innerhalb eines Buches, an dem ich schreibe, an diesem, in dem dies steht, jetzt, in der Unmittelbarkeit meiner Angst vor Lesern, die von einer vor mir bis zum Außersichsein getriebenen Sprache – der ich augenblicklich widerstehen muß, um diese verteidigen zu können – nicht erwarten wie ich, daß sie meiner wirklichen Wenigkeit als wirkliches Ereignis in nichts gleicht, weil sie Ereignisse meines Lebens – wenn überhaupt – nicht nur wiedergibt, sondern schreibt – im schlimmsten Fall in bedrohlicher Nähe zu der vollständigen und ausschließlichen Existenz meiner selbst, die zur Sache der Literatur, zu ihrer wirklichen Tatsache sehr wenig bis nichts zu sein hat. Meine Leser müßten schon mich selber zu lesen verstehen, wollten sie die nicht nur teilweisen Ganzheiten und die nicht nur illusorischen Falschheiten an sich ziehen: aber das hieße, leben mit mir; vielleicht leider keine so böse Geschichte. Nochmal: Mich zu lesen aber – und noch dazu in dieser absichtlichen Unverbesserlichkeit – könnte – wie gesagt – böse enden für mich, wenn man das wirkliche Leben mit dem wirklichen Schreiben verwechseln wollte auf einem geometrischen Ort (einem hoffentlich multiplizierbaren), der einmal vielleicht Buch heißen darf, jetzt Manuskript heißt und sich in seiner flachen Art gesetzt hat: in keiner Gegend des weißen Blattes einer glatten, wissenden, und dieses Wissen auch noch in bewußter, in einer diese Bewußtheit in Teilen und im ganzen durchaus besserwisserischen Verständlichkeit und warmfließender Wohlgestalt zur Erhabenheit in räumlicher Lebensnähe zu treiben; den einen Fehlenden, einen in der Sprache nicht mehr Unbescholtenen wird man den heißen, der seine Fehler besser liest als alle, und nur deshalb hofft, an der Hand zu bleiben, um die Feder nicht werfen zu müssen – und nicht sinneshalber und nicht zum Sterben umgekehrt –, weil er die

Sprache des Dreiundzwanzigsten sprechen will und nur zu gerne ins Aus läuft, um – ein Tor schießend – nicht vergeblich wünscht, keines geschossen zu haben; vom Ball verwiesen zu werden, ist sein Tor. Das bin ich im Stadion. Und das hat mich kein Whitehead gelehrt, dem ich zu gerne ins System schmiere mit meiner Poesie, die er für wirklich halten würde, was kein Lob wäre, wie ich weiß, weil er von mir mit meinen wirklichen Augen bestaunt wird und den unwirklichen wirklichen. Mein Jesus, oder wer auch wegdenken will hier mit mir und um die Ecke, wo es wieder ein weißes Blatt gibt und alles erfunden ist, really.
Zitternde Tatsache bin ich selber: als Leser meines unkorrigierten, d. h. nicht in Teilen und auch im ganzen gelöschten Textes. Was tue ich mir an? Die Schlamperei ist nie zum Ereignis einer Erfindung geworden, würde ich sagen, wäre sie nicht die Mutter Gottes. Wie zart. Sie selber ist das Zarte in der Theologie, und wenn ihr Sohn so wenig Zärtlichkeit zu ihr empfindet, dann ist die Zärtlichkeit eben allein. Und hier so weiter ließe sich in wilder, sanfter Liebe eine Mariologie entzünden, die aus schlampiger Quelle stammt, der meinen, die ich hiermit versiegen lasse.
Was ich meine, ist schon böser als schlimm: Was soll ich? Soll ich Sätze dorthin korrigieren, wo sie stimmen? Zum Beispiel den Satz über Nietzsche, dessen Gefälle mir aufwellt? Soll ich seine falsche Richtigkeit ins Falsche modeln? Oder steh' ich wie der weichste Fels und keiner stößt sich an mir? Den Nietzsche verstehen sowieso alle schon viel besser als ich, als daß ich ihn als ein Ereignis in meinen Zeilen verbessern müßte zum besseren Verständnis. Mich liest man sowieso nicht, um etwas besser zu verstehen. Mich liest man, um mißzuverstehen, was einen Kurs wert ist, der sich in die Zukunft ausdehnt ohne Ende. »Hier verstehst du dich selber nicht mehr«, so steht es über dem Tor zur Poesie. Mein Gott, welch einfache Zeilen gibt es manchmal.
Ich wollte ja gar nichts einwerfen. Also eigentlich bin ich still zu mir. Mir bleiben die Wörter nicht im Kopf liegen. – Das Ohr ist die Pforte zum Herzen – für Schiller. Dafür ist er noch mehr zu lieben. Der Augenzeuge Goethe. Hierarchie. Auch bei Schiller. Liebe: Die Hierarchie in der gemeinen Welt. Der eine Auserwählte.

29. 03. 86 Ein sich ausdehnender Kurswert?

18. Januar 1984, Lauterbacher Mühle

Die sechs richtigen Bücher: »Wie Planeten kreisend um das FB«, sagte Ursula Haas. Ich widersprach oder korrigierte nicht; ganz schön eingebildet. Wir hatten ein fünfstündiges Gespräch. Nach dem Besuch des Cafés las ich ihr die Bremer Rede vor: 30 Minuten. Ursula gefiel sie. Poetik, Politik, Theologie – eben wie bei Hamann in nuce und in Nacktheit. Das machte mich glücklich, insbesondere wegen der Arbeitsumstände: Kaffee und Wasser.
Ich erzählte viel von meinen Plänen. Im Gespräch kamen wir aber auch darauf, wie nahe ihr Stil dem Okkulten kommt: verhexte Starre der Sätze. Ich widerrief meinen Appell nach mehr Bewegung. Es wäre ein Abenteuer, wenn sie ins Okkulte gelangen könnte. Das ist jetzt Brachland in der Literatur. Hier fällt mir übrigens ein, daß sie meinen Gogolschen Stoff – den ich ihr in Nachahmung einer großen Geste vom großen Lehrer schenken wollte (wie Puschkin »Die toten Seelen« dem Gogol) – nicht angenommen hat. Also behalte ich ihn, diesen genialen Werbeeinfall eines Verwandten meiner früheren Frau. Wenn ich nachdenke, habe ich diese Gesellschaftskomödie sofort wieder im Kopf und baue sie bestimmt einmal in eines meiner richtigen Bücher.
Dieser Ostersee, schon sein Name: jetzt hat er wirklich für mich eine große Bedeutung. Ich werde ihn sicher noch oft umrunden.
Ich muß meinen Bruder anrufen. Vielleicht kann er mir bei dem Titel meiner Rede helfen.
Von meiner Raumpflegerin werde ich jetzt schikaniert. Sie läßt mein Zimmer einfach aus.

19. Januar 1984, Lauterbacher Mühle

Heute kam die Rezension von Peter von Becker. Eine ganze Seite in der »ZEIT«. Was er für Namen nennt: Man Rays Sade-Bild, alte Meister, die Versuchung malend, Antonius – Panizza, Aristophanes, Diogenes, Kleist, Friedrich Schlegel, Joyce, die Comédie humaine.
Mich nennt er einen bayrischen Sirenenmann, eine bajuwarische Sphinx – der sanfte Liebhaber der Apokalypse – zwischen Dionysos (respektive Bräuwirt), Landru und heiligem Petrus: Valerio Wühr.

20. Januar 1984, München

Es ist wieder einmal soweit: Auszug; diesmal aus einer Mühle. Vier Wochen dauerte der Aufenthalt. Heute machte ich alles noch mal mit. Dann lief ich in zwei Stunden um den See und brachte wieder eine Menge Notizen mit. Die Ausbeute muß erst entziffert werden. Vor allem dachte ich an das Buch Paw.
Das mit der Stricknadel bleibt: es geht also sozusagen abspreizend zwischen zwei Daten mit beiden Füßen durch die fiktive Handlung, nämlich = Leben der übrigen, die ganz irreal in irgendeinem Stadtviertel leben, das aber über das Haus, also: in ihm zu erreichen ist. – Übrigens müssen die künstlichen Zeugungen auf das außerordentlichste festgesetzt werden, und zwar streckennetzartig. Es gibt also jetzt noch mehr Figuren (künstliche Vermehrung). Ich schreibe diese Bücher eben nicht psychologisch, sondern mythologisch, figürlich, figurativ – also wie immer.
Haus, Stockwerk, Wohnung, Zimmer – so.
Aus irgendeiner Passage meines Tagebuchs wandernd, erzählen wir einfach weiter, als wäre kein Unterschied – und kommen wieder in der Realität heraus. So wie – nochmals hier und ausdrücklich vermerkt – die Stadtviertel bewohnt werden, real, also unter wirklichen Leuten. Die Besucher der Führungen oder eigentlich nur die Führungen werden immer wieder von einem anderen Pseudo anders erzählt (Lazarus-Urszene).
Die Geführten laufen an manchen Tagen im Buch herum (alle 5) und machen Führungen wie damals die Araber in Jerusalem. Wie ist das? Ist alles schon ruinös? Auch science fiction? Das kann sein, muß aber nicht. Kann auch als Ausnahme vorkommen.
Die Stätten werden umgedeutet. Die Geschichten des FB werden nacherzählt. Dabei gibt es von Buch zu Buch immer mehr Bauten aus aller Welt, wie sie der Zufall hineinbringt.
Zugleich handelt es sich immer um die Entstehung des FB. (Tagebuch!)
Ich muß aus den Urschriften die datierten Blätter herausholen.

20. Januar 1986, München

Vicino Orsini: der Fälscher von Zitaten; mit diesen Fälschungen baut er den Text von Bomarzo. Diesen großen Ungerechten hätte man nicht erfinden können; jetzt stellt sich nur noch die poetische Aufgabe, ihm noch einmal einen Platz in der Poesie zu geben.

28. 01. 86 Ja. Orsini bestärkt mich darin, aus München mein »heiliges Städtchen« im Sinne seines »heiligen Wäldchens« zu machen.

29. 03. 86 Die »Ataraxie« Epikurs: seines Gartens in Athen. – Wieder muß anders gehandelt werden vom Falschen, sosehr er seine Ahnen liebt. Hier anders, falsch gebaut: unter den Füßen »eben« nicht einen Garten, der seinen Zusammenhang mit allem, mit dem Kosmos entbehrt. Aber in freiwilligem Unsinn neben ihm: Poesie. Weil die Ordnungen zu sehr in ihren Kategorien schlafen. Vielleicht weil es auch zu viele Schlafstätten (Kategorien, siehe Whitehead) gibt. Nichts, liebster Vicino, gegen Dich, großer Orsini. Deine Mädchen hätte ich alle gerne gehabt, Dein Schloß sowieso, Deine Gäste nicht, aber da wäre Ersatz zu schaffen gewesen: alle Freunde.

Diese Differenz schmälert meine Rücksucht nicht. Das Alter erleide ich wie Du. Ich habe heute das erste Mal an meinem Hals gezupft, und die Haut stellte nicht sofort ihre Glätte wieder her. Mit großem Schal beging ich den Kurfürstenplatz. Das Alter braucht Geld. Daran habe ich nicht gedacht. Oder es demonstriert. Dafür war ich nie geschaffen. Clubs sind mir widerwärtig. Ich floh nach der ersten Tanzstunde. Ein Seniorenheim wird mich nicht mit Erfolg versuchen.

21. Januar 1985, München

Vom Verbrecher, der auf ein Feld des Pentagon gerät, also ins Ereignis; auch sein Opfer.
Ob er mit allen übrigen nach Bethlem kommt – und ob das Folgen hat – welche?
Von den abweichenden Antworten – damit spielen
Vom Zusammenhang der gegengängigen Zusammenhänge
gegenläufigen Zusammenläufe
Der Zusammenhang der Auseinandersetzung
Talion im Koran: 5. Sure (46) Seite 96
Fatum im Koran: 3. Sure (145) Seite 65
Juden + Christen = Fremde: 5. Sure (52) Seite 97
Im Koran viele Stellen gegen die Juden, hauptsächlich in der 5. Sure (65), Seite 98

Die Minowskischen Schauplätze (Ereignisse) werden von mir als Ereignisse jeweils ganz anderer Geschichten und Erzählverläufe zur Umdeutung kommen, was sich an dieser physikalisch-okkulten Deutung vergeht: aber so soll es sein in der Poesie.
Noch etwas: Phyllis D. James wird beim Namen genannt, die zwei anderen nur umschrieben
so wird es möglich, daß auch die
Deutungen der Detektivin
umgedeutet werden können
oder unterschlagen
ausgelacht

22. Januar 1981, München, nachts

Soeben heimgekommen von Ingolstadt: Lions-Club. Ein Kreis von Biedermännern, wie man ihn sich nicht schlimmer vorstellen kann. Ich habe mich zwar wacker (im schlimmsten deutschen Sinn) geschlagen, aber vergeblich. Diese Aggression: Erklären Sie uns das Gedicht! (Ich las aus »Grüß Gott«.) Sie sind ein Nihilist. Sie sind ein Zerstörer. Einer las ein Gedicht von Hesse vor. Sollte eine Lektion sein für den Ripographen. Bin jetzt froh, wieder allein zu sein. Aber: gar keine so üble Rolle, ein einsamer Dichter zu sein in dieser Welt. Finde Geschmack daran. So schlimm ist es auch wieder nicht, zu einem Tagebuch heimzukehren. Je einsamer, umso schriftlicher. Kämpferischer? Das lasse ich sein. Der Einsame redet, der Zweisame plaudert. Dem Dritten hört keiner zu. Die Misere beginnt mit der Watte in den Ohren. Es ist jedoch ganz anders schlimm: wir reden und plaudern, um den Dritten nicht zu Wort kommen zu lassen.
Die Religionen erheben beinahe überall Becher. Auch die Gräber werden beinahe überall gegossen. Ich trinke. Allein. So stirbt man auch.
Ich denke jetzt an den Baumbrunnen in Salon. Das Unglück macht dumme Augen. Das Glück aber auch mehr als zwei?
Meine Mutter: Ihre Liebe zu mir hing ab von meinem Wohlverhalten. Das hielt ich nicht durch. Kein begabtes Kind.

24. 06. 83 Ich erinnere mich: Die Lions-Clubmitglieder standen an, um mir die Hand zu drücken. Ihre geäußerte Absicht: Sie wollten einmal einen solchen Schmutzfink angefaßt haben.
Ich muß eine merkwürdige Affinität zu Schmutz haben. Wahrscheinlich ist der Dreck für mich das Heilsamste, siehe Terra nova. Von Freud gar nicht zu hosannen.

08. 10. 85 Eine Korrektur zum Eintrag vom 22. Januar 1981, nachts: »Ich trinke allein. So ist man auch allein tot.« Sehr komisch. Wie alle Korrekturen. Die Gedanken aus den Gefühlen behalten doch den Sinn unter ihren Füßen. Trost ist der Boden.
Ich habe mich da sachgemäß eingemischt. Es ist alles durcheinandergeraten.

22. Januar 1986, München

Heute während der Arbeit am Seligmann-Strang für das BT: Ich denke an Fassbinders Stück, also an das Verbot der Aufführung in Frankfurt. Ich denke an die sich wiederholenden Überholungen meiner Konzepte; an Seligmann arbeite ich seit 1984. Die langsame, schneckengleiche Entstehungsgeschichte meiner Arbeiten ist schuld an einer schlimmen Unpünktlichkeit. F. hat sein Theaterstück während eines Fluges nach New York geschrieben. Freilich, für Politik und somit für Kulturpolitik spielt Qualität keine Rolle, wie ich ein Leben lang lernen mußte, ganz im Gegenteil. Über F. und sein Stück ist damit nichts gesagt. Ich hörte nur davon; auch so eine Ohrfloskel, die einem das schlechte Gewissen in den Kopf treibt.
»Pas trop de zèle« – nicht zuviel Eifer, Paul. Auch ein Wort für die Poeten, diese Mahnung Talleyrands an seine Diplomaten.
Arbeit mit Michel L. ab 14 Uhr. Herzeigesucht ab 18 Uhr: Photographien aus den dreißiger, vierziger und fünfziger Jahren. Wir arbeiteten etwa vier Stunden am »Schluß« der Metropolis.
Zu ihm: Keine Neugier auf den Enkel. Keine auf den Sohn. Keine auf die Mutter. Keine auf die Großmutter. Keine auf die Tante. Keine auf diese Verwandtschaft. Ich liebe meine Inge. Sollen sie sich lieben. Es gibt nichts Besseres zu tun.

23. Januar 1978, München

Gespräch mit Klaus Voswinckel.
Er: Diese Religionen, die auch nichts anderes wollten, als sich dem Geheimnis anzunähern; nebenbei gleichsam entstanden ihre mystischen Sätze, Erkenntnisse.
Ich: Wahrscheinlich war der innerste Antrieb, aus einer immer unfrei machenden Gesellschaft austreten zu wollen oder sich im Dunkel des Geheimnisses anzusiedeln: weil dieses Dunkel Unverfügbarkeit verbürgt; das Versprechen der Freiheit.

28. 08. 85 Das nicht. Das muß ich auch mit Klaus besprechen. Und mit Ulrike. Da ist etwas zu richtig.

23. Januar 1984, München

Ich diktierte am Sonntag Inge die 33 Paragraphen meiner Bremer Rede. Wir arbeiteten sechs Stunden. Vorher hatte ich sie vorgelesen. Inge war erleichtert; sie hatte Schlimmeres befürchtet. Es gibt keine bessere Zusammenarbeit als mit ihr. Sie möchte ebenso wie Ursula, daß ich in Bremen den Anfang des FB lesen soll, etwa eine halbe Stunde lang.
Heute war ich bei Werner in der Martiusstraße. Das Blutverdünnungsmittel Marcumar mußte besorgt werden. Nachmittags lief ich zum Maximilianeum und zurück: zwei Stunden. Dann Korrektur der Rede, da der Hanser Verlag etwas damit machen will. Ob Günter Fetzer das gelingt? Ich räumte mein Arbeitszimmer auf. Jetzt kann es schön langsam wieder losgehen. So, morgen muß ich nach Bremen bis Donnerstag oder Freitag.

24. 06. 85 Alles, was tief ist, liebt die Maske (Nietzsche, wer sonst?). Dazu Adorno (frei zitiert aus der »Negativen Dialektik«): Tiefe ist nichts Subjektives. Sie öffnet sich, wenn Unvereinbares zusammenkommt im Kunstwerk, ohne sich zu vermischen und ohne sich gegen den Zusammenhang mehr als erträglich zu sträuben; jetzt habe ich das aber selber formuliert. Im übrigen, das steht nicht in der ND, sondern in der »Ästhetischen Theorie«.

05.09.85 Da sagt er wieder das Genaueste. Adorno. Ich möchte ihm nicht begegnet sein. Ein Dichter. Ein Mensch, ja: kein Mitmensch.

02.10.85 Ach was. Er redet über das Gedicht. Dieses ist – oder es ist subjektiv.

19.12.85 Immer wieder dieser Satz (24. Juni 85). Ich lese ihn ja auch in der Zeit meiner schlimmsten Sorgen um »Metropolis, Soundseeing«. Ich habe mich zu weit vorgewagt. Das ist die Darstellung des Falschen. Das werden sie nie begreifen. Diese ist selber falsch. Hat falsch zu sein, nie bis zu richtiger Falschheit: das nie. Das frivole Urbane; die sakrifizierte Profanität – das profanierte Sakrale, das erniedrigte Hohe (Wissenschaft), die Erhöhung des Niedrigen, immer so weiter bis alles verschwimmt. Das Wasser. Das Falsche und das Wasser. Die Rede. Ja. Das ist der Zusammenhang. Nicht das Feuer. Nie.

23. Januar 1986, München

Bei Faists. Der Hund Foxl. Ruth sehr still, schaut weg. Der Peter redet über den falschen Gott. Wir reden alle über dieses kartographische Ereignis: Packenreiterstraße 17. Gestern vor vierzig Jahren besuchte mich meine Elisabeth dort. Gestern zeigte ich ihr Bild dem Michael Langer. Ihr strahlendes Antlitz. Und dieser geographische Ort. Unzählbare Ereignisse. Nichts für unsere Augen, nichts für unsere Sinne. Also wir müssen, weil das unsterblich ist, alles anders erfassen. Keine weiteren Fragen. – Oder dieser Meyrink, bei aller Trivialität oder gerade, eben ›geradeaus‹ mit ihr hat er vieles in seinem Okkultismus empfunden. Da soll der Adorno lachen, wie er kollert, für die Uni. Uns geht das wenig an.

24. Januar 1986, München

Arbeit heute an Richard Seligmann (Richard Dadd?). Reise über den Davidstern. Sehr lange an diesem Pantakel in München. Auch die achtzehn Feste der Israeliten, der Israelis wohl auch, studierte ich. Seligmann wird scheen langsam: leider ist mein Rotwelsch nur in der Hand. Aber das war ein – mir fehlt immer das Wort für wichtig, ich meine anstelle dieses Abfalls – gut: eben ein guter Vorstoß. Das hat nichts mit Moral zu tun, das ist neutral. Daß ich drauf komme.
Abends mit Inge im TV ein Film von Christian Blackwood »Mein Leben für Zarah Leander«. Sehr aufregend, auch verwirrend (Transvestit). Der Freund Paul Seiler, ein Fan, mit Zarah im Mittelpunkt. Hinreißend die Lieder, auch ihre wunderbare Erscheinung. – Später noch »Entr'acte« von René Clair 1924 mit Picabia, Duchamp, Breton etc. als Schauspieler. Musik von Erik Satie. So fängt ein Medium an: ganz groß und die Zukunft seiner Möglichkeiten alle schon vorwegnehmend. Wie lustig und traurig.

28. 01. 86 Helmut Klewan hat ihn konserviert (mir fällt kein anderer terminus technicus dafür ein). Ich weiß aber nicht, ob ich ihn mir ein zweites Mal ansehen will. Merkwürdig: Effekte reizen kein zweites Mal. Es gibt aber ein langes Leben in diesem Sinne in der musealen Neugier der Nachkommen.

25. Januar 1984, Bremen

Ankunft um 9 Uhr im Hotel. Spaziergang durch die Altstadt mit Inge. Dom, Roland, Essen bei Knurrhahn. Dann schlafen wir bis 17 Uhr. Vorbereitung der Lesung. Herbert Heckmann setzt sich im Lokal zu uns. Herr Opper, der Kulturverwalter, bringt uns zur Lesung in den Bürgersaal. Etwa hundert Leute, nicht viel. Dreiviertel Stunde Diskussion. Interview für den Rundfunk. Dann in den Ratskeller, wo wir in dem Gewölbe aus dem 16. Jahrhundert probieren dürfen. Oben sprach ich mit Luise Preuß-Braun und einer Dame, deren Tochter demnächst bei Hanser einen Ausbildungsplatz bekommt. Kurzes Gespräch mit Erich Fried, aber da kam wenig zustande. Um halb eins ins Bett.

15. 10. 85 Keine Meinungen. Ich bin sehr wenig sozial. Mehr monoman, wenn nicht monoton. Warnung. Jedenfalls wenig Meinung zum Geschehen. Ich lese schon die Zeitung jeden Tag. Aber dazu habe ich nur zu grollen. Hier bin ich bei mir. Wer zu mir kommt, ist es auch. Nicht groß ist die Gesellschaft. Meistens sind wir nur zu zweit. Ist alles sehr schlecht, dann ist es nicht unbedingt weniger gut.

19. 12. 85 Ja. Wenig Politik. Dazu ist der Mund da. Die Feinde. Die Freunde. Der Tag. Das muß sofort ausgesprochen werden. Und wieder vergessen, für einen Tag – sonst kann man nicht weiterleben: Selbstmord, oder Ulrike; also dann auch Selbstmord.

25. Januar 1986, München

Jeden Abend dasselbe: Sancho und Inge spielen ganz verstohlen draußen. Ich höre ihnen eine Weile zu. – Wieder ein Vorstoß in die Richtung der Seligmann-Geschichte. Die jüdische Hochzeit von Dadd und Sittul: Seligmann ist ihr Rabbi. Alles wird durchkreuzt, überquer sind wir lebendig. Keine Garantien mehr für jeden, sondern: das Unsere arg = schlimm, immer Durcheinander. Das ist die Welt von morgen. Ja. Und jeder Ernst, also jede Wahrheit, also alles Echte muß in der Lüge zueinander das eigene loswerden in

den anderen hinein. – Ich habe das zu leichtfertig formuliert. Das wird keiner verstehen. Was ich meine, ist uns übertreffend; vor allem unsere gefährlichen Empfindungen, unsere Gefühle. Dem anderen muß jeder seine Wahrheit ins Herz lügen. Lügt jener zurück: wie anders wahrer könnten wir zusammenleben. Oder haben wir gelernt aus den drei Kriegen in den letzten hundert Jahren hier und aus den Tausenden im selben Zeitraum? Die Liebe, die Lüge. Die wahre Lüge. Der Friede den Menschen.
Was ich von Franz Hildebrandt las, beunruhigt mich sehr. Sein »Großfürst« ist sehr verkrampft. Wer soll ihm das sagen?

28. 04. 86 Mein Urteil ist so verkrampft, daß mir gar nichts mehr einfällt. Der Uni-Jargon mißfiel mir, sein vektorelles Gefühl. Wortkrämpfe, Neubildungen, Umbildungen, die es auf und (wahrhaftig) hinter sich haben. Dann muß halt erschreckt werden. Achternbüscheleien. Gekreuzigte Frösche. Der Herbert wiederholt das ja selber. Frösche, denkt er, leben nicht, oder? Altes Knabenwissen. Entweder aus Blech oder aufgeblasen aus Gummi. Der alte Student aber sollte es besser wissen. Aber wir sind entweder verpoppert oder vergrindet. Lues. Schwabing. Und doch ist der Franz ein Schriftsteller. Das ist klar.

26. Januar 1983, München

Am 20. Januar war ich mit der Korrektur fertig. – Heute schrieb ich noch zwei Kapitel. Es wird leer auf meinem Schreibtisch.

11. 02. 83 Ich träumte, daß der Karwendel versank. (Durchkorrigiert, weggeschrieben. Das Buch verschwand vom Schreibtisch.) Karen muß immer noch abschreiben.

14. 07. 83 Illusion. Noch im Grab werde ich korrigieren müssen. Die Hölle des Falschen. Weil meine Poesie ausschweift wie ein Hund, so lüstern. Die Genauigkeit der hündischen Lüsternheit ist eine Korrektur perennis.

15. 06. 85 Ich bin so daheim in diesem Mordbuch. So finde ich mich immer wieder. Das ist der Steinzeitkrieg: die Ringe aus Lehm, die zusammengestrichen werden. Oder die Flechte, Schuppenflechte. Hast du Angst, Paul?

19. 12. 85 Wo wartest Du Einzelwesen auf dein letztes Einzelereignis? (Whitehead)

28. 08. 85 Nein, ich habe keine Angst. Ich muß ja noch nicht fliegen, ich sitze ja noch im Nest. Sibylle. Ich denke an Dich. Ich werde in diesem Herbst nicht nach New York kommen. Das war ein Reinfall durch mich, also wahrscheinlich. Nicht böse sein. Der Dichter Paul ist nicht so bekannt wie Du mir und ich Dir. Daß er einer ist, müssen wir nicht befürchten. Gerne hätte ich vor oder nach einer Lesung bei Dir oben über dem Central Park gesessen und mit Dir geredet. Ich habe Dich so lieb, Sibylle; das darf man nicht nur sagen, sondern man muß es. Was sagst Du zu mir?

26. Januar 1984, Bremen

Frühstück mit Herbert Heckmann. Gespräch über Hamann. Heißenbüttel kam dazu. Wir machten noch einen kleinen Spaziergang, zogen uns dann um und gingen zum Rathaus. Schlo begrüßte uns unterwegs. In einem Nebenraum gab es Phototermin und sonstige Modalitäten. Dann hielt Senator Franke seine Rede und Herbert Heißenbüttel seine Laudatio. Die Direktorin der Stadtbibliothek überreichte mir den Preis. Ich nahm an einem Tisch Platz und hielt

meine Rede. Ich schlug sozusagen dankend zu. Ein Fernsehinterview. Dann kam Morshäuser dran.
Essen im Kaiserzimmer des Rathauses. In diesem Raum hat Brahms die Uraufführung seines »Deutschen Requiems« gefeiert. Ich saß neben der Frau des Senators. Es redeten Christoph Schlotterer, Heckes und der Dompfarrherr. Mit Jörg waren wir dann noch in der Buchhandlung von Vincenzo Orlando, wo wir nach einer Flasche Champagner die Preisurkunde liegenließen. Zu Fuß zurück ins Hotel. Inge rief Volker Hoffmann an. Wir brachten Jörg zum Bahnhof und aßen dann still zu zweit in der Friesenstube.

29. 05. 85 Ein Jahr später saß ich wieder an diesem Tisch vor meiner Lesung in der »Waage«: schlimm verzweifelt.
06. 12. 85 Mit Diana Kempff telephoniert. Sie kommt Silvester. Dann werde ich mit ihr sprechen: von diesem Leben, diesen verfehlenden Aufzeichnungen, aber nicht von der verfehlenden Liebe. Diese Liebe ist nicht auf Band, noch nicht. Meine liebe Diana. Meine liebe Diana. Meine liebe Diana. Und immer so weiter wie mein Gefühl weitergesagt wird.
19. 12. 85 Ja. Und dann trat ich vor die Wohnungstür und bedrohte die Umwelt und versuchte die Tür zuzunageln, bis zwei Funkstreifen kamen.
04. 06. 85 Ich erinnere mich: Exzeß auf telephonisch, etwa acht Stunden mit Diana (Ammerland) und kurze, teure Zeit mit Sibylle (New York). – Die Hausmeisterin betrat dann die Wohnung und legte den Hörer auf. Daran erinnere ich mich. Inge hatte stundenlang vergeblich aus Bremen angerufen.

26. Januar 1986, München

Der Herr Twardowski. Faust Polens. Krakau – Galizien. Karpaten, Tatra: schwer, tief, schön.
Isolde Ohlbaum rief an. Ihre »Frauen am Grab« sollen im Frühjahr kommen. – Wir gehen wieder über den Friedhof, zünden zwei rote Lichter an; wie Heimat. Ich weiß auch nicht. Ich denke an die Polin in Lochham vor vierzig Jahren.
28. 01. 86 Ostgalizien, Heimat der Ostjuden. Ich möchte darüber lesen.

27. Januar 1984, München

Wieder zu Hause. Ruhmbedeckt. Jetzt erwarte ich die Ankunft meiner Selbstzweifel.
Auf der Heimfahrt las ich in den Erinnerungen von Nikolaus Sombart das Kapitel über Carl Schmitt. Faszination. »Land und Meer« habe ich schon gelesen.
Ich sollte endlich auch Melvilles »Benito Cereno« lesen. Durch Schmitt Bekanntschaft mit Schuler. Auch Klages. Disraeli. Material für meine Aesthetica.

19. 12. 85 Melville gelesen. Also von Schmitt dieser Schuler. Keine gute Adresse. Aber das sagt nichts für die Zukunft in der Prosa.

27. Januar 1986, München

Im FB wird die Krise des Erzählers (60er Jahre) nachgespielt. Ich-Instanz – Wir-Instanzen – Inspektor. Falsche Redlichkeit: redlicher Fehler.
Jesus, als Gottes Sohn: von den Christen zum Gott erklärt – das bedeutete die Trennung zwischen Christen und Juden, auch deren Verwerfung. Da ihre Thora einen Gott neben ihrem Gott verwarf, konnten sie keine Christen werden und nicht mit diesem Propheten aus dem alten Zeitalter in das neue gehen. Ein schreckliches Talion Gottes müßte man das Schicksal dieser Religionsgemeinschaft nennen, wenn man es als Wirkung dieser Glaubenstreue sähe. Wer dürfte Gott eine solche Rache andenken? Aber alles das ist unvorstellbar und in jeder waghalsigen Hinsicht verwirrend bis zum Wahn. Noch nie hat und nie mehr wird eine neue Gemeinschaft sich ein derart blutiges Feindbild schaffen wie es die Christenheit getan hat. – Ein schwerer Tag war das heute. Morgens wieder einmal Schreibversuche, Gedichte.
Seit den stürmischen, quälenden Tagen der vergangenen Woche geht es uns allen nicht gut. Jetzt diese Vollmondnacht nach einem Föhntag.

28. Januar 1978, München

In der Traumrede: Ambivalente Individuationskämpfe; Aufstände gegen die Austauschbarkeit im Traum und dessen Auflösungstendenzen. Selbsterhaltung in den Träumen. Diffamierungen der Träume.
Aber das bleibt in der »Rede« ambivalent: Hin zur Auflösung, weg von der Individuation – zugleich hin zur Konstitution des Individuellen, also weg mit einem gesichtslosen All.

17. 12. 85 Whitehead – Adorno oder umgekehrt. Und unterwegs von einem zum andern und zurück: mit dem Großmeister der Spontaneität, Ulrich Sonnemann. Er wird mir diesen spaßigen Ernst verzeihen.
Aber das sind meine drei – wie immer sie sich selbst nennen wollen – Philosophen.
Ich brauche sie, ich gebrauche sie. Ich habe nichts Philosophisches vor. Und wenn; also falsche Stirn- und Fußnoten zu allen diesen, mit untertänigstem Verlaub.

28. Januar 1983, München

Jetzt habe ich den Schluß geschrieben. Das Buch ist fertig. Schluß. Aus. Dein heiliger Schikaneder.
Der Schlamassel ist immer noch die beste aller Welten.

14. 07. 83 Ich läge ja gerne mit einem Fehler beisammen, wenn es keiner von mir wäre.

28. Januar 1984, München

Spaziergang über das Olympiagelände bis zur Borstei. Erinnerung an die Spiele in den Gärten dort mit meiner Cousine Irmgard. Ich wollte zum Grab meiner Eltern. Vielleicht komme ich nächstes Mal so weit.
Buch Poppes (I): Also Poppes ist der Ich-Erzähler, und er verwaltet meine Tagebücher. Er zerreißt meine Biographie. Poppes macht

nach, was ich Rosa antat. Er schreibt übrigens im Haus Elisabethstraße 8 an meinem Schreibtisch. Ich könnte mich selbst dort an einem Herzinfarkt gestorben sein lassen.
Er fährt an meiner Stelle nach Bremen. Paw ist vor Freude über den Preis gestorben.
Das Poppes-Buch ist das Haus-Buch. Poppes bewegt sich, wenn er durch München geht, nur in dem einen Haus, das ganz München beinhaltet. Flure – Straßen – Plätze = riesige Säle. Man kommt von den verschiedenen Stockwerken aus gleich in die Häuser. Die Straßen und Plätze liegen unten. Oben ist alles geschlossen. Nur die Münchener Freiheit ist, wie ein Kinderkuchelmodel, nach oben offen: da gibts den wirklichen Himmel. Während des Buches (sic) wird hier dauernd umgebaut. Nochmals die Bücher:

Buch Popollo –	Haus-Buch	(München)
Buch Robariel –	Stockwerk-Buch	(Bayern)
Buch Johanna –	Zimmer-Buch	(BRD)
Buch Anthalie –	Schreibtisch-Buch	(Europa)
Buch Rosirene –	Buch-Buch	(Erde)

Das wird eine merkwürdige Überholung des konglomeratischen Platzes.
Der dritte Einfall: Alles wird durchwirkt, durchwebt, durchstrickt von meinen Tagebüchern. Umarmung von Schein-Kunst und Schein-Wirklichkeit.
Zu diesen fünf Büchern gehören noch Gegenmünchen, Rede, FB und Aesthetica in nuce.
In die Aesthetik müssen viele narrative Kapitel eingeschrieben werden.

28. Januar 1986, München

Teichoskopie (teĩchos = Mauer, Wall. skopeĩn). Die »Ilias«, Buch III, Vers 121-244: Bericht Helenas = Mauerschau; später dramatisches Mittel des antiken und klassizistischen Dramas, synchrone Reportage (besonders von Schlachten).
Akustische Teichoskopie = Maria Stuarts Hinrichtung, hörbar gemacht von Leicester (Utz).
Ist meine »Führung« nicht genau das? Soundseeing = durch Hören sehen – ist aber auch Verballhornung des Wortes ›Sightseeing‹.

Michael Kordt war zwei Stunden zu Besuch. Wir sprachen über das Projekt »Flamenca«, auch über zeitgenössische Annäherungen an Prosa des 18. und 19. Jahrhunderts, vor allem an Märchen. Michael verhandelt mit einer Kassettenfirma. – Ich weiß aber nicht, warum er mich eigentlich aufsuchte. Wollte er zu Inge? Im Gespräch wurde nämlich deutlich, wie wenig er von mir weiß. Er wurde belehrend, was ich mir verbat. Schön war es, wie er Lieder der Staufer-Zeit sang. Dann wäre es aber doch fast zu einem Zusammenstoß gekommen, als ich Lyrik nicht mit Gesängen oder Songs vergleichen ließ, gar mit dem Ergebnis der Egalität. Ich kann hier seine Position nicht deutlich machen, da mir die Notation seiner Minne-Gesänge nicht geläufig ist. Ich schreibe heute sehr angehoben widerlich. Mir war nicht wohl bei diesem Gespräch.
Die Challenger ist heute gegen 16 Uhr mitteleuropäischer Zeit zwei Minuten nach dem Start explodiert. Ich erfaßte zunächst diese Information nicht oder wollte sie nicht erfassen. Ergriffen hat mich das Schicksal der beiden weiblichen Gäste bei diesem astronautischen Unternehmen.
Auf dem Spaziergang durch den Luitpoldpark Annäherung an Richard II. Seligmann. Wunderbar weicher Schnee heute, meine Nervosität aus dem Gesicht schneiend; ja, so war es.
Ich ertappe mich soeben bei dem Gedanken, ich selber hätte mich ja auch nicht gekannt in dem Alter, in dem mein Enkel Max Balthasar steht (liegt). Damit sollte die Angst vor einem Versäumnis gebannt werden. Dieses steht nicht mehr bevor.
Dieser junge Hund, der heute über den Schnee auf mich zukam. Mein kurzer Schrecken. Seine junge Herrin. Oder wie nennt man die Besitzerin eines Hundes: Frauchen? Ich sah sie nicht, weil ich sie nicht sehen wollte. Mein Bruder ist ein Priester, ist ein Mönch. Wenn er so ein Priester ist, wie ich einen Mönch mime, dann bitte, Gott sei bei uns.
Ich weiß, alleine wäre ich todtraurig, aber ohne einen Schmerz. Ich kann aber nicht ohne Schmerzen sein, die das Glück im anderen Wesen und an seiner Seite sind. Und so weiter bis zum Song und noch tiefer. Es gibt wahrscheinlich keinen Menschen zur Zeit, den diese Zeit mit ihren Liedern (man soll sie doch nennen, wie man will) so anekelt wie mich. Ich kann keine Sekunde zuhören, keine Minute. Diese absolut fade Ekstase. Der musikalische Kehricht des

verrinnenden Kirchenliedes bei der Sonntagsmesse oder sein Korrelat. Amen.
Eine meiner schrecklichsten Unarten ist es zu jammern: die wahren Ursachen dieses Jammers aber – wegen der Befürchtung eines überanstrengenden Heilverfahrens – zu verheimlichen. Die Angst vor Erlösung. Für einen Falschen ist das auch die unbequemste Sache von dieser und jener Welt, und es käme bestimmt nichts Gutes dabei heraus.

29. Januar 1984, München

Kohl in Israel. »Ich bin als Freund gekommen und ich gehe als Freund.«
Mit Inge ging ich das erste Mal im isrealitischen Friedhof nördlich von der Alten Heide spazieren. Die in tiefe, schwarze Resignation hüllende Aussegnungshalle, Gerümpel in den Nebenräumen, aufregend.
Wunderbare Namen auf den Grabsteinen: Isidor, Efraim, Baruch, Salo. Steine!
Wir sprachen über den in Haßliebe zu den Juden verstrickten Schmitt, den Verschwörungsaufdecker. Juda + das Meer. Juda: Pazifismus-Liberalismus, Internationalismus = Matriarchat (nach Schuler – Schwabinger Subkultur). Schmitts Haßliebe zu den Frauen.
Heute ist der israelische Staat eher ein Patriarchat: heroisch, elitär.
Später sprachen wir über die Kriegsspiele: Schach, Mühle, Dame. Vielleicht ein kaufmännisches Spiel: wer kommt als erster über das Meer ans andere Ufer?
Wo sind die irenischen Balancespiele, die dem anderen so lange Vorteile erlauben, bis er aufholt: ohne seinen Stolz zu verletzen, sollte er noch einen haben und sich also nicht gerne helfen lassen.
Wie sagte ich vor vielen Jahren zu Dieter Hasselblatt:

Hingenommene Übergabe
Übergebene Hingabe — Irenische Spiele
Ausgegebene Hergabe

Wer erfindet die Spiele? Ich sollte ein anderes Versteckspiel erfinden. Ich müßte ganz einfach von bekannten Spielen ausgehen.

29. 05. 85 So begann es in diesem Januar 1984: da liegen also die Wurzeln des Talion. Jetzt ist das Rattenspiel geschrieben.

30. Januar 1981, München

Inzwischen ist das Gedicht für Grössel fertig. Es soll in die Festschrift für Heißenbüttel. Dann las ich die Gedichte in der Zeitschrift »Rind & Schlegel«, um mich auf den Workshop vorzubereiten.
In den vergangenen Tagen habe ich die »Kartause« gelesen: kalt, erbärmlich genau und distanziert. Objektivität der Poesie. Ja – aber so nicht. Nicht etwa Subjektivität. Das Andere. Das Abseits. Das Daneben. Ich wiederhole mich.

30. Januar 1984, München

Werner Allmann rief an, ein Mitschüler aus dem Wittelsbacher Gymnasium. Er ist jetzt Apotheker in Biberach. Christoph Derschau will im März nach München kommen.
Wenn Popollo ein Tagebuch schreibt, dann muß sein fiktiver Text realistischer sein als mein realer, der doch sehr wenig Konkretes bringt.
Peter von Becker kommt am 20. Februar.

30. Januar 1985, München

Große Refiguration. Die Selektion des Dadd war eine vorläufige Isolationstheorie der Kabbala mit meiner Selektionsthematik gemischt.
Jetzt gehört der bisherige Hauptstrang des Talion zur Lehre des Falschen, siehe Lüge.
Gott ist der Richtige, nur sondert er (durch Dadd) jetzt Richtiges ab, bis er zum falschen Gott Caspar, bis er zu unserem Bruder wird. Schließlich läßt er die Gottheit selber, Selbsthypnose, verschwinden. Dann wäre das so: Lucifer ist das richtige Böse und er reißt sich und alles Richtige heraus, also Abfall in jedem Wortsinn von Gott:

Gott, der Richtige, fällt von sich selber ab!

Das erklärt aber die bisher im Dunkel gebliebene Dorothy, so wie James ihre theologischen Meinungen und Beobachtungen mitteilt. Dadd trifft in Bethlem alle friedlich vereint an und wird vom Caspar daran gehindert zu selektieren.

Dorothy entwickelt ihre Theorie anhand der Kaulbachstraßen-Gespräche und im Gespräch mit ihrem Auftraggeber (Caspar nicht!), der sich für dieses Hauptthema interessiert und insofern recherieren läßt, den Redner der Lüge, also ich, aber unter welchem Decknamen?
Von mir wird Dorothee in kriminalistischem Fortschreiben zur Lösung von der Kabbala und zur Lösung im Falschen geführt.
In der Kabbala war Gott ja ein Ganzes – jetzt will er der Richtige gar nicht mehr sein. Bei ihm allerdings (Zusammenhang mit der Kabbala!!!) hielt das Richtigste ohne Gewalt in der Spannung. Aber Gott verändert seine Gottheit für uns: mit Luzifer, indem er ihr Gelegenheit zum Abfall gibt!
Neue Theologie: poetologisch und irenisch für unsere gottlose Zeit.
Also Dorothy feilt immer mit. Wo? Hier muß ich Neues erfinden. Sie spricht darüber (ohne von ihrer Aufgabe zu reden) mit Phyllis im Fischer-Haus.

31. Januar 1981, München

Den ganzen Tag »Junge Poesie«. Auffallend: Michael Gummer. Morgen muß ich wieder hinaus nach Weßling.

24. 06. 83 Damals lebte Isabel noch. Was hat sie getan, wenige Meter weg von mir? – Ich komme jede Woche einmal auf meinem Spaziergang am Großklinikum Großhadern vorbei. Dort ist sie gestorben. Dort liegt jetzt eine Frau, die ihr Kind verlor bei einem Unfall auf der Strada del Sol südlich von Verona. Wir fuhren auf dem Heimweg von Passignano an der Unglücksstelle vorbei. Ursula stellte jetzt den bestürzenden Zusammenhang her.

15. 10. 85 Gestern rief die Freundin von Isabel an: Barbara Keller. Ursula meldet sich nicht mehr. So reißen die Verbindungen ab.

Wie wohl fühlt man sich mit seinem Körper, einen Raum verlassend, in den nächsten tretend. Das Unwohlsein im Traum. Im Traum sind die Augen geschlossen, aber die Ohren – wie immer – geöffnet. Das Unwohlsein in einem Zeitalter des Ohrs? Ist das ein Zeitalter des Traums? Dieser Zusammenhang: Ohr – Traum – Unwohlsein – Sturz. Der Schlaf löscht den realen Raum. Die Ohren als Gleichgewichtsorgane haben zu aller Lächerlichkeit Urlaub. Ungleichgewicht herrscht. Ja. Herrschaft der Schwankungen. Werde ich noch solche Bosheiten den Ohren nachsagen? Wie allem, was ich liebe.

Ohr – Traum
Auge – Wachen

So einfach könnte es sein. Hat Magritte die Ohren mit Pupillen versehen? Die sind in der Nacht ihre Karnevalsnase. Der Tempel des Geistes schläft. Wie lustig die Religion ist. Ich verstehe nur nie, daß man nicht glauben will. Alles ist glaubwürdig. Nur nicht die richtigen Lügen.

31. Januar 1984, München

Anruf von Emma Kracker. Die Lehelerin erzählt, sie habe meine Mutter gekannt und bei ihr immer das gute Wühr-Brot gekauft. Auch meinen Bruder kenne sie. Vierzehn Kinder seien sie in der Gewürzmühlstraße gewesen. Eine Nachricht aus der Vergangenheit. Sie hatte die Besprechung in der ZEIT gelesen.

04. 06. 85 Lesung in Bremen. Stunden vorher schon die schlimmsten Depressionen: im Hotelzimmer, im Restaurant. Ich wollte nicht mehr aus dem FB lesen. Nach einem Gang durch das abendliche Bremen kam ich als erster bei der »Waage« an. Schließlich füllte sich der Saal. Eine gute Einführung. Herr Opper war auch da. Ich las. Dann kam eine lebhafte Diskussion. Es wurde – in Bremen! – lustig. Sehr merkwürdig.

08. 10. 85 Mit Heißenbüttel über den großen Platz. Wir schauen uns ja nie an. Ich weiß nicht, wer noch dabei war. Aber ich bleibe immer der Lehrer, der Sohn des Bäckers. Mir ist in dieser Gesellschaft nur zu helfen – und genau das will ich nicht.

1. Februar 1981, München

Ich mußte wieder nach Weßling. Dort war der See zugefroren und alles an diesem blauen Wintertag kalt. Diese Tage:

Am Grab meiner Beatrice
meiner Eltern
Der Rundgang im Westfriedhof. Das
Gespräch mit Michael Faist,
mit den jungen Dichtern von
Rind & Schlegel
am Weßlinger See.
Meine harten Einwürfe
in die Rundgespräche.
Das Ausmessen der Poesie
Maßstäbe: Kleist
Baudelaire.
Der Rundgang um den
alten Nördlichen Friedhof.
Günter Herburger
bei mir heroben
von mir weggeschickt: seine
Liebe. Er martert.
Gewagte Elogen, Schläge
unter die Gürtellinie.
Ich erkälte mich an ihm.
Er denkmalt uns.
Eine wunderbare Frau aus
Düsseldorf Sibylle.
Die Isar darf nicht
der Mäander meiner Trauer
werden: Lessing,
Wolfenbüttel, die Oker.

1. Februar 1986, München

Hörspiel von Urs Widmer: »Indianersommer«. Faszinierend. Sehr leicht. Zauberhaft leichtfertig. – Geers, der Freund vor vielen Jahren, von allen Zuhörern abgelehnt. Bernhard Setzwein ist in

dieser Runde ein Sonderfall, eigentlich sollte er sich von uns fernhalten. Er ist ein Volksschriftsteller oder Gelehrter, das klingt nur so komisch.
Gerhard Rühm: Wie sie ihn für sein »Waldsterben« lobten! Es war mir zu wenig gedacht, erfunden. Ein einziges Mal ergriff es mich, dieses »Oh Tannenbaum« (ganz verbeult). Warum nicht gleich? Das war zu kurz. Das war zu wenig dagegen. Ich habe ja auch nicht sehr viel dagegen.
Anfeindungen wie soeben – um 22 Uhr – sind Liebeserklärungen. Für Inge.

2. Februar 1978, München

Volker Hoffmann: Sprachkörper im Schwebezustand = Fisch. Er meint, ich würde immer wieder neue Erfahrungen aufreden, bis sie in die Schwebe geraten, bis ich sie ins Gedicht gebracht hätte, sodaß ich gleichsam an ihrer Materie meine Sprache in Aktion treten lassen könne: Hoffnung in Verzweiflung usw. Es sei oft so, daß in einer klaren Struktur eine zweite arbeite, aber dagegen: also Intensivierung des Ineinanderfallens von Widersprüchen bis sie schweben, d. h. nicht mehr am Boden aufsetzen. In mir läge von lange her Wortmaterial, das jetzt von mir ursprünglich zitiert werden könne. »Wie hat es sich aber ereignet und wirklich spricht«. Wie die Leute im 16., 17. und 18. Jahrhundert. Sie fragten: Wie war das? Sie meinten aber: Wie ist das? Magus in Norden. Ich würde mich sehr genau an der Oberfläche ausdrücken, aber nie sinngemäß direkt, also eindeutig; das ergäbe die Dichte. Die Ausbrüche in den Gedichten.

08. 08. 85 Heidi Fenzl-Schwab: Ausbruchs-Literatur!

28. 08. 85 Das muß ich alles schreiben, weil kein Mensch über mich schreibt. Nicht der Wiesner, nicht der Drews. Keiner. Wie schon von je. Da mache ich es mir selber. So ist der Schriftsteller zum Schriftläuter geworden. Für mich hat der liebe Gott keinen hergestellt, der mir hilft. Vielleicht ist eine Verwechslung im Gang, so daß ich mir das gar nicht ausdenken muß. Mir ist bald der Gar aus, und dann ist Schluß, und etwas habe ich nicht erlebt. Aber es war kein Tier im Zoo. Bei diesem Buch wäre es mir sehr recht, wenn es mein letztes bliebe. Das wäre reell, wie meine Mutter sagen würde, die Paula Wühr.

3. Februar 1980, München

Das FB erzeugt sich selbst durch die Irrtümer und Halbwahrheiten meiner spontanen Eingriffe. Diese fordern zu neuen Irrfahrten auf dem Papier heraus, zu Irrfahrten auf einem Meer des Bewußtseins zwischen zusammenhängenden Inseln, die nur vorübergehend Halt geben, indem sie einen Zusammenhang imaginieren (Hamann).

19. 12. 85 Mit diesen Sätzen begegnete ich Ursula Haas in Neuaubing. Ich schreibe vielleicht ein solches Buch nur deshalb: um einmal präsent zu sein – illusorisch, denn das Ganze ist für eine Präsentation meiner Person in etwa einer überzeugenden Weise zu monumental geraten. Aber, fällt mir gerade ein: ist auch ein Widerspruch zu allzu direkten, gelungenen Ansichten (Whitehead) von – wenn auch kreativen – Fehltritten (auch Gottes, wenn schon, und wenn schon in mir) von mir.

Das war nicht böse gemeint, eher schlimm. Die Zeit ist für Whitehead noch zu sehr Zeit. Ich hoffe nicht, daß dieser Gedanke, freilich von einem Größeren vorgebaut: die seinen ändert. Oder muß das sein?

Der Falsche sagt in diesem Buch zu einem Falschen Richtiges: nicht um das Faktum anderer Tage zu ändern. Alles wohnt zusammen in diesem Zeithaus. Oder ist es nicht eine zukünftige Hauszeit? Beides klingt falsch. Und wie, Zeithaus ist richtiger, Hauszeit schöner. Oder ist das der neue Titel fürs Buch: »Zeithaus«? Der wievielte? Lust will ein Zeithaus. Möge mir Nietzsche verzeihen. Ich möchte zu mir zurückkehren können. Bei mir immer wieder vorbeischauen, wie hier in diesem Buchhaus, wo ich acht Jahre habe. Das ist doch viel Raum.

Meine Dichte, der Traum davon, ist auch schlimm. Weil es gut ist zu streichen. Durch Löschungen entsteht ein dichter Text, nicht durch Häufungen. Der Streicher ist der Poet. Nicht der Schreiber. Oder wenn dieser: der Verschreiber, von Fehlern, künstlichen, und die will sowieso niemand.

02. 02. 85 Figuration einer Jagd aller auf den Falschen mit Argumenten: der befreit sich immer wieder aus den Widersprüchen.

3. Februar 1981, München

Bei der Tagung ›Junge Poesie‹ in Weßling wurde Poesie, wenn ich etwas darüber sagte, für die jungen Lyriker plötzlich etwas Schreckliches, Fremdes, Gefährliches. Einige boten ihren Austritt aus dem Werkkreis an. – Also: geworben scheine ich nicht zu haben für das Gedicht.
Ich denke an den Riesen von Mörike, jenen mit dem Scheunentor. Das Märchen las ich Inge auf einem Hügel über Glion vor.

24. 06. 83 Die Tür von der Erlöserkirche: die Zudecke des Poppes. – Das Bezugsnetz des FB: sollte es sich auch in mein Privatleben erstrecken? So eine dumme Frage.

23. 06. 85 Das erzählte ich Judith Schnaubelt, meiner Metropolis-Mitarbeiterin. Sie sprach von dem ›ängstlichen CSU-Autor und braven Katholiken‹ Gummer.

3. Februar 1984, München

Spaziergänge in alle Richtungen in dieser Woche. Anrufe von Apotheker Allmann und Fred Schramm, den wir 1972 auf Djerba kennengelernt haben. Briefe von meinen Schülern. Heute war ich am Grab meiner Eltern.
Die Übergänge vom Tagebuch in die Fiktion dürfen nicht graphisch kenntlich gemacht werden. Ich schreibe also einfach weiter. Es kann dann allerdings passieren, daß ich irgendwo in der Fiktion teile und neu beginne und am Ende den Rest des Tagebuchs wieder anhänge. Es sollte für mich selber nahezu unmöglich werden: Fiktion von Realität zu unterscheiden. Ich schrieb 22 neue Kapitel zur Aesthetica. Das alles in sechs Tagen.

18. 06. 85 Es wird keine Fiktion geben in diesem Buch, nicht gewollt; sonst freilich. – Bis zum 3. Februar kam ich gestern bei der Vorlesung für Inge. Wir wissen zwar beide noch nicht viel über den Charakter dieses Buches, fanden aber keinen Grund, eine Veröffentlichung zu unterlassen.
Gestern war ich am Grab meiner Eltern. Das ist zwar keine jahreszeitliche Übereinstimmung, aber eine bemerkenswerte doch.

21. 09. 85 Depression. Erinnerung an Fred Hosenkiel, der meinte, es sei gut, daß ich in den USA nicht als Englischsprechender aufträte, weil man sonst merken würde, wie dumm ich sei. Kaum hatte er das gesagt, da sprang er schon auf mich zu und küßte meine linke und meine rechte Wange. Judas Hosenkiel. Wie wahr er sprach. Trotzdem und obwohl ich verzeihe, darf ich das nicht vergessen; er würde damit bestätigt.

3. Februar 1986, München

Den ganzen Tag denke ich, ich kann nicht mehr dichten. Das ist wie eine Kastration. Ist es der Winter? Was soll das? Mir wird schlecht vor mir. Ich weiß vielleicht zuviel, und ein neues Weib hab ich auch nicht, nicht im O, nicht im W, nicht im N, aber vielleicht im S. Als ich so schön raunte, nachtigallte. Es ist ja nicht so, aber nur weil ich die Poesie liebe: diese großen Wörter. Die so schön im Sinn herumwühlen. Ist das deutlich genug? Die Natur war immer schon im Arsch. Sie ist zu kurz. Bis da einer seine Sache richtig reinsteckt, ist er schon wieder als Mensch ganz raus. Das muß geändert werden. Das erste, was die Vereinigung für Humanität und dergleichen tun muß, ist die Veränderung der Basis. Ich weiß nicht mehr, wie die geht. Sie geht natürlich nie. Wie sollte sie sich selber auch widersprechen. Mir ist schlecht. An einem solchen Tag muß ich sterben. Das weiß ich. Das stört mich nicht besonders, wenn es meiner Gottheit hinreichend gut tut. Auch Whitehead ist ein kategorischer Esel. Das erkenne ich augenblicklich. Wie schade.
Mir gelingt dieser (jetzt weiß ich nicht einmal mehr seinen Namen) Jude in München nicht. Vielleicht darf ich ihn nicht schreiben.

Mir geht es nicht gut. Aber das tut nur der Inge weh; es hat an sich wenig zu sagen. Das ist im Stil der 50er Jahre ausgedrückt. Dem folgt kein deutscher Selbstmord.
Auch nicht deshalb, weil ich in der Glosse zum 3. Februar 1980 (vom 2. 2. 85) einen Einfall nur andeutete. Für mich. Für wen denn sonst? Und ich weiß da ja auch weg davon und ganz hinein. Aber wenn ich das deutlicher sage: ist der Hase tot. Das gilt nicht für diese Passage. Das ist hier oft so. Werde ich deutlich, dann ist die Sache (Poesie) schon gelaufen. Jede Undeutlichkeit deutet Arbeit an. Schlimm? Für den Leser ja.
Habe ich das schon geschrieben: Mir geht es so schlecht. Ich bin heute schlecht. Ich bin es schon lange. Ich habe wahrscheinlich kein Gefühl mehr. Ich werde soeben begraben und merke die Anstalten nicht. Mir folgt die Erde nach.

19. 02. 86 Der Hosenkiel ist kein Judas. Er küßte mich auch nur links oder nur rechts. Wenn er es genauer wissen will, soll er im Hotelzimmer nachlesen.

4. Februar 1978, München

Lektüre: Unisexualität von Bazon Brock. Homosexualität wird von ihm nicht weiter beachtet. Wichtig erscheint ihm, daß sich der einzelne eingeschlechtlich einer institutionalisierten Sozialisation anpaßt und sich der Aneignung realer, gegenwärtiger Zwecke widmet. In einer solchen Sozialisation würden die Widersprüche (geschlechtliche – herrschaftliche) stillgelegt; kein Konkurrenzkampf: Aufhebung des Bürgerlichen. Nähe zu Luhmann? Das sei endgültige Affirmation einer postindustriellen Welt. Er sieht im Westen wie im Osten die gleichen Tendenzen (wieder: Luhmann – Mao?). Bald gebe es nur noch die Zweckausrichtung. Liebe sei dann nicht mehr über Bezugspersonen, sondern über Sachbezüge zu realisieren. Liebesschmerz werde zum Anachronismus.

15. 06. 85 Was mir zu Bazon da einfällt: Er liest aus allem nur das Süße heraus. Ich schaue nur seine körperlichen Umwege bis Wladiwostock. Würde er dort doch bleiben.

08. 10. 85 Jetzt habe ich doch Jochen Gerz mit Bazon Brock vermischt. Und wen liebe ich jetzt in dieser sogenannten Wahrheit nicht?

11. 12. 85 Das FB ist ihm jedenfalls zu schwierig. Wenn man sich seine Kreativen anschaut: da hat der Komprehensivist jedenfalls schnell einen Durchblick. Unsereiner würde ihn nur aufhalten. Doch dazu sind wir noch keine Namen. Diese zu machen, ist er dabei. Über gemachte macht er sich einen.

13. 04. 85 Wieso hat er sie nur zweimal tragen können?

07. 11. 85 Dieses Blatt hat sich verirrt. Aber ich lasse es hier. Wo sollte ich es auch hintun? Ich könnte den 13. April nachlesen. Ich will nicht.

03. 11. 85 Um sich anzuschließen. Ich will das alles nicht nachlesen.

06. 11. 85 Diese Diana. Man bedenke.

5. Februar 1979, München

Volker Hoffmann war hier. Zum Seil im FB: Der Erzähler will in den verbotenen Teil der Stadt hinein: in die Poesie, in das Verdichtete, Enge – in das Buch.
Dazu meine »Fensterstürze« (das 7. Denkspiel). Alles stimmt nur in sich. Hier könnte der Vorwurf der Pseudos ansetzen: Hier bin ich der Richtige, davon also nicht abgesehen, daß der Erzähler alles Erzählte beherrscht. Dazu aber auch: Hier tritt der Erzähler gegen die Lüge an: ihn gäbe es nicht. Die Pseudos spielen und sprechen auf einer anderen Ebene. Angriffe können sie also gar nicht richtig treffen.
Gegen jede Verstrickung.
Ein Anti-Zarathustra? Dieser war doch eine Anti-Bibel!

27. 04. 83 Dummer Vergleich.

23. 06. 83 Siehe 23. Juni 1985. Unser Nietzsche. Den hat uns heute der Hillebrand mit dem Heidegger verdorben. Ich bin noch ganz verzwungen vor Überklemmung.

5. Februar 1985, München

Jetzt noch eine Figuration in den Huon Dadd hinein, nämlich: er ist Baldassare und alle anderen Figuren dieser Reise und geht sozusagen durch sich selber hindurch.

05. 02. 86 Baldassare. Er ist. Ja. Max. Ich grüße dich. Schrei wie dein Tata.

29. 03. 86 Das muß man einem Forscher überlassen. Wer ist Tata? – Ich muß nicht sehen, was ich liebe. Ich höre von Dir, Max. Deine Leute sind zur Zeit keine Gesellschaft für mich. Ich müßte richtig werden, d. h. die Wahrheit sagen. Wenn ich nicht wüßte, wie unwichtig meine Gegenwart ist (und war bis auf einen – oder im Falle unserer Familie zwei Augenblicke), könnte ich mich ja sehen lassen. (Das fliehende Pferd von diesem intermedialen Allgäuer schaut in mein Schwabinger Fenster herein.) Augenblicklich schreit schon wieder Kundry. Es ist Karsamstag bei Paul Wühr.

6. Februar 1986, München

Lektüre: »Das Haus an der Grenze«. Stimmt gar nicht. Es heißt: »Die Frau an der Grenze«. Helmut Eisendle. Einmal mein Freund. Immer mein Freund. Die Erzählung ist nicht groß. Er ist es. Ich liebte und liebe seine Bücher. Er wiederholt sich. Er tauscht Erfahrungen aus, auch über Frauen. Stammtisch. Das ist nichts für ihn. Das sollte man um seinetwillen vergessen. Gut, er ist auch schlecht. Ja. Julia. Er hat längere Erfahrungen, wenn es das gibt. Da würde er widersprechen. Aber das ist mir (und ihm) Ernst. Immerhin geht es um Julia. Wenn ich schon den Namen schreibe. Und da bin ich der trunkene Silen, in München – in seinem Buch. Diese Zusammenstellung von mir ist noch schlimmer. Wenn wir angreifen, sollten wir uns nicht verteidigen, lieber Helmut (Wer hat dir diesen blödsinnigen Namen gegeben? Das Leben sollte rückläufig gelehrt werden: Wehe den Eltern!). Julia. Mit ihr versinkt im Hof der Traum. – Wie selig.
Er, Helmut, sah nur eine Julia. Das muß man ihm vorwerfen: im Buch. Im Leben wirft ihm keiner was vor. Wie auch?

7. Februar 1983, München

Da werde ich also fertig gewesen sein mit diesem Buch. So möchte ich das jetzt sehen. Ich schrieb das Inhaltsverzeichnis, selber ein Buch.

14. 06. 83 Von Zeit zu Zeit seh' ich die Übersicht zu gern. Ach, lieber Gott. Als einer Deiner Fehler darf ich das doch sagen ...

7. Februar 1984, München

Anruf aus dem Verlag: Frau Caspar verband mich mit Schlo, der mir sagte: Fischer macht das Taschenbuch vom FB, 6000 Auflage. So eine Nachricht! Das erste Mal, daß etwas von mir weiterverkauft wird. Die gebundene Auflage des FB ist vergriffen.

15. 06. 85 Also 6000 Stück. Es bleibt dabei. Für 19.80 DM. Ich wage kein Wort, auf die Gefahr hin ...
25. 06. 85 Ich habe es im Programm gelesen.
30. 11. 85 Ich bin so lustig. Sollte ich nicht. – Stella. Das war ein Blödsinn. Meine Inge. Meine Julia. Wenn ich an Euch beide nicht mehr denke ...

7. Februar 1986, München

Michael Krüger schreibt, daß er am 1. Kapitel der »Schlinge« sehr interessiert ist und sich vorstellen kann, was da entwickelt wird (so ungefähr). Von Klaus Schöning kommt der Termin für den Rohschnitt: 17.-21. März. Herbert Wiesner erinnert an den Text für Berlin. Vorerst hat nur Inge den Brief geschrieben. Noch in der Sauna heute, weil Inge mich aus meiner wunderbaren Gedankenlosigkeit holte: Hinsicht auf die Möglichkeit einer Liebe von Oberon zu Thisbe, die sich aber im Erwachen als wunderschöne Frau entpuppen soll. Wie soll ich das drehen? Intrigiert hier jemand? Titania? Das wäre nochmals eine Drehung: Eifersucht, die sich ins Gegenteil dreht und ein zweites Angebot seines eigenen Geschlechts macht? Wer aber und wo ist der andere Puck? Diese Szene ist auch nicht symmetrisch zu Shakespeare. Sie ist geschlechtsspezifischer, also enger; wie könnte ich sie doch noch ausrollen? Ulrich Sonnemann rief an; er bedankte sich für die Geburtstagskarte (übrigens von Raffler, der ihn sehr interessierte). Kurzes Gespräch. Er reist bald nach Honolulu zu Vorträgen. Ich fragte, ob dieser Flug mit dem Atlantis-Projekt zu tun hätte. Das konnte er partiell bejahen. Er will die Erde umrunden: das ist es.

29. 03. 86 Zu jedem Freund sagt man immer: Warum bist Du heute nicht da, in augenblicklicher Solidarität weggerissen von dem gemeinsamen Vorhaben. Wunderbares Wort. Vorsicht ist auch schöner als Fortschritt. Erinnert auch verdammt an Vorsicht. Ein Gremium von Wörtern, denen sämtliche Staaten nichts Entsprechendes zu bieten haben: mit ihren sprachlosen Versitzern.

Wenn ich Sonnemann in meinem FB auftreten ließ, so deutete ich an, daß er da ist: im ganzen Buch. Er ist der Garant des Mobilen. Was am Falschen das Schönste ist: dieser wunderbare, furchtlose Mann: mein Philosoph. Er ist als Person, was das Falsche nicht erstarren läßt. Damit gewiß nicht denkmale ich ihn in die Erstarrung. Ich darf das erleben. Das hat mich geehrt und ehrt mich. Nichts so wie dies, Ulrich. Wir leben von uns. Der Paul der Inge von Dir. Das ist aber, immer wieder muß ich das sagen: von der Achtung geschrieben. Oder gibt es ein schöneres Wort, Ulrich? Ich spüre, daß der Text nicht stimmt. Er droht aufzugehen. Im Zeitalter der Mathematik ist das bedrohlich. Respekt? Nein. Ja oder selbstverständlich. – Solidarität ist unser kleines Wort. Das halten wir auch mit Gott. Halte Deine Ohren zu. Mit mir geht es durch. Wie Du das ja kennst. Immer wartete ich darauf, daß Du diesen Poeten zurückrufst. Du hast es nie getan. Ich darf also annehmen, es fließt in eine Richtung weiter, wo auch Du hinwächst. Wo ich Dich also finden werde. Wir haben noch keine Vorstellung, wie es sein wird, wenn wir uns ineinander finden, ohne voneinander zu sein: zu sehr denken wir mit uns jene, die dann aus uns sind. Daß wir uns verlieren, wird kein Verlust, wenn einer im andern alle findet. Das also ist der Tod. Das ist der Tod. Zu diesem muß Ja gesagt werden. Wir werden beraubt. Man nimmt jeden von uns: uns.

Allein die Falschen denken daran, ein Tribunal zu bilden, das die Frage untersucht: ob Solidarität ohne Bewußtsein der Mitgliedschaft, der je eigenen – oder bewußte, individuelle Hingabe an die Solidarität jenseits des Todes stattfinden soll. Die Frage der Zuständigkeit ist von dieser Frage nicht zu trennen. In Hinsicht auf ein bekanntes Schweigen weist Poesie darauf hin, daß hier ausgeschweift werden soll, auf die Gefahr hin, daß nichts zutrifft. Amen.

8. Februar 1984, München

Christoph Schlotterer schrieb mir jetzt auch noch diese gute Nachricht. – Heute ein merkwürdiger Spaziergang über das Olympia-Gelände und durch den Luitpold-Park. Plötzliche Zweifel, ob meine gestrigen quälenden Sorgen, den Einbau der Bremer Rede betreffend oder den Ausbau eines realen Partikels mit fiktivem Material, überhaupt einen Sinn hätten, da mir heute in den Sinn kam, ich könnte gar kein Ende mehr an dieser Arbeit finden, die Rede ertränke darin; gut, aber dann würde alles überflutet mit tausend Partikeln und Erzählungen, die unter schlimmsten Umständen, aber wer weiß: auch noch die ganze Tagebuchschleife mit in die Untiefen zöge, sodaß alle meine Pläne damit ihr Ende finden und sich eine Überschwemmung durchsetzen würde über die Jahre hinweg. – Wir werden ja sehen.

15. 06. 85 Das ist dieses Buch. Die Sorgen wachsen nicht, wenn ich sie hier eintrage. Sie verschwinden. Das ist zu euphorisch. Aber ich will sagen, daß dieses Buch, wie es auch heißen wird, ganz wie ein Mensch aussieht durch eine in Ringen gelegte Zeit: im Augenblick nur wie ich; aber bald sollte er so in diesen Ringen wieder denken. Ich denke in aller Bescheidenheit, daß in unserer Welt Entdeckung nur immer Wiederfindung bedeutet. Der Mensch war schon da. Dieses Manifest ist aber unvollständig, wenn man es nicht ergänzt mit den zunächst negativen Sätzen, die als eine schlimme Korrektur gelten müssen:
Der Mensch war noch nicht da – er wird nicht kommen. Das ist das jüngste Ergebnis. Damit müssen wir leben. Bitte, geben Sie das durch. Ich gehe heute abend mit einem, der noch kein Mensch ist, zum Essen: es ist sogar eine Frau.

25. 06. 85 Dann sollte dieses Buch »Jahrestopf« heißen. Jahrestöpferei. Sieben Jahresringe und ein Topf (nach George). Der siebte Ring zum Topf. Oder: Der rote Topf (siehe »Das blaue Talion«) oder Der umbrische Topf.

15. 10. 85 Morgen beginnen die Umbrien-Vorträge in der Volkshochschule. Übermorgen kommt meine geliebte Sibylle

aus New York, nein: aus dem Schwarzwald. Wie in den Zeiten des FB liegt mein Sancho vor mir auf dem Fensterbrett und schaut in Richtung Tür (Trier), wo seine geliebte Inge erscheinen wird. Ja. Das ist so. Er liebt sie. Nichts ist so unerschaut deutlich wie seine unerhörte Liebe: in ihrer Ausschließlichkeit übertrifft sie alles, was die Literatur anzubieten hat.

06. 11. 85 Und was hat die Literatur anzubieten: Alles, was zu fühlen gibt, zu denken – so nebenbei, so neben ihren Problemen, sonst nichts.

04. 07. 85 Ich erinnere mich an die Lesung in der ›Seerose‹ in der Agnesstraße. Die Straße spiegelglatt. Die Bäume aus Glas. Der kleine Saal überfüllt. »Gegenmünchen«. Neben mir der treue Lutz Hagestedt mit seiner Freundin. Günther Bleisch recht freundlich. Die Seerosen-Leute mißtrauisch. Mit Michael Langer und seiner Mutter tranken wir noch ein paar Flaschen Wein – zu Hause.

17. 07. 85 Mein Bruder hörte zu. Dieser Verräter. Er hat mich wieder reingelegt. Anschmiegungsmelodie. Als er mich dann eine Woche später besuchte, schlug er zu, dieser Katholik. Mir bringt er damit nur das Hassen bei. Dieses widerliche Gefäß: Kirche. Gegen Außerordentlichkeit. Dieser Eintopf aus Gold. Nein.

05. 09. 85 Jetzt rührt er sich nicht mehr. Sehr gut. Er und sein Papst sind sich ja einig.

08. 10. 85 Ja, ich höre nichts mehr von meinem Priester-Bruder. Er hat es mir noch einmal gegeben. Sie schlagen unbarmherzig zu, diese Weinberglinge: deshalb werde ich meinen Hermann mit meinem Tobias verwechseln.

9. Februar 1978, München

Traum: Ich esse das Gesicht einer Frau mit Messer und Gabel.

26. 04. 83 Im FB essen die Schlaraffen Amandas Gesicht.
15. 06. 85 Ich nehme das nicht zurück.
23. 06. 85 Wie blöd muß ich an diesem 15. Juni 85 gewesen sein, daß ich den Eintrag vom 9. Februar 78 nicht zurücknehmen wollte. Ist doch alles in Ordnung. Schlaf gut, Paul.
08. 10. 85 Ebenso betrunken wie am 23. Juni 85, aber doch wohl schlauer. Ich wollte das nicht zurücknehmen, sage ich noch einmal, also ebenso betrunken und wie ich meinte: ebenso blöd.
19. 12. 85 Ganz und gar betrunken am Tag als Inge kam (nach 15 Jahren gefeiert!) sage ich: Ja, was?

9. Februar 1979, München

Jochen Gerz muß gespürt haben, daß meine Pseudos sich gerieren. Er machte ›performance‹. Richtig.
Ich sagte zu ihm: Ich war mit dir in Wladiwostock. Jedenfalls machen die Pseudos kein Theater.

27. 04. 83 Ich habe damals noch wenig begriffen. Wie hätte ich sonst so einen Unsinn schreiben können. Das Gegenteil ist der Fall.
12. 05. 83 Gerieren. Oder mimen. Oder demonstrieren. Gerieren ist leider intransitiv. Sich gerieren. Darauf hat mich Michael Krüger hingewiesen. Meine Angst, in einer Hauptsache Fehler zu machen. Da gab ich nach. Hier schreibe ich noch einmal falsch auf: »Poppes, wir gerieren die Trauer.« Auch die Trauer darüber, daß wir sie nicht transitiv gerieren dürfen.
19. 02. 86 Der Hermann. Der Siebenmalsiebzig-Bruder. Wir haben den Abstand der Liebe, die sich nicht aus der Umarmung lösen kann.
Und bitte, das wollte ich noch sagen: Wäre ich ehrlich im Gespräch mit mir selber, könnte der Leser dieser

Lügen nicht feststellen, wo ich unaufhörlich die Wahrheit gesagt habe.
Nicht am Ende des Lebens, am Anfang jedes Satzes muß man um Verzeihung bitten für die Untaten, die man für dieses und jenes ist schon sonst noch viel Zeit.

10. Februar 1980, München

Das FB ist als Fragment konzipiert. Es kann also zu Ende geschrieben werden. Das war unmöglich beim »Mann ohne Eigenschaften«.

15. 06. 85 Mein Gott. Das ist ja schon so ein Satz. Aber mehr als einer ist das nicht mit ohne Inhalt von Form.

25. 06. 85 Musil. Ja. Aber Carl Schmitt. Wenn der mich erwischt. Armer Romantiker Paul. Der Dezisionist kriegt dich schon noch, du Okkasionaler. Im Notfall sag ihm: Paul ist eine Ausnahme, sogar eine theologische: dann bist du nach Charles Henry Bohrer gerettet.

10. Februar 1984, München

Werner Haas teilte mir gestern mit, daß ich bis Juni krank geschrieben sei. Er meint, ich würde dann pensioniert. Ich kann das noch gar nicht glauben.

25. 06. 85 Übertreibung. Konservative Expression. Modernistisch.

15. 10. 85 Der Pensionist: »Die Zeit heilt alles.« – Hatte ich jemals einen Beruf? Im Ernst? Bin ich nur zu den Kindern gefahren, um mit ihnen zu schimpfen und Spaß zu machen und meine Neuigkeiten vor ihnen auszubreiten? Beigebracht habe ich ihnen nur, was ich mir selber beibringen wollte. Das lief nicht schlecht. Sie bestanden die Prüfungen. Was für ein Glück. Also keine Behörde soll sich jetzt noch darüber aufregen. Ein A-Normaler kann es keine Stunde in dem Ausnahmezustand der Kinderwelt aushalten. Oder anders gesagt: ein gewöhnlich Verrückter, der also bei gewöhnlichen Verhaltensregeln nicht mithalten kann, lebt nicht lange im Halbwuchs. Aber der ungewöhnlich Verrückte. Dieser schon. Und zwar, weil er den Normalen außerordentlich ähnlich sieht und deshalb Unnormales ohne Ausnahme gut aufnehmen kann in aller Unbeobachtetheit. Das Schaf im Wolfspelz ist gemeint, und deutlicher darf ich nicht werden, um nicht zu gefährden die Herden.

10. Februar 1986, München

Nachdem Michael mir das Paar Tanja und Bernd (für das zweite Soundseeing) vorgeführt hatte, hörten wir Türkenmusik ab und wählten aus und – die Zeiteinheit stimmte wieder nicht. Es stellte sich heraus, endlich nach so langer Zeit, daß das Zählwerk des Kassettenrecorders ungenau arbeitete, also eine Einheit zwischen 3 und 5 Sekunden lang ist. – Ich blieb ruhig. Wir dachten zuerst an die Geisterstunde des »Soundseeing« und beruhigten uns mit der guten Aussicht, daß uns jede Zeit recht sein kann, wenn diese Geisterstunde sowieso nicht mit der Realstunden übereinstimmt. Dann entwickelten wir einen Arbeitsplan für den Rohschnitt und die acht Spuren.
Plan: Neue Partitur auf Millimeter-Papier und genauer Zeitangabe für alle Partikel. Hoffentlich schreibt Michael ein gutes Protokoll. Wir werden es in Zukunft brauchen.

11. Februar 1983, Bad Reichenhall

Gespräch mit Ursula. Zu Poppes: Das Dritte wird uns zerreißen. Das ist das Begriffliche, Institutionelle. Es wird immer die Liebe, den Frieden – sie nivellierend – erklären.

14. 07. 83 Das geschieht insbesondere zur Zeit mit dem Frieden. Was da alles geschwätzt wird, unerträglich. Besonders die Kirchenleute dekuvrieren sich ganz erbärmlich. Die Demonstrationen für den Frieden werden jetzt schon geächtet: zu Gewaltakten erklärt. Aus der Sicht der CSU ist auch der gewaltlose Widerstand Gewalt. So formuliert Zimmermann, dieser Totengräber des Vertrauens der guten Leute in diesen Staat. Vorzeichen eines heißen Herbstes: es bildet sich ein tiefer Graben in der Volksmeinung.

Jesus weint. Das Weinen meines Bruders. – Jesus ist ideal gesinnt. Ich nicht.
Die fünf Bücher. Die dunklen: das II. und das IV. Der breite Strom des V. Stromschnellen. So empfinde ich das.
Morgen liest Inge das V. Buch. Meine erste Leserin.
Anruf von Barbara Keller. Wir sprachen über Isabel, ihr verwahrlostes Grab. Ich werde in den nächsten Tagen hinfahren.
Seit Anfang Dezember ununterbrochene Arbeit am Buch. Dieses anstrengende Abschließen. Angst, Arbeit.
Ein merkwürdiges Tagebuch, das mit einer Pause (in Reichenhall) begann und mit einer Pause (in Reichenhall) enden soll. Das hat sich nun selber figuriert.

14. 07. 83 Ich spreche hier von einem Heft, das vollgeschrieben wurde.
Ursula Haas weiß viel über das FB. Sie hat es fünf Jahre lang kommentiert, sagt sie.

05. 09. 85 Im Saarland bei Luckel, bei Brigitte, bei Margret, die ich so anhimmle, bei Eugen Helmlé, dem Gerechten, bei Fee und Leo, bei allen – da sagte ich über die Tafel hinweg: Der Dritte ist unter uns. Oder: Jeder ist des anderen Dritter – ob sie mir das verzeihen werden?

11. Februar 1985, München

Was ich wirklich brauche ist eine Weiterentwicklung des Mensch-ärgere-dich-nicht-Spiels: neue Regeln des Liebesspiels. Und: die Luzifer + Jahu-Figuration: Sollte ich das selbsthypnotische Vergessen nicht in der Aktion vorführen? Jahu weiß keine Antwort, er gibt nur noch, wie mit den 10 Fingern. Er vergißt aber immer wieder eine Eigenschaft. Luzifer läßt ihn zählen! Wie hängt das mit dem Richtigen zusammen: Die bisherigen Geschichten im Pentagon werden zu Stationen von anderen Geschichten. Das hat auch mit dem Würfelspiel zu tun.
Heute habe ich zwei Stunden mit Klaus Schöning gesprochen über ein großes Metropolis-Projekt, ein völlig neues Sightseeing-Spiel. Vielsprachig – Führung – vielsprachig.

27. 02. 86 Solidarität ohne Hierarchie. Also Vergleiche. Wen stört es? Jesus – ich. Hier schreibe ich mit mir allein mich selber, wozu also die Etikette – auch keine geistige, und wenn: dann auch keine geistliche. Respekt ist vor dem großen Bruder sowieso eine despektierliche Sache. Wo man zu Gott Du sagt.

12. 03. 86 Ich hätte das ähnlich wieder schreiben müssen. Diese abrupte Gleichstellung: aber sie ist unter Brüdern doch üblich, wenn keiner von ihnen ein Gott ist, was sich Brüder sowieso nicht glauben.

11. Februar 1986, München

Um 2.30 Uhr wache ich auf und lese den Aufsatz von Keidel: »Richtungshören und Entfernungshören«. Große Aufregung, weil ich befürchten muß, über das Gehör sehr viel Falsches gedacht zu haben. Es ist immer wieder von der auralen Fähigkeit des Ohres zu lesen: Richtungen zu bestimmen.
Am Vormittag dann zwei Stunden auf dem Viktualienmarkt, Kehraus. – Danach schlafe ich erschöpft bis zum Abend.

12. Februar 1986, München

Über das Richtungshören und Entfernungshören: Die Schallquellenortung ist durch zwei Parameter des Reizes doppelt gesichert. – Die Art der Informationsverrechnung im Nucleus accessorius ist eine rein temporale (Ohr = Zeitsinn), ganz gleich, auf welche Weise eine Zeitdifferenz primär ausgelöst worden ist,

sei es durch die akustische Laufzeitdifferenz

unmittelbar

(durch Veränderung der Medienebene, also Drehung des Kopfes – relativ zum Schall – der Grenzwert ist die vollkommene Lateralisierung [90°])

oder sei es durch die Intensitätsdifferenz

mittelbar

(der Schalldruck = Intensität läßt nach, wenn ein Ohr im Schallschatten liegt).

Übrigens: Die Schallquelle kann in jedem Fall sehr genau lokalisiert werden: Größenordnung von 3-5 Winkelgraden.

Interessant ist, daß nach dieser Lokalisierung der Kopf in die fragliche Richtung gedreht wird und jetzt das Auge als Hilfssinn arbeitet, d. h. die Art des Objekts untersucht. Nochmals also: Unter natürlichen Bedingungen sind stets Laufzeit und Intensitätsdifferenz miteinander verknüpft, und zwar so, daß jenes Ohr, welches den Schall später erhält, zugleich den leiseren Schall zugeführt bekommt.

Ist es richtig, daß bei stereophonen Aufnahmen eine Trennung dieser beiden Parameter (Laufzeit- und Intensitätsdifferenz) stattfindet und nur der eine Parameter, nämlich die Intensitätsdifferenz, verwendet wird?

Für mich ist wichig, daß damit das natürliche Lokalisieren der Schallquellen nicht verändert wird. Aber darüber muß ich noch mit Tontechnikern sprechen.

Bisher liest sich alles so, als sei meine Theorie (aus der Erfahrung der vergangenen Monate gewonnen), nämlich die sehr geringe Fähigkeit des Gehörs für die Orientierung im Raum: Unsinn. Es war ja von einer Ortung der Schallquelle mit einer Genauigkeit von 3-5 Grad die Schreibe.

Jetzt kommt es aber doch zu Einschränkungen: Von Bedeutung nämlich sei (im Rahmen der Schallortungsvorgänge) der Umstand,

daß, wenn zwei Schallquellen, die sich an verschiedener Stelle im Raum befänden, mit verschiedener Intensität auf beide Ohren einwirkten, der intensivere Schall die Führung übernähme und als alleinige Schallquelle geortet würde. Das Schallbild des leiseren Schallgebers würde dann in der Empfindung unterdrückt.
Und: Beim Zusammenwirken von optischen und akustischen Informationen (also intermodal) werden die akustischen unterdrückt!!! Hier übernimmt also doch das Auge bei der Orientierung im Raum die Führung.
Es wird doch zugegeben – ich schreibe das hier so polemisch, weil ich durch die Lektüre des Aufsatzes von W. D. Keidel gleichsam an die Wand gedrückt wurde –, daß: »Im Gegensatz zu der hervorragend ausgebildeten Fähigkeit des binokularen Sehens zur Entfernungsbestimmung eines gesehenen Gegenstandes, ist die Möglichkeit, binaural oder monaural die Entfernung einer Schallquelle zu bestimmen, nur recht mangelhaft ausgebildet.«
Jetzt ist also nicht mehr von Richtung, sondern von Entfernung die Rede. Wenn Michael Langer und ich in den letzten Monaten von der Mangelhaftigkeit der auralen Orientierung sprachen, differenzierten wir zu wenig Richtung und Entfernung. Wie hätten wir das auch ohne naturwissenschaftliche Hilfe schaffen sollen?
Die binokulare Querdisparation und ihre Laufzeitdifferenz wird für die Schallrichtungsbestimmung genutzt. Sie kann daher nicht für die Entfernung nutzbar sein. Das Gehör benötigt Hilfsinformationen. Aber Entfernungsbestimmungen gelingen nur bei Schallereignissen, die ein viele Frequenzen umfassendes Spektrum liefern, wie z. B. Knalle. Nahe Schallereignisse werden heller, entferntere dunkler, dumpfer.
Ergebnis: Wenn die Entfernung vom Ohr nur mangelhaft, also eigentlich sehr wenig bestimmt werden kann, dann können die Richtungen von Bewegungen der Schallereignisse (Autos, Flugzeuge, Fußgänger) nicht mehr genau verfolgt werden. Hinzu kommt die Unterdrückung von Schallereignissen durch intensivere und Laufzeitverschiebungen von zwei Schallereignissen: der spätere Schall, selbst wenn er lauter ist, wird ebenfalls unterdrückt (Haas-Effekt).
Vollkommene Desorientierung muß also dann entstehen, wenn eine Ansammlung von Schallereignissen zusammenkommt (Stadt).
Es bleibt dabei: Das Ohr ist nicht zuerst (weil zu mangelhaft) ein

Orientierungsorgan im Raum, mit Ausnahme der vorwarnenden Geräuschentdeckung und der Genauigkeit (hier!) der Richtungsangabe.
Das Auge übernimmt bei der Orientierung die Führung. Also: Wenn die Augen der Hörer im Soundseeing-Spiel diese Führung gar nicht übernehmen können, weil sie von den Aufnahme-Ereignis getrennt sind, gibt es, kann es eine dem realen Raum (in dem die Aufnahme gemacht wurde) gemäße Orientierung gar nicht – und wenn, dann nur sehr fragmentarisch über verbale Führung geben.
Wenn ich allerdings diese Führung wieder desorientierend, ja bewußt irritierend gestalte, so mache ich – wie zynisch das auch klingen mag – aus der Not eine Tugend. Aber darum geht es nicht. Es soll ja nicht böswillig in ein Labyrinth eingeführt, sondern auf reale Führung verzichtet werden: um eine emotionell intellektuelle, also geistige zu ermöglichen. Soundseeing ist Geistseherei.
Aural – okular – intermodel. Michael und ich müssen uns an die Termini dieses Fachbereichs gewöhnen.
Wir standen gestern, als auf dem Viktualienmarkt der Fasching getrieben wurde, im Alten Peter. Michael nahm auf, ich notierte: Gehör. Woher etwas kommt, aus welcher Richtung, das wird gehört, aber nicht, wohin es sich bewegt. H. Spreng: »Letztlich jedoch ist das Gehör des Menschen nicht ausschließlich für die Erkennung der Intensitätsunterschiede und auch nicht für die Erkennung absoluter Frequenzdifferenzen eingesetzt, sondern die vornehmste Aufgabe ist neben der Orientierung in der Umwelt (Richtungshören) in der Aufrechterhaltung eines Kommunikationssystems zwischen einzelnen Individuen, also in der Spracherkennung zu sehen. Dabei geht es vereinfacht ausgedrückt um die Erfassung schnell veränderlicher Intensitäts- und Frequenzunterschiede, um die Analyse komplexer Zeitmuster.«
Soundseeing – wie ich es »sehe« – ist nicht nur mit seinen Wörtern verbal, sondern mit allen seinen Tongeräuschen und deren Figurationen. Heimholung des Schalls in die Poesie.
Klarer kalter Aschermittwoch. Im Luitpoldpark, in Broadmoor, vielleicht dem Schauplatz von »Thisbe und Oberon«. Teichoskopisches Drama.
Vorhaben: Ich werde von bestimmten Tagen aus (in diesem Jahr) zurückschreiben in die erste »Liegende Schlinge«, und zwar jeweils nach einem Monat. Kritik. Eindruck. Der erste Leser.

Lacan: »Das Verhalten des Subjekts zu analysieren, um in ihm zu finden, was es selbst nicht sagt.« – Das ist gut und kann als Regel gelten für dieses Diarium, d. h. meine Schreibe analysieren und die wichtigen Lücken entdecken.
Noch zutreffender ist der Satz Freuds (in einem Brief an Arnold Zweig): »Biographische Wahrheit ist nicht zu haben, und wenn man sie hätte, wäre sie nicht zu brauchen.« Das gilt wohl auch für Autobiographie und Tagebuch.
Mein geschlossenes Rodo-Diarium = Jahresringe eines Baumes?
Ich bin wieder einmal sehr beunruhigt. Nachdenken über die Figuration der »Liegenden Schlinge«.
Zunächst war es das gute Gefühl beim Schreiben. Die Zukunft, die Leere war weg. Ich trug in die Vergangenheit meine Gegenwart ein. Es gab vor und nach meiner Gegenwart immer nur Vergangenheit. Im Augenblick der Vergegenwärtigung drohte keine Zukunft. Oder soll ich sagen, daß dieses Schreiben – das ich der Figuration der Jahresschlingen verdanke – (wenn ich Whiteheads Tempera bedenke) der Realität noch am besten entspricht: weil doch alles in diesem Dasein im Augenblick seiner Vergegenwärtigung stirbt. Aber beunruhigend bleibt doch der gewollte Anschluß der Zukunft. Angst? Nicht immer; freilich ab und zu. Es bleibt: Absage an die Zeit. Ja. Die Zeitrunden durch die Jahre sind freilich zunächst ein kindlicher, wenn nicht kindischer Trotz. Aber wie anders ließe sich soviel Ernsthaftes, freilich mit schlimmsten Widersprüchen behaftetes, figurieren. Das Unwillkürliche siegt. Immerhin gibt es das Jahr, seine Zeiten: in der Natur und in den Festen, auch immer gleichbleibende Phasen von Arbeit und Freizeit.
Heimat. Ich bin in diesem Buch zu Hause. Die Häuslichkeit wächst von Tag zu Tag. Und, wie ich schon einmal sagte: vorausgesetzt, alle Jahre werden übereinandergelegt, dann steht der Tod nur ausnahmsweise am Ende. Aller Wahrscheinlichkeit nach verschwindet er ins Buch. Aller Wahrscheinlichkeit nach kann er sich nicht als Ende gerieren.
Und wenn der Richtige in mir mir immer noch Vorwürfe macht? Es ist eine falsche Figuration? Sicher. Als solche muß ich sie ununterbrochen verteidigen. Es muß einen wundern, daß dieses Jahresbuch nicht überhaupt nur, also von Anfang bis Ende eine vielfältige Apologie seiner selbst ist.

Es ist wunderbar, Verfehltes verteidigen zu dürfen, wahrscheinlich mehr noch, als solches zu erfinden. Ein Ärgernis bleibt sie dennoch, diese Schlinge. Der Zufall herrscht ganz bedrohlich. Das läßt an Zynismus denken. Vor allem wird die Chronik nicht ernstgenommen, eben weil zwar alles läuft, aber nicht ab, sondern rund. Also: Im Ernstfall stirbt einer, bevor er geboren wird – wenn ich so weiterschreibe, vielleicht auch ich. Es ist so bei mir: Da wird geheiratet und dann erst begegnet man sich das erste Mal. Aber ist das nicht in der Ordnung kühner? Oder macht der Schreiber sich lustig? Oder behauptet er einfach, daß er sich als Schreiber auch nicht anders, gewöhnlich jenseits des Blattes, also ebenso kühn, erinnert; daß Erinnerung ein kühner Rückfall ist in das eigene Leben, weil nicht chronologisch? Oder verteidigt sich der Schreiber mit dem Hinweis, dem Leser könne eine chronologische Erinnerung des Schreibers egal sein: auf die Sätze komme es an, also auf die Ergebnisse? Freilich, der Leser als Verfolger des Autors ist anders dran, aber auch nicht besser, wenn er kein schlechter Leser ist, ohne Lust an Verfolgung.
Ich bin im Versteck. Mein Diarium ist voll mit Verstecken, vielen zufallenden.

13. Februar 1984, München

Heute schickte Dieter Hasselblatt eine Besprechung aus der »Neuen Zürcher Zeitung« vom 10. Februar, wo ein Anton Krättli wirklich eine Hymne auf das FB schreibt. Gewinne ich dadurch Schweizer Leser? Das hätte ich nicht erwartet.

07. 06. 85 An diesem unglücklichen Tag lese ich Krättli, wobei dieser Name mich an seine Deutung vom Autor, vom Urheber erinnert. Mir läuft eine Stiegengeländermischung (so wird das hier genannt) aus einer Gruppe genüßlich alternder Leute ungeheuer kleinlich nach, was alle großartig finden. Ich, der Urheber dieser Szene, entschreite mit orthopädischen Stiefeln (die immer noch drücken). Ort der Flucht: Luitpold-Park Nähe Obelisk, der seit zwei Wochen verunglimpft ist mit dem Spruch »Marmor Stein und Eisen bricht aber meine Dose nicht«. Das ist besser als der Obelisk, wenn auch aus zweiter Hand. Aus dieser Zweiten kommt ja so Letztes wie Allergrößtes (um aus der Rennbahn zu fliegen). Also: Du gehst unter als Zweiter oder die zweite Hand nimmt die erste und dankt.
Es begann zu regnen. Ich wurde nicht naß. Ich kaufte noch zwei Flaschen Pinot Grigio – Vino da Tavola Triveneto (Tod) – nein: Todesca, du lieber Schreck. Obwohl man mit dem Tod so seine Lebendigkeiten treibt. »Beim Tod meiner Mutter«, schrie ich vor einer Stunde. Ich habe – hoffentlich; hätte ich (beinahe) meine Hand, meine rechte gebrochen, mit welcher ich dieses schriftlich verscheiden lasse.

19. 12. 85 »Marmor, Stein und Eisen bricht«. In Metropolis klingt es auf. Wieder ein offenes Rätsel gelöst. Ungelöst bleibt meine Amnesie. Poesie: Amnesie. Als ob das eine Gleichung sein will. Soll sie?

13. Februar 1985, München

War heute im »Aumeister« mit Inge. Wir haben viele kleine Projekte besprochen. Im Sommer will sie mitarbeiten. Ich brauche einen Tonmeister (angehenden) – höre schon viel herum. Neue Zentren, die aber dann andere aus sich heraus wachsen lassen – gegenseitige Durchdringung. Vielleicht viele Anfänge, Morgengeräusche durch das ganze Stück, wie viele Tage? Viele Führungsaussagen wiederholen. Stillen, verschiedene. Einige Verknotungen: Stimmen, Figurationen von Bayern, vielleicht kommen Fetzen daraus wieder vor (da müßte ich im Hofbräuhaus aufnehmen).

13. Februar 1986, München

Arthur O. Lovejoy (1873-1962). Arbeiten zur Geistesgeschichte und Beiträge zur Erkenntnistheorie: »The Great Chain of Being. A Study in the History of an Idea«, 1936.
Ausgehend von Platon spricht Leibniz von der »besten aller möglichen Welten«. Es ist von einem Schöpfer (Demiurg) die Rede, der alles zur Vollkommenheit treibt: zur Fülle. Fülle = die Verwirklichung alles Möglichen. Lovejoy spricht von einer unendlichen und kontinuierlichen Kette der Wesen. Die Verwirklichung alles Möglichen und die Idee von der universellen Ordnung aller Dinge nimmt der Neuplatonismus auf; bei Plotin wird daraus die Emanationslehre; siehe christliche Theologie. Dann Giordano Bruno und Nikolaus von Kues: Lehre von einem offenen und unendlichen Universum. Todesstoß für das mittelalterliche Weltbild. Die Erfüllung findet diese Idee in der Idee von der durchgängigen Rationalität der Welt, weil ihr ein vernünftiger Schöpfungsplan zugrunde liegt. Kein Zufall, ihn gibt es nicht.
Dieser Rationalismus wurde nicht fertig mit dem Widerspruch: wie der zeitliche Wandel der Dinge zu erklären ist, wenn diese notwendig und immer aus einem unwandelbaren Wesen hervorgehen. Jetzt tritt Schelling auf. Er rückt ab von der Idee eines unwandelbaren und vollkommenen Gottes. Die Kette der Wesen wird bei ihm die werdende Vervollkommnung eines leidenden Gottes. Ende der Emanationslehre und Beginn der Evolutionslehre. Bei Whitehead wird selbstverständlich nicht von einem leidenden Gott

gesprochen. Bei ihm wird Gott zum ursprünglichen Geschöpf oder genauer zum uranfänglichen Geschöpf. So beseitigt er den Widerspruch von vollkommener Gottheit und unvollkommen zur Vollkommenheit strebendem Werden der Schöpfung. Fülle wird bei Whitehead zur Erfüllung. Neue Rationalität. Wieder gibt es ein geschlossenes System. Der Zufall entfällt. Nicht bei Lovejoy. Das ist interessant. Das werde ich nachlesen müssen.
Renate Schlesier, die im »Mythos Frau« mit einem Aufsatz »Können Mythen lügen?« vertreten war, hat nun selbst einen Sammelband »Faszination des Mythos« (Verlag Stroemfeld / Roter Stern) herausgegeben. Ihr Resümee: im Mythos ist das Potential von Qualitäten aufbewahrt, die gegen die reduktionistische Quantifizierung moderner Rationalität stehen. Verdrängen hilft nicht, denn die Probleme der conditio humana sind ungelöst wie eh und je.
Es geht also darum, sich der Permanenz des Mythos (ja!), seiner Neuschaffungen (ja!) und der Gefahr falscher Remythologisierungen (sehr richtig!) bewußt zu werden.
Ich wachte gestern nacht mehrmals auf: Unsicherheit, Qual beim Gedanken an die Schleife. Das ist doch eine Ausfahrt aufs hohe Meer mit einem Wrack. Das ist doch literarischer Selbstmord. Und doch vereinigen sich in dieser literarischen Tat (Handlung) alle Gedanken, die mich im Falschen bewegen.

11.03.86 Mythos bei Roland Barthes:
negativ, die Ratio gefährdend.

Gegen das Theater: »Ein Spiel, dem ihr so oft willig Ohr und Auge geliehn« (Wallenstein). Diese Zeilen aus dem Prolog zitiert Peter Utz in seinem Aufsatz »Auge, Ohr und Herz«. Und weiter er selbst: »Ein sehendes und hörendes, nicht etwa ein bloß lesendes Publikum ist angesprochen.« Als ob der Leser nicht hören oder sehen könnte, aber eben seine eigene Inszenierung und die Stimmen von Darstellern, die er selber sprechen läßt. Theater der Stille. Und es ist nicht ganz zutreffend, von einem »Kopftheater« zu reden (Jörg Drews über das FB: »Kopfkino«). Vielmehr müßte gesprochen werden von einem Ein-Personen (sonare = tönen) -Theater: der ganze Mensch ist als Leser die Bühne. Selbst Utz gibt zu: ». . . oder zumindest in der Lektüre des Stücks als Partitur optischer und akustischer Erfahrung erhält das Drama seine dritte Dimension.

Der Leser muß zum Zuschauer werden, der sich selber beim Zuschauen zuschaut.« – Ich nehme nicht an, daß Utz mit optischer und akustischer Erfahrung das vorausgehende Erlebnis im Theater meint.
Bei Utz lese ich auch, daß der Blick (in Maria Stuart, zweite Begegnung mit Elisabeth) sich im Laufe des Disputs immer mehr davon entfernt, die potentiell bessere Alternative zur Sprache (also damit zum Gehör!) zu sein. »Je mehr er erotisch belastet wird, desto mehr läßt er jene Affekte hervortreten, welche die männlich dominierte Moral immer verdrängt hat.« – Hier wird, wenn auch nicht widerspruchsfrei (was die männliche Moral angeht), von der Anfälligkeit des Auges für ästhetisch richtende Vergleiche gesprochen. Das Ohr ist unschuldig.
Film von Müller-Gräffshagen über Santiago de Compostela. Ich muß Dietmar Kampers Aufsatz nachlesen. Er vermutet vorgeschichtliche Wege, die später erst der Wallfahrt dienten.
Gespräch mit Inge. Erinnerung an Denia in Spanien. Wir saßen im Garten eines schönen Restaurants »Chez Michel« und versprachen uns ewige Unehe. Jeden Abend redeten und tranken wir auf der Terrasse unseres Bungalows in einem Pinienwald. Und jeden Abend endete das Gespräch damit, daß Inge mir vor Wut den Wein ins Gesicht schüttete, weil sie sich verbal nicht mehr wehren konnte.
Da fällt mir ein: Wir beschlossen mit Inges Einverständnis (eine lichtwerfende Formulierung auf uns!), daß dieses Tagebuch nicht nur acht Jahre, sondern acht Jahre und fünf Monate geführt werden sollte, also bis zum Abschied von München: dieser wird dann in etwa der Mitte des Buches genommen. Das Ende des Buches ist nicht sein Ende. So ist es gut. Und einen schönen Gruß an Fellini! Und ich kann noch viele Zusätze schreiben, allerdings nicht mehr in den Januar und im Februar auch nur noch sehr wenig. Ich werde also zum Schreiben gedrängt. Was tun in dieser Not? Ich muß im Jahr 86, vor allem im Januar und im Februar selbstverständlich: alles in diesen Tagebuchblättern unterbringen, weil sonst das bereits Abgeschriebene noch einmal abgeschrieben werden muß.
Ich bin wie eine Zitrone, sagte ich zu Inge. So sauer, stellte sie fest, bevor ich mit meiner Lamentation kommen konnte: ich sei nur glücklich, wenn ein neues Werk aus mir herausgepreßt würde. Klingt außerordentlich blöd. Aber süß.

Morgen werde ich die Weisheit Mark Twains über mindestens ein Blatt ausbreiten, und zwar geht es um autobiographische Reinigungs- und Reinerhaltungsregeln.
Tatsache ist, ich quäle mich den ganzen Tag. Der Vorsatz, schon in »Gegenmünchen« thematisch, nichts zu korrigieren, bringt mich um. Und jetzt diese Veröffentlichung. Das ist, als stiege der Schriftsteller aus dem Bett zur Veröffentlichung hin/gerichtet. Einmal schützte ich die Poesie. Und jetzt liefere ich sie aus. Gestern (vom 12. zum 13. Februar) las ich den Januar der »Liegenden Schlinge«. Das wurde immer unerträglicher (ich schäme mich dieser flüchtenden Wortwahl). Inge sollte Michael Krüger den neuen Titel schreiben: »Das fliegende Lasso«. Nein: »Das langsame Lasso«. Ich darf jedenfalls weiterschreiben. Darum ging es mir. Warum?
Wie schade, daß ich nicht von Anfang an wußte, wie das Leben läuft; dann hätte ich auch sehr bald nach dem Start gewußt, wie ich dieses schwierige Buch schreibe, d. h. wie ich seine Innovation von Anfang an aus- und zureichend ausführe oder zu- und ausreichend zuführe der Vielfalt, die in diesem Buch ein Versprechen im Wortsinn bleiben muß. Ein Falscher verspricht. Er verspricht sich auch, wie Nestroy meint. Wir sind uns, meine liebe Inge, ganz und schlimm versprochen. Jetzt muß ich auf mich hören, bevor ein noch größerer Versprecher kommt.

21. 04. 86 Die falscheste aller Welten. Poppes im FB.

14. Februar 1986, München

Hier also die versprochenen Regeln des Mark Twain: Ich mag nicht. Das kann jeder selber nachlesen in diesem Zusammenhang. Es handelt sich um das Vorwort zu seiner »Autobiographie«. Er beginnt: »In dieser Autobiographie werde ich immer daran denken, daß ich aus dem Grab spreche.«

15. Februar 1986, München

Ich las soeben die Reinschrift, vor allem den Februar: Texte, die unter Alkoholeinfluß entstanden sind (bei Ausflügen in das Buch war das oft der Fall), bleiben ein Wagnis. Ich kann aber nicht auf sie verzichten. Oft entstehen da Rätsel. Antipathien, Sympathien setzen sich durch. Namen werden verwechselt oder gemischt. Auch die bekannten Vergrößerungen oder Verkleinerungen kommen vor. Freilich auch sprachliche Unzulänglichkeiten, was ordentliche Leute schockieren dürfte. Aber ein Blick in meine früheren Bücher müßte sie überzeugen, daß ich »sonst« in der Poesie (wie ich das nenne) schon leidlich gut schreiben kann.
Also: »Die Schlinge« ist nicht einfach zu verstehen. Sie ist aber sehr einfach mißzuverstehen. Oft notiere ich Einfälle – das fiel mir heute auf – und formuliere sie derart oberflächlich, daß ein uneingeweihter Leser sich fragen muß, wieso ich solchen Schwachsinn wichtig nehme. Einfälle werden aber, und wahrscheinlich nicht nur von mir, nicht von ungefähr so ungefähr notiert, weil sie ausformuliert nicht mehr zur Ausbeutung auffordern. Notierte Einfälle sind immer gefährlich, sie lähmen das Gedächtnis.
Nur sehr vorsichtig verformuliert sollten die Einfälle im Gedächtnis schwimmen, sich mit ganz anderen verbinden, ihre Wandlungen durchtragen können. Sehr oft lasse ich einen Einfall wieder versinken. Ich vergesse. War er wichtig, kommt er wieder. Wie geschrieben: verwandelt. Beim Schreiben wird er es wieder und bestenfalls auf dem Papier noch oft. Das Fertige ist in der Poesie das vollkommen Ausgespielte, an dem alle Verwandlungen nachzittern; die Erschöpfung bleibt stark. Dazu kommt es in der Literatur nur sehr selten. Da wird zuviel ausgesprochen, ausgeschrieben, ins Breite gewalkt, sehr solid, sehr gekonnt: sehr rechtschaffen. Fad. Unterhaltung. – Von hier aus zurück zur »Schlinge«. Wenn ich sie dem Leser vorlege, so in der Hoffnung, daß er in der Werkstatt neugierig bleibt. Die Schreibe in einer solchen Werkstatt unterscheidet sich wirklich von der Schreibe eines Werkes. Das sollte selbstverständlich sein, aber ich befürchte das Gegenteil. Und ich selber bin immer wieder versucht zu korrigieren, zu streichen, zu schönen. Das wäre blödsinnig. Aus meiner »Schlinge« kann nie und nimmer ein ordentliches Buch werden wie etwa die Tagebücher des Max Frisch. Wenn nicht »Tagebuch« über jedem Band

stünde, würde ich nicht mäkeln. Das sind Sammlungen von interessanten, amüsanten Texten. Mich langweilen sie zwar oft, aber das ist Geschmackssache. Brinkmann hat das letzte großartige Tagebuch geschrieben.

Primo Levi: »Wann, wenn nicht jetzt?« Die Ostjuden und die Aschkenase, diese offenbar wie Lämmer. So drücken sich die Gedalisten in dem Roman aus. Diese wehren sich, sie morden zurück. Sie üben blutige Vergeltung. Ein deutscher Leser leidet mit ihnen und steht ganz auf ihrer Seite.

Für meinen Seligmann die Namen: Lamec, eine geheimnisvolle Rächerfigur, denn niemand wußte, wofür er sich eigentlich rächte. Gedale, der Kollaborateur, ermordet von Imael, einem Partisanen. Mendel = Tröster. Also bleibt es wohl bei Lamec Israel Seligmann.

Noch einmal Whitehead: »Dann ist das Universum ein kreatives Fortschreiten ins Neue. Die Alternative zu dieser Lehre ist ein statisches, morphologisches Universum.« Hier wieder das Neue. In diesem Buch, das ja auch, freilich nicht im literarisch-gesellschaftlichen, sondern im Whiteheadschen Sinn ein Einzelereignis ist, wird nicht fortgeschritten, jedenfalls nicht derart triumphierend, wie es dem Mut und seiner oft geübten Selbstdarstellung zusteht.

16. Februar 1983, München

Heute am Faschingsdienstag zurück aus Reichenhall.
Die Körpergedichte. Die unsichtbaren Bilder. Mit zwei Augen in den Spiegelschmutz springen.
Im Eckermann gelesen: Das Inkommensurable des großen Konzepts.
Das war also das letzte Falsche-Buch-Jahr. Heute sahen wir im TV Valentin im Rundfunkhaus. Unglaublich, schön und gräßlich. Unübertrefflich. Wer weniger Talent hat als Valentin, sollte ernst werden oder schweigen.
Der Zeitpunkt meines Schweigens ist nicht komisch. Auch nicht ernst. Da muß die Trauer wohnen. Als großes Gefühl hat es aber auch keinen Termin. Oder ist etwas zum Lachen oder zum Weinen? Es ist aber gar nichts entschieden, solange wir leben. Wir wissen nur, daß die Götter nichts mehr zu lachen haben. Ein letztes Mal lachten sie bei Nietzsche. Der eine Gott war nie zum Lachen aufgelegt. Sein Sohn? Der auch nicht. Wahrscheinlich genau da ist der Kyniker am Platz: zwischen Vater und Sohn. In der prekären Situation. Es bleibt keine Zeit mehr. Gut für unterlassene Rechtfertigungen. Es ist alles noch nicht falsch genug.

14. 07. 83 Ein gefährlicher Satz. Keine Ruhe mehr in einem guten Satz. Erst recht keine Ruhe mehr in einem schlechten Satz; er könnte dem Guten näher sein als der gute. So ist das Leben. Ich meine wirklich: So ist das Leben! So sei es! Ich lache schon selber.

17. Februar 1986, München

Ursula Krechel in der SZ: In den frühen Morgenstunden, nach seiner Rückkehr aus Berlin, stürzte sich Rolf Bossert aus einem Fenster im Aussiedlerlager in Frankfurt.
Ursula Haas kam um 16 Uhr zu mir. Wir sprachen über den Abend (Samstag, den 15. Februar) bei ihr und Werner. Wenig Erfreuliches. Alkohol. Die Maske Bettinas. Ich kann sie verstehen. 17 Jahr – Ostbahnhof. Ernst.
Anruf von meiner Cousine Lotte Schrettenbrunner. Verständnis für meine schon vorformulierte Entschuldigung für das Fernbleiben von der Beerdigung unserer Tante Lia. Mein Nachruf: Eine Schönheit der 20er oder frühen 30er Jahre. Gegen Ende der 40er Jahre starb ihr Mann, der Lehrer und Reimer. Das war alles sehr kurz. Ihr Sohn wurde Professor für Geographie in Nürnberg, ihre Tochter Lotte Lehrerin. Erinnerung: Allee in Großhadern, etwa 1935, meine jungen Eltern, die sehr junge Lia, Jugendstil. So in etwa hinaus in die Ferne, wo ich wenige Kilometer weiter einmal 35 Jahre Lehrer sein sollte. Die Geographie, Herr Professor Schrettenbrunner, und die Tempographie sind zusammen im Duett sehr witzige Instrumentalisten. Das versuche ich ja immer wieder mit Kunst, also künstlich zu realisieren in meinen Figurationen. Am liebsten würde ich die Straßen und Plätze meiner Stadt, auch die Wiesen, die Häuser, die Zimmer in ihnen: beschreiben (im wirklichen Wortsinn) und nicht nur diese Blätter, die alles durcheinanderbringen, weil sie es parzellieren und immer auf demselben Schreibtisch.
Ja. Auch Hermann Wühr, der Bruder, rief an. Wir sehen uns am 24. Februar. Er teilte mit, daß er mit Tobias, dem Sohn, dem meinen, gesprochen habe und von diesem gefragt wurde: Ob er, Hermann, der Bruder, immer noch glaube, das FB sei gut. Amen. Verwandte, tröste dich, tröstete mich mein Bruder Hermann, den ich in diesem Buch so oft beschimpfe – auch rühme, auch liebe, aber ... eben. Der versteht nur wenig Spaß, dafür umso mehr Ernst. Hoffentlich nimmt er nicht ...
Auch Werner Fritsch rief an. Er besorge jetzt für alle seine Kollegen Lesungen im Milbertshofer Kulturladen, teilte er mit. Mich lud er für Donnerstag, den 20. Februar ein: Erinnerungen an das Ghetto in der Knorrstraße. Er will mit Lutz am 25. Februar kommen.

18. Februar 1985, München

Zum Talion: Figuration oder Rede über das Falsche, das allen Fortschritt hemmt, das zum menschlichen Maß zurückkommen läßt: indem es uns auf der Stelle treten läßt, also weniger zerstören, in die Selbstregulation nicht mehr so eingreifen läßt, unsere Steuerung uns vernachlässigen läßt. Kein Chaos, aber weniger Störhandlungen; der Störfaktor Mensch wird dadurch ausgeschaltet: Sehr wichtige Folge des Falschen.

19. Februar 1985, München

Zum Talion: Also doch überall Überschriften, um die Fortsetzungen genau zu kennzeichnen, z. B. »Die versenkte Rede 1« oder »Bananas II«. Ich kann auch Buchstaben aus anderen Alphabeten oder andere Zahlen, Sternchen, auch Paragraphen verwenden.
Die vollkommene Unentschiedenheit, was das Ganze darstellt, muß wieder und wieder herauskommen. Neu: Tageszeitungen, Fortsetzungsgeschichten und Reden.
Der Jude . . . aus der Mathildenstraße. Spiegelfabrikant. Mit ihm alle Adressen der noch in München lebenden Juden. Seine Biographie neu erfinden. Die Dokumente verwenden.
Ich suche nach weiteren Fehlern in der Dadd-Reise, und diese soll Phyllis zur Strafe finden dafür, daß sie sich mehr als Forscherin denn als Detektivin betätigt.
Die Lösungen werden als
L
O
E
S
U
N
G
E
N im Text verteilt.
Wie mache ich dieses Spiel? Oder wird noch mehr draus?
Gesamtwerk: Gegenmünchen, Das falsche Buch, Das blaue Talion, Die fünf Bücher der Falschen (Führungen): also hier Rondo; es geht wieder, alles zusammenfassend und ändernd, erweiternd, zurück zu Gegenmünchen.
Könnte man später einmal »Die Embryonen« und »Der Sonderfisch« als Bücher der 50er Jahre zusammenfassen, ineinanderschreiben? Dann hätte ich die 50er, die 60er, die 70er und die 80er Jahre. Hier könnte ich das erste Mal zurückschauend schreiben.

27. 02. 86 Also bitte. Aber das sollte man schon einem anderen überlassen. Oder werde ich selber noch Zeit haben? Weil es ja wirklich stimmt: das sind doch Jahrzehnte-Chroniken. Wie aber soll man Romane aufstückeln?

Vielleicht gelingt das bei den meinen, eben weil es Figuren sind, und diesen passiert das doch, gelassen gesagt: immer (im Falle des weichen Materials. Und was ist weicher als Worte?).

19. Februar 1986, München

Starb Rolf Bossert, der rumäniendeutsche Dichter, »an dem unsanften Erwachen nach den vielfältigen Berliner Intellektuellen-Gesprächen?«, fragt sich Ursula Krechel. Hätte sie nicht besser »Intellektuellengeschwätz« schreiben müssen? Immerhin deutet sie an, daß sie begreifen könne. Warum ist das so schwer, insbesondere für Kollegen? Gibt es hier diese Fragilität nicht mehr? Daß es sich in Berlin in der Hauptmasse um schrifthaltende Dickhäute handelte, ist mir klar. Und ebenfalls weiß ich – und habe ähnliches schon geübt –, wie gut es sich wohl fühlen läßt im Lob auf einen anderen, einen jungen, einen schwächeren, in diesem Fall: einen Zugereisten. Das bedeckt mit Ruhm. Das läßt unverdächtig und loyal in Erscheinung treten. Im übrigen tut so ein Wirbel den schlaffen lyrischen Muscheln wohl in diesem faden BRD-Gewässer. Noch dazu ein Rumäne, ein deutscher. Daß dieser sich von so viel Lob und Aufmerksamkeit plötzlich umklammert fühlen könnte, vielleicht sogar erpreßt: nämlich jetzt erst das Beste geben zu müssen, hier, in seiner geistigen Heimat. Daß diese Erwartungshaltung tödlich sein kann, vergaß die lobsüchtige Meute, die zynisch-naiv ihre Sprüche glaubt, was der Neue offenbar nicht konnte oder zu sehr oder beides . . . jedenfalls fällte er seinen Spruch: er sprang ab. Ursula wird das vielleicht später einmal begreifen. Sie schreibt von einem Unbestechlichen, von einem Heroen. Wie, wenn das Gegenteil der Fall aus dem Fenster war: Angst vor Bestechlichkeit?
Jetzt ist es 23 Uhr. Ich kann mir nicht helfen: Die Heroisierung Ursulas ist die Diagnose der Krankheit dieser deutschen Literaten-Gesellschaft: Großmäuligkeit. Der Bossert fand die Tür nicht mehr. Hinaus wollte er jedenfalls.
Jetzt wird der Grass aktiv. Wetten daß? Stiftung? Television? Grabrede? – Da kommt einer und soll so gute Gedichte schreiben in einer Republik, die nur noch Gockel und Hahn krähen und gackern läßt – und dann dreht er durch. Zum Heulen ist das.

Heute den Beginn (Anfang wäre zuviel gesagt) der »Pyramus und Thisbe-Teichoskopie« geschrieben. Gedichte keine. Versuche. Alles daneben. Das ist keine Zeit dafür.
Vorhaben: Den Dadd-Strang in Passignano bearbeiten, im Text auflösen. Die Minowski-Felder immer mehr zerreißen, bis alle Geschichten durchlaufen können. Die Kulminationsfelder werden schließlich soviel akkumulieren müssen, daß sie große Verwirrung stiften als wahre Labyrinthe.
Ich habe kein dramatisches Konzept, deshalb schreibe ich auch keine Gedichte. Die Großfiguration fehlt. Das war immer so. Nie bin ich ein Lyriker gewesen. Wann werde ich das einsehen? Ich baue und zerstöre den Bau und baue aus der Zerstörung – ja, aber niemals war es mir gegeben, mich einfach an Wörter hinzugeben. Diese Lyrik liebe ich ja auch nicht. Um es zu gestehen: Schiller – Kleist – Hölderlin. Das sind keine Entführten – das sind Verführer. Jedenfalls inszenierten sie.
Heute unterwegs im Luitpold-Park nahm ich mir vor: für den Lamec Seligmann eine andere Figur in München zu suchen. Der Schild Davids ist zu schwierig und nach Scholem auch nicht authentisch. Ich weiß, das ist keine Entschuldigung.
Ich denke an Max Balthasar. Schlaf gut.

25. 02. 86 Sonnemann. Ich hätte strenger in seine Schule gehen sollen. Aber er wird mich überlernen. Seine Vergegenwärtigungen – das sage ich so im Whiteheadschen Gebrauch – bei mir: dieser wunderbare Freund, der mich duldet in seiner Gegenwart, auch meinen Größenwahnsinn – und der mir, die Gewichte verteilend, beisteht. Ulrich. Mit ihm – und noch in Gedanken, hebe ich das Glas, damit er weniger denkt: ich kann ihm dann schneller begegnen. Und das war kein deutscher Schwindel? Ich muß ihn das fragen.

20. Februar 1981, München

Das Falsche, die Lehre davon, ist wahrscheinlich nichts anderes als das Ausweiten des Innenraums durch spontane Akte. Das habe ich von Ulrich Sonnemann gelernt.

28. 07. 83 Obwohl, drinnen in diesen Innenräumen ist wenig bis gar nichts zu sehen. Draußen ist Arbeit, sagt man. Aber da könnte man anderer Meinung sein. Oder diese andere Meinung ist keine Arbeit mehr. Was gibt es Schlimmeres?
05. 09. 85 Morgen kommt Ulrich, der große Philosoph. Ich liebe ihn. Ich hätte gern in seiner Lehre etwas gelernt. Aber ich bin in meinen Zeilen verloren. Oh, wie tragisch.
19. 12. 85 Auch den Wagenbach möchte ich wenigstens sehen, kurz, in Italien. Nicht, um mich zu erinnern. Um zu denken.
12. 05. 83 Ihre Lippen wie über dem Riß zwischen ihren Beinen. Ihre Lippen wie ein Aufschlag der Lider am Morgen.
05. 09. 85 Da ist es wieder: diese Überreichung der Rose des Kavaliers. Jetzt klingt es, glockt es. Baiern. Süßigkeit. Brechmittel ins Paradies. Regressives Durcheinander um ein Fünferl. Ja? Nein. Richard Strauss – diese Stadt als Grande Dame hat er komponiert.
19. 12. 85 Mit dem Rosenkavalier grüße ich die anderen Metropolen in München, Metropolis – basta.

20. Februar 1982, Bad Reichenhall

Zum drittenmal hier unter dem Predigtstuhl. Lektüre »Liebesbrief« von Maurice Sandoz (Basel 1892). Es gibt besondere, in außergewöhnlichen Schichten der Gesellschaft spielende Ereignisse, die in einer Art extraordinärer Durchschnittlichkeit zelebriert werden. Davor mein Abscheu.
Ich muß jetzt verknüpfen, alle Fäden: leicht, locker, schnell, ohne besondere Ambitionen. – An dem Katalog der falschen Fragen arbeiten.
In den zwei letzten Monaten schrieb ich das Boulevard-Stück.

Erinnerung an ein Gespräch mit Ursula: Entartung, Ausartung; aber keine Korrektur.
Vielleicht sind Geschichten so unergiebig, weil sie kaum vom Dialog aufgesprengt werden, in dem erst die Geschichte der Geschichte blühen könnte. Meine Hörspiele. Diese Erzählungen aber, diese geschlossenen Blüten. Oder versteh ich nichts davon?

28. 07. 83 Gar nichts. Und was rede ich von geschlossenen Blüten? Es ist zum Weinen. Mit mir ist wenig zu machen.

20. Februar 1984, Baden-Baden

Heute vormittag haben wir die Seurat-Ausstellung gesehen. Jetzt wächst die Nackte Ästhetik. Heute bin ich sehr weit gekommen.

05. 09. 85 Die toten Russen habe ich nie besucht.
08. 10. 83 Das nächste Mal will ich sie besuchen und darüber schreiben. Morgen hat Barbara Wehr Geburtstag. Ich könnte sie so gerne lieber haben, wenn ich sie nicht lieber nur gern haben möchte, wenn sie mir so fremd bleibt, wie sie in der Nähe immer sein wird. Je eher sie nahe kommt es auf die Zeit an?
07. 11. 85 Jörg Drews und Michael Korth gründen einen Verlag. Sie wollen die abendländischen Epen neu herausbringen. Inge sagte, mir hätten sie die »Flamenca« vermacht. Barbara müßte erst ihre wissenschaftliche Arbeit abschließen. Man wünscht sich ein ewiges Leben.
26. 11. 85 Und von Barbara Wehr nahm ich Abschied. Sie will die »Flamenca« mit H. C. machen. Das muß meinen Stolz getroffen haben.

20. Februar 1985, München

Vergessen habe ich bei den Eintragungen in Reichenhall: Vielleicht sollte ich das Tagebuch, also die Schleife, auch ins Talion aufnehmen.

27. 02. 86 Viel schlimmer ist: Ich kann jetzt ganz schwer in die Jahrestage zurück, weil bis hierher schon alles abgeschrieben ist. Also muß ich zum 20. Februar 1984 schreiben: Von Seurat habe ich viel und genau gesehen. Und es hilft auch nicht weiter, wenn ich hier notiere: daß in diesem Buch gezeichnet wird – nach seinem Vorbild. Mit der Sprache wäre der Schall der Stille zu erreichen: man müßte aber ein schreibender Seurat sein.

20. Februar 1986, München

Der Tageschreiber Wühr. Der Kontrolleur. Der Nachleser. Sagen Sie selber. Mein Herz nicht voll: Auch nicht leer. Mit mir geht es in die Nacht ohne Lust am Tag: wo einer aufwachen soll so wie über und entweder – als ich dagewesen bin.

21. Februar 1982, Bad Reichenhall

Im V. Buch des FB. Das Erzählerdenkspiel löst sich wieder auf. Die Myzele. Damit muß ich mich jetzt beschäftigen. Sichtung. Alle Übergänge prüfen, ob sie auch ausreichend unpassierbar sind.

20. 09. 83 Das falsche Denken kennt keine glatten Übergänge. Der richtige Wagner wußte im Gegenteil Bescheid. Brüche kennt der Bruckner. Was mich schmerzt, immer wieder schmerzen muß, ist, daß ich die Übergänge verhindern will, aber in der Vollendung des Übergangslosen versage, weil ich dem Falschen zugeneigt bin, das nichts vollendet. Weil sie (die Falschen) einen auch nicht wirklich richtig falsch sein lassen. – Wie man angetroffen wird: in keinem Sinn dessen, was man ist: nicht einmal im Unsinn. Das Ende ist das richtige Wort. Es kommt noch vor dem Anfang. Es ist vor dem Anfang das Richtige. Alles, was dazwischen vorkommt, ist falsch. Das Intermezzo. Die Poesie. Sie sollte Anfang und Ende abschaffen. Aber diese richtige Arbeit leistet kein Falscher.

22. 05. 85 Tod. Das darf kein richtiges Wort sein. Wenn es ein falsches ist, sind wir gerettet. Dann nämlich ist der Tod nicht Ende. Vielleicht lehrt er uns, wie richtig der Anfang ist, der er nicht sein wird. Wenn es doch etwas ohne Anfang und Ende gäbe: so etwas Falsches.

07. 11. 85 Dieser Eintrag sollte doch Klarheit in die Ohren raunen darüber, wie aufwirbelnd sich diese Windposaune (um ein musikalisches Instrument zu blasen) auswirkt. Es gibt nämlich jetzt schon Leute, die ich mit meinem Richtig + Falsch nerve, besonders dann, wenn ich erkläre, daß es sich dabei nicht um Gegensätze handle: weil ganz einfach das Richtige in jedem Satz und somit auch in seinem Gegensatz stecke und es endgültig ganz und gar ausmacht – aber diese Erfüllung die Aufgabe des Falschen sei: was den Ruin sowohl dort als auch hier bedeute. Ist das jetzt klar?

Sollte ich nicht doch der andere Guru werden? Meine Gemeinden gibt es schon. Ich müßte nur widersprechen; vorher hinfahren, freilich. Ich schreibe lieber.

21. Februar 1983, München

Vorgestern arbeitete ich mit Inge noch am Buch: Seitenzahlen, Deckblätter.
Am nächsten Morgen erster Ausflug zu Sohn Tobias, Heidi Schreyvogel und Michael Faist in die Pappenheimstraße. Frühschoppen im Löwenbräukeller. Ausgelassen, tumultuarische Gespräche.
Inge hat gestern die Hälfte des Manuskripts im Verlag fotokopiert. Für mich ist das Buch jetzt weg. Der Schreibtisch ist leer. Die benützte Bibliothek steht gegenüber.
Ich las im Eckermann: Goethe nennt die Arbeit an »Hanswurstens Hochzeit« Mutwillen.
Das Kindliche, Herbe, Rücksichtslose in mir ist beim Schreiben besonders stark. Wie oft, suche ich heute Genossen. Aber die Deutschen nehmen sich zusammen oder sind es schon von Geburt an, nämlich zusammengenommen.

21. Februar 1986, München

Also doch – ein dramatisches Konzept: Sterben. Das wird sein (eine unfaßbare Hoffnung): in einer umfassenden Solidarität jenseits von dem eigenen Selbst dieses in allem ganz wiederzufinden und dafür die Kraft des Erfassens zu haben. Das Bewußtsein alles anderen um einen, der man selber dann sein würde: als Rest dieser Erdentage. Tod. Das wird sein wie eine Erfindung der unaufhaltsamen Ausbreitung oder eines Zudrangs, der einen mit allem erfüllt.
Als ich heimkam, saßen schon die junge Ulla und ihr gewaltiger Uwe bei uns. Wir hatten aber wenig Zeit für Spaß. Thema Buchhandlung. Leidig. Inge quält das sehr. Aber wir palaverten uns ganz gut durch die Schwierigkeiten, ohne sie freilich beseitigen zu wollen. Dann sprachen wir von dem kühnen anti-aschkenasischen Buch von Primo Levi und von der humorvollen jüdischen Selbstdarstellung des André Kaminski. Ich berichtete von meiner Enttäuschung über Alexander Granach »Da geht ein Mensch«. Sehr gefährlich für deutsche Idioten. Das könnte sie auf antisemitische Gedanken bringen.
Jörg soll hier sein, aber er hat sich nicht gemeldet. Aber das ist nicht

mehr so leicht wie bisher. Beginnen jetzt schon die Schwierigkeiten? Wie gut sind diese unerbittlichen Übereinkünfte von Freunden. Und sie müssen so schlimm gefährdet sein wie nichts sonst auf der Welt. Der Verräter muß sozusagen auf der Netzhaut lauern und im Nucleus accessorius den Freund abhören auf die abgefeimte Wanze: nicht mehr Gegner muß der Freund dem Freund sein. Komm her und ich umarme dich. Da gibt es nur große Tritte: Ein ›Ach‹ und sein Leben hatte nicht geendet, weil der Pfeil in meinem Kopf steckt. Von Abteilung zu Abteilung moritut sich die lose Geschichte, an der eben viele Frauenzimmer hängen. Friede sei ihren Besinnungen. Spät und dem luftigen Freund zum Start ziehe ich das Pistol und klopfe das Puder und flöße. Ende. Ein Rätsel immer ist mir der Landende. Grüß Gott, Jörg.
Heute kam wieder so eine Schulaufgabe in die Wohnung geflattert: Meine Stellung zu Proust. Über den weiß ich nichts. Da gibt es einen Austritt.
Wieder diese Erregungen. Da handeln sie in abgehandelten Zeiträumen, die von den Kirchenvätern verhandelt wurden, die Größe eines Werks aus und unsereiner schreibt. Nur unser Arsch kann dazu seinen Segen sprechen. Oder gibt es etwas Ordinäreres, dann möge man mir dieses reichen, zwecks Verwerfluchungen.
Hoffentlich schläft Inge. Sie hat große Schmerzen. Ich tobe inzwischen hier.
Heute rief eine Monika Leirich an. Ja, ich erinnere mich jetzt immer deutlicher. Wenn es Kinder gibt, die man nicht vergißt, bedeutet das wenig für die Vergessenen. Ihrer erinnern sich andere. Aber vor der Schule macht dieses Leben nicht halt, das die Auswahl bringt. Diese Monika Leirich lachte sehr viel und hat mich wahrscheinlich sehr viel zum Lachen gebracht, was für ein oder zwei Jahres Leben (Vormittagsleben) sicher gut war. »Nec mora, quod pontus, quod terra, quod educat aër, Poscit et appositis queritur ieiunia mensis«, Ovid, Liber VIII, 830: Alles verlangt er sofort, was im Meer, in der Luft, auf der Erde irgend gedeiht, um an reichlichem Tisch über Hunger zu klagen.
Christoph Schlotterer ist in der Lauterbacher Mühle. Ich denke an ihn. Jetzt denke ich. Und er wird denken, wenn er das liest: da dachte der Paul an mich. Kein Wort weiter.

11.03.86 Ich denke auch, nachdem ich heute viel in den »Mythen des Alltags« und in den »Philosophischen Untersuchungen« Wittgensteins gelesen habe: daß ich in diesem Buch wenig zur Kenntlichkeit gebracht habe und auch nicht bringen werde: weil es selbst in seinen Bewegungen das leisten muß, so hoffe ich. Der Tagebuchschreiber, der seine ›Bewegungen und alles, was ihn bewegt‹, veröffentlicht: ist selbst Gegenstand (aber eben kein natürlicher, sondern ein durchaus geschichtlicher, künstlicher) der Betrachtung. Er gibt sich dazu her. Nicht seine Klugheiten sind es, die interessieren. Eher seine Dummheiten. Auch die von ihm unerkannten, diese besonders. Kein Lehrbuch wird aus der Sammlung dieser Blätter. Uwe Fleischle holt mich gleich ab. Ulla kocht für mich.

22. Februar 1982, Bad Reichenhall

Rosenmontag. Leroux gelesen, »Das Geheimnis des gelben Zimmers«. Locked-room-story oder closed-room-mystery. Rouletabille ist das Großmaul Leroux. Siehe Dupin. Im FB muß sich Dupin mit dem Kuckuck auseinandersetzen. Das findet im V. Buch statt. Eine Theorie der Kriminalschriftsteller.
Gestern im Rundfunk: Peter Weiss. Keine Versöhnung. Eine einfache Gestalt. Nichts für mich. Ahnte ich schon. Gibt es eine humanistische Geschmacklosigkeit, die Distance schafft zum Weltgeschehen? Sollte es geben. Eine lachende Geschmacklosigkeit. Zum Platz: Hausbesetzer? Bei mir Ersetzer. Umbau. – Hausbesetzer kommen bei mir nicht vor. Das Zeitgemäße ist ein Anlaß für die Ursache Poesie.
Krimis sind wie alle Lösungen Enttäuschungen. Nicht die einzelnen Werke, die Strukturgeschichte der Krimis ist interessant. Das kann man von Kunstwerken nicht behaupten. Sie sind von solcher Einzigartigkeit, daß man nicht nur die Strukturgeschichte zusammenhängender Werke interessant findet, sondern vor allem sie selbst. Und da ist Interesse zuwenig. Nach einem Vortrag von Peter Hamm im Kulturjournal: Journalisten, und als solcher trat er auf, sind weinerlich im Recht. Tränen entlocken sie deshalb nie. Immer stellen sie von draußen her gute Fragen an einen Zusammenhang. Die dumme Frage stellt die Poesie. Sich ins Unrecht zu setzen, ist doch nach Nestroy der Grund für ein grundloses Gelächter.

22. Februar 1986, München

Über dieses Buch sprach ich heute mit Julia. Wie sagte sie? »Alles Morbide wird so gelöscht. Die Chronik verliert das Vergängliche.« Das ist der Schlüssel. Julia fand ihn.
Wir meinten, alle hätten, nein: haben das erfunden. Ich machte es nur. Jetzt könnten es viele tun. Mit sich selber sprechen. Das ist gar nicht so leicht. Aber es findet in einer Zeit statt, die leicht macht. Julia. Wie gut. Das war unser schönstes Gespräch. Die Liebe machte uns nicht taub. Die Koketterie unterblieb. Kein Vorhaben störte. Heiterkeit. Das muß Hölderlin mit Diotima gemeint haben. Wie spät erkennt man das. Sehr früh oder sehr spät. Das ist ja auch die Wiedereröffnung zur Öffnung in der Jugend.

Inge schläft heute in Parma. Von Julia habe ich noch nie so schöne Worte über meine wahre liebe »Inge« gehört. Sie hatte Tränen in den Augen. Ach, wie wir uns verfehlten. Nichts ist eine Sünde wert, kann ich nach einem solchen Tag sagen. Aber, um gerecht zu werden: solche gibt es auch nur wenige; deshalb die Ungerechtigkeiten der Selbstsucht. Wie Julia das Falsche auf einem Gemälde schilderte, auf dem nichts korrigiert wird über einem Grün, sondern immer weiter gemalt bis nur noch ein kleiner Rest Grün bleibt, über dem die Welt sitzt und das Rätsel dieses Flecks nicht lösen kann: das war, als habe sie schon immer im Falschen gewohnt. Sie ist doch auch meine Frau. Das hat nichts Besitzanzeigendes, eher etwas Verlierendes. Sie steigt da aus dem Buch »Die Frau an der Grenze« und ist ganz wegreißend. Helmut Eisendle, der Dichter. – Liegende Schlinge. – Würde ich Julia blödsinniger lieben nach diesem Abend, käme vielleicht ein Gedicht zustande. Das ist zum Verzweifeln. Heute habe ich sie, sie selber gesehen. Kein Gedicht. Das habe ich schon geschrieben. – Dies zur Entwicklungsgeschichte des Falschen. – Wir sprachen sechs Stunden. Das läßt sich nicht nachschreiben. Das bleibt, wie ich immer wieder sagte. Das bleibt. Diese Stunden bleiben. Mein Gott, alles bleibt. Wir sind noch nicht frei: zu sprechen. Sprich. Veni foras. Mein Jesus. Würde ich Dich nach der Freude mit Inge und nach dem Gespräch mit Julia sehen können: ich fiele vor Dir auf Deine Arme.

27. 02. 86 Peter Weiss. Keine Versöhnung. Nichts für mich. Das ist doch zu blöd. Eine einfache Gestalt. Da spricht der Neid, obwohl der Autor sich absolut täuscht. Schnelles Urteil. Die Norne des Diariums. Wie der Faden aus der Spindel so dahindünnt . . . Ich habe nie behauptet, daß ich ihn mag. Aber das tut dem nichts. Wenn gelacht wird. Ich höre das gar nicht. Schreibe ich jedenfalls.

Und Peter Hamm. Morgen hat er Geburtstag. Was er hat, das tut sehr vielen gut. Auch mir. Weshalb ich schreiben kann: wie gut, daß es ihn gibt. Sehr viel will ich von ihm erfahren, wissen, worüber ich auch schon, nicht aus Bibliotheken, einiges weiß. Mit ihm reden. Das ist der Traum. Das geschieht nie, glauben wir alle: und erinnern uns nicht, daß es längst geschah.

23. Februar 1986, München

Lutz Hagestedt. Fünf Stunden Interview. Starke Kopfschmerzen. Inge fährt heute von Parma nach Passignano. Gestern war sie in der Oper »Faust« von Gounod mit Alfredo Kraus.
Mit Lutz in »Gegenmünchen« auf dem Karolinenplatz. Er begreift, wie hier gelesen werden muß.

24. Februar 1980, München

Eine Woche lang getrennt von meinem Buch. In Reichenhall fiel mir ein, daß es keinen Mord gibt im FB. Als Beispiel.

14. 05. 83 Gibt es doch. Nicht nur einen. Und die Korrektur durch Klonologie – siehe Eintragung vom 7. Januar 80.

Von Reichenhall aus haben wir kleine Fahrten gemacht: Pinzgau, Kaprun. Aber ganz unvergessen: Dienten. Vorne wie die Sünde so schön, im Rücken aber zerfressen von Preußen.
Vier Stunden mit Inge auf einer Bank am Thunsee. Ich las von Peter Härtling »Nachgetragene Liebe«. Beruhigend, schön. – Mit der Seilbahn auf den Predigtstuhl. Viel Angst und viel Ausblick.

14. 05. 83 Viel Überblick.

Im Hotel Axelmannstein wohnten wir zwischen Parasiten, saunten und sonnten uns. Zwei Besuche bei Ritters in Parsdorf am Chiemsee. Gepflegte Unterhaltung. Ich hielt den Mund.
Auf dem Schroffen: Ich humpelte auf meinen Stecken in einen Tanznachmittag. Hier ist die Malerin Christine Linder aufgewachsen. Mein Vater war sehr nah. Er hat mich bestimmt dorthin geführt.

24. Februar 1983, München

Frevel: Kindliches Ausgelassensein. So sehe ich das. Der Frevel in den Religionen. Sexueller, politischer Frevel; das kommt dazu, hängt zusammen.
Es werden nicht Verbote übertreten: sie werden unterlaufen. Sie werden nicht wahrgenommen. Ich spreche ja nicht von Schuld oder gar Sünde.
Mit Klossowski oder Bataille habe ich nichts im Buch – das ist vorbei, in mir. Wahrscheinlich spielte es nie eine Rolle. Sehr leichtsinnig, aber für heute gesagt.
Gespräch mit Ursula Haas: Das neue Buch. Darüber hier nichts.

24. 06. 85 Was mag das gewesen sein? Schon »Das blaue Talion«? Aber damals wußte ich noch wenig. Schon gar nicht den Titel.

15. 10. 85 Frevel. Heute ist es die Frivolität, die mich aufs angenehmste unterhält: die als eine städtische Tugend, insofern als Untugend zählt.

Und gescheit. Ich denke an Eisendle. Nach seiner Definition ist dieses Buch nicht gescheit, insonah es sich in anderen Bereichen nicht auskennt. Narretei ist das Wohlgefühl in der eigenen Welt. Ihre, der Narretei Traurigkeit ist ihr Sternförmiges. Da springt der Spaß heraus in den Weltraum zwischen uns.

Gescheit

Sehend   sehr interessant: Ungehörigkeit

Sichtig

Hörig

Ich kann keiner Frau einsichtig werden. Aber sehr wohl und gerne hörig. Sie redet mich herum. Würde sie mich herumschauen, ginge ich großartig ab. Als Höriger bleibe ich. Gescheitert. Das Scheit. Das muß mich getroffen haben wie nicht gescheit. Sehenden Auges hörte ich weg. Mein Wien. Das ist München, der höchste Punkt auf der Rutschbahn.

24. Februar 1986, München

Inge liegt krank in ihrem Hotelzimmer. Sie versichert aber, es sei nichts Ernstes. Der Arzt habe sie schon besucht. Aber ihre Stimme! Ungewöhnlich.

25. Februar 1982, München

Wieder deprimiert nach diesem Kurzurlaub. Bei Jost und Barbara. Vorschlag Josts für mein work in progress: Das Werk jetzt abschließen und in Abständen immer wieder dasselbe Buch erweitert herausbringen. Leider Utopie. Da macht der Markt nicht mit. So was gibt es nur in der Literatur. Hier. Eben als Vorschlag.

28. 06. 83 Also nicht. Das Schönste bleibt im Konzept stecken. Dem widerspricht die Gestalt. Sie hatte auch Zeit. Auch. Die Erklärung: Konzepte sprechen mit Konzepten. Futurismus zwingt die Knie nicht nieder. Kein Genitiv. Nein. Die Sprache kann mit sich selber sprechen. Es steht dann geschrieben. Der schwache Leser, das ist es, der muß entfernt werden. Kann nicht. Soll nicht. Friede. Auch gut. Ganz gut. Oder: Der falsche Leser ist um einen falschen Kopf mehr falsch als ein falscher Schreiber. Oder: Der falsche Leser ist es. Nur weil ich diesen falschen Leser nicht übertreffen will, sage ich: alles habe ich, und nicht etwa nur das Geschriebene, so falsch gelesen. Das ist aber doch die Lesearbeit eines Schreibers. Ich rede aber vom falschen Leser. Der falsche Leser, der ist es.
Wie könnten wir uns lieben. Über alles hinweg.

07. 11. 85 Die Feinheiten des Falschen, also seine Nuancen. Die gibt es doch. Dafür hatte ich noch wenig Zeit. Mir ist das doch alles erst »mit der Zeit« gekommen – freilich in der Zeit »mit dem Blatt« und »auf diesem in diesem Raum«. Die Feinheiten des Falschen haben es schwer, aufgeschrieben werden zu können (wie schwierig, beinahe eine Verrenkung), weil das Falsche – wenn man ihm ins Gesicht schaut – lacht, also ganz einfach ist, besonders unabgründig bis sehr oberflächlich unerheblich.

Elmar Stolpe war hier. Sehr jung, sehr streng. Respekt. Er ist schließlich ein Gelernter.
Zu »Grüß Gott«: Da überschlug sich die Dialektik.
Zur »Rede«: Schwebe der Gegensätze.

Zum »Falschen Buch«: Über den Gegensatz Falsch–Richtig hinaus:
als Beispiel. Oder das Dumme. Verstrickung.

Ich las einen Text von Roland Barthes in der Sonnemann-Festschrift, Seite 143. Das ist es. Das sagt auch viel über meine Arbeit. Das rotierende Gewissen. Ich erkläre diesen Unsinn dem jungen Gelehrten.

Gestern ein Anruf Ulrich Sonnemanns. Seine herzliche Danksagung für mein Gedicht in der Festschrift. Er sagte: Du bist mit diesem Gedicht ganz da, ganz bei der Feier, bei mir.

Ulrichs Wärme bei allergrößter Genauigkeit, aber eben nur (zu Menschen hin) bedingungsloser. Seine Souveränität; keine Hast, keine Fuchtelei, keine Versicherung, gar lästige Legitimierung – wie immer wieder und wohl auch in Zukunft bei mir. Er hat Boden unter den Füßen, geht sehr geduldig voran, steht da – wunderbar abwartend, nie beflissen. Ein großer Lehrer.

25. Februar 1986, München

Besuch bei Tante Anni im Kieferngarten. Es gibt keine neuen Geschichten. Da leben in Söchtenau am Chiemsee Cousinen und Cousins, von denen ich nichts wußte.

Besuch von Werner Fritsch, Lutz und Walter Gröner. Er freut sich über Platz 5 auf der Südwestfunk-Liste. Wir sind alle schnell betrunken. Walter holt Gisela Elsner herüber. Das bekam ich aber nicht mehr recht mit.

26. Februar 1983, München

Gestern abend bei Günter Herburger unten. Trübsal. Er muß ja nicht trösten, aber verschlimmern: das macht ihm den größen Spaß, diesem Aas. Also bestenfalls ist er ein Geier.

08. 08. 85 Vor einigen Wochen traf ich ihn unten vor dem Haus. Entweder ich bin wirklich so dumm (und der Meinung neige ich zu) oder ich versuchte es wieder und beklagte mich über das nachpädagogische oder schriftstellerische Leben. Er sprach seinen Text wie immer: Davon verstehst du nichts. Jetzt siehst du, wie ein freier Schriftsteller leben und schreiben muß. – Das klang so, als würde er sagen (und das war es, was er sagen wollte): Was du als Lehrer geschrieben hast, das gilt nicht, lieber Paule. Tut mir leid. – Ein Schatz, dieser Mensch. Mein Stamm. Wenn sie uns mit diesen Schwaben vermischt haben, dann graust mir als Baier vor mir selber.

26. Februar 1985, München

Umgekehrte Vergewaltigung wie im II. Buch vom FB. Viele Männer scheitern an einer Comicfigur (wie in dem Film »Der Klempner kommt«: Uhr!!!).
»Tancred« von Disraeli, siehe Seite 206 der Biographie. Sollte das nicht auch eingearbeitet werden? Filmdrehbuch, wie es Robert Blake vorschlägt.

26. Februar 1986, München

Ich rufe Inge an. Jetzt bin ich wirklich besorgt. Sie hat starke Schmerzen. Giovanni Jauß ist nochmal nach Parma in die Oper gefahren. Abends ruft Inge mich an und teilt mit sehr veränderter Stimme mit, daß sie hohes Fieber hat und ins Krankenhaus muß. Auf Empfehlung von Werner Haas. Ich rufe sofort bei Werner an. Er beruhigt mich, spricht von einem Virus, unter dem zur Zeit viele in München leiden. Das beruhigt mich etwas. Trotzdem quälende Sorgen.

27. Februar 1981, München

Im Standesamt in der Mandlstraße: Hochzeit.

07. 11. 85 Das laß ich so stehen. Dazu ist nichts zu sagen.

27. Februar 1982, München

Besuch im 2. Stock der Elisabethstraße 8 bei den alternativen Rupperts, d. h. Professor Wolfgang Ruppert und seiner Freundin Carola Hess. Es gab gelbe Rüben. Wir tranken unseren Wein und rauchten unsere Zigaretten und wurden deshalb aufgegeben. Wieder oben bei uns gab es Schnaps.

07. 07. 83 Kein Glück mit der Hausgemeinschaft. Inge lud einige Mieter ein. Dr. Bachmann und Frau Nennecke interviewten Gisela Elsner und fragten anschließend mich aus. Über die Volksschule. Ich gab keine Auskunft. Ein junges Paar belächelte den Manuskriptberg des Lehrers. Verrücktes Hobby. Ich stahl mich in die Küche und stellte mich schlafend, bis die Gäste weg waren. Auch lächerlich.

28. 07. 83 Was solls? Der Bürger schläft, wenn die Schriftsteller unter sich sind. So ist das doch ganz in Ordnung.

14. 08. 85 Schwüle Nacht. Vielstimmige. Mein Herz (wie man sagt) nicht voll. Auch nicht leer. Keines Dichters Herz, traditionell gesprochen. Ohne Poesie gesagt. Also schweig.

15. 10. 85 Der Bürger schläft, wenn . . . Das ist so blöd, daß ich es nicht gern stehenlasse. Aber der Schriftsteller soll immer wieder zur Strafe lesen müssen, wie kurzmenschlich er ist.

12. 11. 85 Nicht streichen. Das war mit mir vereinbart im Sinne des Exhibitionismus auch, der den Leser lockt, unter anderem. Ich meine, das war unter anderem mit mir vereinbart; sonst lockt den Leser wenig. Das wenigste höchstens. Nun kenne ich es. Warum zum Beispiel entschuldige ich mich bei Adorno? Weil ich mich vor dem Leser entschuldige dafür, daß ich so belesen bin. Das kann vorkommen.

27. Februar 1986, München

Frau Kaiser, unsere Hausgehilfin von 1937 bis etwa 1943, bat mich, mit ihr zu einer Behörde am Bavaria-Ring zu gehen, um für sie eine Unterschrift zu leisten. Meine Hoffnung, etwas aus der Vergangenheit zu erfahren, wurde wieder enttäuscht. Daß ich ein wilder Bub war – das hat man mir nicht nur ins Gedächtnis eingebleut.
Giovanni rief am Morgen an: Inge wurde untersucht und geröntgt. Sie hängt am Tropf. Abends dann seine gute Nachricht. Morgen darf sie schon das Krankenhaus verlassen. Ich bin erst beruhigt, wenn sie wieder da ist.
Heute las ich »O Jerusalem« von Collins/Lapierre zuende. So viel Leid für einen Staat. Ich kann das nicht verstehen, aber da bin ich nicht zuständig. Und die Juden müssen das alles, auch das Grausame, tun können: nichts wiegt den Holocaust auf. Ihnen muß ihr Leben jenseits der Versöhnung gewährt werden. Und: sie griffen nicht an. Wenn sie froh waren, angegriffen zu werden – nicht nur einmal –, so ist das ihre Sache. Ich las von Löwen. Ben Gurion ist so hart und bestimmt wie Napoleon. Auch Golda Meir. Auch das alles ist eine unerbittliche Korrektur des jüdischen Opferlamms. Kfar Etzion: das Masada des 20. Jahrhunderts. Bei unserem ersten Besuch waren Inge und ich zu sehr in der Vergangenheit unterwegs. Aber auch Deir Jassin gibt es. Juden (der Kommandant der Irgun Giora und der Chef der Irgun in Jerusalem Raanan) vernichteten ein Dorf mit all seinen unschuldigen Bewohnern. Da ist kein Unterschied zur SS. Und doch: ein grundsätzlicher. Über den aber kann und darf ich nichts sagen. Nur soviel: Sofort hat sich Israel entsetzt abgewandt.
Ich werde meinen Seligmann mit neuen Namen von Helden und Ereignissen (aber abgestimmt auf die Feste) handeln lassen. Das ist noch einmal eine Veränderung, ein Dreh.
Es ist still bei Sancho und mir. Ich kann nicht einmal Musik ertragen. Wie schnell man alle Verbindung löst. Inge krank in Umbrien. Das gibt mir freilich auch zu denken. Sind wir dort zu weit weg von der Zivilisation, ich meine dort oben auf unserem Berg? Sehr blamabel dieser Eintrag, nach dieser Lektüre. Ich bin ja auch etwas weinerlich geworden als verfrühter Pensionär. Wenn die Bewährung im alltäglichen »Kampf« Poesie fördert, dann ist die mein Ruhekissen. Werner Fritsch würde mich jetzt an »meinen«

Mörike erinnern. Große Helden waren Poeten bestimmt nie. Auch weil sie zu neugierig waren und sind. Stolpern, ja: aber fallen? Im Kampf? Ich war soeben versucht, Tagespolitik zu schreiben. Aber jetzt halte ich mich an meinen Entschluß, den ich nie faßte, darüber kein Wort zu verlieren. Das können andere besser. Ob sie wütender sind als ich, ist eine andere Frage. Reaktionen darauf kann ich nur schreien. Hier bin ich Schreiber.

Unerträgliche Stille. Nur Herburger rumort. – Volker Hoffmann teilte heute mit, daß er die Professur an der Münchner Universität bekommt. Ich verliere ihn also nicht.

Wie lange ist es jetzt schon unerträglich kalt? Ja. Wer weiß? Das ist heute ein Tag, der sich zu meiner Zeit ausweitet. Siehe die regressiven Einträge.

Wie lange ist es in meiner Seligkeit schon unerträglich kalt? Wie weiß. Blödes Wort. Aber man nimmt, was man stirbt. Sterben selber lasse ich an mir anderen. Da darf man nicht pfuschen. Im Wort steh' ich nicht, sondern diese werden von mir geschrieben und sind doch mein Haus, wo ich mir drinnen das Was zuzünde, um mich am Warum zu wärmen. Und um Stein um Stein der Angst des kleinen Wilhelm Grimm abzubauen, bis nur noch der liebe Boden bleibt. Ganz unten. Weder hoch noch tief. So wie ein Boden eben ist. Darauf geht man dann weiter weg in die Weite; hier immer, fast immer, dazwischen.

Ich habe viel geschrieben: dazwischen. Jetzt bin ich müde und möchte doch nicht aufhören. Was für ein »spenstiges« Wort: aufhören. Ich möchte ja aufhören. Dieser sinnliche Widerspruch – der abersinnlichste.

1. März 1986, München

Seit der Lektüre Benns in der Nachkriegszeit war jede Begegnung mit diesem deutschen Dichter unangenehm, nicht abstoßend, aber befremdend. – Heute las ich in seinem Briefwechsel mit von Münchhausen, einem unglaublich dummen arroganten Baron, einem humanistischen Rassisten im Hundezwinger. Die Wut Benns imponiert, weniger die klägliche Verteidigung seines reinen Bluts. Wenig Stolz. – Wahrscheinlich schreibe ich heute und hier leicht. Nietzsche-Lektüre und der antiliberale Affekt haben ihn zur Teilnahme an der »Bewegung« verführt. Das Anti-Bürgerliche, das Anti-Fortschrittliche, das Anti-Materialistische, das Elitäre – das alles wahrlich edle Verhaltensweisen: und doch Rutschbahnen in den Faschismus. Es ist nichts so edel, als daß es nicht total werden könnte. Was sag ich immer. Aber hier und heute keine Schadenfreude. Aber auch keine Festfreude. Die Aufsätze »Genie und Gesundheit« und »Das Genieproblem«, insgesamt sein bionegativer Typus von Künstler waren mir schon bei der Erstlektüre verdächtig. Das weckt doch wieder Affekte bei den Kunstfremden gegen die Kunst – und überflüssige. Mit und nach diesen Aufsätzen wird viel zu leicht und viel zuviel in die Krankheit abgeschoben: was (und das hätte den Artisten Benn doch warnen müssen!) zur Artistik gehört. Solche Widersprüche sind es jedoch nicht, die mich Benn nicht näherkommen lassen, auch seinen Gedichten nicht. Diese seine Beschwörungen sind es und seine Person.
Zur Schlinge. Bertaux schreibt in seinem »Hölderlin«: »Zurück zur Parataxe: nicht nur die logisch-grammatische, auch die chronologische Ordnung weist Hölderlin als Dichter zurück. Die zeitliche Struktur des Hyperion, in der die zuerst dargestellte Situation, die des Eremiten, die zeitlich späteste ist, nämlich die des Briefschreibers, der auf die Ereignisse seines früheren Lebens zurückblickt, ist eine zyklische, wie ›das Jahr‹ ganz allgemein bei Hölderlin eine zyklische Reihenfolge von Jahreszeiten ist.«
Wie die Jahre in der Schlinge eine zyklische Reihenfolge sind und derart die Jahreszeiten der Jahresreihenfolge nicht in chronologischer Nachbarschaft stehen, sondern in parataktischer (also einfach nebeneinandergestellt). So arbeitete ja auch die Sprache in der »Rede«. Die Schlinge hat eben die Gestalt eines Gedichts. Die Verräumlichung der Zeit ist wahrscheinlich gar nicht so vorrangig

wie vielmehr die Zeiten (Jahreszeiten, die Zeit von bestimmten Tagen), also nicht der Zeitablauf, sondern die Zeittiefe, ihre Abgründe. Das Querschreiben ist dann ein Springen über die Abgründe. Ich denke wieder an das Gespräch mit Julia. – Ganz schön aufgeregt. Telephonierte soeben mit Renate Schreiber. Ich erzählte ihr vom Talion, vom Rattenspiel. Sie möchte, daß ich es bei ihr oben vorlese.

Ging heute mit dem Pelzkragen. Das paßt ganz und gar nicht zu mir. Zuwenig unaufmerksam. Auch erkannten mich die Freunde nicht. Zum Beispiel Michael Titzmann, der Passauer Professor, mein großer Trinker im Silen, lief an mir vorbei – sehr verhastet übrigens. Abgemagert. Weiß das Weib, was ihm fehlt. Er selber doch nicht. Ich schreibe schon wie Luther. Gott sei bei mir. Liebe wie ein Papst, muß ich gestehen. Das ist allemal (lutherisch ausgedrückt) noch säuischer. Dieser August Kühn ließ heute um einen Beitrag für eine Anthologie zu seinem Geburtstag bitten. Nein danke. Sonst noch was?

Wie wunderbar: allein zu sein. Ich bin es gerne. Gerne = Gier, laut Herder, Hegel (Adelung).

Gestern war ich zum Geburtstag von Peter Hamm eingeladen. Da hielt ich mich wieder einmal still. In Gedanken bin ich schon dortgewesen. Ich wäre es auch gerne in Wirklichkeit gewesen. Aber das ist zur Zeit nicht möglich. Ich bin ein Maulwurf geworden. Unterirdisch. Dazu paßt der 5. Stock schlecht, aber der Geist. Ich bitte darum. Also zu Peter und seiner außerordentlichen Frau Marianne wäre ich zu gern gefahren. Aber ich komme ja nicht hin. Ich habe dem Peter alles Glück dieser und, aber das heißt anders, der anderen Welt gewünscht. Ich setze mich zu seinen Füßen, wenn er von Schneider, Haecker, Trakl oder Ficker spricht. Ihre Lebensart mag mir ungewohnt sein, aber mögen muß ich sie schon. Frau Koch ist in jeder meiner Hinsichten gar nicht zu sehen. Sie lebt doch in einer anderen Welt. Und ich liebe Mörike. Und damit ist alles klar. Also zumindest, daß ich da nicht hinfahren kann. – Glanz. Dem Poeten werden keine Orden verliehen. Sein Frack ist das Kostüm des Freundes von der Biene Maja. Obwohl zur Zeit das Mittelmaß herrscht wie wohl nur noch zur Wilhelminischen Zeit. Kaiser bespricht Grass; allen Bayern voran der Essener (nicht der vom Toten Meer) den Achternbusch. Und der Schirnding die übrigen. Benn, den ich nicht sehr mag, sagte treffend: Von solchen

Leuten will ich nicht anerkannt werden. Beuys, der Höchste, der Oberste aller Mittelmaßlichen ist tot. Ein mittleres Mitleid seiner Asche. Seine Redemanöver waren mir soviel ein Greuel wie seine over-gedeuteten Sachen, wo man wissen mußte, was es nicht nur bedeutete, sondern auch noch die einfachsten Zusammenhänge ganz aufs Ganze zusammenfassen mußte. O Steiner! Das ist ja jetzt vorbei. Jost Herbig hat ja, früh genug für mich, da abgedankt, sonst müßte ich ihn fragen.
Das ist entsetzlich, diese Burschen kommen fast in jedem Kreuzworträtsel vor. Ich schäme mich nicht zu sagen, daß ich das weiß. Ich lese ja in den Zeitungen nicht meine Erfolgsnachrichten. Jetzt bald lese ich gar keine Münchner Zeitung mehr. Jedes Leben wird enttäuscht. Meines nicht von Inge, nicht von Julia, nicht von Ursula, nicht von Renate. – Die Männer: da warte ich noch. Lutz wird mich nicht enttäuschen. Langer, der Heinrich, der Michi wohl auch nicht. Aber auch nicht der Werner. Das ist sehr wahrscheinlich.
Heute habe ich vielleicht doch, vorsichtig ausgedrückt, obwohl man das noch überhaupt nicht sagen kann: aller Wahrscheinlichkeit nach einige wenige, sehr wenige Gedichte zur Welt gebracht. Das darf man gar nicht weitersagen, weil das zu viele Versprüche sind, die ich damit losankere.
Das Leben ist gut. Wenn man sich bewegen kann. Diese Hand, die diese Bewegung aufzeichnet. Aber auch ist die Schrift zu sehr der Tod, als daß ich mich vor ihr nicht verneigen müßte. Jeder Strich ist verfallen. Zuerst fällt unser Leben, nicht aber unser Schreiben; das kommt später. Mein Gott, wie Du Dir das vorstellst. Ohne etwas zu verraten. Das ist das Rätsel Nr. 1. Warum sagst Du nichts? Solltest Du in unserer Gesellschaft der einzige sein, der dieser nicht unterliegt? Aus begreiflichen Gründen.
Mit dem Schrei über unsere Vergänglichkeit muß unser allbarmherziger Gott gerechnet haben, was heißt, daß er nicht barmherzig ist: ihm ist der Prozeß zu machen, der unermeßlichste, der überhaupt vorstellbar ist. Also wer kann dieses Gottes habhaft werden, dieses Leidverordners? Mein Gott, ich möchte Du nicht sein.
Ich denke, daß ich machtlos bin. Mein Gott. Wie schlimm.
Kurzes Gespräch mit Jörg. Ja. Mehr ist dazu nicht zu sagen. Nein.

2. März 1983, München

Falsches Buch
Versuch eines Diagramms

keine Selektion — Subversion
kein Rauswurf
des Bösen

Ausverkauf
keine Korrektur — Frevel — Mythos
keine Bestätigung — Paar

Vervielfältigung — kein Überblick
Antifertilität — Versteckspiel

der Friede als der höchste Wert
(Bundespräsident Carstens: Friede ist ein hoher Wert, aber nicht der höchste)

Die Lehre vom Falschen
eine poetische (also sprachliche) Irritation
die richtiges Handeln verhindert

05. 09. 85 Frevel – heute sage ich Frivolität. Urbane Frivolität. Metropolis, München, Soundseeing.

Otti Bodewig war hier. Ich habe sie seit 33 Jahren nicht mehr gesprochen. Sie studierte damals Malerei an der Münchner Akademie bei Xaver Fuhr. Morgen ist noch mehr gestern. Nur der Tod kann das umdrehen.
Gestern nacht: Traum Laokoon. Jede Bewegung meines Leibes, auf dem mein Sohn klebt, hätte die Schlangen geweckt: also keine Rührung. Starre. Keine elektrischen Stöße. – Der Satyr-Traum: Filmvorführung. Ulrich Sonnemann urteilt: Sehr verblasen. Ich title: Turm. Ich zeige in meinem Film Türme. Quasi. Quassel. Unbedeutend. Fortsetzung der Banalitäten: Ein behaarter Alter begrüßt mich universitär als einen großen Gebildeten. Ich frage: Wo wohnt mein Lektor Michael Krüger in dieser Anstalt? Dann Arbeit mit ihm, wahrscheinlich um die Beurteilung meines Bildungsstandes zu rechtfertigen.

Immer zwei Träume, jede Nacht. Stil – Stilbruch. Großspurig, kleinschleimig.
Die Hosen voll mit dem Produkt der Angst. Mir gehören meine Träume um die Ohren geschlagen oder besser auf den Mund.

2. März 1984, München

Renate Schreiber war hier.

07. 11. 85 Am Sonntag besuchten wir Jörg in Haidhausen, der mit Michael Korth arbeitete. Den kennen wir wirklich schon lange. Renate war als Nachbarin dabei. Wir lieben sie, Inge und ich. – Für mich ist sie wirklich die Frau des Talion, so begann es. Rattenspiel.
Sie, ja, was solls? Ich werde doch Renate nicht beurteilen.
Ein Falscher kann gar kein scharfer, genauer Menschenbeschreiber werden. Ich will das nicht. Ein Falscher schon gar nicht. Also ich überhaupt nicht. So also trennen mich Welten von Schriftstellern.
Von Renate sollte man erzählen. Ein Erzähler bin ich auch nicht. Und jetzt bin ich still. Sonst.

2. März 1986, München

Tatjana Goritschewa, Rußland. Leningrad – Paris. Eine Christin. Ihr wunderbarer Glaube.

21. 05. 86 Kein Rauswurf des Bösen. Kabbala. Wenn – werde ich ein Judenchrist.
Schlo. Heute rief Inge Nicola an. Ich denke so oft an ihren fröhlichen Besuch bei mir im Schwabinger Krankenhaus. Aber jetzt wie vorher meine Schüchternheit: der große Herr, mein Christoph, und seine, des großen Vorgesetzten Lebensgefährtin, und jetzt ist es der Tod. Wie bitte. Ich title Turm. Ich zeige in meinem Film Türme. In München-Soundseeing gibt es nur Türme.

Jetzt bemühe ich aber niemanden, auch nicht Freud. Das ist alles sehr einfach und ganz und gar klar. So steht das eben geschrieben. Wenn etwas eintrifft, wurde es angemeldet, weil es angemeldet worden war – schon lange: wie es in der Frühzeit einmal eingetroffen sein soll. Hören Sie auf mit Zusammentreffen. Ich sitze z. B. jetzt ganz allein da. Und wäre ich zu zweit, hätte ich diese fehlende Zusammenkunft nicht geschrieben, geschweige denn die stattgefundene.

Und die actual entities Whiteheads? Und noch etwas anderes. Warum verrät mich mein Bruder Hermann bei seiner Gemeinde? Den Handke und den Botho Strauß, die läßt er dort vorzeigen. Oder ist es die Wühr-Bescheidenheit? Ach, mein lieber Hermann. Wenn ich auch losziehe (Du kennst das Wort aus der Augustenstraße), dann kommen alle Wörter (Schimpf-) über mich. Und ich verzeihe mir schon gleich selber, damit Du mir nicht sieben-mal-siebzigmal verzeihen mußt. Wie? Lachst? Auch über Bosheit. Dann weine halt zuerst und dann lach' wieder. Ich höre gerade den Johannes Brahms draußen. Sehr freundlich. Sei mir wieder gut: auch in Zukunft, also ich meine, sollte ich Dir in Zukunft schlecht sein. Und wenn ich Deiner Gemeinde etwas Verbales antue, dann kämpf nicht aus Deinem Stamm gegen mich. Sei nicht zu solidarisch, schon gar nicht zu gemeindehaft, sondern sei mein Bruder und leg den Stein weg, sonst regnet so eine Kirche gleich Felsen, wie Du, Lieber, ja wissen müßtest. Wir zwei sollten es wissen. Wir zwei – aber nein – so vertraut kannst Du nicht sein mit einem, der die Satisfaktion durch das Heil scheut wie Du den Gott-sei-bei-allen. Amen.

4. März 1983, München

Wahrscheinlich gehe ich so vor: Alle wissenschaftlichen, erkenntnistheoretischen Einfälle werden aus dem Zusammenhang gerissen (haben also zur Wissenschaft hin nichts mehr zu sagen).
Bei mir sind sie nur Spiele, Figurationen, die von der Grundfiguration ausgebeutet werden. Höchster Wert: Friede. Schon und besonders ihre zufällige, wahrlich kindliche Auswahl (ohne so überaus nötiges Vorwissen) kennzeichnet sie als in meinem Zusammenhang wirkende Partikel.
So habe ich immer die Sache Poesie gemacht (Tautologe Paul Wühr). Das ist meine Masche, so schaut meine Mache aus, die vor allem eine Schreibe ist.
Frechheit: Ausbeutung allein für das Bezugsnetz meiner Poesie. Poesie hat sich nie und wird sich nie anmelden beim Diskurs dieser Welt. Ist es so recht, mein Bruder Jesus? Aber die Poeten magst du ja nicht. Das Lächerliche. Das ist Poesie. Lacht euch tot. Das lächerliche Falsche an meinem FB ist: Mit dem Wert, den es entthront, um dem Frieden die höchste Stelle zu erobern, spielt es diese Usurpation: mit der Freiheit. Frevlerisch frei sich gerierend in der Poesie, opfert sie diese Höchststaatlichebundesdeutschwertigkeit.
Ich denke an die Verführungskünste der Poesie. Wie sonst wäre es möglich, jemals möglich gewesen, vernunftbegabte, nach Erkenntnisse hungernde Leute zu Lesern zu machen? Auch mich. Wenn ich das schreiben darf. – Ich darf. Ich bin hier mit mir allein. Der Bundespräsident hat zwar in der deutschen Lyrik das Sagen weit unter anderen, hier aber wandern seine Lippen ins Leere, wo nicht einmal Schweigen sein wird.
Die schlimme Freude einer poetischen Existenz läßt sich in diesem Sachverhalt klären: Sie genießt in erster Instanz die höchste Lust eines freischaffenden Blödsinns in Form eines immer gewagteren Bezugssystems. Ein Trost für ehrbare Erwachsene: diese exorbitante Kinderei rächt sich an ihrem ehrbaren Macher. Der ist dann in dieser Rache selber schuld, an seinem Verbluten. Da bin ich wahrhaftig ein Bluter. Weil ehrbar.
Nimmt Poesie vielleicht gar nicht teil am Erkenntnisprozeß? Ist sie nur ein Genuß? Der Poet als Koch?
So ist das: In der Poesie wird die Befreiung genossen über alle Maßen. Im Frevel.

Fällt aber bei der Poesie etwas ab? In Form von Erkenntnissen? Gar hauptsächlichen? Friede? z. B.? Wenn ja, in Form von Barrieren.
Wenn man aber glauben will, die Verführung zu solchen Räuschen der Befreiung in Form höchster Inaktibilität sei verderblich, so kann ich mit keinem ernsthaften Wort diesen rechttätigen Glauben zerstören.
Ich kann nur sagen: die geringste Anpassung an methodisches Denken zerstört die Poesie.
Freilich bildet sie ein widerspruchsvolles, aber wegen zu vieler Widersprüche schon wieder ein widerspruchsfreies Bezugsnetz aus, das niemals unwidersprochen zusammenhält. Und das ist gut. Denn frevlerische Befreiung darf sich nicht in der Freiheit verlieren, sie wäre der Frevel nicht mehr, schon gar nicht sein Genuß, sondern die Weile, nämlich die längste. Gestalt muß schweben, nämlich dazwischen, wo sie sie selbst weder wird, noch nicht wird: also genau so viel bleibt, daß sie trifft – einmal nicht angenommen, man schoß sie. Das Gestaltlose ist kein Pfeil und keine Scheibe, weder gerade noch krumm und schon gar kein Ring und schon gar nicht Elfe, die das Schwarze vermittelt.
Ich denke augenblicklich an die moderne Hilflosigkeit vor der Poesie im Sachbuchchaos. Der Wissenschaftspublizist Jost Herbig hat hier das Wort.
Das Unvermögen in der Befreiung. Nur Anpassungsversuche an Erklärungen, auch dieses Unvermögens. Gute Nacht. Meines Bruder Hermanns Sympathisantentum. Der Terror: Die Poesie. So reagiert ein Liebhaber Jesu. Aber in Wahrheit liebte der keine Poesie. Sein, meines Bruders, lebenslanger Kummer.
Zur Treue der Germanisten, was die Poesie betrifft: Keine Ausbeute, nehme ich an. Für Erkenntnis, meine ich. Sondern: die Liebeswerbung dieser Wissenschaft um diesen Gegenstand. Ich sehe die Dame Poesie ihren Rock heben.
Ein Denker mag da wegschauen. Muß er vielleicht. Ich denke mir das sehr schlimm aus.
Wer eine Torte produziert, ist vollkommen anders konditioniert als einer, der die Erkenntnis dieser Welt vorantreibt. Richard Strauss z. B. und Wiesenthal Adorno. Das vergißt man immer. Ich auch. Deshalb meine anachronistischen Zusammenbrüche. Zur Verzweiflung reicht es nicht ganz, pflege ich bei Gelegenheit zu stöhnen.

Ob man auf Produzenten verzichten könnte, ist eine Frage an wissenschaftliche Narren oder wissende Heilige.
Große Denker räumen Shakespeare ein, nicht aus.
Wittgenstein hat Gott nicht ausgeräumt, diesen Produzenten, der mit dem Erkenntnisprozeß wenig und hoffentlich gar nichts zu tun hat, sonst ist er dessen Ziel und muß am Ende noch seine Juden verachten.
»Mit seiner Mutter wirren Flechten spielend Kind«. Diese Zeile Francis Thompsons hätte ich gerne über der Schwelle dieses Abseits.
Man wird falsch im Abseits die Schellenkappe ziehen vor so viel Ernsthaftigkeit des Intellekts im allgemeinen.
»Die Annahme, daß das ganze Leben ein Traum sei, in dem wir uns selber alle unsere Gegenstände schaffen, ist logisch nicht unmöglich. Aber es spricht auch nicht das mindeste dafür, daß diese Annahme wahr wäre.«
Shakespeare ist schon lange in einer anderen Wirklichkeit. Also kann ich sagen: Russell kann nur wieder einen Berkeley oder sonst einen heutigen Philosophen gemeint haben, denn ein heutiger Poet sagt oder behauptet das gar nicht mehr. So eindeutig sind wir dem Russell nicht zu Gefallen.
Anmerkung Russell: Es spricht auch nicht das mindeste dafür. Vorhang. Applaus. Wer lachte?

14. 07. 83 Der Geist. Ich nehme an: der Unheilige. Seine Heiligkeit in uns zu verwalten: ich (bin) es. Es ist das Geistige am heutigen Geist, daß er keinen Geist hat. Wir haben ihn noch nicht. So wie er sollten wir uns in Zukunft verhalten. Er als der heutige Geist weiß schließlich Bescheid. Wir sollten den Bescheid wissen.

05. 09. 85 Ja. Jesus liebte keine Poesie. Das hat man wenig beachtet. Er war kein Ästhet. Das hat vielleicht Hamann durchschaut und an ihm zu ergänzen versucht. Die Juden sind damals keine Ästheten gewesen mit ihren Geliebten so ganz wüst allein. Später schon. Warum nicht?

07. 11. 85 Ars poetica: Das ist die Schleife ja doch. Sonst weiß ich doch nichts – oder wenig. Hier und jetzt verstopfe ich mir die Ohren. Es geht um die Poesie. Und die Poesie ist noch nicht da!

So liefen wir in Lochham als Kinder am Waldspielplatz um das Hexenhaus. Wie war das schön! Namenlos. Damals war alles namenlos schön. Ist die Hex' schon da? »Ars poetica namenlos«.

16. 03. 86 Meine Dummheit ist: ad sum.

4. März 1986, München

Eben las ich im »Atlas zur Weltgeschichte«: »Von der Fürsorge Hammurabis für Leben und Eigentum seiner Untertanen zeugt der ›Codex hammurabis‹, Reformgesetze nach dem Grundsatz der Talion (Auge um Auge, Zahn um Zahn).«
Nicht der Grundsatz, aber das Genus erschreckte mich. Der neueste Fremdwörterduden sprach das endgültige Urteil: die Talion muß es heißen. Also lautet der Titel meines neuen Buches »Die blaue Talion«. Mir ist jetzt noch ganz schlecht. Aber wieso dieser Fehler? Meist wird vom Talion-Gesetz gesprochen. Das Talion-Gesetz heißt es also. Vielleicht haben einige Autoren einfach abgekürzt. Jedenfalls schrieb ich ab, und schon das erste Wort meines neuen Buches wäre beinahe ein Fehler geworden. Ich lasse diesen Fehler in der Schlinge stehen. Zur Strafe.
Jetzt ist eine Stunde vergangen, und ich bin immer noch sehr bedrückt. Der Fehler. Die Schulzeit – freilich auch als Lehrer, denn die Schüler wiesen mich auf viele Fehler hin. Wie im Traum erfand und richtete ich ein Theaterstück ein, damals in Hengersberg, im Bayerischen Wald. Was gespielt wurde, weiß ich nicht mehr. Wichtig war der Aufwand. Ein feiner Junge von entfernter Verwandtschaft, die im Hotel zur Post wohnte, war mein Stellvertreter. Aber schon bevor der Vorhang aufging, übernahm ich die Rolle in einem Trauerspiel, denn die Mutter des Jungen kam zu den Proben, um mich drauf hinzuweisen, daß man Theater nicht mit einem h nach dem zweiten t schreibt, wie ich es auf meiner Ankündigung getan hatte. Das Teatherspielen machte keinen Spaß mehr. – Das holpert heute besonders durch die Zeilen. Eben: kein freies Herz mehr.
Im Luitpoldpark vorbei am Obelisk, also wieder in Broadmoor, da ich vorher stundenlang an Dadds Bühnenbild für »Thisbe und Pyramus« gearbeitet habe. Später versuchte ich wieder einmal, die Physiologie des Gehörs zu studieren. Dabei habe ich eingesehen,

daß es sich um eine Einführung für Biologen, Psychologen und Nachrichtentechniker handelt: aber nicht für Poeten. Übrigens las ich gestern in der SZ über »Beliebteste Berufe«. 1. Ärzte, 2. Lehrer ... da dachte ich ...
Das Intersex ist nach Duden ein Individuum, das die typischen Merkmale der Intersexualität zeigt. Intersexualität ist die krankhafte Mischung von männlichen und weiblichen Geschlechtsmerkmalen und Eigenschaften in einem Individuum (eine Form des Scheinzwittertums). Für meine Teichoskopie.
Gestern nacht wieder ein Campus-Traum: Bosnien. Wilder großer Park mit Felsen; ein riesig vergrößertes Bomarzo. Viele Kreuze. Glaubenserneuerung. Ein Pater oder Frater zu mir: Die Passivität unseres Glaubens, was die Welt betrifft. Alles prallt daran ab (nicht so neu!). Meine Hose, genauer ein Hosenbein war aufgeschlitzt. Auch mein Arzt, Werner Haas, war hier und wurde zu einer Operation gerufen. Bosnien? Warum dieses Land? Wie komme ich darauf?
Bosnien und Sarajevo (Hauptstadt). Herzogewina, entwässert zur Donau (Sare). Glaube: orthodoxe Serben, römisch-kath. Kroaten und Muslime (im übrigen Montenegriner, Slowenen, Albaner, Makedonen, Türken, Zigeuner). – Pflaumen werden zu Slibowitz. 1908 Annexion durch Österreich. Weltkrieg!!! Im 2. Weltkrieg ein Zentrum der Widerstandsbewegung.

21.05.86 Darf ich das hier einfügen: Poesie kommt nicht zu Gestalt oder noch näher: geht durch sie hindurch, amorphisch breitet sie ihren Anarchismus hinter uns aus.
So entwandelt schien mir Ulrich Sonnemann gestern, als wir zur Steigeralm wollten. Inge, Brigitte und Michael gingen alleine weiter. Wir hockten uns auf einen Stein am Weg, d. h. da waren viele Hockversuche vorausgegangen. Ich saß zwar gleich gut, aber Ulrich probierte lange und saß dann so gut, daß es mir hinten immer kälter heraufkroch. Warum habe ich ihn nicht verstehen können oder er mich nicht? Oder macht das soviel aus.

5. März 1980, München

Was C. G. Jung über den Träumer schreibt, kann ich übernehmen für mein FB. Er spricht vom Regisseur, Inspizient, Schauspieler, Publikum usw.

14. 05. 80 Nach der Lektüre der Jung-Monographie: Ich staune über die Gleichzeitigkeit der religiösen, mythischen und mystischen Einsichten des großen Psychologen mit meinem »Mysterium Trinitatis« (freilich dem Gedicht eines Anfängers). Also war ich damals gar nicht aus der Zeit gefallen. Das dachte ich aber.
Im FB habe ich willkürlich einen Zusammenhang hergestellt mit meinen Versuchen in den Jahren 1948 bis etwa 1956. Eine Passage aus dem »Mysterium Trinitatis« wurde in das FB aufgenommen.

15. 06. 85 Keine Gedichte. Zu Volker: Das ginge zu leicht. Für ihn zu schwer. Aber das macht keinen Unterschied. So beginnt ein Gedicht.

05. 09. 85 Das demütigt mich: kein Gedicht. Ich schreibe, komponiere eine Liebeserklärung an München, bevor ich gehe. München, dieser Name, der wie Mütter beginnt und alles verkleinert, den Mangel an Stolz herstellt, den der Poet braucht: um zu singen. München: Minne, Mumie, Memme. Meine Stadt. Ich war in ihr so traurig da. Ich werde immer auf ihr schreiben, sie nie beschreiben. Der verlorene Sohn. Keine Gegenliebe. Das Kind München. Alle Städte sind Kinder ihrer Leute. Nur München verführt dazu: Sie zu sagen, so meine ich das. Alle zwei Augen voll Trauer, immer dazu diese Zwiebel, diese Straßen: ich müßte sie doch lieben und kennen. Aber sie ist kalt: nicht wie die Natur, wie Kunst, wie Kopie. Mit einem Menschen noch einmal durch dieses München gehen. Aus der Aula mit Elisabeth nach der 9. Symphonie heraus. Ich weiß gar nicht, wie das war, später im Kapuzinerhölzl. Liebe war das nicht, etwas viel Lieberes. Schluß, Elisabeth, hier ist die Frage erlaubt: wo bist Du?

09. 06. 86 Vor drei Tagen waren die Freunde hier. Sie hörten sich mein Abschiedslied an. Gerne, wie ich höre.

7. März 1978, München

Ich habe einmal wieder die »Rede« beendet.

14. 05. 85 Ostern ist von der Finsternis nicht mehr die Anschauung darunter die Helle als die Äpfel verweißen

ein Rest bedroht richtungslos schwarz
es ist das Kreuz heute die Vierteilung
wie war das

eines Donnerstags als wir bei Jesus
uns einen Klaren bestellten jedem
ein Doppelter vom

Sand in den Samen wird unser
Staub aus den Tieren geblasen

08. 08. 85 Hier Sätze aus den letzten Wochen des Jahres 1977 im Gespräch mit Volker Hoffmann über die »Rede«:
Er ist der Ansicht, ich arbeitete mit Gegensätzen, weil diese in der Sprache seien; bei mir würden sie zusammenfallen: meine sprachlichen Aktionen.

13. 04. 83 Keine Dialektik. Kein Synthesis; diese schon vorweggenommen. Also kein Prozeß.

08. 08. 85 Ich: das Absolute ist zu vermeiden; es ruft den Gegensatz. – Volker erinnert an die Totenfeiern in meinen Büchern: ›Feier der Entropie‹ in »Gegenmünchen«, ›Olympiahymne‹ in »Grüß Gott«, ›Steinzeitgrab‹ in der »Rede« und ›Troja‹ in »Das falsche Buch«.

13. 04. 83 Da gab es also schon die Figuration ›Troja‹. Ich weiß nicht mehr, um welche Fassung es sich handelt.

08. 08. 85 Volker weiterhin zur »Rede«: Die Sprache rutscht weg, es rutscht etwas zusammen: »Der Hang ist, daß ich rutsche«. Die Sprache bildet in ihrer Syntax den Inhalt heraus. Überall von vorne der Durchbruch nach hinten. Überall Faschismus, abbrennend. Das war wieder ein fünfstündiges Gespräch.
Am 7. 12. 1977 notierte ich: Aus der Liebe heraus durch die Luft der Einbruch in die Blödigkeit.
Das Herauswollen. Das Meta, das über dem Psychogenetischen und Soziogenetischen Schwebende. So daß sich im ganzen Gedicht die ungeheure Spannung aller

Widersprüche zusammenschließen läßt zu einer einzigen Sprache, die niemals einen Beitrag zum allgemeinen Diskurs leistet. Alle Dummheit erhaltenswert. Traum als Beschneidung der Person, die von ihm abgerichtet wird. Traum (wie Paarliebe) als euphorischer Zustand, der Auflösungen auslöst.

Liebe als Schmerzproduktion.

Die Blödigkeit in der »Rede« ist nichts anderes als der höchste Ausdruck der Sehnsucht, die – nur zum Beispiel – nicht zu befriedigen ist mit dem Gedanken (von Elias), die Gesuchte sei vielleicht der Bogen eines Pfeils. Noch einmal: Liebe: damit der Schmerz eintreffen kann. Volker: Regression will als wahre Zukunft über die Zukunft hinaus.

Regression als das Steile, Spontane, Jetzige, Augenblickliche.

Gegen das Flache der Utopisten: ihren vagen Horizont.

7. März 1986, München

Das war der Tag. Ich meine das schon so. Aber da es viele solche gibt. Ich bin der Meinung: er war es. Also: keine Prostata-Gefahr. Der Stuhl war es, den mir der Arzt verbot. Also ich sitze bald besser. Schreiben ist doch wie – ach, kein Vergleich, zu schön. Wie das herauskommt, was man nicht meinte. Aber vielleicht – wer weiß? – ist das Kitsch. Ja. Die Beschreibung einer unkitschigen Entwicklungsgeschichte der Handlung. Und meine Inge. Sie. Im Augenblick trinke ich Wasser, weil sie es empfahl. Aber sie trinkt mit mir, will sagen: Das ist es nicht. Sie ist mehr als alles. Ich bin der ihre. So ist das. Weil ich für mehr als alles bin. Hallo, Mark! Oder wer versteht mich? Im Augenblick sitze ich in Osterode oder wo war das in der Kneipe und bestelle für Inge und mich immer mehr weiße Gewässer, wie hießen sie doch? Jeder weiß das. Warum soll ich das wissen. Wir tranken, wir redeten, ab und zu auch ich. Das tat gut. Inge. So heißt mein Leben. Der Name. Gott? Wieder? Alle Namen heißen wie er. Das macht mich nicht böse. Obwohl von einem Anfang oder von Ur zu sprechen: schlimmer wirds immer gegen Ende. Sie werden verglichen werden. Amen. Morgen fährt Inge nach Baden-Baden. Wie zufällig.

8. März 1980, München

Das FB ist wie »Gegenmünchen« ein Bewußtseinsfeld.
Ich darf nicht vergessen, daß ich aus dem »Mysterium Trinitatis« komme und in all den Jahren weiterschrieb bis heute: »seiend ohne eigenen Wunsch aus Dir« – aber auch immer noch nicht: aus eigenem Wunsch nicht sein wollend.
Meine tagtägliche Verunsicherung in dieser Welt, und insbesondere dem Geist dieser Welt gegenüber, sollte mich endlich dazu bringen, mich auf mich selbst zu besinnen und meinen Weg ungestörter zu gehen, freilich störend. Mit intellektuellen Schranken sollte ich nichts zu tun haben wollen, da ich mit der Welt nichts zu tun habe und auch nichts zu tun haben will.

14. 05. 83 Frommer Wille, kann man da nur sagen.
26. 07. 83 Die endgültige Vernachlässigung der Rechtfertigung ergibt sich aus dem Totum-Kapitel des FB und aus dem Kapitel des Südlichts Dorothea, bevor wir Pseudos unser Blaskonzert auf der Erlöserkirche veranstalten. Also Bezug dieser Kapitel im Netz FB. Das ist das Garn, aus dem, unter anderem: der Frevel Textil wird.
06. 11. 85 Dieses Buch ist nichts. Mein derzeitiger Kopf stößt dagegen. Mir ist nach Oder und Aber zumute. Ganz außerordentliches Laufen befördern wir, sind inzwischen mehrere am Ziel werden wir so fröhlich wie wir werden so traurig sein.

8. März 1986, München

Colli: »Philosophie ist Ausschweifung, Vermessenheit.« – Dunkle Nässe, Gang durch den Englischen Garten. Die Märzvögel über dem schwarzen Schnee. Vorbei am Versorgungsärztlichen Untersuchungsamt in der Martiusstraße. Ich schaute zum zweiten Stock hoch. Ich bin wieder allein. Sancho ist ein schwarzer Clown. Gespräch mit Renate in der Wörthstraße 7. Jüdische Romane. Wir trinken nicht, wir rauchen nicht. Wir vergaßen das. Wie soll ich das verstehen? Wir redeten; es ist schön dort oben. Wir zwei kennen keine Juden. Ich hatte einmal eine Frau, die wahrscheinlich Viertel-

jüdin ist, vielleicht auch Halbjüdin. Ihr Vater wurde von seiner Mutter alleine erzogen. Man weiß sehr wenig, das ist alles weit weg.
»Die Kunst beschreibt nicht, denn sie steht mit den sinnlichen Gegenständen, die dem allgemeinen Gewebe der Vorstellung angehören, in keiner direkten Beziehung und ist mit ihnen nicht auf natürliche, homogene Weise verbunden«, sagt Colli. So ist es.
Mit Renate habe ich heute nochmal, vorher schon mit Inge, die Lüpertz-Ausstellung in der Lenbachgalerie gesehen. Er drückt sich theoretisch ähnlich aus. So sehe ich auch. Ich kann nur nicht malen. Wieso sollte ich auch? Wie Achternbusch in den Nebenräumen? Was für ein Aufwachen, hätte ich sowas zu Zeitungspapier gebracht! – Ich trinke einen Colli del Trasimeno, bianco, aus der Herzogstraße.
Was mir auch bei Jörg jetzt Sorgen macht: Der Poet darf/kann nicht mehr reden. Ich weiß, daß er zurechtgewiesen werden muß. Aber das lasse ich doch nicht zu. Niemals wird mir das gefallen. Rede ich, dann probiere ich rabulistisch die Sachen. Wer da nicht mitmacht, der kann mir – also da bin ich für Diebstahl. Oder gehe ich deshalb auf den Berg? Ich verlor schon den Jost. Bei nahen Freunden habe ich nicht das »Tu-was-du-willst« wie ihre Großen alle; ein Großer bin ich bei ihnen nicht. Das wäre ja auch zuviel von ihnen verlangt. Also kann ich es auch nicht länger aushalten bei ihnen. Ich schreibe keine Aufsätze. Ich wiederhole auch nicht als Priester. Ich bin auf der Reise in mein Unbekanntes.
Dieser wunderbare Maler aus Böhmen. Dieses zehnmalige mykenische Lächeln. Diese Stühle. Renate, die schlanke Graue mit den wunderbaren blauen Augen, die sah das auch.
Dann wanderte ich heim durch den schmutzigen Englischen Garten und dachte nicht mehr an diese Frau. Was bin ich für ein Mann. Also wahrscheinlich keiner. – Inge ist in Baden-Baden.

9. März 1978, München

Traum: Eine Frau verabschiedet sich nach einem Fest auf dem Campus weinend von mir. Sie müsse zurück auf den Friedhof in ihr Mausoleum.
Der Campus. Ich habe ihn damals im Traum gesehen. Das war aber ein Stadtplatz: so groß wie die Stadt selbst. Auf den Hügeln viele Kirchen. Wanderndes, steigendes Volk, Trubel. Ein erregter Himmel. Alles ganz unüberschaubar. – In einem früheren Traum befand ich mich auf einem antiken, römischen Campus: ein riesiges Forum war das; auch Ludwig I. wirkte an diesem Bühnenbild mit: Königsplatz, Glyptothek, Propyläen.

26. 04. 83 Der Platz der siebziger Jahre nach den Straßen der sechziger Jahre, Marsch – Versammlung.
17. 07. 85 Oben: Das muß Heidi Fenzl-Schwab so ergangen sein. Einen Schriftsteller oder Poeten schon gar besucht man nicht. Enttäuschung. Sie weiß ja, daß sie mehr über das FB weiß als ich: wie dumm muß ich ihr vorkommen.
07. 11. 85 Es gibt Schwierigkeiten. Sie will mich besuchen und reagiert abwesend, wenn ich sie einlade. Mir wird angst.

9. März 1986, München

Barbara Wehr zu Besuch. Wir diskutierten über ihre sprachwissenschaftliche Arbeit. Tranken viele Flaschen Colli del Trasimeno.

10. März 1978, München

Traum: Vor einer Schule sehe ich auf einem Volkswagen das Wrack eines Volkswagens. Ich klettere hinauf und stürze das Wrack hinunter. Es detoniert. Kinder, die in der Nähe sitzen, sprechen leise weiter. Später stellt sich heraus, daß der Platz vor der Schule mit Glasscherben übersät ist. Ich bin ratlos, ich weiß nicht, wie ich die Scherben sammeln soll. Mir wird dann erklärt, daß es sich nicht um ein Autowrack gehandelt habe, sondern um ein Musikinstrument.

Ich rede in meinem Gedicht. Das Reden ist Erkenntnis, es selbst. Ich nehme an und wehre ab: in einer Geste.

10. März 1983, München

»Die Umarbeitungen von Glaubenssätzen (Mythen)«, schreibt Kamper. Ja. Wie er sagte: um zu verlernen. Das FB ist ein Buch zum Verlernen. Alles Richtige soll verlernt werden. Und also vergessen. – Die aufreibende Umständlichkeit dieser Umarbeitung. Das umständliche Spiel der erwachsenen Kinder.
Nichts für infantile Leute, die von Anfang an tabula rasa machen wollten. Heute quatschen sie.
Im Traum, den mein Buch träumt, muß der Stoff in dieser Arbeit am Mythos (Blumenberg) – also dieser Umarbeitung (Kamper) wahrscheinlich schon lange gewälzt werden.
Im FB kann die Entmachtung des Autors nicht gelingen. Ich führe diesen Mißerfolg vor. Aber auch mit der Sprache ist es so: nach Barthes kann ihre Macht nicht gebrochen werden, aber die Mißerfolge bei ihrer Entmächtigung bleiben menschliche Dokumente. Und was würde ein Erfolg bedeuten? Doch nur eine Richtigkeit, die aus der Befreiung wieder nur ein Gesetz machte. Der Sturz in das Sterile findet nicht statt. Und wenn wir weder voran noch zurück können, so ist dies das Gegenteil von Sterilität: kein Wiederholungszwang im Rückschrittlichen und kein Austritt aus der Geschichte.
Abschweifungen sind immer möglich, und sie sind gut, wenn sie nicht an den Ausgangsort der Abschweifung zurückkehren. Ich denke an die vielen Abschweifungen im FB.
Schon diese Abschweifung ist ein Beispiel für die Leichtfertigkeit,

die zum Standbild des ›Weder-vor-noch-Zurück‹ nicht mehr zurückkehren muß.
Abschweifung ist Ausschweifung ist Lust.
Der Körper, der geht uns das vor. Der Kopf ist nichts anderes als der Anfang des Unkörperlichen.
Zum Spaß: Meine Erkenntnistheorie ist biologisch. Man betrachte die Scheiße auf dem Platz im FB.

11. März 1984, München

In der Nacht zum 12. März Gespräch mit Inge: Ein Paar geht viele Verbindungen ein; kein Paar liebt alles in sich. Ein offenes Paar. Ehe als offenes System. Ehe als Zeichen intensivster Nähe, größter Zuneigung; das Zusammensein und das Zusammenbleiben als Wunsch. Bis der Tod euch trennt sollt ihr zusammenbleiben, wie auch immer das Leben euch trennen wird.

06. 12. 85 Meine Isabel.

11. März 1986, München

Besprechung mit Michael über den Rohschnitt von Metropolis. Dann das Konzept seiner Magisterarbeit. Platz: Münchener Freiheit. Begehren des Schreibers im FB. Hauptthese. Graue, neblige Tage. Dumpf. Alles eingesmogt, wahrscheinlich. Keine Konzentration. Morgen werde ich an der »Thisbe« weiterarbeiten. Ich mußte das liegenlassen. Wie immer habe ich Angst, voreilig zu schreiben; später läßt sich oft nicht mehr korrigieren oder vielmehr ich erlaube das nicht und muß deshalb Auswege suchen. Das hat zur Folge, daß man doch vorsichtig wird. Wenn es sich schließlich nur noch um Auswege handelt: wird es ein richtiger Pfusch. Jedenfalls fühle ich so. Oder ich mache mir etwas vor und bin in Wahrheit faul. Kann auch sein. Und faul, so richtig, kann man nur sein mit einem zurückliegenden Teilerfolg, einem vermuteten, denn nachgesehen wird nicht. Teilerfolge, die schon länger zurückliegen, stinken von Tag zu Tag mehr. Also muß man wieder an die Arbeit. Walter Hinderer schreibt in seinem Aufsatz »Wittgenstein für Anfänger«: »Auf die Frage, was das Ziel seiner Philosophie sei, antwortete W. bekanntlich: Der Fliege den Ausweg aus dem Fliegenglas zeigen.« Phil. Untersuchungen, S. 309; ich finde diese Bemerkung aber nicht auf Seite 309. Ach so, Suhrkamp Taschenbuch. Die Fliege muß mit dem Kopf so lange anstoßen, bis sie das Himmelsloch des Glases findet. Anstoßen: erkennen. Grenzen erkennen. Diese Grenze wäre für mich das Richtige, bei Wittgenstein und in der Philosophie wahrscheinlich auch das Tautologische. Barthes in den »Mythen des Alltags«: Die Tautologie erzeugt eine tote, eine

unbewegliche Welt. Mein Falsches ist Mobilität, sprachlich vor allem. Über das bei Barthes in der Folge auftauchende »waage« Bild »Weder-noch-Figur« muß ich noch in meinem Oszillum nachdenken. Das Verhalten ist waag-recht = da rührt sich nichts mehr. Es ist tautologisch, insofern es richtig ist bis zur Feststellung: Es ist richtig, weil es richtig ist. Es muß sich nicht legitimieren. Es ist jenseits jeder Legitimation ein Zustand. Tod. Schaukel und Waage. Falsch und richtig. Bei Waage auch wieder: Gericht.
Zur Tautologie schreibt Wittgenstein noch: »Tautologie und Kontradiktion sind Grenzfälle der Zeichenverbindung, nämlich die Auflösung.« Hinderer ergänzt: »Doch gerade die Tautologie schnürt andererseits jede Argumentation ab und dient Herrschaftsformen oft zur Ausrede.«

Kontradiktion nach dem neuesten Duden: der Widerspruch (der durch einander widersprechende Behauptungen über ein und dieselbe Sache entsteht); kontradiktorisch: sich gegenseitig aufhebend. – Kontradiktion nach dem Philosophischen Wörterbuch: Zwei Begriffe sind kontradiktorisch, wenn einer (nicht-A) die Verneinung des andern (A) ist; kontradiktorisch im zugespitzten Sinn, besser: einander polar sind die entgegengesetzten Endglieder einer Reihe, z. B. weiß – schwarz. Konträr: nicht formal, sondern inhaltlich auf einem bestimmten Sachgebiet entgegengesetzt, z. B. weiß – grün.
Whitehead: ». . . ist das Universum ein kreatives Fortschreiten ins Neue.« Die Alternative zu dieser Lehre ist ein statisches morphologisches Universum. Und – tertium datur –: die Ausbreitung in alle Richtungen, ins Alte und ins Neue und überall hin, also nicht nur die Richtung ins Neue – und da wird ja die 4. Dimension zur einzigen wirklichen Bewegerin. Ich frage. In diesem Buch bewege ich mich, wie soeben als Tertium beschrieben. Ich denke auch an meine Erfahrungen (Metropolis) mit dem Gehör. Die Seiten 407/408 in »Prozeß und Realität« (Weißes Programm, Suhrkamp Wissenschaft). Darüber läßt sich lachend streiten. Das ist das Gegen-Programm zur Poesie. Whitehead denkt ja gar nicht daran, an Poesie zu denken, das ist mir schon klar.

12. März 1983, München

Gespräch mit Volker Hoffmann. Das Tableau der ›Paarweise‹. Ich habe diese Figuration nicht ausgenutzt, nicht ausgespielt. Die Phantasie des Lesers.

Wenn ich erzähle, dann eine Geschichte von Hermann und Dorothea; sie wird größtenteils mit zu ihr heterogenen Bestandteilen des Buches erzählt. Eine Geschichte aus lauter Brüchen, Bruchstücken. Zum Beispiel hat die ›Paarweise‹ in der Geschichte von Hermann und Dorothea ihren Platz und Stellenwert: als Hochzeitstorte. – So kann nur erzählt werden in einem monumentalen Bau; in einer Masse von Wörtern, Sätzen, Geschichten, Dramen und Tableaux. So habe ich versucht: zu erzählen.

Philosophen erstreben den Überblick: auf einer Position außerhalb des Kosmos.

Der Poet holt sich aus seinem Überblick über sein Werk herunter. Das mißlingt. Der Autor will einer der Seinen werden. Das ist eine Gegenbewegung zur heutigen Wissenschaft, die über den kleinen, hypothetischen, an der Erfahrung erprobten Welten sitzt. Es handelt sich um bescheidene Götter. Diese Bescheidenheit hat nichts mit der angestrebten Entmachtung des Autors zu tun. Ein Gott, der seinen Sohn in seine Schöpfung sendet, verleugnet denselben im Kreuzestod, weil er, ihn anerkennend, die aus seinem Wunsch heraus erfundene Manipulation negieren würde: einer der Seinen zu sein.

Ich hätte Poppes zu meinem Sohn machen müssen, um diese biblische Figuration abzubilden.

Volker: Du lebst in deinem Stoff: das ist die Sprache. Du sprichst diese Sprache neben dem Alltag und neben der Wissenschaft als Poesie. So sagst du alles, was du zu sagen hast, alles Alltägliche und alles Wissenschaftliche.

26. 07. 83 Und die lebensweltliche Motivation, von der Blumenberg spricht!

Volker: Du sagst das alles aus vorgegebenen Wörtern heraus.

Wenn ich von meiner Dummheit auf dem glatten Parkett der Gesellschaft rede, verärgert das Volker Hoffmann. Er spricht dann von der Dummheit des glatten Parketts dieser Gesellschaft. Wir

sprechen über Michel Krüger. Der sei nicht zu beneiden, meint Volker. Michel sitzt zur Zeit über meinem Buch.
Als ich von der Leere spreche, in der ich jetzt sitze, meint Volker: Bleib in ihr sitzen. Halte sie aus, sage ich zu mir, wie ich das im FB zu Poppes sage.
Wir sprachen auch wieder über die »Rede«. Dazu Volker: Das Gedicht ist ein umgestülpter Körper. Sichtbar der Blutkreislauf, schwarzes Blut, Tinte. Die Bäume wachsen über ihren Namen. Deine Gedichte über deinen Körper.
Seine Vorschläge für das FB: Keine Sternchen zwischen den Kapiteln. Zeichen schon. Zu beachten: das Umblättern. Das würden die Drucker nicht schaffen.

26. 06. 83 Wie recht er hatte! Aber ich schaffe es nicht. Nur drei Leerzeilen. Es ging ums Geld. Größere Schrift als bei Eco.
26. 07. 83 Das wurde gemacht. Meine Bemerkung: Ich muß mich zur Herstellung, also zur Mitarbeit daran zwingen. Ich bin leider insofern ein Uriniker.
07. 11. 85 Der gestern gestorbene Reinhard war einer der größten Concetto-Poeten. Ein wahrlicher poeta doctus. Das ist ein Vergnügen für den Verstand: diese Verdrehungen der Syntax wahrzuhören; Dummköpfe sollen . . .
06. 12. 85 Amen. Amen.

12. März 1985, München

»Propyläen Weltgeschichte. 19. Jahrhundert I, Seite 196«: hier zeigt sich, wie ich Dadd zerreiße (seine Biographie ins Gegenteil entwickle).
Zum Falschen: Nach Hofstadter »Gödel, Escher, Bach« gibt es (wichtig für Reden) beim Umgang mit formalen Systemen eine mechanische Methode, eine intelligente Methode und eine Un-Methode = Zen. Ich füge hinzu: die Methode des Falschen; fehlerhafte Beschäftigung.
Krimi: Erinnerung an die Fernsehsendung von einem Maler, der selbst eine Picasso-Zeichnung herstellte und behauptete, er habe sie von einer vornehmen Dame auf dem Flohmarkt gekauft für drei

Mark. Nach zweieinhalb Jahren erst läßt er eine Expertise machen (Vermittlung durch einen Freund: Galerist – Mittäter?), und schließlich läßt er sich auf Zeitung und Fernsehen ein, um den Wert seiner Zeichnung zu steigern. Warum eigentlich? Das ist doch schon eine große Frage! Das kann doch nicht strategisch gemeint sein oder unterschätzt er diese Serie »Unerklärbares, Wunderbares«? Daß sich die Dame nicht meldet, weiß er ja. Ist er überhaupt zu belangen? Die Expertise ist vielleicht auch erschwindelt, aber das wäre ja Blödsinn. Schließlich hat Sotheby's zugesagt, die Zeichnung anzubieten, und der Picasso-Sohn hat mitgemacht. Sind alle nur hinter Geld her? Jedenfalls hat der Mann die Journalisten unterschätzt, denn diese machen die Fernsehsendung zum Tribunal. Erinnere dich an die langsame Entwicklung des Dialoges im TV. Zuerst warst du ärgerlich bis zum Erkennen der Methode. Das für Authentizität: echt – falsch, vielleicht ganz kurz. Ich könnte dann ein Bild nehmen wie z. B. Dadds »Negation«, das ergäbe nochmals einen Zusammenhang.

12. März 1986, München

Grau, grau. Dieser dreckige Tag. Ich war in der Stadt. Wie niederdrückend. Aber immerhin wurde ich ein U-Bahn-Fahrer. Endlich kapierte ich. – Gesehen habe ich nichts.
Mein Gang: Von der Blauen Talion bis über die Neuen Geschichten in dieser »Schlinge«. Das ist ernst zu nehmen.
Im Nebenraum »Die letzten Lieder« von Strauss. Ich bitte, mir zu verzeihen. Also immer Ravel, das kann mir niemand zumuten. Ich habe ja auch gar nichts gegen Geister, die ihre Zeit aussingen, wie dieser Richard. Warum immer so böse (Adorno?). Meinen Gedichten bin ich heute nähergekommen. Wer über diese Ausdrucksweise lacht, hat wenig Ahnung. Gedichten kann man sich nur annähern. Man schreibt sie. Läßt sie liegen. Kommt vorsichtig wie über Minen wieder zurück. Ach, warum muß ich diesen Idioten Regeln geben? Ich habe literarisch keine große Lust mehr. Ich will auf meinen Berg. Oder ich will in meinen Gedichten hören, was ich schaue. Nichts weiß ich anzufangen mit den zweitrangigen Werken meiner Selbst (Großgeschrieben!). Da bin ich halt leider selber gescheit, und in der Poesie steht mir meine Dummheit einfach

genuin zu. Peter Hamm z. B. würde das unterschreiben, und das nehme ich nicht übel.
Das Telephon geht nicht mehr. Wie wir alles mit dem Gehen reimen. Was stehen bleibt, müßte schlimmer sein. Ja.

13. März 1984, München

In Greifenberg am Ammersee. Hans Jürgen Fröhlich überredete mich mitzumachen. Aber das gefiel mir von Anfang an nicht. Diese Klagen, vor allem: Was habe ich mit den Teilnehmern zu tun, besonders mit Herms und Hutten? Mit Klaus Stiller sprach ich gern, auch mit Dieter Kühn, Barbara König war auch da. Ein Lyriker aus Essen: Starcke. Auffallend, vielleicht treffe ich ihn wieder. Mit Ginka Steinwachs über ihr Einfrau-Theater gesprochen.

08. 08. 85 Ja, das ist unvergeßlich. Ob sie es inzwischen verwirklicht hat? Dafür sollte sie schreiben.

08. 10. 85 Keinen unbescheidenen Wunsch (im persönlichen Sinne) habe ich mehr. Ich reiße mich nicht auf um eine Person. Jugend. Diese widerlichen Sehnsüchte. Bestimmt schlimmer als heute: Ich meine, heute sind es keine Sehnsüchte mehr, sei Dank. Sex, davon kriegt man schneller genug. Die denken heute wahrscheinlich genauer und öfters. Ich will aber in diesem Buch keine Kommentare abgeben. Das ist kein Abfall von einem Vorsatz. Aber ich sollte das wirklich sein lassen.
Jetzt fällt mir die unmögliche Wahrheitsfindung der Agatha Christie ein. Und mein Talion. Ich habe doch falschhaftig diese Grande Dame gegen meine Phyllis D. James aufgestellt, die alle Regeln des Detection Club verletzt. Es ist umgekehrt. Die Christie ist unmöglich. Deshalb soll sie bei mir – gegen das Urteil Chandlers – das Wahrscheinliche ausdrücklich verbieten.

07. 11. 85 Die letzte Bemerkung ist in Ordnung. Aber sonst habe ich am 8. Oktober ganz schön schlimm getobt.

26. 11. 85 Es muß noch eine Dichterin (Sonette) in Greifenberg gegeben haben. Aber ein zweites F verschüttete die Bekanntschaft.

13. März 1985, München

Vor der Lesung im Wittelsbacher Gymnasium Gedanken über den Neofaschismus: Der Mittelstand muß sich nicht mehr (in seiner

Existenz) gegen Großkapitalismus und Gewerkschaften stemmen, um einen Lebensraum für sich zu schaffen, der dann auch noch, was beiden genannten Bewegungen abgeht: Sinn schenkt, Größe (eingebildete) verleiht, das Individuum in einer großen ganzen Volksgemeinschaft birgt – also, warum dann noch Neofaschismus in allen Formen?

Die Jugend kann größtenteils gar nicht teilnehmen am Leben des Mittelstandes: Ruhe. Sie kommt dort nicht hinein. Und sie will dort auch nicht unterschlüpfen. Oder diese Unmöglichkeit maskiert sich mit Fronthaltung. Diese erhält sich und steigert sich angesichts eines Mittelstandes, der keinen Sinn, keine Größe hat, keine Gemeinschaft ist. Die Jugend kann also diesen Mittelstand ablehnen. Das geschieht durch Schein-Faschismus und mittelständischen Faschismus bis Terrorismus und die modischen Aufstände (Punks, Skinheads), die Subkultur.

Alle diese Bewegungen sind geschenkte moralische Alibis für den Mittelstand. Was gibt es jetzt im Westen, in der Ersten Welt? Multis und Mittelstand! Politik enttäuscht die Jugend notwendig. Politische Alternativen gerieren sich auch bis faschismusnahe (die Grünen, der Wald!). Der Wald war immer schon ein Sinnsyndrom. Wären die Multis doch durch eine »philosophische« Regierung im Sinne von Luhmann in den Griff zu bekommen, supranational (unmöglich). Die Korrespondenz von Multis, den Produzenten der Luxusgüter für den Mittelstand, ist mit diesem sehr eng – funktionabel.

Die Jugend ist davon ausgeschlossen. Spirituell: Sinnsuche des einzelnen ist immer präsent, sie steigert sich in Auswüchsen, wenn sie den Zusammenhang mit der Gesellschaft verliert: sich in ihr nicht grundlegen kann. Ist das eine neue Gefahr eines ganz neuen Faschismus?

Der Terror der Bombenbastler! Ein Zeichen? Sinn als großer Knall! Wie bei dem Dortmunder Lehrling?

Bhagwan: Uniform, Gewalt, Gefolgstreue, Führer = Sinngeber.

Die Schwäche des heutigen, des neuen Faschismus ist seine Generationsabhängigkeit! Er bleibt eine Randerscheinung.

Seine Gefahr? Alibi für die Unlebendigkeit, für den Todestrieb des Mittelstandes. Er meldet sein Leiden an in diesem Faschismus. Dies legitimiert ihn seiner Meinung nach zur Schaffung des Rechtsstaates – auch nach links wird das Recht forciert. (Übrigens leidet der

Randfaschismus auch an sich. Zu untersuchen ist seine Judenfeindlichkeit, die ja eigentlich in Europa keine Ziele mehr hat. Israel? Der Jude ist zum imaginären Gegner geworden.)
Terror, Opfer – Generationshaß.
Etwas anderes, das mir heute wieder einfällt: Die Extremismen sind in Wahrheit goldene Mittelwege, auf denen es sich eindeutig, also sicher im Sinn, wandeln läßt. Die goldene Mitte ist extremistisch. Diese neue Definition bringt den Satz mit sich: Die goldene Mitte in der Parteienlandschaft gibt es nicht: sie ist immer rechts angesiedelt. Die politische Mitte befindet sich rechts. Das sollte noch ausfiguriert werden.

14. März 1983, München

Beim Augenarzt. Ich bekomme eine Lesebrille. Lektüre des Tagebuchs von Ernst Jünger »Siebzig verweht«. Am 10. September 74 schreibt er: »Der Akt in der Verborgenheit, weil so angreifbar ... Der Zyniker setzt sich über die Schranken hinweg, hat aber den Knüppel zu fürchten, wenn er allzu hündisch wird.«
Also: Zyniker, Kyniker.
Hier also die Verwandlung meiner Pseudos in Hunde. Das hat also mit der schamlosen Veröffentlichung zu tun. Freilich, es handelt sich bei mir nie um einen privaten Akt. Dem entspräche Veröffentlichung.

26. 06. 83 Zeilen aus Ängstlichkeit heraus.

Den zerrissenen Existenzen entspricht also auch ihre Zur-Schau-Stellung (Theater, Gerieren). Verhaltensweisen, die verletzen, auch die Protagonisten, auch mich.
Sehr bemerkenswert die Nachbarschaft des Versteckspielers Heimeran Phywa. Oder hängt das mit dem Gefunden-Werden zusammen? Mit der Lust des Entdeckt-Werdens im Versteckspiel, dem krassen Gegensatz zur Lust des Überblicks.
Ein Beispiel dafür, wie wenig ich aus meiner Grundkonzeption heraustrete, sie vielmehr redend ausschöpfe – also nicht etwa gebildet parlierend (Essay) anbiete. Das dürfte die Schwierigkeit der Lektüre bewirken. Man hat sich ja an die großen Essays im Roman gewöhnt. Unsere Leser neigen sich bei der Lektüre nur zu gerne nachgebildet zurück. Jedenfalls zeigt mir das wieder, wie dem FB das Versteckspiel zugrunde liegt. Es umklammert das Buch auch. Wenn ich nicht viele solche Umklammerungen baute: Das Material sollte sich neigen zum Fließen. Es ist weich, quasi matriarchalisch (nicht ernsthaft gebrauchter Begriff).
Es gibt zunächst interne Erkenntnisse. Deshalb gibt es auch nichts Gescheites im FB. Oder gar oder eben Gebildetes. Mit mir kann man nicht reden, mit meinem Buch vielleicht schon. Dazu muß man aber nicht gebildet sein. – Dem auch entspricht der Schluß: Ich muß im Buch bleiben.
Zustimmung zu Jüngers Bemerkung, wir Europäer hätten unsere Wurzeln doch in Athen – nicht so sehr in Rom. Meine Ludwigs (auch Otto!). Da bin ich Bayer. Und gern.

Betroffen machte mich eine Karte Klaus Spiegels aus New York. Auch Michael Krüger wurde darauf erwähnt, seine Lesung und der ungeheure internationale Wahnsinn dieser Stadt. Also, nicht sehr angenehm. Danach der Blick auf meinen Platz. Froh in seiner Internationalität, freilich historisch gebrochen – der fade Geschmack von Provinzialität. Meine Stadt ist eben doch ein Dorf. Mein Land ist ein Ferienparadies. Vielleicht keine Schande. Mein Widerstand: Das wollte ich ja am wenigsten, den Untergang metropolitanisch darstellen. Vielmehr: die radikale Hoffnung.

26. 07. 83 Diese Hoffnungsschwärmer, so Blumenberg. Wieder sehr herablassend. – Und noch etwas: Ist ein Buch einmal geschrieben, so wird das Solitäre besonders schlimm spürbar. Die Leser werden diesen Umstand beenden. – Großsprecherisches ist in mir – und das wird nur zu oft kleinlaut. Ich lese die Eintragung vom 2. März 83. Volker Hoffmann widersprach, als ich behauptete, das FB sei ein Baum. Er meinte, es sei eine Rede.

07. 06. 85 Volker widerspricht. Ja, er ist nicht so anstrengend wie widerspruchslose Leute, in deren Gegenwart man vergeblich an Abständen Halt sucht. (Ist das abstrakt und verquer genug formuliert, um das Ungute der Sache in die Sprache zu bringen, nicht etwa nur zur?)

02. 10. 85 New York. Jetzt soll ich auch dort hinüber und dann durch die USA im Quadrat? Bei so wenig Berühmtheit? Oder was habe ich denn hier auf dieser Welt zu suchen, wenn ich nicht sowieso etwas gesucht habe. Leser offenbar nicht. Es gibt nicht viele Wührs; das heißt: die wenigstens einige Stunden mit meinem Kopf diese Welt auslesen. Der verlorene Wühr – und das ist nicht sentimental gemeint, sondern sehr rational. Ich schreibe jetzt ein Leben lang, und habe ich es denn gehofft, daß mir auf meinen Zeilen mehr als hundert Leute folgen? Mein armer Vater, du hast keinen Siegfried Lenz! Oder diesen Grass. Den von den Kreuzworträtseln. Auch Ende muß man schon raten. Man möchte in alle Ewigkeit Anfang heißen. Wer hat den Wettkampf in der Poesie erfunden? Daglfing?

14. März 1985, München

Gestern nacht wieder eine Grundstruktur des neuen Buches gesehen: Fisch.
Das ist verblüffend, da es sich um ein ›Rede‹-Buch handelt und das Buch vor dem FB »Rede« heißt: in ihm gibt es den Fisch: dieser ist das Tier des Buches.
Übrigens, es handelt sich um ein Fischskelett:

Dies ist also die Gräte = Dadds Story, der Hauptknochen des ganzen Buches. Merkwürdigkeit, da er größtenteils im Buch aus einem Pentagon besteht. Dieses Pentagon verläuft aber im Buch für den Leser: zeitlich linear. Übrigens auch die Gräten, also alles, was durch diese Hauptachse erzählt wird, verläuft im Buch linear – darüber wird reflektiert.

15. März 1978, München

Besuch bei Jost und Barbara Herbig. Dann fuhren wir zu Voswinckels an den Chiemsee. Überschwemmungen, nämlich des Gefühls.

26. 04. 83 Ich muß mich da, aber auch jenseits von der »Rede« ausgeweint haben: für das FB. Übrigens ein stiller Frühlingstag. Der Kater Sancho staunt, daß ich wieder so regelmäßig am Schreibtisch sitze. Ich möchte ihn nicht enttäuschen. Inge kommt heute aus Venedig zurück. Sancho weiß das noch nicht. Aber was weiß ich von Sanchos Wissen. Der plaudert nichts aus. Ich auch nicht, wenigstens dieserseits. Jetzt sitzt er draußen. Und? Er wartet auf Inge.

28. 08. 85 Wir hören nichts mehr von Jost und Barbara. Sie haben uns vergessen. Wir aber sind ihre Freunde. Wie hört sich das zusammen?

06. 12. 85 Jost graust vor meiner »Lüge«. Er muß mich loskriegen, im kriegerischen Sinne des Wortes. Der Erfolg seiner einfachen Lüge und seiner Welt stellt sich nicht ein, wenn er sich mit einem Falschen wie mir länger beschäftigt. Es wird immer deutlicher, daß wir uns vollkommen verschiedenen Aufgaben gestellt haben. Lange Zeit sah es so aus, als ob wir einmal zusammenarbeiten würden.

15. März 1979, München

Über meine Notiz vom 10. Januar: Wie ist das leicht geschrieben.

27. 04. 83 Leicht? Leichtfertig wohl.
Inzwischen ist die »Rede« erschienen. Wie nicht anders denkbar: im Hause Faist habe ich mein Gedicht wieder lesen gelernt. Dann vertrat ich Harald Kaas, der plötzlich in psychiatrische Behandlung mußte, in Solln bei Boll, Schmid & Co. – Damals kannte ich Harald noch nicht. Michael Krüger führte mich ein und las selbst aus seinem Band »Reginapoly«. Im Publikum kannte ich

nur Ursula Haas und ihre Freundin Hanni. Ob mir klar sei, daß ich sehr pathetisch schriebe, wurde ich gefragt. Meine Antwort: Als ich das nach den ersten Gedichten der »Rede« feststellte – hätte ich lügen: also aufhören sollen mit dem Schreiben? Deshalb, weil der Ton so falsch sei? Was nicht nur mein Zuhörer, sondern auch ich beim Schreiben bald begriffen hatte. – Die »Rede« wurde überhaupt nicht begriffen. Abwehr.

Schlimme Nachricht von Helmut Eisendle. Was ist vorgefallen? Ich habe heute die erste Hälfte des FB neu geordnet. Das war schon längst fällig.

27. 04. 83 Christa Wolf »Kein Ort. Nirgends« gelesen. Es gibt ein Buch von Karin Reschke, hauptsächlich über Henriette Vogel, das ich nicht lesen werde. Ein Freund der Frauen, nur ein ferner Bekannter der »weiblichen« Poeten. Ein Feind sowohl männlicher als auch weiblicher Poesie. Als hätte die Poesie nur einen Körper. Das Geschlecht ihrer Seele ist so unbestimmbar wie bei uns allen. Bornemann, aber auch schon Freud.

12. 05. 83 Helmut Eisendle war auch in Bielefeld. Wir verstanden uns wie in den ersten Tagen. Er spricht von seiner Julia. Das war einmal meine Julia. So brechen die Jahre und Namen.

16. 05. 83 Julia rief mich heute an, als ich diese Zeilen wiederlas. Die Wörter, die Bezüge, die Übereinstimmungen. Sie wird im Juni in München sein. Helmut soll gesagt haben, daß er sich in Bielefeld wunderbar mit mir verstand.

15. März 1983, München

Das war ein guter Tag, was ich bis 17.30 Uhr nicht wußte. Vorher noch: Zur-Schau-Stellung = Offenbarung. Darüber sollte ich nachdenken, also über die frevlerische kynische Offenbarung als Schaustellung. Die Schausteller. Der Jahrmarkt. Ausverkauf – aber wofür?

»Du hast ein herrliches Buch geschrieben«, so Michael Krüger soeben am Telephon. Sein Erstaunen: »Wie kannst du nach so einem Buch in ein Loch fallen?« Er sprach vor allem von der Sprache, von ihrem drive.
Ist die Zeit meiner Hirngespinste, meiner Angst vor den vielen Wörtern im Buch zu Ende? Es war wirklich eine ungute Zeit. Tag und Nacht. Man ist nicht freiwillig sein Feind. Ich war es. Ich trinke, um Unglauben und Mißtrauen zu betäuben.
In meiner Lage – keiner desperaten – aber gequälten, unsicheren, überaus zur Frechheit neigenden, immer auch kleinlaut werdenden . . . jetzt schreibe ich schon wie Ludwig I.
Bin ich in diesem FB nicht stehengeblieben? Die Reise ginge also weiter? Die Reise eines Seßhaften. Hamann lacht hoffentlich. Meine Aufführung in dieser Stunde: Ich strample mit den Armen im Handstand.

26. 07. 83 Das gab Kopfschmerzen. Die Zeit der Hirngespinste, der Angst, des Zweifels war nicht zuende. Den Falschen sollten seine Fehler noch richtig drausbringen. Die Fahnen mußten noch korrigiert werden. Der Umbruch mußte noch korrigiert werden. – Heute sind die Wunden am Richtigen notdürftig vernarbt. Die große Wunde am Falschen eitert aber: er ist einer der Richtigsten. Fehler kann er nicht ertragen.

15. März 1984, München

Daniel Walter zu Besuch. Dann saß ich im »Weinkarussell« mit Renate.
Gespräch mit Professor König. Er ist für eine Pensionierung. Ich dürfe kein schlechtes Gewissen haben. Ich könne mich auf ihn berufen. Ich sei wirklich krank. Der Zustand des Herzens habe sich nicht verändert. Eine Doppelbelastung, eine Begegnung mit Kindern komme nicht mehr in Frage.

16. März 1984, München

Heute traf ich Barbara Bronnen auf der Straße. Ihre Fröhlichkeit. Dann Arbeit am Inhaltsverzeichnis des »Blauen Talion«. Jetzt überblicke ich es besser. Ich kann wieder Blöcke und Stränge einbauen.
Immer wieder denke ich daran, Abschiedsgedichte zu schreiben – »Auf Wiedersehen« wie »Grüß Gott«. Beehren Sie uns wieder – das wäre noch schöner. Ciao, ciao – klar, frech.

22. 07. 85 So ein Schmarren: »Immer wieder denke ich daran . . .« Also, das würde ich so gerne ausstreichen, wenn ich nicht . . .

16. März 1985, München

Vor drei Tagen wachte ich nachts auf und las in »Gödel, Escher, Bach«. Hofstadter schreibt über seltsame Schleifen, Bilder der Unendlichkeit im Endlichen. Ich dachte sofort an meine große Tagebuchschleife, die ich in der ersten Hälfte des Jahres 83 schrieb. Nach langem Überlegen ordnete ich die letzten sechs Jahre zu Jahresschleifen an, sodaß jeder Jahrestag im Buch neben oder eigentlich hintereinander steht. Ich werde es ausprobieren. Noch bin ich nicht sicher.

07. 11. 85 Ja, was ist nun? Hatte ich schon die Schleife. Oder nicht? Nicht so eindeutig. Dann ist ja alles klar.
Ich denke an Bernhard Fürst, meinen so nahen und fernen Freund in den Jahren vor 1944. Seine hohe Intelligenz, meine Anwesenheit. Oder wie soll ich das sonst sagen? Ich halte einen Dreck von Anbetung für Fachwissen oder spezielle Begabung, auch für meine, wie man in dieser Schleife nachlesen kann. Jedenfalls (ich liebe dieses Wort) liebte ich Bernhard. Und ich betete sein Fachwissen an. Er liebte meine Poesie. Das darf man noch verzeihen. Er verstand zuwenig davon. Aber Spaß machte es ihm. Mit seiner Physik und Chemie belästigte er mich nicht. Das war und ist schade,

mein lieber Toter. Du mußt wissen, Bernhard, daß ein Falscher nichts glaubt und auch nichts weiß – was richtig ist – also bist Du für ihn nicht tot. Du lebst. Ich sehe Dich. Du stehst bei mir so wie Reinhard, der jetzt starb. Wo ist da der Unterschied? Nur hören würde ich gerne von Dir. Auch von Elisabeth. Ob sie noch lebt? In Hannover. Mein Gott, man sollte tot sein, dann wäre die Verbindung wahrscheinlich besser.

16. März 1986, München

Sibylle ruft aus New York an. Wir finden zunächst keinen Termin für ein Zusammentreffen, so intereuropäisch bin ich geworden bei all ihrer Internationalität.

17. März 1986, München

Der erste Rohschnittag. Ein Fräulein Renate arbeitet mit uns. 57 Bobbies oder, wie man inzwischen sagt, Takes haben wir gemacht. Wie wir doch alle immer stolz auf unsere Wörter sind, beinahe noch mehr als auf unsere Kleider – vielleicht machen unsere Körper da gar nicht mit, wünscht man zu denken, in solchen Gedanken. Michael ist eine wahre Hilfe. Ich bin ein arger Vorgesetzter. Abends bekamen wir von Inge, der grippekranken, ein Essen und sprachen wieder über Hörspiele, diesmal über eines von »Verwunderlich«. Und darauf noch einen Walser, einen Martin, sonst hätte ich nicht gestöhnt (wie billig! Pardon). Aber es war doch der Hörspiel-Pfeil als Pferd eine rechte Bildungsmähre im südlichen Allgäu. Vieles schien mir zu gefallen, bis der Schein trog: nämlich das Ganze. Aber es war eben beste Qualität; dagegen ist in diesen dürren Literaturfrischen nichts zu machen. Es ist eben immer noch, nach bald 40 Jahren: 47. Hätte ich gewußt, daß diese Leute heute immer noch da sind und leben (das sollen sie auch), aber wie? Ich weiß nicht, ob ich den Mut gehabt hätte, schon 1940 das Schreiben zu beginnen. Zu welcher Generation gehört unsereiner? In der BRD hat es eine andere Literatur noch schwerer als im Deutschland des 19. Jahrhunderts.

18. März 1985, München

»Das blinde Talion« war ein Vorschlag des Studenten Werner Fritsch.
Gestern nacht: Der Jude Seligmann muß ins Futur (die beste Form für Fatumswege), aus dem Richard Huon Dadd-Strang heraus, nämlich dort, wo über die Erinnerungsstruktur gesprochen wird, oder eigentlich sollte er dort durchkommen.
Eine der Damen aus dem Strang sollte eine Bekannte der Heide Göttner-Abendroth sein und als solche (Fasching der Emanzen!) ganz banal die mythologische Szenerie erklären.
Also habe ich zwei neue Figuren und Erzählstränge. Überhaupt: ganz trivial-banale Szenen müssen eingebaut werden.
Dann: Gott inkarniert sich, sich erniedrigend im ganzen Buch, immer neue Versuche. Eine Menge Figuren: Caspar, Jehu Jehwi = wichtige Figuration (ich habe schon ganz andre drin).

18. März 1986, München

Zweiter Rohschnittag. Renate ist schlimm, mehr gegen sich selber, aber zu ertragen. Michael arbeitet glänzend. Er überblickt jetzt die Sache. Das »Soundseeing« muß wunderbar werden. Ich lese in dieser Nacht in der »Liegenden Schlinge«. Ich möchte daraus vorlesen, nicht erzählen. Ich wiege keine, keinen im Erlebten. Ich bewege mich vor – vorwärts. In meinem Buch, in meinem Körper bewege ich mich.
Carl Werner, der schwer zu beurteilende Lyriker. – Das ist sein höchster Titel. Mit diesem soll er nachgedacht werden.

19. März 1982, München

Klaus Hoffer las in der Autorenbuchhandlung. Seine Prosa ist überaus genau. Er schweift nicht aus. Er bleibt streng bei der Sache. Ganz kurze, scharfe Beobachtungen.
Zerknirschung meinerseits. Was suche ich Psychopath in einer Welt, die erkannt sein will, damit sie besser wird.
In der Diskussion sagte Hoffer: »Ich höre sofort auf zu schreiben, wenn es mir Lust bereitet.«

14. 07. 83 Würde ihm sein Schreiben augenblicklich Lust bereiten, bekäme er es mit der Trauer zu tun. Das scheint er zu wissen. Was aber weiß ich von Dichtern, die sich die Trauer ersparen wollen und deshalb schon vorher die Lust? Sehr schwierig, solche Dichter zu lieben. Mit ihnen zu schlafen, scheint aussichtslos auf die Trauer der Liebe. Die Strenge will also, so wie sie es selbst schon meint: ohne Trauer bleiben. Von der Lust keine Rede. Von was also spricht sie? Genau. So spricht sie. Spräche sie lustvoll von der Genauigkeit, Trauer befiele sie schrecklich und Lust hätte sie plötzlich auf Fehler.
Aber das sage ich. Davon ist Hoffer nicht betroffen. Er ist nicht in meinen Büchern. Ich möchte in den seinen nicht sein.

21. März 1978, München

Aus »Über das Marionettentheater«: Die Puppen brauchen den Boden nur wie die Elfen, um ihn zu streifen, und den Schwung der Glieder durch die augenblickliche Hemmung neu zu beleben; – und: Mithin, sagte ich ein wenig zerstreut, müßten wir wieder von dem Baum der Erkenntnis essen, um in den Stand der Unschuld zurückzufallen.
Die wunderbare Regression. Weder Entropie noch Negentropie. Mit meinem Sohn Tobias sprach ich lange über den unmenschlichen Zynismus, den jede Evolutionstheorie zu verheimlichen sucht. Da sie das Ziel der Menschheit in die fernste Zukunft verlegt (linear), läßt sie in allen Vorzeiten die Menschen sterben, ähnlich wie alle Revolutionen alle Revolutionäre vor dem Beginn des Reiches der Freiheit in Notwendigkeit umkommen lassen. – Die Positiven gehen eben immer davon aus, daß diese Welt real ist. Wird sie nicht so angesehen, so ist schon heute und jetzt jeder, der heute und jetzt stirbt, nicht wirklich gestorben – wie alle, die vor diesem Heute starben. – Ich frage mich auch, was das für ein Leben sein wird, wenn die Menschen nicht mehr sterben müssen, weil in dieser als real gedachten Welt einmal die Realität des Todes überwunden sein wird? Wäre das nicht dann der reale Tod? Wäre dann nicht das Leben der Tod? Die einmal Unsterblichen würden dann eine ewig lebende Menschheit zur toten Menschheit erklären. Die Toten würden dann die Lebendigen beweinen müssen.
Carl Werner, der Freund, unser Fensternachbar, wird heute im Waldfriedhof beerdigt.

26. 04. 83 Michael Krüger las Gedichte am offenen Grab. Zuvor hatte Johann Ludwig Döderlein in der Aussegnungshalle, auf seinen weißen Stock gestützt, eine steife, hölderlinsche Abschiedsrede gehalten. So haben wir in Anwesenheit von prinzlichen Enkelkindern der Linie Lippe-Detmold (oder war es die Linie Sachsen-Anhalt?) den Hohenzollernsproß (so mußten wir noch vermuten) beerdigt. Der bürgerliche Name im Leichenschauhaus konfrontierte die politischen, literarischen, jedenfalls illustren Trauernden mit der Tatsache, daß wir einen Metzgerssohn begraben hatten. So war und ist es bis

heute nicht klar, ob wir, wie wir es auf dem Heimweg übten (und seitdem bei vielen Gelegenheiten wiederholten) Zeitgenossen und auserwählte Gäste eines unvergleichlichen Salonlöwen, scheuen Hochstaplers, liebenswürdigen Schwindlers, schwer zu beurteilenden Lyrikers, im Untergrund der bundesrepublikanischen Wirtschaft rumorenden Agenten oder was auch immer oder was nicht waren. Ich sitze heute am Schreibtisch und schaue hinüber zum Fenster von Carl Werners Sterbezimmer. Ich grüße den lieben Freund, der mich einen zarten Anarchisten nannte und stets nachsichtig übersah, daß ich der Sohn eines Bäckers war.

Meine Lektüre derzeit: Groddeck »Das Buch vom Es«, Melanie Klein »Psychoanalyse des Kindes«, Ariès »Geschichte der Kindheit«, Bataille »Gilles de Rais«, Collodie »Pinocchio«, Tournier »Der Erlkönig«, René Schérer »Das dressierte Kind«, Lewis Carroll »Briefe an kleine Mädchen« und von Christiane Rochefort »Kinder«.

21. März 1983, München

Traum gestern nacht: Die Zeit-Kohle-Flöz. Das hat mich zerrissen.
Vollmer »Evolutionäre Erkenntnistheorie«. Über Ditfurth lachte ich, bei Vollmer verging mir das Lachen.
Erich Heller »Essays«. Da bin ich auch nicht der Mann dafür, aber das kann ich nicht abweisen, da Michael Krüger es empfohlen hat. Das ist ein richtiger Tanz.
Am Ende aber dieses Äons. Die Liebe zu dieser falschen Welt. Ich danke, daß diese Welt so falsch ist.
Man sollte untersuchen, ob nicht die Götter auch falsch waren. Dann könnten sie über die Dienstboteneingänge in diese provinzielle, glänzend proletarische Welt zurückkehren.

22. März 1985, München

Sieben Jahre also ist Carl Werner schon tot. Ich staune hinüber. Es brennt kein Licht. Gestern habe ich seine Gedichte eingeordnet. Heute war Diana Kempff da – und kommt vielleicht wieder, nachdem sie in der Autorenbuchhandlung mit allen Freunden Wolfgang Bächlers 60. Geburtstag gefeiert hat. Ich darf wegen zu dünnem Blut nicht dabeisein.

Nicht an den Herrn zu glauben, ist keine schlechte Sache. Aber nicht an den schöpferischen Bruder unser zu glauben, würde heißen, wir widersprächen unserer Freude. Da wir unser Ende sehen, warum widerstreben wir dem Widerspruch zu diesem Ende. Wir müssen verrückt sein. Ja. Wir sind verrückt. Aber ich habe mich überreden lassen, den Tod zu bestätigen, da ich doch keine richtende oder richtunggebende Gewalt bestätigen wollte. Es wird nichts bestätigt, weder der Unglaube noch der Glaube. Das bleibt. Aber wenn beide richten, wo bleibt ihr extremer Mittelweg? Vom extremen Mittelweg, vom goldenen, ist noch viel zu reden, denn nichts ist bequemer als die richtigen Extreme. Wo Schande ist, dort ist Wahrheit. Das habe ich von Jesus gelernt. Sancho, mein Kater, liegt vor mir auf dem Fensterbrett und senkt die Lider, wenn ich so schreibend mit ihm rede. Jetzt schleckt er seine Pfote. Ich hob eben das Glas auf ihn. Draußen im Wohnzimmer, wie wir immer alle sagen, läuft »Tristan und Isolde«. Jetzt läuft alles nur noch ab, denke ich. Sancho verläßt bei diesem Satz die Fensterbank. Hat er mitgedacht? Mir ist schwer. Mir ist Boden.

Ich denke Luft. Mir ist im Gehen
still. Wo Mauer ich. Als
Haus. An das Haupt erinnert
sich jedes Wort. Die Fenster
gehen. Das Bild bleibt
einfach. Keine zweite Falte.
Die Eins. Der Stand gegen
das Gehen. Keine zweite
Zeit. Mir ist heute. Schwer
ist die Luft. Still ist im
Gehen mir. Auf der Stelle
bleibt. Danke. Ich danke
für Ihre Geduld.

23. März 1983, München

Traum in der Nacht zum 22. März: Ich reiße eine widerliche Haut ab. Fetzen; Schlange, Echse. Häutung jedenfalls.
Nach diesem Jahrtausend keine feste Burg mehr. Keine Stütze. Im Falschen wird die Angst enden. Staunen über das Falsche in jedem von uns. Keine Befremdung, kein Staunen darüber, wie entsetzlich jeder Fehler für den anderen ist. Keine Besserung, keine Ausbesserung, keine Erziehung.
Übermut in dieser Beziehungslosigkeit, kein richtiger, einer, der insofern falsch ist, als er nichts ausnützt – und nicht daran krankt. Die Welt ist falsch. Wir sind die Fehler in ihr. Die große Subversion unter das Leben, unter die Geschichte, unter die Evolution. Irenische Tänze der Gewaltlosigkeit, keine Revolution mehr, kein Racheakt, kein Bessermachen.
Die Entwicklungsgeschichte des Falschen ist die Entwicklungsgeschichte der Subversion.

23. März 1985, München

Gespräch mit Elmar Stolpe. Oscillum – Schaukel. Oszillieren. Er verwechselte damit das rotierende Gewissen. Wir sprachen vor eineinhalb Jahren darüber. Das Oscillum zwischen Richtig und Falsch. Der Überschlag. Meine Trivialphilosophie.

28. 08. 85 Es ist noch gar nicht lange her, daß Elmar hier war. Ich habe ihn noch nicht verloren. – Das ist ein dreister Satz ohne Daten. Jetzt gehe ich zu Günter Herburger, der eben anrief.

09. 05. 86 ... kein Staunen darüber, wie entsetzlich jeder Fehler für den anderen ist. Ja. Das ist so. Über die Schuld muß immer wieder und immer weiter zurückgedacht werden, bis sie nicht mehr ausgedacht werden kann. Wir sind ebenso verantwortlich wie ganz und gar unverantwortlich. Wer sich für eine von diesen beiden Möglichkeiten absolut entscheidet, vernichtet uns. Wir sind »nicht endgültig« heranziehbar. Vor allem brauchen wir keinen Erlöser. Das sind Herrengeschichten. Jesus war

nicht der Herr und war kein Herr. Wir lieben. Wir erlösen nicht. So wie er. Seine Wunderbarkeit ist seine Menschenebenbildlichkeit, zu der er sich nicht erst hineinlesen mußte. Mein Jehosua.
Das auch noch: Wenn Elmar Stolpe das Oscillum mit dem rotierenden Gewissen im FB verwechselt, was ist daran so richtig? Das ist doch wunderbar falsch. Das rotierende Gewissen ist, in aller Lustigkeit ausgedrückt, das Mysterium der Schiffschaukel.

24. März 1978, München (Karfreitag)

»Rede«: Das Traumgedicht: eigentlich eine Anklage des Traumes. Hier wehre ich mich offenbar gegen die matriarchale Rücksichtslosigkeit, gegen alles Feststehende, Festliegende, Personale.
Heute – nach bedrückenden, oft qualvollen Tagen und Wochen – kommt mir meine »Rede« wörtlich wie eine in der Mondwelt gehaltene vor, wobei ich ganz in ihr einsinke – aber auch schreckliche Prüfungen.
Die Liebe vergeht im Gedicht (Prüfung), als setze sich das Weibliche durch, das eine individuelle Entmündigung nicht wollen kann, aber von der patriarchalischen Welt dazu verführt wird.
Ich verhelfe ihr jetzt auf die Sprünge ins Ganze.
Eine Liebesgeschichte: schrecklich vorgespielt.
Wenn ich morde, so will sie wirklich ermordet sein.
Ich reagiere offenbar aus diesem weiblichen Gedicht heraus auf alles, deshalb: Anarchisches, Ablehnung der Tagwelt; deshalb muß ich auch in das Tabernakel den Mond einsetzen – oder zugleich den Mond einsetzen: Meine Sonne – Mond/Blick.
Ich bin mit dieser verdammten Liebe in ein verdammtes Gedicht gefallen.
In »Gegenmünchen« gab es noch Ihn und Sie. Das Schreckliche wurde von der »Rede« nachgeholt: wortwörtlich.
In einer rücksichtslosen letzten Kehre soll diese Rede abgeschlossen werden, nämlich: Kein Allerweltstag mehr hier, hier nicht.
Bläue aller Gnaden: die Freude beklommen (weiblich).

28. 04. 86 Ach? Prüfungen? Schreckliche? In der Mondwelt. Die Mütter? Der Bädekerl wird lachen. Siehe sein Buch. Und sein Buch bespreche ich nicht.
Im übrigen: Ganz schön raunisch das. Hm. In der »Rede« klingt das ganz anders. Aber jetzt habe ich es: Das Darüber will auch gelernt sein, und das kannst du nicht, Paul.

09. 05. 86 Ja. Das hinkt nicht einmal. Das schleppt. Aber nicht Wörter schleppt es großartig hinter sich her, sondern dich.

Wenn das Falsche, das Richtungslose (in seiner Negation zunächst!), das Bewegliche ist – ist das Richtige, Gerichtete: das Unbewegliche.
Negation des Gesetzten, Notwendigen (insofern diese eben verordnet wurde und nicht mit dem Einverständnis des Falschen rechnen kann) hebt ab vom Richtigen, dieses im aggressiven, verneinenden Auge – also richtungslos und ohne Orientierung auf Neues. Das ist die wirklich falsche Zeit in der Bewegung. Aber dieses Falsche in seinem Höhepunkt, also dieser Orientierungslosigkeit (diesem Ungerichtet sein!), zeitweilige Freiheit durch Abstoß, durch Entfernung ist die Basis (sehr lustig!) des falschen Bewußtseins: die – und dies auch in der Hinwendung auf Neues – in dieser Anerkennung bleiben muß, wenn das Neue gerichtet, eingerichtet, gesetzt wird: als Unruheherd, als subversive Orientierungslosigkeit, unter welcher eine Bürokratisierung, eine Legalisierung deshalb gar nicht gelingen will.
Nochmals zur Orientierungslosigkeit: Das Falsche ist hier ganz es selbst (als Haltung, als Verhalten), insofern es nirgendwo hin will, nicht festschreiten will: die Bewegung ist frei vom Start, aber auch frei vom Ziel. Sie hat sich aus einem Zusammenhang entfernt und noch keinen neuen erreicht oder sich dort eingerichtet. Diese Niemandszeit ist die Heimat des Falschen. Und nur, wenn es sich an diese Heimat erinnert, bleibt es es selbst, auch in einem neuen Zusammenhang. Wird die Bewegung dort eingeschränkt, so bewahrt diese Erinnerung vor einer gefährlichen, freiheitsgefährdenden Einschränkung. Jetzt wird verständlich, daß man von dieser Niemandszeit nicht als Ort der Freiheit sprechen kann, aber als Ort: wo Freiheit bestimmt wird, freilich in feierlicher, maßloser Weise, die notwendig ist: um in jeder neuen Notwendigkeit die Kraft zur Distance zu bewahren.
Heute wieder einmal bei meinem Masseur. Ein gesprächiger, kluger, blinder Mann. Wir sprachen über seine Behinderung. Meine Gedanken über die Orientierungsmängel im Gehör korrigiert er mit der Bemerkung: Die Stereophonie behindere durch ihr Rundumgehör; die Orientierung Schwerhöriger werde durch Hörgeräte verwirrt, zwar die Lautstärke erhöht, aber dabei die Richtung verloren. Notwendigkeit eines Richtmikrophons.

Das Falsche (schon der Begriff von ihm ist unfertig) steht also genau dort, wo zwar eine neue Ordnung gesetzt wird, diese aber nicht fertig gemacht werden kann, weil das Falsche in sich selber subversiv ist und nicht zur Ruhe kommt.
Das Falsche ist also nicht so sehr beschäftigt mit Freiheit und Ordnung (oder Notwendigkeit), sondern mit der Verunmöglichung einer festen Ordnung; freilich stieße sich das Falsche von einer Anarchie ebenso bedingungslos ab wie von jeder etablierten Ordnung. Der Abstoß wird von der Erkenntnis bewirkt: die Erinnerung an die Niemandszeit gehe verloren. Noch einmal: Freiheit ist sowenig identisch mit dem Falschen wie Notwendigkeit. Das Falsche bleibt seinem Wesen nach dazwischen, zwischen dem Gesetz der Freiheit und dem Gesetz der Ordnung. Dazwischen ist das Falsche aber nur in der Erinnerung an seine Beweglichkeit und in der Bewegung zwischen Kontradiktionen.
Arbeit an der Metropolis mit Michel. Ausgedehnte Palaver. Ergebnis: Neue Partitur auf Millimeterpapier. Maßstab: 1 sec. = 2,5 mm. – Gespräch mit Schöning. Der Termin für die Melange steht noch nicht fest.

25. März 1986, München

Der Gräser Glänzen der Blumen Herrlichkeit
Wir trauern nicht es treibt uns was uns bleibt
(Wordsworth)

Das flog heute zu.
Georg Kastenbauer. Interview für die Stadtzeitung. Wir blieben vier Stunden zusammen. Das ist jetzt immer öfter überraschend: Leser kommen zu mir. Kastenbauer kennt sich in meinem Kopf aus. Ich rede mit einem Vertrauten, den ich in Milbertshofen, im Kulturladen kennenlernte. Wir vereinbarten weitere Treffen. – Michael Langer soll im Oktober das Studium abschließen, also wird die nächste Zeit hart für ihn. Morgen gehen wir an die zweite Partitur.
Ich lebe wieder in der Karwoche: der falsche Agnostiker. Was Michael Krüger mit dem Anhänger des Mani gemeint hat, ist mir nach vielen Überlegungen immer noch nicht klar. Als sollte er immer treffen. Das ist auch eine Überforderung. Aber wenn man gemeint ist, wird man unantriftig. Es ist ja ein wunderbares Gedicht. H. C. sagte nach der Lektüre von »Grüß Gott«: »Paul, von diesen Gedichten gefällt mir das letzte am besten!« Österreich urteilt. Ich habe dem wunderbaren Dichter schon lange nicht mehr zugesprochen, ich wollte sagen, zugehört.

06. 07. 86 Manichäer nannte mich heute auch mein Bruder Hermann. Ich hatte den Herrn Wallbrecher kritisiert. Warum erzählte er mir auch, daß dieser das Vermögen der von Guttenbergs versiebenfacht und keinen Dank dafür erhalten habe? Ich erklärte, daß mich die Geldvermehrungsgeschichte nicht interessiere. Da wurde er wütend. Offensichtlich benahm ich mich zu unweltlich, wie damals beim Kommunisten Frieder Hitzer, dem ich gestand, ich hätte einen Citroën vor dem Bungalow stehen, in dem der Komma-Club tagte. »Ein Kommunist kann einen Citroën und einen Bungalow haben. Das tut nichts zur kommunistischen Sache.« erklärte Hitzer. Ähnlich drückte sich Hermann aus und lief weg. Für immer? Du kennst nur deine Poesie, sagte er. Das war die Anklage. Ich trete nicht seiner Versammlung der

integrierten Gläubiger bei, das ist die wahre Anklage. Und mir geht es wie allen Agnostikern: Wenn sie die Christen riechen, dann laufen sie davon. Hermanns verkrampfte Miene zum Erlöserspiel schlägt mich in die Flucht.

Am Anfang dieses Buches schrieb ich, wenn ich mich recht erinnere: Der Glaube braucht eine Gemeinde. Einer glaubt im andern. »So werden sie«, wie heute Wiessel in der SZ schreibt, »zu Leuten, die keine Fragen mehr stellen, zu: Glaubenden.«

Hermann. Warum dieser Aufwand? Aber du magst ja recht haben. Wenn, dann wirst du mich lustig verwerfen. Wie blöd ist das alles. Ich muß über Döpfner, über Ratzinger, über Wetter reden. Mir ist ganz übel.

Jetzt ist wirklich – noch in den letzten Tagen – die ganze Familie getrennt: Ich werde weder Siglinde, noch Konstanze, noch Tobias, noch Heidi, noch Max, noch Hermann – den letzteren niemals mehr, wahrscheinlich – wiedersehen. Hermann warf mir indirekt Italien vor: Flucht. Der unangenehme Heilige. Wir werden von der Kirche verfolgt, sagte er. Da soll ich Mitleid zeigen. Mich verfolgt der Kritiker. Jesus ist nicht zuständig für Poesie. Der Papst ist nicht ganz zuständig für Poesie, nur ein bißchen. Nur Gott. Vor dem habe ich keine Angst. Seine Fehler sind so übel nicht. Was er richtig gemacht hat, und zwar in Ausschließlichkeit, daran müssen wir uns vergehen, damit wir sagen können, wir, in der Nachschöpfung: Und es war nicht so ganz gut. Nicht böse sein.

»Seine Fehler sind so übel nicht.« Damit wollte ich nichts verbessern. Im Text steht es ganz gut. Der erste Satz. Nur so.

27. März 1986, München

Karin und Alfred Gulden waren da. Karin sehr versorgt, er ein verschmitzter, tapferer, aber auch trauriger Alfred. Der Mann aus Saarlouis. Der Integret von Leiding. – Beim Abschied lachte er über das irische Kreuz neben der Wohnungstür. Er erzählte von einem Kinderspielzeug: Arme und Beine des Rabbi waren Zündhölzer. »Mein brennender Christus«, sagte Alfred Gulden. Ich lachte mit. Er dachte meine Gedanken nicht. Denken hätte ich auch können: So ist es. Ist er darüber noch ernst geworden, später so mit mir? – Agnostische Attitüden. Wer kommt im Ereignis eher mit sich an dessen Grenze? In der Sprache kommt einer eher mit dem anderen an; wer auch immer mit wem auch wo und immer. Wo leben Sie? – In den Wörtern. Und wie heißt ihre Heimat? – So wie die Wörter stehen müssen.
Den Himmel über einem Dach, die Kamine zwischen den Wolken – auch Gert Jonke, der Dichter, sah das aus meinem Fenster – zu lesen muß es sein in einem Augenblick in einem Tag aus Wörtern: und zu hören ist dann der Vogel. Wir sind im Buch zu jeder Zeit alles und jeder. Und wir sind es zuzeiten gleichzeitig.

28. März 1978, Bad Dürkheim

Aus Einzelspracheinfällen baue ich meine Traumrede.
Siehe Deinen Sohn – zu Maria. Siehe Deine Mutter – zu Johannes. Dies – übertragen – zu irgendeiner Geliebten gesagt, um sie aus dem Wahnsinn der Liebe zu entlassen, von welchem Kreuz herab?

28. März 1985, München

Jetzt schreibe ich in dieses Manuskript. Ich schreibe also in die Schleife. Heute war Volker Hoffmann da und wir sprachen fünf Stunden über dieses Diarium, über seine Figuration (die neue). Zunächst äußerte ich Zweifel. Ich war verunsichert. Der Einfall der Schleife erschien mir plötzlich als Ergebnis einer Laune. Im Gespräch aber kamen wir auf die Magie der Zahl. Volker meinte, nachdem ich von meinem Reagieren auf die Daten des Jahres (am schlimmsten auf den Dezember, Silvester) sprach: diese Schleifenform würde mich zu Reaktionen bringen, die sich aber nur hier ereigneten. Mein Verdruß darüber, daß ja diese Siebenjahres-Schleife in und mit diesem Jahr schon endet: sie also gar nicht alles erfüllen kann, was sie, hätte ich diese Figuration von Anfang an geplant, erfüllen hätte können. Und jetzt? Zeilen wie diese. Entschuldigungen. Zu späte, verspätete Einsichten – wie im Leben. Mit solchen aber werde ich das ganze Buch retten müssen. Rückblenden, Streublicke, Streurückblicke von einem Tag in alle vergangenen Jahre usw. Die zweite Siebenjahres-Schleife wird als eine geplante mich von Anfang an ganz fordern. Die unvollkommene, durchaus mangelhafte, also diese hier, muß mit ihren Lücken aufwarten können und in der Welt erscheinen.
Im Gespräch mit Volker fiel mir auch ein, daß ich dieses Buch auch einmal »Schlinge« genannt habe. Ob ich nicht bei diesem aufregenderen Titel bleiben soll? Hofstadter mit seiner »Seltsamen Schleife« verführte mich zu diesem neuen Titel. Aber mit Escher haben meine – wenn auch streng gedachten – Spielwelten doch nichts zu tun: sie schließen zu wenig an die Wissenschaft auf (aufschließen mußte ich mit fünfzehn Jahren als Flugabwehrkanonier).
Volker ließ mich die Huon Dadd de Fontainbleau-Erzählung erläutern: also das Rückgrat des blauen Talion (›blindes‹ wurde von uns

beiden wieder verworfen). Mir tat dieses Sprechen gut, und ich gestand auch dem Freund, wie sehr ich die letzten eineinhalb Jahre Depressionen ausgeliefert war, weil ich keinen Zuhörer hatte. Ursula Haas habe ich schon verloren. Freilich war sie nicht nur Zuhörerin, sondern verstand es zu fragen; das war aufregend. Das waren Lockerungsübungen. Ich bin jetzt sehr allein und werde es in Italien wohl noch mehr sein. Aber ich gehe ja in den Süden und auf den Berg, weil ich nicht mehr hoffe, jemals wieder diesen medialen Zuhörer zu bekommen. In der zweiten Siebenjahres-Schleife werde ich auch meteorologische Beobachtungen aufzeichnen. Ich muß bei Ruskin lernen.
Hier fällt mir auf, daß ich viele wichtige Werknotizen in eigens dafür vorgesehene Hefte mache. Also muß ich diese mit Daten versehen, damit ich sie auch in dieses Buch schreiben kann.
Die geschlungene Zeit. Das ist etwas anderes und hat auch schon etwas Hetrarchisches: keine Hierarchie der Tage in der Lineatur dieses Ablaufs. Auch sind die Jahrestage in ihresgleichen oder zwischen ihresgleichen wie zu Hause. Auch der Tod wird in diesem Hause seinen Tag finden.
Volker konnte ich heute meinen Lucifer und meinen Jahu Jehwi genau erklären: den falschen Gott, den alle seine Manifestationen zur Richtigkeit verderbenden Lucifer (aus keinem bösen Willen heraus, nur aus dem Willen zur Reinheit des Guten!): der die Falschheiten, also Unvollkommenheiten in Gott selektiert als Richtigkeiten. Gott, der dies zuläßt: um unsretwillen, weil wir nicht mehr (als Richtige) an ihn glauben können. Hier ist der ungeheuerliche, unheimlich heimliche Quell aller unserer Ängste (Ulrich Sonnemann), unseres ganzen Elends am Ende dieses Jahrtausends. Auch ich, über schlimmste Umwege, möchte, verehrter Thompson, ein Dichter der Rückkehr zu Gott werden. Meine Poesie muß heute mehr Schläue entwickeln, auch gegen mich selbst erfinderische.
Ich erklärte stundenlang, wie ein Poet denkt. Daß er denkt. Daß er denken muß, weil er gedichtet hat. Daß seine Dichtung ihn zum Denken zwingt. Daß dieses Denken Poesie ist. Selber also Fabel. Selber Drama. Das begreift keiner mehr in meiner weiteren Umgebung. Das sind alles Schreiber, mehr oder weniger gute Schriftsteller, sie wissen nicht, was sie schreiben. Sie wissen nicht, was Schreiben ist. Ja, es sind elende Tage in dieser Welt – aber ich höre

auch großartige Poesie. Kluft. Ich muß mich um die wirklichen Poeten kümmern.
Warum kämpfe ich nicht? – Das ist naiv. Für Poesie soll man nicht kämpfen. Sie tritt auf. Sie ist da. Dann ist es um ihre Gegner geschehen. Dies sollten Kritiker feststellen: dieses Ergebnis, Resumée.
Noch etwas: Heute abend sah ich Anemone Schneck im Fernsehen. Sie ist schön, wie vor vielen Jahren. Sie arbeitet, wie vor vielen Jahren. Sie redet so naiv eitel und bezaubernd über ihre Arbeit, wie vor vielen Jahren. Wehmut und stilles Vergnügen an dem unbedingten Abstand.

28. 04. 86 »... in der Welt erscheinen«, las ich. Ich kann es also nicht lassen. Man sollte mich für ein Jahr zu Jehoschua, dem israelischen Dichter, in die Verbannung schicken. Schreibe über dich selbst von dir aus und du bist schon astral. Wahrlich, wirst Du sagen: Ich sage Euch – und bestenfalls sagst Du, aber betont feierlich und mit ewigem Echo: Ihr leset Scheiße! Aber das geht in diesem Buch so weiter. Aus einem Paulus wird kein Saulus.

28. März 1986, München (Karfreitag)

Inge ist noch in Dover. Um 16 Uhr soll die Fähre ablegen. Morgen will sie in Verviers sein.
Ich erbitte von mir eine größere Leichtigkeit im Umgang mit allem – auch mit meinen Versuchen und Arbeiten.
Abends mit M. L. zusammen. Wir sahen uns »Maria Stuart« an. Waren beide sehr wenig beeindruckt.

29. 03. 86 Karsamstag, 9. Stunde. Ich beginne zu trinken. 3. Akt Parsifal. Sehr stolz. Inge ist jetzt auf der Heimfahrt. Wie erklärte ich M. L. gestern meine Arbeitsweise jenseits der Bestseller-Gesetze: Selbsterfindung des Buches. Immer größere Verdichtung. Immer überraschendere Aufgaben, immer erstaunlichere Überraschungen. Ungeheure Anforderungen an die Wiederentdeckung der Zusammenhänge und die Kraft, die notwendige: Sätze mit

ihnen zu heben, die der Autor vergaß. Immer wieder der gelungene Selbstbetrug mit einer Eigentätigkeit der Poesie; als verwese die Berührung am Stoff, die individuelle. Gotik. Die Bauhütte. Die Maurer. Jetzt Regression. Immer, immer der Verdacht, daß ich mir zuviel Gedanken mache. Die Späteren haben mit unserer verdammten Logik nichts mehr zu tun. Für sie werden die Griechen nicht mehr gefährlich. Das wird dann auch ein neues Ohr sein für Poesie. Diese muß dann aber danach sein. Also Apologetik wird lächerlich werden.

Dieses grüne Haus vor meinem Fenster im Arbeitszimmer. Der alte Mann kommt nicht mehr heraus. Alles war gepflegt. Ich erinnere mich: Ein Sturm zerriß den Windschutz und seine Flora. An Carl Werners Sterbezimmer ist der Rolladen runtergelassen. Wo ich hinschaue, fehlen Menschen. Der Herburger unten wirft mit den Türen. Daran werde ich mich erinnern. Ich werde es mir nicht erklären können. Und es ist wahrscheinlich so einfach. Ich muß noch einmal in den Zoo. Der Puma. Diese Qual. Wir machen uns das Sanfte der Götter vor, trennen das Grauen vor uns auf; vor uns, ja. – Heute schreibe ich auf ein gestriges Blatt. Wie ruhig ich dabei bin. Im Karfreitag schreibt es mich (für mich schlecht!).

29. März 1984, München

Ich arbeite jetzt ein Vierteljahr an der ›Nackten Ästhetik‹. Ist ziemlich gewachsen. Die Gesetzestafeln des Werkes? Religiös? Das Buch Poppes muß dann die Lehre des Falschen ausführen.
Werde ich ernst genommen? Ich weiß nicht. – Morgen fahre ich mit Inge und Konstanze nach Wien. Nackt und schlampig liegt meine Ästhetik auf dem Schreibtisch.
Hamann. Volker Hoffmann.
Meine Stundenpläne ändern sich jetzt immer wieder.

17. 08. 85 Ja. Nackt. Nein: nicht schlampig. Entartet liege ich selber auf meinem Leben. Wie Hitler die Vorfahren und Freunde nannte: bin ich, aber nicht zu ihrer, der Freunde, Ehre. Das ist die Differenz. Heute ist keine Zeit für Adel und Untergang. Die zwei bekam der arme Wiener Postbeamte auch nicht. Aber das war alles einmal. Wird bald Grimm sein. Das Martyrium andererseits findet in meinen frivolen Büchern keine Ehrengießereien. Weiß Hund! Ich mache da nichts herunter, aber auch nichts hinauf. Bis zum Fallbeil klettert mir keiner. Dazwischen ist die extreme Wörtlichkeit. Schlimm.

29. März 1986, München

Karsamstag. – Buch Poppes. Ich werde »Die blaue Talion« in dieses Buch Poppes einbauen. Ein Leser, ein Student von Volker Hoffmann, brachte mich darauf, als ich in Milbertshofen mein »Verirrhaus« vorführte.
Also Buch Poppes als Rahmen (ein neuer) und noch einmal Verdichtung, nämlich auch noch Führung, Rezension (des Falschen?) und Solidaritätsoptionen (Jesus Vater Schöpfung), die allerdings in Erfüllung zu gehen scheinen. Poppes als Nachfolger der Wir-Instanzen (M. L.) und des Inspektors. Im FB schreibt er ja schon weiter im Haus Nr. 10 (Elisabethstr. 8), also im Schuler-Haus; vielleicht verwaltet er jetzt das wörtliche München, während der Autor in Italien lebt?
Sancho habe ich diesen Einfall zu verdanken. Ich wollte ihn nicht

mit dem Staubsauger verjagen und bearbeitete den Boden mit bloßen Händen (wie habe ich das ausgedrückt?). Dafür fiel mir diese Zusammenfassung ein. Sehr haarig.
Heute blauer Himmel. Ostern. Ich höre ausnahmsweise Musik: Parsifal, Anfang des 3. Aktes. Ist das der Freitagszauber? – Ein sehr lieber Brief von Marion. – Fritz Schwegler hat wieder eine große Ausstellung. Der Fritz, der wunderbare Clown, ganz und gar »seltsam«, aus einer unbekannten Welt.
Alle meine Fritzen: Onkel Fritz, Fritz Stippel, der große Freund, jener auch, und der Schwegler und der Scheuer und Fritz Arnold. Ich habe nie genau hingeschaut in dieser Welt, zu keiner Zeit, an keinem Ort. Poesie ist das Produkt aus Versäumnissen. Die Leser sollten sich an einem solchen Satz aufrichten. Nichts berechtigt sie dazu: mehr als den notwendigen Respekt zu zeigen. Und kein Poet zeigt ihnen die Welt besser, als sie sie sehen. So ist das nicht. Es ist nur aufgeschrieben worden (und erfunden!) und benutzbar, zum Vergleich gebrauchbar. Nichts von einer Übertragung von Gefühlen, das sind in meinem Sprachgebrauch richtige, nämlich gebrauchsfertige – nicht die wunderbar außerordentlichen eines jeden. Ich weiß, wovon ich rede. Wenn ich meinen Lesern in die Augen schaue – und das sind, warum auch immer, kluge –, dann ist die Dankbarkeit auf meiner Seite: sie lesen dich, sage ich mir, obwohl sie es besser wissen. Wer weniger wissen will, liest Poesie.
In Mainz. Mir war es nicht vergönnt, dort über Poesie zu reden. Zuwenig Zeit. Zuwenig Wissen bei meinen Studenten. Sie waren zu klug. Sie brauchten mich nicht. Sie wußten noch nicht so viel, um weniger wissen zu wollen. Schade.
Mich haben sie in dieser Welt nicht sehr gebraucht. Deshalb gehe ich auch. Schnell. Das Unbrauchbare gefällt mir wahrscheinlich besser, aber wer weiß so etwas von sich? Ich bin weder fröhlich noch traurig noch gleichgültig. Ich glühe in Abwesenheit. Ob ich ein Feuer auf dem Berg machen kann?
Mir ist klar: ich stoße in diesem Buch vor dieses Fenster (mit seinen Wellen dahinter), jetzt ist es strahlend, strahlend, die Dächer werden nackt. Als Fenster spiegelt man ein Vorüber so namenlos wie es bleiben will. Im Glas kommt die Nacht: ich stoße an die Schale. Ich sage nicht Mauer. Die Mauer hinter der Schale. Wer weiß das nicht. Karsamstag.

30. März 1983, München

Gestern, schlimm verkatert, mit aufgesprungenen Lippen im Verlag. Michel holte Günter Fetzer, Christoph Buchwald und Felicitas Feilhauer dazu. Es ging um die Herstellung des FB. Heute kam von Christoph Schlotterer der Vertrag.

14. 09. 83 Was wir damals besprachen, wurde so durchgeführt. Seit einer Woche kenne ich den Preis: 128 DM. Seither beobachte ich die Reaktionen der Leute, wenn ich den Preis nenne. Einige Freunde brachen zusammen.

14. 05. 85 In Marbach haben wir Fetzer wiedergesehen, aber er wich aus. Leider konnte ich ihm die Hand nicht länger halten.

05. 09. 85 Er hat sich nie wieder gemeldet. Inge hat ihn gefragt, ob er die Gedichte im Heyne-Taschenbuch bringen könnte, aber er antwortet nicht.

26. 11. 85 Ich habe ihn schon nochmal gesehen. Es ist aber auch zuviel verlangt: Wühr-Gedichte im Taschenbuch.

31. März 1980, München

Gespräch mit Volker Hoffmann. Das schlimme Buch. Das Schlimme. Schlimm = fahrlässig, schräg, beleidigend. Rede: »in schlimmster Liebe«.
Ich erinnere mich, daß ich im Bielefelder Colloquium zu erklären versuchte, was »schlimm« meint. Die Folge war große Verwirrung.
Schon in der »Rede« wie dann im FB: Antifertilität. Vervielfältigung, keine Fortpflanzung.
Auch in der »Rede«: der bisexuelle Redner.
Die Vulgarität des Rattengedichts bereitet das FB vor.
Mein Hörspiel »Fensterstürze« – Bezug zum Erzähldenkspiel im FB. Volker meint: Narratives würde reduziert und losgeschickt gegen andere narrative Reduktionen. So entstehe meine Dramatik.
Wir sprachen über den Essay, den Harald Kaas zur »Rede« geschrieben hat. Nähe zu Valéry und Mallarmé. Sinnlose Bilder, nicht mehr abfragbar.
Das Werk (nach Volker): Nach anfänglichen Irrtümern – Variationen des Gleichen – die große Figuration von »Gegenmünchen«: Er – Sie. »Grüß Gott«: Die Stadtschwätzer. »Rede«: Leidvoller Exkurs. »Das falsche Buch«: Ich komme als Autor ins Werk (schon von Anfang an falsch).
In den Denkspielen und O-Ton-Spielen: kein Autor-ich.
Über »Gegenmünchen« – lyrisch-narrativ-dramatisch zu »Grüß gott« – lyrisch bis zum FB: narrativ und dramatisch. Keine Gattung überwiege.
Oder: In dem lyrischen »Gegenmünchen« überwiegt das Narrative und im Prosabuch FB überwiegt das Dramatische.
Das Ich in der »Rede« verschwindet hinter dem Ich der Rede oder hinter der redenden Rede.

12. 04. 85 Das fiel mir heute auf: Im »Blauen Talion« gibt es ein großes Rattenspiel in Milbertshofen. Wie konnte ich das Rattengedicht in der »Rede« so vergessen?

28. 04. 86 Hab' dich nicht so. Vergiß' es! Das lese ich ja schon wieder auf der nächsten Seite. Wie nehme ich das?
Ich verstehe vielleicht: Es muß schnell gehen. Also, das soll nichts entschuldigen, nur erklären. Orientierungen sind vielleicht auf Erden oder unter ihr (also im Wasser)

von einer pathetischen Endgültigkeit. Bis der Tod den Gedanken von uns scheidet. So muß das sein, sonst übergeb' ich mich, ich meine mich und nicht nur: also alles von mir und nichts für Gut. Aber heißt das, wer weniger Bescheid wissen will über das, was er macht, wird viel eher ein Mensch? Ich wollte menschlicher schreiben – eher menschlich? Es ist zu spät, solches zu überlegen, da der Autor in Kürze übergelegt werden wird.

Jetzt hab' dich.

1. April 1983, München (Karfreitag)

Ich wartete den ganzen Tag auf Störung, auf Zusammenbruch. Spät erst, nach einem unbeschreiblich dummen Barabas-Film, Angstzustände. So etwas wie Gottesfurcht.

14. 05. 85 Hab' dich nicht so.

2. April 1983, München

Nach der Lektüre von Bazon Brocks »Hang zum Gesamtkunstwerk« im Züricher Ausstellungskatalog:
Meine Ablehnung jeder Durchführung eines Konzepts. Ablehnung des Vollzugs.
Musil wird zitiert: »Würde auch nur ein einziges Mal mit einer der Ideen, die unser Leben bewegen, restlos ernst gemacht, unsere Kultur wäre nicht mehr die unsere.«
Vor ein paar Tagen erklärte ich Jörg Drews, daß im FB das Buch »Gegenmünchen« aufgeschlagen daliegt: Seite 285. Ich meinte, das FB ist wieder der Kopf, mit dem der Leser in die Realität kommt und dort soll sich das Buch als Barriere vor alles Handeln aufbauen. Ein gewaltsames Durchsetzen einer Idee ist ihm nicht mehr möglich; so sollte es jedenfalls sein. Das Buch als: Exercitium. Irenik. Wühr = Wehr = Bollwerk. Lesen Sie einen Wühr.

23. 06. 84 Villeneuve. Bazon ist mein Freund nicht, noch mein Feind. Ein solcher wäre er gern. Mich mag er nicht. Der steht mich nicht aus. Er hat eine ordentliche, umständliche Figur vom lieben Gott bekommen, und zwar von oben bis unten. Dieses darf also auf meine Anstalten hin nicht umgestaltet werden. Dem widerspricht so mancher Spruch, sogar Anekdoten. Der arme Besagte, in solchen Sätzen heruntergekommene Literat, ist – als er unser größter war – jetzt nicht dieser mehr und wird, was wir Deutschen gar nicht mit den Russen gemein haben möchten: von wilden Tieren aufgefressen.

21. 09. 85 Herr Hosenkiel ist der Übersetzer von Bazon ins Englische und verdankt ihm seinen Namen.

Fortsetzung vom 2. April 83
Diese Selbstquälereien bringen mich aber sehr schnell zurück ins FB. Heute untersuchte ich die Zusammenhänge, den großen Zusammenhang – vergessend wie so oft, daß ich beim Schreiben, wo ich nur konnte: abschweifte, ausschweifte. Poesie, die sich in einem Daneben so frei wie nur möglich entwickeln wollte: sie reagiert nicht selbstherrlich, sondern auf unerträgliche Weise verletzlich.

Das muß ich durchstehen. Das ist die Trauerarbeit nach der Trennung von meiner Arbeit.
Der Macher will in sein Machwerk hinein. Das will nicht gelingen. So bleibt es doch bei einem Überblick, der jedoch wiederum nicht gelingen kann, weil es sich um ein schlimmes Myzel handelt. – Autorenspiel. Über ein selbstgeschaffenes Leid darf man nicht klagen.
Ostern. Das Opfer. Kreuz. Erlösung. Sehr unangenehme Gefühle. Starkes Befremden.
Gabe – Gegengabe. Geschäft im Himmel.
Rückhaltlose Annahme dieses Lebens. Kein Zusammenhang mit Nietzsche, Rilke.
Was von mir nicht angenommen wird: Quietas, Beliebigkeit, Tod.
Zum FB: Wenn Daniel Ondrachs ideale Wohngemeinschaften ad absurdum geführt werden: so steht doch das freie Spiel der Pseudos für ein Spiel ohne Paare, jenseits davon. Hier handelt es sich also um das ganze Buch: und darin handelt keine idealisierte Gemeinschaft. Von Gemeinschaft kann man überhaupt nicht sprechen. Zufällige Gruppierung.
Was mir heute auffällt: Die Hauptarbeiten der Zeit, siehe Herkules, bleiben unerledigt. Das ist falsch. Das ist ein unausgesprochenes, unausgespieltes Paradigma des FB.
Zur Vermenschlichung, Verbrüderlichung des Vaters: Siehe mein Hörspiel »Gott heißt Simon Cumascach«.
Aus dem immer wieder zu erneuernden Vatermord wird im FB ausgesprungen. In der Prophetie der kleinen Dorothea ist ausnahmsweise von Geburt die Rede (sonst immer von Antifertilität). Geburt des Vaters als Bruder.
Heimeran Phywa inszeniert das Versteckspielregelspiel: Drohung mit Sterilität = Überblick. Ich habe das Wichtige wieder einmal sehr schlimm versteckt. Wer dieses Spiel nicht begreift, hat das Buch nicht gelesen.
Die Disco-Leute werden in meinen Pseudos: zu Falschen wie Poppes, entkommen in Heimeran Phywas Sterilität.
Jesus kommt im FB nur bis Gethsemane. Er weint. Warum weint er?
Dupin analysiert Heimeran: Seine Analyse holt Heimeran aus der Sterilität des Überblicks heraus. So handelt ein Detektiv bei mir: kein Metaphysiker.

Schreiben: eine Aktion, eine Herausforderung. Ich werfe meine Bücher auf den Platz (Handschuhe).
Ein feiger Autor überfordert sich in seinen Büchern.

14. 09. 83 Also: In einem Buch, in dem alles ins Triviale gezogen wird, gibt es überall Gegenaktionen: die Teile werden aus dem Trivialen gezogen. Schlimmer ausgedrückt: abgehoben. – Das Triviale kann/darf nicht als das Richtige anerkannt werden.

16. 07. 85 Was für eine widerliche Lektüre heute abend. Es ist schwül. Ich bin allein. Und so weiter ins Leben.

28. 04. 86 Ja, mir ist schlecht, auch heute: vor mir. Aber es ist nur etwas exaltiert ausgedrückt, etwas weiter unten, das muß nicht im Dreck sein: stimmt es – und verstimmt nicht.

4. April 1980, München (Karfreitag)

Ich habe meinen Geißler gefunden: Michael Rutschky.
Es war alles falsch, was ich bisher schrieb. Habe ich jemals gedacht, es sei richtig?
Kunst: falsch. Erfahrungshunger und Erfahrungskochbücher: richtig. Der Schreinerlehrling liebt die Friseuse. Wenn er oder sie diese Liebe aufschreiben, dann gibt es ein richtiges Buch über Liebe, zum Beispiel.

14. 05. 83 Tatsache ist, daß ich damals profan-vergleichsweise betete: Musil, mein Musil, warum hast Du mich verlassen. – Das war ein Zusammenbruch, über den ich heute nicht lachen sollte. Der nächste wartet schon hinter meiner Seele.
07. 05. 85 Das ist weggerutschkyt. Der glaubt das selber nicht mehr, muß ich annehmen.
09. 06. 85 Hinter meiner Seele. Wo ist das?
12. 11. 85 Vor meinem Tod. Wo lebe ich?

4. April 1984, München

Oscillum – es kann sich nur um ein schnelles Pendeln handeln (wie beim rotierenden Gewissen: die rasende Geschwindigkeit). Also doch Überschläge der Schaukel? Also wieder das Rotieren. Ist die Rotation die Hochzeit des Falschen?
Kommt mit meinen Falschen das Heidnische wieder? Matrimonium.
FB: Wie ich als Frau-Mann ankomme – auch Terra nova. Der Demeter. Aber im Falschen gibt es keinen Ausgleich; oder dieser ist nur jeweils ein Moment im Wechsel vom einen zum andern. Ausgleich wäre der etablierte Friede. Im Falschen gibt es nur den mobilen Frieden. Sie wünschen sich alle den richtigen Frieden, deshalb können sie in aller Ruhe morden. Sie haben sich für den Tod entschieden – von Anfang an.

4. April 1985, Passignano

Heute sind wir mit Giovanni Jauß hergekommen, der Pläne ausarbeiten will. Wir haben unseren Baumeister oder vielmehr Bauunternehmer getroffen. Es gab ein langes Gespräch mit Hilfe einer Übersetzerin, an dem ich beisaß, ohne eigentlich teilzunehmen. Mir wurde nur klar, daß alles immer ernster wird. Im nächsten Monat müssen wir zum erstenmal in der Wörthstraße 7 in Haidhausen Miete zahlen. – Abends beim »Pescatore« Chianti Classico und Hauswein, später auch noch oben auf dem Berg mit Giovanni.

18. 11. 85 Mein Herz ist schwer. Die Fahrt von Siena bis Passignano ist eine Episode des Schmerzes. Diese Brüste in der Dämmerung und diese Warzen-Burgen. Mein Gott, ich wäre lieber bei Dir.

25. 03. 86 Siehe den 24. März. Da steht es ganz anders. Es kann auch langsam gehen. In Bewegung bleibt alles doch: und Bewegung ist so langsam wie schnell – immer rührend.

28. 04. 86 Wie ich als Frau-Mann ankomme, sei dahingelaufen. Mir läuft es kalt den Buckel runter, wie solches vorkommen kann?

4. April 1986, München

Ich schrieb mit Michael Langer die zweite Partitur von Metropolis vom 1.-3. April. – Am 3. abends bei Renate. Sie hatte Gäste eingeladen. »Fensterstürze«. Bis 4 Uhr früh wurde geschwätzt und getrunken.

5. April 1978, München

Ein klarer Morgen heute: Ich sah – nach sehr langer Zeit – das Gedicht, diese Stadt: als unbestimmten Aufenthaltsort, den Redner als seßhaften Unbestimmbaren, der sich selbst in dieser Stadt unbestimmbar macht: nicht mehr lokalisierbar wie seine Stadt; siehe Wasser, Überflutungen, Schlick – Untertauchen. Wasser. Ertrinken ist ja hier nicht der Vorgang des Sterbens. Aber es geht noch mehr vor: Das Unbestimmbare erweist sich überall: alle Begriffe und Bilder sind austauschbar, vieldeutig. Die Rede legt sich nicht fest. Gedicht, Ort, mit dem, in dem nichts festgehalten wird. Verweigerung durch Unauffindbarkeit. Kind. Versteckt hinter dem Mai.

5. April 1983, München

Gespräch mit Peter Faist. Das Erzähldenkspiel im FB: Vielleicht handelt es sich hier gar nicht um ein literarisches Thema. Die Unmöglichkeit für den Autor, als einer der Seinen (seiner Geschöpfe) in deren Welt einzudringen: also so sein zu können, wie die Seinen als ihr Bruder: nicht autoritär, sondern solidarisch – ist wahrscheinlich ein religiöses Thema.

Das Herabreißen des Vaters, seine Erniedrigung im Phantasma der Söhne (Jesus als dem ersten Sohn): um ihn zum allernächsten Bruder zu machen, siehe Prophezeiung der Dorothea. Die Regression, Wiedergeburt: als erniedrigter Vater. Da deutet sich eine andere Religiosität an. Jedenfalls eine andere richtige.

Aus dem großen theologischen Theater (Schöpfung, Erbsünde, Sendung des Sohnes, Kreuz, Erlösung) wird in meinem FB herausgerissen: Ein Schöpfergott, der so sein will wie seine Geschöpfe, der selbst erlöst werden will aus seiner unendlichen Einsamkeit und deshalb als Sohn in seiner Schöpfung erscheint.

Ich deute im FB eine Abkehr vom Kreuzestod und der Auferstehung schon damit an, daß ich Jesus nur bis Gethsemane kommen lasse: die Kapelle auf dem Forum.

Das erste Gedicht in »Grüß Gott«: Ich bin der Fehler, der ich bin. – Auch hier schon die Erniedrigung des einzig Richtigen in das Falsche.

Wenn also Gott den Überblick verlieren will, so flieht er aus der Sterilität seiner Richtigkeit (Phywa).
Wenn meine Pseudos in Versteckspielregeln den Überblick nicht mehr antreten wollen, so deshalb: sie weichen zurück vor der Sterilität der Überposition.

17. 09. 83 Es geht also um das Lebendige – und nicht etwa um eine gegenaufklärerische Strategie. Ganz im Gegenteil: letzte Aufklärung. – Das ist die Station FB auf meinem Trip: Die philosophische (griechisch-lateinische) Theologie, längst tot, wird so noch einmal für tot erklärt.

Zur siedenden Urmaterie: Jeder ist Gesellschaft – als Gipfel meiner Vervielfältigungsfigurationen. Hier korrespondiere ich mit Gedanken von Beuys. »L'état c'est moi.« – Also heute ist jeder Mensch ein Sonnenkönig: das ist das Prinzip. Freilich trennt mich sehr viel von Beuys, diesem grünen Richtigen. Ostern 83. Meine Empfindungen: Irritationen.
Die Passage »Ist der Autor ein Utopist?«. Hier gehe ich auf den Zusammenhang ein: Totales Kunstwerk – Wille zur Totalität – Totalitarismus = Aussprung aus Hypothesen in die Gewalt, die Einheit herstellen soll.
In einem falschen Buch ist selbstverständlich der Hang zum Gesamtkunstwerk thematisch. Dort wird auch das Verhängnis erzählt.

28. 04. 86 Unentschiedenheit ist festzustellen bei diesem Schreiber: Will er überzeugen oder ist er hinter seiner eigenen Dummheit so gescheit, daß dies nicht in Frage kommen kann? Kein Garn. Aber also auch kein Intellektueller. Also er verabschiedet sich wie er so leise kommt er hinaus wo herein.

5. April 1985, München (Karfreitag)

In der vergangenen Woche: Studium der Fragen, die sich aus der Lektüre von Johannes Lehmann »Das Geheimnis des Rabbi J.« ergaben. Sein Essener J. verliert alle Einmaligkeit. Seine Kirchenge-

schichte ist das Produkt von Fälschern und Psychopathen (Evangelisten und Paulus). Das Christentum hat nach Lehmann nichts mit Jesua zu tun. Christus ist eine Erfindung von Johannes und vor allem vorher schon von Paulus. Nach Lehmann wurde von den Christen der Monotheismus verraten (hier stimmt er mit den Juden überein; er zitiert auch in der Hauptsache israelische Wissenschaftler).
Ich gehe noch einmal alle Schlußfolgerungen Mußners in seinem »Traktat über die Juden« durch. Dabei fällt auf, wie wenig sich auch ein heutiger Theologe auf die Qumran-Rollen einläßt. Auch hier bleibt Paulus absolute Autorität.
Mich interessierte vor allem: Schuld – Erlösung (freilich ohne das Glaubenstheater des Paulus) und die Frage: wer oder welche Kräfte Jesus zum Sohn Gottes gemacht haben. Der ›Fluch‹ über das Volk der Juden ist die Folge: also der Massenmord durch zwei Jahrtausende – am Ende – in diesem Jahrhundert ins Unbegreifliche gesteigert. – Karfreitag. Die Erlösung im Glauben an Christus ließ also Ströme von Blut fließen.
Aber freilich: Ich will auch nichts zu tun haben mit der Rechtfertigung durch das Gesetz. – Und trotzdem bleibt uns allen dieses Christentum mit seinen Kirchen und dieser Christus oder dieser Essener Jesua, also ein radikaler Moralist oder ein Opferlamm, das für uns gestorben ist. Wie finden wir uns damit ab?
Meine durch das blaue Talion regnenden Geburten Gottes. Und: Eine richtige Ablehnung des religiösen Erbes, also eine Ablösung davon kann gar nicht in Frage kommen. Aber wie denkt und lebt hier ein Falscher? Jörg Drews deutete diese Frage schon an, als wir bei Fleischles vor einer Woche über Lehmann sprachen. Hier ist besonders bemerkenswert, daß der sich deutlich zum Unglauben bekennende Freund mich an die Aussichtslosigkeit erinnert: sich vom Christentum ablösen zu wollen.
Dieser Karfreitag hatte noch ein Ergebnis: das erneute Auffrischen theologischer Fragen weckt vor allem Interesse an anthropologischen Zusammenhängen, an Strukturen unseres Denkens und Handelns. Starke Ermüdungserscheinungen, was die persönliche Beteiligung betrifft; von Ergriffenheit kann keine Rede mehr sein. Aber diese entsetzlichen geistlichen Verstrickungen lassen mich nicht zur Ruhe kommen. Die Unruhe im Falschen ist das Leben im Geist; dieses kann sich aber nicht ausschließen, wenn die religiösen Wahnideen toben.

24. 07. 85 Da war ein Plan für dieses Buch: Wie eine Nadel werde ich ein Vorwort in dieses Tagebuch stecken. Es sollte herauskommen, daß ich am Ende hier anfange. Schon bin ich also wieder im Wort. Die Bilder taugen nur kurz für die Poesie, für die Philosophie, sagt man mir, schon gar nicht. Ein schlechtes Gewissen macht sich in der Poesie Bilder. Ein gutes schlechte. Also. Obwohl die Sprache die Wörter spricht. Und wenn man nur Wörter sprechen will – dann erlischt das Leben im Licht, schlimmstenfalls. Schlimme Poesie. Man reiche mir den falschesten Satz, daß ihn meine Ohren noch einmal nicht ins Richtige wenden: und ich rede wie nicht aus mir, was nichts mit Eingebung, mehr mit Aushörung zu tun hat. Wer weiß, wo die Poesie wohnt? Der dicke, der Mörike, ja.

Die Luft als Feuer wird wie Wasser an dieser Erde – oder so. So oft habe ich sie lokalisiert, daß mir ihre Adresse verschwand: vor dem Mund.

Rede.

6. April 1978, München

Gespräch mit Ruth, Peter und Michael in Obermenzing. Die Auswanderung in die Stadt. Das Untertauchen in ihr ist aktiv, keine Resignation, hat auch nichts mit Anonymität zu tun. Wer ist meine Mutter, wer sind meine Brüder? Mattheus.

6. April 1981, Ulm

Jetzt liege ich wieder in Ulm in der Klinik. Das übliche Üble: Untersuchungen.
Der Ort des FB: über der Spanischen Treppe mit Jürgen Geers und Elmar Stolpe. Die sogenannte Lehre vom Falschen.

12. 04. 85 Heute kommt nach vielen Jahren Jürgen Geers wieder zu Besuch.
23. 06. 85 Er hatte mich wieder verlassen, ich weiß nicht wie. Ich hörte nur noch, daß er die Arbeit von Werner Fritsch, die ich ihm empfohlen hatte, sofort wieder zurückgab. Das sieht nicht gut aus. Der 37jährige ist alt, grimmig, oder genauer: vergrämt, mißgünstig.
21. 05. 86 Die Freunde: Ruth und Peter Faist. Unsere Jahre. In der falschen Straße. Im falschen Haus. Im falschen Zimmer. Bei den . . . also da kann ich nichts mehr sagen. Das sollen sie selber. Ich lebe immer mit ihnen.

7. April 1979, München

Volker Hoffmann war hier. Wir lasen wieder stundenlang in der »Rede«.
Ergebnisse: Mit oft schlimmer Selbsteinsetzung in die Poesie (Ovid) redet sich diese Rede, ist offenbar ein fortwährendes Rütteln, Absetzen, Aufsetzen, Abfliegen.
Ich spreche, will den Raum erweitern, nicht transzendieren, weiter, erweitern.
Absagen. Überall hin, Erweckungen.
Volker: Grundkurs. Das Kindergedicht.
Die Kinder empfinden die
höchste Art ist noch immer   schlimmste Verkürzung
der Tod
Art – Arterhaltung, die unterschiedlichsten Arten des Todes. Wieder die Arterhaltung.
Volker: ich, du, er, wir, ihr: Drama, Verführung, wobei die Darsteller ineinanderrutschen.
Löcher – Loch – du bist selber das Loch.
Chronik: darum geht es gar nicht. Es geht um das fortwährende Hinein (Loch) hinaus (Tod) hinaus, hinein.
Geburt – Leben überspringen – Tod.
Das wirkliche Leben ist das Hinaus-Hinein: dieser Vorgang.
Drohungen; Träume träumen sich ohne uns.
Bilder des Traums (Geist) oft astronomisch. Gestirne.
Vor den Fenstern draußen. Das Lesbare: die Texte. Alle Schäden vor der Stirn. Dicke Verheißungen.
ziehen, laufen, setzen, reden, fallen, fließen, fliegen = einfache Verben-Composita
Die Rede fliegt ab, fliegt aber nicht weg.
Klare, genaue Sprache, die schwer zu entziffern ist.
Der erste Tod = kühlste Formel für Hoffnung.
Ich weiß es. Zen. Meister. Ich bin das Loch.
Bin weit draußen = Schlüsselwort.
Das Ratten-wir-Gedicht als Pendant zum großen Ich-Gedicht: von mir bis zu dir ist es nicht weit.
Die Daten, genaues Datieren.
In dieser Straße, in dieser Stadt.
Das Persönlichste wird im Wortumdrehen zum Allgemeinen.

Die ersten Gedichte: aller Stoff, auf dem Tisch. Ausscheidungen: Stoff, Material.
Das erste Gedicht: alles auf einmal.
Volker meinte, er habe jetzt »Penthesilea« lesen können.
Riß – bei Kleist.
Früher sprach er über die Schlegel-Lektüre.
Bild: Schaufel, Saal, Stoff hinter sich werfen.
Dann kommt der Stern, hinter einem: groß, schwer über das Dach.
Die weibliche Rede (Campus – Schlachtfeld 68), auch 1945 Mai.
Abweisung der Mütter: Leben als Erhaltenswertes, als Ablauf, Gesellschaft führt mein Leben.
Der organische Zusammenhang aller Gedichte.
Feier, Feiertag, der erste Tod, Nacktheit, Ekstase.
Den Kalender in der Hand (astronomisch leben, Ablaufleben).
Volker: Du setzt immer ab, fliegst – schwebst.
Sie schlafen, sie führen ein Leben.
Das Zweizeilengedicht – das Liebesgedicht.

7. April 1981, Ulm

Ein mächtiger Schwarzer hob mich auf den Operationstisch.

7. April 1985, Passignano

Ostersonntag in Assisi, in der mächtigen Kathedrale von S. Maria degli Angeli. Mit Inge besuchte ich wieder den Rosengarten. Wir sahen auch die Zellen der Minderen Brüder (15. Jahrhundert). Diese heiligen Burschen haben das Abendland ganz schön umgerührt. Wunderbar die weiße Katze im Klostergarten, sie hat sich den sichersten Aufenthalt rausgesucht. Und wen hat dieser Franz eigentlich nachgeahmt? Ich denke schon, daß es der Rabbi Jesua war: der radikalste Moralist, dem die Stiftung des Reiches Gottes mißlang. Von diesem Kreuzestod (Stigmatisation) wanderte der Poverello aber weg und wieder zurück in das kommunistische Leben am galiläischen See. Oder täusche ich mich? Oder widerspricht dem sein strenges, sein absolutistisches Regiment in Assisi? Oder verstehe ich nichts von der Fröhlichkeit in der Regel, in der Armut und Härte?

Wir fuhren nach Bettone. Debile Atmosphäre in der Messe. Jesus im Sarg unter einem Nylonschleier. Eine schwarze Muttergottes darüber, das Schwert bis zum Heft in der zarten Brust. Als wir wegfuhren: da lag die riesige Ebene vor uns unter dem umbrischen Blau – so jedenfalls sagt man das touristisch.

23. 06. 85 Mein heiliger Priester-Bruder (der Papst erlaubt ihm die, ja was, Funktion?), was wird der wohl denken, wenn er, sollte es gedruckt werden, dieses Buch liest? Heiliger Franz, steh' mir weißem Mohren bei, wirf ein Zehnerl in meine sündige Büchse. Das sollte weiß Gott nicht lasziv klingen, mehr nach obszöner Sammlung für Heidenkinder.

8. April 1985, Passignano

Heute waren wir in Porto bei Isolde und Klaus Renner. Ein Lamm wurde im Garten hinter dem vielbestaunten und gewürdigten Haus gebraten. Bis es auf den Tisch kam, waren wir – vor allem ich – schon betrunken. Gespräch mit Elke und Sepp Kühnbach (er war vier Jahre lang Jesuit) über die Töchter Olga und Lena. Olga – sie führte den ganzen Nachmittag Zauberkunststücke vor, wobei ich ministrierte; diese Olga wird man liebevoll behüten müssen, weil sie schon mit fünf Jahren so wohlbehütet lebt und sich im Leben so sehr wohl fühlt.

16. 04. 85 Gestern brachte Inge das Buch, das Sepp empfohlen hatte: Salvatore Satta »Das Tag des Gerichts«.

23. 06. 85 Ach, dieses wunderbare Datum. Weil ich 23 und 5 so liebe. Es war ja auch schön heute zu dritt: Sancho, Inge und Paul.

Die Drittinstanzen, sagt der Volker Hoffmann. Wie lange ich ihn wohl noch interessiere? Es ist ja doch so, daß wir füreinander sehr viele Geheimnisse voreinander vergraben müssen, um uns lieben zu können. Verliebte tun sich leicht, die müssen von dieser Sorte nichts vergraben, weil sie sich sowieso nicht die Wahrheit sagen. Aber Freunde. Gar in der Sache. Oder um so eine Sache. Ach, Volker. Sarah soll für mich bei Dir bitten.

28. 08. 85 In sechs Monaten sitze ich auf dem Berg. Das fiel mir ein, als ich heute eine Interpretation von Prousts »Recherche« in der ›Proustiana II/III‹ las: »So scheint die Person (in der kapitalistischen Gesellschaft, von mir eingefügt) als Ware, deren Wert analog zu den Kursschwankungen an der Börse in Abhängigkeit von der Nachfrage, dem ›Gefragtsein‹, schwankt. Im Rahmen der Salons gewinnt der Mensch an Wert, wenn er sich rar macht und die Nachfrage steigert; umgekehrt ist der Wert einer Person ›en baisse‹, sobald sie sich anbietet, indem sie ihr Bedürfnis nach Anerkennung offen äußert. Dies bedeutet, daß das Individuum seine wahren Interessen hinter einer Maske verstecken muß.«

So. – Und was habe ich vor? Etwas, das nur ein Bayer

oder ein Falscher (Oberbegriff) vorhaben kann: Ich mache mich rar, indem ich mich auf einen Berg zurückziehe, im Ausland – und gebe zugleich dieses demaskierende Buch heraus (jedenfalls will ich das tun); zu allem Übel erlaube ich auch noch: einen Materialienband über mich herauszugeben.

29. 03. 86 Ich grüße meinen Vorsitzenden in Köln . . . Es war gut, bei ihm zu sein. Ich habe viel erlebt, aber wenig gehandelt – und dort, bei ihm die Soße verschüttet und in die Bücher Unsinn geschrieben. Er möge mir das verzeihen. Das will ich hier schreiben.

28. 04. 86 Wehleidig: einen Materialienband herauszugeben. Ich bin wahrscheinlich nicht mehr ich. Das ist zu untersuchen. Ich schreibe nur noch.

9. April 1983, München

Ich war mit Inge in Zürich, um die Ausstellung »Der Hang zum Gesamtkunstwerk« zu sehen.
Zwei Stunden verbrachte ich vor einem Gesamtkunstwerk von Josef Beuys: Der Lehrer. Sein Werk: Das verlassene Klassenzimmer. Unglaubliche Eindeutigkeit. Die Erklärung sämtlicher einfachen Sachverhalte auch noch auf einer Tafel ablesbar. Aber: er hat das gemacht. Niemand vor ihm. Es wäre lächerlich, es nach ihm noch einmal zu machen. Und: Dieses Klassenzimmer bleibt mir für immer im Gedächtnis.
Schwitters ganz und gar außerordentlich: Die Kathedrale des erotischen Elends.

12. 04. 85 Im vergangenen Jahr war ich mit Inge in Darmstadt im Museum, und wir sahen eine große Anzahl von Beuys-Kästen. Wir waren sehr beeindruckt.

07. 06. 85 Wo ich auch mit Inge war, heute liebe ich sie immer.

9. April 1985, Passignano

Gegenbesuch der Renners und Treffen mit dem Ehepaar Bloser, die seit langem ein Haus hier suchen. Unser künftiges Zuhause wurde bestaunt und die üblichen Vorschläge für den Ausbau gemacht.

23. 06. 85 Ich sehe mich immer mit einer Flasche Rotwein vors Haus treten, dort oben. Was wird aus uns werden? Askese, wie unter diesem Datum nachzulesen ist: also nach Nietzsche, ist doch nicht drin. Kommunikation freilich auch nicht. Ach was, ich freue mich auf den Berg, auf die Sterne, auf die Uferlichter des Trasimeno.

9. April 1986, München

Jetzt besitze ich endlich einen Kassettenrecorder mit Digital-Zählwerk. Es wird also in Zukunft leicht sein, die Aufnahmen in

eine Partitur zu übertragen. Vorgestern schrieb ich Metropolis fertig. Immer wieder notiere ich so ein Ende. Es kommt aber auch immer wieder etwas nach. Heute wird die Verteilung des Sounds im Raum erarbeitet. – Das erübrigte sich. Zu beliebig. Im Studio wird jede Lokalisierung entschieden.
Überheblichkeit. So bin ich nicht. So würde ich nicht handeln. Und diese Überzeugung von der Wahrheit solcher Erkenntnisse, vor allem solchen Empfindungen. Ihre Ursache ist in der Küche der Poesie zu suchen, wo Poeten das Mittelmaß – und darum geht es – zubereiten. »Eine blaßblaue Frauenschrift« von Werfel und Leonidas: als das Exemplum.
Die Himmel rühmen des Ewigen Ehre. Diese verdammte Kriecherei vor der Macht, vor Geld also. Unschuldsengel sind die Reichen – das sind sie wirklich. Die Schuld tragen die Armen. Ich kann das nicht oft genug wiederholen. Die Reichen, Mächtigen sind Mittelmaß und weniger. – Auch so eine Formel, die ihre alles sprengenden Ausnahmen hat. Hitler. Genie ist für Deutsche, für Europäer mit Vernunft begabt (kann ich stolz sagen). Was für ein Irrtum; außerordentlich vernünftig ist – wie ich soeben formuliere: diese Unvernunft; oder sollte ich diese Feststellung noch einmal lockern und drehen?
In dem Werfel-Film sah ich Perugia und erkannte, wie viele Wege ich schon in dieser Stadt gegangen bin. Sie war der Startplatz für den Marsch nach Rom. Heute gibt es keine öffentliche Idee. Nicht mehr in einem Sinn wie in den zwanziger und dreißiger Jahren unseres Jahrhunderts. Es wird leer in der Öffentlichkeit. Die Gesellschaft hat den Kopf nicht verloren, weiß der Herr. Aber der ist leer. Was sich in der ersten Hälfte dieses verdammten Jahrhunderts gestisch gab, ist in dieser Geste erstarrt, nein ist weg und damit alle Dramatik oder besser Oper; es ist ausgefegt. Eine unrühmliche Sauberkeit herrscht, und in ihr wird verhungert. Die Stillung des Hungers hat nie – als Idee – die Öffentlichkeit erreicht. Also Leere, in der gefressen wird. Das Satte ist keine Idee und schon gar nicht in der Öffentlichkeit. Ich schreibe das alles nicht zynisch und nicht verzweifelt. Ich möchte die Ohren sehen für eine lauschende Sprache. Ich wünsche die Augen zu hören für alles, was nicht nur Anschauung wird.
Das sind alles ganz unmaterielle Sätze insofern, als sie nicht im Buch, nicht in der Schlinge geschrieben werden. Diese liegt auf

dem Schreibtisch von Inge. Ich schreibe »schlingend« so als ob. Lüge. Geständnis. Mir geht das Buch ab. Ich schreibe ja auch nicht mehr dazwischen. Morgen muß ich darüber mit Inge reden. Ich werde mein Buch wieder zurückholen. Gerade zur Zeit könnte ich so warm in die Jahresmitte hineinschreiben und mich also in die Vergangenheit und in die vergangene (jahreszeitliche) Zukunft ausbreiten mit meinem Zorn und mit meiner Zustimmung.

10. April 1981, Ulm

Naßgeschwitzt aufgewacht. Der Oberbürgermeister von Biberach neben mir schläft noch. Ein anstrengender Nachbar im Krankenzimmer. Er telephoniert beinahe ununterbrochen. In den Pausen spricht er ins Diktaphon. Ich liege quasi im Rathaus.
Mit meinem Bein sieht es nicht gut aus. Ich fürchte, daß ich hier nicht so bald wieder wegkomme. Dazu ununterbrochenes gemeindepolitisches Geschwätz.

01. 07. 83 In diesen Tagen wurde ich wieder an den Bürgermeister erinnert. Eine Mirage stürzte auf seine Stadt.

Ich muß Heimeran Phywa als einen Popper auf meiner Freiheit auftreten lassen.
Das Exil-House, der Jo-Roman auf der Freiheit (mit Ärzten).

01. 07. 83 Keine Ahnung mehr davon, was dieser letzte Eintrag soll.

10. April 1986, München

Teichoskopie auch deshalb (also nicht nur gegen das Theater), um das Äußerste, was gesagt werden kann, verhüllt sagen zu können. Ganz einfach: um das Nackte in der Verhüllung zu zeigen. In »Pyramus und Thisbe« werde ich bald entscheiden müssen, was das Nackte, das Bloßgestellte sein soll: Natur, Orthodoxie oder Künstlichkeit, Heterodoxie.
Das Dramulett provoziert das Publikum: Der Autor geriert sich immer zensorischer, in diesem Zusammenhang also immer teichoskopischer – je schlimmer sich die Abartigkeiten anmelden. Derart gereizt müßte das Publikum über den Autor herfallen, jedenfalls wäre das ganz im Sinne des Spiels. Enthüllte sich schließlich Natur, also keine Perversion, so wäre das Publikum ein gefopptes. Die Theorie des Autors (nämlich: Schauspielerei verfälsche den Sound der Auftretenden, der in Wahrheit nur vom Leser auf dessen eigener Bühne [Person] erfunden werden könne) ist richtig. Das Theater ist falsch. Ich kann das so einfach formulieren, weil sowieso längst klar sein dürfte, was ich meine.

Die Teichoskopie arbeitet also auch mit Wörtern. Das versteht sich hier nur irreführend von selbst. Ich meine: die Wörter sollten Mauern sein, über welche der Hörer nicht verstehen kann. Konjunktiv = teichoskopisch.

Gestern nacht: Ein déjà-vu d'un rêve – wahrscheinlich; schon bei einem déjà-vu bewußter Ereignisse bleibt man unsicher: Ich wanderte jedenfalls in einer Gebirgsgegend – alles verschlammt – und fand mein altes Schulhaus, in dem ich einen früheren Schüler, jetzt ein junger Mann, erkannte. Er half mir weiter. Es war mir aber unmöglich, mich an meinen Ausgangsort zu erinnern, wo Inge auf mich wartete. – in einem zweiten Traum sprang Sancho, der Kater, auf meinen Kopf, weil jemand die Wohnungstür aufsperrte.

Soll ich mein zweites Klang-Spiel »Soundloving« nennen? Oder »Schwabing, Soundloving«? Kitschig? Und wenn schon. Das sind ja wohl Operetten, quasi, was ich da mache. Jonke darf das nicht lesen.

11. April 1981, Ulm

Ich werde mich zunächst dem Kuckuck widmen, dem Heimeran. Das Versteckspiel. Ich werde ihn am Ende des Buches umdrehen müssen. Er soll das Versteckspielregelspiel inszenieren.
Für Claus Heinrich Meyer werde ich ein Gedicht schreiben zum Fünfzigsten.
Pentagramm. Sternform. Fünf Bücher?
Morgen bin ich wieder in der Elisabethstraße 8.

01. 07. 83 Claus Heinrich möge mir verzeihen. Was ich als Schwieriger herausgeben kann, habe ich mir zu ihm hin herausgenommen. Der Prinzessin Wühr fällt wegen der Unlösbarkeit ihres Poems das Haupt jedes Lesers. Am Ende auch noch das eigene.

11. April 1983, München

Jörg schickte mir über Inge »Kritik der zynischen Vernunft« von Peter Sloterdijk. Ich las sofort das Kapitel ›Auf der Suche nach der verlorenen Frechheit‹. Das ist eine Rezension des FB. Unglaublich, diese Gleichzeitigkeit.
Wir Bayern spielen in diesen Jahrzehnten die kynische Rolle. Der Markt, die Dult ist unser Platz, unser Campus.

16. 07. 85 In diesem Jahrhundert? Ein Wissenschaftler wird aus mir nie. Das wäre ja auch zu spät. So blöde Bemerkungen leistet sich ein Schreiber über mich.

09. 06. 86 Claus Heinrich mit seiner so schönen Frau in der Wilhelmstraße. Ich traf sie mit Inge. Ich wäre so gerne bei ihnen geblieben. Der gescheite Claus ist ein Heinrich, vor dem einen grausen kann. Ich auch. Auch ich heiße Heinrich, aber nicht Claus, sondern Paul. Aber seine Malerin ist eine gute. Ich höre jetzt auf, sonst wird dieser Eintrag so klar, daß Claus Heinrich mein Gedicht nicht mehr ein Leben lang studieren muß.

11. April 1985, München

Auf dem Heimweg von Passignano übernachteten wir in St. Paolo bei Eppan in Südtirol, in der Nähe vom Kalterer See, es wurde aber Traminer getrunken. – Nachts hatte ich wieder einen Campustraum: Der Campus war eine von Bomben nahezu völlig zerstörte Stadt. Mitten in den Ruinen über Mauerresten: Altäre, Säulen, Bilder, Standbilder, gerettete Teile waren aufgestellt worden. Man mußte immer über Treppen hinauf und hinab, wollte man spazierengehen. Schließlich sah ich auch noch ein Kind, das ein riesiges italienisches Weißbrot aufschlitzte. Auf meine Rüge hin, sagte man mir, so benähme man sich seit dem Erscheinen von »Gegenmünchen«.
Auf der Strecke zwischen Modena und Verona lag ein Toter, also wieder ein Unfall auf dieser übersichtlichen Strecke.
In allernächster Zeit muß ich das Rattenspiel, also die riesige Dadd-Passage im ›Talion‹ fertigstellen.

29. 11. 85 Das hatte ich doch oder? Inzwischen mußte ich soviel hören. Sela.
24. 05. 86 Anzeichen von Größenwahn: siehe Weißbrot.

13. April 1983, München

Der Verlag schickte den Entwurf für den Schutzumschlag zum FB. – An Michael Krüger: »Ja, das falsche Kleid ist fabelhaft; nur ein anderes Kind wird den Hund unter ihm riechen. Die Blößen werden mehr als nur bedeckt. Das Falsche kommt gar sehr richtig daher. So aber ist es falsch in dieser falschesten aller Welten.«

25. 08. 83 Über das Richtige zu reden, kann nur falsch werden. Aber über das Falsche zu reden, darf nicht richtig werden. Das ist meine Schwierigkeit. Nicht nur meine, wie ich hoffe.
Auf das Richtige wartet die Enttäuschung. Auf das Falsche wartet das Falsche. Aber das Falsche ist gar nicht in Richtung Falsches gegangen. Dennoch trifft es das Falsche. Nicht unterwegs. Am Anfang.

09. 07. 86 Und heute mit Michael im »Schmutzigen Löffel« machten wir den »Faulen Strick« klar. Mit demselben Kleid dieses Detjen, der ja doch der 999-Sassa ist. Die eins gebe ich ihm noch.

14. April 1983, München

Entscheidung des Bundesverfassungsgerichts: keine Volkszählung am 27. April. Jetzt ist das alles schon wieder so gleichgültig. Da erhob sich noch einmal die Phantasie an die Macht bei vielen Tischrunden. Also zunächst kein Zimmermann für einen brennenden Dachstuhl.

25. 08. 83 Der ist jetzt ganz still. Ein abgescheuchtes Gespenst. Die Bedeutungsgeschichte des ›Gespenst‹ von Achternbusch. Mein Jesus, das nützt mir wenig, wenn dieser Dichter seine Brustwarzen schminkt. Ich hole zum Schlag aus, aber von weit her. Er trifft. Das ist schlimm. Sehr schlimm ist das. Aber für den Achternbusch ist das gut, und das ist gut so.

09. 07. 86 Ich weise nicht von der Hand, daß aus einer Augsburger Gosch das sogar besser herausgespuckt worden wäre. Grüß Gott, Herr Brecht. Das sage ich aber nur unter der Hand.

15. April 1985, München

Die Jugend ist schäbig. Sie verurteilt. Sie zerstört, was unsere Jugend gebaut hat. Das ist schrecklich, das zeigt, wie der Geist gegen sich selbst wütet. Es ist kein Bleiben hier. Der Geist ist die Flamme und darauf sollte man verzichten. Man sollte den Geist einfach löschen. Nur: damit er bleiben kann. Das schreibt keine Person der Verblödung. Das ist Paul. Ihr könnt mich –
Diese Flamme wird gelöscht werden. Wir sind sehr neugierig, wo noch was brennt,
Ich habe mit Herbert Wiesner gesprochen, meinem Freund. Ich habe ihn lieb. Ja. Bitte. Danke.

16. 04. 85 Produkt des Säuferwahns. So dumm wie schlau. Gar nicht so blöd wie oft die Vernunft.
06. 11. 85 Ja. Schon gut. Du magst ja mein Freund gewesen sein, liebster Herbert.
06. 07. 86 Heute verstehe ich: Man soll den Geist einfach löschen, damit er bleibt. Auf die Flamme sollte man verzichten. Die Jugend verurteilt; das zeigt, es ist kein Bleiben hier.

15. April 1986, Passignano

Auf dem Berg gibt es vorerst nur eine Höhle. Es ist nichts gemacht. Giovanni wird die Schuld zugeschoben. Jedenfalls: Erst im August ziehen wir hier ein.
Zum Soundseeing eine Minute: dritte, unterste Etage: Die Stimmen der arbeitslosen Jugendlichen (vor dem Spiel) – hier nach dem Viktualienmarkt: noch nicht faschistisch.
Die Dreiviertel-Gesellschaft des Glotz: Dreiquartel-Gesellschaft.
Nochmals: Zur Thisbe: der 2. Akt ist dem Visuellen und Audiophonen gewidmet. Oder sollte ich das Visuelle vollkommen unterdrücken – es nur in der Abwehr nennen, erwähnen.
Mehr gibt es zur Zeit nicht. Jedenfalls schaut nichts dergleichen über die rückwärtige Teicho = Mauer.
Peter Sloterdijk »Intellektuellendämmerung« (in »Ästhetik + Kommunikation«). Recht schlau. Das hat er so nebenbei abgeliefert. Auch mich.

Vom Balkon des Hotel »La Vela« aus sehe ich die angestrahlten Türme von Passignano. Ist es nicht immer so, daß man sich derart eine neue Heimat unter den Leib schiebt? – Nicht besonders gut, aber es reicht hin. Ich stehe ja nicht auf ihr.
Meine Liebste, meine Inge, ich möchte morgen sofort wieder hinauf zu uns! Campagna 19, Le Pierle.
Kopfschmerz, den ganzen Tag. Über dem linken Auge. Hypo, usw. Ist nicht wirklich kalt hier im Zimmer im April. Ich habe meinen Ledermantel an, ja. Aber meine Finger sind warm. Es ist laut. Bei uns oben wird es eines Tages still werden. Wie habe ich mich gefreut auf diesen Abschiedsmai! Jetzt wird es 15. Juli. Das ist ein Vierteljahr. Dieser questo qui-Sommer noch in München, quello la-Winter hier im Süden.
Glotz: »Die Bedeutung Antonio Gramscis für eine neue Strategie der europäischen Linken«. Sehr militant, sonst gut. – Mir spukte heute ein drittes Soundseeing von München im Kopf herum. Wer könnte mich bremsen? Das wäre halt ein Fall von Vervielfältigung. Aber wo ist das Neue, Zweite? Der Museumsbrunnen, der alles neu abregelt?
Wie lieb ist mir der Gott mit uns die Welt ist offen des Müllers Lust, daß mir keine fehle. Die Wörter, die keines Adjektivs bedürfen oder von einem solchen nur erniedrigt würden, es sei denn, sie wären zu solchen geworden.

16. April 1983, München

Mein Staunen über die Gleichzeitigkeit wie bei Sloterdijks Kapitel über die verlorene Frechheit an einem anderen Beispiel. Aus einem Aufsatz von René Weiland »Und wenn der Tag verlischt, verlösche ich mit ihm«: »So hört das Theater der Personen auf; ein Theater der natürlichen Kataklysmen tritt auf in der Einheit von Saal und Bühne, Publikum und Autor. Menschen erscheinen dort eher als Funktionsträger der Verwandlungen, denn als Souveräne. Statt Biographien: Politiken der Bewegungen, deren Wert noch nicht geschätzt ist.«
Ist das eine Beschreibung meiner ›Bande‹? – Für mich zunächst merkwürdig, daß ich im FB von einer ›Bande‹ spreche; in der Rede deutet sich doch eine solche Bande schon an. Das scheint mir bezeichnend: Ich habe allein geschrieben in den letzten Jahren hier oben in der Elisabethstraße 8. Wortübereinkünfte gibt es deshalb wenige. Was mir noch auffällt, mir immer wieder einmal in der Vergangenheit auffiel: Wie direkt der Bezug der Aufsatzschreiber zur Zeit ist: sie korrespondieren, sie definieren so schnell, sie fassen deshalb so schnell, so überaus gekonnt zusammen. Die Lektüre verursacht bei mir oft Übelkeit. Auch ein schlechtes Gewissen. Ich kann sie doch nicht lassen, meine pornographischen Ausschweifungen: in diesem Lesestoff. Diese mir oft widerlichen Vorwegnahmen. Mein Trip (mein Schreiben): diese schwerfällige Reise durch die Jahre. Monate vergehen, bis eine einzige Figuration geschrieben ist, und sie wird fast immer – oft in Abständen von Jahren – neu gefaßt. Ein einziger Satz in einem Essay eines solchen Vorgescheiten faßt das dann zusammen. Jetzt könnte ich eigentlich über die Gleichzeitigkeit (die mir zur Zeit etwas zu schaffen macht) lachen.
Ich sollte es unterlassen, von der derzeitigen Produktion des Buches im Verlag zu sprechen. Das hört man nicht gern. Meine Nachbarin betont die niedrige Auflage des FB und spricht von der miserablen Absatzlage. Sagt man so? Günter Herburger droht mir mit einem Lektor. Ich kann diesen Widersinn hier stehenlassen. Er meint es so unsinnig. Er ist eben sehr gereizt.
Und so weiter. Ähnliche unangenehme Erfahrungen. Also schweigen. Schon gar keine Freude über die fabelhafte Ausstattung äußern.

17. 07. 85 Ein Tag im Haß. Dann muß dieser untere Einmieter auch dran glauben. Vor wenigen Tagen traf ich ihn vorm Haus. Die Frage nach dem Ergehen nimmt er wichtig – ich vergesse das immer wieder und stottere meine Floskeln, die nur der Kontaktaufnahme dienen sollen und keineswegs Konfessionen ausreden. Ich sagte also etwas wie: »Ohne Kinder, ohne Schule . . .« und schon stieß er mich in die Trauer mit seinem: »Ja, das wirkliche Schriftstellerleben kennst du nun erst sehr kurz. Das ist etwas ganz anderes.« Es klang nicht nur so, es hieß: Erst das, Paul, was du im wirklichen Schriftstellerleben schreiben wirst, gilt. Das ist Günter Herburger, den ich im nächsten Jahr so gern verlassen werde.

Heute nachmittag wollen Armin Abmeier und Susanne Berner kommen. Sie soll die Skizze der Münchener Freiheit für das FB zeichnen. So ist es jedenfalls geplant. Gleichörtlichkeit.

09. 06. 85 Wir sind schon über zwei Jahre eingeladen. Was soll man dazu sagen? Viel Vergnügen haben die nicht an uns beiden. Ich bin wahrscheinlich kein Vergnügen. Der Neurotiker oder Psycho ist keines. Das weiß ich. Aber ich muß auch oft denken, daß solche Leute vieles für neurotisch oder gar psychopathisch halten, was erst in Anfängen, zarten, dem normalen Zorn oder der normalen Trauer entkommt.

22. 07. 85 Jetzt wirds ernst. Am 28. Juli sind wir bei Susanne Berner eingeladen. Ich höre soeben Bruckners 9., und meine Nachbarin Gisela hat das Fenster offen. Ihrem Staubsaugerdreck biete ich musikalisch Religiöses.

02. 10. 85 Diese Susanne und ihr Armin oder umgekehrt. Das war alles sehr lieb. Keine emotionelle, sehr nahe, auch gewöhnliche Nähe – aber über alles hinweg doch Fröhlichkeit, sogar etwas lockerer als es diese lockere Zeit uns erlaubt.

Auch Bettina Blumenberg war da und Christoph Buchwald, den ich immer lieber sehe.

20. 04. 83 Ich glaube nicht, daß der Tod falsch ist. Und ich werde

eine Ewigkeit darunter leiden. Einmal richtig geworden. Einmal tot. Eine schöne richtige Nachwelt. Ade – mein Falsch.

07. 06. 85 Ich schreibe diesen Grabspruch noch einmal: Ich glaube nicht, daß der Tod falsch ist. Er ist richtig. Und ich werde eine Ewigkeit darunter leiden. Einmal richtig geworden. Einmal tot.

Oder:

Der Tod ist nicht falsch. Er ist richtig. Einmal richtig geworden. Immer tot.

Also so:

Der Tod ist nicht falsch
Er ist richtig
Einmal richtig, immer tot

Ich hoffe, daß diesem Spruch nicht widersprochen wird. Es sollte in den Friedhöfen Sitte werden, Behauptungen – und zwar schwarze, hoffnungslose – einzugraben, denen widersprochen werden muß.

09. 06. 85 Noch einmal: Hinter meiner Seele. Wo ist das? Ich will ja gar nicht wissen, was da ist.

15. 06. 85 Hinter Deiner Seele, Paul, ist Inge. Grüß Gott, Inge. Grüß sie. Sag.

14. 08. 85 Sie war ganz nahe bei Renate, aber auch ganz fern. Renate war mir näher.

19. 06. 85 Karin Krähe hat sich erhängt. Das erfuhr ich an einem Tag, an dem mein Bruder, der bald wieder Priester wird (zum zweiten Mal vom Papst zurückgeholt), mich ermahnte: nicht so oft von Richtig und Falsch zu reden. Als gäbe es hier auf dieser Erde ein dringenderes Wort und das andere dagegen, nämlich auch: Wahrheit und Lüge. Er begreift nicht, mein lieber Priesterbruder, daß sich dahinter Denken und Dichten versteckt. Zwei Leidenschaften. Mein Leben. König hat mich Karin genannt. Ich habe das nie vergessen. Sie war nicht richtig, als sie mich richtig gemalt hat, also tot. Ihr Tod ist falsch. Ich werde sie nie vergessen.

12. 11. 85 Hermann wird Priester, schrieb er mir heute. Unmengen von Erz und Kar bemühten sich. Meinen antiklerikalen Segen hat er auch, dieser Sonderfisch.

08. 10. 85 Inge und ich: wir laufen immer über die Friedhöfe. Ist das zu furchtbar? Tausend Namen nennen wir. Sie erzählt von tausend Plänen und ich referiere Bücher oder werde mit Eigenem sehr beschwerlich.

Die Friedhöfe. Warum sind wir so gern dort? Angst. Vor dem Leben. Bei mir bestimmt. Immer. Der Vergleich. Ich leide unter sogenannten Leuten. Die toten Leute dürfen Generalleutnantswitwen sein – das stört nicht mehr. Der hierarchisch verletzte Paul hat ruhige Wegsteher, Weglieger. Aufrechte Steine; diese liegen drauf. Inge erinnerte an die Beschwerlichkeit bei der Auferstehung. Ich hielt das wahrhafte Federgewicht einer Leiche dagegen. Also wünsche ich mir einen schweren Sockel, ja. Und nur meinen Namen. Und irgendwo, nur nicht auf dem Westfriedhof im Familiengrab. So. – Wir sprachen auf unserem letzten Spaziergang von Werner Vordtriede. Also er konnte mich ja nicht gern haben, aber was ich da von ihm hörte, war schön. Im ionischen Griechenland schlief er ein, in der Nähe von Ephesus.

Diese »Liegende Acht« oder »Schleife«: alle Bezeichnungen taugen nichts, sind nur ein jämmerliches Abbild der Gedankengänge eines jeden von uns: eines Kindes Kosmos, so geschrieben, so zur Partitur gemacht, mein Gott. Aber wir bilden einfach nach. Wir dichten das Ganze auf, bis es nebelt oder dampft. Immer in der unvernünftigen Absicht, die Physiologie unserer Gefühle ins Allgemeine, ins Überwirkliche, gar ins Göttliche zu versatzen. Das ist immer der Punkt, der mich von allen Soziologen, auch von Publizisten, die soziologisch denken wie Jost, trennt. Sie stoßen uns ins Beliebige. Ich bin zu gleicher Zeit für die Auflösung des Individuellen und für seine Einsetzung ins Sakrament der Unbeliebigkeit. Ich bin ein Falscher. Jost Herbig, der Freund, der ferne, fremde, versteht mich nicht; meinen leichtfertigen, leichtflügeligen, verlogenen wahren, schwachen Gedanken traut er nicht. Er ist nicht verrückt wie ich es immer schon war, nicht pathologisch. Sonst säße ich nicht fest, um mich so stürzen zu können.

16. April 1985, München

Das Material der Poesie nach Valéry: »Nichts Reines, sondern ein völlig zusammenhangloser Mischmasch von akustischen und psychischen Reizen.« Das ist genau die Definition dessen, was Poesie auch wieder gestalten muß, also etwas Falsches. Das darf nicht zum Richtigen gemacht werden, obwohl es gestaltet wird. Poesie spiegelt in Falschheit ihr Material. Ich meine auch: Wenn das Material der Poesie schon so unvollkommen, so heterogen, so unrein und inhärent ist, wen wundert es dann, daß ich mir dieses Falsche zum Thema meiner Poesie gewählt habe. Freilich: das Falsche hat mich gewählt – wie könnte ich sonst von ihm schreiben.
Ich arbeite immer noch an dem Dadd-Strang. Was für ein Zeitaufwand. Das macht mich traurig. Es geht so langsam voran. Die langzeitige Depression ist etwas milder. Vielleicht deprimiert mich auch, daß mich wenige Gläser Wein schon zum Rasenden machen. Vielleicht habe ich Diana am Telephon verletzt. Vielleicht habe ich Jürgen Geers verletzt? Viele Stunden wandere ich ohne eigentliches Bewußtsein in den Gesprächen mit den Freunden. Das ist gefährlich. Wo trete ich auf? In welchen Szenen? Wenn man das nicht einmal weiß, wie kommt man dann mit dem eigenen Ich zurecht? Und die anderen?
Heute lief ich wieder meinen Weg. Der Obelisk stand im Licht. Der Lindenhain Luitpolds wird grün. Die Mütter sind schon wieder aufgeregt unterwegs und die Hunde.
Ginka Steinwachs rief an. Sie meint, ich werde auch nach Klagenfurt eingeladen. Das kann ja sein, aber ich laufe nicht in der Poesie um die Wette. Das ist lächerlich bis zum Weinkrampf. Etwas für ausgemachte Idioten, ich habe das einmal in Weiden mitgemacht. Nie mehr.
Gestern rief Barbara von Becker an. Die ganze Familie wohnt jetzt wieder in München, in Harlaching in einer wunderschönen Burg über dem Isartal. Am Samstag besuchen wir sie.

16. April 1986, Passignano

Den Vormittag verbrachten wir auf der Comune. Dort wird Inge von einer Angestellten belästigt, die nicht einsehen will, daß sie

Poppe-Wühr heißt. Den Doppelnamen läßt sie nicht gelten, obwohl er im Paß steht. Immer wieder versuchen wir es mit Erklärungen. Aber sie versteht ganz gut und kommt plötzlich mit der Moral und fragt: »Wenn Sie sich noch fünfmal scheiden lassen, stehen dann sieben Namen in Ihrem Paß?« Es geht also um die heilige Ehe. Ich lese »Die fragliche Stunde« von der Sayers, ein überflüssiges Buch, während Inge mit dem Baumeister Franco Sciurpi verhandelt.
Wir liefen heute auf einem neuen Höhenweg bis zu einer Ruine über dem Schloß »Pischiello«, die wir »Villa Annibale« taufen. Vielleicht sitzen wir dort einmal mit Freunden. – Auf dem Heimweg sprachen wir über die »Liegende Schlinge«. Ich nannte mich einen faulen Strick. »Das ist der Titel«, sagte Inge.

06. 07. 86 Auch Michael sah also heute, an diesem schlimmen Tag die Zypressen-Allee. Vita nuova. Das hätte Paul so gern. Michael: »Es ist wunderbar hier heroben. Einer der schönsten Plätze der Welt!« Da muß ich ja Abbitte leisten meinem Bruder Hermann. Mein Haus wäre allen offengestanden – ich wäre sofort verreist mit Inge. Aber sie haben mich beinahe alle beschimpft. Der Trotz steht mir natürlich. Meine Paula und der Karl. Wo ich heraus kam.

17. April 1978, München

Ligeti: Weg von der Abstraktion und hin zur figurativen Absicht.

01. 08. 85 Das wäre noch einmal zu untersuchen. Absicht? Das kann mir nicht gefallen.

21. 09. 85 Gelungen. Geglückt. Nie ohne Gegenarbeit. Leben wir auch so? Uns sträubend gegen das, was uns gelingt, was mit uns gelingt? Morgen betrete ich das zweite Mal die Galerie Klewan, um den Trachtenzug aufzunehmen. Was sind das alles für Späße. Wie läuft das wohin? Jetzt steht mein Fenster im September offen. Es ist warm wie nie in diesem Sommer, und die Betrunkenen kommen von der Wiesn heim. Heute steckte ich in der Masse, bei Canetti. Soviel Bewegung. Schrittlücken. Gehlöcher. Keine Furchtsassen. Alle strömen ineinander wie in einem Bierpfingsten. Berührung. Das Haptische. Das Auge in den Hintergrund getreten. Vom Ohr ist nichts mehr zu hoffen. Unterscheidungen sind nicht gefragt. Die figurative Absicht der Brauereien und dieser Stadt, die sich in klingenden Biergläsern musikalisiert. In der Menge verlor ich Michael Langer, meinen Mitarbeiter.

25. 08. 83 In diesem Jahrhundertsommer schwitze ich mehr als in gewöhnlichen Jahren. Überlegungen, ob ich mich in der dermatologischen Klinik anmelden soll, wie damals mit Elisabeth Richter, der Frau, die ich, als sie ein Mädchen war, liebte. Zuerst. Was mich betrifft. Meine Biographie. Ich habe von diesem Mädchen nicht mehr als ihre Brüste gesehen. Mehr wollte sie mir nicht zeigen. Immerhin: die waren schön.

04. 07. 85 Ihr Gesicht. Sie. Elisabeth. Sie war schön. Ich liebte sie. Einmal war ›unsere‹ Zeit. Wie viele ›unsere‹ Zeiten zugleich sind. Allen alles Gute. (Wie freundlich? Mit immer noch Wein in der Flasche. Ja dann.)

17. April 1986, Passignano

Wir werden also erst im Juli nach Italien übersiedeln. – Spaziergang in der Zypressen-Allee zum Schloß der Marchesa. Ein finsteres Gebäude. Verfallen, aber großartig ist das alles immer noch oder jetzt erst recht. – Abends bei Blosers in Porto. Sehr erholsam.

18. April 1985, München

Arbeit wie in den vergangenen Tagen an den Schlußkapiteln des Dadd-Stranges oder jedenfalls an den Zusammenfassungen. Ich muß ja immer wieder daran denken, daß ich diese Kapitel alle ins Talion einbaue, der Leser also nie den Strang liest. Es sei denn, er löst ihn heraus; aber das würde nicht meinem Vorhaben entsprechen und könnte nur einer Analyse dienen.
Der Spaziergang entfiel heute. Es ist kalt, und ich habe immer noch nicht meine orthopädischen Schuhe. Mit den Latschen, die mir zur Verfügung liegen, laufe ich mich krumm und schief.
Immer wieder, besonders nachts Gedanken an diese »Schleife«. Wie könnten die Lücken aufgefüllt werden? Ich denke an Manipulationen, an Schwindeleien.
Michael Titzmann rief an. Wir wollen am nächsten Morgen reden.
Das Falsche ist noch nicht erschöpft. Ist es überhaupt schöpfbar? Eine falsche Frage.
Ich stehe immer noch auf dem Berg und schaue auf den Trasimeno hinunter.
Inge erzählte gestern, daß sie auch 1986 noch die Geschäftsführung der Buchhandlung behält, aber nicht mehr praktiziert. Ihre einsamen Entschlüsse.

18. April 1986, Passignano

Wieder auf der Comune, bei der Polizia urbana. Es geht immer noch um die »Residenza«. Wir haben uns auch Terontola, unsere künftige Bahnstation angeschaut. Nur zwei Stunden nach Rom. Zwölf Stunden nach München.

19. April 1985, München

Das Rattenspiel ist bis zum Pfusch gediehen, so kann es vorerst im Talion bleiben.
Gestern nacht: Das Schweigen, die Lücken in der »Seltsamen Schleife«, also in diesem Buch sollten von wirklichen Einträgen ausgehend – wieder in der üblichen Streuung mit immer demselben Datum: mit erfundenen Tagen, also erfundenen Einträgen gefüllt werden. Erfindungen können durch den nahestehenden Text veranlaßt werden. Diese erfundenen Tage allerdings müßten genau abgesetzt, also gekennzeichnet werden. Die Jahre suche ich mir aus.

22. 07. 85 Ich lasse Bruckner durch die Nacht dröhnen, um 11 Uhr. Das ist es. Sie sollen jetzt nicht schlafen, wie ich nicht atmen konnte. Sie sollen es in der Musik so schön bekommen, wie ich es in ihrem Dreck häßlich bekam.

19. April 1986, Passignano, München

Heimfahrt, nachdem die documenti endlich fertig waren. – Frühling in der Po-Ebene, in den Alpen. Winter in Bayern. Michael Langer empfängt uns zu Hause. Erzählungen bis zur Überschwemmung.
Die Nummernoper: Vater führt das Werk des Sohnes zum Höhepunkt. BT.
Embryonen für das BT? Camillo und Hollander. Der Sonderfisch? Die Gemeinde: eine klerikale Satire. Reste von Lefevre – Kirchen oder Sekten.

22. 05. 86 Ja. Diese klerikale Satire und die heutigen Notizen. Möglichkeit zur Wiederaufnahme. Entartete Solidarität. Der Zusammenhang mit Schuld, persönlicher. Die Glaubenskumpanei.

20. April 1983, München

Michael Krüger rief heute nachmittag an: »Es ist etwas Wunderbares, was du gemacht hast. Fülle. Ungeheure Schnelligkeit.« Er wird das Buch bei der Vertretersitzung vorstellen. Auf meine Frage nach dem Lektorat: »Ich weiß nicht, was es da zu ändern gibt. Bis zu Seite 50 ist das Buch schwierig, dann drive. Rasender Durchgang.« Es wird in den nächsten Tagen also hauptsächlich um die Typographie gehen. Ich erzählte ihm von Sloterdijk.
So ist das. Michel hat keine Einwände. Er ist begeistert. Jesus danke.

22. 07. 85 Ich werde immer unausstehlicher für meine Mitmenschen.

Also Michel hat 700 Seiten von meinem Buch gelesen. Auch jetzt noch wird es gemacht. Ich sage nicht die Wahrheit. Gestern las ich es von Perigat »Dichtung und Wührheit«. Mich zittert. Als Poet bin ich so still wie ein solcher bei jeder Wahrheit bleibt. Falsch. Auch falsch.
Der Herr wird dem Diener so wenig dienen wie dieser ihm. Keine irenische Formel. Aber die Gewöhnung an den Realsatz: Alle werden gleich werden. Mir kann das entsetzlich Wurscht sein.

gez. Schikaneder
Theaterdirektor

Der Schikaneder und der Paul Wühr unterscheiden sich nur in der Mühe. Sie ist die seine. Ich schwitze dergleichen einfach. Er hatte nicht soviel Beziehung zu Wasser wie ich. Ich lasse es. Und ich schwitze es.
Der Kopf ist wahrscheinlich nicht er. Die Musik ist von Mozart. Den liebe ich, um eine Banalität zu wiederholen. Der Kraus ist überschätzt. So Wondratschek. Da muß man sich den Wondratschek wieder genauer ansehen. So läuft von unten hinauf, also zurück: die Genealogie oder die Genie-Analogie.
Der eine bayerische Poet war ein König. Mehr nicht. Damit, nämlich mit seinen Partizipien, begann das Falsche, das der Zweite im Märchen vollendete. Achternbusch und ich vertreiben sie wieder aus den Ferien – wie unsere beiden Vorgänger, ohne Erfolg.

Der Achternbusch ist zu echt, ich zu falsch. Künstler sind wir beide fast, Denker: einer mehr um die Ecken als der andere. Auf der ungeraden Straße hält Valentin einen Radler an und sagt ihm, was er ist. Aber das hilft keinem Fortschritt. Die Poesie hat das Lachen. Wir nicht. Wir Bayern. Uns geht es trocken ein. Wem die Hose am nächsten Tag noch gut sein kann, der ist zuerst zufrieden.
Michael Krüger über Herburger: Dieser gescheite Schlamper. Ich, Paul: der dumme Grammatiker. Sie sollten zusammen nicht kommen: der Schwabe und der Bayer; das auch noch. Da muß ich nur sagen: Viel Burg (schwäbisch) – wenig Herrschaft (bayrisch). Deshalb vielleicht gibt es so viele schwäbische und – wie Walter Mehring im 5. Stock in der Elisabethstraße ausführte – keine bayerischen Dichter. Da hat er wahrhaftig wie ein bayrischer Dichter untertrieben. Kein Stolz. H. C. Artmann ist stolz, sich einen Wahlbayern nennen zu dürfen. Da muß er nicht recht bei Sinnen gewesen sein. Ich nehme das aber herzlich an.
Ob die Poesie nicht nur ein Haus ist, sondern wie es niederbrennen wird, das ist eine Frage von geradezu europäischem Berang: Bezieh ich schnell, betrügen ist noch nie von langer Dauer gewesen. Bebrennen ist schon gar nicht besonders gut, wenn alles lichterloh – dann muß es das Blödste gewesen sein. Wie sich der Volkswille zuzeiten zu denken bemüht. Da war kein Denken ganz unschuldig.

21. April 1986, München

Keinem Prinzip gehorchen. Kein Gesetz ausführen. Alles andere ist in dieser Welt Zeitverschwendung. Dem Verfall zuvorkommen, indem man die Fülle: die Verwirklichung des Möglichen nur denkt (Whitehead? Lovejoy? Oder schon Thomas von Aquin?). Ein möglicher Schöpfer läßt die Möglichkeit auf dem Weg zur Verwirklichung allein: das ist das reale Grauen. Dort also soll die Liebe zu finden sein? Dort steht das Kreuz. Ich verstehe. Die Ruinen. Die falsche Kartographie in aller Richtigkeit. Das Labyrinth in seiner richtigen Figuration: in jedem Sinn verfallen, sodaß nur noch die Ordnung des Todes herrscht. Genet ist gestern gestorben. Er betete den Tod an. Er betete auch das Richtige an. Die Zuhälter und die Staatsmänner sitzen in einer Reihe auf den Regierungsbänken. Vom Gas wollen sie nichts hören, aber den Tod in den Gedichten sprechen sie auswendig. Die großen Worte und die Jugend. Das paßt. Das ist die Basis jeder Affirmation. Darum bleibe ich auch bis zum Ende mißtrauisch. Auch und vor allem, weil ich höre – zu gerne – zu sehr auf den Tod, auf seine heruntergekommene Majestät, die noch über jede Rampe kam. Ich bin ein Spaziergänger der Friedhöfe, keinen möchte ich auslassen.
Uwe Fleischle rief aus der Buchhandlung an: Hans Hermann Busse, unser Lehrling in den siebziger Jahren, ist tot. 31 Jahre alt. Herzversagen. Hier sitze ich Dir, lieber Hans Hermann, wie im Leben gegenüber. Über Dich möchte ich denken, was andere an einem solchen Tag über mich denken sollen: daß wir da sind.
Wolfgang Eberts Leser werden sich in den Gedanken Bellheims verhängen – in den hohen Empfindlichkeiten dieses in allen Niederlagen überlegenen Herrn. Freilich ist seine Vorsicht notwendig: bei so reichhaltiger Voraussicht; allerdings bleibt das Erfahrungsnetz unangetastet: bei so schlimmen Reinfällen. Aber wo er auftritt, zittern die Bezugsnetze, und der Mensch muß (mit Bellheim) denken. Sehr still geht das alles vorüber in großer Kleinartigkeit, kaum Abstand nehmend zu Möglichkeiten des Ausweichens in Witze; diese melden sich dauernd an; keine Zulassung.
Letzte Hand an den Vorspruch zu »Soundseeing. Metropolis München«:
Auf dieser Soundseeing-Tour wird nur mit Sprache und Geräuschen durch die süddeutsche Metropole geführt. Orientierung, wie

sie mit den Augen möglich ist, entfällt. Die Situationen, in denen das Geräuschmaterial aufgenommen wurde, sind in der Komposition verändert. Das bedeutete aber für die Erstellung dieses Klangbildes einen Gewinn: In der Irritation und durch Gedankengänge im Labyrinth der Stadt mit Tönen und Geräuschen entstehen Zusammenhänge, Beziehungen und Bezugsnetze, die auf kartographische Fakten keine Rücksicht nehmen müssen.

Die Sound-Tour kommt immer wieder ins Rutschen. Vieles schwimmt ineinander. Das Ergebnis ist ein Klangbild, das selbst sein Thema ausspielt als Urbanität, in der sich alles rücksichtslos mischt: Profanes und Sakrales, Schrecken und Idylle, Gegenwart und Vergangenheit. Der Städter bewegt sich rasch, wechselt in kühlen Schnitten Empfindungen und läßt Erfaßtes leichtsinnig los. Soundseeing: Das Ohr schaut und denkt in konzentrierter Ausschließlichkeit – rückhaltlos, ohne Umwege, nicht richtungsgebunden.

22. April 1984, München

Ostermontag. Ich breche die Arbeit an der Nackten Ästhetik ab. Draußen wird es warm. Renate Schreiber. Ich habe wieder alles verbrochen.
Wie so oft war ich mit Inge auf dem Westfriedhof, diesmal auch in der Aussegnungshalle, wo ich von meinem Vater, von meiner Mutter und von meiner Beatrice Abschied nahm. Ich suchte – wieder vergeblich – Schulers Grab. Den Transitus. Das Geschlecht war ihm so nah wie mir. Was ist Zeit? Wahrlich: das Geschlecht. Ja. Oder alles kann ich darin fühlen. Von Rang keine Rede.
Bei Barbara und Jost. Spaziergang zur Jesulein-Kapelle. Ich blieb draußen. Barbara: immer intensiver. Im FB erkennt sie vieles. Vor allem das Fehlen von Psychologie. Das nennt sie neu. Fühlt sie so – oder will sie so fühlen? Sie liest, sagte sie, oft nur die Wörter. Nur so. Das verstehe ich.
Jost ist sehr stolz auf sein neues Buch. Er sagte: »Ich habe keine Freunde, mit Ausnahme von dir.« So emotional ist er selten. Sein Pferd heißt Amfortas. Seine in dieser Familie verlorenen Kinder. Oder macht das unser Besuch? Ich bin doch keine Respektsperson – trotzdem. Bin ich schon uralt für Lola, Utz und Pepper? Ich vermute, ja.
Renate. Habe ich immer freche Weibsbilder geliebt? Scheue Rehe lernte ich nicht kennen. Das muß man mir nicht deuten. Die Zarten sind schlimm.

26. 11. 85 Schuler soll in der Elisabethstr. 8 gewohnt haben, sagte Klaus Hermann – aus dem äußeren George-Kreis – zu Inge, als sie mit Ludwig Döderlein zusammensaßen. Das ist genau. Das ist nicht Schicksal. Das ist Poesie.

26. 12. 85 Aber dieses Buch nicht. Ich bin enttäuscht. Zu wenig. Zu ungenau. Was kommt heraus bei so vielen Tagen? Ein Mensch ist keine Folgenatur. Ein Mensch muß sofort und über Jahre ganz und gar schaffen. Gott. Das ist der große Wille, den wir in unseren Erzählungen wirklich vollenden. Gott? Mein Gott. Ja, mein lieber Gott, ich liebe Dich. Du bist auch da. In meiner gichtigen Hand. In allem Vergänglichen. Du bist da. Fromm. Das wird zum Freundwort. Das weißt Du . . . Mir wird vor Dir übel.

22. April 1985, München

Michael Titzmann war hier, nachdem ich den dritten Dialog zwischen Lucifer und Jehova endlich geschrieben hatte. Wir verglichen unsere literarischen Vorlieben. Wir sprachen über das angemaßte Richteramt der Poesie. Meine Theorie: Poesie ist zur Zeit beiläufig (wir verstanden beide dieses ›läufig‹ sofort). Poesie hat aber auch mit sich selbst zu tun, besser, bekommt es mit sich selbst zu tun: das ist gefährlich, macht große Schwierigkeiten, erfordert immer wieder große Arbeiten. So kommt es, daß der Poet wenig Zeit hat, sich arrogant in der Gesellschaft anzumelden, und wenn er das tut, haben ihn seine eigenen Schwierigkeiten mit der Poesie vorbereitet darauf: die Schwierigkeiten in der Gesellschaft nicht zu leicht oder gar von oben herab zu betrachten.
Wir lasen in der »Rede«, dann Hölderlin, Mörike und den Dichter des Nordlichts; dabei tranken wir unmäßig; den Abschied habe ich nicht mehr bewußt erlebt. Das war schön mit Michael. Wir werden uns wiedersehen.

05. 09. 85 Michael Titzmann erinnerte sich an uns. Er will wieder einmal mit uns trinken. Vier Monate haben wir nichts voneinander gehört, aber gelesen.

23. April 1986, München

Dieser fatale Vorsatz, ein Münchenbild ohne Zeitgeschichte zu bauen. Ich werde jetzt drei weitere Bänder einbringen (hier stimmt dieses neudeutsche Verb – aus evangelischen Gefilden): zunächst einen Ausschnitt aus der Demonstration gegen die Verunstaltung der Stadt durch Strauß und Stoiber, dann die WAA-Demo – sie taucht nochmals auf, jetzt mit aktuellem Text – und ein Stück der Arbeitslosenszene.
Nachmittags Gespräch mit Michel Langer. Die Storia d'amore sagt mir nicht zu. Ich entwerfe ein Platz-Bild (viele Plätze). Schließlich kommen wir auf das »Erkerfenster« von E. T. A. Hoffmann. Sein Text (in Auszügen) und unser Walkman auf dem Platz (als Voyeur). Abends erzählte ich Inge davon. Das erschreckte sie. Ich hätte, behauptete sie, in diesem Buch schon mal von diesem Werk Hoffmanns geschrieben und dazu vermerkt: »Es ist sein letztes Werk. Vorsicht, Paul!«
Nichts geht voran, auch Thisbe nicht. Und immer diese Berührungsangst vor diesem Buch. Sobald ich es aber in die Hand nehme, bin ich versucht zu streichen. Ist es unmöglich, das durchzuhalten: die Hilflosigkeit, das Unzulängliche, das Falsche ganz und gar und vor allem zuerst einmal in die Sprache zu exhibieren? Das ist ja nicht Schlamperei. Das ist eine Entscheidung. Und das war immer der Wunsch. Schon auf der ersten Seite von »Gegenmünchen« steht: Nichts wird gestrichen. Ich muß das einmal einlösen. Also schreibt Inge ab. Also darf ich mich nicht einmischen. Meine pure Angst ist oft unerträglich.
Ich bedankte mich bei S. J. Schmidt für die Zusendung von »Aber noch haben wir Menschen uns nicht für den Frieden entschieden«. Da gibt es wahrscheinlich längst eine stille, genaue Korrespondenz zwischen einem Nomaden und einem Falschen; jedenfalls nehme ich auf, was er schreibt, und nehme vieles an, und so nehme ich immer mehr an, daß wir uns immer näher kommen, vielleicht aber auch schon immer nah waren. In seiner klaren Schrift wird meines Erfassens vieles von dem dummen Antagonismus entzogen, womit ich schon viele Jahre spiele – nur muß jede Verantwortung wieder zum Spiel werden (nach Lesungen etwa), weil die Neigung zum Durchblick bei mir doch sehr platonisch ist. – Interessant wären aber, und vielleicht kommt es einmal dazu, die Ansichten eines

Konstruktivisten über das Falsche oder die Ansichten eines Falschen über den Konstruktivismus. Ein Falscher muß davon stark angezogen werden. Ihm traue ich natürlich zu, die Grenzen seiner Zuneigung zu ziehen. Damit hängt auch zusammen, daß ich seine Vorwürfe gegen christlich-jüdische Religionen teile, Jesus aber für einen Falschen, vielleicht den ersten, ganz bestimmt aber für einen Nomaden halte. Besonders gefreut hat mich aber der Teilsatz: »Damit tritt das Verantwortungsprinzip vor das Schuldprinzip . . .« Vor einem Jahr rackerte ich mich an einer »Rede eines Falschen über die Schuld« ab – vielleicht hat er mich zu einem zweiten Versuch verführt (sic!); in diesem Fall sei ihm vergeben. Vor einer »vollen« Verantwortung, erinnert sich ein Falscher – an seine Mobilität – trägt er aber hier nicht die ganze Schuld; so voll hat Eibl-Eibesfeldt den Mund genommen – und dem traue ich sowieso nicht; zwischen ihm und mir spielt das keine Rolle. Die von ihm genannten Konstruktivisten werde ich auf dem Berg in Umbrien lesen, jedenfalls nehme ich ihre Bücher mit.

24. April 1985, München

Heute bin ich mit einem riesigen Vorhaben fertig geworden. Beginn der Arbeit im September 1984. Der Dadd-Strang ist geschrieben, jedenfalls soweit, wie ich mir das zunächst vornahm, weil alles Folgende zu sehr verwoben ist mit dem übrigen Stoff.
Von Ernesto Grassi gelesen »Giordano Bruno di Nola«. Linie: Kues – Bruno – Leibniz – Jakobi und Hamann (da ist er ja wieder und scheint, wie ich feststellte, von dem Nolaner viel gelernt zu haben: siehe Aschermittwochsmahl) und weiter: Schelling. Mit Ulrich Sonnemann sollte ich wieder über diese Linie reden. Übrigens die Strecke dort in Italien (jedenfalls der Anfang): Brixen – Nola. Vielleicht gelingt mir ein Pantakel über ganz Europa?
Für Ulrich eine Stelle aus Gershom Scholems »Von der mystischen Gestalt der Gottheit. Studien zu den Grundbegriffen der Kabbala«: »Es sind die ›zerstörten Urwelten‹, von denen ein alter Midrasch (Bereschilh Rabba 89) als unserer Schöpfung vorangegangen spricht. Auch wo sie nach einem Ausbruch, der etwas vom ersten Aufgang des Dämonischen an sich hat, in ihrem Ursprung in Bina (Sephiroth) zurückgenommen wurden, weil sie in ihrer reinen Negativität kein positives Sein darstellen konnten, blieb nach manchen Kabbalisten etwas von den Rudimenten dieser zerstörten und zerstörerischen Urwelten zurück, die wie Funken aus verloschenen Vulkanen durch die Welt geistern und einen Aspekt des Bösen in der Welt darstellen, der das nicht Richtig-nach-Haus-Gekommene, das vorzeitig in sich Zusammengesunkene, sozusagen einen falschen Ansatz der Schöpfung darstellt. Diese Vorstellung findet sich noch an einigen Stellen im Sohar und in einem kurz nachher verfaßten Text, dem ›Traktat von der Emanation‹, der die Macht des Satanischen als ein Rudiment eines Seins definiert, das ›am Anfang überstürzt‹ war (aus: ›Auswahl kabbalistischer Mystik‹, Leipzig 1853, S. 1-8).«
Das dürfte Ulrich im Zusammenhang mit Atlantis interessieren. Ich werde ihn Pfingsten in Sachrang darauf aufmerksam machen. Für mich ist dieser Text auch interessant. Kleinhesseloher See = Atlantis?

20. 06. 85 Wieso hielt ich diese Passage für so geeignet für das Atlantisvorhaben von Ulrich Sonnemann? Besonders der letzte Teil geht auch meine Vorhaben an.

04. 11. 85 Heute notierte ich die Reiseroute nach Atlantis.

25. April 1986, München

Der Tod auf dieser Seite: Heute in den frühen Morgenstunden starb Christoph Schlotterer. Wir erfuhren es nachmittags. Isolde rief an. Zorn und Tränen. Wir begriffen nichts. Christoph. Ich ordnete die Stunden vorher alle Briefe der letzten Jahre. Inge saß oft dabei. Wir lasen ahnungslos in Christophs Briefen. Erst vor wenigen Tagen fanden wir einen in der Fischer Taschenbuchausgabe, den wir übersehen hatten. Darin lädt er uns ein. Ich wollte antworten, unterließ es aber. Nicola. – Siebzehn Jahre kannten wir uns. Seine Treue. Seine zarte Zurückhaltung. Ich denke an unser allererstes Gespräch im Savigny-Hotel in Frankfurt: über Freundschaft. Das war nicht der grob-fröhliche Ton unter Literaten. Wie fröhlich aber waren wir, wie schrecklich, wie wild, damals im Herzogpark als Isolde fotografierte. Unser letzter Scherz: Schlo unter meinem »Falschen Buch« liegend, die Brille neben sich im Gras – ich mit dem Fuß auf dem Buch. Wohl war mir da nicht. Aber die Furchtlosigkeit gehörte zur Rolle. Respektlosigkeit ist in. Ich habe dann immer besonders übertrieben. Tot. Christoph tot. Es tut sehr weh. Er hat für Inge und mich, für uns beide, eine große Bedeutung. Er holte Inge von Bonn nach München. Sie hat bei ihm gearbeitet, ich habe sie dort kennengelernt. Der Hausherr in der Kolbergerstraße. Unser Freund. Tot.

26. April 1983, München

Am Freitag habe ich mit Michel das erste Drittel des FB durchgesehen! Michaels Genauigkeit und Behutsamkeit. Liebenswürdige Hinweise auf Fehler, die nicht nötig sind. Wir stießen wieder auf meine Wortbildung ›drauskommen‹ – er lacht und versteht und versteht doch nicht. Auch ein bayerisches ›schon‹ konnte durch ein hochdeutsches ›noch‹ ersetzt werden.
Abends las Ossi Wiener im Kunstverein. Es ging um Dandyismus. Ich war sehr verärgert, weil ich so wenig begriff. Sartorius begrüßte mich, aber zu einem Gespräch kam es wieder nicht. Auch Kurt Neumann aus Wien war da. Unergiebiger Wortwechsel. In den Pschorr-Stuben Gert Jonke. Sehr gelöst, geradezu fröhlich. Zu wenig. Mit Renate Schreiber saß ich dann noch im ›Adria‹. Ein betrunkener Tischnachbar flocht einen Blumenkranz und drückte ihn ihr ins Haar. Ich empfahl mich französisch.
Ein gedankenloser, stiller, leerer Sonntag.

25. 09. 83 Gestern machte ich einen jungen Mann vor einem Zeitungskiosk darauf aufmerksam, daß ich schon vor ihm da war, weil er sich vor mir in die kurze Schlange drängte. Er schloß sofort dicht an seine Frau auf und erklärte seine Paarweise. Meine Entschuldigung: Die Entrüstung nur deshalb, um nicht als untüchtig zu gelten. Sein tiefes Verständnis.

26. April 1985, München

Noch ein Telephonat mit Diana Kempff. Sie scheint sehr verbiestert zu sein, läßt sich aber bald zum Lachen bringen. Wir reden über das leichtsinnige Vorwort von Harald Kaas für die Däubler-Auswahl. Wieder Pläne für eine Ruderpartie auf dem Starnberger See. Aber es ist kalt. Der Winter bleibt. Aber das ist nicht die Ursache für meine Verstimmung. Wahrscheinlich bin ich jetzt unzufrieden, weil ich mit Dadd so gut – so schlecht – wie fertig bin, wie ich vorher ein halbes Jahr unzufrieden war, weil ich mit ihm zu tun hatte. Mir kann man es nicht recht machen.
Diese traurigen Tage jetzt. Heute vormittag saß ich zwei Stunden

am Schreibtisch. Notierte Pläne für das Talion. Arbeitete an einem Gedicht, aber nur Resignation. Müde. Dann las ich im Eissler-Goethe. Dann schlief ich zwei Stunden. Im Bad hörte ich eine Komposition von Cage, die mich, was das Hörspiel »Metropolis München. Soundseeing« angeht, sofort in meine Grenzen verwies und einige Kompositionsschritte in meinem Sinne weiterbrachte. Das also war es. Dafür – für einen Zufall? – dieser Tag.
Ja, noch ein unüberlegter Griff in das Bücherregal: Klaus Wagenbach »Eintritt frei«. Ich las eine halbe Stunde. Klar. Ruhig. Ganz und gar unaufgeregt. Seine Grabrede für Ulrike Meinhof gilt heute noch mehr, fundiert die historische Geltung dieser Frau. Ihr Kampf gegen die reaktionäre Entwicklung der Sozialdemokratie. Ihre Gedanken über Grundfragen des Marxismus: Klassenanalyse und revolutionäre Gewalt. Überlegungen über die ausgebeutete und unterdrückte Klasse; dabei hat sie, nach Wagenbach, einen ungewöhnlichen Aspekt entdeckt: die innere Verelendung durch den Kapitalismus (Randgruppen: Eingesperrte, Fürsorgezöglinge, Durchgedrehte, Weggelaufene).
Ulrike Meinhof starb am 8. März 1976, vor neun Jahren.
Um nochmals auf Cage und mein Hörspielprojekt zurückzukommen: Also der Platz für diese Art von Stadtbild ist besetzt. Da habe ich nichts mehr zu suchen. Wieso auch?
Letzte Ergebnisse: Ich werde die Fronleichnamsprozession aufnehmen; möglichst viele solcher Umzüge: Oktoberfest – Trachten. Diese mischen mit den Stadtrundfahrten. Jetzt spukt wieder der Sternmarsch in meinem Kopf.
Ich darf also auf keinen Fall eine experimentelle Musik abliefern. Das ist auch nichts für mich.
Aber dieses Schwere, Dumpfe Münchens – Prozession – fange ich ein.
Ich höre schon die Sound-Fluchten, Sound-Klüfte, die ich aufbauen werde – ganz mächtig.
Soundseeing – wie kann ich das Geld in Geräuschen darstellen – doch durch Wörter?

23. 06. 85 Diana ist mir gut. Sehr. Jetzt ist sie schon in Rotterdam.

27. April 1983, München

Mein rührender Versuch, einige Briefe der vergangenen vier Jahre in dieses Tagesspiel zu streuen. Da bin ich gescheitert. Mir haben weder Gelehrte noch Poeten noch anderswie gescheite Personen geschrieben. Andere dürfen hier nicht auftreten, weil ich zu bedeutend daherkomme. Einer meiner schlimmen Fehler, der wie jeder solcher den Macher schlimm allein läßt. Da hilft es wenig, wenn ich den Himmel über der Elisabethstraße trocken naß werden lasse und von ihm behaupte: sein Vorhaben zu kennen. Auch sehe ich Sonnenflecken in der Wohnung, auf Türen, auf Büchern – sogar auf der Flasche. Erkennen werde ich sie nicht. Ich bin ja schon wieder im Papier. Und die Sprache kennt nur die Wörter. Heute: das ist nicht bedeutungslos – auch nicht das Jetzt – aber das kommt unter dem Wort ganz anders raus. Unter der Hand wird das Sinn, von dem ich so wenig erkenne, wie einer unter den Augen. Wahrscheinlich – wie schwach – sitzt der Körper darin. Im Heute. So meine ich das. Der bewegt sich. Auch der meine. Das muß ich – freilich in Wörtern – geahnt haben: daß die Bewegung erkennt. Nichts bewegt sich nicht – alles berührt also. Nur mitgekommen ist auf einem Papier eine Hand zu sehr selten. Wir leben, ja – aber um es zu wissen, müssen wir die Wörter bewegen. Mein Sancho ist unmittelbar. Ich muß nur in seine erregten Augen schauen, um meinen Gegenblick als eine wortwörtliche Übersetzung des Geheimnisses zu erkennen. Johannes frißt die Welt in Gestalt eines Buches. Gott muß ja wissen, was dem Menschen schmeckt! Gibt er profan zum Fressen, dann nur zum Vergessen. Seine Huld. Unsere schlechte Verdauung. Dazwischen muß es so etwas wie die Meditation geben. Das weiß ich nur vom Hörensagen. Dagegen spricht (nicht nur der Herr), daß wir auf der anderen Seite sind. Deshalb überhaupt auf einer Seite. Dort, wo seit dem Kanaiter im Abendland die Wörter leben. Wenn es eine Erlösung gibt, die ich für überflüssig halten muß, dann werden wir aufgelesen (»Ausgetrocknet« scheint mir das wütendere Wort zu sein).

29. April 1980, München

Das ist alles sehr hart. Inge. Ich erinnere mich, daß Jörg Drews nach der Lektüre der »Rede« zu mir sagte: »Das ist beinhart.«

14. 05. 83 Damals wurde ich knieweich.

24. 11. 85 Ich habe mir meine Gedichte aus den letzten Jahren angesehen. Nichts Besonderes. Darunter sind schon Verse, aber lassen wir das. Keine große Zeit. Dieser Eco! Meine Wut. Pasolini und seine Mörder. Der wissenschaftliche Hansdampf in allen Gassen erwartet vom Poeten natürlich den Heldentod, den er selber nicht sterben will. Es sollte so sein, daß diese Halbdichter sterben mit Schicksal und die wahren Dichter, im Bett versteckt, vergeblich auf den Tod warten, unter dem Arsch mit Versen versehen, die das Licht der Sonne nicht zu scheuen haben. Oder so ähnlich.

Mein lieber Herbert Wiesner, wie sehr ich Dich immer geliebt habe, ist jetzt ein Berliner. Ich gebe Dich ... nicht einmal formulieren mag ich dort hinauf. Von dort herunter stinkt alles.

30. April 1983, München

Zurück vom 2. Lektorat des FB. Nachdem Michel es genau gelesen hat, haben wir jetzt vier Bücher durch. Am Montag kommt noch das fünfte.
Keine direkte Einflußnahme. Auf die Sache ausgerichtet, verstehen und begreifen wir uns sogar. Korrekter als die ideale Verständigung. Ich gehe nicht fehl in der Annahme: das könnte es sein. Leider ist mein Buch nun doch wieder viel zu dick. Nicht als Scherz gemeint.
Ich erinnere mich, gesagt zu haben: »Ist das süß.« Das verbat sich Michael. Süß, sagte er (wie der andere Berliner Krüger gesagt haben würde), ist bei dir nichts. Auch gut. Die Schlaraffen kennt er besser. Er ist wahrhaftig keiner, aber er sagte: Das hast du nicht übertrieben. Ondrach.
Dieter Dorn und ein Dramaturg wollen das schon für das Werkraumtheater vormerken. Das Drama. Wie Michel sagte: Das andere Theater. Tabori? Das allerperson wäre ungeheuerlich, muß ich steigern.
Mir fällt, oder besser: will ja kein Drama einfallen. Kein Stück. Der Totale. Der Wühr. Sein Hang zum Gesamtkunstwerk. Wie war es in Zürich so schön. Klingt nach Handwerksburschenweise.
Wenn ich mich nicht täusche, bin ich heute abend glücklich. Es hört ja keiner. Und wenn er es liest, bin ich es auch nicht mehr.
Die Unverschämtheit solcher Erklärungen darf nicht unterlassen werden wegen der Farbenlehre: sie käme sonst nicht mehr mit sich aus oder nur noch in Grau. Der Grisaille-Mensch.
Das Bestürzende, wenn es Glück heißt. Nichts tun. Ich weiß, Claudel: »Für nichts ist der Mensch so wenig geschaffen wie für das Glück.« Nicht für uns geschaffen, aber doch gut. Sag, großer Seidener Schuh – Ist das nicht Deine jämmerliche Zeile, Sohn des Rimbaud? Der kleine Laut im großen Atemzug: das bist du immer gewesen. Außerdem auch noch katholisch. Aber das hat eben nie geschadet. Rede dich nicht aus. Desnos. Ihn liebe ich. Man ist ein Geliebter. Man ist kein Geliebter. Dann ist man ein Lehrer. Ein geliebter Lehrer ist die andere Person.
Michael Krüger hat sich viel notiert. Eine Sackgasse für mich, daß er als Lektor nicht über mich schreiben darf. Es muß auch ein Gesetz geben in dieser Literatur, daß Geliebte sich nicht äußern

dürfen. Dann bin ich doch verloren. Das klingt wieder normaler, nämlich traurig.
Schreiben dürfen nur zufällige Bekannte, die nicht einmal die Haut meiner Sprache berührt haben.
Kritik ist vom Buch soweit weg wie die Schwester vom Bruder. Genau so weit. Ich rede nicht von den Gebrüdern und ihren Geschwistern. Ich weiß, in welche Eisschränke ich mich hineinschreibe, dieserseits.
Wer nichts versteht, darf sich äußern. Das sind dann auch nur Äußerungen. Ich habe noch nie etwas schriftlich geäußert. Auch nicht zur Sache, zu keiner. Da hätte ich mich schon innern müssen. Aber von der Sprache bis zu diesen Menschen ist ein weiter Dreck. Entschuldigt ihr mich jetzt. Ich saufe mich voll.

30. April 1985, München

Traum gestern nacht: Ich bin mit Freunden – sehr gemischte Gesellschaft – unterwegs in einer Stadt, wahrscheinlich im Bayerischen Wald. Meine Mutter ist gestorben. Wir treffen uns also zur Beerdigung. Ich weiß aber, daß sie schon achtzehn Jahre tot ist. Ich nehme den Irrtum trotzdem an. – Spaziergang in einer engen Straße, die geheimnisvolle Läden hat, zauberhafte Ausstellungsstücke. Ein jüngerer Freund malt, läßt sich von den Zuschauern nicht stören. – In einem chinesischen Restaurant gehe ich an einen Tresen und pinkle in einen kleinen Behälter, den die Kellnerin unter meinem Stuhl wegzieht mit der Bemerkung, er sei für das Telephongeld gedacht.

23. 06. 85 Da fällt mir mein heutiger Traum ein: Jörg war mit vielen Mädchen bei uns. Viel Besuch. Alles drängte sich. – Das war schon alles. Wieso schreibe ich darüber?
Gestern waren wir bei Eugen Oker (auch ein Gast-Vorzeige-Geber): er hat 17 Meter Canale Grande nachgezeichnet. Ich mußte wieder aufrollen. Die weiteren Gäste waren lauter Amerys, die von Carl.

17. 07. 85 Immer Träume, aber keine oder wenig Aufzeichnungen. Wahrscheinlich weil diese das richtige Andere dieses Lebens darstellen. Im Spiegel des Falschen müßten sie

erkennen, wie eitel richtig sie sind. Der Falsche träumt und lebt bewußt nicht richtig. Im Falschen darf es eben keine Schlampereien geben. Was ist dieses wunderbare Wort ›falsch‹? Mein Dietrich (Dietrich von Bern als ich zehn oder zwölf war). Damit sperre ich alles auf. Ich erinnere mich noch, wie ich diesen Dietrich verteidigte und eigensinnig dem Siegfried vorzog. Der richtige Siegfried. Der ambivalente Berner Held. Seine Trauer unter der Rüstung. Es ist ein Leben, meines.

30. April 1986, München

Heißenbüttel im »Textbuch 9«: »Wiedererkennen des Wiederkehrenden in der Verwandlung, in der Veränderung, im Versteck.« – Ja. Nicht erzählen. Schreiben, bewegen, Erwartungen wecken; nichts erfüllen. Nicht ablenken, keine direkte Realität neben der direkten Realität. Keine Konkurrenzunternehmen, Kraftprotzereien, wenn es um die Natürlichkeit des Realen oder um die Realität des Natürlichen geht: in den Büchern.
Der Wetterbericht kommt zu neuen Ehren: Prophezeiungen von Krankheit und Tod. Der Meteorologe als Medizinmann. Wir warten nach der jüngsten Kernkraft-Katastrophe auf die Angaben über die Windrichtung.

1. Mai 1985, München

Wir machen heute mit Gisela Pfeiffer den Vertrag über das Appartement. In der vergangenen Woche wurde mit der Arbeit an unserer Wohnung in Passignano begonnen. Giovanni Jauß und Klaus Ulrich Spiegel waren dort. Heute ist ein finsterer Frühlingstag mit Regen.

»Gestern haben die Ratten zu maneuvriren angefangen.« Zitat aus einem Brief Goethes an Frau von Stein. Er seziert die Tiere, die nach Eissler in der westlichen Kultur das Symbol für Schmutz, Gier und Ekel sind. – Siehe Dadd-Pentagon im Blauen Talion: das Rattenspiel.

Ich lese in Eisslers Studie schon seit den Lauterbacher Tagen, also seit dem Herzinfarkt.

Es ist bedrückend, daran zu denken: mein Rattenspiel (als eine riesige Figuration, in der alle Fehler freiwillig vorgeführt werden, was zum Verhalten eines Talmisten gehört in meinem ganzen Werk, auch in Zukunft) sei das Produkt, oder wieder ein solches: eines Psychotikers, der sich und seine Wahnideen mit Logik gegen die Realität absichert.

Ich bin auch schrecklich bedrückt in diesen Wochen, in Wirklichkeit schon seit Monaten. Es entwickelt sich alles zu langsam. Mein Werk kommt mit meinem Willen nicht mit. Ich werde älter. Ich spüre das gar nicht so sehr, aber man sagt es mir immer häufiger. Sir Herbert sprach am letzten Sonntag in Bad Mariabrunn davon, daß es für mich Zeit sei, einen Strohhut zu tragen, ich hätte jetzt das richtige Alter dafür. Da ich zur Zeit sowieso hypomanisch reagiere, war ich sofort still, ganz und gar verstimmt.

Auch die plötzlichen Aggressionen bei Verletzung meines eingebildeten literarischen Ranges kommen sehr häufig vor. Eine liebenswürdige Frau, die uns einlud und sich und ihren Mann als große Leser und Kunden der Autorenbuchhandlung vorstellte, sprach mich während des Essens mit ›Herr Wührl‹ an. Wenige Minuten später holte ich aus und fragte, nach dem Hinweis auf die Unzahl von Bildern in der Wohnung, ob sie noch Bilder in ihrem Innern vorfinden könnten, nachdem sie alles ausgehängt hätten. Jetzt war die Verstimmung gegenseitig.

Was einer gar nicht so meint, wie man leichtfertig zu sagen pflegt: verletzt besonders schlimm.

Wir machen uns zu wenig Gedanken darüber oder wir unterlassen ganz einfach die Vorstellung: unvorstellbar oft vorhanden zu sein – und zwar im Denken und Vorstellen und Träumen vieler Menschen. Und doch ist es unser tiefer Wunsch: vielfältig zu sein. Er ist schon erfüllt.
»Wer uns frei aus dem Gedächtnis zitiert, ist ein Saboteur, der gerichtlich belangt werden sollte. Ein verstümmeltes Wort kommt einem Verrat, einer Beleidigung, einem Schaden nahe, der umso schwerwiegender ist, als der andere uns einen Dienst hat erweisen wollen.« Das sagt Cioran. Das ist die Gegenmeinung zu meiner, von mir so oft verteidigten, notwendigen, weil uns verändernden, uns zerreißenden Ungerechtigkeit durch Ungenauigkeit. Cioran verwechselt sich hier mit einem Gelehrten, mit einem Juristen.
Heute flog mir vieles zu. Auch Ernst Jünger schreibt in »Das abenteuerliche Herz« von der Schleife:
»Unter der Schleife verstand er eine höhere Art, sich den empirischen Verhältnissen zu entziehen. So betrachtete er die Welt als einen Saal mit vielen Türen, die jeder benützt, und mit anderen, die weniger sichtbar sind.« . . . »Wer so die Schleife zu beschreiben weiß, genießt inmitten der riesigen Städte und im Sturm der Bewegung die herrliche Windstille der Einsamkeit. Er dringt in verkleidete Gemächer ein, in denen man der Schwerkraft und den Angriffen der Zeit in geringerem Maße unterliegt . . .«
Das blaue Talion ist ja in der Hauptsache die Gegengewalt in allen Formen, besonders den phantasievollen. Ich dachte gestern nacht besonders an ein Überwachsen mit anderen Gebäuden (ähnlich dem Pentagon, Krippendarstellungen) von Militäranlagen und Waffenschmieden in München: das wäre nicht nur ein Umbau, eine Stadtbesetzung, sondern ein Ausschlag, Auswuchs.

2. Mai 1982, München

Eine schwierige Zeit: Ich arbeite viel, aber ohne Boden. Bin mit dem Kuckuck und der Paarweise beschäftigt. Dupin. Das FB wächst.
Lese »Interesse und Literatur« von Christian Enzensberger. Ein Richtiger. Soviel redliches Fragen und plausibles Antworten. Ein bestechend klarer Überblick. Wenn nach Adorno ›Kunst das Ordnen des Chaos‹ ist: bei Christian gab es die Ordnung schon. Der Philosoph als Luxus.
Jetzt muß ich zur Taufe von Julia Kolbe, in die Katholische Akademie. Abends soll ich zu Syberbergs. Was soll ein so wenig gelesener Lyriker bei so erfolgreichen Leuten? Was soll ein kleiner Hauptschullehrer bei diesen Stars?

01. 07. 83 Syberberg hat dann zu Inge gesagt, wenn er zu Syberberg eingeladen worden wäre, würde er auch ohne Zögern hingegangen sein.
02. 05. 85 Ich bin natürlich nicht hingegangen.
16. 07. 85 Ich sagte oder erfand, daß ich sagte: Ich lasse mich nur von mir selber einladen, und dann komme ich pünktlich.
17. 07. 85 Ja. Ich rede mit mir selbst in dieser Schleife, Schlaufe, liegenden, ruhenden Schleife, Schlinge: Ich bin immer lieber allein mit diesem Buch und mit meiner Hand und mit dem Stift in ihr. So ist es.
Draußen rasen sie zu ihren Zielen. Stadtlärm. Stille. Meine Inge. Manchmal ist sie ganz weit weg. Alle. In den Filmen sehe ich nichts lieber als sterbende Menschen. Ich sterbe so gerne mit ihnen, das ist es. Dieses »Sein« lassen. Diesen Satz gebe ich dem Schuler ins Duett im Versammlungsraum. Den Text werde ich morgen in Wien lesen. So:

Wenn du stirbst, Schuler, wie einer, der
Du nur zuschaust, also gar nicht,
dann laß es sein. Komm bitte her:
das Sein zu lassen im Gedicht.

Es paßt wahrscheinlich gar nicht in dieses Duett (BT).

2. Mai 1983, München

Der Hüftgürtel der Marylin. Ihr ungemeines Dreieck. Heute mit Michael Krüger im Verlag das V. Buch durchgesehen. Sein Seufzer. Seine Langmut. Seine Genauigkeit. Da werden mir unbekannte Wörter zugeordnet. Dem Paul seine Sprache. Wer bis zur achthundertsten Seite gekommen ist, der begreift auch das noch – so Michel. Doch im Augenblick meine Verstörung; da ich größtenteils außerhalb meiner Sprache leben muß, also nur selten begreife. Ihr Bauch. Der Monroe. Die Arbeit. Das Sacrificium. Ratschläge. Michels blödelnde Werbesprüche wie: »Wo die Richtigen aus dem Häuschen kommen«. »Jetzt liegt alles in Gottes Hand«, sagt er sanft, aber lacht natürlich. Sein großer Glaube – sein Unglaube: gleichgroß. Die Waage Krüger. Mein schweres Herz. Sein geistiges Gewicht. Wie der Mensch leicht werden kann. Wie der Paul lastet. Der Paul, der nicht arbeiten kann. Der Ekstatiker, dem die Kommas rutschen. Da steht der Lektor für. Der ekstatische Desnos Michael Krüger im Dienst an Wühr. Eine gute Sache bis zur Zerreißprobe. Aber das wird nicht gehört. Die Kämme, die nach uns kommen, den geordneten Dschungel noch einmal durchfahrend. Also doch. Wie gut. Wie so gar nicht verloren ich das geben kann. Mir bleibt mein Werk. Es war ein Abschied. Ich habe das gespürt. Ein Buch ist Vergangenheit, noch ehe es, wie bei mir, in Leinen auftritt. Im Schuber. Die nackte Marylin Monroe. Ihre ungemeine Veröffentlichung des Dreiecks. Dort ist dieser Riß; als Parallele hat er ein Loch. Die Lust will tiefe Ewigkeit.

2. Mai 1985, München

Schnee. Immer noch Arbeit am Dadd-Strang. Unruhige Nächte. Agonale Beschwerden – im Doppelsinn. Vor Peter von Becker muß ich beim nächsten Treffen mein Urteil über den größten Teil von Botho Strauß' Werk widerrufen. Habe gesten den »Park« gelesen. Außerordentlich. Freilich litt ich unter der mythologischen Parallelaktion: Titania und Oberon. Aber solche Duplizitäten gab es immer schon. Die Themen sprechen sich in der Schreib- und Leserwelt schnell herum. Ich kam auf die zwei durch Richard Dadd und Sisi. Auf Sisi kam ich wahrscheinlich durch Schuler. Auf Schuler? Nein, so ist es: Auf Schuler kam ich durch Sisi (Matthes &

Seitz). Vor Tagen erzählte mir Inge, Elmar Zorn wolle mit Alexander Kluge einen Sisi-Film machen. Vor Wochen erhielt ich eine Einladung von der Basis-Buchhandlung zu einem Vortrag über die ›Schwabinger Bohème‹ und erfuhr, daß es sich in der Hauptsache um Schuler handelte. So ist das, ich leide immer wieder, sei Dank, immer nur kurz darunter.
Hier aus dieser Wohnung im 5. Stock muß ich heraus. Die Abgeschlossenheit macht mich krank. Bei einem Sauna-Besuch vor einigen Tagen wurde ich hysterisch. Flucht.
Vor Bielefeld fürchte ich mich, diese vielen Begegnungen, wobei es Erinnerungen an Verletzungen gibt und geben wird. Danach Marbach zum Jubiläum des S. Fischer Verlags. Schon jetzt Angst vorm Umgang mit Menschen. So sieht es aus.
Das Appartement im 3. Stock in der Wörthstr. 7 sieht gut aus, aber wird man dort arbeiten können? Und Gisela Pfeiffer? Wird sie mich in Unruhe lassen? Oder ungenau verkehrt? Ach die Zigeunerin. – Mit Inge besprach ich die gemeinsame Arbeit an dieser Schleife in den Wochen des Ausbaus in Passignano.
Gestern nacht das Vorhaben: Gedichte wie wirkliche Wortbrüche zu schreiben, gegen die Syntax wie immer, ja, aber auch gegen jede andere Regel, auch gegen Orthographie.

21. 04. 86 Von wegen in den Wochen des Ausbaus in Passignano! Heute bin ich klüger. »Le Pierle«. Wann werde ich mein erstes Glas auf – ich betone »auf« meiner ersten – »meiner« – heben? Sehr schwierig, dieses Leben im Besitz. Kaum auszudrücken.

2. Mai 1986, München

Mit Christine Linder zu ihrer Ausstellung nach Wasserburg. Außergewöhnlich gute Kombination mit Holzplastiken von Rudolf Wachter, die ganz einfach überzeugen. Und Christine? Unbegreiflich, daß sie übersehen wird. Da hängt kein mittelmäßiges Bild. Ich maße mir nicht zu (wie ein gewisser Rilke), lyrisch darüber zu quatschen. Ich verstehe zuwenig.
Dann in Tittmoning. Auf der Burg. Michael Langer und Maren, die Tochter von Christine, sind fröhlich dabei – eine stilvolle Punkerin en miniature.

3. Mai 1982, München

Volker Hoffmann war wieder hier. Wir sprachen über die Wanderprediger, die Mündlichen also. – Ich gäbe meinen Figuren ununterbrochen etwas zu fressen. Bekommen sie deshalb im Buch keine warme Mahlzeit?
Interview mit Thomas Schreiber. Ich erklärte ihm den Frevel. Das Schlimme. Die 70er Jahre.
Ich schrieb inzwischen viel. Jetzt bin ich dabei, das Buch zu lesen, mir die notwendigen Ergänzungen zu notieren.
Passignano: Wir kaufen einen Teil des Spiegel-Hauses auf einer Anhöhe über dem Trasimenischen See in Umbrien. Klaus Ulrich Spiegel ist Mitglied der Autorenbuchhandlung und Schatzmeister des Münchner Kunstvereins, bei dem Inge im Vorstand sitzt.
Wir waren auch wieder mal bei Barbara und Jost in Irschenhausen, sturzbesoffen. So erklärte sich die Irenik des FB. Das bleibt also geheim, fürs erste.

15. 06. 85 Kalte Frühlingsnacht. Sonst nichts. Ursula in Wien. Auto kaputt. Alles in Ordnung. Mehr wünsch ich dieser liebsten Sollner Person gar nicht. Bitte, einen Espresso.

21. 04. 86 Dieses Interview. Es war wunderbar, mit Thomas Schreiber zu sprechen, aber er mußte es büßen, daß ich mir in ihm (dem Spiegel) nicht gefiel. Das sollte der Spiegel zerbrechen und wieder zu mir kommen. Die Tür ist auf.

3. Mai 1986, Passignano

Fahrt hierher mit Giovanni Jauß und Susa Netzer, Kunsthistorikerin auf der Veste Coburg. Um 19 Uhr klettert der Citroën auf den Berg. Strahlender Frühling. Dann wieder – allerdings nicht so hart wie beim letzten Mal – eine Enttäuschung. Es ist sehr wenig geschehen.
Unterwegs eine große Freude: Im »Literaturmagazin 17« (Rowohlt) beschreibt Urs Widmer seinen liebsten Dichter, wie der sein müßte; da komme ich vor. Meine Dankbarkeit liest sich lächerlich. Wer das glaubt, versteht nichts vom Literaturbetrieb. Der hat seine

Stars, die immer genannt werden. Ob gelobt oder verworfen: täglich gibt es in der SZ einen Achternbusch. Wenn z. B. sein »Gespenst« in der Schweiz freigegeben wird, so ist das eine Meldung wert: keine kleine, das kommt groß aufgemacht daher. Neidhammel, denkt jetzt mancher. Zugegeben. Kauf dir einen Journalisten, Paul. Da sitzt einer und für den besteht die Literatur nur aus diesem Filmer (der ein wunderbarer Schreiber ist und deshalb eingesperrt gehört in seine Stube). Ach, was. Bald lese ich die SZ nicht mehr.

4. Mai 1983, München

Meine halben Hunde im FB. Also nichts Ganzes. Das ist in Fortsetzung von Diogenes Laertius nur ein Witz, freilich aus meinem Falschen gewachsen. Das richtet sich gegen die vollkommenen Hunde: und sie wachsen heran. Und sie werden richtige Hunde werden. Und so werden sie zu den richtigen Menschen passen und sich anpassen; sie werden an ihrer Leine laufen. Das Halbe als Subversion.

04. 05. 85 Demi-Hunde.

15. 06. 85 Ich kann nicht weiterschreiben. Dieses in diesem Buch Weiterschreiben ist eine Gefahr für mich. Ich möchte.

05. 09. 85 Ja, immer gibt es das schlechte Gewissen, wenn der Stift über das Blatt läuft. In diesem Buch besonders. Kein Ausweis. Kein Dichter. Kein Philosoph. Kein Polizist. Kein, was noch? Nur so. Und doch nicht nur. Ich schreibe hier im Leben einmal frei. Soeben habe ich dem Sancho zugeprostet, der sich auf meinem Bett putzt. Von ihm habe ich noch nichts gelernt. Also zuerst muß die linke Hand befeuchtet werden mit der Zunge, um sie dann von hinten links über das Gesicht zu wischen. – Morgen kommt Ulrich Sonnemann. Und jetzt denke ich auch an Sibylle. Unser Reinfall. Was mir nichts ausmacht. Und sie kanns ertragen. Unsere Liebe ist so jenseitig wie Papier oder so papieren wie das Jenseits. Jede Wendung ist zu begrüßen von Sibylle und mir.

So schrieb ich noch kein Buch. Ich muß wieder zurück in die Strenge.

Jetzt sehe ich mich sitzen in einem Ratskeller in Melsungen mitten in Franken mit Inge. Wir trinken und reden. Vorher sind wir an der Fulda spazierengegangen. Alles Leben habe ich mit Inge geteilt. Alles zweite Leben. Vom ersten weiß ich nichts mehr. Nur diese Wallfahrt nach Maria-Eich und meine zwei Kleinen. Und wie ich dastand: der Adorant, unentschieden zwischen Kerzen und Kerzen. Wie schön das war unter diesen nie und niemals stolzen Menschen, die alle zu dem Jesus zogen und zu seiner Mutter Maria, weil wir sie alle nicht achteten.

Herr Schöning vom WDR, Sie mit der schönen Frau, selber das, was man einen schönen Menschen nennt: das werden Sie – mein lieber Freund – nie verstehen. Das müssen Sie auch nicht. Sie dürfen so leben, wie Sie es tun.

4. Mai 1985, München

Am Vormittag mit Titania und Oberon unterwegs, ein ganzes Kapitel Licht, Lust, Buffo. Dann Niedergeschlagenheit. Ich hatte versprochen, Inge den ganzen Dadd-Strang bis Rezia Sittuls Bettniederlage in Broadmoor, Luitpoldpark, vorzulesen. Angst. Alle Bedenken der vergangenen Zeit. Dann, ohne Alkohol: Ich fing einfach an und las von 15 bis 19.30 Uhr. Solange hörte, horchte meine geliebte Inge. Ich glaube, ihrem Denken entging nichts – das wenige war noch nicht geschrieben. Bestimmt beschreibe ich oder kann ich nicht beschreiben: einen der schönsten Tage meines Lebens. Inge sitzt da, hört zu, ich lese. Sie gerät außer sich. Sie weint. Das schönste Geschenk. Ich werde sicherer. Die Schatten treten zurück. Es ist bestimmt heller. Das muß so sein. Ich schreibe das auch in der Mitte (in etwa) meiner Schleife. Der falsche Gott, jetzt von Gegenmünchen her ins Talion gestiegen und aufgeblüht: ihn begriff sie sofort. Ich bin wenige Zeilen ganz stolz. Ich weiß auch, woran ich noch arbeiten werde. Ich kann nie mehr nachgeben. Das ist, was mir von allen Jahren bleibt. Diese Aufsicht in der Poesie, so schrecklich das auch klingen mag. Wie ein schlechter Lehrer auch so sagt, da darf mir nichts vorkommen. So sagt der gute Poet: Es soll alles vorkommen dürfen. Alles, so sagt ein guter Lehrer und ein schlechter Poet. Das will ich beides auch sein. So ist das, wenn einer mit sich selber redet ohne Personal, nicht im dienenden Sinn oder wenn, dann schon Liebe. Wie schlimm die Sprache ist; man wird immer mehr schreiben müssen, je weniger von ihr bleibt.
Dieser 4. Mai 85 – 4. 5. 85 (12+10=22) + ein Tag dazugezählt = 23, wie dem hebräischen Alphabet von 22 Buchstaben einen dazugezählt: dann kann Gott geschrieben werden. Wir sind nicht einmal in den Anfängen reich in den Ausmaßen der Überwelt. Und es ist doch zum Staunen: diese Addition der Gedanken unserer Gehirne. Ich breche jetzt auch nicht zusammen. Keine Demut. Aber auch

keine Gedichte zur Zeit. Zu Volker: das geht zu leicht. Für wen zu schwer? Aber das macht keinen Unterschied.

29. 11. 85 Als wir hinwieder am Schicksal gingen, da war uns, als ginge ein Wind.

Die Wörter sind dazu da, um dem unlieben Gott zu sagen, wie es uns geht.

Es gibt Klavierspiele. Ich werde ein Sinn-Spiel.

Jemand werden müssen. Kaiser ist nicht mein Kritiker. Ich ehre ihn. Ich liebe ihn nicht.

Hier ist kein Film zu sehen. Hier ist das Wort. Das Wort ist nicht im Sehen, geschweige denn im Fernen. Das Wort ist so still wie es diese Stille bricht. Aber schon das ist zu billig. Das Wort ist das Wort. Da bleibt nichts. Hört vorher nichts und nachher nichts. Hört nichts. Das wurde alles nicht gesendet. Ja. Mein Gott. Kein hoher Ton. Sei still.

Dieses Buch ist nichts für Geschwätz. Aber auch kein Kolben für Essenz.

Inge fragte mich, ob ich die Leute, ihre Sprache hier brauche. Sie denkt an Italien. Ich höre wenig von außen. Ich rede schon lange in mir. Das war ja schon einige Male nicht schlimm. Nietzsche.

Soeben sagte ich zu Sancho: »Zu Inge habe ich keinerlei menschliche Bezüge.« Woran das wohl liegt? Wer ist schuld?

Ich habe wieder versucht, Diana anzurufen. Vergeblich. Ich bin darüber nicht unglücklich. Sie ist Diana. Da gibt es das eine nicht und das andere nicht.

Das Glück ist eine Kugel, die in der Scheibe zugrunde scherbt. Man kann nur alles haben.

Ich bin aus lauter Natur am längsten wach. Jetzt zum Beispiel ist es schon 0.40 Uhr. Im Volksmund noch keine Zeit. Aber kann ich sprechen? Nein. Die Deutschen schlafen. Auch an den Samstagen. Sie krümmen sich vor dem Schlaf wie vor dem Kurfürsten. Ich mag sie nicht. Ob die Italiener besser werden? Die erste Enttäuschung überbietet kein Süden. Besseres Essen, vielleicht.

15. 07. 85 Ja. Heute ist es ebenso. Ich liebe Dich, Paul.
21. 09. 85 Ganz schlimmer Schwachsinn. Das kann niemand abwarten, bis ich einen Italiener anrufen kann.
09. 05. 86 Wie bitte? Ich muß eine Flasche holen, um das zu verstehen, freilich erst nach ihrer Heimlöschung.

4. Mai 1986, Passignano

Rundfahrt durch Umbrien mit Giovanni und Susa Netzer. Erste Station: Spello. Anfiteatro, wenig zu sehen, eingezäunt. Aber die Villa Fidelia läßt uns ein. Spaziergang im Park. Tiefer, beinahe roter Oker. Steigende Fassaden. Wahrscheinlich die schönsten Zypressen Italiens. Alles verweist nach oben, nicht etwa in ein Jenseits, sondern ausschließlich im Dienst der Großartigkeit. Nach Foligno der Tempietto del Clitunno an der Via Flaminia. Leider kamen wir zur Unzeit. Geschlossen. Wir erinnern uns an Glanum in der Provence.
Unterwegs die Wallfahrtskirche Madonna della Stella. Dann Bevagna. Von den drei Kirchen kennen wir zwei aus dem Volkshochschulunterricht über Umbrien. In der – in unseren Augen – bedeutendsten steigen die Räume zweimal an, dabei werden die Säulen kleiner. Mich wundert, daß hier nichts fortgesetzt wurde oder kenne ich diese Fortsetzungen nicht?
War es in Foligno oder in Bevagna, wo wir am Hauptplatz das Verlagshaus entdeckten, in dem die »Göttliche Komödie« zum ersten Mal gedruckt wurde?

5. Mai 1978, München

Drausgekommen – auch Dyonismus. Die Rede antwortet, redet zurück. Es gibt schon eine Passage.

21. 09. 85 Ich komme jetzt so selten draus. Das ist es. Ich sitze im Text. Ich muß ein Gedächtnis bekommen haben. Das klingt alles sehr schlimm. Und ich werde das ändern.

21. 04. 86 Das Glück scheint die Kugel in die Scheibe. Die Scheibe ist ein Wort und der Stellvertreter des Glücks. Ich komme zur Audienz und neige mein Haupt, um den Fuß der Scheibe zu küssen. Und so weiter im theologischen Unsinn, bis wir nicht mehr wissen, wie das Licht sich in der Nacht unterscheidet.

5. Mai 1979, München

Beinbruch. Mit dem Notarztwagen ins Schwabinger Krankenhaus.

01. 07. 83 Inge hatte eine Privatvorführung von Stenzels Film »Sufferloh« arrangiert für Jörg Drews und Gottfried Knapp. Jürgen Claus war dabei und die Hufnagels, von Karl Günther stammte das Drehbuch. Den Kritikern gefiel der Film nicht. Nach dem Mittagessen am St.-Anna-Platz bei uns. Rosemarie, was ist sie für eine Person, die mir sofort das Bein stellte, damit ich in ein dreijähriges Drama stürzte?

6. Mai 1985, München

Reagan und Kohl in Hambach: Sicherheit in Freiheit. – Siebenpfeifer weint. Ich auch. Ich schreibe das nur, weil es nicht das Falsche ist: was geschieht. Mein Falsches und Siebenpfeifers Richtiges haben sich wahrscheinlich angenähert. Das ist jedenfalls meine Hoffnung.
Inge gab mir vor ein paar Tagen ein schwarzes Buch, einen Blindband, in dem schon viele Notizen aus dem Jahr 1971, aufgeschrieben in Glion, sind. Ganz nahe. Es sind immer andere Aspekte, aber es ist immer das eine Thema. Ich bedanke mich bei meinem Geist. Ich glaube eben nicht, daß es sich nur um mein Interesse handelt. Bruno würde mir recht geben.
Heute schrieb ich zehn Stunden an der Verbesserung der Zwischenschau (wie Sisi sagt) Schulers. Das ist nicht fertig. Das könnte auch ein Buch werden. Aber dafür gibt es keine Zeit.
Sancho ist böse. Inge ist bei der Frau von Muschg. Ich denke wieder an Ludwig Fels und seine Frau und bin traurig. Das war wirklich eine junge Freundschaft, und Renate hat sie zerstört. Sie sollte das gutmachen. Ich werde sie fragen. Ich hatte die beiden sehr lieb. Auch Inge. Warum ist das so schwierig? Frage dich selber.
Ich bin schon froh, daß die Namen der beiden hier stehen.
Diese Schleife schmerzt auch. Wenn ich plötzlich Einträge lese aus dem Jahre 78. – Da war ich noch 50 Jahre. Diese Schleife gibt Ruhe wie Unruhe. Sie unterscheidet sich nicht von allem, was es hier gibt, das alles auch – wenn man wie ich jetzt auf Trauer eingestellt sein will – traurig ist. Solche entsetzlichen Sätze kann man mit dieser Sprache machen. Ich mache sie. Es ist dieses Stück von einer Blamage; das mich interessierte. Von Engeln haben wir nichts. Und da reden manche von Göttern. Im Dreck.
Vor sechs Jahren brach mir dieses Weib mutwillig das Bein.

6. Mai 1986, München

Zuerst blieben wir eine Stunde in Florenz, dann acht Stunden in Bologna. Wieder diese Großartigkeit, fast alle Straßen der Innenstadt begrenzt von Arkaden. Ora di punta. Lärm, beinahe unerträglich. Dreck. Schwarzhaarige Kinder der Emilia: sehr feine Gesichter. Auf der Piazza Maggiore mit dem Duomo hören viele Passanten einem Wahnsinnigen zu. Spricht er von der Radioaktivität? Böen. Kalte Windstöße. Ich bin ziemlich deprimiert, vermute eine Erkältung. Aber dann trinken wir in zwei Bars je zwei Fernet Branca, und es wird uns wohler. Wir essen oben im Ristorante des Bahnhofs – übrigens sehr gut – bis wir endlich abfahren können. Es wurde eine anstrengende heißkalte Nacht.

7. Mai 1978, München

Ich habe wieder einmal die »Rede« beendet. Peter Faist meinte: »Ich gewinne keine Oberbegriffe, wenn ich dieses Gedicht höre.«

17. 08. 85 Peter Faist, mein langjähriger Freund. Aber wenn man ihn verliert, was dann? Über ihn wäre ganz wenig viel zu sagen.

21. 04. 86 Neuerdings ist er Maler. Aber er wird. – Aber wir alle werden. Was?

8. Mai 1980, München

Gespräch mit Klaus Voswinckel. Der Aktionalismus übersetzte den Surrealismus ins Soziale, ins Politische. Wir: Einübung in eine Verwandlung. Exerzitien. Einübung auf ein neues Verhalten. Übungsfeld = Poesie.
Ich finde hoffentlich den Übergang in das »Falsche Buch«, in dem es sich ja auch um eine, vielleicht sogar lustige, vielleicht sogar heitere Einübung in das Falsche handeln wird: auf den Balance-Akt des Lebens in einer verdammt richtigen Welt.

12. 05. 83 Esther Aimée Stella ist angekommen. Ich schrieb: Ich will auf diesem Blatt Esther Aimée Stella begrüßen in einer Welt, deren Erde wieder blüht. Zur Vervielfältigung ihrer selbst und der Blumen, der Vögel und der Fische ist dieses Mädchen gekommen. Wie gut.

8. Mai 1984, München

Also gut: Ich war wieder in Bielefeld. Ich las. Wurde Deutscher Meister. Sonst hatte ich nicht viel Glück. Viele wichen aus. Heißenbüttel war nicht da. Mon beschimpfte mich. Annäherung: Ingold. Timm Ulrichs verfluchte ich. Udo Dieckmann kam dazu. Hartmut Geerken quälte mich während der Heimfahrt mit der Aufzählung meiner Schandtaten. Ich bin fertig. Unglück. Wie sagt man: immer wieder vergesse ich mich.

21. 09. 85 Wie habe ich mich angestellt bei Luckel in Sulzbach um herauszubekommen, was besser ist: Deutscher Meister oder Pokalsieger.

8. Mai 1985, München

Vor neun Jahren starb Ulrike Meinhof.

16. 05. 85 Der Nachruf von Klaus Wagenbach. Es gibt immer wieder Heilige, vor denen die Dichter scheuen, auswei-

chen. Die haben nicht vor, als Zeugen sich selbst hinzugeben. Die liegen auf ihrem DIN-A-4. Diese Frau ist groß. Was kann man tun, um die falsche Legendenbildung zu verhindern? Ich muß in Italien einmal mit Klaus Wagenbach darüber sprechen. Für mich ist Ulrike wie Jeanne. Insofern – im wirklichen Wortsinn – hat mich auch der Gott verändert. Warum gesteht man ihm aber das nicht zu? Wenn doch Ulrike das bewirkte, verdammt? Für die Rationalisten bleibt das Geheimnis immer unzugänglich: die Zulassung der Freiheit des Willens. Sie denken sich immer nur einen Gott, der so vernünftig ist wie sie selbst.
Ich glaube, daß man immer wieder vergißt oder noch nie im Bewußtsein hell wurde: dieser Gott gehört dazu, zu uns. Ob er sich uns gedacht hat oder wir uns ihn, ist. Er ist. Wir sind. Solange wir sind, ist er vielleicht nicht. Oder wir sind vielleicht nicht solange wie er ist. Der gehört dazu wie Hans Kasper, wie die Grete. Vielleicht ist er der Vorhang, weil man ihn selber nie sieht. Aber dann kann man ihn ziehen. Man kann ihn auch fallen lassen. Man kann ihn sogar lieben wie ich.

21. 09. 85 Auch der Zusammenhang mit der »Gaunerwirtschaft«. Wir haben alle kein Gedächtnis (siehe Helmut Reinicke).

9. Mai 1979, München (Schwabinger Krankenhaus)

Die Vorstellung vom FB: Immer neues Gekröse, Wirbel, Spiralen aus dem Stoff heraus. Überraschungen müssen den dichten Stoff zum Schweben bringen. Wechsel der Themen, der Ebenen, wie in einem Gedicht. Dadurch: die wirklichen Einblicke, die nicht aussprechbaren Aussagen.
Meine Poesie wird dauernd vom Seil her, aus allen Fenstern verlacht, ausgepfiffen, bespien.
Die Wir-Instanz wird aufgegeben; ich weiß noch nicht, wann und wo. Zum FB gehören solche Fehlpässe, auch größere, durch das ganze Buch führende.
Herstellung eines ganzen Hexenkessels von Beziehungen.
Nietzsches Perspektivismus ist »richtig falsch«. Damit hat mein Falsches nichts zu tun.
Selbstreflexion (geforderte) der Wissenschaft bei Habermas; meine siedende Urmaterie soll eine verspielte Wissenschaft – im doppelten Wortsinn – werden.
Falsches Bewußtsein = Ideologie. Hier wird klar, daß mein »F« nicht verstanden werden kann ohne den Kontext (FB und GM usw.).

21. 04. 86 Michael Langer arbeitete über die Wir-Instanz. Ob er es durchhält, ist mir nicht gedächtig.
Heute wurde Attila Hörbiger 90 Jahre alt. Und die Wessely ist seine Frau: Die großen Burgtheater-Klammern, die unsere bewegten Zeiten zusammenhalten. Solche Scherze mag ich sonst nicht. Aber das ist schön von einem Quasi-Gott, in aller Ungläubigkeit: dieses Paar. Oder.

9. Mai 1986, München

Viele Geburten mit dem Tod als der letzten. Das ist das Werk. Einen Esel als Verstand, weil man sonst ans Ziel kommt und zu schnell. Das Werk ist nie Ziel. Schöner Mai heute: Die Geisterstunde verwandle ich in eine Geiststunde (Soundseeing). Das Alberne ausgetrieben. Die Hände greifen im Werk. Viele. Die halten

zusammen. Wie heißt das: Strebe? Ad astra? Strebe auseinander. So ist das. Wer versteht das schon? Es muß alles immer mit Ungeduld zusammengehalten werden. Nicht etwa muß einer sich selber zusammenhalten, wie dieser Rilke. Dieser Rainer Maria. Dieser Anbeter von Familienvätern wie Tolstoj und Rodin. Aber mit einer Frau und mit Kindern kann der Rainerle ja nicht dichten. Da macht er sich in die Tischdecke. Seine Solidarität mit der rechten Hand und der linkischen Baronesse. Der Malte, der große, sollte sich aber hüten, auf Rilke herabzusehen. Immerhin. Also. Und wer so übel schlägt wie ich, sollte sich nicht mehr suchen, wenn er von der Herde abkommt.
Erinnerung an Bologna, die Stadt von Lea Ritter-Santini und natürlich auch die des Professore Ritter – der so schmerzensreich sprach unter dem Ventoux von seinen krebskranken Kindern in Münster. Das vergesse ich nie. Die Ärzte, die Lehrer – sie arbeiten drinnen. Die Poeten daneben. Nebensache. Aber auch Nebenmensch – mit Verlaub.
Ich grüße hier einfach wieder einmal meinen Jörg. Den umfassenden Drews.
Was für ein dämlicher Literaturstreit zwischen Reinicke und Hastke oder zwischen Fuchs und Vogel. So meint Philemon. Seine Baucis bedenkt das. Und sie weiß es besser.
Die schiefen Türme von Bologna. Das Karussell im Park mit Maschinengewehr-Geknatter. Kein Lied. Der Zauber. Der Boden verseucht. Der Krieg der Kinder über einer verdorbenen Erde. Und keine Mutter, die dieses üble Rondo stoppt. Utrillo wußte es: sie sind dumm, die Mütter. Eine geworden zu sein ist gescheit. Eine zu bleiben, verlangt die höchste Weisheit.
Schöner Tag, dieser 9., liebe Barbara König. Immer wieder denke ich an Deinen »Schönen 13.« und an vieles Gutes. Bei Hansl fällt mir Naturburschen immer die Kresse ein, die er unterwegs bei Diessen aus einem Bächlein holte. Ich wußte gar nicht, daß so etwas schmeckt, geschweige denn, daß es sowas gibt.
Der Mann mit dem hochgestellten Kragen in der Bar neben dem Telegraphenamt in Bologna: wie er das Geld seiner Partnerin nachzählt. Inge glaubt, eine Nutte zu beobachten, deren Lou mit ihr abrechnet, und ich sehe die Nutte später Autos einweisen, auf dem Parkplatz, den ihr Lou gepachtet hat.
Dann sitzen wir im Restaurant und essen und reden, wie wir

geredet und gegessen haben in Nîmes, in Valencia, in Barcelona, in Köln, in Godesberg, in Dublin, in London, in Stratford, in Aix, in Marseilles, in Jerusalem, auf Djerba, in Sesenheim, in Straßburg und in Bielefeld und was vergaß ich. Über die Poesie haben wir gegessen und viele Leckerbissen geredet. Zuletzt im »Bamberger Haus«, als Christoph, unser Schlo, im Sarg lag. Das war ein schlimmer Brauch, zu essen und zu trinken ohne den Freund, dessen Reich und Reichtum uns nur ganz ein wenig getrennt hat von seinem lieben Wesen.

Dabei fällt mir ein: Susa wollte nicht wahrhaben, daß Fairness den Sieger nur noch und um das im Totalen sich vollendende Ausmaß über den Verlierer erhöht, während der unfaire Sieger dem Verlierer die Ehre läßt, den Rest, den der Sieg läßt, total zu erleiden: das Nichts. Was für eine Größe! Was für ein Mitleid. Die meisten neuen Gedanken stinken.

10. Mai 1979, München (Schwabinger Krankenhaus)

Jetzt liege ich hier in Gips.

04. 05. 84 Ich hatte viel Besuch: Günther Hufnagel kam mit einer Bierflasche. Vor Rosemarie Stenzel fühlte ich mich sicher, da ich am Zug hing. Ursula Haas, die ich das erste Mal bei einer Lesung in Aubing (Ausstellungseröffnung von Christine Linder) getroffen hatte. Auch ihr Mann Werner Haas besuchte mich und erkannte sofort als Chirurg, daß mir in dem Schwabinger Krankenhaus nicht geholfen würde. Ihm habe ich es zu verdanken, daß ich heute wieder laufen kann, was ich selten unter Beweis bewege. Fee von Eicke illustrierte einen kindlichen Lebensweg. Mona Stiegele und Hansjörg Schmitthenner amüsierten sich sehr über meinen balletösen Unfall. Jürgen Geers begutachtete die Bruchlandung seines ehemaligen Freundes. Gemeinsame Erinnerung an frühere Exzesse und anschließende Behandlungen auf der Notstation dieses Krankenhauses.
Ich las auch viel: E. T. A. Hoffmann-Biographie von Klaus Günzel, Bernt Engelmann »Preußen«, Duerr »Traumzeit« und den »Schlemihl« (hat Chamisso die Sonne im Zenit vergessen?).

12. 04. 85 Hier liegt nun die Einladung zu ›Hellas Philomas‹ in der Schleißheimer Straße. Rosemarie Stenzel wird auch anwesend sein.

12. Mai 1978, München

Ingomar von Kieseritzky war hier. Er forderte mich zum Inzest auf.

26. 04. 83 Ich erzählte das meiner Tochter Konstanze. Haben wir darüber gelacht? Ich erinnere mich nicht. – Der behende Poet ist selber lustig.

16. 05. 85 Das war nie dringend am wirklichen Menschen: der mußte mir nicht immer gleich oder überhaupt seine Geheimnisse zeigen. Diese bedurften für mich immer – wenn überhaupt – aus dem Privaten eine Übersetzung ins Anonyme und wieder zurück, bis sie Lust auslösten: also eine ganz für mich allein, was an sich schon so schön wie sonst was Gräßliches ist.
Meine Tochter? Wir sind uns so fremd, schon als Mann und als Frau, daß ich Noah begreife, d. h. verstehe.

16. 07. 85 Was wollte ich sagen: Die Durchschrift in diesem Buch ist eine Vor-Schrift der Rede, die im Sterben gesprochen wird. So werde ich – und hier muß ich das als Poesie diffamieren – wenn es soweit ist, mich selber kommentieren in der sogenannten letzten Verrichtung, wenn mich jemand versteht.

12. Mai 1983, München (Himmelfahrtstag)

Jörg Drews wollte, daß ich zum Colloquium nach Bielefeld komme. Ich hatte abgesagt. Dann doch Flug und Bahnfahrt durch den tristen Ruhrpott. Dazu fällt mir nichts ein, nur die Station: Hagen. Die Integrierte Gemeinde meines Bruders ist dort. Ich schaute das vom Abteilfenster aus an.
In der Kunsthalle Bielefeld. Ich sprach mit Thomas Schreiber über das Interview vor Jahr und Tag. Über mein Schweigen. Ich hatte einige Sätze gelesen und dann das Manuskript im Stoß meiner Fassungen vom FB versteckt. Die unerträgliche mündliche Rede. Meine Scham. Thomas verstand. Es war wieder alles gut. Er erzählte von ähnlichen Schwierigkeiten bei Wollschläger. Das half mir aber wenig. Dieser gescheite Mann kann sich doch nicht so

dumm aufführen. Das, was er las, war ihm vielleicht nicht gescheit genug.
Umarmungen. Diffuses Gespräch mit Schuldt. Meine Lesung: Rosas Biographie. Das Stehpult war zu niedrig. Vor mir Oskar Pastior mit seinem Schlafgedicht. Ich kam draus. Die Passage gefiel mir beim Lesen nicht mehr. Hinterher wich man dem Maul Wühr – so nannte mich Schuldt – aus: Ich nehme an, dieser meiner Person nimmt man soviel Dreck und Frechheit nicht ab. So ist das, so wird das bleiben. Ich erübrige mich bei meiner Poesie. Danach sollte ich endlich handeln. Passignano. Der Berg.
In den ›Klosterstuben‹: Konrad Balder Schäuffelen und seine Dame. Meine Übersetzerin ins Französische für TXT: ein überaus schmales Mädchen. Zu zart für mich. Auch zu gescheit. Ihre kaum verleugnete Verlegenheit vor dem Autor der »Rede«. Balder blieb bei der Dame. Wir fuhren zum ›Haus Neuland‹. Dort tranken wir bis zum frühen Morgen im Keller.
Am Samstagmorgen kam ich etwas zu spät zur Lesung: Schuldt, Czernin, Geerken, Thenior, Heißenbüttel. Schuldt: Infantiles Zeug. Ein großer Autor versteckt sich vor seinen Kollegen. Seine Weise, sich nicht zur Diskussion zu stellen, müßte ich verstehen. Thenior lieferte sich allen Mißverständnissen aus, indem er die Schwächen seiner Generation auch noch sprachlich schwach darstellte. Das muß er aber tun. Seine Altersgenossin Krechel ist da von femininerer Art. Wegweisung. Ob ich ihm mit meinen Beiträgen half, weiß ich nicht. Man hält mich wahrscheinlich nicht für einen kritischen Kopf. Immerhin übernahm Helmut Heißenbüttel nach der Mittagspause meine Ansichten in etwa. Das offenbarte aber eher seine Unentschiedenheit in Sachen Colloquium. Der kräftige Thenior mit seiner weichen Figur. Das machte ihm später am Abend noch Spaß.
Daß Helmut Eisendle da war, half mir doch sehr. Wir können ja sagen und zweifeln daran, daß wir uns verstehen. Gisela Dischner, die Romantikerin, stellte geheime Bezüge her und machte diese beliebige Ansammlung von Autoren zur Sekte. Geerkens Texte waren der Anlaß. Er selbst hielt sich heraus, verwischte seine Textzüge ins Beliebige und zeigte darüber einen unbeliebigen Kopf. Aber auffallend ist, wie Heißenbüttel diese Spiele mitmacht. Steht oder sitzt er auf der Scheide zwischen Form und Inhalt? Der Zwielichter wird es schon selber genauer wissen.

Sein eigener Text war dann so unbedingt richtig, daß der Frühling wußte, daß er der Frühling ist. Wittgenstein grüßte. Und: ehrfürchtiges Schweigen. Das Schlimmste, was einem Autor passieren kann. Aufregend unaufregend schreibt er zur Zeit. Aber das ändert sich wieder. Man muß ihn nur ansehen.
A Slapstick Comedy: Paul Wühr verläßt sein Zimmer, nicht ohne zuvor zwei große Schluck Whisky genommen zu haben, merkt, daß er noch einen Kugelschreiber in der Hosentasche stecken hat, holt ihn heraus und versteckt ihn auf der Treppe. Ihn ins Zimmer zurückzubringen: solche Korrekturen sind nicht zulässig. Helmut Heißenbüttel beobachtet diesen Vorgang und wird in die Machenschaft eingeweiht. Nur Heißenbüttel kann sagen, ob er gesehen hat, was Wühr hier beschreibt. Wühr jedenfalls erklärt diese Manipulation, stolpert neben ihm ins Parterre und spricht über den Hang zum Gesamtkunstwerk mit der anschließenden blöden Frage, ob er etwa auch? Es handelt sich um ein großes Buch. Der Dichter Paul Wühr hat soeben ein solches umfangreiches Buch beendet. Helmut Heißenbüttel ist aber beschäftigt, er zieht eine Pelerine an und wird von einem Paul Wühr im Hemd hinaus in den Regen begleitet. Er versteht, daß Heißenbüttel sich Sorgen macht über ein einmal gebrochenes Bein, was auf bayrisch Fuß heißt. Während er noch derlei Sorge über ein inzwischen geheiltes Gebrechen von sich weist, versteht er, daß es sich um sein falsches Buch handelt. Fuß-Buch. Der Dichter Wühr will die falsche Situation erklären und über sein falsches Buch Auskunft erteilen, erfährt aber, daß er falsch am Platz ist, da es sich um den Beginn eines richtigen Spaziergangs handelt, den er, wie er jetzt in Sorge um seine Gesundheit zugibt, wirklich ablehnen muß.
Thenior hat sein schönstes Kapitel abgeschlossen mit: In Ordnung. Ende.
In Unordnung. Ende. So hätte ich resümieren müssen. Oder: sie konnten zusammen nicht kommen. Wasser im Spiel. Nicht Hero und Leander.

Kein Gespräch.
Keine Konferenz.
Kein Bielefeld.

Samstag mittag. Ich wartete auf den Bus, der mich zur Bahn bringen sollte. Da kam Timm Ulrichs und sagte zu Bauer, der auch mitfahren wollte: »Der Wühr, der war gestern gar nicht da!« Dabei

saß ich den ganzen Tag neben ihm und wir verteidigten oft dasselbe oder lehnten dasselbe ab. Aber kurz: Als wir am Bahnhof ankamen, lief ich grußlos aus dem Bus und allein zum Intercity. Timm Ulrichs werde ich nie wieder wahrnehmen. Gott helfe mir dabei. Dann war ich acht Stunden im Jerusalem der vierziger Jahre bei den Terroristen (Collins/Lappiere). Christoph Buggert, der liebe Freund, holte mich in München am Bahnhof ab, und wir sprachen bei Inge über das Leben, das wir ändern müssen. Er muß es. Wie soll er? Mein Jesus.
Meinen Jesus haben sie mir sehr verlacht. Der Schöning ging da fast zu weit. Aber das ist es ja: ich habe verstanden, und es ist schon entschieden. Ich engagiere mich nicht, und ich entscheide mich nicht: es hat mich engagiert, und es wird entschieden. Der Mensch redet nicht. Er hört. Es sind die Ohren, die auf den Wind hoffen. Der Geist.
Ich hoffe auf Gedichte, von Ohren geschrieben. Dem Mund kommt die blöde Liebe dazwischen, und was da die Zunge macht, weiß ein jeder.
Ohren haben nie wehgetan. In meinen wuchert zur Zeit ein Pilz. Wahrscheinlich rede ich zuviel.
Die Ohren schweigen, das Reden verzeihen sie siebenmalsiebzigmal. Die Zunge Jesu ist der Klöppel auf dem Fell des Schweigens. Ich habe mich nie gefragt, was er ist, weil ich es weiß. Die Ohren wissen. Der Paraklet fliegt damit. Das Gesetz der Erhebung ist eine Fußnote zum Flug. Wir sind schon befreit als wir uns erheben. Luther.
Maul Wühr – das hätte der Schuldt gerne, daß ich so hieße. Aber ich würde gerne Ohr Wühr heißen. Oder Ohr Wurm. Das ist aber unbescheiden.
Noch nicht genug?
Dann besuchte ich mit Barbara Keller das Grab meiner Isabel. Und was ich nicht wußte: von da aus konnte man fast in die Küche schauen, wo der Oberstaatsanwalt seine Steaks grillt. Weßling ist so eng wie die Wahrheit in der Theologie. Das sind aber nicht die Gedanken über dem Erdhügel gewesen, vor dem ich stand auf einem Friedhof, der von der S-Bahn planmäßig erschüttert wird. Wir leben unerschüttert. Das mußte ich denken. Mit dieser schönen Freundin meiner einmal Allerliebsten saß ich dann sehr lange in der Elisabethstraße beisammen. Sie sollte erleben, wie

ich mich vergessen kann. Ich erfreute mich daran, daß sie sich nicht vergaß.
Was Michel nie verstehen wird, diese Phrase: ich bin drausgekommen. Die Sätze sind drausgekommen. Meine Augen. Meine Ohren noch nie. Ein Tabor-Tag. Wenn ich mich berühre, dann meinen Sinn. Sein Geheimnis berühre ich an dir (zu wem gesagt?). Vor der Glotze: Mit Inge am Roten Meer. Nur mit ihr wollte ich da am Ufer stehen. Shalom.

17. 07. 85 Die Frau, die meine Texte ins Französische übersetzte, heißt Renate Kühn.
In meinen Ohren wuchert kein Pilz. Es ist eine Flechte. So wollte ich doch auch dieses Buch nennen. Für den Leser: Die Flechte ist nicht ansteckend und nicht unbedingt erblich.

21. 09. 85 Ja, wo ist Gisela Dischner geblieben? Ich habe ihr gern zugehört. Ich las sie begeistert, diese gescheite Autorin. Vielleicht weiß Ulrich Sonnemann, wo sie arbeitet. Ihr Mann, Chris Bezzel, bringt sie ja nicht mehr mit, oder – was der Wahrheit näher sein dürfte: da er sie begleitet – kommt sie nicht mehr nach Bielefeld.

09. 05. 86 Wie hart denken wir voneinander. Aber lassen wir es gut sein. Aber lassen wir es nicht geschrieben stehen. Chris ist charmant und gelehrt und sehr kühn. Und eben ganz anders. Sein einziger Fehler? Ja.

23. 06. 86 Das ist sicher unverschämt, und ich bitte um Entschuldigung. Frau Dischner weiß so viel, was ich nicht mehr erfassen kann; vor allem über den zurückflutenden Historizismus, die Romantik, die mißverstandene (wie sie zu Recht denkt). Ulrich Sonnemann hört da ganz genau zu. Ich richte meine Ohren in seine Signalrichtung. Diese wunderbare Frau hob ein ganzes Nest von kulturellen Hornissen aus. Ich warte nicht ab bis ich sie wiedersehe, sondern lese schon vorher Schelling, Bergson. Was würden Sie mir raten?

14. Mai 1978, München

Ich sitze das erste Mal am Schreibtisch in meinem kleinen Zimmer.

26. 04. 83 Wie konnte ich es so viele Jahre in diesem Cockpit aushalten? Auch als ich später einen Ventilator einbauen ließ, half das wenig gegen meine Rauchentwicklung. Bald schrieb ich mit einer Mütze wegen der Zugluft. Ohrenschmerzen. Im Dachfenster: der Münchner Himmel.

16. 05. 85 Und jetzt muß ich Jost Herbig überzeugen, daß er leben kann. Ich muß das. Es muß mir gelingen. Er trinkt gerne. Das ist der Anfang. Man darf nicht mit diesen richtigen Askese-Modellen kommen.

09. 05. 86 Askese ist Freude, ist der andere Genuß, von dem man nicht genug bekommen kann. Lust will tiefe Ewigkeit. Verzicht ist Undank. Ich kann nichts dafür, wenn es dumme Worte sind. Oder sollte ich auch auf dumme Worte verzichten? In Askese? Das führte zu weit. Mir ist die Dummheit recht. – Wenn ich so weiterschreibe, bin ich bald ein Imam der Falschen.

23. 05. 86 Und würdest Du mich, Jost, als Imam der Falschen empfangen? Deine Barbara, die ich nach Dir zuerst liebte, auch? Und die Toten? Der Alos? Mir leckt er im Leben die Hand, immer gegenwärtig: der wunderbare Hund in meinem Sein (muß ich schreiben, deshalb). Ich lerne gerade krumm die Gelassenheit. Aber das war sie noch nicht.

14. Mai 1979, München (Schwabinger Krankenhaus)

Ich werde eines Tages wie E. T. A. Hoffmann aus einem Erkerfenster auf meinen Platz sehen. Das wird in meinem Buch Realitätsflecken geben, sehr genaue, wie auf einem Stich festgehaltene.
Die Gesamtvorstellung vom FB: ein Konglomerat, im Detail ganz genau figuriert, wie dieses Gekröse der Wirklichkeit, das so ordentliche, durchaus präzise Züge an sich hat. Unterschied zur Wirklichkeit: im FB herrscht außerordentliche Freiheit.

Antwort auf den Vorwurf: Ihr wollt euch nicht verstricken, ihr wollt nicht leiden: Wir befinden uns nie in einer richtigen Verfassung, in einer eindeutigen Haltung, weshalb wir uns nirgendwo, auch nicht in uns selber bequem einrichten können; es gibt bei uns deshalb auch keine Bürokratie. Wir sind das Gegenteil Immobiler. Vor jeder Tat sind wir schon tätig. Das Richtige bringt Leid; es muß sich deshalb auch rechtfertigen. Das Falsche kennt die gewaltsamen Freuden nicht, die Leiden bringen und einen selbst leiden lassen. Unsinniges an Sinnvolles hängen.

16. 06. 85 Heidi Fenzl-Schwab: Im FB gibt es ein großes Herz.
21. 09. 85 Immerhin. Das Erkerfenster war E. T. A.s letzte Arbeit. Aufgepaßt, Paul.

14. Mai 1983, München (vormittags)

Im Fernsehen Prof. Dr. Bruckmann im Gespräch mit Robert Jungk. Sehr beeindruckend, ganz und gar übernehmbar. Wenn sich mir das Gehirn umdrehte, so deshalb: Ich bin der Autor des FB. Die peinlichen und peinigenden Strategeme fallen mir bei Gelegenheiten wie dieser – auch – aufs Gemüt. Die Differenz von Poesie und Friedensforschung. Ich erinnere mich, wie mir Jost Herbig einmal irenische Strategeme von sogenannten Primitiven in der Dritten Welt erläuterte und ich den Vorsatz faßte: sie in einem anderen Buch in unsere Erste Welt zu übersetzen. Jost wird das selbst tun müssen. Ist das nicht erlaubt? Erlaube ich mir das selbst nicht? Die Selbstzensur eines Poeten.
Es gibt in diesem Buch Tage, an denen ich zurücklese. So kommt es dazu, daß ich mich in meine Texte einmische. Streuschüsse in die Vergangenheit.
Jetzt aber wird es auf den nächsten Seiten Frühling im Jahr 1980.

28. 03. 85 Friedensbewegung. Das blaue Talion. Es gibt nur den falschen Krieg.

14. Mai 1983, München (nachmittags)

Das zunächst junge ›Jüngste Gericht‹ über die Philosophen, vor allem über die Erkenntnistheoretiker: Konrad Lorenz sitzet zur Rechten. Die evolutionäre Erkenntnistheorie urteilt mild: über alle Realisten, Rationalisten und Empiriker des 17., 18. und 19. Jahrhunderts. Sie haben alle teilweise recht, aber der hypothetische Realismus, die evolutionäre und projektive Erkenntnistheorie haben hypothetisch absolut recht. Verworfen wird nichts. Es handelt sich nur um Korrekturen. Die pluralistischen Positionen erlauben das salomonische Urteil.

Die Wahrheit ist gefunden: es gibt keine absolute Wahrheit.

Ein synthetisches a priori gibt es, wenn man es evolutionär deutet (nicht kantisch) oder interpretiert, wenn man »synthetisch a priori« und »angeboren« zu Synonymen erklärt. Nicht empirische Elemente unserer Erkenntnis sind genetisch determiniert, sodaß man von angeborenen Erkenntnisstrukturen sprechen kann.

Der Rationalismus hat recht (es gibt ein synthetisches Apriori) für den Menschen als Einzelwesen; der Empirismus hat recht (es gibt kein synthetisches Apriori) für die Menschen als biologische Art. (Synthetisch = widerspruchsfrei und auf eine mögliche Welt bezogen.)

Wie biologisch ein Erkenntnistrieb entstehen kann, dessen Ziele über die biologischen Bedürfnisse der Umwelt hinausgehen – diese Frage wird hiermit beantwortet:

Die Neugier erhält sich beim Menschen bis ins hohe Alter, während sie bei den Tieren meist nur in der Jugendphase auftritt; sie hängt mit der Neotemie des Menschen zusammen: mit der Beibehaltung von Jugendmerkmalen, die zu den Voraussetzungen der Menschwerdung gehört.

Ja dann. Jetzt ist alles klar.

Ich bin vollkommen zufriedengestellt und gratuliere sämtlichen hohen Erkenntnistheoretikern zu ihrer Lossprechung.

Der Selbsterhaltungstrieb der Philosophie. Wie immer ein solcher: er hat die Selbstbescheidung zur Voraussetzung. Gib dich selbst auf und wir werden alle erhalten werden. Verhalte dich wie nichts und alles bleibt so wie es ist. Freie Schöpfungen des menschlichen Geistes (Einstein) ändern alles sehr, aber immer zuwenig. Die profane Geschichte vollendet sich im Sacrum der endgültigen Resignation.

Resümee nach Einblicken in Gerhard Vollmer »Evolutionäre Erkenntnistheorie«.
Darauf einen Sloterdijk!
Ich habe eine halbe Flasche »Kalmit« ausgetrunken; draußen vor dem Fenster das Wetter-wechsle-dich-Spiel. Mein Kopf wartet auf die kommenden Fahnen. Etwaige Fehler im Falschen Buch sind augenblicklich unaufdringlich. Der Hang zum Gesamtkunstwerk hängt durch. Dieses Buch scheint ein Netz zu sein. Jedenfalls benehme ich mich hier auf meinen Sätzen sehr vertrauensselig. In wenigen Tagen sind wir am Trasimeno. Gestern waren wir mit der Glotze schon in Assisi. Ein Zimmer ist eben auch nicht mehr der eine Raum wie hier im Buch. Kein Tag mehr nur der eine Tag. Der Sancho kann sich ja gar nicht neotisch benehmen, weil er kein Mensch werden muß.

21. 09. 85 Ich habe fast eine Flasche »Kalmit« ausgetrunken. Draußen ist es warm im Dunkel. Mein Tag: Straßenbahn bis Stachus. U 5 bis Festwiese. 3 Stunden Wartezeit, dann angezapftes Faß. Heimgang; nicht, noch nicht endgültig. Schlaf. Idiotie von Hallervorden. Dann Aufenthalt in diesem Buch. Wieder einer der unwiederbringlichen Tage. Wenn wir sie alle mit Sinn auffüllen würden, kämen wir niemals zueinander. Die Dummheit ist immer noch durchlässiger. Die Löcher sind geöffnet; dem Leben geht es ein und aus. Dichter verhindern den Verkehr. Daher die Aversion von seiten der Polizei. Das erfüllte Leben ist der Pudding im Schlaraffenland. In einem solchen gibt es nur noch ein Durchfressen. Fazit. So wie es ist, so unzulässig dumm, ist Leben möglich. Bei so vielen Individuen ist das nicht mehr erlaubt, daß zu viele dichten. Das kommt dem Massenselbstmord gleich. Ich sage das in aller abgeklärter Wissenheit. Gedanken sind dick. Wer mag sie fressen? Mein Vater hat mich immer gewarnt. Er empfahl mir Bewegung: »Paul, sitzt schon wieder da und tust nichts, mit dem Buch.« Er meinte die geistige Verfettung. Wir sitzen im Weg.

14. Mai 1985, München

Vom 9. bis 11. war ich in Bielefeld beim Colloquium, dem achten. War ich dann also sechsmal dort? Nochmals die Lesungen: Grüß Gott, Rede, Rosas Biographie, Antigone, Rettich-Quintett. War ich doch nur fünfmal dabei?
Es waren wieder so schlimme Tage. Mit Heißenbüttel nur ein kurzes Gespräch. Er gibt sich nach wie vor unnahbar, kann nicht inoffiziell reden; gar nicht zu reden davon, daß er sich aufführen könnte. Franz Mon übertrifft ihn bei weitem. Eine unangenehme Kälte. Beide sind die Familienväter, Autoritäten. Gerhard Rühm: lustig, dreist, kindlich, wie im übrigen die meisten Poeten. Aber es gibt auch die Schicken: Jochen Gerz. Der grob-lustige Geerken. Der stille, gar nicht eingebildete, hochgescheite S. J. Schmidt.
Die Lesung war für mich fatal. Ich steigerte mich in eine blöde Aufregung. Die Show widerte mich an. Wir Zirkusgäule. Mich ritt die Angst. Pleite. Noch einmal der Vorsatz: niemals wieder in einer solchen Revue zu lesen, vielleicht auch niemals mehr am Colloquium teilzunehmen. Die Diskussionen bleiben mir fremd. Mit meiner Arbeit und auch mit den Theorien über diese oder unter dieser habe ich dort keinen Platz. Die alte, kontrollierende, poetisch-technische Intelligenz ist noch immer am Werk. Mit Franz Mon setzt sie sich immer wieder durch. Er führt die Diskussion wie ein Chef. Ist er ja auch im sogenannten bürgerlichen Beruf. Die allgemein in Bielefeld übliche Abgrenzung von der ›normalen‹ Literatur ist von großem Übel. Das sind ja auch Jahre ohne eine große Idee gewesen. Aber was kümmert das mich? Würde ich meine Orientierungen, meine Reisepläne vortragen, wie peinlich wäre das für alle. Ruhige Gespräche mit Ror Wolf. Mit Timm Ulrichs verstand ich mich gut. Schuldt: Wir mögen uns. Er flüsterte mir während einer Sitzung eine Einladung nach New York für 1986 ins Ohr. Ein Kölner Kulturreferent lud mich zu einer Lesung ein. Und nach Bielefeld muß ich in diesem Jahr nochmal zu einer Lesung im Dezember. Klaus Ramm hat das arrangiert.

Barbara Herbig rief an. Jost hatte gestern früh einen Herzinfarkt oder dieser bereitete sich vor. Inge rief sofort bei Professor König an und er wurde mit dem Krankenwagen auf die Intensivstation im

Schwabinger Krankenhaus gebracht. Zum Glück hat Dr. Ohly ihn unter Aufsicht. An zwei Stellen gibt es Verstopfungen, Blutgerinnsel. Nach einer Woche soll er eine Sonderbehandlung bekommen; da gibt es einen Spezialisten, der die Adern erweitert. Für Jost wird das nicht leicht werden. Ich denke jetzt nicht in medizinischer Hinsicht, sondern an seinen Eigensinn. Das trifft ihn ja mitten in einem ganz und gar intensiven Leben. Seine Bücher sind wirkliche Stationen auf dem Weg in eine versuchte Bewahrung schon arg verletzter Lebensbedingungen oder eben Exerzitien für eine solche. Das ist alles noch zu schwierig für das breite Publikum. Darunter litt er bestimmt. Das gehört zum schlimmeren Vorspiel dieses Zusammenbruchs. Aber ich weiß ja, daß es sich nur zum Schein um einen Zusammenbruch handelt: es kommt darauf an, wie er durch das nachfolgende Leben interpretiert wird; es kann ein Anfang sein. Ich denke an ihn.

Nach Bielefeld fuhr ich zum Fischer-Jubiläum. Inge holte mich in Stuttgart ab. Im Deutschen Literaturarchiv wieder weite intellektuelle Bühne. Ein Auftritt nach dem andern. Eine Stunde Gespräch mit Friedhelm Kemp, der mich bestimmt nicht kennt oder wieder vergessen hat. Meine Ansichten wurden jedenfalls sämtlich abgelehnt. Wie alt muß ich eigentlich werden, bis ich aus der Schule – als Schüler – entlassen werde? Freilich, dumme Frage! Ich wurde dann Herrn Meiner, dem Hersteller des Fischer Taschenbuch Verlags, vorgestellt und schließlich Hansjörg Kieser, meinem Vertreter im Süden, mit dem ich mich noch in der Nacht zu duzen begann; das bemerkte ich allerdings erst am nächsten Nachmittag: er rief mir auf der Schiller-Höhe nach: »Paul, ich verkauf' dein Buch, keine Angst!« Später lernte ich den Verleger Ulrich Keicher kennen, das tat gut. Ein Leser des FB saß mir gegenüber und lobte. Es ging mir gleich besser. Und wieder mal zu gut. Ich hielt mein Glas unter jede vorbeiwandernde Flasche. Viele Gespräche im Freien. Paeschke kam auf mich zu, er erinnerte sich an unsere letzte Begegnung in der Schellingstraße beim Hanserfest für ihn. Der Präsident der ›Deutschen Akademie für Darmstadt und Dichtung‹, wie Walter Mehring stets zu sagen pflegte, also Prof. Heckmann, für mich der erste Herbert in meinem literarischen Leben, schwang mich im Kreis um seine Standfestigkeit. Der hohe Posten macht ihn nicht autoritär, nicht unnahbar. Gut zu fühlen. Herbert Wies-

ner filmte und trank und schleppte mich – wie Inge erzählte – von Pfäfflins Haus in die Pension ab.
Gelöster, fröhlicher Spaziergang mit Waltraud und Frieder im Schwabenland. Einkehr in einer Mühlen-Wirtschaft. Endlich waren wir wieder einmal beisammen: so unangestrengt wie früher. Frieders großes Werk – die Ausstellung und der Katalog – war getan. Er ist jetzt eine anerkannte Größe in der Kultur – oder wie soll ich das ausdrücken. Ich freue mich für ihn.
Aus der Zeitung erfuhren wir, daß Carl Hanser am Freitag letzter Woche gestorben ist. Ich habe nur zweimal mit ihm gesprochen. Er konnte nichts mit mir anfangen. Ein Herr, ein Repräsentant, ein Besetzer von Ehrenplätzen. Immer die erste Reihe, deshalb trafen wir uns auch so selten, aber er hat immer meinen Respekt.
Kein Wort über Jörg? Er hat eine Sabine.
Noch etwas, die im Fernsehen besonders interessante Sendung »Unglaublich, aber wahr«. Die Story des Picasso-Fälschers habe ich schon anderswo notiert. Gestern ging es um die Schlacht auf den Katalanischen Feldern. Es gibt zwei Orte, wo sie stattgefunden haben soll: Châlons-sur-Marne und Troy, 80 km voneinander entfernt. Für jeden Ort gibt es viele Beweise, nicht jedoch für die Wissenschaft. Für die gibt es auch keinen Beweis, daß die Schlacht jemals stattgefunden hat. Wunderbar. Es gibt das Nibelungenlied und Attila und den Völkermord. Aethius ist historisch, aber es hat sich alles anders und anderswo abgespielt. Kein Mensch weiß, wo. Die Bastille wurde nie erstürmt. Am 14. Juni 1789 wurde drinnen verhandelt, draußen gelärmt, dann gab es einige Schüsse. Freies Geleit für einen Bürgermeister, dann seine Ermordung. Öffnung der Tore. Übergabe also. Sofortiger Abbau des Gefängnisses, aber nicht durch das Volk. Eine Baufirma schickte fünfhundert Arbeiter. Nationalfeiertag. Beginn der Revolution. Lüge? Poesie? Ich bin nicht böse. Die Wahrheit kommt hier nicht vor.
Es dürfte schon keine Wahrheit stattfinden bei der Premiere eines Ereignisses. Warum regt man sich auf? Es ist alles falsch. Es gibt keine Fälscher und keine Fälschung. Es gibt aber immer wieder Leute, die Falsches zur Wahrheit erklären und sich die Köpfe einschlagen.
Heute ist mir auch schlecht von der Lektüre Mackies »Das Wunder des Theismus«. Freilich ist es nicht angenehmer, Theisten rational argumentieren zu hören, als ihnen jenseits der Vernunft folgen zu

müssen (Eisendle). Vorwürfe. Hin und zurück. Im rationalen Lager möchte ich nichts verkaufen und im irrationalen nichts einkaufen. Von diesen Leuten will ich nichts und jene bekommen mich selber nicht. Das Buch wird zur Zeit von der Intelligenz dieser scheckigen Stadt gelesen. Es wird sich wieder einmal atheistisch beruhigt. War höchste Zeit. Anmeldungen lagen wahrscheinlich schon vor bei einem Guru. Oder Rückzug in Steiner. – Poesie ist neben der Vernunft. Daneben. Ich muß das immer wieder schreiben, bevor mich so ein Tropf in den Glauben an die Vernunft wirft. Also Poesie ist neben dem Glauben. Ich muß das immer wieder schreiben, bevor mich so ein Tropf in den Glauben an den Glauben wirft. Ich bin dicht dran. Ein Dichter, würde Achternbusch blödeln. Ich gebe im Wirtshaus raus: Du bist der Herbert, der Braudichter. Das sage ich mir: Brau ist nicht daneben. Da ist ein Freiraum zum Stehen. Ich wurde nicht aufgeklebt, starker Sohn einer schwachen Mutter eines noch schwächeren Vaters, weswegen du immer zu langsam ankommst, zu schnell drinsteckst und ewig dranklebst. Achternbusch und die Frauen. Das geschrieben zu haben, verzeihe ich mir niemals. Ich hänge also nicht an diesem bayrischen Filmer. Von seinen längeren bis ganz langsamen Streifen zurück zum vorschnellen Mackie und seinen fleißigen Münchner Oberflächenflüglern: Sie, Untrost saugend, Trauer tragend in Vernunft, singen, heimschlüpfend in ihre Löcher, selig drinnen von Ratia, die sie in ihrer beweglichen Unentschlossenheit Lust genießen läßt zwischen Drinnen und Draußen.

19. 12. 85 Diese Schule der Griechen. Lassen wir die Hebräer beiseite und hören wir dem Jesus zu. Und dem Rationalisten Whitehead. Wie gut, daß es ihn in dieser Denkwüste gibt.

Im Ernst: Das war eine intellektuelle Schaukelei in und neben dieser Lektüre. Mir wurde wirklich schlecht zwischen Gott und Nichts. Das erinnert mich an den gestrigen Besuch von Paul II. in den Niederlanden. Dort schrieb ein Journalist (Dichter?) unter der Schlagzeile ›Ergebnis des Papstbesuchs‹: Und dann kam, das muß man sehend bedenken – der Text in einem Wort: »Nichts«.

09. 06. 85 Es gibt kein Einhorn. Oder wußte man das schon? Diese unmögliche Welt, in ihrer Klarheit ist sie so zauberhaft wirklich fehlerhaft: wie bitte kann man in ihr heimfinden? Ist es die Hoffnungslosigkeit, die mich von dieser falschen Welt reden oder sogar singen läßt? Weil ich glaube, daß man nie heimkommen wird? Es ist so, daß ich auch nicht heimkommen will, wie es Bloch sagt, sondern hierbleiben. Und nicht nur das Hierbleiben ist mein Wunsch in seiner ganzen Herzlichkeit, sondern das Herumwandern überall hier, wo es nicht heimgeht, also ich meine nie, sodaß diese Herumtreiberei auch nie aufhören sollte, bitte: wie schön, schöner als alle Heimat, oder so wirr wie dieses, auch sie. Und das alles, Spaß und Trost und vor allem Freude würde es mir in Ewigkeit nur mit meiner Inge machen. Habe ich sie deutlich genug geschrieben?

06. 11. 85 Ich trank sehr viel mit Reinhard Priessnitz: in Wien und in Bielefeld. Heute starb er. ».. . kein papier mehr, weniger auch arschposaunen. abblasen. kein jetzt!« Aus: »am offenen mehr«.

Zuletzt machte es im 18. Jahrhundert Spaß, Labyrinthe zu bauen. Diese Kunst wurde verlernt, als man sich überall zu verirren begann.
Liebes Gespräch mit Balder Schäuffelen. Ich erzählte ihm von Bielefeld und brachte Mon in Mißkredit. Er möge es mir verzeihen. O weh! Ich sprach auch mit Diana. Das wird immer wehleidiger. Sie ist mehr als ich dachte verletzlich. Diese wunderbare Dichterin. Ich müßte lügen. Was ist los? Den ›Wanderer‹ verteidigt sie. Das muß so sein. Das würde ich auch tun. Ach, laß sie doch so.

23. 06. 86 Und auf dem Fließband in die Gegenrichtung laufen. Ja. Paul.

15. Mai 1978, München

Fahrt mit Inge zu Barbara und Jost. Später besuchen wir die Voswinckels in Parnsberg. An diesem Tag: Tränen. Überschwemmung. Ausuferndes Gefühl.

21. 04. 86 Ja. Das war die »Rede«. Von Poe sollte man nicht mehr reden. Er stellt sich her: der Schmerz. Der Schmerz ist ein Sachwalter des Traums. Der Traum übersetzt mich in die Gedichte. Mein Gott.

15. Mai 1979, München (Schwabinger Krankenhaus)

In der Anthologie »Ich lebe allein« ein sehr guter Text von Elisabeth Lenk.
Kindisch = falsch. Ich will mir durch mein FB fremd werden. Ich erkenne in meinem Werk das Imaginäre, gebe es aber nicht ab, um Sicherheit zu gewinnen. Wenn ich mich verunsicherte (im Werk), so nicht zwanghaft. Die Unsicherheit wird noch ausgebaut, also keine Stützen. So handelt der Falsche. Soviel zu Lacan.
Die Pseudos (5) befinden sich im Abseits der Poesie: im Buch.
Versuche: Vergangenheit in der sprachlichen Form der Zukunft niederzuschreiben; das zur Arbeit an einer ›Zukünftigen Vergangenheit‹.
Viele Anfänge in einem falschen Leben, in seinen falschen Augenblicken: also schlagartige Veränderungen ohne Entwicklung (keine Evolution). Immer neue Aggregatzustände des Falschen. Altes Richtiges wird nicht in neues Richtiges verwandelt: also keine Revolution.
Eine verzweifelte Figuration der Hoffnung: Die noch nicht begonnenen Anfänge werden zur Fülle (sie sind noch nicht verloren, weil sie noch nicht gewonnen wurden). Wir werden immer mehr ›noch nicht‹ sein, je länger es uns in dieser verzweifelten Hoffnung gibt. Wann werden wir endlich sagen können: Es gibt uns noch nicht.
Meine Abschweifungen in einer Welt, die den Schweif einzieht.
Alles was war, wird erst sein. Es ist nichts verloren. Bibel: Wir haben von einem geträumt, der alles ganz und gar richtig »sah«.

24. 06. 85 Hier, ganz versteckt, kann ich es ja sagen, daß ich über die Agnostiker lache. Auch über Nietzsche und seine metaphysische Tätigkeit: Kunst. Trotzdem glaube ich nicht an Gott. Das muß ich auch nicht.

07. 11. 85 Warum nicht? Weil ich weiß?

15. Mai 1981, Bielefeld

Gestern kam ich hierher. Mit Jörg Drews, Kurt Scheel und Thomas Schreiber noch lange wach. Heute morgen: Selbstzweifel. Ich las in der Großveranstaltung. Rede. Schlimm.

01. 07. 83 Das ist keine Chronik. Ich weiß. Der Chronist ist ein Schreiber, der alles so schnell vergißt, wie er weiterschreiben will.

14. 05. 85 Also wieder einen Tag im Jahr zurück, um zu loben, mit wie wenig Worten ich das Colloquium vor vier Jahren abtat. Mein lieber Lutz Hagestedt, der in diesem Jahr dabei war, um für die ›Süddeutsche‹ darüber zu berichten, soll in der Buchhandlung zu Inge gesagt haben: »Nichts Neues in der Neuen Poesie.«

09. 05. 86 Dieser absolute, dieser einzigartig richtige Abstand vom Blutvergießen. Diese Grenze der Falschen. Es gibt in aller Falschheit keinen Tod. Der Tod ist richtig. Meine Wut – in dem Gedanken an – ich muß es aus meinem Kopf ohne Wort wehen lassen, während ich diese Worte niederschreibe – oh Schreck – auch noch über diesen Kitsch.

23. 06. 86 Wann werden wir endlich sagen können: Es gibt uns *nie*?

16. Mai 1982, München

Alle fünf Bücher des FB durchgearbeitet. Heute kam ich das zweite Mal bis zum Buch IV.
Das heißt: Ich habe jetzt drei Bücher fertig. Mit dem vierten und dem fünften werde ich noch zu tun kriegen.

26. 12. 85 Ich sitze alle Tage zusammen mit Menschen, die nichts lesen. In Bielefeld geschah noch ein Wunder. Jetzt nicht mehr.

16. Mai 1983, München

Die Lehre vom Falschen, das kann nur die Grundfiguation des FB als ›Subversion‹ sein. Subversiv falsches Leben im falschen Leben. Darin, daß es den Pseudos nicht erlaubt ist, wirklich falsch, also richtig falsch, also ganz falsch zu reagieren, zeigt sich: daß es sich nur um ein Verhalten, um eine Strategie handelt im subversiven Unternehmen FB. Die Pseudos »Pseudos« zu nennen, ist demnach richtig falsch. Ein Fehler. Diese Fehler aber sind notwendig. Sie reizen. Kynisch. Insofern ist auch der Titel des FB richtig falsch.
Es rotiert. Es läuft. Es läuft etwas durch. Es fließt. Wir haben kein stehendes Gewissen mehr. Es wird mitgerissen. Es wälzt sich im Dreck. Dieser reinigt wie der getrocknete Schlamm auf dem Rücken der Schweine.
Dreck mit Dreck reinigen. Falsches mit Falschem.

22. 03. 85 Ja. Im blauen Talion wird in einer Wanne von Joseph Beuys mit Schlamm gereinigt. Diese Aktion ist aber von Wühr.

12. 11. 85 Michael Langer: »Ich glaube, die Lehre vom Falschen ist nicht nur Poesie; sie ist brauchbar fürs Leben.« Er hat es gesagt. Ich meine das. Wenn es auch sehr schwer fällt. Im übrigen fiel sie nicht weit ab vom Baum Jesu. Mein Jehoshua: Schlinge Gottes. Die Schönheit eines sich im Falschen bewegenden Menschen. Die Schönheit eines Menschen, der sich im Falschen auf mich zubewegt.

Meine Schönheit, wenn ich mich im Falschen auf Dich zu bewege. –
Es gibt kein Falsch zwischen uns. Wir sind in ihm seine Wahrheit, die uns geküßt hat, bevor wir die Wahrheit küssen, die ihr ganzes Falsches vor uns ausbreitet, auf dem wir uns in ihr vereinigen werden: um ihr in aller Falschheit nie zu nahe zu kommen und nie von ihr zu fern bleiben zu können. Als das Falsche der Schleier der Wahrheit geworden war, wurde die Wahrheit der Leib dieses Schleiers, in dem die Nacktheit schimmerte. Niemand will etwas sagen, und keiner will schweigen vor der Stille. Und die Lippen sind einmal dem Licht über das Auge geschlagen worden: wohin will es kommen. Zum einen Auge hinein kommt nichts zum andern hinaus. Aber die Ohren. Nichts muß hinein. Nichts eindringen. Alles weht durch. Wind. Unbefleckte Empfängnis. Warum der Kopf Mariens? Darum. Die Vulva ist ein Auge. Dieses durchdringt die Welt. Die Vulva ist der Mann. Erkenne dich selbst. Psychoanalyse. Das interessiert mich ja auch gar nicht. Ich erfreue mich an der Virginität Mariens. An der Mariologie unser aller Ohren. An dem Wind des kleinen Geistes. An den geöffneten Toren der Köpfe.
Wie wunderbar falsch, wenn die Wahrheiten zum einen Ohr hereinkommen, um zum anderen hinauszuwehen. Sie doch am wenigsten dürfen sich etablieren. Sie dürfen nicht wieder zu Felsen werden, auf denen wir Kirchen bauen. Mein Gott. Du bist Wind geworden. Feuer bist Du gewesen. Fels in Jerusalem. Jetzt bist Du Wind. Keiner kann sich auf Dir niederlassen. Das Schöne an Gott ist seine Bewegung. Ich möchte nicht über sie reden. Das käme nicht nach. Und je mehr es nachkäme, umso mystischer klänge es; wenn er sich so bewegt, darf ich ihn erklärend in Bewunderung stehenbleiben. Nur dann. Ihn bewundernd, wachsen aber die Füße in den Boden.
In sich selbst zu bleiben, ist ihm nicht möglich. Es ist ihm nur möglich, diesen Gedanken zu denken. So muß er uns sehen. In sich selbst zu bleiben, ist ihm ganz und

gar möglich wie uns. So müssen wir ihn sehen. Um von ihm gesehen zu werden. – Es langweilt mich, über Gott und uns nachzudenken, weil es zu schlüssig ist. Wir gehören auf eine so einschließende Weise zusammen, daß man sich nur wundern kann, wenn wir – oder nicht wundern kann, daß wir uns voneinander nicht nur entfernen, sondern uns multiplizieren.

16. Mai 1985, München

Inge und ich sprachen über »Die Embryonen«, »Der Sonderfisch«, »Die Paarweise« usw. Große Stoffe. Keiner greift da zu. Mir kann das Wurscht sein. – Wir haben heute abend einen Ferdinand Bruckner gesehen »Elisabeth von England«. Überzeugt nicht ganz – Sprache? Charakterdarstellung nicht schlecht. Für mich eine gute Ergänzung zu Carl Schmitts Hamlet-Essay. Der Zusammenhang war mir bisher nicht ganz klar. Schmitt ist wirklich gefährlich. Seine Thesen geben sich vernünftig, wären aber, von einem Poeten gesprochen: gewagte Poesie. Das ist seine Unvernünftigkeit: nicht das geworden zu sein, was er doch von Anfang an war: ein Poet. Den Demütigungen dieses Umstandes wollte er sich, will er sich noch immer nicht aussetzen. Warum? Das wüßte nur Jünger zu beantworten. Dazu wird es nicht mehr kommen. – Novalis war der denkende Poet, dem es im Namen der Poesie erlaubt war: die tollsten Theorien zu hauchen, wahrlich nicht »kaum ein Hauch«. Soeben lese ich den nachfolgenden Text vom 17. Mai 1982 und die Anmerkung vom 20. September 1983. Hauch. – Merkwürdiges Zusammentreffen vieler atmender Richtungen.
Ich bin oft sehr beunruhigt, daß mir kein Gedicht glücken will, seit dem Jahre 1978 nicht mehr. Was bedeutet das? Ich bin wahrscheinlich nicht ernsthaft auf der Spur. Oder ist das schon alles Gedicht, was ich schreibe? Also in meinem Sinne von Gedicht bestimmt.
Im übrigen sind die Einträge in diese Schleife von Übel für meinen Briefwechsel. Soll ich wieder eine andere, schon oft geübte Strategie anwenden und zuerst hier in dieser Schleife niederschreiben, was dann erst übertragen wird in einen Brief und womöglich abgeschickt?
Wenn ich bedenke wie ich jetzt wieder schwitze, ist es der Frühling,

diese Campusträume dazu, ich möchte aus dem FB die drei Campusszenen meinen Fünfen vorlesen, im Augenblick aber denke ich wieder an Ernst Jünger; der faßt doch in einer kurzen Notiz meine Konzepte für Jahre zusammen – führt sie Gott sei dank nicht aus – wie folgt:
»Die Optik des Träumens: die Reduktion auf das Gerüst. Eine Stadt wird zum Haus. Dann wird der Korridor zur Straße, an der sich die Zimmer reihen. Die Anlage kann auch als Wirbelsäule erscheinen, von der sich die Fortsätze abzweigen. Warum nicht als Schote, an deren Naht sich die Erbsen mit Stielchen fügen – und so fort. Eine Uranlage fächert sich auf. Dazu das vage Gefühl in einer Traumstadt: dort schon einmal gewesen zu sein. Aber es war nicht diese Stadt und auch keine andere. Die Erinnerung reicht tiefer; sie stieg schon auf, als wir zum erstenmal in einer Stadt waren.«
Meine Konzepte gehören mir und gehören mir nicht, nach wie vor; ich habe sie gesehen, war in ihr und für mich das erste Mal. Aber darum kann es gar nicht gehen. Das will ich hier zunächst einmal sagen. Die Innovationen haben eben doch immer Patentnamen, oder noch schlimmer: Patentbesitzer. Im Geist gibt es das nicht. Das ist nicht etwa unwichtig. Ich meine: Wenn ein Konzept nicht neu in einem selbst aufsteigt, sollte man nicht an die Ausführung der Sache gehen. Übernahmen in dieser Hinsicht stehen im Fall, gemäß meiner kontroversen Redeweise. – Wie Jünger das sagt, ist nicht zu überbieten. Ein Hierophant. Umso lächerlicher kommen mir die Bielefelder Gespräche der letzten Woche vor. Die ›Neue Poesie‹ hatte nicht eine derart unverrückbare verrückte Einlassung in unsere Realität zu bieten, beschimpfte aber in Rundschlag-Rhetorik auch Ernst Jünger.
Mein Poppesbuch war so geplant. Ich werde das auch doch schreiben.
Auch mein Talion ist als Fisch geplant: mit der Dadd-Gräte; siehe die Jüngersche Wirbelsäule. Ist es möglich, daß ich die Angst verliere? Wie schön das steht. Besser als: Mut gewinnen. Eine Frau oder ein Mann haben die Angst verloren: das, also bis es dahin kommt oder die Folgen – wäre wahrscheinlich die schönste Geschichte.
Eine Frage heute: Soll ich viele Einträge eingetragen sein lassen, obwohl sie nur Anmerkungen zu Tatsachen sind? Vielleicht ja. Dumme Neben- oder Hauptbemerkungen werden gestrichen. Ich

denke sowieso, daß Michael Krüger in diesem Buch streichen sollte. Das ist kein Gedicht, jedenfalls so lange nicht, bis er es ausgemistet hat. Aber dann ist es auch nicht von mir. Zu sagen, es wäre vom Leben geschrieben, klingt zu vorhältig, von der gewöhnlichen Anmaßung gar nicht zu reden, nicht des Lebens: meiner.
Es gibt Situationen, wie auf solchen weißen Seiten: diese in Marbach, vor dem Restaurant im Freien, also vor der Bibliothek und Schiller schaut zu, schaut herunter: wenn Paeschke auf mich zueilt, mich als einen Bekannten grüßt, während ich mit den Fischer-Leuten scherze und trinke und drüben im Haus Klages zum Fenster herausschaut (aus einem umgezogenen Zimmer) und der Heckmann mich frotzelt und Waltraud und Inge zu sehen sind und unzählige Schriftsteller in Buchform vorhanden nebenhältlich leben und der Frieder in seiner fröhlichen Weise von Traurigkeit auf mich zukommt mit dem Freund Herbert Wiesner und mich in sein Haus einlädt zu einem umwerfenden Umtrunk.
Ich werde jetzt zur Schriftstellerei gezwungen. Das bedeutet der Umzug nach Italien. So wie heute abend werde ich sitzen und schreiben, nur die Sterne werden klarer zu sehen sein.

17. 08. 85 Gerüst. Über diese Topographie scheine ich inzwischen hinausgekommen zu sein. Aber wie schwer ist es: zu hören, wie die Welt aussieht. Auszuhören, wie die Welt sich einsieht.

16. 05. 85 Nun gut, da ließ ich mich gehen. Jetzt fällt mir zur Vernunft nichts mehr ein. Sie ist auch so unergiebig.

09. 06. 85 Aber zu Inge fällt mir ein, daß ich von ihr hier nichts schreibe. Wie traurig. Ich bin Literatur. Sie ist es doch selber für sich. Meine jedenfalls ist die nicht. Ich liebe sie. Das ist wirklich: also so falsch und so wahr, daß ihm nicht widersprochen werden muß, noch zu ihr gesprochen. Literatur steht im Widerspruch. Auch viele Lieben. Weil sie Literatur sind. Ich selber bin auch Literatur. Ich will also damit sagen . . .

17. Mai 1982, München

Mir scheint beachtenswert, was der Paläontologe Pflug zu Hoyle, Chrick usw. sagt; nachdem er einen Stein, 3,8 Milliarden Jahre alt – das Alter der Welt 4,5 Milliarden –, gefunden hat und in diesem Stein Bakterien:

1) Wir hängen mit dem Kosmos zusammen – Bakteriennebel brachten das Leben über Meteoriten und Kometen auf die Erde – die Erde ist ein offenes System.
2) Das Leben ist gleichzeitig mit dem Universum entstanden.
3) Die irdischen Intelligenzen sind nur eine von vielen Spielarten im Kosmos.

Das sei zwar bisher weitgehend noch immer Glaubenssache, aber nicht mehr von der Hand zu weisen.

20. 09. 83 Wissenschaftliche Nachrichten interessieren mich nur insofern, wie sie den Rest von Theologie durch Geistbeatmung wieder beleben, den ich zum Überleben einatmen muß.

17. Mai 1986, München

14 Uhr. München »Soundseeing« ist fertig. Um 11 Uhr nach der ersten Anhörung war ich entsetzt, verzweifelt. Wir hatten fünf Tage gearbeitet. Renate Schlichthörlein erklärte dann, daß sie Disco-Sound eingestellt hatte, weil ich es so laut hören wollte. Um 12 Uhr hörten wir es nochmal bei normalem Pegel. Ich war zufrieden. Herr Wimmer, der Leiter des Tonstudios, war begeistert. Es wird schon so sein. Die Arbeit ist abgeschlossen.
Zu Hause standen fünf rote Rosen von Inge. Tanti auguri! Ich hoffe. Ja.
Es war verdammt schwer, die Partitur zu realisieren. Die Tonmeisterin sagte, sie sei an die Grenzen ihres Könnens gestoßen.
Das ist ein neuer Weg. Ich werde ihn mit Michael Langer weitergehen. Er arbeitet unübertrefflich. Er tröstet. Er spricht mir gut zu. Ohne ihn hätte ich das bestimmt nicht produzieren können. Der Mitarbeiter guthin. Geschreibe. Ich bin fertig. Ganz und gar fertig.

Heute abend sind wir alle drei bei von Beckers zum Abendessen eingeladen.
Der arme Michael Langer. Während wir nach einem wunderbaren Essen, an dem auch Chris von Lengerke und ein ungarischer Dramatiker teilnahmen, beim Dessert saßen, rief seine Konstanze an und wollte kommen. Ich kann das ja verstehen. Ich habe auch oft nicht gefragt, ob ich gefragt bin. So also ist die Tochter. Und ich habe eine Frau. Und ich muß wieder mit vielen Flaschen, nicht etwa mit Bibelversen, um diesen Unsinn schiffen: um diesen Kindern auszuweichen.

18. Mai 1986, München

Pfingsten. – Das Loch. Nachdem ich Inge das Band vorgespielt hatte, brach für mich wieder die ganze Welt zusammen. Erst nach der dritten Vorführung erholte ich mich. Ich war allerdings schon so voll, daß ich nicht mehr weiß, wann der Pfingstmontag begann; das wurde ein leerer Tag.

Klaus Schöning hatten wir ganz vergessen. Er rief am Sonntagabend an, sehr fröhlich, ohne jeden Zweifel an meiner Arbeit. Am 23. Mai kommt er und hört ab.

19. Mai 1978, München

Dieser Tag ist gut. Ich schrieb in meinem neuen Zimmer. Das Zimmer ist gut. Aber: mein Gedicht?

19. Mai 1982, München

Artmann, Achternbusch: diese direkten, kalauernden, groben, lieben, gräßlichen Burschen. Ihre abgefeimte, schlimme Art. Bayrisch. Auch. Aber soll es das sein?
Ich sagte mal in einem Interview: Ich kann auf nichts stolz sein. Auf nichts. Also liebe ich verquer. Viele Hintertüren.
Isabel starb am 11. Mai um 16 Uhr im Großklinikum Großhadern. Ich stand gegen 15 Uhr, bei meinem Spaziergang aus dem Wald kommend, vor dem Krankenhaus. Ich schaute es an. Ich wußte von nichts.
Ich hatte mit Isabels Freundin, Barbara Keller, vor acht Tagen in Gräfelfing gesprochen. Sie erzählte mir, daß sie Isabel kenne. Ich schwieg.

07. 07. 83 Diese verrückte Geschichte im Winter 69/70. Ich zog weg von meiner Familie und gründete einen ›Hausstand‹ in einem leeren Hochhaus in Neuried. Das war die Zeit, in der »Gegenmünchen« im Verlag hergestellt wurde. – Bruch. Die Familie Wühr zerfiel.
Am 14. Mai vormittags wurde Isabel in Weßling beerdigt. Ich war nicht dabei.
In den letzten drei Wochen: Überarbeitung aller Bücher. Inhaltsverzeichnisse. Jetzt arbeite ich wieder am fünften Buch.

19. Mai 1983, München

Veränderung der Sprache. Grüß Gott. Rede. Im FB Veränderung des Beurteilungsrasters: wahr–falsch. – Freunde hatten es in den letzten Jahren nicht leicht, in meiner Gegenwart zu urteilen. So oft wurde es zum Spaß: richtig durch falsch zu ersetzen, um aus dem

FB heraus die falschen Taten richtig (im Sinne des FB) zu beurteilen. Aber das ist nicht nur Spaß. Die Schemata rotieren. Darum geht es.

Kurzes Gespräch mit Klaus Voswinckel. Er hat davon gehört, daß ich dieses Tagebuch schreibe. Ich trage ihm meine Sorgen vor, ein solches Unternehmen könne als Arroganz ausgelegt werden. Klaus meinte, da nicht die Gefahr bestünde, dieses Tagebuch würde besser als das FB, habe er keine Bedenken. Er schilderte seine derzeitige Lektüreerfahrung mit Christa Wolf »Kassandra« und den vorausgegangenen Vorlesungen über dieses literarische Vorhaben. Dabei überträfen seiner Meinung nach die theoretischen Erörterungen das nachfolgende Werk.

Insofern freilich: meine Gescheitheit kann mir keine Angst einjagen. Ich sagte ihm, ich schriebe wohl in der Hauptsache aus Trotz über . . ., da bisher nie über etwas Geschriebenes von mir theoretisiert worden sei. Stimmt nicht ganz, da ich wahrscheinlich mehr oder weniger die Wurzeln des FB nachweise, Spuren suche. Dabei sind die Tagebucheintragungen, wie man leicht lesend nachweisen kann, wenig dienlich. Das hängt damit zusammen, daß ich Gespräche selten notiere, schon gar nicht Gedankengänge oder Figurationen, also deren Entwürfe festhalte. Da handelt es sich um eine Tätigkeit zwischen Schlaf und Traum. Sehr chaotisch. Selbstverständlich habe ich nie Zettelkästen gebaut. Alles sollte im Fluß bleiben. Etwaige Notizen werden nur ganz selten bei der Arbeit an den Figurationen benützt. Das Schreiben war selbst wieder eine Tätigkeit zwischen Bewußtsein und Rausch, genauer: beginnendem Rausch. Wenn er überhand nahm, wurde das Produkt gestrichen. Ich nehme an, daß ich mich nur sprechend, schreibend bewegen kann zwischen beinahe unbewußter Aktivität und strengster, nämlich logischer Figuration. Das Streichen spielt da eine wichtige Rolle. Das Nachdenken treibt zur gültigen Form. Die verschiedenen Bewußtseinsphasen werden entsprechend eingesetzt. Sehr minuziöses Vorgehen. Kein Überblick. Aber das ist ja für das FB thematisch. Nur Spielereien – die fanden selten oder nie Einlaß. Wahrscheinlich nirgendwo in meinen Arbeiten. Das Bezugsnetz des FB: in meinem Kopf herunter bis zum Glied. Die Füße spielten nicht einmal als Statisten mit. Dreimal war ich bewußt in Sachen FB auf der Münchener Freiheit. Darüber bin ich nicht etwa stolz. Das ist ganz einfach so.

Wenn ich jetzt klage, so in der Hauptsache darüber: unsereinem ist es heute nicht mehr möglich, wirklich und ausgiebig in die Fahnen einzugreifen. Das Verdikt der Verlage. Mein falsches Gemüt kann sich aber auch wieder schnell beruhigen: Dann ist es so und so bleibt es stehen und Fehler und Schwächen motivieren den Leser, und wenn auch nur dazu: mich zu verurteilen. Dann muß ich es mir gefallen lassen. Ich wollte ja beim letzten Bielefelder Colloquium zur Diskussion stellen: ob es bei konkreten Poeten und solchen, die sich wie ich noch dazuzählen lassen, durch den Hang zum totalen, also mithin umfangreichen Werk, nicht zu qualvollen Konflikten kommen müsse. Eine rhetorische Frage freilich. Es kam auch nicht dazu. Ab und zu verunmöglicht die Realität die unsinnige Redlichkeit. Sehr lieb von ihr. Tatsache bleibt, daß, von den großen Ausnahmen abgesehen, die Totalen die Dilettanten waren oder werden mußten vor der Aufgabe, alles zu bewältigen. Bei bildenden Künstlern ist das besonders peinlich. Der Herr Lehrer Beuys führt ja gar nichts mehr aus; umso leerer und doch überzeugender.

19. Mai 1986, München

Etwas erholt. – Solidarität – Gemeinschaft – Liebe – Macht. In diesen Tagen kann man es überdeutlich erfahren, wie schlimm sich gemeinschaftliches Denken auswirkt, ein Denken, das sich auf Brüdern aufbaut und Brüder auf sich bauen läßt. Diese Mauer der Selbstbehauptung, der Uneinsichtigkeit. Brüderlicher Geist als Schutz vor unbequemen Ansichten. Parteien. Diese widerliche Bestärkung – das Ergebnis: die starke, unüberwindliche Mannschaft. Dagegen gäbe es in der Politik nur noch das Plebiszit.
Wir fahren zu Ulrich Sonnemann nach Sachrang. Gemeinschaft – das war oft unser Thema. Ein sonniger Tag – doch dunkel. Ulrich ist nicht froh. Vielleicht verstimmte ich ihn. Meine schlimme Lustigkeit, diese falsche Heiterkeit. Michael L., der mitgefahren war und sich mitfreuen sollte, den ließ ich allein. Nur zu Brigitte fand ich ab und zu ein wahres Wort, ich meine: ein entsprechendes. Abends wollte ich noch in den »Sachranger Hof«. Ich trank Weißbier, beschimpfte Rilke. Ulrich spielte mit, gutmütig. Inge hielt mir diesen Auftritt vor. Die Erwähnung zweier Errata im Akzente-Abdruck aus der »Liegenden Schlinge« durch Michael verstimmte uns schließlich alle.

21. Mai 1978, München

Mit Jost und Barbara bei einem guten Italiener in Gern. Ich erinnere Jost an seinen Black-Jack. Er will daran weiterarbeiten. – Plötzliche Erinnerungen an das Gedicht. Die Flüge. Die Absage an die Vögel. (Der Start vergraben, zu) Der Fisch: seine Levitation. – Ich dachte an ein Einleitungsgedicht für die »Rede« wie bei den »Metamorphosen«, Ovid.

26. 04. 83 Das wurde ein gutes falsches Buch.
14. 05. 85 Jetzt liegt Jost den zweiten Abend auf der Intensivstation. Ich denke an ihn.
05. 09. 85 Jost und Barbara sind still. Ob wir sie wiedersehen?
15. 10. 85 Ich glaube, wir werden sie verlieren. Nicht Barbara, aber sie durch und mit Jost.

21. Mai 1984, München

Renate beleidigte Ludwig Fels nach seiner Lesung im Werkraumtheater. Er und seine Frau sind verärgert. Meine unfreundliche Kritik an den Gedichten wurde von Renate brüsk übermittelt. Wir saßen mit Sigi Herzog und Ruckhäberle bei einem Italiener. Inge war in Venedig. Unerträglich. Langes Gespräch mit Ursula. Sehr schön. Mit Renate in Haidhausen. Sie zeigte mir das Haus in der Wörthstraße 7. Später bei ihr. Auch meine Kinder besuchten mich, mit Heidi und Michael Faist. Heidi ist sehr verwirrt und weint. Ich verstehe nicht. Mir wird auch nichts erklärt.
Warum diese Suche nach Mythologemen, Theologemen? Es ist das Ungenügen wie vor 45 Jahren. Dies hier genügt uns allen nicht. Und wir genügen diesem Hier nicht. Und wir sehen nichts. Wir müssen aber sehen und sprechen lernen für das nächste Jahrtausend. Okkult. Wo sonst alles? Sehr dumme Frage.
Werner Haas war da. Eben rief Schuldt an. Wir lachten. Ich umarme ihn hier auf diesem Blatt nochmal. Er saß bei den Scheels.

21. Mai 1986, München

Radfahrt durch den Englischen Garten. Ich denke immer an München-Soundseeing. Nehme auch immer wieder Abschied von München. Inge geht aus. Ich sitze allein. Trinke. Hörte soeben am TV F. J. Strauß Botha rühmen und die Zustände in Südafrika absegnen. Dieser Unmensch aus der Prinzregentenstraße. Vor ein paar Tagen ermahnte er die katholischen und evangelischen Bischöfe, ihre Jugendorganisationen zur Ordnung zu rufen: Teilnahme an Demonstrationen gegen Wackersdorf entsprächen nicht dem Bibelwort »Macht Euch die Erde untertan«. Abgesehen von dem Vergehen, dieses Wort aus dem Zusammenhang zu reißen: Warum protestieren die Protestanten nicht, warum stellen die Katholiken das Kathalon dieser Passage nicht her, öffentlich? Warum darf nur dieser Bruder Reagans, dieser Bruder Pinochets reden? Mein Gott, warum hast Du Bayern so verlassen, müßte ein Bischof fragen.
Diana. Mein Zorn. Jetzt hätte ich Dich beinahe vergessen. Du riefst an. In Positano bei Deinem Vater warst Du. – Unsere Pläne für die Zukunft, wenn ich weg bin. Diana wird von München kommend in Terontola haltmachen, bei uns ein paar Tage bleiben, und dann fahren wir zusammen mit dem Auto nach Süden, damit ich Inge Paestum zeigen kann. Ist das gut?

22. Mai 1978, München

Ich glaube mal wieder ganz und gar an dieses Gedicht. Viele Phasen ordnete ich heute neu. Ich kann nichts mehr anderes tun, als diese Gedichte schreiben – wie übel. Keine Verbindung mehr – keine Ratio – kein Gedächtnis.

22. Mai 1985, München

Zum Talion. Schon Erzählung. Wieder Erzählung. Ja. Aber nicht wie bisher. So komplex wie nur irgend möglich. So diffus wie nur möglich. Alle Fäden hängen im Leeren. An je einem Faden hängt eine Figur – ist eine Figur erhängt ins Leere. Das ist der Unterschied. Das ist der Roman. Die sogenannte Postmoderne wird nicht zu unterscheiden sein von der Moderne: an der Oberfläche. Und sie erhebt sich ja auch nicht über die Vergangenheit vermessen. Ich habe keine jugendlichen Usurpationen vor. Ich will das Neue als das uns Entsprechende. Freilich begreift das niemand, sagen wir: wenige.
Am 17. Mai mit Schuldt, Herbert und Jörg führte ich mich zuerst im »Scheidecker Garten«, dann zuhause schlecht auf.
Am 20. Mai haben Werner Fritsch und Michael Langer Inge beim Umzug nach Haidhausen geholfen. Abends kam Lutz dazu, und wir feierten bis 5 Uhr früh. Ich sprach noch mit Michael über seine Gedichte. Auch Hans Karl Fischer habe ich endlich geschrieben. Großartige Freunde. Wir diskutierten auch über den Indifferentismus der Literaten. Über Schuld und Gott. Herburger ließ ich wieder mal nicht herauf.
Habe ich das mit der Erzählung deutlich gemacht? Diese packenden Geschichten, diese schlüssigen und »insofern« aufregenden Filme: das ist mir alles zu plakativ. Ich muß das alles verstricken, versumpfen, verlappen, verschleißen: bis es als Annäherung aus unserem Leben erscheint – nur erscheint. Sonst bin ich wieder im Protokoll und in einer Art Authentizität, die vom Leben ganz weit sich entfernt. Wunderbarer Gedanke, daß das Falsche sich der Wirklichkeit nähert, während das Richtige sich von ihr entfernt. Sehr frech. Aber durchaus denkbar – und schreibbar.
Das Schlimmste in diesen Tagen: Jost hat Inge sehr verletzt. Ich

habe das kommen sehen, wie man so sagt. Meine Phyllis (ich meine P. D. James), also meine Cordelia (Lear?) Gray in »Der schwarze Turm«: »Aber in der Dankbarkeit steckt manchmal der Teufel, vor allem, wenn man für Hilfeleistungen dankbar sein muß, auf die man lieber verzichten möchte.« Ende einer Freundschaft?
Ulrich Sonnemann rief an, um für Sachrang abzusagen. Jetzt fahren wir mit Ludwig allein. Merkwürdig. Ich bin immer noch zu arglos. Ich dachte, er wolle mich gerne sprechen, dabei wollte er das nur hinter sich bringen. Aber dafür möchte ich kein Poet sein, ich meine: um diese Sache zu bestätigen oder gar zu beklagen.
Ich habe heute ein Gedicht begonnen, vielleicht schreibe ich weiter. Der 22. Mai.

23. 06. 85 Ich habe nicht weitergeschrieben. Ich habe wahrscheinlich (das ist unter diesem Datum nachzulesen) nicht mehr die Verklärungswucht in aller Seinsgerechtigkeit, um das Eigentliche echt herauszurufen à la Schwarzwälder Kuckuck.

22. Mai 1986, München

Ulrich Beil war hier. Unsere Erregung über das Zeitgeschehen. Dann plötzlich den Blick frei auf Jesus, nachdem wir über die Illusion von unsereinem – und zwar als konstitutive Subjekte, als geschlossene Systeme (bezeichnete, für sich seiende, nur für sich) gesprochen hatten. Dieser Mensch Jesus, wenn es auch schwerfällt, sollte eben mit den Worten Foucaults: »als ein Ensemble von Strukturen« gesehen werden, »die er zwar denken und beschreiben kann, deren Subjekt, deren souveränes Bewußtsein er jedoch nicht ist.« (Von der Subversion des Wissens); das hieße doch, daß er mit allem, was er ist, hier hinreicht, in den Zusammenhang, in das Ganze, in das Universum wie wir auch: aber er eben als der Größte. Er ist wahrhaftig die Solidarität, von der ich hier (im Sinne Whiteheads) schreibe, selbst, ihre lieblichste Erscheinung: die Liebe selbst, möchte man denken.
Zur Schuld: Wenn wir aufhören damit zu denken, die Subjekte unserer selbst zu sein (nach Foucault), dann kann und darf nicht mehr von persönlicher Schuld gesprochen werden. Jesus und die

Sünderin. Wird das nicht schon in dieser Szene angedeutet? Nicht darum geht es, daß jeder Schriftgelehrte seine eigenen Sünden zugibt, indem er den Stein nicht wirft. Es geht vielmehr um das Streckennetz der Verschuldung: alle haben Anteil an der Schuld der Sünderin. Sie ist nicht allein in der Schuld, weil sie nicht sie selber nur ist und allein und für sich lebt.
Auch über die Entartung der Solidarität sprachen wir: Afterbild Partei. Aus der Solidarität am See Genezareth entstand eine Glaubenspartei: die Kirche. Aus dieser »Gemein«-schaft heraus konnte und kann mit unglaublicher Härte zugeschlagen werden. Ulrich Beil sprach von der Lässigkeit Jesu. Wir kamen im Gespräch über seine Gelassenheit bis zur notwendigen Schlamperei. Im Gegensatz zur entarteten Solidarität erscheint wieder der einzelne, und das ist gut so, weil es sich im »Falschen« bewegt, und es also zu einer Stabilisierung des einzelnen nicht kommen kann.

23. Mai 1985, München

Fahrt mit Balder Schäuffelen nach Klein Helferding. Weihenlinden, Maxlrain, Beyharting und Tuntenhausen. In Ottobrunn wies er mich auf die Otto-Säule hin, die erste Station des Königs von Griechenland nach seinem Abschied.
Überraschung in Helferding. Die Folterung des heiligen Emmeran ist lebensgroß in der Mitte der Kirche dargestellt, auf dem Felsen, auf dem sie stattgefunden haben soll. Ich erzählte Balder vom Rattenspiel, von den Ereignisräumen. Hier sah ich einen. Er erinnerte an seinen »Gladius Dei«-Kasten, der einen Lebensweg in kleine Röllchen zerlegt.
In Weihenlinden in der Wasser-Kapelle ein Engelskopf dionysisch drall auf einer Muschel. Die heiligen drei Päpste (dreimal Gottvater als Trinität. Mißverständnis! Woher? Die Quellen der Volksglaube? Und dann noch Päpste mit der Tiara. Transzendente Klonologie: sieht einer wie der andre aus). Wunderbare Votiv-Lüftlmalerei.
Maxlrain: Grafenschloß-Märchenschloß. Alte Wegweiser (aus der Zeit um die Jahrhundertwende). Gehobene Atmosphäre in der Wirtschaft.
Beyharting: Hier war besonders der Kreuzgang mit den lasziven Bildern interessant. Monastische Pornographie. Das sollte Werner Haas photographieren. – Sehr aufregend: Bilder, die zum Teil erst skizziert, zum Teil schon zerfallen waren. Vollendet und noch gut erhalten oder renoviert der größere Teil.
In Tuntenhausen, diesem Wallfahrtsort für einen Männerverein (CSU), wieder viele Votivbilder.

23.06.85 Klein Helferding: Die Erasmuslegende studieren. Sie sollen ihn ja entmannt haben dort auf dem Stein. Er soll ein Mädchen geschwängert haben oder eigentlich (würde Heidegger sagen) diese Untat auf sich genommen. Heute jedenfalls standen Inge und ich vor ihm in der Pinakothek, dem goldbeprunkten Bischof, ohne Kenntnis bei soviel Heiligkeit einer authentischen Tatsächlichkeit, auf die ich sowieso, wie sagt man . . .

23. Mai 1986, München

Soundseeing-Day. – Das erfand Klaus Schöning. Inge holte ihn vom Flughafen ab. Michael und ich warteten mit der Kassette. Kurze Begrüßung. Und dann sofort die Abnahme. Ich saß rechts vor Klaus, konnte ihn also nicht sehen, hatte sowieso die Augen geschlossen. Nach dem letzten Glockenschlag drehte ich mich zu ihm um und sah sein glückliches Gesicht und glaubte zunächst nicht seiner Gratulation. Ich kann das hier nicht festhalten. Wir brachen sofort auf, fuhren zum »Aumeister« – ein wunderbarer Maitag. Wir speisten im Freien, tranken Weißbier. Dann liefen wir durch den Englischen Garten. Klaus nannte Inge das »Nimmersatthörlein«, weil sie »Soundseeing« nochmal hören wollte. Ich lehnte das ab. Wirres, glückliches Gespräch. Wir brachten den Freund zum Flughafen. Zu Hause wurde die erste Flasche geöffnet. Diana Kempff kam von Villach dazu. Auch Jörg Drews trank mit. Irgendwann schlief ich ein.

24. Mai 1982, München

Ich bin nicht fertig, aber ich bin durch. Das sagte ich auch Michael Krüger am Telephon, ziemlich betrunken. – Jetzt muß ich mit Poppes hinauf im Haus Elisabethstr. 8, das auf der Münchener Freiheit 10 steht.

16. 05. 85 Jetzt bin ich wieder einmal durch, aber das erste Mal. So wie meine Bücher gebaut sind, muß man sehr oft: durchkommen. Wahrscheinlich gilt das auch für die Leser. Was ist dieser Wunsch? Ich meine: nach Lesern? Geld nicht. Klar. Es muß mit dem Kopf zu tun haben. Und mit seiner Vervielfältigung. Mit seiner Handlungshemmung, schlimm, auch. Oft gesagt. Wie sagt man es am liebenswürdigsten: Ich will in vielen Köpfen sein und Licht anmachen, aber nicht mit Schaltern, sondern mit Verknüpfungen, mit verwegenen Anschlüssen. So ist das.

24. Mai 1985, München

Hellas Philomas in der Schleißheimer Straße. Ich sprach zuerst mit Diana zuhause. Gegen zehn Uhr kamen wir zwei Ehrengäste. Dann begann der Tanz. Dann gab es viele Mißverständnisse und Verständigungen. Was später geschah, muß ich mir in nächster Zeit erzählen lassen. Paul Wühr hat sich aufgeführt. Das Schratzenblut. – Nach dem Ausschlafen mußten wir mit Ludwig Döderlein nach Sachrang fahren.

24. Mai 1986, München

Am Morgen ging es weiter. Michael holte Bier und Wein. Wir redeten. Wie kann man nur so lange, so viele Stunden lang reden? Ich weiß nichts mehr. Ich wollte nicht aufwachen.

25. Mai 1986, München

Kein angenehmes Aufwachen. Ich hatte Schmerzen am rechten Fuß. Meine Angst. Aber es schien nichts gebrochen zu sein. Inge sprach mit Werner Haas in dessen neuer Praxis. Werner vermutete, es sei eine Verstauchung. Gedämpfter Gang durch Reue und Vorsatz: wir liegen herum. Das war eine schreckliche, wilde, quälende und außerordentlich freudige Zeit.

26. Mai 1978, Münster

Inge ist mitgefahren zum Lyriker-Treffen. Sie diskutiert über Verkaufszahlen von Gedichtbänden. Lesung mit Priessnitz und Pastior. Bei der Großlesung kam ich mal wieder als Lehrer dran. Gespräche mit Astel und Derschau. Mit Ludwig Fels wollte ich sprechen, aber das gelang nicht. Lag nicht an uns. Trubel. Mit Isolde Ohlbaum und Inge beim Wasserschloß der Droste. Kuriose Photos. Mehr oder weniger blödsinnige Posen. Während ich in einem Wirtshaus las, waren die beiden noch bei Karin Struck.

01. 07. 81 Ludwig Fels. Da ist ein Gespräch gar nicht nötig.
14. 09. 83 Jetzt hängt so ein Photo von mir im Stadtmuseum.
16. 05. 85 Ich muß den Felsens schreiben.
22. 05. 85 Davon gibt es einen Entwurf. Kein Brief.

26. Mai 1985, Sachrang

Morgens mit Inge in der Sauna. Ludwig saß zeitunglesend auf dem Balkon. Dann fuhren wir nach Feldwies am Chiemsee zu Stefan Moses und Else Bechteler, wo Martin Enzensberger sich einquartiert hatte. Später kamen Ruprecht Geiger und seine Frau dazu. Herr Professor Döderlein führte das Gespräch, denn Willi Geiger hatte ihn einmal porträtiert. 1933 wurde er aus seinem Lehramt entlassen und lebte hier am Chiemsee. Sein Sohn hat das Haus übernommen. Sie sprachen hauptsächlich über Preise. Der nervöse, überarbeitete Moses bewirtete uns großartig.

23. 06. 85 Der liebe Stefan. Ich nenne ihn den Nichtvorzeige-Gastgeber. Wahrhaftig, er hat uns nicht einmal sich selber gezeigt. Wie gemütlich. Umso schlimmer alle anderen, die gar nichts zu zeigen hatten. Else Bechteler erlöste uns aber immer wieder.
Ich werde vom 1. Januar bis Ende Februar datiert in diesem Buch weiterschreiben, nicht mehr die Tage, aber die Zugaben. Sobald ich auf dem Berg bin, beginne ich sowieso meine Bergschleife: dort werde ich mir in einem

neuen Buch wie in einem neuen Land ein Zuhause schaffen.

03. 07. 86 Dieser Stefan Moses. Der ist so lieb, wie man sich das nicht vorstellen kann. Alles weiß er zu berühren, wo es gut tut. Ich möchte ihm immer wieder begegnen.

09. 07. 86 Er begrüßte uns in der Wörthstraße. Mit nichts, mit niemandem wies er auf sich hin. Ich möchte ihn auch nicht rühmen, soweit bringt er einen. Der Photograph Stefan Moses. Er hat uns nicht nötig.

27. Mai 1978, München

Die Figur (auch die narrative) der Rede hat sich jetzt in einem Jahr herausgebildet. Aber was sehe ich? Es ist nötig, bei meiner Rede alle Elemente, auch die reaktionären, mitreden zu lassen, um sie zur Sprache (ans Licht) zu bringen. Das ist es, nehme ich an.
Es ist nötig, die Rede so zu sehen: Sie ist als Ganzes die Darstellung einer Auseinandersetzung in der Sprache; so wie ich aus dem unbewußt Gesprochenen das heraushöre, was mir Information zu sein scheint, aber eine, die begriffsstutzig auftritt. Die Erkrankung wird hinausgesprochen, mit Wörtern ausgetrieben.
Ich muß die Figuration der Liebe genau beschauen, muß sehen, was sie in dieser Rede bedeutet: Vögel.

21.09.85 Vor sieben Jahren. Was für eine gute Zeit. Aber das heißt doch, daß ich in drei Jahren, also ernsthaft und täglich das FB schrieb?

27. Mai 1985, München

Ich lief das erste Mal über eine Stunde in meinen orthopädischen Schuhen. Es ist immer noch eine Qual. Heiße Tage sind das jetzt. Unterwegs Plan: Doch nur fünf Jahre zusammenzufassen und zur seltsamen Schleife zu binden, die allerdings dann durch fiktive Tagebücher meiner Pseudos ergänzt werden. Zuerst von Poppes, dachte ich mir: von 78-83 (Herzinfarkt). Das sollen die Pseudos-Bücher werden. Ich hätte dann also jetzt schon den realen Teil des Poppes-Buches. Und schon zwei Jahre des Rosa-Buches. Eine Vorstellung, wie ich bei den fiktiven Eintragungen vorgehe, was ich da verfolge – habe ich noch nicht. Im Poppes-Buch kann es in der Hauptsache nur um die Münchener Freiheit gehen. Also um die Führungen zunächst einmal. Auch um Forschung nach mir selber. Paw. Alle Pseudos kommen vor. Sie lesen auch im blauen Talion; dies aber erst ab Rosa-Buch. Das ergäbe also fünf seltsame Schleifen (5 × 5 Jahre). Was mich reizt, ist dieses Konglomerat aus Fiktion und Realität. Auch die Möglichkeit der direkten Reaktion auf die Zeit.
Noch etwas: Poesiealbum (Onkel-Herbert-Gogol-Story). Ich

dachte heute daran, die Politiker (Welt!) da ins Album und ins Spiel zu bringen. In könnte sie in München in den unmöglichsten Gegenden und blödsinnigsten Wohnungen leben und wirken lassen: vor allem besuche ich sie (oder eine Herbert-Figur. Wie war das?). Das Buch wird ausgestellt: ein Ort (Museum?). Es muß kein Poesiealbum sein. Aber so könnte der Ausstellungstitel heißen. Es handelt sich vielleicht um die Environments dieser Leute: sie sollen alles mögliche dazu stiften. Ich stehle vielleicht. Gegenseitiges Übertreffen: das ist es. Das reizt sie: die Originalität. Sucht: so in etwa. Aber das ist es noch nicht.
Diana rief an. Leider erzählte sie mir von dem Hellas-Fest. Sie sprach besonders von diesem wilden Schläger Paul Wühr. Man sollte verbieten, über Feste zu berichten.

05. 07. 85 Ja. Das muß in diesem parlamentarischen, wie heißt dieser Schmarrn, Staat ein Gesetz werden. Jetzt kommt kein Lebendiger weiter.

28. Mai 1983, Passignano

Vor der sechsten Nacht in Passignano sul Trasimeno: Ich konnte nichts notieren. Ich bin hier nicht an einem Urlaubsort. Kein Tourist. Das soll einmal meine Heimat werden. Die Ziegen. Die aufregende Hornisse am Fensterrahmen unseres Zimmers in diesem Haus, in dem unsere Wohnung noch ein Stall ist.
Wir froren. Heute war es erträglich. Ich lese die Galilei-Biographie von Albrecht Fölsing. Wann werde ich aufschreiben, was wir kurz vor der Abfahrt bei Jost und Barbara in Irschenhausen besprachen. Über die Liebe als Subversion. Josts Pygmäen-Stories. Ich muß darauf zurückkommen.
Auch »Die englische Katze« von Henze – ich las eine Kritik in der NZZ – spielt eine Rolle in diesem Buch.
Beängstigend: meine Schwerfälligkeit hier. Aber zwei Spaziergänge durch die Macchia hinauf und mein ganz zauberhafter Rundweg: Bläulinge, Wacholder, Pinien – immer über dem Trasimeno. Unsere künftige Wohnung genau über der Ölbaumgrenze – in den Eichen. Vor unserem Fenster: Der Feigenbaum. Die Geckos.
Bomarzo – also endlich bei Vicino Orsini – Meraviglia, die Sirene. Auch zum ersten Mal die andere Seite des Sees berührt. Feliciano, Monte del Lago.
Perugia, Inge war beim Notar – Macht, Stein, Campus, Verwirrung. Die großen Nasen der Mädchen hier.
La Casa Wühr: Minestrone, Sonnenbrand, nur im Gesicht. Wärme. Südlich.

28. Mai 1986, München

Der Umzug nach Passignano soll also jetzt am 7. Juli sein. Am 10. Juli werden dann Sancho und ich abgeholt.
Gestern kleine Redaktionssitzung mit Inge: Besprechung der Juni-Schlinge. Es ging um Unleserliches. Zwei oder drei schreckliche Ausfälle gegen Personen wurden abgetrennt. Sonst blieb alles, wie ich es schrieb oder oft nur hinwarf. Das erschreckt mich jedesmal wieder. Aber ich halte die ursprüngliche Absicht dieses Buches fest: Überlegtes, relativ gut Formuliertes soll neben Geschmacklosigkeiten, Dummheiten und schlecht Formuliertem ste-

hen. Warum das so sein soll, dafür gibt es viele Gründe: alle kenne ich wahrscheinlich noch gar nicht. Jedenfalls wage ich die größte Distanz zu den Schönschreibern. Ein Jünger, wie schon oft beschrieben, würde sich schon nach der Lektüre des FB beschmutzt fühlen. Sicher: Urteile liegen schief, Kritik trifft daneben. Das bleibt. Oft weiß ich nicht mehr, was gemeint war. Warum ich Weizsäcker, den Naturwissenschaftler, am 3. Januar einen Karrieristen genannt habe, kann ich kaum noch ahnen und nicht einmal mir mehr erklären. Aber ich laufe diesem Ausfall nach. Freilich, meine Stimmung ist immer geladen gegenüber Amtsträgern, auch solchen aus der Wissenschaft; die Begabung zur Übernahme ehrenvoller Aufgaben ist mir immer verdächtig. Da geht dann leicht ein Schuß los und leicht daneben, wie wahrscheinlich in diesem Krach. Den Vater der großen Brüder hätte ich mit mehr Recht belästigen können. – Gut oder schlecht. So ist das in diesem Buch. Die Wutausbrüche sollen nicht eliminiert werden, auch wenn sie einen Falschen treffen; um einen Richtigen handelt es sich in aller Regel sowieso.

Lektüre: Donald A. Prater »Ein klingendes Glas. Das Leben Rainer Maria Rilkes«. So sollte man eine Satire schreiben. Genau so. Mit diesem Ernst. Mit dieser vorgezeigten Vorliebe für den Gegenstand. Immer übergangslos in Nachträgen diesen ausliefern: einer unerbittlichen Überprüfung. – Aber Prater schreibt keine Satire, nicht freiwillig. Mich schüttelt es bei der Lektüre vor Lachen, das übergangslos zur Wut wird oder diese immer schon ist. Ich darf hier nicht loslegen. Ich müßte Einzelheiten dieser »dichterischen Existenz« beschreiben. Vergeblich halte ich Ausschau in unserer literarischen Landschaft nach einem ähnlichen Darsteller eines Poeten. Schon zweifle ich wieder. Sollte es doch eine Satire sein? Die Gedichte des unsäglichen Sagens sind selbst schon des pausenlos säglichen Unsagers Parodie. In der blauen Talion werde ich Rilke abfeiern. Übrigens: Rilkes Künstler-Galerie ist auffallend schlecht gemischt, oder was hätten Cézanne und Picasso (in der Liebe des ausgestellten Einsamen) zur Nachbarschaft mit Chagall und Franz Marc gesagt? Und diese vielen klimpernden, knetenden und pinselnden »Gänse«. Wie fühlen sich ein Gide oder ein Rolland in ihrer Gesellschaft?

29. Mai 1982, Sachrang

Wir fuhren mit Ludwig Döderlein hierher zu Ulrich Sonnemann. Die ›Siedende Urmaterie‹ ist eine thermodynamische Klonerei. Wanderungen mit den zwei Philosophen. Inge läuft voraus und kommt zurück wie ein Hund. Das geht ihr eben zu langsam. Langes Gespräch. Am nächsten Morgen nennt Ludwig mich einen Hymniker. Ich hatte Ulrichs Aufsatz in der »Stadtbesichtigung« von Wiesner gerühmt. Ist ja auch vielleicht eine Unart. Aber unterlassen werde ich derartiges auch in Zukunft nicht.

20. 09. 83 Diese zwei Agnostiker. Ulrich insbesondere möge mir verzeihen, daß ich gerade, ganz gerade aus ihm herauslese: was ich nicht zum Überleben, sondern zum ewigen Leben brauche. Seine Schüler. Die Festschrift. Dem Agnostiker seine statischen, negativen Theologen.

14. 05. 85 Da erinnere ich mich an einen Abend im März im »Scheidecker Garten« mit Ulrich und wieder vielen Frauen: mehr geschminkter Staub. Mein Erstaunen über seinen Beitrag in der »Freien Universität« über das Heilige wies er erstaunt zurück: Giordano Bruno, Schelling habe er immer sehr beachtet. Ich ergänzte kleinlaut mit Cues. Kein Wort mehr. – Als ich Döderlein davon erzählte, sprach der von Altersfrömmigkeit.

28. 08. 85 Heute gab ich Lutz Hagestedt die »Negative Anthropologie« meines großen Freundes. Wenn er nur immer mit einem Rest von Respekt über mich lachen könnte.

10. 10. 85 Das Zeitalter des Ohrs. Ja, da verstanden wir uns. Aber es muß so sein, daß Ulrich die Sprache der Kinder, der Poeten, die er so liebt, doch nicht ganz versteht, verstehen darf; vielleicht. Lieben darf er sie. Er deutet diese Liebe an, der geliebte Denker.

29. Mai 1985, München

In der vergangenen Nacht: Jetzt wurde aus dieser seltsamen Schleife eine zehnjährige, in der alle fünf Pseudos die Lücken ausfüllen. Vorher: Plan einer fünfjährigen Schleife, die von den

fünf Pseudos, von deren Tagebüchern ausgefüllt wird. Also jeder Tag übernimmt ein Jahr. Das ist selbstverständlich bei ihnen kein Jahr, und die Daten sind nur äußerlich; es muß deutlich herauskommen, daß die fünf kein lineares, also auch kein chronologisches Leben haben. Das ließe sich auch mit sieben Jahren machen. Zwei Figuren werden dazugewählt, etwa Rummelpuff oder Hermann und Dorothea. – Dieses letzte Konzept hat den Vorteil vor den anderen, daß es keinen so riesigen Zeitaufwand treibt.
Heute morgen wurde ich in der Martiusstraße gründlich untersucht. Inge schickte mich los, da ich ein Schwindler (Schwindelanfälle), ein Schnarcher, ein schmerzhafter Sitzer und ein schlimmer Schwitzer sei.

07. 06. 85 Ich dachte heute einen ganz großen Gedanken, der als Vergitterter Tränen vergaß. Sollte das nicht der Heutige sein.

17. 07. 85 Vergaß? Ja. Das kann nicht vergoß heißen. Das ›a‹ ist zu deutlich abgesetzt, herausgestellt.

29. 05. 86 Gestern nachmittag fuhren wir nach Ingoldstadt zu Dagmar und Hansjörg Kieser. Ganz lieber Empfang und nach Verabschiedung der Tochter, die nach Hamburg fuhr, gleich eine bayerische Brotzeit. Da saß ich mit Inge vergnügt in einer Stadt, die mich durch ihre Lions-Brüder einmal mit Schimpf und Schande aus ihren Mauern vertrieben hatte. Dann die Stadtführung: der Dom, die schnurgerade Hauptstraße, die Universität. Neben den historischen Erinnerungen die privaten Kiesers in seiner Heimatstadt. Besonders schmerzt ihn noch heute die Beseitigung der Ruine der alten Franziskanerkirche: gegenüber vom großzügig angelegten Theater ist nur noch ihr Grundriß, im Pflaster nachgezeichnet, übriggeblieben. Er war als letzter vor ihrer Zerstörung aus dem Luftschutzkeller gekrochen und dem Bombenhagel auf die Innenstadt entkommen.
Dann tranken wir einige Viertele im Ratskeller. Hansjörg erzählte die Geschichte seiner Verlegerfamilie und natürlich auch von S. Fischer bis wir zuletzt zu Hause gar tanzten. – Am nächsten Morgen wurden wir von Dagmar sogleich wieder umsorgt, doch dann bei der

Besichtigung des Asam-Deckengemäldes der Kongregationssaalkirche Maria de Victoria wurde mir von soviel überblickenden Aufblicken schlecht. Ich schrieb den Kiesers noch einen Satz über ihr Ingold ins Buch.

30. Mai 1978, München

Aus den Photographien ausbrechen: Dieser erstaunlich liebevolle Akt, uns in Holzsärge zu legen seit der Jungsteinzeit.

05. 09. 85 Dieser dumme Gedanke. – Was Schreiber alles wichtig nehmen oder Menschen-Leute. Das Geschlechtstheater ist natürlich eine große Wichtigtuerei, und wenn das einer feststellt, mit Kraus gesprochen: der ist out. Ganz einfach. Dieses Fach der Leutschaft ist so unantastbar wie der Secret Service. Das hat seinen Grund in der bündigen Schwatzologie, die in der unverbindlichen Löchrigkeit aller Damen ihre Niederlage erleidet. Die mehr oder weniger hüftigen Damen sind weniger oder mehr derart dumm, daß sie auf den Antimännertrip im Geschlecht setzen, anstatt in den Wörtern. Aber gewisse kleine Lyrikerinnen folgen da nach. Wenig Kopf, viel Baum. Eben zuviel Bauch. Gegen Kopf ist Kopf verlangt.

Wenn man schreibt, verurteilt man. Ich gewöhne mich daran. Auch als Falscher. Der falsche Verurteiler? Das nur zu denken ist zu schwer.

21. 09. 85 Heute ist mir danach, nichts auszudenken.

08. 10. 85 Notiz einer niederen Dame?

30. Mai 1980, Dublin

Überschneidung: zweimal im Mai. Einige Tage voraus in einem vergangenen Jahr.

Wir sind schon sechs Tage in Irland. Kurzer Rückblick: Rudolf Volland holte uns ab in sein komfortables Haus in Black Rock. Wir bestiegen den Turm von Sandymount, das Joyce-Museum. Enge hohe Stufen. Sehr beschwerlich das alles mit meinem kranken oder noch nicht gesunden Bein. Brusthohe Wehr. Die Geschützrotunde. Überblick über den Naturhafen Dublins. Ich erinnere mich nur an drei Pubs, die wir in den nächsten Tagen besuchten. Tips von Barbara Wehr.

16. 05. 83 Auf der Münchener Freiheit haben wir im ›Turners Pub‹ Nathalie gezeugt und geboren.

Am Tag meiner Lesung im Goethe-Institut wurde Rudolf geschäftig. Er versuchte eine Wiederbelebung seiner Poetologie aus den fünfziger Jahren. Das wurde dann peinlich am Abend. Zuhörer waren etwa dreißig irische Deutschlehrer und -schüler aller Altersstufen. »Grüß Gott« und »Rede« gelesen, geredet. – Fazit: Ich habe meine Gedichte bis Dublin gebracht. Das wars.
Nachher bei Vollands Erleichterung: man hat sich mit mir nicht blamiert. Später dann Rudolfs Angriffe. Er kritisierte meine Unsicherheit im Gedicht, in dem ich Hegel zitiere.
Endlich Aufbruch nach Westen. Fahrt bis Virginia. Swift-Land. Spaziergänge durch blaue Blumen und Erinnerungen an glücklichere Zeiten: Ferney-Voltaire.
Zuvor Tara, Sitz der Hochkönige von Irland und die berühmten Schlachtfelder von Boyne-Valley. Schließlich New Grange.

16. 05. 85 Einmal im Jahr trifft die Sonne auf die Asche der Toten tief im Innern der Grabkammer. Solare Mathematik. Nekrophile Figuration.

Die Hochkreuze von Monasterboice und eine stille Stunde in den Ruinen von Boyle-Abbey, einem Zisterzienserkloster. In Sligo bekam ich neue Schuhe. Ich bin schwerfällig, wahrscheinlich lästig. Nach Irrfahrten durch Yeats-Country landeten wir in Ryan's Hotel, auf der westlichsten Spitze von Sligo Bay. Am nächsten Morgen im Frühstücksraum eilte eine Dame auf uns zu und rief immer wieder: »Was für ein Unfall, was für ein Unfall!«, uns hier zu treffen. Sie war bei meiner Lesung in Dublin gewesen.
Diermaid und Graine. Mir geht es wie Finn. Das Wasser rinnt mir durch die Finger.
Aufgeregte Lehren dieses Himmels. Die Dohlen schreien. Schwarze Katzen der Luft. Es gibt hier keine Gespräche, die ich auf meine Wurfschaufel legen könnte.
Aber der alte, weißhaarige Ire. Ich hatte aus der »Rede« gelesen, da erzählte er eine Trinkeranekdote: Uneingeladen sei er in einem Haus angekommen mit der Entschuldigung, er sei zuhause nicht eingeladen gewesen. – Er war es auch, der meine kurzen Straßenan-

reden aus »Grüß Gott« verglich mit dem kurzen Wortwechsel irischer Revolutionäre, mit ihrer verärgerten Trauer.
Eine junge Zuhörerin hatte nicht glauben wollen, daß ich nur aus dem Zorn heraus schriebe. Das bestürzte mich. Schon verraucht? – Eine Frau fragte mich, ob ich lebte oder schrieb.
Was ich von den Iren nicht lernen muß: die Liebe zu den Toten. Oft glaube ich, hier zuhause zu sein. Iren haben die Bayern begeistet.

30. Mai 1984, München

In den letzten Tagen schrieb ich viel; ich änderte meinen Arbeitstag und laufe von 8.30 Uhr bis 10 Uhr, schreibe von 11 bis 15 Uhr. Der Frauen-Juden-Lourdes-Komplex ist weitgehend da – ausschweifend genug. Das macht auch angst.
Abends in der Wörthstraße. Ich sah das erstemal unsere kleine Münchner Wohnung im 3. Stock unterm Dach des Hinterhauses. Sehr hell, zwei riesige Fenster. Das ist gut. Es gefiel mir außerordentlich. Das endete dann auch im Chaos; der Sonntag war schlimm.
Ursula war hier. Langes Gespräch. Faschismus-Stil. Ich erzählte von Gentile, sprach aber dann doch von meinen Vorstellungen, nicht nur Stil: dickster Inhalt. Inhaltismus. Schreckliches Wort, ja: aber eben für eine schreckliche Sache. Bei uns ist das Rassismus. Meine Formel, die ich ja in den »Sie Pra-Passagen« durchspiele. Das Richtige, wenn es sich absolut etabliert, ist Faschismus.
Morgen fahren wir nach Passignano zum Notar. Johannes und Renate kommen mit.
Inge hat den Gesellschaftern ihren Abschied von der Buchhandlung für das Frühjahr 86 angekündigt.

30. Mai 1986, München

Die Bergpredigt provoziert die Erkenntnis, das es das Richtige im Verhalten des Menschen nicht geben kann: sie also immer falsch handeln, alle mehr oder weniger. Das ist die Lehre von der Vergebung. Liebe.

06. 07. 86 Komm wieder zurück, Hermann. Ich liebe Dich. Wie ist es dazu gekommen, daß wir zwei uns aus einer Wohnung vertrieben haben, die keinem mehr gehört? Mußt nicht lachen? Ach, lach doch. Ich bin extern. Nimm es doch so. Wie konntest Du jemals vorhaben, mich zu integrieren? Wenn meine Poesie Neutralität ist, dann darfst Du mich brüderlich verdammen. Jesus. Gut, er soll auch nicht gelacht haben wie Du. Ihr Religiösen, was seid Ihr für wunderliche Menschen. Ich liebe Euch. Wenn ich jetzt weine wegen unserer Trennung, dann sei Du lieber nicht traurig. Ich fühle mich schlimm. Auch Du mußt einen theatralischen Sinn für Abtritte haben, denn so hätte ich mich nicht von Dir verabschieden können.

31. Mai 1983, Passignano

Die Tage hier sind zu voll. Das läßt sich nicht referieren. Hier muß man leben. Ein neues Leben. Vita nuova. Mein liebster, mir bekanntester Mensch: Inge. Gespräche wie von Antarktis zu Arktis. Aber alles wie ganz nah. Das gefällt mir auch. Das erregt mein ganzes Gefallen. Das ist nicht Frühling und nicht Herbst.
Wir haben zunächst die Heimeran-Phywa-Phase besprochen. Bis zu meiner Bemerkung, daß immerhin der Detektiv Dupin (Poe – ich-Gott) den kleinen Überblicker aus seiner Sterilität holt, und zwar herunter in die Lust.
Dann kamen wir auf den Ort Passignano: Hier werden wir leben! Was wir über die Liebe sagten. Daß wir hier zusammensein werden. Mehr nicht. Weniger auch nicht.
Sie gibt nichts auf. Inge. Ich will sie nicht dazu bringen: sich aufzugeben. Aber das schien überholt zu sein. Meine Mutter. Mein Vater. Mein Mißtrauen. Das wurde zur Frage. Die Antworten sind schon tot.
Meine neuen Figurationen. So besoffen, wie ich jetzt bin, geht nichts mehr. Dieses mein unartiges Vertrauen auf die Zeit.

Letztes neues Vorhaben: der Akklamator. Auf der Fahrt hierher habe ich eine neue Figur erfunden: der im Falschen Erwachende, einer, der bei allen möglichen Figurationen als »Klatscher«, ewiger Jasager, Beistimmer mitmacht (Intermezzos), aber dann plötzlich aufwacht und den Schrecken des schlimm Falschen erkennend: losheult. In ihm notiere ich meine eigenen Schrecken in diesem Buch, z. B. den Kot. Er macht ihn in seinem Schrecken ganz abgefeimt ehrlich (das zieht sich durch das ganze Buch).

31. Mai 1985, München

Sibylle Kaldewey kam zu Besuch. Wieder ein sehr langes Gespräch. 11 Stunden. Don Juan-Thema. Ich erzählte von der Bergman-Inszenierung. Auch an Fellini erinnern wir uns. Meine andere Sicht: Juan kann nur erobern. Behalten kann er nichts. Das übernimmt sein Diener: dieser liebt (mimend und stellvertretend), er ist zärtlich, menschlich. Daraus ergeben sich andere, neue Ver-

strickungen. Juan ist starr. Er ist der Voyeur der Liebe, nicht des Sex. Ihn interessiert zunächst nur der neue Körper. Da ist er unersättlich. Sein Voyeurismus (der Liebe) muß zum Hindernis werden. Schläft er dann immer wieder mit derselben Frau, so muß diese die Divergenz bemerken.
Zu bedenken ist auch, daß er doch auf Frauen trifft, die mit Liebe gar nichts anfangen können, die also diese Liebe auch mehr bestaunen, auch die Regungen des eigenen Gefühls. Verwirrungen hier ganz anderer Art. Sterilität des Abenteuers. Der normale Leib; phantastische Veränderungen zerstören den Sex. Vielleicht darf man eine Seejungfrau durchgehen lassen ... Klaus Voswinckel fragte Sibylle, ob sie mir ihre Texte zeige. Als sie bejahte, meinte er, ich würde ihr wohl das Schreiben verbieten, jedenfalls versuchen, es ihr abzugewöhnen.
Sibylle über New York: Stadt der Singles. Die alleinstehende Frau hat es nur mit Homosexuellen oder verheirateten Männern zu tun. Ihr Vergnügen, daß sie in Rom die Männer aufregte. Dort sei die erotische Welt noch in Ordnung.
Sehr aufschlußreich: der Lektor Thomas Scheuffelen, den sie in New York traf, erkundigte sich, ob ich immer noch so viel trinke. Er war mal bei uns, während er mit Günter am »Flug ins Herz« arbeitete. Der vermittelte also das Trinkerbild. Diana Kempff erzählte mir auch, daß Herburger sie nach dem letzten Philoma-Fest gefragt habe, wie sie mit einem derart haltlosen Menschen befreundet sein könne. Inge hat er bei der Gelegenheit gefragt, wie sie es mit einem so schlechten Schriftsteller aushielte.

13. 09. 85 Ich werde ihn nicht mehr sehen. Ich bin also in Wahrheit nicht mehr in der Elisabethstraße. Der Abschied fällt immer leichter. – Die Intellektuellen der Nr. 8 haben sich übrigens bei der Hausverwaltung über unsere Hausmeisterin beschwert – und mit Erfolg. Frau Lattner muß ausziehen, man hat ihr sogar Hausverbot erteilt. Eine feine Alliance zwischen Linken und Großkapital. Inge warf jedem der Beteiligten einen Zettel mit »Bravo!« in den Briefkasten. Ob sie das wohl begriffen haben?
Sibylle kann jetzt bald wieder an ihren Erzählungen schreiben.

1. Juni 1978, München

Warum sage ich immer: »Sie bemerken das schon?« Mache ich aufmerksam auf die vielen Wendungen? Ist das der Kern der »Rede«? Eine Vorführung. – Des Irrens? Hierher gehört auch: »Wie bin ich drausgekommen«.
Dichtung ist lächerlich in dieser Welt. Ich lache nicht. Wie Ludwig Harig, der Freund, sagt: »Dichtung stellt nicht fest, sie ist aufgehoben.« Aus Nichts ist das Licht. Mit Diderot hatte ich noch wenig zu tun. Der Mai 68 wird nicht verlassen. Mai-Liebe: das baue ich ab. Zerlegung. Mord. Mai 68, die Revolte, die keine Unterdrückung durch ihre Protagonisten zur Folge hatte.
Damit hängt das auch zusammen, daß ich eine Untersprache suche, jedenfalls eine, die nicht als Machtinstrument taugt.
Syntax: ist sie in Ordnung, dann ist sie zur Macht brauchbar. Wasser – ein Zeichen dafür, daß ich die übermächtigende Geschichte überschwemme.
Was Glucksmann sagt über die cartesianische Weise der Naturbeherrschung, geht nicht mehr, sondern Menschenbeherrschung findet ihren Ausdruck im Campus I.
Die ganze »Rede« ist drausgekommen.
Wenn man ein Gedicht von diesem Umfang schreibt, ist man sehr lange allein. Ich hatte keinen Partner. Das muß man bedenken. Hier wurde nichts gelöscht. Hier wurde nichts gereinigt oder umgeschrieben, abgelenkt. Der Falsche schreibt allein, deshalb. Ich lasse mich selber nicht zu: als Korrektor oder Verbesserer. Ich weiß um die Gefährlichkeit mancher Wendungen. – Das letzte Gedicht von »Grüß Gott« könnte am Anfang der »Rede« stehen.

1. Juni 1979, München

Das Subversive ist keine Armee in voller Einsatzbereitschaft.

1. Juni 1980, Sligo

Fahrt nach Norden durch Donegal. Zuerst Besuch des Friedhofs von Drumcliff, um Yeats' Grab zu sehen. Sehr kalt, unsentimental.

Spärliche Einfassung und abweisender Spruch: »Cast a cold eye on life, on death, horseman, pass by«.
Wir machen einen Abstecher durch Nordirland (Ulster), geraten in eine Sackgasse: die Brücke war zerstört. Im Grenzort Pelligo sitzen die Zollbehörden in einem Wohnwagen. Lough Erne mit der Wallfahrtsinsel des St. Patrick. Ein großes Boot vollgeladen mit Katholiken, mit Wallfahrerinnen in Stöckelschuhen. Auf sie warten drei Tage Barfüßerei, keine Getränke. Das werden sie aber durchstehen in der einen heiligen Meinung.

1. Juni 1981, München

Versuche, im »Falschen Buch« weiterzukommen.

24. 06. 85 Versuch es. Das wird dir Spaß machen. Gott. Herablassung. Davon erzähle ich noch heute. Ich glaube an Gott, den herabgelassenen, der sich selber vergaß und an uns gedacht hat, im Jahre des Menschen. Verzeih' mir Nietzsche, dem Menschliches fremd – oder nicht fremd war? Der hatte doch nichts übrig für uns. Er hätte uns schon erst aufblasen müssen, bevor er unsere Luft abgelassen hätte. Ich meine das metaphysisch, nicht logisch.
06. 07. 85 Versuche, im Hörspiel »Metropolis« überhaupt einmal anzufangen.

1. Juni 1982, München

Sibylle war hier. Ein vierzehnstündiges Gespräch. Ein Exercitium: das FB. Zerreißprobe. Es ging um das Erzählerdenkspiel, die Hauptfiguration.

07. 07. 83 Habe ich damals schon ausgesprochen, was ich über diese Figuration denke?
20. 09. 83 Gespräche sind nicht aufzuzeichnen. Das ist in diesem Buch ein besonderer Schmerz. Es war mir nicht möglich, das Lebendige in die Buchstaben zu bannen. Sibylle und Volker Hoffmann, beide müssen enttäuscht wer-

den. Mit ihm habe ich gesprochen. Da ich mit dem Papier zu reden verstehe, kommen beide sehr schlecht weg. Ich will hier sagen: daß es sie gibt, ist eine ungeheure Voraussetzung für dieses Reden aus dem Papier heraus. Wenn sie es nicht aufgegeben haben, mit einem Paul Wühr zu reden, so deshalb, wie ich hoffe, weil sie ihm nie das Papier waren, auf dem und aus dem er und auch sie alles redeten. Da leben sie. Und von niemandem lasse ich mich so gern und so willig korrigieren wie von ihnen. Immer, wenn ich sie jetzt hier und auf dem Papier zu einem Paar mache, dann sollten sie darüber Sibylle und Volker sein. Sie leben für alle, die ich liebe. Und das sind alle in diesem Papierbuch. Meine weiße Liebe ist flach. Gott ist der Flachste; ein aufgeschriebenes Wort.

1. Juni 1985, München

Waldspaziergang mit Konstanze in der Nähe von Glonn. Wir quatschten. Interessant war, wie sie sich aufführt, ich meine: in der Gesellschaft. Da gibt es Parallelen. Unser Schrettenbrunner-Blut?

16. 07. 85 Sprach mit Heidi Fenzl-Schwab. Immer wieder war ich versucht, John Ruskin zu zitieren. Immer wieder sprach ich von meiner psychischen Gesundheit. Sprachspiele. Zahlenspiele. Narzißmus. Wie sie das mit ihrem Tirolerisch aussprach.

1. Juni 1986, München

Blumenberg über ein Säkularisat: »Schließlich soll die Rücksichtslosigkeit der Selbstenthüllung in der literarischen Selbstdarstellung verschiedenster Formen nichts anderes sein als die säkularisierte Selbsterfahrung des Pietismus und Puritanismus, die zur wissenschaftsförmigen Genauigkeit transformierte Aufrichtigkeit der religiösen Reflexion.« Das zur Schlinge. Kein Kommentar nötig. Damit hat sie schon gar nichts zu tun.
Auch im dritten Teil von Soundseeing: die frivole Urbanität, das

Rutschen von einem in das andere ist hier in der Prozeßintensivierung, in der Zeitraffung, der Auftritt der Kinder mitten in der negativen Utopie, der Untergangsvision.
Figuration: Weder Erzählen, noch Fabulieren – Choreographie.
Die Lektüre philosophischer Werke bei mir: Sie ist die Übersetzung von Fremdsprachen. Ich übersetze in Poesie. So erst wird meine Lust an Erkenntnis aktuell befriedigt. – Nietzsche: Wissenschaft entsteht, wenn die Götter nicht gut gedacht werden. Ich denke mit großer Ehrfurcht an Giorgio Colli.
Vergiß dein Leben, um es lieben zu können.

2. Juni 1985, München

Ich denke über den Titel dieses Buches nach. Es ist keine Schleife, auch keine seltsame. Auch keine Schlinge. Vielleicht hat es mit kommunizierenden Röhren zu tun. Feuerwehrschläuche werden so gelegt, im Kreis, aber da gibt es keine Kommunikation. Ich weiß nicht. Windkanäle. Zeitkanäle. Zeitspirale: die? Aber da fehlt wieder die Wiederkehr – aber zu der Jahresbewegung, nicht der Person; auch die Durchlässigkeit. Das ist alles noch nicht nahe genug.
Eine Stadtrundfahrt mit Inge heute von 10 bis 12 Uhr. Deutsch-Englisch. Sehr gut. Das würde, was den Umfang angeht, genügen. Vorbereitung auf mein Soundseeing-Hörspiel: Metropolis München.
Dann waren wir in der Neuen Pinakothek. Vor allem aufregend: Ferdinand Georg Waldmüller, der Wiener (1793-1865). Bei seinem Tod war Sisi 28 Jahre alt. Kein Wort von ihr über ihn. Ich werde mir diesen Namen merken.
Meine Stimmung schlecht, obwohl der ärztliche Befund so gut ausfiel; aber ich zeichnete mich schon immer durch meine unglaubliche Unzufriedenheit aus. Meine Mutter wußte das. Gestern waren Langer, Fritsch und ein Hans da. Ob dieser erträglich sein wird? Er versteht viel. Er ist hemmungslos wie ich. Ich werde ihn also ertragen müssen.
Ludwig Döderlein saß in den Pschorr-Stuben bei uns am Tisch; sehr niedergeschlagen.
Das blaue Talion muß auf alle Fälle zuerst also mal ein zauberhaftes, helles, giftiges Traumbuch werden. Traum gestern nachmittag: eine Muttergestalt, gewaltig, gefühllos, mehr: gefühlsneutral. Eine Wasserlache in der Mitte des Hofes in der Augustenstraße 70. Ein Kind spielte zu nahe und wurde weggesaugt. Dann auch mein Vater, der einen Bretterverschlag drüberlegen wollte. Das belastete mich den Rest des Tages. Wie oft müssen wir sterben? Wenn wir so viele Leben in unserem Leben leben, dann sehr oft, ja.
Morgen kommt Jo Angerer – der Tonassistent. Ich weiß wirklich nicht, was ich sagen soll. Die Arbeit an diesem Hörspiel ist so neu. Heute dachte ich dran, aus mehreren überzogenen (7) ganz übergrellen, lauten Passagen immer mehr (auch 7mal) in die Stille, aber ganz langsam, zu fallen oder besser: langsam zu versinken (z. B. am

Friedensengel). Dort in dieser Stille werde ich dann ganz ohne Realismus meine Stille-Zeichen setzen (Vögel?) usw. Also das ist wichtig: unrealistisch. Ganz künstlich. Das alles. Das erste Gebot: Liebe die Kunst und die nächste Natur wie deine eigene Künstlichkeit.
Ich kann, ich muß so vorgehen. Das entfernt mich am ehesten und härtesten von der Tapete. Darüber muß ich nachdenken. Also nicht die Stille in der Mitte der Zentrifuge: sondern das spiralige Karussell selbst muß ganz und gar künstlich sein.
King Kong, das Remake mit Inge gesehen. Wieder denke ich daran, einen ganz und gar trivialen Mythos ins Talion ganz nahe an den quasi authentischen zu bauen.
Noch etwas: Jetzt ist mir klar, mit welchem Trick ich viele Bemerkungen über das FB ins Buch bringe; nämlich: ich streue von immer jeweils heute aus in diese Tage.

11. 06. 86 Also das tat mein Vater. Er hat es immer getan. Wir dachten, und wir dachten uns aus: und er handelte. Dieser Karl. Seine Liebe. Die spüre ich in mir. Jetzt bin ich bald so alt wie er, und wir beide gehen zusammen zur Isar, die ich doch rühmte, und durch den Englischen Garten. Was er denn gesagt haben würde? Das ist egal. Es gab nur zu tun. Paul, nimm das weg. Paul, gib das her. Also alles, was Schiller von dem Menschen der Geschichte verlangt. Und ich habe meistens verweigert. Wie verantworte ich mich vor meinem Vater Karl? Sei mir nicht bös, kannst Du mir sagen, was das für ein Abend war an dem wenn es nicht nach dem Mittagessen ist es doch nicht die Möglichkeit: ob du mich erfunden hast, nicht allein, weiß die Paula. Ich liebe Euch zwei. Wir haben uns ganz geliebt und gar nicht verstanden. Besser so als umgekehrt.

2. Juni 1986, München

Kein Anfang dieser Welt. Er würde maßregeln, auch und besonders mit seiner Liebe auf den ersten Blick (FB-Schultafel). Aber auch kein Ende, kein Ziel! Blumenberg schreibt – und da kann ich

nur mit Sisi (Duett vor Cioran) zustimmen: »Wäre die Eschatologie oder wäre der Messianismus tatsächlich der substantielle Ausgangspunkt des neuzeitlichen Geschichtsbewußtseins, so wäre es nachhaltig und unausweichlich durch Zielvorstellungen bestimmt.« Weiter oben schreibt er: »Gäbe es ein immanentes Endziel der Geschichte, so würden dadurch diejenigen, die es zu kennen glauben und seine Erreichung zu betreiben vorgeben, legitimiert, alle anderen, die es nicht kennen und nicht betreiben können, als bloße Mittel zu gebrauchen.« Blumenberg weist also jeden Absolutismus zurück.
Wird das nächste Jahrhundert gelassener, weniger ursprungsbesessen, weniger zielläufig? Wird man so falsch werden, Zustände auszuhalten, nicht zu bekommen?
Talion: Den Lauf Seligmanns durch München von Berg am Laim bis Milbertshofen muß ich durch den Englischen Garten führen, damit er die Ermordung von Dadds Father kreuzt (siehe Blumenberg »Säkularisation und Selbstbehauptung«, Seite 68, die Bemerkung über eine Einsicht der Geschichtsforschung): Aus dieser Bemerkung heraus gestaltet sich dann die lokale Figuration mit Auschwitz. (Auch mit dem Triumph also des Richtigen! Des wahren Übels dieser Welt.) Blumenberg würde vom Absolutismus sprechen. Ich stimme freilich zu. Aber das Falsche sagt mehr im Kreis und sein Horizont ist weiter als das »Relative«. Das Falsche ist auch neuer, schockierender, rabulistischer, also erregender. Von hier aus gesehen ist »richtig, recht« ebenfalls provozierender, freilich nicht nur das. Aber dies alles nur am Rande.
Gegenmünchen war kartographisch; nicht nur in seinen kartographischen Geschichten. Das FB spielte auf einem einzigen Pantakel (der Wurfschaufel Hamanns), lokalisiert als Münchener Freiheit.
Das dritte Buch (Die blaue Talion oder das Buch Poppes) arbeitet jetzt schon wieder kartographisch, aber mit mehreren Pantakeln. Da es viele Reisen durch München (als Welt) geben wird, werden sich diese Reisen also nicht direkt, kartologisch, in der Stadt lokalisieren lassen: ich kann folglich vom Stadtnetz weitspringend ablassen und die Lokalitäten in den Erzähl- oder besser: Figurationsstrom hineinreißen. Das dritte Buch strömt also, eben als Buch, also von links nach rechts am Leser vorbei. – Das ist sehr vorläufig formuliert wie vieles in dieser Schlinge (der bekannten Vorteile wegen, z. B. Fertilität; siehe Sterilität des Perfekten).

Heute Fortsetzung der Arbeit an der Teichoskopie für Herbert Wiesner, für das Sommernachtsfest in Berlin. Unmöglich fertig zu werden. Inge muß bald absagen. Das wird für mich auch immer interessanter.
Soundseeing? – Nachwehen: Glocken, Kirche. Aber wie sollte ich Münchens Urbanität ohne seine katholische Kirche darstellen?

3. Juni 1980, Cashel Bay Irland

Streik der Fluggesellschaft. Wir fuhren nach Galway, stellten dort fest, daß wir die Schecks im Hotel vergessen hatten. Wir jagten zurück, dann nach Clifden, wechselten und fuhren an der Küste entlang nachhause. Unterwegs im Pub in einem kleinen Fischerdorf.

3. Juni 1983, München

Heute fahre ich nach Graz.

07. 07. 83 Julia Reichert und Helmut Eisendle waren im Forum. Thenior las aus seinem neuen Buch, ich las ›Troja‹. Klaus Hoffer hatte das Ganze arrangiert. Keine Diskussion. Geschwätz.
Dann nach Wien. Lesung bei Kurt Neumann in der Alten Schmiede. Neben dem Langgedicht Theniors kam meine »Rede« schlecht an. Junge Leute. Abstand. Nur Kurt sprach beim Wein lange über die »Rede«. – Jedenfalls: gesunde Heimkehr aus Österreich. Das war eine Leistung!

16. 07. 85 Übermorgen fahre ich mit Inge nach Wien und werde mit Helmut Eisendle zusammen in der Alten Schmiede lesen.

17. 08. 85 Es ist niemandem klargeworden, daß der Alkohol dichtet. Er müßte sich einem Interview stellen.

19. 12. 85 Ich weiß schon nicht mehr, ob Inge wie Julia aussieht: lieben muß ich sie. Noch mehr lieben möchte ich meine Elisabeth in Hannover. Als ich mit Langer dort am Bahnhof stand, fragte ich mich, ob sie noch lebt.

3. Juni 1985, München

Nachmittags das erste Gespräch mit Jo Angerer. Es geht um die Assistenz bei »Metropolis München. Soundseeing«. Er hatte sofort viele Einfälle. Er kommt vom Journalismus. Ich wurde nervös. Er

sprach von Co-Regie, und ich rief Klaus Schöning an. Dann nannte ich meine Bedingungen für eine Zusammenarbeit. Autor und Regisseur sind bei dieser Arbeit dasselbe. Eine Co-Regie kann es also nicht geben, da diese zu Streit oder zu Kompromissen führen würde. Ich muß in Ruhe an die Arbeit gehen können, von keinem Ideenwettbewerb gestört. Seine Position ist dann keineswegs auf das Technische beschränkt, aber alle seine Einfälle werden von mir geprüft. Nehme ich sie an, dann mache ich sie zu meinen. – Er will das überschlafen.
Ursula war da. Wir sprachen über die Arbeit am Schreibtisch. Allgemeine Vorstellung: Hochgefühl, poetische Bereitschaft; aber auch das Gegenbild von einer sachlichen, kalten Einstellung. Aber: Es gibt in der Poesie weder diese sachliche Einstellung allein noch eine hochgestimmte Intuition – beides, für sich genommen, spielt keine Rolle. Die Intuition kommt aus der Sache.
Setzwein hat mir geschrieben, sein Friedl Brehm-Verlag wolle einen Materialienband herausbringen. Lutz Hagestedt werde ihn machen. Am 5. Juni kommen wir (also Lutz, Werner, Michael, Hans? und vielleicht Bernhard) zusammen, dann werde ich mich erkundigen.
Diese Schleife sollte auch ein Selbstbildnis werden. Ich müßte dafür ein eigenes Zeichen einführen: S. Das sind alles Arbeiten in diesem Jahr, allerdings besteht auch die Möglichkeit, noch später Eintragungen vorzunehmen.
Gestern nacht. Ich gruppiere alle bisherigen Texte des Talion um den Dadd-Strang, also großer Umbau. Der erste! Es geht also jetzt los. So war das immer.

17. 08. 85 Jo Angerer hat mir sehr geholfen. Er ist der Jo-Sony. Seine psychologischen Kenntnisse im großen und ganzen in Ehren, für meine Person aber etwas wenig. Das Mädchen, mit dem er mich berauschen wollte, brachte wenig Geräusche. Nicht Freude mein Grimm. Aber kein Holz ins Feuer.

11. 06. 86 Dem Jo sei Dank. Soundseeing ist fertig. Vielleicht erreicht ihn diese Flaschenpost. Und wenn er nicht zu stolz ist, einen Psychopathen zu besuchen, dann ist es mir recht, daß er kommt.

3. Juni 1986, München

Diana Kempff ruft an. Ich hätte zu ihr einmal gesagt, nach meinem Tod soll sie anderen sagen: ich habe Gott geliebt. Ein anderer Ausbruch: Scheißkonjunktive, ScheißGötter. Aussprüche eines Richtigen? – Ich nütze nichts aus in diesem Leben. Das ist der Rest von Tugend. Sonst war ich immer bemüht, mich aus unguten, peinigenden oder auch nur belästigenden Empfindungen zu befreien. – Was ich Diana erzählte: Heute im Luitpoldpark ein Augenblick großer Ruhe, auch im Zusammenhang mit der Empfindung des Augenblicks (mehr kann ich darüber nicht sagen: vergessen). Meine Formulierung noch im Park: Das einzige aktuelle Erfassen dieser Welt ist mystisch. Man muß Mystiker werden. Ich werde es mir nicht erlauben. Diana sagte noch viel Gutes, Liebes zu mir. Inge war um diese Zeit in der Akademie zu Gregor-Dellins 60. Geburtstag. Obwohl ich ihm gerne gratuliert hätte, scheute ich doch kurz vor dem Aufbruch zurück: es sind die Leute in der Akademie, vor denen ich mich fürchte. Ich werde doch nicht freiwillig unangenehme Empfindungen suchen. Wie Inge erzählte, war es genau so, wie ich es vorausgesehen hatte. Gregor-Dellin selbst habe wunderbar über die Wörter gesprochen, auch Bieneks biographische Erinnerungen seien interessant gewesen. Von unseren Freunden habe sie nur Ruckhäberle getroffen. Sie habe Ludwig Döderlein wie immer alles berichtet, was sie sah und ihn mit Speis und Trank versehen.

09. 06. 86 Dieser Charmeur in dem Pub an der Atlantikküste. Wieder einmal stand ich finster neben Inge und staunte. Was ich alles versäumte, nur weil ich nicht auftrat, hier auf dieser Welt – es sei denn mit einem Blatt oder einem meiner Bücher. Dann schaute ich aber nicht ins Publikum. Dieser Charmeur, unvergessen. Geld müßte man haben und keine Poesie in Büchern, sondern im Leib.

4. Juni 1986, München

Sibylle zu Besuch. Sie kam aus Italien. Wir sprachen über die chice Stadt München. Über Soundseeing. Das war ein wenig konzentriertes Gespräch, aber sehr anregend. Ihre Schilderung des Altenberger Kreises vor Wien draußen mit Lorenz, Popper u. a. und Rupert Riedl, mit dem sie befreundet ist. Wir sprachen lange über sein letztes Buch. Ihr Einverständnis mit meiner Methode. Keine Korrektur. Das sei ja der Reiz. Wenn sie wüßte, daß ein Lektor im »Faulen Strick« gestrichen hätte, so wäre jedenfalls ihr Vergnügen verdorben. Mit der Streichung von Grobheiten ist sie einverstanden. Dummheiten wie die über C. F. von Weizsäcker regten sie nicht auf. Karrieristen seien nahezu alle in den Augen des faulen Stricks, der nur zu gern einer geworden wäre.
In dieser sanften Grobheit entweicht aus mir die lebenslange Wut auf ›feine‹ Leute (d. h. sie bildet sich sofort wieder), die Poeten zu übersehen pflegen, wie z. B. ein Walter Jens. Mit derselben Selbstverständlichkeit, mit der Poeten sich in der ›feinen‹ Gesellschaft erkennen: Der Urs Widmer den Paul, der den Gerhard Rühm, dieser den Ludwig Harig und so weiter, eine wunderbare Kette. Nach der Beerdigung von Schlo fühlte ich mich erst wieder geborgen in einem Gespräch mit Eigner. Uns gehören die letzten Reihen in allen Sälen der Welt, den Ausgängen ganz nahe. Auch Handke muß man dazuzählen; freilich geriert er sich im Saal ganz außerordentlich abständig, zumeist bleibt er gleich in der Garderobe. Wollschläger, ich erinnere mich, saß bei der PEN-Tagung direkt neben dem Ausgang, grollend wie es nur noch Brinkmann so auffallend tun konnte. Arno Schmidt ging gleich gar nicht und nie dorthin, wo wir uns alle so auffallend absetzen wollen. Diese Liste würde lange, so wie ich die Sache sehe.

09. 06. 86 Von diesem Jens, der mich beim Händereichen an der Pforte des PEN so absichtlich übersah, will ich so wenig wissen wie er von mir. Nicht gedacht soll untereinander eines jeden werden. Wie gut das tut. Wie ein Kinderschlaflied.

5. Juni 1979, München (Schwabinger Krankenhaus)

Das Peinliche im FB. Biographien: Die sollten sich an manchen Stellen überschneiden, sodaß lesescheinlich wird, daß es sich immer um eine Person handelt.
Die Überschneidungen der Biographien sind abbildlich dazu, daß die Kinder sich so wenig neugierig zueinander verhalten wie eben in Wirklichkeit auch, weil sie wenig unterscheidbar sind. Form schon Inhalt.
Zur Biographik: Nebensächliches bläht sich auf; daran hängt dann das Skelett aus wirklichen Daten.
Der Erzähler sitzt irgendwo auf dem Platz. Da tritt ein Bekannter auf ihn zu, der von einer langen Reise berichtet: Aus dem Dialog ergibt sich die wandernde Seßhaftigkeit.
Ich will nichts dazulernen. Keine Entwicklung der Bildung. Augenblicklich oder auf immer einer Seite eines Buches will ich alles.
Darstellung der Pseudos innerhalb einer Absperrung.
Petrus: »Hierüber sagt der Herr im Geheimen, wenn Ihr nicht das Rechte nehmt und das Oberste als das Unterste, werdet Ihr das Reich nicht erkennen.« (Aus Mangoldt »Der Teufel«, S. 78. In diesem Zitat geht die Hälfte schief.)
Die Falschen sind zugleich immer so ganz dafür wie ganz dagegen. Sie wollen frei sein, auch in der Freiheit. Sie lassen sich nur vom Falschen engagieren.
Wann werde ich selbst endlich unvernünftig und mutig?
Nichts wird von den Falschen ernstgenommen: nur das Spiel und die absolute Entscheidungslosigkeit. Im FB sollte nichts durchgeführt werden.
Unsicherheit als Prinzip. (Ich müßte ja kein Neurotiker sein!) Es allen recht machen: das ist die Aufgabe der Falschen. So wird auch alles falsch.

21. 09. 85 Incerto – ja! Der Falsche hat den Incerto-Blick. Heute stand ein junger Mann auf der Tribüne im Schottenhamel-Zelt neben mir. Rote Hosen, rosa Hemd. Sehr incerto. Wir redeten miteinander. Er muß den Incerto in mir erkannt haben, obwohl ich wahrscheinlich schon sein Großvater sein könnte. Das meine ich ja, und das sind meine Zweifel an vielen heutigen Werken, daß sie

von Unmenschen gemacht werden. Dieser Werner Herzog heute: sein Auftritt – der Funktionär. Kann sein, daß man mir vorwirft, kein Konzept zu haben, nicht durchzugreifen, zuviel Zeit zu verlieren: ich will sie verlieren. Ich will, was heißt ich will? Ich wünsche mir ein Gedicht als Klanggemälde. Wie soll ich das machen können, wenn ich nicht immer noch der Dichter bin? Ach, lieber Michael Krüger, jetzt denke ich soeben oder gerade an Dich. Du weißt.

5. Juni 1985, München

Jo Angerer sagte zu. Allerdings will er für die einfacheren Arbeiten eine Assistentin: Judith Schnaubelt. Am 12. Juni setzen wir uns zusammen. Für morgen die Fronleichnamsprozession leiht er uns sein Sony-Report.
Dazu Konzept: Wie im Talion soll das Multi-Architektur werden. Viele Rundgänge: die gewöhnlichen Rundfahrten, die Fronleichnamsprozession, die Geisterbahn, der Irrgarten auf der Wies'n, eine Demo etc. Alles sehr hart.
Weitere Einfälle: Staus in die vielen Führungen gemischt und ganz laut: Stille, Loch, mehrere ganz unerhört süße Stellen.
Um 16 Uhr kam Werner Fritsch. Er zeigt sich plötzlich verwöhnt und ist enttäuscht, daß er nur Bier bekommt. Ich hatte aber Frascati versteckt. Bernhard Setzwein kann leider nicht kommen, aber Lutz bestätigt den Plan mit dem Materialienband. Dann kommen Hans Maier und Michael Langer dazu. Hans liest ein Schauspiel vor in drei Akten. Permanente Revolution im Käfig im negativen Sinn, in meinem richtigen. Auch die Umkleideszene der Antigone hat er unbewußt übernommen. Sonst viel Gutes. Er läßt im Dialog die Partner jeweils Sätze des Vorredners übernehmen, oft nur den Rhythmus: einer redet dem andern nach der Zunge, nach der Emotion. Er sollte das noch mehr ausarbeiten: übertreiben. Auch das Bühnenbild wird von uns allen besprochen. Wenn im letzten Akt wirklich alles zum Käfig wird, sollten die Gitterstäbe verschwinden und durch Sprache erreicht werden: durch eine Käfigsprache. Das Symbol ist wahrscheinlich nur als deutliches schlecht. – Das muß ich mir merken, diesen Tausch. Das Symbol dort

einsetzen, wo es nicht hingehört; dort verstecken, wo es hingehört. Wir blieben sehr lange beisammen.

21. 09. 85 Schnaubelt ist schon vergessen. Ihre einzige Aufnahme war schlecht, aber teuer.
Hans Maier hat Michael Langer bestohlen.
Wir sind, was die Arbeit an »Metropolis München« angeht, ziemlich ramponiert. Vier Monate! Wenn ich nicht auch noch an diesem Buch gearbeitet hätte, ja was dann? Wenn jetzt die Aufnahmen auf der Wies'n nicht gelingen, war alles vergeblich.

11. 06. 86 Und wenn das jetzt so weiterregnet an diesem an und für ihn nicht schlimmen Tag, dann muß ich noch das Fenster schließen.

26. 06. 86 Schon an und für sich oder wer das nicht merkt. Wenn mich nicht alles täuscht, läßt Petrus bei mir am 5. 6. 79 die Linken aus. Es müßte heißen: »als das Linke«. Bitte in Geduld nachzulesen.
Und dazu noch: der Clown. Er macht alles allen recht. Das bringt alle zum Lachen. Wie wundervoll traurig.

6. Juni 1978, München

Lektüre von Ouspensky. Ich spreche zugunsten der Idee, daß unser Bewußtsein die Bedingungen einer gegebenen Materialität verlassen kann. – Die Falschen: Einverstanden, aber wir sind nicht auf dem Weg zur Vollendung. Unsere strategischen Spiele wollen auf allen Bewußtseinsebenen unsere Wege zur Vollendung verschütten und uns von diesen Wegen abbringen, und uns auf den Weg zu uns bringen, damit wir uns von uns befreien können.
Es wird Zeit, die mystischen Ausbrüche unserer wahren Vorväter als Prophetien einer Realität zu begreifen, die grenzenlos ist. Es wird Zeit, die Realität unserer wahren Vorväter als das Reaktionäre zu begreifen: ihre Realität ist begrenzt im Schein. Es wird Zeit, den falschen Schein unserer Realität grenzenlos werden zu lassen, damit wir in ihm leben und sterben können. Das Falsche ist richtig, wenn es begrenzt ist; es ist erst wirklich falsch, wenn es grenzenlos wird.

10. 10. 85 Ja. Mehr ist dazu nicht zu sagen, wie der von mir sehr verehrte Helmut Heißenbüttel dichtet.

6. Juni 1980, München

Wieder zuhause. Gestern sind wir quer durch Irland nach Dublin zurückgefahren. Unvergeßlich. Mittags im »Cherry Garden« beim Trinity College. Zwei alte Schwestern kochten in ihrem provisorischen Lokal für uns allein. Dann in der National Gallery: eine Grablegung von Poussin, von der wir uns lange nicht trennen konnten.

6. Juni 1981, München

Heimeran Phywa auf dem Ziehbrunnenberg. Heute stellte ich das V. Buch zusammen. Da ist noch viel zu tun. Ich werde jetzt aber dabei bleiben. Dann beginne ich wieder. Das nimmt kein Ende.

01. 07. 83 In den nächsten Tagen kommt der Umbruch auf mich zurück. Vor mir stehen schon zwei Flaschen ›Kleine

Kalmit‹ aus der Pfalz. Michael Krüger schrieb von meinem ›letzten Gang‹. Die Schlaufe des Stricks schaukelt schon über mir.

22. 05. 85 Ziehbrunnenberg. Auch so ein Fehler. Es war ein Pumpbrunnen mit Schwengel. Wie dumm von mir.

16. 07. 85 Ein Faszinosum, diese Schlinge, Schleife oder Schlaufe. Vor allem, was ich ihr später erzählte und was ich soeben tue: nämlich die Einträge, die durch die Jahre laufen, z. B. Heidi Fenzl-Schwab. Hier also notiere ich, daß ich ihren Abend bei mir zuerst über und durch die Jahre ausbreite, bevor ich am Tag danach schreibe, was wir redeten. ›Was geschah‹ hätte ich beinahe geschrieben. Es geschieht nichts. Jedenfalls ist es mir nicht bewußt. Also da gebe ich eine ehrenvolle Nuance von einem diaristischen Konzept an diese Frau hin; nichts zum Auftrumpfen. Nur als in diesen Jahren zu Bestätigendes: für Sie. Bestimmt werden Sie meine Leserin sein. Und schon wird aus dieser Stelle durch eine winzige Verschiebung ein Brief. Das Buch, jedes zeugt und gebiert sich selbst. Noch einfacher, weil es so viel schöner ist und die Leserin Heidi Fenzl-Schwab ins Bild bringt: Das Buch, jedes zeugt sich selbst und wird von sich selbst entbunden. Rätselsprache für diese Heidi, die mir Rätsel aufgab.

30. 04. 86 Am 1. Juli 1983 hängt also schon der Strick. Und die Schleife wird genau. Das Buch muß »Der faule Strick« heißen. Ja.

6. Juni 1984, München

Für BT. Die Oscillum-Lehre darf nicht dargestellt und erklärt werden. Das wäre Lächerlichkeit. Deshalb stellt sie Poppes dar.

15. 10. 85 Gerade er, mein Jesus. Mein Poverello. Aber freilich, ich bin nicht der eine – nicht weil ich es nicht sein will, sondern weil ich es nicht kann.
Auch weil das Falsche mich nicht in Euch verführen kann. Ihr habt den Untergang ersehnt. Ich ersehne uns.

Auch im Unsichtbaren. Auch im Geist. Auch im Ohr. Auch. Ja. Aber der Untergang: diese Rigorosität ins Debakel war Euer großer Irrtum. Das ist real bewiesen. Oder nicht?
Nur die Rigorosität, die Eure, ist das, was ich liebe. Nicht böse sein. Das Falsche ist um eine Nummer zeitlicher, deshalb hält es mehr aus. Dem Menschensohn ins Ohr: der Vater liebt das Richtige nicht! Der Vater. Seine Zeit beginnt wieder. Der Geist hat Phasen. Wir nennen das Epochen. Kein kleines Wort ist vergeblich, wenn es in seinen Sätzen oder besser Brüchen von Sätzen herumsteht. Heiliges Wort. Das bleibe stehen wo immer: heiliges Wort. Auch im Unsinn. Auch im Aftersinn. Heiliges Wort.

6. Juni 1985, München

Mit Inge Frau Schnaubelt in der Einsteinstr. 125 abgeholt. Das Auto ließen wir in der Von-der-Thann-Straße und gingen durch den Finanzgarten und den Hofgarten zum Marienplatz. Pontifikalamt. Ein Vorleser sagt, singt: »Kommt in diese Stadt!« – Dann stehen wir in der Dienerstraße. An der Residenzstraße duzen wir uns schon. Eine junge Frau, die leidenschaftlich arbeitet. Sie hat ein klares Gesicht, sehr eigenwillig, nicht zu lieblich. – Münchens Katholiken ziehen an uns vorbei. Sehr makaber. Judith fragt: »Bin ich im Mittelalter?« Viele Debile, jedenfalls machen sie den Eindruck; sie sind es sicher nicht. Das Religiöse tritt ›in der Welt‹ ganz einfach so auf: alles entgleist, auch die Gesichtszüge. Ich sollte das kennen. Aber ich habe mich ja weder für den Gang noch für das Zur-Seite-Stehen entschieden. Diese Menschen leben im Dunkel der Stadt oder sie tarnen sich: jedenfalls sieht man sie gewöhnlich nicht. Die Gewöhnlichen erlauben ihre Sichtbarkeit nicht. Das Kranke, das Häßliche, das Religiöse ist heutzutage verbannt. Das Gold der Monstranz. Die Wunder der Paramentik. Die Priester. Die Toren und die Einsamen und die Alten im Schatten der göttlichen Majestät. Jedenfalls scheint es so. Er scheint seinen Schatten mit diesen Priestern zu werfen. Für die Armen macht das keinen Unterschied: ihre Gegenwart ist es, die eine scheinbare oder wirk-

liche Majestät mit Unscheinbarkeit durchwirkt. Sie sind die Paramentiker des Idols oder des Gottes.
Wie dumm das plötzlich alles klingt! Auch die Heuchelei dieses Textes. Die Prozession. Meine Prosa ist häßlich.

22. 07. 85 Judith Schnaubelt. Das ist sehr bald verschnaubelt.

26. 06. 86 Wirklich falsch wird das Endlose. Kein End, sagt Sisi. Diese unerhörte Frage nach Ende und Endlosigkeit, die alles entscheidet. Wie wunderbar die Schwestern bei der Grablegung von Poussin mit Inge.
Wenn ich es noch nicht schrieb, und auf diese Möglichkeit hin also nochmal: am liebsten würde ich dieses Buch »Das langsame Lasso« nennen, was so viel heißt, daß ich ein Stück Vieh bin.

7. Juni 1980, München

Lektüre Bazon Brock: Lebensmusik gegen Trommelwirbel und Trompetensignal. Karl Heinz Bohrer: Der Irrtum des Don Quixote oder »Der Schein in der Kunst ist ihre Grenze«. Das hätte ich am Karfreitag dieses Jahres lesen sollen.

07. 06. 85 Dieser Tag ist wichtig. Lesen Sie linear, also Seite für Seite? Wir finden uns anders wilder.

21. 09. 85 Ein solches Buch ist ja eine Imagination: so, als sei alles vorbei. Und hinzu kommt, nicht zu vergessen: Bitte, was da vorbei ist, war wichtig und wird wichtig sein und also noch schlimmere Formulierungen. Es handelt sich also um einen Totentanz auf Buchseiten. Es ist noch gar kein Buch. Wird vielleicht gar keines. Also handelt es sich um eine Choreographie eines Totentanzes, der eventuell auf Buchzeilen zur Aufführung kommt. Nur der religiöse Sinn kann diesen Wahn erklären. Ich meine, daß man sich derart in eine Zukunft hineinverrenkt, die man nicht mehr erleben wird. Mir fallen solche Abenteuer umso leichter, als ich die Vergangenheit als wenig erlebt und die Gegenwart als unlebendig anhören muß. Das liegt, oder besser, das stirbt an mir. Aber deshalb sterbe ich nicht nur nicht ungern, sondern in aller Wahrscheinlichkeit nie. Nicht etwa, weil mein Verhalten einer Religion so direkt entspräche, sondern wie mir scheint, bin ich der Unsterblichkeit auf der Spur, die das Lebendigste ins Gegenteil kehren muß, aber nur zunächst: um als gegenwärtige Unsterblichkeit für sich selbst Aufmerksamkeit zu erwecken.

Wo ist mein Jörg? Er hält mich nicht wie Hosenstiel für dumm. Für ihn bin ich immer noch der Neurotiker. Die liebe Ohlbaum Isolde haben wir zu Voltaire in die Schweiz geschickt. Wie gerne wäre ich mit Inge noch einmal bei dem großen Aufklärer. Da waren wunderbare Träume in seinen Park hinein. Der Mensch muß schreiben. Für die geistigen Ohren diesseits und jenseits unseres Geruchsinns bleiben nur die Bücher. Das Sichtbare ist schon verkauft. Sich Brillen anzuschaffen im

3. Jahrtausend wird ein Unternehmen der Erblindung. Lieber Ludwig Döderlein. Das sage ich zu Dir. Du bist bei uns. Wer sieht, ist fern. Dies in Dein Stammbuch. Ich schreibe. Das habe ich so nie getan. Jetzt kommt mir aus diesem wunderbaren Herbst ein Traumrücken mit anschließendem Gesäß in die Schreibe, das sich in der Niederlegung auf den isarischen Schotter derart braun in aller Fülle ausgab, daß mir der Fluß der Gedanken vor so viel Rundung alles andere verweigert, das sowieso nicht mehr weiter und auf einen Strich nichts mehr so mehrmals so tief angedeutet werden kann. Eine Frau. Ich bin froh, keine zu sein. Noch im Tod möchte ich, daß so eine wunderbare Frau bei mir sitzt. Wäre es anders, säße ich selber bei ihr. Das Schönste auf Erden war eine Frau. Ich bin nicht traurig. Ich bin nicht satt. Aber ich liebe.
Totentanz. Das bringt dieses Glockenspiel der Tage mit sich. Man arbeitet sich von Anfang bis Ende in die Mitte, ohne zu vergessen, daß alles schon vorbei ist.

7. Juni 1984, München

Talion: Noch viele Gottabstiege, Einstiege!! erfinden. Die Figurenverwachsungen wie schon einmal im BT: Schuler und Christomanos. Hier muß es noch viele Möglichkeiten der Vervielfältigung geben. Danach ist immer wieder zu suchen.
Entwurf einer riesigen Titelsammlung.
Wichtig war heute auch die Einsicht: größere Komplexe wie die Haga-Abram-Parodie nach Siegfrieds Tod noch nicht endgültig zu figurieren, um später sich einflechtende Teile durchgehender Stories besser und vor allem raffinierter unterbringen zu können, so daß sie eventuell in den schon ausgedachten, durchdachten Komplexen noch etwas oder überhaupt erst Wesentliches bewirken.
Für den Ausbau von Lourdes warte ich auf einen Zeitungsbericht über eine Messe auf dem Gelände: dieser wäre dann so wie er ist oder aber kühn verändert einzubauen.
Immer wieder Sisi. Die Schlußszene: Aussegnungshalle auf dem jüdischen Friedhof und dann die Schlußscharade auf dem Monop-

teros mit dem Oscillum, nicht den Nüssen oder beidem, aber faule Nüsse. Dafür arbeite ich jetzt. Ich dachte heute an Sisis Lieblingsdichter Heine, den ich formal hier also bei ihrer Rede einbauen könnte. Das werde ich gleich probieren.
Immer wieder (in letzter Zeit, während des ganzen Jahres!) neue Tages- und Wochenpläne. Der noch immer nicht entlassene Lehrer macht Stundenpläne. Einkauf von Aktendeckeln, verschiedenfarbig. Ein fehlerhafter wurde mir untergejubelt, wie man zu sagen pflegt. Ich werde den Laden nicht mehr betreten. Das ist die absolute Verurteilung durch den Kunden. Keine Gelegenheit zur Wiedergutmachung. Aber ich schäme mich vor derselben wie vor einer Entschuldigung oder keiner.
Vielleicht ist es sinnvoll, daß ich meine Gedanken zum Talion in ein grünes Heft eintrage (Das blaue Talion). Auch datiert. Am Ende werde ich noch genau. Das Ende denke ich mir als einen nicht enden wollenden Akt.
Vor mir liegt »Das blaue Talion«. Heute habe ich etwas hinzugefügt, das als Vorzeigeakte geeignet erscheint, nämlich den Dialog der Kaiserin von Österreich mit dem Kosmiker Schuler. Ich habe noch immer nicht bei Elmar nachgefragt, ob er mich seine Doktorarbeit über Wolfskehl lesen läßt. Der Klages und sein Meister Schuler interessieren mich. Es ist ein Elend, daß unsere Propheten durch Hitler um Jahrzehnte aus ihrer Wirkungsgeschichte geworfen wurden. Schuler kenne ich jetzt. Für Klages kann ich noch keinen Finger ins Feuer halten. Er weiß über die Wissenschaft hinaus zuviel, als daß man ihn aus dem Geist, den er nicht liebte, werfen könnte.
Ingomar von Kieseritzky geistert heute ganz in der Nähe rum. Ich lehnte es ab, ihn zu sehen. Ich möchte ihn nicht mehr treffen. In Berlin stellte er sich vor mich hin und sagte: »Im Grunde bist du doch dumm.« Das ›dumm‹ stimmt, ›im Grunde‹ ist falsch. Das ›doch‹ ist verspätete Erkenntnis und verweist auf die Intelligenz des Rhetors. Kein Urteil meinerseits. Schon deshalb, weil die Intelligenz von Autoren schwer zu beurteilen ist: sie schreiben bekanntlich viel ab.

07. 06. 85 Seit Wochen arbeite ich an dem Dialog Sisi–Schuler. Jetzt, 17 Uhr, werde ich wieder lesen und Neues, hoffentlich, dazuschreiben.

04. 11. 85 Das mag niemand. Ich höre jedenfalls nichts auf die Veröffentlichung im Jubiläumsheft der »manuskripte« hin. Ich frage auch nicht mehr. Aber aus dem Zusammenhang Gerissenes, Herausgerissenes war noch nie erwünscht – jedenfalls bei mir.

7. Juni 1985, München

Dieser 7. Juni war gut. Ich beginne jetzt mit der Ausarbeitung der Texte. Karen Onken schreibt ab, d. h. sie bekommt jetzt in diesem Sommer – jedenfalls habe ich das vor – laufend neues Talionmaterial.

27. 10. 85 Ja. Das habe ich in einem Schrank verwahrt. Hier notiere ich aber auch schnell: Verloren habe ich in diesem Jahr folgende Freunde: Barbara und Jost Herbig, Christine und Maren Linder, wahrscheinlich Ursula, aber das glaube ich nicht, und so weiter, es sind noch sehr viele.
Heute saß ich mit Michael Langer in der Autorenbuchhandlung. Abschiedsstimmung. Wie ich das alles liebe. Michel Langér. Wie ich mich in ihm erkenne! Er gibt nicht an, schon gar nicht her. Wir werden sie alle zusammen noch Poesie lehren.
Gestern schrieb ich nach Darmstadt an den Literaturfonds.

8. Juni 1979, München (Schwabinger Krankenhaus)

Wie gerne würde ich darüber nachdenken und begreifen: was ich bin. Aber ich schreibe. In diesem Schreiben tue ich das, was ich bin, worüber ich gerne nachdenken würde, damit ich begreife, warum ich schreibe.
Fliegen – Vögel – in der »Rede«. Dumpfheit. Das Krankenhausbett. Einfälle. Notizen. Kein Gedicht. Das vorletzte Gedicht der »Rede«. Dazu Duerr, Anmerkungen. Schwimmende Stadt? Narrenschiff, Duerr? Schwimmt die Stadt auf der Zeit? Zurren sich die Weggeschwemmten fest. Wo? Zuerst waren es Überschwemmungen. – Angst vor dem Fliegen – Liebesmord. Deshalb? Die ordinäre Rede. Die Rede liegt aber im Buch.
Keine Lehre: die Jammer-Freude, Zorn-Angst, Jubel-Gestalt.

27. 10. 85 Was bin ich? Im FB sage ich zu Poppes: Ich sehe nichts, wenn ich in mich hineinschaue. Das ist es. Ich möchte nämlich etwas sehen, wenn ich aus mir herausschaue und Dich.

8. Juni 1985, München

Bei Hoffmanns in der Clemens-August-Straße abends. Eine kleine, sanfte, außerordentlich schöne Sarah – und Manuel, ja. Pierangela will die »Fensterstürze« übersetzen für Florenz im Herbst. Gespräche über italienische Erziehung. Alles sehr ruhig. Volker verletzte mich etwas. Wie er die »Rede« vorzieht. Das ist aufreizend. Verliebtheit? Erste wirkliche Begegnung? Gut. Soll so sein.

27. 10. 85 Pierangela schrieb, wir sollten uns treffen. Das werden wir tun. Heute fröstelte ich schrecklich in diesem Haidhausen. Die Kondom-Straße war mir fremd. Nr. 23, da dachte ich mehr an Caspar und Christa als an Julia und Paul. Obwohl die Amrei. Dieses Mädchen. Und ich liebte oder liebe Julia so sehr und . . . Kein Und. Das gab es alles – aber, was ich nicht begreife: nur kurz.

9. Juni 1984, München

Heute waren wir bei Sibylle in Erlangen.

07. 06. 85 Vor etwa zehn Tagen war sie hier. Ich muß ihr schreiben. Inge meinte soeben: diese Frau sollte nur kurze Zeit mit mir zusammenleben, dann würde sie ja sehen. Was das heißt, ist jedem klar, der mit einer Frau zusammenlebte oder -lebt oder mit einem Mann (als Frau). Eben.

Wir wanderten den Tieck-Wackenroder-Weg bis Axmannstein. Dort war die Hochzeit von Sibylle und Gunnar. Heitere Gespräche: Kompilationen von Autoren in München. Ich erzählte von der Blavatzky, von der Wiederkunft aller, was nur bei den Großen besonders auffiele. Mein personal-fokales Beispiel: Wolfskehl–Enzensberger. – Sibylle sprach von Klapp-Kinderbüchern und runden dreiteiligen Figuren (auch von der Polizei verwendet: Phantombilder).
Ouspensky ging mir heute den ganzen Tag nicht aus dem Kopf. Die Zeit als Illusion, auf allen Stufen der Vektoren: also auch wir, die Dreidimensionalen empfinden Zeit und können nicht erkennen, daß es sich um den senkrecht auf den drei vorstellbaren Vektoren unvorstellbar stehenden Vektor des vierdimensionalen Raumes handelt (hier eine Übererklärung!). Wenn wir, d. h. unsere Nachkommen einmal für vier Dimensionen das Realitätsgefühl entwickelt haben, dann wird wieder eine Illusion täuschen, und diese Dimension wird wieder (wie heute) so etwas wie Zeit sein. Was mich beschwerte: daß der Raum das Nicht-Illusionäre ist! Es könnte doch umgekehrt gefühlt werden. Aber so denke ich mir das eben aus. Das ist kein Realgefühl.
Vorgestern hat mich Renate wieder aus ihrem Leben geworfen. So ganz einfach. Die Ratte hat das Schiff verlassen.
Vor der Heimfahrt trafen wir noch die Eltern von Gunnar. Der stechende Blick des Vaters.
Sibylles Mutter: Ich führte mich an ihrem Krankenbett so schlimm optimistisch auf, daß es der Patientin zuviel wurde.
Caspar beobachtet im Schlaf seine Schwester Christa (Talion) und liest ihre Träume.

Die Schleife im Buch Poppes, das wäre zu untersuchen, das ist schon so ein Versuch, die Zeitillusion aufzulösen, indem man sie, die Zeit, wie bei der Töpferei Ring für Ring übereinander legt: bis der Raumkrug steht, der so lange zum Brunnen geht bis er bricht.

13. 06. 85 Hier spreche ich also schon von der Schleife. Ich hatte das ganz vergessen. Aber auch dieses Bild von der Töpferei ist nicht umfassend genug.
Morgen fahre ich zu dem Philosophen nach Sachrang. Wie kann ich Ulrich täuschen? Nicht. Immer weniger.

9. Juni 1985, München

Morgens bei Louis Soutter in der Lenbach-Galerie. Großer Schweizer Maler. Nachmittags brachte Inge aus der Buchhandlung das Fischer-Taschenbuch-Programm: »Das falsche Buch« für 29.80 DM, nein 19.80 = 20 DM. Es wird im November ausgeliefert. Das wollen wir feiern.
Abends sahen wir Joseph Conrad »Freibeuter«. Ich bin empört über diese Pfadfinder-Weltliteratur. Unglaubliche Dummheit in der Handlungsführung, schielend mit drei Augen auf Welterfolg.
In der Ausstellung heute: Ich kann schon bald diese Menschen nicht mehr ertragen. Wir trafen auch Jappe. – Aber nochmals: Soutter bleibt unvergessen. Seine Fingermalerei besonders. Die ›Flucht nach Ägypten‹. Alle diese verqueren, abseitigen (vom Bild) Titel. Keine Krankheit, oder alles ist krank, alle Kunst. Wahrscheinlich Schizophrenie: keine Spur von ihm oder, wie schon geschrieben. Kunst ist im »Nebenhalt«. Dort sind Kranke und Gesunde ununterscheidbar, weil sie alle beides oder nichts von beidem sind.
Mein bestialischer Zorn auf einen, noch dazu in München lebenden jungen Schreiberling, Dipl.-Soz. und Dr. phil., Akademischer Rat am Soziologischen Institut der Universität München: Postmoderne. Lob für Eco, Pynchon, Strauß. Ich werde hoffentlich bald auf diesen Verwalter der Literatur stoßen. Wehe der Gesellschaft, in der er auftaucht.
Ich arbeite seit nahezu fünfzig Jahren an meinem Werk und muß mir – indirekt früher oft – immer wieder gefallen lassen, zu mo-

dern, zu postmodern, zu veraltet gescholten zu werden. Ich gehe auf meinen Berg am Trasimeno.

06. 06. 86 Bazon Brock. Der Generalist. In Villeneuve: »Es gibt viele Wührs, aber es gibt nur einen Brock.« Der liebenswürdige Schwätzer Sombart verstand sich gut mit diesem Hamburger Schandfleck auf der Vergangenheit Lessings.

11. 06. 86 Soutter: Also mit den Fingern, dem Zeiger und dem Daumen macht er das noch, warum nicht, wenn alles so weit ist zum Malen in der Klarheit als Schmerz, und so ist noch ein jeder zu Stift und Pinsel geworden, und wenn einer an einem Stein herumschlägt oder auf dem Klavier, dann sind wir als Fachleute überfragt.

21. 06. 86 Was ist los? Warum so böse auf Bazon? So viel Ehre. Die hat der Schwätzer verdient. Ich habe ihm doch immer geduldig zugehört. Unvergessen seine Führung in Firenze.

26. 06. 86 Du bist eine unsterbliche Hinrichtung auf den Anfang, wo es überhaupt losgeht, um nie zu enden. Das sagte ich jemand wie mir und der war einverstanden mit dem.

9. Juni 1986, München

Lieber Klaus,
ich laufe noch immer in diesem 23. Mai herum. Diesen Tag vergesse ich nicht. Wie gut, daß Du mir einen so neuen Auftrag gabst. Jetzt schleiche ich etwas verstimmt wieder zurück in mein Buch – oder in die Wirklichkeit: nach Italien eile ich freilich. Der Satz eines Seßhaften. Aber damit ist jetzt Schluß. Platzwechsler wollen mich davon überzeugen, daß ich München vom Süden her und aus einer anderen Sprache heraus erst ganz und gar und anders sehen werde. Wir werden sehen.
Ist dieses Vorwort so recht? Ich dachte auch daran, daß es 55 Minuten werden müssen. Vor allem wollte ich dem Hörer die langsame Annäherung eines Vorhabens an die Gestalt, wie er sie jetzt hört, schildern, insbesondere die fruchtbare Auseinandersetzung mit den physiologischen und technischen Voraussetzungen.

Wie früher auch war mir bei dieser Arbeit wichtig, daß genuine Radiokunst herauskommen würde. Diese Klangkomposition soll nicht in eine Bildkomposition übersetzt werden können.
Vielleicht sollte man bei der Ansage noch erwähnen, daß nur ein gutes Stereogerät, im Idealfall Kopfhörer, die gültige Wiedergabe leisten. Aber das überlasse ich selbstverständlich Dir, dem großen Vater aller Mutterstädte mit lieben Grüßen und guten Wünschen für Dich und Deine Lieben

NB Ja: Ulrich Sonnemanns »Aufstand gegen die Okulartyrannis« ist auch etwas für Dich.

10. Juni 1982, München

Gestern fuhr Ralph Thenior heim. Er las vorher in der Autorenbuchhandlung.

07. 07. 83 Meinen Eindruck von damals konnte ich jetzt in Bielefeld wiedergeben.

Wir sprachen viel. Auch Herburger kam hoch und verurteilte den Ralph. Aber der blieb wie immer ungerührt. Ralph wanderte mehrmals durch München. Sehr erstaunt äußerte er sich zu den nackten Mädchen im Englischen Garten.
Krämpfe. Schrecken über: Frevel im FB, die Antifertilität. Die toten Disco-Stars. Das macht mir heute zu schaffen.

07. 06. 85 An diesem traurigen Tag denke ich auch an den verstörten Ralph in Bielefeld 85. Und seine verjüngte Frau. Ich muß ihm bald schreiben und ihm mitteilen, daß er ins KLG kommt. Ich mag seine aufmüpfigen Gedichte.

10. Juni 1985, München

Vormittags Arbeit am Talion: Sisi und Schuler-Dialog. Abends mit Inge im Deutschen Theater. Das Theaterwunder aus Brasilien: »Macunaíma, der Held ohne jeden Charakter«, Schauspiel mit Musik und Tanz in vier Akten nach Mário de Andrade. Elmar Zorn hat das alles arrangiert. Wir trafen ihn im Rollstuhl sitzend. In der Pause sprachen wir mit Curt Meyer-Clason, der Andrade übersetzt hat und uns vieles erklären konnte.
Das Spiel war aufregend, weniger wegen der Handlung oder des Dialogs – wir verstanden ja kaum ein Wort –, sondern wegen der bewegten und beweglichen Nacktheit: der wackelnden Brüste und Gesäße. Man hatte den Eindruck, die Szenen wurden allein deshalb gebaut, um die wunderbaren Mädchen in neuen Kostümen auftreten lassen zu können oder vielmehr: in anderen fehlenden Kostümen. Sehr eindrucksvoll: die nackte Frauengruppe, weiß getüncht, starr und bedrohlich.

11. 06. 86 Der Urs, der fällt mir ein. Selber ein Macunaíma, ein Held ohne Charakter. Der Urs Widmer. Der windische Dichter. Der Tribulierer, der Dilltapp: der große Tort, auf den es ankommt, den alle Frauen so lieben, daß sie ihn sofort verlassen müssen, woraufhin er sie nicht sucht. Ein Schabernack ist der Urs. Den Hut im Nacken steht er vor der Welt da, der Widertan, stimmt vor – wir alle singen nach, hoselt, hübscht, ist vor allem im Haupt sachlich und liebt das Vergehn als Vergangenes und das Verbrochene als Zusammengewachsenes. Nur von hinten sah ich den Urs, wie er steht, spreizig und hüpfen läßt seine Sätze: der Dichter.

11. Juni 1979, München (Schwabinger Krankenhaus)

Duerr »Traumzeit«, 11. Kapitel.
Hinter dem Mai = hinter der Hausmauer, hinter der Einfriedung.
Zaun = Mai.
Horch, was kommt von draußen rein. Tod. Ist das die Lösung?

21. 09. 85 Wie weit weg. Beinbruch? Traurig. Aber traurig oder lustig oder sonstige Sentiments spielen hier wenig Rollen. Ich bin, glaube ich, gleichgestimmt. Ich schaue mir schreibend etwas an. Wenn ich mir etwas anschaue, ohne zu schreiben, dann erzähle ich Unsinn. Ein Schriftsteller ist ein Steller von Schrift. Genau das. Kein Denker. Kein Funktionär. Vielleicht ein Poet. Aber das ist seine Sache nicht, wenn es an die Beurteilung geht. Und dann auch wieder niemandes Sache.

11. Juni 1983, München

Zerwürfnis mit meinem Bruder Hermann. Ich hatte wieder einmal an der Gemeindemutter gezweifelt. Auch seine Beteiligung an der Fronleichnamsprozession im Rahmen seiner Gemeinde verlachte ich.

20. 09. 83 Der brüderliche Verführer. Seine Mama. Die Mutter von Tschenstochau. Oder Maria Eich. Oder Altötting. Über die Mütter ist nichts weiter geschrieben. Mein Bruder. Hättest Du sie nur einmal und nur eine durchbohrt, so wüßtest Du, daß die Anbetung der Liebe schlecht bekommt. Kein Mantel ist die Liebe. Die Frau ist nichts als Schirm zu gegen Regen. Wie sie zu lieben ist, weiß keiner. Alles ist so einfach wie ein Mann. Aber das ist noch viel komplizierter als eine Frau. Weil wir über uns zu wenig wissen. Aber das muß man nicht. Die Liebe ist keine Erkenntnis. Und wenn der biblische Mann seine Frau erkennt, so ist das pflanzlich. Und so fort und so weiter. Da macht sich kein Symbol breit, wenn sich Beine breit machen. Und auch die geschlos-

senen Beine des Mannes sind keine Kriegserklärung. Und darüber wissen wir nichts. Und himmlisch läßt sich darunter auch nichts ausmachen. Der Wojtyla erwägt bis in alle Ewigkeit ein Verbot der Lust. Da hat er mit dem Vater nicht gerechnet. Und von der Verhütung versteht er so wenig wie ein Pilzkenner bei soviel verschiedenen Arten im Wald. Nur die Dummheit ist schon gleich an ihrem Vorsatz zu erkennen. Und alle Vorsätze wohnen im Vatikan. Da erlebt auch der Vater seines schlimmen Sohnes die Sammlung der Idiotie. Wo mehr leidet der Heilige Geist, wenn er weht. Also wann? Es kann ja sein, daß er Kurial werden mußte. Ein Kardinalswind. Mir tut es leid, für meinen Kopf, daß ich mich in den Vatikan verirrte. Zu dumm. Ein überholter Ort. Nie mehr zu überholen, von wegen Reparatur. Amen.

21. 09. 85 Erinnere Dich, Paul, an diese Stunden in diesem Buch, als Dein Mund diese Buchstaben in die Vergangenheit flüsterte.

11. Juni 1985, München

Arbeit am Talion. Geschwister. Klaus Voswinckel »Sonntag, Paris«. Heute abend hat er in der Buchhandlung daraus gelesen. Das ist sein schönstes Buch bisher. Leider gibt es viele überflüssige Fehler. Da fehlte ganz einfach der Lektor. In den Pschorr-Stuben Gespräch mit Gabi Förg, Tamara und Johannes Mager. Inge erzählt Elmar Zorn von meinem Hörspiel »Metropolis«. Er ist ganz betroffen, weil sie (Kulturreferat) soeben erwägen, Haupt den Auftrag für eine klangliche München-Collage zu geben, die vor dem Gasteig Kulturzentrum aufgeführt werden sollte und in der Ausführung enorm teuer werden würde. Er will jetzt das Ergebnis meiner Arbeit abwarten.
Jelena Hahl, die ich falsch beurteilt haben muß in den letzten Jahren, erzählt Inge von ihrem Vater, der gerne trinkt und im Rausch sehr genau formuliert und durchschaut, was ihre Mutter nicht begreifen kann. Sie bewundert Inge, wie sie mich erträgt. Im übrigen ginge ich ihr nicht auf die Nerven. Und ich dachte schon, daß sie mich verachtet. Eine gute Nachricht.

28. 08. 85 Das versteckte, aber omnipräsente Ziel der Konversation ist es, den eigenen Marktwert zu erhöhen und soziale Anerkennung zu erreichen, schreibt Ottmar Ette. Er vergaß dabei das andere Ziel: aus dem Versteck heraus andere auszurichten (ein genaues, richtiges, also schreckliches Wort); militärische Übung; keiner fällt aus der Reihe; da wird Gleichmacherei betrieben. Das ist auch nur ein Mensch, ecce! Der Ausrichter steht übrigens nicht im Glied.

09. 06. 86 Er muß natürlich hassen: Von der Versöhnung versteht er so wenig wie ein giftiger Pilz von einem Kenner.

11. Juni 1986, München

»Thisbe und Pyramus«: ich bin das erstemal durch. Inge fragt immer danach. Auch Herbert Wiesner schreibt. Das muß alles sehr schnell gehen. Ich schreibe schon die vierte Auftragsarbeit für die BT. Das liest sich alles in eineinhalb Stunden herunter. Nicht viel. – Es regnet. In vier Wochen ist Umzug. Bei Blumenberg (»Säkularisierung und Selbstbehauptung«, S. 214) fand ich ein Raster für eine Definition des Falschen. Das ist auch Übersetzung aus der Wissenschaft. Ich muß mich ja deutlich machen.
Die Meditationen eines Falschen haben nicht nur die Funktion der Darstellung eines theoretischen Gedankenganges, in dem bestimmte Schwierigkeiten argumentativ aufgelöst werden und ein für allemal behoben; sie tendieren vielmehr auf die Einübung einer habituell werdenden Einstellung der ruhigen Unruhe. Das Ziel dieser Exercitien ist ein Zustand des Geistes, in dem er von seiner eigenen Freiheit Gebrauch macht und nicht der neu gesetzte Anfang einer Philosophie oder Wissenschaftsidee.
Wie merkwürdig, daß mir hier im fremden Text, den ich adaptierte, das überaus liebe Wort »Ecercitien« begegnet. Aber in Wahrheit bin ich sehr froh. Mit den Worten eines geübten Denkers kommt mein Falsches sehr vornehm einher.
»Eine habituell werdende Einstellung.« Ja.
Es regnet. Die Amsel im dimperen Abend. Unsichtbar die Gefahren. Unvorstellbar durch Filme. Vielleicht im Gedicht noch erfaßbar. Der riesige Zapfen einer Pinie, gefunden in der Allee von

Pischiello, auf dem Schlachtfeld des Hannibal: vor mir steht er auf dem Prentice Mulford. Ich sagte zu Michael Langer: »In dieses Buch lese man sich hinein wie man in eine fremde Wohnung geht, ohne den Bewohner als Gastgeber: allein. Es gibt viel zu sehen. Es gibt wenig zu begreifen. Das Bezugsnetz muß man sich selber flechten, wenn man Zeit hat. Ein Dieb ist man jedenfalls nicht.« Bald werde ich Carl Werners Todeszimmer nicht mehr sehen können, jedenfalls nicht von oben. Und ob ich wiederkommen werde? Man steht nicht gern vor der Vergangenheit, in der andere sind. Die Menschen verfremden die Orte unseres Lebens.
Im Vorwort zum Soundseeing für Klaus Schöning – wir haben es heute fertiggestellt und Inge schrieb es ab – steht eine merkwürdige Überlegung zum Labyrinth. Es sei in dieser Klangkomposition nicht wie ein geläufiges vorhanden, schrieb ich: sondern reize den Hörer als Irritationsmuster zur Herstellung von Zusammenhängen. Kein Ausgang wird gesucht. Die wahre Bedeutung des Labyrinths scheint das zu sein, sicher schon lange erkannt und also bekannt. Aber mir leuchtete das während der Arbeit – da nur funzelig, aber jetzt umso klarer ein.
Ich trinke. Störungen wie der Gedanke, ich hätte bei meiner »Rede über die Lüge« doch sehr leichtsinnig gehandelt, als ich den Frieden und die Unwahrheit einen ewigen Bund eingehen ließ, machen mich heute nicht mehr heiß.
Wie gut, einmal ohne einen Unterwohner und ohne eine Nebenwohnerin, also nicht in einer Wabe zu sein: Auf dem Berg. Wie wird das werden? Ich bin hier sehr allein. Mit Herburger noch mehr als ohne Menschen. Das ist sicher. Und sicher bin ich undankbar, ich weiß. Aber zwei deutsche Schriftsteller wie er und ich, die wären nicht freiwillig zusammengezogen. Im Günter gesagt: freiwillig würde ich zu keinem ziehen, weder drüber noch drunter. Dort drüben, rechts von meinem Arbeitszimmer, wohnte ein Paar; sie starb, er sonnte sich noch ein Jahr auf seinem Ataraxie-Balkon. Seit einem halben Jahr ist er auch weg. Es kommt niemand nach. Blöde Fragen stellen sich hinter meinem Mund an.
Noch einmal: Ein Poet schreibt seine Gedichte allein. Er bleibt nicht allein. Er wird zur Rede gestellt. Ein Philosoph denkt allein. Er wird streng bedacht. Er bedenkt das allein und schreibt. Kohl hat sieben Kumpel, mit denen er täglich denkt. Und wieviel hat dieser Strauß Unkraut? Diese Differenz macht alles aus. Wir leiden

darunter. Jesus hatte zwölf Jünger. Er starb allein. Schlimm, sie starben ihm nach. Er aber stützte seine Worte nicht ab auf ihnen. Nicht wie gedacht wird, vielmehr mit wem: das ist eine Untersuchung wert. Wir sind nicht mehr im Urlaub unserer Geschichte. Wir kommen in die Katastrophe heim.
Ich möchte über der Erde in einem Sarg liegen. Das wünsche ich mir. Über der Erde. Der Sarg muß aufdrückbar sein. Ich denke an Poe. – Ich lebe noch. Es ist der 11. Juni 86. Wie sich diese Daten geben!

16. 06. 86 Für die »Quasi-Lehre des Falschen«: habituell = verhaltenseigen; diese Übung scheint mir geeignet, denn »gewohnheitsmäßig« widerspricht der Mobilität. Bei Habitus entscheide ich mich auch für »auf einer Disposition aufgebaute, erworbene sittliche Haltung« – habe aber doch Bedenken.

»Habituell« paßt doch nicht für das Verhalten, das ich einmal mit Realwort übersetzt habe, inzwischen mit Actualwort übersetzen würde. Das Verbale wird im Einzelwesen (nach Whitehead) leibhaftig. Also: Er redet nicht mehr nur darüber: er ist das Wort selbst, es ist in ihm Fleisch geworden. Das klingt nur theologisch, hat aber mit dieser Art von Poesie nichts zu tun.

Aufmerksamkeit erregt hier nur, was Blumenberg über Descartes schreibt. Ein neuer Anfang des Menschen, einer Gruppe, eines Volkes dieser Welt wird immer mit der Fleischwerdung eines neuen, verbalen Bezugsnetzes beginnen. Erst wenn etwas gelebt wird, wie es vorgedacht wurde: wirkt es sich aus. Das ist heute bei den Grünen zu beobachten. Das Bezugsnetz (das verbale) bildet sich zur Zeit erst (zu) langsam heraus. Poesie ist (ich spreche von der Poesie, nicht von Geschriebenem) immer ein Angebot zur Actualisierung. Das Habituelle erst setzt dieses Angebot um und durch. Wenn man einfach sagt: Fang bei dir selber an, so ist damit etwas Ähnliches gemeint.

12. Juni 1986, München

Vor dem Einschlafen meldete sich die Schlußfiguration von Thisbe und Pyramus.

13. Juni 1979, München (Schwabinger Krankenhaus)

Inge holt mich ab.
Sie schiebt mich ins Auto. Ich bin wieder wunderbar hilflos. Eine neue Zeit beginnt. Heimkehr und schlimmes, schönes Elend. Viele Saufereien. Viele Frauen. Vieles, was mir Spaß macht. Und Inge hat die Arbeit.

13. Juni 1984, München

Wir waren in Sachrang. Mit Ulrich und Brigitte an der Prien auf der Suche nach Primula vera. Inge pflückte ein Sträußchen. Wir saßen bei der eigensinnigen Dyphward. Viele Buchempfehlungen: Asimows Trilogie, Lems »Solaris«. »Der Froschküsser« von einem Antidarwinisten, der von der Wissenschaft totgeschwiegen wurde. Celsius als Vorläufer Nietzsches. Die Hadrianbiographie. Ulrich lachte über seine Auftritte im FB. Lobte hinterlustig. Fröhlichkeit – wir waren beinahe ausgelassen. Meine »Rede«, wurde erzählt, würde in Kassel von den Studenten gelesen. Auch vom Atlantis-Abenteuer haben wir gesprochen.
Heute kam ein Atlantis-Brief von Dietmar Kamper.
Dem Gustafsson ins Gästebuch (irreal): Ich bin nicht so gescheit wie einige der hier anwesenden Autoren, weshalb ich, bevor ich meine gescheiten Bücher schreiben kann: zuerst einen gescheiten Autor erfinden muß.
Wer sagte zu mir, ich hätte ein Nischen-Werk geschaffen? Mir fällt ein: Alkoven-Werk. Patricia Allderidge schreibt über Dadd: The recessed alcove has become the very heart of the picture (Oberon und Titania).

13. Juni 1985, München

Bei Elisabeth Endres zum Geburtstag. Da sprach ich lange mit einer Dorothee. Das steht alles in den Flaschen. Chianti. Der Wein meiner neuen Heimat.
Der stiere Blick Riederers. Er kann nur über Literatur reden. Wenn diese Leute drankommen, werden sie unausstehlich. Das ist eine

Krankheit, ein Ausschlag. Ich will mich nicht davon ausnehmen, erinnere mich aber nicht mehr daran.
Auffallend die Lyrik dieser Jahre: jetzt auch Dagmar Leupold in »Akzente« (noch die beste von allen): sehr genitivisch, metaphorisch, in schlampiger Klugheit verliebt, nicht um Attitüde verlegen, schmuck, reizend, niedlich, oft überraschend gut in ihrer Bescheidenheit und großzügig bis zum Selbstmord, was die Übernahmen riesiger Verfahren angeht, die in diesen Kleinformaten allerdings nur für wirkliche Leser erkennbar werden; das alles muß nicht bewußt übernommen sein; freilich ist das einerseits oder andrerseits viel übler. Mich langweilt's. Aber solange das Leitlamm Botho blökt, und vom Feuilleton in der Hauptsache dieses gelobt und getadelt, jedenfalls also gemeckert wird: bleiben die Kitzlein unter Straußens Niveau.

09. 06. 86 Dadd. Vor einigen Tagen brachte Inge (Helmut Klewan hatte es entdeckt und ausgeschnitten) eine Seite aus dem ›London Standard‹ vom 27. Mai 1986: Bei der Antiques Roadshow der BBC war ein vermißtes Masterpiece von Dadd im Wert von 100 000 Pfund entdeckt worden. Ein Geschenk. Wie froh werde ich sein, wenn ich den wonderful Richard geschrieben habe.
Man muß in diesem Buch wohl auch zwischen den Zeilen lesen. Ich jedenfalls finde auf ihnen mein Leben nicht mehr. Oder ich habe es eben nicht gelebt. Ich meine das nicht zum Weinen in den Schoß.

13. Juni 1986, München

Um 4 Uhr morgens wachte ich auf und konnte die Figuration bis in alle Einzelheiten notieren.
Abends: »Thisbe und Pyramus, eine Teichoskopie« ist fertig. Ich brauchte bis 16 Uhr, dann schrieb Inge es in die Maschine. – Renate kam zu Besuch. Wir schauten zusammen den sehr guten Film von Christian Rischert über »Ludwig II.« an, den auch Claus Heinrich gelobt hat.

14. Juni 1984, München

Im Gesundheitsamt, Zimmer 389: aggressives Gespräch zwischen der Amtsärztin und mir. Es ging um die Pensionierung. Wir stritten um Formulierungen. Ich gab Unterricht in Grammatik. Am Ende – sie konnte auf Grund des Gutachtens von Professor König nicht anders – wurde ich entlassen. Wenig später trank ich bis zur Bewußtlosigkeit.

11. 06. 86 Mein lieber Freund Volker Hoffmann kam an meiner Wartebank vorbei. Ist das nicht ein Zufall? Jetzt bin ich betrunken. Er sollte für irgendwas untersucht werden. Jedenfalls hörte ich auf, als er anfing. Wie? Ist das der Professor von der Universität München? – Ja. Er ist es. Seine liebe, schöne Frau heißt Pierangela und seine Kinder sind zunächst mal ein zauberhaftes Fräulein ›Mademoiselle Sarah‹ und der Bayern-Fan ›Manuel‹. Wie gut und schön, daß es alle Hoffmanns gibt.

14. Juni 1986, München

Inge schreibt den letzten Teil des Kurzdramas ab und bringt alles zur Post. Am Montag, den 16. Juni (mit einem Tag Verspätung) kommt es bei Herbert Wiesner in Berlin an.

15. Juni 1978, München

Die »Rede« kommt draus bis sie endgültig desertiert. Allerdings desertiert sie in die eigene Stadt.

06. 08. 85 Diese Figuration ist grundlegend, siehe »Gegenmünchen«. Doppeldeutigkeit: Exodus und Inodus: trotziger Auszug und heimlicher Unterschlupf. Die Rückkehr ist schon geschehen, sie muß nur noch ausbrechen oder: der Einbruch muß nur noch vollzogen werden: veröffentlicht. – Jemand, der mich in sich selber versteckt, bis zum Tag X.

Ich sollte mich jetzt am Ende meiner Arbeit an der »Rede« davor hüten zu besichtigen, was Schlimmes im Buch steht, also das Falsche, das man richtig nennen muß – alles, was nicht falsch ist. Das letzte Gedicht von »Grüß Gott« könnte das Motto der »Rede« sein:

Ob ich alles gesagt habe
was ich weiß ist gar nicht
so schlimm

Ich sollte meine Lesung am 12. Juli damit beginnen. Das Schlafen. Wegschlafen im Gedicht.

26. 04. 83 Unvergleichlich abrupter wurde das FB beendet. Von Ende November 1982 bis jetzt: die letzten Kapitel, die Korrektur, die Wartezeit, das Loch. Oder täusche ich mich?

27. 04. 83 Kaum. Deshalb die Nachwehen. Schlechter Schlaf. Nasse Bettücher. Keine Beobachtungen. Wenig Eindrücke. Orthographie. Korrektur. – Was mir abgeht: Das Schreiben gegen mich, gegen mein Geschriebenes, über meine Texte hinweg zu einem Neuen: so alles, was das Leben eines Schreibers erhält.

15. Juni 1979, München

Jetzt bin ich schon den zweiten Tag zuhause und sitze das erste Mal an meinem Schreibtisch.

Aus dem Krankenhaus habe ich einen Stoß von Notizen für das FB mitgebracht.

15. Juni 1985, München

Bin jetzt entschlossen, die Einträge unter Alkoholeinfluß in die Schleife aufzunehmen. Es gibt so wenig Offenlegungen sonst im Privaten. Ich liebe das ja auch nicht, aber in solchen Texten sollte es bleiben. Freilich sind das auch oder erst recht Verstellungen. Immerhin handelt es sich um ordentliche Schwächeanfälle: ich wollte damit sagen, um gewohnte, regelmäßige.
Dieser Einstieg zeigt wieder: So wie meine Poesie über Poesie schreibt, lebe ich über mein Leben: deshalb ein solches Buch, eine solche Schleife.
Wenn ich die Jahre in dieses Buch verflechte, warum nenne ich es nicht Jahresflechte? Oder nur Flechte (so wie Schuppenflechte). Ich jage einem Titel nach. Alle zusammen beschreiben dieses Buch. Einer allein ist falsch. Deshalb werde ich einen allein nehmen. Abstand nehmen von dem Wahn des Ganzen. Wieder einmal. Der Richtige. Die Liebe zu dieser Sache.
Es ist kühl, aber schön und jetzt vor meinem Fenster ganz grün. Die welken Blätter des letzten Jahres hat der Spätfrühling verschüttelt. Vor wenigen Minuten war ich mit Inge noch im Berlin der dreißiger Jahre bei Jenny Jugo. Wie traurig, wie schön. Wehmütige Nostalgie. Oder bin ich in diesen Rummelplätzen, Cafés und Hinterhöfen deshalb so daheim, weil ich aus ihnen heraus ins Leben schaute: Augustenstraße, Oberwiesenfeld und darüber in seiner roten Maschine der Udet und das Herumtappen zwischen Familienmitgliedern, in deren Nähe man diese bestimmte Zugehörigkeit bis zu Tränen fühlte, vielleicht aber auch schon das Befremden bis zum Zorn; also wahrscheinlich wieder Tränen.
Morgen werde ich Inge aus diesem Buch vorlesen. Ich sagte, es habe ein solches Buch in jüngster Zeit nicht gegeben, denn Jüngers »Verweht«-Bücher sind unvergleichlich schön, eben etwas ganz anderes. Hier gibt es keine Bildung, keinen Privatismus, nichts Intimes also, auch keine Aggression, jedenfalls nicht gerichtet, nicht richtig. Hier verliert sich ein Falscher in seinen Tagen und dichtet nicht. Er ist also matt. Oder nach einer anderen Theorie: er

steigert aus der Mattigkeit der Seele, des Leibes, nichts bis zu einem Werk. Auch hoffentlich nichts zu einer Gesinnung. Es ist leichtfertig so zu schreiben. Ich tue das in meinem Auftrag das erstemal: und hier möchte ich dieses Wort auch wirklich klein + zusammen schreiben. Ich habe nichts zu offenbaren, was nicht schon offenbar ist. Geständnisse von Poeten sind schick. Nichts für mich. Über das Wetter habe ich weder nachgedacht, noch habe ich es notiert. Mir steht ein solches Buch nicht. Einem solchen Buch stehe ich nicht. Inge hat mir heute ein süßes Sträußchen Blumen auf den Tisch gestellt. Ich weiß keinen Namen. Wie schade, wie schön. Blatt kenne ich. Dieses Wort, das wie ein Blatt klingt, wenn man es gut spricht; sehr gut gesprochen: wird es grün. Das staunende Profil meiner allerliebsten Inge. In dieser Heide. Auch hier. Ich darf über sie hier nichts aufschreiben: niemand würde mir glauben, wie ich sie liebe. Und das könnte meine Liebe zu ihr vermindern, um einen Grad, der unwichtig wäre, aber nicht einmal diesen möchte ich wagen bei so viel. Wir, Inge und ich, bewegen uns am liebsten in unserer Gesellschaft. Die Parties finden in der Campagna 19 statt. Passignano – Umbria.

Darüber sollte man nachdenken: ob es jemals eine Welt gegeben hat, die einen Sinn hinter sich hatte, der dann verlorengegangen ist, sodaß Nietzsche behaupten kann: die Welt habe unzählige Sinne hinter sich. – Das hatte sie aber immer schon. Die heutige Geschichtswissenschaft schafft darüber doch Klarheit und macht mit dieser Theorie aus dem 19. Jahrhundert Schluß. Ich hoffe das jedenfalls. – Ich muß vielleicht doch noch einmal in das Gespräch zwischen Lucifer und Jahu Jehwi eingreifen und ergänzen: daß sich Lucifer (wie es auch in der Bibel steht) noch vor der Schöpfung selektierte. Der Perspektivismus, verbunden mit dem Willen zur Macht, hat, wenn es so war, schon vor dem Anfang der Geschichte begonnen.

Hermann war kürzlich hier. Zunächst sprachen wir über das Blaue Talion. Ich erzählte von der Rede eines Falschen über die Lüge und erklärte ihm das Oscillum. Vorher hatte ich ihm allerdings schon von Lucifer und Jehu Jehwi erzählt und ihren Diskurs über das Falsche in Gott. Nach dem Gespräch mit ihm gibt es jetzt doch einige Überlegungen. Als Theologe meinte er, der Gerechtigkeitsbegriff, wie wir ihn verstehen, habe nichts mit der Gerechtigkeit Gottes zu tun: in Gott gäbe es diese Gerechtigkeit gar nicht. Er

wollte offenbar ausdrücken, daß ich mit meinem Paar ›richtig + falsch‹ die Gottheit nicht erreichen würde. Nun gut, kann sein; das hatte ich sicher nicht vor. Mir war so, sagte ich Hermann, als wäre plötzlich mein Falsches auch zur Erklärung biblischer Zusammenhänge tauglich: insofern eben wirklich Gerechtigkeit nichts mit Gott zu tun haben könne, was sich ja dadurch zeige, daß er alles ausscheide, sobald es richtig (Gerechtigkeit!) würde. Ich wollte vor allem Gottes Entschwinden vorführen: seine Entleerung zum Deus der Deisten. Das muß Hermann nicht zugesagt haben. Jedenfalls wehrte der Theologe ab. Hätte ich mir eigentlich denken können. Mein Richtig-Falsch-Paar beargwöhnt er. Da mag er recht haben. Ins Formale darf ich nicht abrutschen. Die Rede über die Lüge genügt vorerst oder für immer.
Erstaunlich: Zweite Eingabe um Erlaubnis zur Priesterschaft in der Integrierten Gemeinde. Ratzinger setzt sich für ihn ein. Die Gemeinde hat sich in Rom in der Nähe des Kardinals niedergelassen. Von wunderbaren Besitzungen erzählte Hermann. Zur Zeit lernt er die Gebärdensprache für Gehörlose, um einen Schüler unterrichten zu können.
Spaß am Ende unseres Gesprächs: Er Priester in Rom, ich Poet in der Nähe von Assisi?

21. 06. 86 Mein Bruder, der in der Nachfolge des Augustinus in seiner wahren Civitas im Kontrast zur Gesellschaft die eigentliche Antriebskraft findet: das gemeinsame Leben soll nach dem afrikanischen Kirchenvater die gesellschaftlichen Entwürfe und ihre Realität überbieten. Das Wir des Dorfes, der Stadt, der Nation, auch der Kirche. Warum diese Naivität heute noch, nachdem nahezu alle Untaten aus diesen Wirs kamen? Einsame Mörder, ja. Viele Einsame? Ihre Mordtaten? Auch die Gesellschaft tötet ab. Aber der Zusammenschluß – insbesondere in heiliger Arroganz – ist, wie die Geschichte zeigte, Vorbedingung für den Krieg. Er ist der Großvater der Kriege der Neuzeit, wenn man, was er tun würde, von Säkularisation sprechen darf. Ich liebe den Franziskus, Hermann. Zu ihm gehe ich. Der hat es mit Jesus zu tun. Der ist kein Christologe, vor allem kein Ratzinger, der es fertigbringt, die Kirche die größte Aufklärung zu

nennen, weil sie die große Anleihe am Hellenismus nahm.
Im Hinterhof höre ich die Italiener vom Janus-Keller. Die Vögel sind still. Es ist wieder einmal so warm ein breites Jetzt. München. Draußen sitzt Inge mit ihrer Mutter. Ludwig Döderlein rief an, wir trinken morgen zusammen. Sommer. Seit wenigen Stunden. Der letzte in München. Bald kommen wir nur noch zu Besuch.

16. Juni 1984, München

Bei Fleischles in der Tizianstraße. Da gibt es wirklich eine liebliche Alkoven-Familie. Vater Uwe, Sohn Kilian, Tochter Anna und Tochter Karoline und die feinfühlende Mama. Spielgespräch. Keine Wette. Keine Sieger. Aber auch kein Rausch. Ekstasen nicht gefragt.

13. 06. 85 Wurde beim dritten Besuch nicht mehr mitgenommen. Ich bleibe nicht beim Thema Buchhandlung, hieß es. Nicht böse, lieb.

22. 07. 85 Heute spielte ich Bruckners Neunte. Aus Protest gegen diese laute Umwelt. Auch als Abschied. Ich hasse meine Mitmenschen. Das ist wahr. Weil ich sie nicht kenne. Kommunikation lehne ich ab: weil ich meine Mitmenschen nicht kennenlernen will. So bleibt das. Wohin führt das: seine Mitmenschen zu kennen? Zu Jesus. Also, wer versteht mich nicht?

12. 11. 85 Das also ist es. Und diese Schleife zeigt es nach dem Außen im Innen. Schwere Tage und schwere Jahre für die Autorenbuchhandlung in Hinsicht auf uns: mich schlossen sie jedenfalls zuerst aus. Das halte ich hier fest und drücke mich so unklar aus und lasse diese Unklarheiten stehen, wie sie mir abgingen. – In Gern also wohnt meine Trennung von dem, was mich mit München zwölf Jahre lang ganz real verband. 12 Jahre. Das war für einen Poeten überwältigend: seine Wörter unterschrieben eine wirkliche Institution, die alle übrigen mit Milliarden Wörtern aufhob und/oder aufwog. An meinem Nymphenburger Kanal wurde dem der Punkt gegeben. Dieser Kanal spielte schon oft seinen Fluß in meiner Rolle (er hat ganz wenig) – wie ich ganz wenig Rollen haben dürfte in meinem Leben. Lustig.

16. Juni 1986, München

Das »Akzente«-Heft kommt. Im Inhaltsverzeichnis steht: »Die liegende Schlange« von Paul Wühr. Der Titel über dem Text lautet

dann doch »Die liegende Schlinge«. Ein richtiger Anfang mit einem schönen Fehler.
Kant: »Die transzendentale Wendung fordert vielmehr zu sagen, daß die Welt ›unvollendet‹ und also disponibles Material sein muß, weil dies Bedingung der Möglichkeit menschlichen Handelns ist.« Die Materialität der Welt ist das Postulat zwar nicht der Moralischen (sic! von mir!), aber doch der technischen Autonomie des Menschen, also seine Unabhängigkeit von den ihm vermeintlich von der Natur gesetzten Zwecken.
Ein Falscher sagt nicht, daß die Welt unvollendet ist. Er sagt: Die Welt ist in jedem Augenblick zu vollenden und das mißlingt ununterbrochen, sodaß also – und das ist in seinem Sinne – dem Rauschzustand, den die Welt als disponibles Material erzeugt, immer sofort auch die Ernüchterung folgt. Ich weiß nicht, ob Nietzsche solche Gedanken auch noch »für Hand und Vernunft lähmend« nennen würde, lebte er am Ende dieses zweiten Jahrtausends. Den Glauben der Antike und des Mittelalters beurteilte er noch so. Heute ist man für jede Lähmung der autonom handelnden Technokraten dankbar.

18. Juni 1979, München

Ein schneller Bohrer kommt über einen »Wiener« immer schneller ans Ziel als der langsame Paul. So kam ein schneller August Wilhelm Schlegel über einen Novalis schneller . . .
Heinrich von Kleist schrieb seinen Homburg. Er konnte das Paar nur mit seinem Doppelselbstmord überholen. Dazu brauchte er Henriette Vogel.

28. 04. 83 Die publizistischen Igel. – Der Vergleich hinkt wie ich damals. Aber mein Ärger noch heute. Erst vor wenigen Tagen wies ich Michael Krüger auf das betreffende Kapitel im FB hin. Er schien den gehetzten Hasen Paul zu begreifen. Freilich, auch dieses Bild hinkt. Ich sitze. Ich bleibe sitzen, obwohl ich heute nicht hinke.
Sehr ungenau. Das verstehe ich heute nicht mehr ganz. Aber ich halte es für ein modisches Kalkül, wenn Karin Reschke mit Henriette ein feministisches Feuerwerk anzündet.
Das Denkloch von Walther de Maria in München. Ein Drama. Kein Loch.
Unterlassen oder nie wieder darauf zurückgekommen, auch nicht im FB.

12. 05. 83 Auch Thomas Schreiber verteidigte die Reschke. Das war in Bielefeld.

18. Juni 1984, München

Ulrich Beil war hier. Doktorarbeit: Kristall-Bauwerke. Seine Lesevorschläge: Lapide »Der Jude Jesus« und das Jesus-Buch von Wilhelm Reich. – Tora. Unser Gespräch. Darin, meint er. Friedenslehre, Passivität. Deshalb: Talion, blau. – Wir sprachen auch lange über Riederer.

13. 06. 85 Riederer treffe ich heute bei Elisabeth Endres. Sie schreibt ein Buch über Edith Stein (12. 10. 91 Breslau – 9. 8. 42 Auschwitz). Synthese von Husserls Phänomenologie mit der Seinslehre des Thomismus und Au-

gustin. Metaphysik. Husserls Ambiguität müßte ich studieren. Cusanus? Psychologismus ist für ihn Relativismus.

18. Juni 1986, München

Soeben rief Ulrich Sonnemann an. Ich war gerade beschäftigt mit neuzeitlicher Selbstbehauptung und romantischem Widerspruch der organischen Imperfektion (Blumenberg) und wollte das Interview in der »Frankfurter Rundschau« holen, um noch einmal Ulrichs positive Gedankengänge zur Romantik nachzulesen. Solche psychischen Treffs wurden schon oft zwischen Ulrich und mir vereinbart. Im übrigen ging es um die »Thoma-Medaille«. Ich hatte angefragt, ob wir sie nach dem Artikel von Otto Gritschneder (ein Reaktionär seiner Meinung nach) über Thomas Antisemitismus zurückgeben sollten. Ulrich ist dagegen, da wir das ja schon wußten und in der Rückschau eine solche Reaktion nicht in Ordnung sei.
Ich überlege eine Titeländerung. Nicht »Pyramus und Thisbe«, sondern »Helena und Oberon«. Mit diesem wird zwar viel verraten, aber auch wieder deutlicher in meine rätselhafte Figuration eingeführt. – Habe ich nicht zu verdeckt geschrieben? Das macht mir jetzt Sorgen. Mir ist nicht klar, ob ich einen so schwierigen Krimi anbieten kann. Das wird Verstimmung hervorrufen. Dahinter – auch nicht gesagt – und wieder als Pointe meiner Teichoskopie, hört man ja den Appell: Lies nach, dann wirst Du verstehen! Also wieder ein Hinweis auf das Buch und ein Verweis für das Theater. Gestern bei Jürgen und Vera Kolbe. »Soundseeing« wurde von beiden begeistert aufgenommen. Jetzt muß ich ja dran glauben. Inge ist auf alle Fälle mein Soundseeing-Fan.
Ludwig: Der Jude Philo aus Alexandria verehrte die Grammatikfehler in der Septuaginta. Er hielt sie für göttlich inspiriert.
Ein möglicher Titel für die Talion-Figuration wäre auch: »Wie Oberon mit Helena einen Flaut bekommt«.

Lieber Michel,
danke für die Zusendung Deines Buches und die Widmung. Bald werden wir uns sagen lassen müssen »Warum nicht München?«

Diese schamlosen Hinter-chinaserien! Dein lesereisender Don Quichote in der Gesellschaft von diesen Chinakohlköpfen, die Not des Ausgelassenen, Übertrampelten, das las ich mit Tränen vor Lachen. Nur Du darfst Dich über die Sinnlosigkeit der Überredungskünstler in später Zeit so schlimm lustig machen: Du kannst es. Bei Dir lacht man und leidet mit. Ich liebe das Buch! – Danke auch für die »Liegende Schlange«. Noch vor dem Anfang ein so guter Fehler – nicht schlecht!

19. Juni 1978, München

Jetzt sieht es so aus, als wäre ich fertig. Ich schrieb die Wassergedichte neu. Ich habe diese halben, schlimmen Gedichte mitgeschleppt – ein Jahr lang – bis zum heutigen Tag.

19. Juni 1985, München

Gestern nacht: sehr unruhig. Schweißausbrüche. Der Dadd-Strang macht mir wieder zu schaffen. Das Wagnis des Falschen (ich kann das immer nur so abgekürzt nennen – von einer Lehre des Falschen zu schreiben, scheint mir nicht legitim zu sein), also dieses Wagnis jagt mir immer wieder Furcht ein: mir, d. h. dem Richtigen. Daran ist abzulesen, wie groß die Schwierigkeiten sind: den wie zur Richtigkeit geschaffenen Menschen im Falschen zu befreien. Und das ist ja auch keine Heilslehre – oder eben deshalb die Widerstände. Heilslehren wird ja heutzutage nachgelaufen, auch einem Theismus und einem Atheismus: aber wohl kaum einem falschen Gott.

Nietzsche sagt nach Hillebrand, daß wir nur eine Welt begreifen können, die wir selbst gemacht haben. Mein FB machte ich, um mich in einer von mir gemachten Welt nie ganz zurechtfinden zu können; so erscheint mir die von mir gemachte Welt groß, und ich darf die Hoffnung haben, aus ihr noch vieles zu hören, was ich mir selbst zum Unbekannten machte.

In Nietzsche kämpfte der Wille zum Richtigen mit der Macht: Falsches aushalten zu können. Am Ende siegt, jedenfalls meistens: die gewalttätige Richtigstellung. Nach Bruno Hillebrand (ich habe die Krönersche Ausgabe nicht, kann also nicht genau zitieren) spricht Nietzsche von der Überwältigung und rücksichtslosen Zurechtmachung der Dinge, dann aber sagt er auch: »Das Erkennenwollen der Dinge, wie sie sind – das allein ist der gute Hang . . .« Wir wollen uns von der großen Grundverrücktheit heilen, alles nach uns zu messen. Die Perspektive (bei Nietzsche) gründet in einer extrem autonomen Machtstellung (B. H.). Die »rücksichtslos interessierte Zurechtmachung der Dinge« wird zur »Fälschung«. Mit dieser Fälschung hat ein »Falscher« nichts zu tun. Da ist ja ein Richtiger am Fälschen. Nietzsche spricht von »Genuß an der Über-

wältigung durch Hineinlegen eines Sinnes«. Besser kann die Tätigkeit eines in meinem Sinne Richtigen gar nicht beschrieben werden. Auf den Schein kommt es nach Nietzsche dem Geist an, wenn er »Züge und Linien am Fremden, an jedem Stück Außenwelt willkürlich stärker unterstreicht, heraushebt«, sich zurechtfälscht. Der Wille zum Schein veredelt. Das Edle fehlt dem Richtigen noch. Und schon gar nicht darf ihm das Echte abgesprochen werden, die echte geistige Substanz. Die Scheinwelt der Richtigen muß echt sein, um sich so von dem »Romantischen, Amorphen« abzugrenzen. Als Richtiger erweist sich Nietzsche insbesondere in seiner positiven Phase (78-81). Jede Art von metaphysischer Wirklichkeit, ob sie nun dichterischer, denkerischer oder religiöser Art ist, entspringt dem unheroischen Bedürfnis des Menschen nach Schein, Lüge und Trost, meint Maria Bindschedler. Der heroische Richtige. Nietzsche ist kein Falscher. Das ist das bisherige Ergebnis. Er spricht als einer von sehr wenigen über das Falsche in seinem Jahrhundert, aber immer in einem positiven, nie negativ verabsolutierenden Sinn. Er ist kein Ahne meiner Pseudos.
Zu Benn: Er spricht von dem »rücksichtslosen Griff« in Geliebtes und Bewährtes, von »formaler Unerbittlichkeit«, bis die Gestalt vollendet ist. Er sagt, daß der Künstler der einzige ist, der mit den Dingen fertig wird und über sie entscheidet. Hier also: Der Richtigen Auftritt als Künstler. Immer schon fühlte ich eine tiefe Abneigung gegen Benn, schon 1947, als Rudolf Volland mir den ›Beschwörer‹ näherbringen wollte. Auch Jörg Drews' Fürsprache half wenig.
Früh schon fiel mir das Gewalttätige im erklärt poetischen Teil des Werkes von Nietzsche auf; ähnlich reagiere ich auf die Sprache Benns: formelhaft, nahezu steril. Auch der »Zarathustra«, dieser besonders, ist heute unmöglich noch zu lesen, schon gar nicht als poetisches Werk. Man höre: »Nur wer sich führt, nur wer sich schichte, tritt in das Joch der Höhe ein.« Worte eines Richtigen, dem es um die letzte Möglichkeit geht, »diese ,Welt als Ganzheit zu sehen und zu erleben« (B. H.). Benn und vor ihm Nietzsche entdecken in dieser Welt das Ganze nicht mehr; so ertrotzen sie es, indem sie sich in ein scheinbares Ganzes einschließen. Benn will ins Unbedingte. Hillebrand schreibt, was bei beiden stark in den Vordergrund trete, sei die Totalität des Verfahrens, eine Totalität, die es bis dahin noch nicht gab. Benn verabsolutiere die perspektivische

Methode Nietzsches. Er wende sein Ich total zu sich zurück. Die Sprechweise werde total, absolut, in sich abgeschlossen. Nietzsches Achtung vor Stifter (»Nachsommer«) wird erwähnt. Weil sich nach Ansicht Benns die Welt als allgemeinverbindlicher Außenraum derart relativiere, bleibe innerhalb der totalen Auflösung aller Wirklichkeitskoordinaten nur das menschliche Ich noch als Wertmesser. – So reagiert heute ein Richtiger. Er will ja etwas setzen: Maße, Urteile.

Zwei Richtige auf der Bühne der Ästhetik: Nietzsche und Benn. Dabei muß ich auf die Fluktuation der Begriffe (bei Nietzsche und bei Benn) achten; nämlich ihretwegen hat es oft den Anschein, als sprächen sie beide im Sinne dessen, was ich unter dem »Falschen« verstehe. Wie ich schon bemerkte, hat man es aber bei Nietzsche immer mit dem ›echten Falschen‹ zu tun, also in meinem Sprachgebrauch: mit dem zur anderen ›Richtigkeit‹ (also dem Gegensatz zu Richtigem) gewordenen Falschen, und das ist in meinem Oscillum nichts anderes als: Richtigkeit, nämlich die Behauptung einer Fehlerlosigkeit: eines zur Durchsetzung in dieser Welt anstehenden Gegenstandes. Meine Behauptung im BT: In Gott sei einmal alles falsch gewesen, d. h. nicht bis zur Richtigkeit verkommen. Der Zusammenbruch in der Neuzeit stellt sich dann für mich ganz anders dar: Gott verschwindet, weil die Fülle des Falschen in ihm zu jeweils Richtigkeits-Sätzen verkommt, die als solche ausgeschieden werden, bis nichts mehr übrigbleibt.

Was Nietzsche in seinem »Willen zur Macht«, in seinem Perspektivismus als Aktion sieht, ist in der Sicht des BT die Folge der Zulassung Gottes, die freilich dem Wunsch der Geschöpfe nach Richtigkeit nachgibt. Ich möchte das so schreiben. Nicht daß es »keine festgelegten Maßstäbe mehr gibt, kein verbindliches Sein, überhaupt nichts Ruhendes und Unumstößliches, woran der Mensch sich orientieren könnte« (Hillebrand), wird zum Anlaß: im Perspektivismus den Willen zur Macht der individuellen, sich aus eigenem Sinn durchsetzenden, richtigen Interpretation zu zeigen – sondern: der Zerfall einer im Falschen unruhig ruhenden Schöpfung (nach dem Urbild Gottes) ist nichts anderes, als die Entstehung von eigensinniger Sinngebung und gewalttätiger Interpretation, von Behauptungen aller Richtigkeiten, auch mit kriegerischen Mitteln. Als der Falsche Gott abdankte: erhoben sich die Richtigkeiten in dieser Welt und erklärten als jeweils sich selber als absolut Setzende: anderen Richtigkeiten die totalen Kriege. Im Falschen Gott konnte es dazu nicht kommen, da in ihm nichts zur Überzeugungstat schritt, also das Uneindeutige, das Unentschiedene überschritt. Auch hier muß ich wieder daran erinnern, daß ein solcher Gott sich selber aushalten muß wie eben eine im Unentschiedenen, Halben, insofern im argen liegende Welt. In der Neuzeit wurde das unhaltbar. Man hielt es in einer solchen Welt nicht mehr aus. Also: Der Wille zur Macht ist nur Ausdruck der Schwäche: das Falsche nicht auszuhalten. Dafür steht Nietzsche, der absolute. Die eigensinnigen Interpretationen dieser Welt sind nur Schwächeanfälle. Es gab nie einen allgemein zuständigen Sinn oder feste Maßstäbe, allgemeine Verbindlichkeiten. Das ist Geschwätz. Damit will man nur überreden: zum Glauben an einen großen Zusammenbruch in der Vergangenheit, und zwar zum Glauben an den Zusammenbruch einer richtigen Welt, über welcher ein richtiger Gott thronte. Das ist Geschichtsverdrehung. Das schlimme ist doch, daß nichts zusammenbrach in der Vergangenheit, im Gegenteil: daß aufgebaut wurde und immer noch wird. Nebenbei gesagt: ein derart großer Aufbau scheint das Bedürfnis nach der Sage von der Abstammung aus einem Zusammenbruch zu haben. Die Katastrophe ist: der Turmbau nach einer Katastrophe.

Anruf von Karen Onken. Fünfzig Seiten sind abgeschrieben. Es werden etwa neunzig. Sie liest mit. Sie begreift; ich bin heute seit der vergangenen Nacht verzweifelt. Ich fühle mich verlassen, besonders von Hoffmann, von Volker. Ich weiß nicht, warum. Nie von Inge.

Jetzt um zehn Uhr abends sieht dieser Tag anders aus. Der Angriff Hermanns auf meinen Falschen Gott von seiner theologischen Warte aus erscheint mir sehr plump. Wie nachzulesen ist, sagt er ja nichts anders als ich. Vielleicht redete er von einer quasi berufeneren Position aus? Weil er jetzt wieder Priester zu werden gedenkt? Damit soll er mir in diesem Leben nicht mehr kommen, dieser Diener Ratzingers, des Großinquisitors unserer Zeit. Denkt Hermann taktisch? Ist das möglich? Nur taktisch?
Aber das ist alles unwichtig. Karin Krähe hat sich erhängt. Die liebe Krähe. »Du bist der König«, sagte sie einmal im Werneck-Hof zu mir: nicht der Prinz, aber der König. Krähe, ich werde dich nie

vergessen – nie dein Kind. Inge und ich vergessen dein Kind nicht, liebe Krähe. »Auf der linken Seite der Straße gehen die Weißen, auf der rechten Seite die Schwarzen. Weißt du das nicht?« fragte sie mich in der Mauerkircher Straße. In Graz. Ich sehe dich neben dem schönen Michael, dem Freund. Du warst so gut, so froh. Schönes Mädchen. Du hast Schluß gemacht. Schluß. Wir machen weiter. Dein Kind ohne Arme. Dein Kind, Krähe. Ich frage dich nicht.

21. 06. 86 Das schreibe ich über Nietzsche: Er spricht als einer der wenigen über das Falsche in seinem Jahrhundert, aber immer in einem positiv, nie negativ verabsolutierenden Sinn. – Das muß mir passieren. Einen Absolutismus des Falschen gibt es nicht. Oder doch? Wenn ich den Frieden zum höheren Wert erkläre? Ich gebe keine Antwort. Ich denke nicht nach.

19. Juni 1986, München

Ich ordnete heute die Zeitungsausschnitte für die Blaue Talion. Da fand ich den Brief Christophs, der zwischen den Seiten des Fischer-Taschenbuchs steckte – und den ich am Tag seines Todes entdeckte:

Lieber Paul, 6. 11. 1985
durch die Buchhandlung weißt Du ja schon, daß »Das falsche Buch« inzwischen bei Fischer erschienen ist. Heute nun erreichten uns die Belege, und ich schicke Dir durch unseren Herrn Vonjo 10 Exemplare in die Wilhelmstraße.
Die zweite Rate findest Du in der nächsten Jahresabrechnung berücksichtigt.
Wir haben uns elend lange nicht mehr gesehen und ich glaube, es muß Obacht gegeben werden, daß wir uns vor der endgültigen Abreise nach Italien noch einmal unter vier Augen sehen. Gegen sechs oder acht wäre durchaus auch nichts einzuwenden. Geht es Dir, geht es Euch beiden gut?

Für heute herzliche Grüße
Deines
Christoph

Lutz Hagestedt, Werner Fritsch und Robert Echtler waren hier. Wir feierten Abschied von der Elisabethstraße 8. Das Ende erlebte ich wieder einmal nicht bewußt. – Robert schreibt über die Schreiberhand im FB. Fritsch will sich mit Hamann im FB beschäftigen. Sein Buch ist fertig. Der Titel: »Cherubim«. Mit Lutz besprach ich den Materialienband. Sein Eigensinn ist erheiternd, macht mir aber doch zu schaffen. Ich erzählte vom ›Akzente‹-Vorabdruck und meiner boshaften Bemerkung über Carl Friedrich von Weizsäcker. Heute las ich in der SZ seine Vorschläge für ein Friedenskonzil.

20. Juni 1985, München

Beim Ohrenarzt. Die Schwindelanfälle hängen mit dem Blutdruck zusammen. So genau habe ich das nicht verstanden.

Heute liest Diana Kempff in der Autorenbuchhandlung. Ich denke zurück an meine Urteile und muß ihre Lächerlichkeit feststellen. Als mich Günter vor Tagen fragte, wie ich mir Tote vorstelle, antwortete ich spontan: zerlaufen (im Wortsinn, fügte ich hinzu). Wenn es sich also bei Dianas »Wanderer« um ein Totenreich handelt, dann ist das Zerlaufen (auch die Figuren laufen, zerlaufen darin: Wanderer!). Wie konnte ich da Konturen, ja Knochen verlangen? Schon im zweiten Absatz das Wort ›zerfließt‹ und Seite 11 ›amorph‹. Jetzt erst verstehe ich dieses Buch.
Gute Lesung Dianas. Mit Herbert Wiesner und den Hufnagels bis morgens in der Koralle. Schlechte Aufführung Pauls.

21. 06. 86 Jetzt ist der Augenarzt dran. Ich trage tagsüber eine Brille. »Adlerauge vom Königsplatz«: damit ist es jetzt vorbei. Drei Brillen besitze ich, ein dreifaches Elend – aber das ist nicht wahr. Mir macht das Hinfallen (in der Familie, bekanntlich) Spaß. Meine Schmerzen sind anderer Art. Nicht, daß ich anders wäre. Wie?

21. Juni 1979, München

Jetzt sitze ich schon eine Woche hier an meinem Schreibtisch mit einem steifen Bein. Erschöpft. Ich komme nicht weiter.

09. 06. 85 Ich denke an Maxi im Theodor Fischer-Haus, Friedrichstr. 6. An ihr gebrochenes Bein. Ich schrieb ihr einen Brief. Und seitdem: nichts mehr. Bedeuten wir uns nichts? Oder habe ich ganz einfach dieses Haus mit meinen Engländerinnen besetzt? Wie wird es ihr gehen, der zauberhaften Zeichnerin?
Heute in der Buchhandlung: Wolfgang Dietrich »Luxuslüge«. Sehr aufregend, aber auch sehr kindisch. Halt die alten Dummheiten. Ich sollte ihn einmal zu unseren Treffen einladen. – Und den Rainald Goetz?

21. Juni 1984, Villeneuve

Lektüre während der Fahrt: Gershom Scholem »Von der mystischen Gestalt der Gottheit«. Fand darin das geistige, mystische Motiv für Dadds Besessenheit, mit dem devil (Übel oder bezeichnenderweise: Teufel) aufzuräumen. Das gibt Probleme, aber ich bin auf der dritten oder vierten Ebene der Geschichte: auf der Spur. Vielleicht kann es bald losgehen.
Augenblicklich liegen die Dinge nicht so einfach. Ich muß zu einem Essen mit vielen Schriftstellern. Da werde ich wieder das Uneigentliche zum Gespräch beitragen.
Große Begrüßung: Urs, Lüdke, Pastior, Hildegard, Schwegler, Sombart, Bazon, Huss, Arnold mit Freund Edi, Lars mit Frau, Handke, liebe Slowenen. Januš ist noch nicht da. Mit Sombart sprach ich über Rainer Lepsius, distanzierter, aber zugeneigter Freund aus ganz frühen Tagen in Nymphenburg-Neulustheim. Mit Handke kurzes, vielleicht erstes Gespräch über Theologie. Nach dem Essen ein Vortrag von Reiner Speck (Sammler von Proust und Petrarca, Leser meiner Bücher) »Petrarcas Invective ›contra medicum‹«. Dann eine kunsthistorische Ausführung mit Dias über Petrarcas Grab von Wolfgang Liebenwein.
Hanns Grössel, Begrüßung. Morgen geht es auf den Mont Ventoux. Ende der fünfziger Jahre fuhr ich mit meiner damaligen Frau

Siglinde hierher, wir übernachteten im Auto. Am nächsten Tag ging es weiter in den Süden. – Ich werde wieder nicht hinaufsteigen können (Herz). Busfahrt.

21. 06. 86 Ja. Unde malum. Der Reißverschluß; Abtrennung Luzifers von Jachwe. Das regte meinen Bruder so auf. Das muß alle Richtigen aufregen. Gott lacht. Wer hat das nicht gewußt? Luzifer vergeht nicht, aber es vergeht ihm das Lachen. Die alte Geschichte. Da ist einer so wie er ist – und da kommt einer, der einen besser haben will, als man das selber vorhat, und deshalb das Schlechte aus einem herausreißt und auf sich nimmt (Ibsen? Strindberg? jedenfalls nördlich, wenn nicht arabisch!). Der kopfstehende oder handläufige Rudolf-Luzifer-Steiner. Der Richtige. Wenn das nur gut beuyst.

21. Juni 1986, München

In Balzacs »Seraphita« nachlesen: die Beschreibung von Swedenborgs Himmel; das könnte mir weiterhelfen bei der Beschreibung des Stereo-Raums in meinem Soundseeing. Natürlich handelt es sich nicht um einen mythischen Raum, sondern um einen zeit- und richtungslosen.
Wo finde ich Zeugen der von 1901-1912 in Berlin bestehenden Tafelrunde der Kommenden (Strindberg, Steiner, Pfitzner, die Brüder Hart, Ernst von Wolzogen, Schönberg)? – Arbeit am offenen Fenster. Die Vögel. Das – in seiner bedrängenden Gegenwart – wirkt als lange schon Vergangenes. In seiner süßen Frische duftet es alt.
Das Fenster des Sterbezimmers Seiner Königlichen Hoheit, des Prinzen Carl Werner von Hohenzollern, ist von Buchenlaub verdeckt. Acht Jahre ist es her: da standen wir am offenen Grab von Carl Stilger. Heute las ich lange im »Pestlied«. Wilhelm Deinert schrieb eine Einführung dazu im »Literaturwissenschaftlichen Jahrbuch 1985«. Inge traf ihn vor ein paar Tagen in der Wilhelmstraße. Er gab ihr den Sonderdruck mit einer Widmung mit. Meine rüde Teichoskopie und seine Mauerschau. Als ich den Essay las, wurde ich auch an dieses Riesengedicht erinnert. Hans Reinhard Müller las das »Pestlied« einmal in der Lenbach-Galerie. Wieder

diese Hochachtung, dann Unsicherheit, auch Langeweile – Monotonie beherrscht das Ganze, aber sofort widerspricht man sich. Sehr lebendige Sprache. Kein einschläfernder Rhythmus. Anpackend, nur zu lang. Das Transportmittel fehlt. Man kommt nicht durch. Und so weiter. Wer über Werner urteilt, schwankt von Widerruf zu Widerruf.

Ich blätterte heute auch in dem theologischen Werk von Ludwig Weimer, dem Theologen der Integrierten Gemeinde meines Bruders. Die Lektüre würde mich – das ist schon nach den ersten Seiten klar – wieder auf die liebenswürdigste Weise in den Absolutismus der Kirche verstricken. Es geht noch einmal (und kein Ende!) um die immer noch ungelöste Frage (das zeigt freilich auch ihre Größe und Erhabenheit) der Einheit von Prädestination und menschlicher Freiheit, also um die Gnadenfrage. Schon im Vorwort scheint das Programm der Integrierten Gemeinde durch: nicht der Mensch wird prädestiniert, sondern die Kirche und der Mensch in ihr. Alles klar. Aufgebaut wird der Versuch dieser Antwort über der christologischen Formel von Chalkedon (451 n. Chr.): Zwei vollkommene Naturen in Jesus: Gott und Mensch. Und auf der dyotheletischen Formel des III. Konzils von Konstantinopel (680 n. Chr.): daß zwei Willen in Christus sind, beide ohne Gegensatz und ohne Vermischung. Gott handelt mit Menschen, sagt Weimer, in einem Je-ganz des Zusammenwirkens. Ein Weiterwirken am theologischen Poem.
Dieser liebe Ulrich Beil. Sein Vorschlag, Lapide zu lesen. Wann werde ich endlich seinen Bruder lesen? Beil gehört in das Streckennetz. Das halte ich ein Leben lang meinem Bruder unter seine Trapez-Augen. Aber er braucht keine Hilfe. Und bei mir zöge seine Gemeinde das Netz weg. Sind doch Schüler Augustins, arrogante Großstadtchristen. Leidenschaft ist menschlich. Gott nicht. Engel nicht. Habe ich es nicht immer gesagt? Wie langweilig!

Vor einem Jahr war ich bei Elisabeth in Gern (jetzt soll sie nicht mehr dort wohnen). Ich weiß nicht, ob stimmt, was sie zu mir sagt über mich. Es wäre sehr schmeichelhaft. Ich bin so gern bei ihr, ich trinke gern bei ihr. Ich bin vollkommen frei bei ihr. Das Herz wird ganz leicht. Es muß diese großen Damen geben (vielleicht war die Stein so), bei denen sich alles gibt. Keine Fisematenten, lebenshalber.

22. Juni 1984, Villeneuve

Auf dem Ventoux Gespräch mit Fredi. Er lädt mich zum Steirischen Herbst ein. Thema: Lüge. Ich sage zu. Das wird die Arbeit in diesem Sommer. Oskar Pastior setzt sich zu uns, auch Martin Lüdke. Dann hält Bazon eine kurze Rede. Erinnerung an die erste Preisverleihung vor zehn Jahren. Wir denken an die Toten: Brinkmann, Meister, Born und Hohl. Anschließend freuen wir uns mit herrlichen Speisen, Weinen und Champagner am Leben auf einer hochgelegenen Wiese: so muß das vor den Zelten der französischen Könige stattgefunden haben, auf der Jagd oder im Krieg. Hubert Burda hatte das Hotel mitgenommen. Ein französischer Bürgermeister hielt eine geistreiche Ansprache und rezitierte Heine im Original. Während wir aßen und tranken ein Vortrag von Prof. Stierlin über Petrarca. Ich erinnere mich nur noch an einen Usurpator des Überblicks (Bergbesteigung gegen theologische visio sub specie aeternitatis), insofern auch eines einmaligen, neuen: als vom Usurpator nicht mehr das Überblickte, das Eroberte beobachtet wurde, sondern das Individuum, das sich über die Natur erhebt, und zwar deshalb, um in ein gerechtes Gegenüber zu geraten (auch Petrarca und Laura!). Die Natur blickt zurück, sie blickt den Menschen an. Petrarca hatte sich von seinem bis dahin so geliebten Augustinus getrennt. Am letzten Abend konnte ich das Stierlin zurückerklären. Er nahm es an.
Im Hotel ließ mich Inge einen großen Teil des Konzerts verschlafen. Ich hörte nur noch die George-Lieder von Schönberg. Beim Türöffnen störten wir etwas und erhielten strafende Blicke von Bazon. – Beim Abendessen saß ich neben Klaus Antes, dem Freund von Isolde. Wir tranken wieder einmal zu viel. Bazon gesellte sich dazu, und wir redeten von der Wilden Universität, deren Mitglied er auch ist. Ganz plötzlich kam es zum Streit. Die Ursache weiß ich bis heute nicht. Die Schweglers behaupteten am nächsten Tag, Bazon habe mich – allerdings flachsend – mit dem Ausspruch gereizt: »Es gibt nur einen Bazon, aber tausend Wührs.« Da sei ich aufgebraust. Michael Krüger kam an meinen Tisch, und wir veranstalteten mit unseren Gläsern ein Friedensgeläute. – Unruhige Nacht, wie jede dort, obwohl wir ein zauberhaftes Zimmer in dem zum Hotel umgebauten Kloster hatten.

21. 06. 86 Das wird ja ein Augustinus-Buch. Aber intim. Petrarca bekehrte sich auch zu Cicero. Und zurück. Mein Weg. Keine Kirche. Keine Gemeinschaft. Keine CSU. Kein Kuhfladen. Kein Scheißhaus.

23. Juni 1978, München

Nach der Lektüre einige Anmerkungen zu Kolakowski: Es ist unvernünftig, Irrationales samt und sonders zu verdammen, so wie es unvernünftig ist, Rationales ohne Einschränkung anzuerkennen. Rückhaltlose Anerkennung des Rationalen ist tödlicher Irrationalismus – ebenso wie rückhaltlose Anerkennung des Irrationalismus.

16. 07. 85 Das haben jetzt alle erkannt. Das ist überholt. Nicht etwa Kolakowski, sondern mein Kommentar. Also ein Jahrhundert durchwandere ich bestimmt. Heidi Fenzl-Schwab, diese junge Frau, beinahe ohne Körper in einem Kleid, beinahe nur Hemd, und dann blicken diese schwarzen Augen, unter welchen Zahlen ins Apokryphe versenkt wurden, wie ich es noch nie erlebt hatte. Erweiterungen, davon sprach sie. Ein Satz im Buch. Seine Erweiterungen werden verfolgt. Was sagte ich zu ihr? In einer Parallelaktion schreibt der Poet ein Buch: und in eben einer solchen liest der Leser. Anmerkung: der Leser, der vom Buch mehr versteht als der Autor. Der Leser, der vom Autor mehr versteht als der Autor. Der Autor. Ganz schlecht dran. Ganz schlimm. Schlimmdorf. Wohnort.

08. 10. 85 Ich habe nichts mehr gehört von Frau Fenzl-Schwab. Sie wollten eine Woche Urlaub machen, in Österreich. Sie schreibt für Wiesners Lexikon über Diana Kempff.

23. Juni 1984, Villeneuve

Nach dem Frühstück wanderten wir zur Ruine des Domes von Villeneuve. Dort fand die Preisverleihung an den slowenischen Lyriker Gustav Januš statt. Interessante Gespräche mit seinen Freunden: Leben in einem gevierteilten Land. Handke hielt sehr geziert, gespielt gehemmt, lausbübisch ausschweifend die Laudatio, in welcher er in einem Rundschlag die deutsche, die europäische Literatur zur Meinungsprosa erklärte und den Preisträger und sich selbst feierlich ausschloß. Auf dem Rückweg ins Hotel Gespräch mit Sombart über die Wilde Akademie. Er gab großspurig Auskünfte, blieb schließlich stehn und ließ mich gehen. Im Garten des Hotels kam sehr herzlich Gerhard Meier auf mich zu und sagte, er wolle sich meiner Bekanntschaft erfreuen. Wir amüsierten uns über die Tatsache, daß wir in Isoldes Buch aufeinanderliegen. Er bot mir sofort das Du an und stellte mich seiner Dorle vor. Das Mittagessen ließen wir ausfallen und kamen erst zur Abfahrt nach Fontaine de Vaucluse wieder herunter. Besichtigung der Ausstellung im Petrarca-Haus und dann Lesung im Garten. Pastior saß neben mir. Nach der Lesung bat Bazon um das FB. Ich hatte ihm kurz vorher die Versöhnung angeboten. Er war nach langem Zögern so gnädig. Dann nach Les Beaux und dort ein festliches Abendessen mit dem Abschied von Hubert Burda. Die Meisterin weinte eine kleine Rede. Handke schimpfte die Köche Barbaren, weil sie keine Ruhe hielten. Neben mir saß Michaelis. Ich sprach gerne mit diesem aufmerksamen, ruhigen Teilnehmer. Gutes Gespräch auch mit Dr. Speck im Garten und mit Gerhard und Dorle Meier. Zweiter Abschied von Burda. Wir trinken ungeheuer viel. Dann wieder eine unruhige, kurze Nacht.

14. 08. 85 Es liegt ein liebenswürdiger Brief auf meinem Tisch von Dr. Speck. Wenn mir mit solchem Respekt begegnet wird, bin ich auch wieder sehr verwirrt.

23. Juni 1985, München

Benn: »Wer dichtet, steht doch gegen die ganze Welt. Gegen heißt nicht feindlich.« – Dagegen mein ›Daneben‹, das diesen feindlichen Akzent nicht hat, aber jederzeit in Aggression umschlagen kann, also nichts zu tun hat mit Benns ›Resignation‹ angesichts der Übermacht einer geschichtlichen Wirklichkeit, die den Geist – und damit auch die Kunst – in die Isolation abgedrängt hat (so Bruno Hillebrand).
Benn: »Um die abendländischen Phantome von Raum und Zeit in die Vergessenheit zu rücken.« – Wenn das der Ausdruck der modernen Zeit war, dann, meinetwegen, lasse ich mich gerne zur Postmoderne zählen, die dazu eben zu sagen hätte: Hören wir doch endlich auf mit diesem störrischen Abschaffen; multiplizieren wir

das Gegebene, das Gesetzte. Belassen wir es als Falsches, das soviel hergibt in unserem Spiel, immer noch, immer wieder.
Meine Poetologie vom Falschen wäre nichts anderes als ein postmodernes Kunstkonzept? Meinetwegen.
Der unglaublich kindische Pendelausschlag Nietzsches (und in diesem Zusammenhang Benns) in die Gegenrichtung eines aristokratischen Radikalismus, um sich von der militaristischen, plebejisch-bürgerlichen Spaltung von Geist und Materie in Idealismus zu entfernen: ist mir verständlich, aber das war nie etwas, noch wird es etwas werden. Das ist Flucht. Das muß auch – wie in diesem Bild – wieder zurück: in den Wahnsinn und in politische Platitüden. Gewalttätig ist das. Immer wieder. Starr. Zu störrisch, zu überheblich. – Beide bezeichnen ihren Standpunkt als mönchisch. Benn: »Todfeind der Geschichte – reiner Geist«. (Sehr nahe, tut mir leid, sehr sehr nahe: der schwarzen Sturmhöhe und ihren Klöstern!)
Mein Abseits der Poesie: ruft die dummen Fragen in die Agora. Nietzsches Abseits ist edel (nach Bertram). Das Edle ekelt mich an. Ich habe die Nase voll. Diogenes.
Heideggers Nietzsche, wie ich ihm heute in Bruno Hillebrands Buch »Artistik und Auftrag« begegnete, macht mir angst. Das ist ja alles ganz und gar steife Kunst, metaphysische Funktion der Kunst; derart jedenfalls, daß man als Künstler nur noch mit offenem Mund in Zeit und Raum staunt und das Seiende des Seins sich selber expressieren läßt. Romano Guardini wurde oft genannt. Sein Henker wächst mir unter dem Hemdkragen.
Das war ein Tag auch mit der Alexanderschlacht und mit vielen bekannten Bildern in der Alten Pinakothek. Als ich heute morgen aufwachte: Metropolis München. Noch viel mehr Führungen – überall, auch in den Museen. Grundsatz: immer Märsche, immer Führung, immer Bewegung, Flüsse, Autos und dann: unerhörte Stille, ganz aufregende. Heute entwarfen wir das Zulassungspapier, das mir Jürgen Kolbe mitgeben wird, damit ich Zutritt zu den kulturellen Institutionen habe. Jetzt muß ich mich erst mal wieder bei Judith melden.
Heute wieder starke Schwindelanfälle. – Film über Adel in den USA: Boston, Baltimore, Philadelphia. Väter und Rächer wie bei unserem Adel. In der Veterinärstraße konnte ich das einmal deutlich sagen. Entsetzliche Auswüchse des Reichtums. 1789 war nur ein Traum. Vergiß.

23. Juni 1986, München

23. 6. 86. Der 23. 9. 86 (23-23), nur zum Spaß. Aber dieser Tag ist nicht mehr in diesem Buch.
Dem Absolutismus der Subjekt-Objekt-Spaltung, des Dualismus im Christentum, der Auseinanderhaltung Gottes und der Welt (D. F. Strauß), also der Heteronomie – steht gegenüber (noch immer, wenn auch mit den wirksameren Argumenten des zweiten): die Idee der absoluten Freiheit.
Oder ist es so, daß nachdem der kirchliche Absolutismus actual geschwächt ist und nur noch dahinvegetiert, auch die Idee der absoluten Freiheit (in den letzten zwei Jahrzehnten insbesonders) schwächer und schwächer wird. Es ist keine Zeit mehr für totale Systeme, keine Zeit mehr für absolute Träume. In Wirklichkeit schwebt der Geist des Pluralen, der multiplen Empfindungen und Erfindungen und Konstruktionen über unserer Wirklichkeit und wird – wie ich hoffe – zum Sturm, wo ein Totum sich bilden will, wo sich aus der in »heiterer Freyheit ihrer Gestalt« (frei nach Hegel) sich bewegenden, offenen Systemen, von denen ein jedes die Gegenwart aller übrigen aushält, eines sich verschließen will vor allen Widersprüchen, um die totale widerspruchsfreie Ordnung in sich herzustellen. Diese Fehler (in Form richtiger Systeme) sind Schwächeanfälle, entstehen aus Ängsten davor, das Lässige, im Nachbarschaftlichen Nachgiebige, Schlampige führe zu endgültiger, absoluter Entartung. Es würde wenig helfen, verstörte Katholiken damit zu trösten: das sei in etwa und erst in Anfängen Katholizität, freilich von ihrem Augustinus so weit entfernt, daß sie in gefährliche Nähe zu Jesus von Nazareth gerate. Es würde wenig helfen, die autonomen Freiheitshelden der Wissenschaft damit zu trösten: das entspräche ganz und gar der Freiheit der Wissenschaft und Forschung, entbehre freilich totalitäre Staaten oder Demokratien, in denen sich eine Stimmenmehrheit für die Erfüllung totaler Träume bildete: weshalb sich jede totale Umsetzung in Technik von selbst verbiete. Schluß. Das ist ein Traum und wird einer bleiben. Weil die Angst bleibt, besonders im Westen, besonders in Europa. Hier ist sie zu Hause. Die strengsten (freilich auch in ihrer Poesie die schönsten) Geist-Gebäude werden hier gebaut. Eines davon, die Kirche, baut weiter aus, dichtet sich weiter ab und wieder aus und wieder weiter in einem verkrampften Zusammenhang, einem Ver-

weisungsgefüge von unglaublicher Betulichkeit. Von einem solchen Poesiebeitrag kann dann Ratzinger sagen, es handle sich um »eine Einladung zum Gespräch, die weiterhin (sic!) eine Einladung zur Erfahrung der Freiheit der Gnade im Glauben der Kirche ist . . .«. Der schlimme Vater des Mittelalters wird in »Die Lust an Gott und seiner Sache« noch einmal – und mit einem Lieblingsgedanken der Europäer, insbesondere der Deutschen, nämlich der Gemeindebildung und der Erlösung von dem Übel, nämlich der Welt in ihr – also wieder gut augustinisch – noch einmal, das letzte Mal nicht, gerechtfertigt. Das hat der Rechtfertiger Gottes verdient. Ich muß denken, wo und wann sprach Jesus eine solche Rechtfertigung aus? Vom Paradies spricht er nur, wenn er einen Verbrecher dorthin einlädt. Ganz anders Augustinus: Dort findet er unsere Schuld. Wir finden kein Heil in der Heteronomie der Kirche und keines in der Autonomie der Vernunft. Wir sollten unsere geistigen Häuser nicht zu Festungen ausbauen, keine Schlösser und Schlüssel dafür anfertigen lassen – für welche Türen, wenn es keine Mauern gibt?
Blumenberg: »Die Heranziehung der großen Figuren der menschlichen Imagination und Erinnerung mag in der Absicht jeweils rhetorisches Ornament sein, aber die Gültigkeit und der Spannungsreichtum solcher Gestalten zwingen von sich her den Autor, der sich nur beiläufig auf sie einzulassen bereit scheint, unversehens dazu, mit seinem Konzept des Menschen und dessen verbindlicher Daseinsform herauszurücken und es im Gedankenexperiment durchzuspielen.« – Das leuchtet ein. Und dieser Zwang, dem ich mich auch so oft unterwarf und weiterhin unterwerfen werde, ist eine besondere Droge der Poesie. Herr Blumenberg. Schön. Gut. Wahr. Obwohl Sie ansonsten die Geschichte des Elends schreiben, großartig und stolz, zugegeben. Ihre Bemerkung über Schelling werde ich nie vergessen. Ich habe sie erwähnt in Bremen. Aber das interessiert Sie nicht. Ihnen folge ich zu gerne in Gedanken (den Ihren).
Ein Gruß zu Carl Werner hinüber. Bald nicht mehr. Zwei Wochen bin ich noch mit Inge hier, und ein paar Tage mit Sancho alleine. Und dann geht dieses Buch zu Ende.
Ich denke an Konstanze, an Tobias, an Heidi und Max. Sonst nichts.
Wohin gehe ich? Gar nicht weit fort von der Geste meines Lebens, die nie oder kaum actual wurde, nur verbal: also jetzt endgültig und

über einem See, auf einem Berg, der jetzt daliegt, wie ich ihn sehe, abendlich aufgewühlt, die Polvese im linken Wasser, schwer von Früchten. Der Ahorn vor Carl Werners Zimmer und das jahrelang helle Kinderzimmer heute wahrhaftig zum erstenmal dunkel. Die Kamine. Der 23. Juni. München. Mein Lied, mein Sound. Ich bin darauf stolz, weil Inge »Soundseeing« liebt. Die Stadt. Meine Ohren wissen noch nichts von der Höhe. In ihnen hat es immer gelärmt. Vor mir, gegen die Lampe gestützt, das riesige Exzerpt von ›Selbstbehauptung‹, hinter mir Titania, rechts über mir Schulers Totenmaske. Elisabeth weiter links. Michael Krügers Photographie hinter mir, sehr großartig.
Morgen gehe ich in die Buchhandlung und höre den Simon Werle, den begabtesten Poeten der Jungen, wie ich glauben muß.
Niemals wie heute war es mir so, als ob ich in einem Kinderland hörte, wie ganz große Onkels Wahrheiten in den Himmel verabsolutierten. Und jetzt ist die Lösung offen: wie ich saßen diese Herren und Damen, in diesem Falle richtig in der Reihenfolge, an einem solchen Abend in unserer Geschichte, früher oder später (ich meine in der Geschichte): an einem Schreibtisch und schrieben herum in den nächtlichen Vierteln des Groß-Gedachten, der Groß . . . verdammt, das kriege ich nicht hin: Großdacht = ist zu nahe am Tag – also, so schrieben sie: Kosmodizeen und Theodizeen und Anthropodizeen und ich schreibe meine Paolodizeen mit dem absoluten Anfang in der Campagna 19 am? Das weiß ich noch nicht. Ich bin froh, daß es keinen Erlöser gibt. Ich bin froh, daß es keine Unschuld gibt und muß deshalb froh sein, daß es kein Paradies gegeben hat und nicht geben wird. Erst vor zwei Tagen radelte ich im Englischen Garten an zwanzig nackten Frauen vorbei und auf einer Strecke im Schatten trat aus demselben im Stil der Jugend die nackte Jungfrau meines Lebens. Ich fuhr weiter in mein Leben. Ich werde froh sein, daß es Gott gibt, den ich nicht gerechtfertigt habe und sonst vor ihm auch keinen und nach mir ein Wehe. Und ich weiß, daß es Jesus gibt. An diesem Menschensohn verdirbt das Absolute. Auch das Absolute der Abstinenz am Absoluten. Golgatha. Ich scherze nicht. Wie könnte mir zum Scherzen zumute sein, wenn ich vom Absoluten spreche, als Falscher zu meinem Bruder? Franz. Assisi. Ich bin bald da. Kartographisch wenigstens. Ohne Gemeinde, meistens. Poesie hat keine Wohnung. In der Kirche nie – sonst Lobgesang.

24. Juni 1983, München

Ich räumte meinen Schreibtisch auf. Die Fahnen sind weg. Das Manuskript kam zu den übrigen Blättern, den Bergen . . . Jetzt kann ich (vielleicht) an diesem Buch weiterschreiben.
Mit Inge korrigierte ich zwei Wochen lang. Das war schrecklich, da es um Satzzeichen ging und um Druckfehler, die Setzer aber das Falsche Buch neu einteilten und ich auf einige Fehler kam, die mich fast umbrachten. Der Richtige. Das war auch ein neues Kennenlernen. Der Eindruck: für den Leser eine Tortur. Zu dicht, zu kompliziert. Oft ist der Text selbst eine Kriminalgeschichte, mörderisch. Selbstvorwürfe. Nur das bayerische Bier wiegelte ab. Ich hätte es besser machen können. Abermals das alte Lied. Also extra falsch hätte ich es vielleicht gar nicht machen müssen – wie der Gott in Gegenmünchen seine Welt gemacht hat.
Das Erzähler-Denkspiel im FB. – Der Autor will einer der Seinen (seiner Geschöpfe) werden. Das heißt doch, er will das Unmögliche: nämlich in seinem Werk verschwinden. Was noch hinzukommt: er will nicht mehr Autorität sein (insbesonders, und das ist in der Wührschen Theologie zu beachten, wenn es sich um ein falsches Wort handelt. Er will also nicht der einzige Richtige sein). Jetzt der Absprung in die Theologie: Gott will vergessen werden. Es ist ihm also recht und ganz in Seinem Sinn, daß wir in diesem Jahrhundert dieses Jahrtausends zu Ungläubigen wurden. Und die Expansion der Wissenschaft, ihre nur noch hypothetischen Gesten, ihre Bescheidenheit, was den Sinn angeht: das könnte demnach sein Werk sein, eine Evolution also, die er eingeleitet hat und jetzt genießt. Der letzte, der das Recht hatte, von ihm zu sprechen, nämlich Jesus, und als Sein Sohn, wurde zum göttlichen Menschen: sehr geachtet, aber doch in die Immanenz geholt. Folgerichtig. Das alles könnte zur Folge haben, daß wir über unseren Unglauben gar nicht staunen, geschweige denn trauern oder gar verzweifeln müssen. Dieser moderne Unglaube als Sein Wille. Eine neue Menschwerdung, eine Mitmenschwerdung. Gott glaubt selbst nicht mehr an sich. So. – Und was dem Autor nicht gelingen kann: das Verschwinden im Werk – warum sollte es Ihm nicht gelingen können? Wahrscheinlich ist das göttlich. Vorzeichen dafür gab es genug. Die Krämpfe des 19. Jahrhunderts. Diese Entkrampfung im 20. Jahrhundert.
Hölderlin. Hat er das geahnt? Schon erkannt?

24. Juni 1984, Villeneuve

Nach dem Frühstück viele Abschiede. Letztes Gespräch mit Hubert Burda auf dem Parkplatz über Matthias Nolte. Er sagte: »Mich interessiert in der Literatur nur das Hervorragende und das Triviale, Durchschnitt lese ich nicht.« – Mittagessen in Châlon; um 19 Uhr sind wir in Baden-Baden.

24. Juni 1985, München

Weitere Bemerkungen aus meiner Beschäftigung mit der Artistik Nietzsches und Benns: Nach Heidegger ist die Erkenntnis bei N. im Sich-Befehlen. »Das eigentliche Befehlen ist ein Gehorchen gegenüber jenem, was in freier Verantwortung übernommen, wenn nicht gar erst geschaffen sein will ... Das ursprüngliche Befehlen und Befehlenkönnen entspringt immer nur einer Freiheit, ist selbst eine Grundform des eigenen Freiseins. Die Freiheit ist ... in sich Dichten: das grundlose Gründen des Grundes ...« Nietzsche denkt das Wesen der Wahrheit im Äußersten als das, was er die Gerechtigkeit nennt (weder juristisch noch moralisch!). Es handelt sich um die »Eingleichung in das Chaos, d. h. in das Seiende im Ganzen«. Weiter in Heideggers Text: N. sagt nur, das horizonthafte Absetzen der Gerechtigkeit gehe auf etwas, das mehr ist als dieser und jener Zweck, als das Glück und Geschick einzelner Menschen: »All dies wird in der Gerechtigkeit hintangesetzt.«
Heidegger meint: Nietzsches Gerechtigkeit sehe über die Unterscheidung der wahren und der scheinbaren Welt hinweg. »Er sieht deshalb in eine höhere Wesensbestimmung der Welt und in eins damit in einen weiteren Horizont, in dem sich zugleich das Wesen des Menschen, nämlich des abendländisch-neuzeitlichen, weiterbestimmt« (Unterscheidung von wahrer und scheinbarer Welt = platonisch-christlich!). »Wille zur Macht ist eigentlich da, wo die Macht das Kämpferische in dem Sinne des bloß Reaktiven nicht mehr nötig hat und aus der Überlegenheit alles bindet, indem der Wille alle Dinge zu ihrem Wesen und ihrer eigenen Grenze freigibt.« Gerechtigkeit ist »der Grund der Notwendigkeit und der Möglichkeit jeder Art von Einstimmigkeit des Menschen mit dem Chaos, sei diese Einstimmigkeit die höhere der Kunst oder der Erkenntnis«.

Jetzt also zur Kunst: sie als höchster Wert im Wertdenken des Willens zur Macht zielt letztlich auf die metaphysische Gerechtigkeit ab. Wille zur Macht ist die Ermächtigung in die Überhöhung zum eigenen Wesen. Solche Überhöhung leistet die Kunst: sie leistet die Verklärung des Lebendigen. Das Wesentliche an der Kunst, sagt Heidegger, bleibt ihre Daseins-Vollendung, ihr Hervorbringen der Vollkommenheit und Fülle; Kunst ist wesentlich Bejahung, Segnung, Vergöttlichung des Daseins. Diese Kunstausübung, diese metaphysische Tätigkeit ist nur vom Künstler aus gesehen, sie ist eine solche Tätigkeit nicht in Form der rezeptiven Betrachtung. Guardini: »Kunst dient dem Dasein, in dem sie die Welt formt, um so das Eigentliche deutlich werden zu lassen!« Also: es geht in der Kunst um die Einheit von Welt- und Menschenwesen. Zum Formbegriff: Nietzsche »Wille zur Macht«, S. 818: »Man ist um den Preis Künstler, daß man das, was alle Nichtkünstler ›Form‹ nennen, als Inhalt, als die ›Sache selbst‹ empfindet.« Heidegger: »Die echte Form ist der einzige und wahrhafte Inhalt.« Der Tod des moralischen Gottes bedeutet nach Heidegger auch das Versiegen des Göttlichen Seins. (Gott = übersinnliche Welt als Ganzes = Reich der Ideen und Ideale!) Diese übersinnliche Welt ist ohne wirkende Gnade. Sie spendet kein Leben. Jetzt ist das Dasein für Nietzsche nur noch im Schaffen zu überstehen. – Kunst als Religionsersatz.
Für Benn wird Kunst die letzte metaphysische Tätigkeit innerhalb des europäischen Nihilismus: Kunst »gezüchtete Absolutheit der Form, deren Grade an linearer Reinheit und stilistischer Makellosigkeit . . .« usw. – Artistik = tief, religiös und sakramental. Aber da wird dann ebenso radikal widersprochen: Kunst = technisierte Perfektion. Jedenfalls soll Kunst den Nihilismus überwinden. Benn bringt nur Metaphysik, Nietzsche nun auch noch die Transzendenz der Kunst.
Benn: Die Transzendenz der schöpferischen Lust über den Nihilismus. Das Transzendente ist im Rausch des Schaffens zu suchen, nicht im Inhaltlichen. Bei Nietzsche heißt es: »Wollust des Schaffenden.«
Die Übersteigerung, das Transzendieren führt nach Hillebrand bei beiden aus dem Bezirk menschlichen Wertens heraus, d. h. die Kunst verläßt den Raum ethischer, moralischer und humanitärer Urteile, um im letzten Horizont, jenseits von Gut und Böse anzu-

kommen. Es zählen nur die höchsten Sphären, und das Menschliche zählt nicht zu diesen.
Noch ein wesentliches Ergebnis: Mit den beiden Komponenten aus Tiefe + Form haben wir erst das Wesen des Rausches im Blick. Es handelt sich um ein mystisches Erleben (mit dem Nichts!) und Formzwang: Das Nichts ist eine Gewalt, die Forderungen stellt: es will Gestalt werden.
Diese Kunsttheorie ist also: nicht als schöpferische Lust ein bloßes Übersteigen der Bewußtseinsgrenzen, ebensowenig aber ein formalistisches Montieren ohne existentielle Nötigung.
Jetzt aber der entscheidende Satz bei Benn (wie schon bei Nietzsches oder Heideggers Erschließung von Nietzsches Kunstwillen, nämlich der metaphysischen Eingleichung in die Ganzheit des Seins!), wenn er spricht von »jener transzendenten Geschlossenheit eines in sich ruhenden Seins, jenes Logos, jener religiösen Ordnung, zu der die Kunst aus sich heraus mit ihren konstruktiven Mitteln unaufhörlich strebt«. – Na, also da haben wir es. Kunst = Religionsersatz und Ziel = Ruhe und zwar in Ganzheit, die selbstverständlich geschlossen sein muß.
(Das kommt mir soeben in den Sinn: »Fensterstürze« und im BT Jehu Jehvis Rede über das Falsche in ihm selbst. Das sind alles Selbstmorde oder Rücktritte Gottes; jedenfalls eines Gottes der christlichen Religionen. Er geht aber selber, er wird nicht gemordet. Das ist der Unterschied. Das Gewalttätige an Nietzsche und Benn, in ihren Sprachkunstwerken spürbar, vernehmbar, ist mir unangenehm; Gewalt ist das ganz Andere.)
So. Das wars. Ich muß dieses Buch von Hillebrand »Artistik und Auftrag« nochmal lesen, schon um dem lieben Bruno besser und schneller nahekommen zu können. Daß aber mein Falsches einen Weg aus den Ersatzlösungen Nietzsches – in Nachfolge Benns – weist, wird mir auch immer klarer. Das absolut nicht Absolute, die Ablehnung jeder Besetzung von Wahrheiten, und doch die Zutritte zu ihnen (also aus dem offenen System des Falschen heraus), das scheint mir ungezwungener zu sein, freier, eben offener und friedlicher: es gibt keine Positionen und keine Indifferenz. Die Bewegung ist alles: das Schaukeln, das Pendeln, das Kreisen, die Drehung, der Überschlag: keine Verhärtung, nichts Gegossenes, alles wird vergossen, bleibt flüssig. Bewegung. Form: ja, aber als gebrochene, überall durchlässige, poröse. – Und keine Verdikte. Keine

Verbote. Keine Gesetze, eben. Oder je neue, die je immer wieder gebrochen werden: nach dem Augenblick, in dem sie hart wurden.

06. 07. 85 Hier schließt ein wunderschlimmer Widerspruch sich ohne Bedenken an.

Nichts wird durchgestrichen. Alles kann bleiben. Keine Selektion. Keine Säuberungen. Keine Reinheiten. So ist das, Herr Benn. Ihre Sprache und die eines Heidegger sind eigentlich freilich das Eigentliche. Aber das Eigentliche gibt es in einer vor jeglicher Richtigkeit zurückweichenden, sich abstoßenden falschen Welt nicht. Auch nicht diese eigentliche Kunst nur für Künstler. Auch nicht diese eigentliche Kunst für alle, das freilich auch nicht. Im Fluß, alles. Kein Halt. Ja. Nichts für Herren. Nichts Herrliches. Nichts für Herrschaften. Geschwisterliches, ja. Das.

Auf meinem Spaziergang durchdachte ich noch einmal die Entstehung von Caspar und Christa. Ich werde ihre Genealogie aufzeichnen.

Wie unsinnig die Bemühungen von N. und B. Und doch. Das ist es. So läuft der Geist. So weit weg von den Menschen, so ganz drinnen in den Spinnern. Da drin bin ich ja leider auch. Wie schlimm. Wieviel lieber wäre ich mit meinen Falschen in der Oper (wie Verdi), und dann könnten diese buhen oder klatschen. Das ist nämlich alles sehr einfach, sehr gestisch, lauter Pose und Geist nur, wenn Posen Geist sind.

25. Juni 1978, München

Vielleicht ist die Vorführung, die Darstellung der Rede gar nicht – wie ich es bisher oft sah – eine einzige Figuration. Vielleicht gibt es einen so durchgängigen Schlüssel nicht.
Wahrscheinlich – heute kommt es mir so vor – ist die Rede in jeder einzelnen Phase, in jedem Gedicht nur der Versuch: ins Schweben zu kommen (Fisch), d. h. Auflösung der Gegensätze im Augenblick. Es schwebt dann eine verzweifelte Hoffnung oder eine hoffende Verzweiflung oder ein zweifelnder Glaube oder ein glaubender Zweifel. Ergebnis, also augenscheinlich: nichts Entschiedenes, das Nicht-Richtige, das Nicht-Richtungweisende. So wie ich das schon oft anmerkte, ist es auch im Gedicht: in dem alles zur Sprache kommt – weder angenommen, noch abgewehrt. Immer wieder das offene System. Die kommenden 80er Jahre.

25. Juni 1984, München

Heute sind wir heimgekommen aus Baden-Baden. Besonders gut verstand ich mich mit Peter Hamm, Michael, Wolfgang (Student bei Bazon), Fritz Arnold, Ilma Rakusa, der Frau von Ingold, Fritz und Hildegard Schwegler, Pastior, Dr. Speck und Fredi, den Ritters (-Santini). Lea will eine Anzahl Gedichte von mir ins Italienische übertragen, die in »In forma di parole« erscheinen sollen. Das organisierte Inge. Sie war wieder allseits tätig. Mir half sie in allen Nöten, aber auch viele andere wurden gefördert und getröstet.

24. 06. 85 Als ich das heute las, wollte ich es sofort streichen. Nichtssagende Sätze. Diese Aufzählung Gutgesinnter. Meine organisierende Inge. Gefördert oder getröstet. Schwester Inge. Idiot Paul.

22. 07. 85 Heute habe ich die Übersetzung von Lea Ritter-Santini meinem Langer geschenkt. Das war gut.

19. 12. 85 Ja. Er lernte. Wir lernten. Wir haben gearbeitet – eigentlich tun wir das noch in diesem München. Er weiß. Wie ich, sehr genau, aber still. Ich horche ihn im Hörspiel aus wie er mich. Michael Heinrich Langer. Suchen wir uns einen Namen aus. Es war eine gute Arbeit, seine.

Meine etwas weniger, aber jetzt ... mußte ich gut sein. Und das war ich. Das ist eine Geschichte in seinem Leben wie in meinem. Wie schön wir laufen.

21. 12. 85 Soundseeing ist fertig. Metropolis. Nach vielen Mühen. – Was für ein Leben lebt man, und was für ein Leben schreibt man. Ich weiß nicht, ob man das geschriebene so einfach unter dem ungelebten Strich summieren darf. Mir kommt die Not zwischen meine Sprachspiele, Herr Mon. Sie müssen das in Ihrer Freizeit treiben. Ich suche Sie nicht, Sie sind immer dabei, wohin ich auch gehe. Als Falscher erfreue ich mich Ihrer Gegenwart. Es gibt auch im Falschen Komplimente.

25. Juni 1986, München

Mit Michael in Oberschneitbach: vor und neben und hinter dem Lehrerhaus. Den Garten hatte ich größer in Erinnerung, das Haus kleiner. Es ist umgekehrt. Zwei schöne Mädchen wohnen in diesem kleinen Schlößchen. Der Vater war mißtrauisch. Ich erzählte. Die beiden Wirtshäuser stehen noch dort. Wir gingen die Via damnato nach Aichach – also alternativ nur bis zu der Wirtschaft vor dem Wald. Die gab es damals noch nicht. In der Nähe des satanischen Stadtpredigers aßen wir. Wo wird der jetzt sein? Lacht er noch immer nicht? Also noch immer nicht wieder über seine Kirche. Ich weine.
Abends sahen wir den Sieg über Frankreich. Das hört nicht auf. Dieses blöden Wettspiele. Zwischen Freunden gibt es die nicht. In der Liebe ist mir noch immer nicht der Einfall gekommen, weil er nicht kommen kann: Spiele und Kämpfe. Kämpfe gibt es in der Welt und wenn Kämpfe Spiele geworden sind, dann dreht sich da nichts mehr um. Ich möchte das Spiel der Liebe erfinden. Poesie stellt sich oft an, als sei sie wirklich daneben. Aber ich gebe nicht auf, es muß das Unmögliche geben: Liebe in einer Art Kampfspiel als irenische Etüde. Ockham wohnte in München. Das ist Ansporn oder süße Neigung ins Spiel. Auch der Massilio. Freiheit vor allem. Unendliche Wahl. Eco. Jetzt sehe ich ihn. Grüß Gott. Ich war böse. Scusi. Aber nie Ihrem wunderbaren Poem. Er mußte unseren Occam aus Schwabing holen, weil er ja sonst in einer Großgarage

nichts mehr hätte graben können. Immerhin: wo der destruierende Nominalist dachte, wird die Götterdämmerung inszeniert. So ist das in dieser Welt. Wenn ich oft sage, ich schreibe nicht über München, sondern auf: wie nahe liegt das ab einer bestimmten Höhe beisammen. Ludwig. Mein Großvater, Wiggi, der Bayer. Haben die Landsleute so geredet? Der König und seine Gelehrten.

26. Juni 1985, München

Dieser schöne Abend bei Voswinckels, mit Herbert Wiesner, Inge Krahn, Gabi und Ebba. Zuerst turbulent, dann im Frieden die Freundschaft ausspaßend.
Herberts gerechter, guter, unglaublich genauer Film über Vicki Baum – dankbar wird sie sein. So eine schöne, zurückgenommene Arbeit: der Künstler. Dagegen Peter Laemmle. Wie war das schön. Wie gut. So hatte ich dieses Gefühl. Ich weiß nicht, ob ich es allein hatte. Das gilt mir gleich: diese Liebe. (Schreibt hier Paula?)

28. 10. 85 Ursula Krechel hat mich sehr ausführlich über die Doolittle informiert und vor ihrem Briefwechsel mit Freud gewarnt.
Die Nacht ist fortgeschritten, wie man von der Dunkelheit zu sprechen gewohnt ist, was doch ein Licht auf den Fortschritt an sich werfen sollte. Meine so viel geliebte Vielfältigkeit sagt mir in aller Einfalt zurück: Je vielfältiger alles wird, umso langsamer wird alles erreicht – was mich bestätigt in meiner Hoffnung, wenn ich das schreiben darf: daß nichts endet.

21. 06. 86 »Der faule Strick« muß dieses Buch heißen, weil es nur die dünnste Leiste neben einem Leben ist. Es steht das Wenigste drin. Draußen sein ist alles.

26. Juni 1986, München

26. 6. 86 = 28 aber doch 3 × 6, also ein Ludertag. War er auch. Zwei Stunden Gespräch mit einem Studenten Raepple aus Dachau, der für die TU einen Schein machen will über die Literaten in München. – Heute sah ich in der Ainmillerstraße die Gedenktafel für Rainer Maria Rilke. Jetzt ruf ich den Günter Herburger an.

27. Juni 1984, München

Ich komme soeben zurück vom Seminar Hoffmann. Zuerst sprachen wir in einem Hörsaal an der Schellingstraße zwei Stunden. Dann fuhren wir ins Westend zur Realwirtschaft Stragula. Dort redeten wir bis kurz vor Mitternacht.
Das war ein außerordentliches Erlebnis. Ich saß mit etwa 25 Lesern des FB zusammen. Sie waren alle intensiv eingeweiht. Immer wieder wurde ich durch das Buch geschickt, mußte erklären, Fragen beantworten. Am eingeweihtesten gab sich ein gewisser Lutz Hagestedt. Da waren: Frl. Hochhut, Frau Fenzl-Schwab, Herr Langer, Herr Haber, Herr Fritsch (Schriftsteller?), Herr Setzwein (Schriftsteller?), Herr Lucht (?).

03. 09. 85 So war das. So ist das gewesen. Niemand wird das glauben. Das war der Anfang. Anfang.

Notizen zum Talion: Poppes (Satire!) will die Intelligenz des Paw erreichen – das im Buch Poppes als Satire auf die Evolutionstheoretiker: die Gottes Intelligenz erreichen wollen.
Das Falsche ist kein Gegensystem, sagte ein Student. Es handelt sich also um keinen Dualismus bei der Oscillum-Lehre.
Aus dem Gespräch mit einer Studentin. Ich sagte zu ihr: Es geht darum, als Weib nicht wirklich und wahrhaft Mutter zu werden, wie es für den Mann darum geht, nicht wirklich und wahrhaft Vater zu werden. Und man werde weder die Frau seines Mannes noch der Mann seiner Frau: sondern bleibe jeweils der liebende Geliebte und bilde kein Paar. Soviel zur Lehre.
Nochmals: Das Falsche und die Wahrheit sind schutzbedürftig. Das Richtige und die Lüge: vor ihnen muß man sich schützen. Herz: Das Wort käme so oft im Falschen Buch vor.

27. Juni 1986, München

Bunte Steine von meinem Bruder im Würmtal gesammelt (es sind Bonbons), die ich auch in Italien auf meinen Schreibtisch stellen werde. Inge kommt aus Passignano zurück. Es scheint sich wieder nicht viel bewegt zu haben.

Günter hängt seinen neuen Gedichtband »Kinderreich Passmoré« an die Tür. Wie wunderbar das erste Gedicht: Der Tod. Wir waren gestern lange beisammen.
Heute saß ich drei Stunden mit Robert Echtler auf dem Balkon. Der Augsburger ist ganz erfrischend. Es wäre gut, wenn er zum Schreiben finden würde. Diese 30jährigen – so unentschieden, so frei, so verwandelbar!
Alles darüber ist blau. Sonne. Der Kamin-Herr grüßte mich heute zum Abschied und drehte sich in die Linie. Seine Art von Unsichtbarkeit. Beinahe zehn Jahre habe ich ihn jetzt gesehen: bisher geschaut und heute gesehen. Ein Lied ist im Leib. Der flache Herr singt. Seine dritte Dimension ist Musik.
Mit Robert sprach ich auch von Carl Werner und von diesem Haus, in dem Schuler gewohnt haben soll. Ich weiß, es war nicht so, aber ich glaube daran. Das ist wie in Jerusalem von achteinhalb Jahren. Des Alfred Totenmaske blickt auf mich. Alle sind sie um mich versammelt. Der Jörg. Ihm möchte ich das schönste Denkmal setzen. Den Satz weiß ich noch nicht. Der bin ich selber noch.
Die blaue Talion möchte ich schreiben. Auf dem Berg. Abschied.

28. Juni 1984, München

Lesung im Rathaus in Tutzing. Vorher Besuch bei den Flügels: ein Klenze-Haus über dem Ort. – Wenig Besucher. Ich las von Anfang an: erschrockene Gesichter. Die Jüngeren lachen. Hinterher sprach ich mit einem Studenten, der alle meine Bücher hatte. Gespräch mit dem Bürgermeister und Heinz Flügel über theologische Anspielungen im FB. – Auf der Heimfahrt: Unstimmigkeiten.

06. 07. 85 Unstimmigkeiten. Wenn ich das so lese. Was mag da geschehen sein? Wer soll das wissen? – Willi Schäfer schickte mir seinen Prosaband. Ich aber habe mich noch nicht bedankt, wenn ich mich recht erinnere.

15. 10. 85 Über dem See wachte um diese Zeit Diana Kempff auf. Ich grüße Dich heute in dieser verworfenen Zeit (nicht moralisch zu lesen).

28. Juni 1986, München

Sommerabend in der Emmanuelstraße 14a bei Michael Titzmann und seiner Freundin Johanna. Wohltuendes Dunkel im Erdgeschoß unter einer Herder-Ausgabe. Und ein freundliches, herzliches: immer entschiedeneres Gespräch. Titzmann drängte. Er fragte nach Ingeborg Bachmann. Ich zauderte. Zum Urteil reicht es bei mir nicht. Ich las zu wenig. Sie gehört für mich zur Gruppe 47, von der ich keine Kenntnis nahm, damals. Der Trotz der frühen Jahre.

Seit Wochen kann ich mit dem rechten Fuß schlecht auftreten. Werner Haas tröstete mich, es sei eine Zerrung. Die wird schon wieder werden. Es gibt aber jetzt soviel Arbeit.

29. Juni 1984, München

Morgens Lähmung. Auf dem Spaziergang Lösung: Dadds Selektion des Bösen aus der Gottheit. Also die Gefahr, sie übermächtig, einseitig und richtig gut werden zu lassen, was Caspar (Teufel) zu verhindern weiß. Auch neue Oscillum-Sätze stehen jetzt klar im Entwurf der Lehre. – Von Setzwein kam ein lieber Brief.
Abends kurz zu Ursulas Lesung ins LOFT. Sie las über Lautsprecher Texte, die sie auf und über handkolorierte Fotos von Achim Bednarz geschrieben hatte. Wenig überzeugend.
Während des Tages las ich die Monographie über Stefan George. Nicht erschütternd, sondern erschlagend; nicht deprimierend, sondern mich einfinsternd. Gewalttätig – bisweilen süß, einlullend. Was hatte dieser männliche Mann mit der Magna mater (Schuler) zu tun? Auch Franz Schonauer verschätzt sich bei Schuler. Der Liebhaber des Paganen, der heiß hassende Antichrist und Antisemit (und das gehört zusammen und hat nichts mit einem christlichen Antisemitismus zu tun, sondern nur mit seiner Ablehnung des maskulinen Gottes) starb 1923. Das Werk des Hessen George werde ich in meiner Bibliothek nicht ergänzen.
Wenn ich mit den Komplexen (mykologisch) fertig bin. Wenn Dadd geschrieben ist: dann Reden, Zeitgeschichte: auch sich aus der Realität durchschlagend, um den ja meist kynisch aufgetischten Mythos zu zerpflügen.

30. Juni 1985, München

Ich konnte in den letzten Tagen nicht schreiben: Entzündung der Handsehne. Siehe Exzerpte: Gewalt, besonders den Beitrag von Wolfgang Wippermann, Historiker von der FU Berlin.
Vor drei Tagen ließ ich mich mitreißen von meinen eigenen Worten. Es war bei einem Vortrag von Gorsen in der Akademie der Künste über »Ekstasis. Blicke«. Kaum hatte ich in der Diskussion die ersten Worte gesprochen, wurde ich aggressiv, in gewisser Weise schamlos unbefangen, eine schreckliche Abfuhr von Gedanken, die wieder einmal nicht ausgereift waren. Das wäre nicht weiter schlimm. Aber mir erscheint mein Zustand bedenklich. Ich kann Situationen nicht mehr abschätzen. Schäuffelen, der mich einlud, wird wahrscheinlich von mir enttäuscht sein.
Seit ein paar Tagen ist der Sony-Walkman da, aber ich habe Judith bis jetzt nicht angerufen.
Inge ist seit Donnerstag in London. Sie kommt über Lüttich und Verviers zurück, wo sie mit Hilfe der Blaviers weitere Bilder von Armand Henrion zu finden hofft.

04. 07. 85 Nachdem Gorsen nicht auf die Blicke und wenig auf die Ekstase eingegangen war, sprach ich kurz über die Möglichkeit: die Renaissance- und Barockmaler hätten ihre weiblichen und männlichen Modelle nur deshalb oder jedenfalls weitgehend in dieser Absicht in der Ekstasis (einer paganen oder sakralen) gemalt, weil diese ihre Augen zum Himmel drehten, ihren Blick ins Übersinnliche, Himmlische oder ins Göttliche entführend, sodaß sie, nämlich die Maler, ungestört von dem Blick der Modelle im Atelier und von den Heiligen und Berauschten auf der Leinwand, sich mit den Körpern beschäftigen konnten. Es handle sich, so meine Behauptung, bei dieser höchst emotionellen Thematik also nur um einen Vorwand, um realistisch arbeiten zu können. Dem Betrachter, fügte ich an, eröffne sich derart die Möglichkeit voyeuristischer Einblicke. – Bei einer zweiten Wortmeldung behauptete ich: Ekstasis, religiöse, habe in der Gegenreformation wohl die Möglichkeit gegeben, sexuelle Erregung darzustellen: siehe die Heilige

Theresa von Bellini. Aber das ist längst bekannt und nur in diesem Zusammenhang von Bedeutung, in dem es um Subversionen des Künstlers geht. Ein Großteil von ihnen war, wie man weiß, nur geschäftehalber religiös.

30. Juni 1986, München

Drei riesige Kisten voll Manuskripte gepackt. Ich räume aus. Die Bilder meiner Lieben sind in einer Schachtel. Bald wird die Talion eingepackt sein. In der nächsten Woche werde ich auf dem Boden in dieses Buch schreiben müssen.

1. Juli 1983, München

Die erste Notation ins Buch geschrieben. Es sollen fünf werden. Vielleicht ist das die letzte größere Arbeit zum FB. Ich habe mir jedenfalls wieder Zugang verschafft zum FB.

03. 09. 85 Ja. Hast du. Was haben wir jetzt? Alle Wührs Wür?
15. 10. 85 Der Wühr denkt an seine Kinder. Er kann es jetzt gar nicht mehr seltener tun. Das schreibt er nicht ohne Liebe hin. Aber eben: Liebe. Jede Deutlichkeit ist verschimmelt und rappt weg.

1. Juli 1986, München

Poesie lügt vorsätzlich. Sie ist vorsätzlich von Übel. Sie ist, wenn sie derart vorgeht, im Falschen tätig: um dem Übel des Guten zu widerstehen; von Übel ist es, wenn Menschen so handeln, ohne im Falschen zu handeln. Es ist aber ungewöhnlich und außerordentlich riskant, im Falschen zu leben und im Falschen sich zu entscheiden. Es ist wenig riskant, in der ungewöhnlichen Poesie vorsätzlich zu lügen und vorsätzlich böse zu sein. Dies ist auch nicht für die Wahrnehmung solcher poetischen Handlungsweise besonders riskant; da gibt es freilich die bekannten Ausnahmen. Vorsätzlich zu lügen und vorsätzlich böse zu sein in diesem Leben und auf richtige Weise: das ist in der Wirklichkeit von Übel.
Im Falschen soll das wirkliche Übel erkannt werden: das wahrhaftig Gute in der reinsten Errichtung der Menschen. In Gott, in seiner Liebe muß kein Falscher dem Übel des Bösen widerstehen: dort hat es keine Wirkung, weil das Gute in Gott nicht von Übel sein kann.

2. Juli 1984, München

Ein Tag mit Michael Faist, dem Freund der zweiten Hälfte der siebziger Jahre; zu Hause, im ›Alten Wirt‹ in Untermenzing und in der Verdi-Sauna. Er ist wieder gefestigter, jugendlicher. Klingt komisch, wenn ich das schreibe. Über den Maler Faist wollte er nicht reden, auch nicht über den Schreiber Wühr. Das war alles ganz und gar enttäuschend.
Im Talion taucht eine Gottesgeburt in Menschengestalt als Findling (wo?) auf. Es ist, wie sich erst im Buch Nathaya herausstellen wird: das Kind Dorotheas, der kleine Herr – den sie ausgesetzt hat. Ich kann aber schon im blauen Talion Vermutungen äußern.
Notizen zum gesamten Werk: Jedes Buch der Bücher (Buch Poppes, Buch Anthaya usw.) wird als Kern auch einen in immer neuer Figuration erscheinenden Diarienkern der jeweils vorausgehenden Buchentstehung haben.
Buch Poppes = klar. Buch Anthaya = Buch Poppes biographisch, etc., aber das blaue Talion wird immer wieder ausgelegt und gelesen und gedeutet. So ist der Verlauf. Das Gesamtwerk ist im Augenblick Wunsch (das muß großgeschrieben werden).
Horror: Der Triumph des Bösen über das Glück des Normalen: Grundsatz für ein Horrorstück! Alte, Kranke triumphieren lassen über Normale. Rückschlag gegen das strotzend Vitale.
Hörspiel: Das sich selbst inszenierende Trennungspaar muß auch mit den vor- und nachlappenden Teilen versehen werden. Zwei Methoden in einem neuen Spiel also: höchste Verdichtung.
Nochmal zum Buch Poppes: Ich muß das biographische Material (und zwar direkt, mit echten Namen) noch erweitern: z. B. die Entstehung des kleinen Mannes = Trip mit Jürgen. In allen kommenden Büchern werde ich so verfahren.

3. Juli 1984, München

Vormittags langes Gespräch mit meiner Krankengymnastin Ilse Mohr. Das geht wohl jetzt, nachdem sich die Faszination legte. Die ersten Stunden waren sehr überzeugend: Auflösung vieler Spannungen.
Um 17 Uhr in der Schellingstraße 3 Widmungen in die Bücher der Studenten geschrieben, z. B. ML 23L 306.
Abends Lesung im Gasteig (Troja) mit Michael Krüger und Peter Hamm. Ein Schüler, Ströhle, sprach nach der Lesung mit mir. Damals gab es große Schwierigkeiten mit ihm.
Isabella Kraim, meine Assistentin für künftige Hörspiele, stellt sich vor und hinterließ einen guten Eindruck. Michael will sich um eine Taschenbuchausgabe vom FB kümmern.
Danach zu Kolbes mit Karl-Heinz Bittel und Michael Farin, der jetzt für die Literatur im Kulturreferat zuständig ist. Er sprach von Jörg Franz von Liebenfels (Vater, geistiger, Hitlers), der zootheologisch oder theozoologisch schrieb. Er kennt auch Schuler, erkennt seinen Rang, versteht.
Jürgen Kolbes Projekt: Ich soll im Gasteig an jeweils einem Abend der Woche das FB von Anfang bis Ende lesen. Das kann ich nicht ernst nehmen. – Wer fragte mich heute, ob ich im Oktober in Weiden lesen würde? Der wird sich schon wieder melden. Einer der Seminaristen wünscht sich eine Lesung in Augsburg. – Auch Walter Hirschberg traf ich, der ein Gedicht aus der »Rede« in seinen Katalog »Übergänge« aufnahm. Ich entschuldigte mich, aber sie schienen nicht böse zu sein. – Übrigens las ich heute, daß Muschg Wolfram von Eschenbach für den deutschen Dante hält.

3. Juli 1985, München

Diffusität. Wir leiden alle am Wetter: ein kalter Wind pfeift durch einen warmen Tag.
Große Schwierigkeiten, innere, das Hörspiel zu beginnen. – Besuch von Ulrich Beil. Gespräch über ein von ihm geplantes Symposion 1986 im Gasteig »Das Fremde«, er bat mich um Beteiligung. Wir sprachen in diesem Zusammenhang über die unzulängliche Toleranz. Das Fremde aushalten wie Poppes. Dafür sollte ein

Begriff gefunden werden: Aushalten. Gemeint ist, das Fremde ganz anzunehmen, ohne es zu ändern; es als Unverändertes in das Seine aufzunehmen (hier liegt der Unterschied zur Toleranz, die es gewähren läßt, nicht in Berührung damit kommen will). Das hat auch zu tun mit der von mir auf sicher ungewohnte Weise verwendeten Ambiguität. Viele Personen in einer, und zwar unbegrenzt, z. B. auch eine Person, die an Gott glaubt, wie ich es schon im FB (Große Pause) durchspielte. Das Fremde als Exotikum nehmen, heißt: es (wie in einem Zoo) einsperren oder es sich wie im Zirkus vorführen zu lassen. Nein, es muß frei, selbständig, mit eigenen Willen in einem leben, durch einen hindurchgehen. Das bedeutet alles wieder Spaltung. Zerreißprobe. Einheitsdenken stößt Fremdes ab.

05. 07. 85 Also diese Anemone hat den Schwabinger Kunstpreis bekommen. Wenn ich Ihr nicht schreibe wie ich es hier tue, bin ich Ihrer nicht wert gewesen: also war ich es.
06. 07. 85 In aller Heimlichkeit, allerdings einer befristeten.

Arbeit am Schuler-Sisi-Interview. Das geht zäh: wenige Strophen. – Auf dem Spaziergang schlimme Schwindelanfälle. Das Wetter ist selber krank. Schüttelfrost und Fieber. Abends Zerwürfnisse. Herz. Wirre Zeiten.

3. Juli 1986, München

Hier schlingert der faule Strick. Im Anfang, also im Jahr 1978, nahm ich die Reste von 1977 herein. Hier hängen sie mitten im Buch heraus. Es gibt eben Anlauf und Auslauf. Heute stehen die Kisten im Zimmer. Mein Schreibtisch wackelt. Oder soll ich noch solche Sachen sagen? Sachen, das ist das Wort von Michael Krüger. Wie er »Sachen« sagt, so sagt das keiner mehr. Die sind dann auch keine Sachen – noch nicht und nicht mehr. Was er dokumentiert oder eigentlich dogmatisiert und als Meinung über die Teicho wirft. Karl Strauß hätte ich beinahe geschrieben: ich meine natürlich Michael Kraus, hätte gesagt . . . also nein, weiß ich nicht, muß ich enttäuschen. Tucholsky soll der einzige deutsche Satiriker sein? Was man alles dogmatisiert?

Herbert Wiesner hat sein Literaturhaus in Berlin eingeweiht und – ich bin leider mit meiner »Helena und Oberon« zu schwierig. Das ist diesen Berliner Kartoffeln nicht zuzumuten. Das Publikum dort wie hier ist zu vertrottelt. Oh Sternheim! Mein Stroh –! Heim hätte ich beinahe geseufzt. Heim ins Bett. Nein, sowas. Zur Sache.
Heute war Elmar Zorn da. Er will das Metropolis-Stück managen. Von ihm besonders lasse ich das geschehen, weil, wie soll ich sagen: er doch ganz genau versteht, worum es geht. Ich liebe diesen Menschen und seine zarte, überzarte Frau. Nur zu schlimm lag ich in der Ainmillerstraße und soff. Das war unerträglich. Das Bild von Wolfskehl in dieser Wohnung: heute sehe ich es überlebensgroß. Einmal in der Zieblandstraße las ich meine Rede, da war Elmar ein Zuhörer, der mir dankte. Das vergesse ich nie.

4. Juli 1983, München

Tobias Wühr war da. Der Sohn. Ich erklärte ihm die Crux des Bruders des Vaters. Derselbe ist Glied einer Gemeinde. Dieselbe steckt Lilien übertisch in Vasen und versteckt sakral die Schwänze untertisch in Hosen, in welchselbigen Vasen trocken bleiben müssen. Wie gewöhnlich in einer Gemeinde darf das hinreichend Ungewöhnliche nicht auf den Tisch, wo das Übergewöhnliche in Gestalt von Schamkuchen künden muß vom Schall des Göttlichen aus dem Rauch des Sakralen; freilich der Schale wird privatim entlassen und viel später, damit keine Verletzung erfahre jener dem Rauche entstandene Schnee sämtlicher Besen, an dem die männliche Hälfte des christlichen Ganzen schleckt. Die Konfitüre ist erlaubt wie andernorts, keine Sünde. Zur Brust wird dann in der Anschließung tangoäisch die Braut genommen. Die allgegenwärtige Füllung erfährt die umständlichste Leugnung. Man augustint sich platonisch über Stoteles hinweg in die viel gehaßte Kirche, die man einem Christkönig nicht rauben will. Man schatzkämmert mit der Pfingstorgel, jesaicht spruchgewohnt Propheten ins Poesiealbum und stilisiert sich ungeschlacht in das gemeinsame Unbekannte unter dem Deus absconditus.
Wenn der erste und deshalb dümmste Bürger des dümmsten Volkes heutzutage sagt: die Turner in Frankfurt seien wahrlich die wirklichen Friedensfreunde, so muß der zweitdümmste Bürger dieses dummen Staates sagen: die Integrierten sind die wirklich erstbesten Sakralen im Krieg mit der letzten Gewöhnlichkeit der Liebe.

24. 11. 85 Wenn mir das nicht gelingt: Das Profane darf nicht für sich sein. Das Sakrale darf sich nicht sperren. Für diese Bereiche reicher Segen des Durcheinanders. Sehr ungewohnt. Heilig ist nicht immer ordentlich. Nur sehr selten, dann aber sehr schön. Aber meistens ist die Unordnung da, um die Freude zu tanzen insoweit sie ausschweifen will bis in die Losigkeit, wo ich mit Tränen stehe.

4. Juli 1985, München

Stöberung des Zimmers. Alles ist für München, Metropolis, Soundseeing bereit. Nur der Sony verweigert sich. Morgen kommt Judith. Abends mit Inge im »Scheidecker Garten« an unserem alten Tisch. Ich erzähle ihr von den Entwürfen und Vorhaben für das Hörspiel oder für die Komposition. Ursula Haas hat mir dabei wunderbar geholfen. Viele Notizen. Aber heute kann es losgehen. Nur die Technik streikt noch.
Was ich zu Inge sagte: Unter der rechten Hälfte meiner Schreibtischplatte liegen eine Menge mißlungener Gedichte. Heute, plötzlich, ohne dabei zu lachen, erkannte ich den Ernst der Lage, daß ich ihn verlor.

4. Juli 1986, München

Der Kaminmann auf dem Haus in der Isabellastraße: jetzt erst beobachte ich ihn immer genauer. Der zunehmende und abnehmende Herr. Sehr ernst. Nicht traurig, nicht lustig. Alles überblickend.

5. Juli 1985, München

Celan: »Bete Herr, denn wir sind nahe.« Diana Kempff zitierte das vergangene Nacht am Telephon.

Erste Enttäuschung: Judith kam nicht zur ersten Metropolis-Besprechung. Ich ging durch die Stadt. Verwilderte Sitten. Motorräder auf dem Bürgersteig. Besonders merkwürdig die Heßstraße: Maßschneider, Töpferei-Kurse, dann das Polen-Zentrum, vergitterte Fenster. Im Nördlichen Friedhof sonnenbadende junge Leute zwischen den Gräbern: Die vornehme Welt des 19. Jahrhunderts im Staub.

5. Juli 1986, München

Verschonen wir das Mißratene. Zuerst unsere Zeit: als Ergebnis von Jahrhunderten. Die liebe, mißratene Aufklärung. Verschonen wir uns, mißratene Kinder unseres Jahrhunderts. Seien wir glücklich darüber, daß wir nicht als Glückliche dem Pessimismus verfallen müssen und nicht als Sieger der Depression. Werfen wir am Ende dieses Jahrhunderts uns nicht Schuld vor am Mißstand – und keinem. Zäunen wir die Wundmale unserer Autonomie ein: machen wir also aus sauren Wäldern riesige Denkreservate. Es ist wenig gelungen. Zäunen wir deshalb die mißlungene Autonomie ein: als Denkmal für den devoten Geist unser, der auf Knien rutschen kann, aufrecht, zäunen wir diese Aschenbahn ein, und bedecken wir die Häupter mit Asche, und klagen wir nicht, in Anbetracht einer immer wieder von uns erhofften Niedertracht: die uns nach jedem Fortschritt sagen ließe: »Und es war gut.« Es ist schlecht. Das ist nicht so schlimm wie das Gute der besseren Hälfte der Menschheit.
Die Amsel vor meinem Fenster jubelt in den bierwarmen Sommerabend hinauf. Bald schäumt der Himmel.

Barbara und Peter von Becker holten mich ab nach Gräfelfing. Also fiel mir das zu. An Siglinde, an Isabel vorbei, vorbei an Edda in der Groso-Straße fuhr ich in die Akilindastraße zu Binette Schroeder und Peter Nickl. Es wurde ein heiterer, warmer, ruhiger

Sommerabend an diesem Ort, der mein halbes Leben faßt. Binette Schroeder erzählte von Antony Hammond, von Philippa und der wunderbaren Mutter so außerordentlicher Kinder. Wir durften Gäste sein. Wir redeten. Etwas später kam Gabriele Kronenberg, eine schöne Frau.

Jetzt sitze ich im schrecklich warmen fünften Stock. Sanchi ist traurig. Inge ist in Passignano mit Michael Langer. Vor mir liegt das Buch »Die Schöne und das Tier«.

6. Juli 1984, München

Gedanken nach dem Spaziergang: Die Richtigkeit ist umgeben von der Wirklichkeitslüge der Wahrheit – das ist ihr Hof. Alle Beweise der Wirklichkeit stimmen nur, wenn man sich etwas vorlügt. Wie im Leben. Seine Richtigkeit ist die Lebenslüge. Sie kann Schrecken verbreiten.
Die behauptete Wahrheit ist Wirklichkeit oder Lebenslüge. Sie wird zur Richtigkeit, wenn man sie durchsetzt oder in ihr lebt. Das hat Gewalt zur Folge (Faschismus).
Kirche = Wahrheitsbehauptung = Gewalt. Dazu das Schweigen im Osten; seine Beziehung zur Gewalt ist abhängig von der Dauer, wahrscheinlich. Ungebrochenes Schweigen ist richtig. Es wird zur absoluten Nicht-behauptung der Wahrheit. Sehr richtig. Wahrheit kann gar nicht richtige Wahrheit werden, das wäre ja eine Lüge. Wenn sie als richtige Wahrheit keine Lüge wird: dann ist sie die vollkommene Wahrheit. Eine Vorstellung, die uns den größten Schrecken einjagt.

6. Juli 1985, München

Helmut Heißenbüttel in einer Besprechung von Michel Leiris »Die Spielregel I«: »Die Forderung an den Autor, sich an das einzig Authentische, den einzig gültigen Stoff zu halten, den er hat, sich zu ihm zu bekennen ohne Vorbehalt und den Kampf mit ihm aufzunehmen, das, was ich einmal als Theorie der Selbstentblößung zu umschreiben versucht habe, wird nicht eingelöst in die Erwartung . . . War es eine falsche Erwartung? Ich würde heute sagen: es war falsch, etwas zu erwarten . . . Das was Leiris in ›Mannesalter‹ gefordert hat, ist überhaupt nicht einzulösen . . . Ich kann weder mich selbst analysieren, noch auf die Muster der Fiktivität vertrauen . . . Was möglich ist, sind Annäherungsprodukte. Vorbehaltlos alles auf den Tisch zu legen, gelingt nicht, weil vorbehaltlos zu reden in der Literatur nicht möglich ist. – Indem ich es formuliere, erkenne ich die Absurdität und muß korrigieren . . .«
In diesem Buch gibt es wenig Selbstentblößung. Ich dachte vor Tagen darüber nach, warum ich keine Bekenntnisse bringe. Schon

vor der Lektüre der Heißenbüttel-Sätze gab ich mir die Antwort: Weil ich nichts Besonderes zu bieten habe, weil das Bekennen selbst nichts Besonderes ist – und heute kann ich Heißenbüttel nur zustimmen: daß dabei nichts herausspringt für andere – und mir selber wäre damit auch nicht geholfen.
Die Möglichkeit des Durch(-die Jahre)-Schreibens eröffnet dagegen: Aufhebung von Texten, Verhöhnung, Widerspruch usw. – also Korrektur.
Für Ambiguität sollte ich Pluralismus setzen. Die plurale Person. Heute erklärte ich Thomas Ross, wie ich das meine. Ich bin jeder andere (in Erweiterung des Wortes von Rimbaud), auch seinen Glauben habe ich, wenn ich ihm zuhöre. Ich denke mit ihm, fühle mit ihm. Das hat unerhörte Konsequenzen. Das alles heißt, daß das Fremde, das Andere in mir Aufnahme findet (oft nur für Augenblicke). Der andere Mensch spricht in mir. Ich lasse ja nicht alles gelten damit. Ich bin auch gegen den anderen, selbstverständlich, aber: gegen den anderen in mir! Und das hat Folgen. Das ändert uns.
Stillhalten. Ein fiktiver Biologe in einem Trivialfilm empfiehlt einem Trio, das von einem Ameisenstaat überfallen wird: sich stillzuhalten, um die Aggression der Tiere (Natur) nicht zu erregen. – Wir müssen uns stillhalten. Die plurale Person ist derart mit sich beschäftigt, daß sie an Fortschritt wenig denken kann.
Jetzt besuchen wir Jörg und Marion; ich darf nicht vergessen, Jörg zu fragen, was er von dem Angebot des Friedl Brehm-Verlages hält.

6. Juli 1986, München

Regentag. Im Rundfunk: Reiseerinnerungen an Bayern und Italien. Eine feinsinnige Passage in der von Binette illustrierten deutschen Ausgabe von »La belle et la bête«: »Mit letzter Kraft kämpften sich der Kaufmann und sein Pferd durch Baum und Dickicht, als sich plötzlich der Wald auftut und sie auf eine hohe breite Straße kamen.« Der Plural wird zwar im ersten Teil des Satzes dem Tier nicht gerecht, im zweiten Teil – das Wunderreich tut sich auf – werden beide in einem Atemzug mit dem unauffälligen Personalpronomen genannt. Das ist wie selbstverständlich erzählt; ich meine nicht das Märchen, sondern die Utopie einer Gleichstellung von Mensch und Tier.

Zu Binette Schroeder: Lehrer und Poeten haben gemein, daß sie immer wieder alles vergessen. So kann der eine ohne Rhetorik fragen und die Kinder actual am Vorgang der Erkenntnis beteiligen – und dem andern bleibt nichts anderes übrig, als alles, was er weiß und immer wieder vergißt, solange in sich einsickern zu lassen, bis es schwer genug ist, um zur Oberfläche des Papiers steigen zu können – was hat sich an diese Kenntnis alles hängen müssen, um diese anzureichern, bis der Satz oder die Strophe entstanden.
In diesem Rhythmus lebte ich fünfunddreißig Jahre: vormittags die Reproduktion mit den Kindern, nachmittags meine Produktion, ganz allein.
Von 16 bis 17 Uhr war Hermann da. Wir werden uns wahrscheinlich nicht wiedersehen. Es war wieder ein schlimmer Abschied.

7. Juli 1982, München

Vor fünf Jahren haben wir unsere Tante Frieda beerdigt. Ich liebe sie.

07. 07. 83 Heute vor sechs Jahren. Man ist immer sehr betroffen, wenn ich erzähle, daß ihre Feuerbestattung in die »Rede« geschrieben ist. Eben: die Rede redet nicht nur von einer einzigen Frau.

06. 12. 85 In Bielefeld: die Rede. Jedenfalls überlegen sie, ob das, was ich nicht lesen konnte, eigentlich sei. Hier sitze ich. Mein Schreibtisch immer derselbe. Meine linke Hand streichelt die unechte Platte und küßt den Altar; kann sie gar nicht.

7. Juli 1983, München

Ich habe das Tagebuch durchgesehen. Über 150 Seiten handgeschrieben. Das sind also 60 Maschinenseiten. Mehr als 100 Maschinenseiten dürfen es nicht werden.

25. 06. 85 Ich frag' mich, wie Karen das lesen soll?

16. 07. 85 Ich frag' mich, ob Karen das überhaupt liest, nachdem ich ihr nicht mitgeteilt habe, wie wunderbar sie die ersten 100 Seiten des blauen Talion abgeschrieben hat. Das hier ist ein Brief an Sie. Das Buch, dieses: ist ein Buch in Briefen vielleicht an so viele Lieben. Immer einfach gar nicht direkt bis langsam plötzlich genau auf die Person ausgerichtet, weil ja die Möglichkeit bestehen bleibt, daß diese nicht liest – ich also nicht treffe. Genau – in dieser Hinsicht ist dieses Buch: seine Verdichtung: zu sein (nicht sein Recht. Keine Legitimation gibt es dafür. Ich weiß). Dann bin ich ein einsamer Schwätzer – und nur mit mir. Ist/wäre nicht gut.

7. Juli 1985, München

Es ist vier Uhr morgens. Gerade kamen wir von Jörg und Marion zurück. Was soll ich schreiben? Marion war sie selber. Jörg hat eine Frau. Ich werde mich nicht in den Segen versteigen (wieso? Ist er steil oder ein Bogen? – Er ist ein Kreuz; da hat man es. Mit dem Tod wird gezeichnet. Warum habe ich das nie gedacht? Das vom Herkommen. Darüber vergißt man die Sache. Dies ist in unserem Fall die Todesstrafe).
Es war gut gestern. Ein Symposion für vier Geister. Themen: Heine, Montezuma und Cortez, immer wieder Stendhal und Flaubert – Dekuvrierung (Marion: Dechiffrierung). Jörg: sub specie aeternitates – Anspruch an absolute Qualität. So schreibt er nie. So lese ich ihn nicht. Er ist wunderbar. Wir sind so in uns selbst differenziert. Als Gesprächspartner allem Einfluß des Gegenüber ausgeliefert. Am Schreibtisch konsequent; ungestört. Wo leben wir? Aber ich kann nur leben mit Menschen, die nicht immer an ihrem Schreibtisch sitzen. Ich liebe die, welche von sich selber abfallen. Das ist kein Verrat. Das ist die wunderbare Treue zu sich selber: sich selber verlieren zu können bei seinen Freunden. Inge steuerte sehr oft.

16. 07. 85 Was ich feststelle in diesem Buch: Wenn das Jahr endet, das kalendarische, erst recht das individuelle, dann wird in Panik geschrieben (nicht unbedingt in dieses Buch). Das Ende des Lebens ist tausendmal wortreicher als in diesem Buch das Ende dieses Jahres 85. Aber das fällt doch auf. Ich will ja auch das Versäumte in diesem Buch nachholen. Wäre uns, ach was! Also bitte, dann doch. Also mir widerstrebt es, den Tod als den Vater der Sprache anzuerkennen. Sprich, weil Du stirbst. Wer liest das? Ich teile nichts mit. Ich decke nichts auf. Ich schreibe. Zu Heidi Fenzl-Schwab sagte ich gestern: Ich speichle hier in dieses Buch die Nesthalme ein. Narzissos. Ovid. Wie sie mein Buch erzaubert: das ist kühn.

7. Juli 1986, München

Umzug 1. Akt: Wegtransport unseres Besitzes. Ich saß danach mit Ursula im großen Zimmer, und wir redeten über das Übel. Vor allem über Whiteheads bestechende Theorie. Ich bewundere, wie er nicht rechts und nicht links blickt: er folgt der Spur seines Denkens. Das hat beinahe etwas Asoziales an sich. Das Namensregister ist armselig; eigentlich müßten sowieso nur Plato, Descartes, Hume und Locke dort stehen.
Zu Hermann: Ich saß wieder einmal vor einem Tribunal. Diesmal war dies die Integrierte Gemeinde. – Das Tribunal wurde rausgeworfen. Die Unbelangbarkeit der Poesie, nach Odo Marquard formuliert. – Studium im leeren Zimmer. Dann mit Renate beim Argentinier in der Hiltenspergerstraße. Wir waren fröhlich.

8. Juli 1983, München

Vorgestern kam Ulrich Sonnemann nach München. Inge hatte die Freunde eingeladen. Wir saßen in den Pschorr-Stuben. Zunächst nur mit Ludwig Döderlein. Kalte Begrüßung. Er fühlte sich vernachlässigt. Wir hatten keine Zeit für ihn wegen der Korrekturen. – Wolfgang Bächler kam mit Jelena Hahl. Schlimme Entfremdung. Sie hält nicht viel von mir. Wolfgang lobte meinen Fleiß, die 750 Seiten. Günter Herburger, Claus Heinrich Meyer, Kuno Raeber, Wolfgang Ebert, Alfred und Karin Gulden.
Ulrich empfing sehr gelassen, etwas verärgert über das Treffen im Lokal. Die übrigen saßen bei dem schwülen Abend draußen. Inge hatte es wieder einmal den Literaten und Philosophen nicht recht machen können. Michael Krüger setzte sich zu Ulrich in meine Nähe und erzählte von der Arbeit am FB, vom Umbruch, der in den nächsten Tagen kommt. Beruhigende Worte. Der Psychopompos durch eine schwierige Zeit: immer gut zu mir. Das werde ich nie vergessen. Beim Abschied beklagte sich Ulrich wieder darüber, daß wir nicht genug miteinander gesprochen hätten. Das war schon oft so, beinahe immer. Das muß wohl so sein. Dem sollte er eigentlich widersprechen, der Saboteur des Schicksals.
Jelenas Freund Joachim Schmolcke, der SPD-Abgeordnete, berichtete von der Landtagssitzung des Nachmittags: Achternbusch–Zimmermann. Ich hörte nicht hin. Ich habe die Nase voll von dieser leidigen Sache. Gespenstische Aufregung über dieses Gespenst in einer gespenstischen Kulturszene dieser gespenstischen Legislaturperiode. Nur Gespenster können da mitgeistern. Der Ungeist tobt sich an Geistlosem aus. Von wirklicher Subversion keine körperliche Rede. Es geht um sechsstellige Summen. Was haben Poeten da zu sagen? Sie dürfen in dieser falschesten Situation aller Situationen in dieser falschesten aller Welten den Mund nicht aufmachen: ihre Anklage brächte den Rest der reaktionären Ernte in den reaktionären Spiegelsaal ein. Das Achternbusch-Gespenst kommuniziert obszön mit der gesunden Volksmeinung. Das wollte er nicht, freilich nicht. Aber es ist so. Mit meinen Worten: eine richtige Gaudi. Einen falschen Jux hat er sich nicht machen wollen oder er hat es eben nicht gekonnt. Dafür wird er mit einem Skandal belohnt. Er sollte jetzt endlich erkennen: wie

sehr er sich mit diesen Skandalen zu einem Helden macht, den der Arsch des Pöbels ausbläst: poesie-verkehrt.

25.06.85 Ach was. Der Herbert ist gemacht. Wie früher Ganghofer, wie noch früher; zählt selber auf! Die Journalisten haben einen Namen, um immer wieder zu läuten: sie sind nichts anders als Glöckner.

21.09.85 Heute sah ich seinen Freund Herzog auf der Oktoberwiese im Schottenhamel-Zelt beim Anstich, filmend: ein arroganter Durchwetzer in Lederhosen.

Das ist hinter dem Fenster: wie immer der gleiche Tag. Dieses Tagebuch verwirrt mich jetzt schon in eine Klarheit, die ich nicht mehr ins Bewußtsein ziehen kann. Die Schleife. Oder ist es eine Schlinge? Wenn ja: sie befindet sich in einem Buch. Also doch nicht der traumverlorene Morgen: Kein Taumeln aus dem Entsetzen heraus in die Zukunft. Entsetzlich ist über dem Entsetzen oder der Lust des Traums in der schrecklichen Wirklichkeit nur sein Verlust. Jesus wird nicht zur Rechten seines Vaters sitzen, um zu richten, weil er nicht auferstehen mußte, da ihn der Vater auf Golgatha nicht verlassen konnte, weil Gott von Jesus vorher schon in diese Welt gesandt worden war, damit er als der geringste der Brüder geliebt werden konnte: als er selber.
Jehoshua: Gott ist eine Schlinge. In freiester Übersetzung. Diogenes muß Pate gestanden haben bei solchen entwirrenden Gedanken: aus Gott geboren.
Diogenes ist frei wie frech. Ich frech wie fromm. Kind des Bruders, aus dem er auf den Marktplatz kam.

14.07.83 Da findet der Vater-Sohn-Tausch statt.

09.06.85 Frauen sollten also und tun das auch: den Söhnen Väter gebären. So geht die Geschichte in der wahren Falschheit zurück, weil sie doch einfach nicht diese einfache Richtung haben kann, oder so blöd darf nicht einmal eine Geschichte sein.

03.07.85 Wenn Frauen den Töchtern Mütter gebären?

25.07.85 Jehoshua = Gott ist eine Schlinge? Wie verhält es sich damit? Wenn das einen Wortsinn ergibt, dann – geistig – übernehme ich diesen Titel.

15. 10. 85 Ja. Schlinge. Jehoshua? Wenn es stimmt, dann übernehme ich diesen Titel. Ich schreibe ihn gleich auf.

8. Juli 1986, München

Ein entsetzlich langer Tag in den leeren Räumen. Abends ruft Inge an. Das Haus auf dem Berg kann abgeschlossen werden. Sie und Michel sind fröhlich. Am Donnerstag kommen sie zurück. Mich friert. Sancho sitzt oben in seinem Versteck.

9. Juli 1982, München

Gespräch mit Ursula: Provinz des Menschen, über das Falsche, in dem Gut und Böse unwichtig werden. Keine Helden, immer Auswege – Banalität. Das genau will der Heutige nicht hören. Von mir jedenfalls will er nicht erniedrigt werden – also derart erhöht.

09. 06. 85 Gut + Böse. Es gibt keine Schuld. Heute rief Michael Langer an. Und er fragte nach. Ich habe ihn nicht verstanden. Er war nicht deutlich genug. Aber er deutete immer wieder sein Interesse an der Schuldfrage an. – Ich dachte heute verzweifelt (nur so!), diese Frage interessiere niemanden mehr in der Postmoderne.
Gut + Böse + Schuld sollen ja völlig unmoderne Wörter geworden sein, inzwischen. Und ich nie in Mode Gekommener gebrauche sie immer noch. Jedem Dichter ein Sekretär, der bei allen diesen Scheißredaktionen der Zeitschriften täglich anruft, um nach Gefragtem Aushör zu halten.

9. Juli 1986, München

Um 10 Uhr kam Lutz. Es ging um den Materialienband. Er erzählte von Robert Rauch. Da fallen mir die Freunde aus den vierziger und fünfziger Jahren ein: Rudolf Volland, Ernst Hess, Heiner Illig, Rainer Lepsius, Pieter van Hermann und unser Professor Fritz Stippel. Unsere Treffen bei Kustermann in Solln. Wir saßen dort nächtelang. Fritz spielte Schubert. Kustermann servierte Kuchen. Auch an Eckart wurde ich erinnert und daran, daß wir zwei und der liebe Bernhard Fürst (gefallen 1945) uns verdrecken ließen bei der Flak. Schmutzige Verweigerung.
Um 12.30 Uhr im Carl Hanser Verlag, d. h. im »Schmutzigen Löffel« mit Michel, mit einem fröhlichen, jedenfalls mußte ich ihn nicht zuerst einmal aufheitern. Wir kamen bald zur Sache. Er will wieder ein großes, schwarzes Buch (nicht mehr als 800 Seiten) und sogleich einen Taschenbuch-Vertrag mit S. Fischer machen. Ja, was noch? Ablieferung Ende des Jahres. Herbst 1987 auf der Messe. Ich hoppelte (der rechte Fuß macht mir immer noch zu schaffen; kann man

so blöd daherschreiben?) überglücklich (daher der stumpfe Stil, eine alte Literatenweise) nach Hause, d. h. bis zum nächsten Taxistand. Ob ich links oder rechts vom Englischen Garten fahren wolle, fragte der Fahrer. Ich sagte rechts und wurde rot. Und wurde gefragt, ob ich Amerikaner sei wegen meines gequetschten R's.
Jetzt warte ich auf den Besuch von Volker Hoffmann, wohl den letzten in der Elisabethstraße 8.
Lutz ließ unter Abmurmeln von geheimen Entschuldigungen, hymnischen (lustig, aber beinahe schon ernst), eine Schrift zurück, sein Abschiedsgeschenk: Friedhelm E. Will / Fritz Kuroso 1985 n. Chr. »Leseanweisung des Diskus von Phaistos«. Darin finde ich wieder, was ich wahrscheinlich in diesem Buch schon notiert habe: den Mann im Mond, der auf dem Pentagram aufgebaut ist. Es handelt sich, schreibt Kuroso, um das Firmenzeichen des amerikanischen Multi Procter & Gamble. Alle acht Sterne sind fünfeckig und haben das Pentagram als Grundlage. Die 72 + die 108°, und damit der Aufbau nach dem Pentagram, verbinden das Firmenzeichen mit dem Diskus von Phaistos. Der Konzern schaffte sein Firmenzeichen ab, weil es nach Ansicht religiöser Fanatiker dem Teufel dient (SPIEGEL Nr. 19, 39. Jahrgang vom 6. Mai 1985 über die Hersteller von Dash, Ariel, Pampers etc.).
Ab 17 Uhr mit Volker in der leeren Wohnung. Ich erzählte von Hermann, vom Abschied. Wir reden lange über den falschen Strick. Dann entwickle ich ihm den zweiten Teil von »Pyramus und Thisbe«. Also rüder Überstieg über Teicho, dann übertreffen sich alle gegenseitig mit Exegesen des Stückes: führen das vor (Verbindung mit dem Publikum!), verwickeln sich in ihrer Interpretation, und am Ende wird alles ganz und gar naiv, kindlich, brav, ordentlich, prüde = Kindertheater. So soll das laufen. Ende der Sommernacht. Volker will uns bald unten besuchen. Ich will bald an die Arbeit gehen: 2. Akt.
Um 19 Uhr bin ich mit Elmar Zorn bei Giovanni Jauß in der Denningerstraße verabredet. Wir hören zusammen »Soundseeing«. Elmar scheint von dem Stück sehr angetan, jedenfalls schlägt er die Kammerspiele für die Uraufführung vor. Die Kassette will er mit Peter Kirchheim in Coproduktion machen. Muß man da nicht erst Michael Krüger fragen?
Heute kam »Eine Hofgarten-Akademie« mit unseren Texten: mein erster Auftritt in den Kammerspielen. – Als ich mit Volker Hoff-

mann sprach, kam ein Telegramm von Herbert Wiesner: heftig mit peter fitz, pyramus und thisbe beschaeftigt, sage ich dir die liebsten glueckwuensche zum geburtstag. Der liebe Herbert! – Als Elmar wegfuhr, weihte ich Giovanni in meine »Bayerische Symphonie« ein. Er wird mich mit dem Gewünschten versorgen.
Wie sagte ich: Meine Liebe zu diesem nördlichen Land. Jetzt bin ich mit einem Glas Wein an der Schreibplatte Inges, also wieder mit dem Gesicht nach Osten. Mein Sancho, der Kater. Er sitzt im Schrank. Gestern nacht tollte er mich aus dem Schlaf. Er tanzte seine Liebe zu Inge. Sein geneigtes Köpfchen ist die Zärtlichkeit des Raubtiers. Er reicht mir mindestens bis zur Schulter.
Heute hat in Straßlach die RAF zugeschlagen. Ein Siemens-Vorstandsmitglied und sein Chauffeur sind tot. Er hatte mit Kernenergie zu tun. Mord, um Völkermord, nein Menschheitsmord zu verhindern? Ist das so gemeint? Es gibt immer diese entschiedenen Konfrontationen. Wir Menschen, also auch Schriftsteller, drücken uns davor nicht, sondern: ein Menschenleben ist uns so heilig wie das der Menschheit. Das schreibe ich nicht in einem Tribunal. Ich muß nicht zu Gericht sitzen. Wieder ist es so, daß ich es leibhaftig spüre: wie Gott nur in uns, also in seiner Schöpfung Wohnung genommen haben kann. Als Wohnungsinhaber steht auch er und auch er wie wir nicht: vor einem Tribunal. Wenn Odo Marquard von ›Unbelangbarkeit‹ spricht: Gott hat sich nie in uns »unbelangbar« gemacht. Davon soll meine blaue Talion erzählen am Montag. Ich möchte so liebend gern vor dieser Neuzeit mit Bruno reden und nach dieser Neuzeit mit einem Nachfahren Montaignes (auch Marquards), also im 3. Jahrtausend. Mit beiden könnte ich lachen. Das war heute auch die Frage Volkers: ob mein Bruder lacht. Das mußte ich verneinen. Ich vergaß Volker zu erzählen, daß Hermann wissen wollte, ob er ein Christ sei.
Volker sprach vom Krankheitsbild des Manisch-Depressiven: Dieses Zugetan-Sein – diese Absagen. – Michel erzählte von Lesern des Vorabdrucks aus dem Diarium: Sie wollten mehr lesen. Das »graduiert« mich zu einem Strindberg, der allerdings nicht viel mit Frauen anzufangen weiß. Oder wieso eigentlich nicht? – Wie aber bin ich linde heute hier gestimmt in einer Situation des nochmaligen Abschieds. Übrigens, dieser Michel Krüger war heute eine Freude. Ich erinnere mich, daß er auch nach Poppes fragte und ich ihn in der Herzogstraße wohnen ließ, diesen Ballettänzer. Das hat

nur zu bedeuten, daß ich ihm noch mehr Leser wünsche. Mir ist zu viel und zu Schlimmes eingefallen, deshalb hier das Loch im Text. Es ist der vorletzte Tag, daß ich schreibe. Über den 10. Juli gehe ich nicht hinaus. Vielleicht hinterher berichte ich in noch kargerem Stil vom Abschied. Wir Belletristiker sind freilich Ganoven, treiben uns überall herum, wie ich in diesem Buch mich zwischen Philosophen. Heute muß ich, und dieser Text wird es beweisen, trinken – ob ich will oder nicht. Es geht um dieses Buch. Ich bin damit nicht so, wie ich es wollte, umgegangen. Mein Geständnis. Ich wollte mir überall widersprechen. Aber ich hatte vor keinem soviel Angst wie vor mir. Vor mir selber gestand ich: das Tribunal bin ich selbst. Ich habe mir das Falsche gewählt, von dem niemand weiß, ob es der Skepsis zugehört oder oder. Novalis. Die Dichter, wenn sie dachten, blieben sehr allein. Ohne Schule. Ohne Studenten. Nur Leser. Die kaum. Mir wünsche ich einen Philosophen, der kommt. Ist das unmöglich? Die Philosophen des Möglichen gibt es doch. Ich sah gestern eine Fliege sich ihren Weg in den Tod ertasten. So sagt man doch. Taste = Geschmack. Der Geschmack am Tod. Mit dem linken Fuß schob ich sie, nicht ohne Hochachtung, unter die Türleiste, vielleicht nur deshalb, um sie nicht als Tote noch zu zertreten. Der Sentimentale. Das glaube ich nicht. Die Achtung in ihrer höchsten Form ergreift uns: vor allem, was lebt. Still. Die Stille des Todes. Hätte ich sie mit einem Tritt beenden sollen. Bin ich wieder im 18. Jahrhundert?

Edaphische Zeiten: Gegenmünchen. Wieso fällt mir das jetzt ein? Ah, heute sagte Lutz zu mir, mit »Gegenmünchen« komme er nicht zurecht. Ich sagte ihm: »Darüber steht, über dem Eingang in diese Stadt: Laß alle Genauigkeit fallen, vergiß die Trauer, erheitere dich und sammle nicht, denn es ist vor dir vom Autor schon derart leichtsinnig gesammelt worden, daß es dir nicht gelingt: Ordnung in deine Büchse zu bringen, mein Mädchen!«

Hier spätestens sollte dieser liebe Michael Krüger, mein großer Lektor, draufkommen, daß mich, wenn er mich derart fortsetzt, niemand begreifen wird, wenn er mich nicht wieder verlegerisch voraussetzt. Mehr sage ich nicht. Er hat für mich sowieso das währmögliche getan.

Für heute Schluß. Und was ich morgen noch zu sagen habe mit 59 Jahren – das weiß ich nicht. Nur heute weiß ich, daß mir die Jahre die Angst nicht machen.

10. Juli 1979, München

52 Jahre alt. Gestern kam ich mit dem FB ein großes Stück weiter. Morgen schneidet mir Werner Haas den Gips unter den Knien ab. – Traum: Raum mit einem Riesenspielzeug. An den Wänden Holzfiguren. Eine Lokomotive. Eine riesige Bibliothek mit Büchern ohne Rücken. Mein Vater, meine Mutter. Ich sah sie wieder.
Großer Abend in der Elisabethstraße im 5. Stock. Peter von Becker war hier. Mein Beitrag im »Theater heute« mit dem Titel »Die Wührsche Antigone«. Mein Bruder Hermann, der vor wenigen Tagen nach zwölf Jahren Trennung wieder auftauchte, empfing die Gäste seines Bruders. Ich erinnere mich besonders an Urs Widmer, dessen Komödie »Stan und Ollie« im TamS Premiere hatte.

28. 04. 83 In diesen Monaten muß ich die »Arbeit am Mythos« von Blumenberg gelesen haben. Warum kann ich dazu so wenig sagen?
Während der letzten Wochen des Jahres 79 machte es mir Kummer, daß ich bald die 70er Jahre verlassen mußte. Daran erinnert sich der Chronist. An ein Ende des Buches war noch nicht zu denken; also Redundanz in die 80er Jahre. Ungenauigkeit. Gestern abend sah ich im Fernsehen eine Sendung »Bananas«. Das war neu. Mit Laser-Technik. Götterlook. Ich sagte zu Inge: Jetzt beginnen die 80er Jahre. Das hat mein volles Interesse. Es gibt wahrscheinlich noch keinen Namen dafür.

22. 05. 85 Sechs Jahre älter, bald 58. In dieser Schleife erlebe ich viel schlimmer den Ablauf. Ich hatte sie mir als Gegenbuch eingerichtet.

24. 11. 85 Ja. Das ist die Wahrheit. Es geht ganz langsam bis Stillstand umso schneller zum Ende. Die Zeit ist noch kein Raum in diesem Buch. Die Illusion reißt in den Tod. Meine schönen Gesichter vergessen sich. Unter diesem Orkan gehen die längsten Beine ganz nackt in den Untergang mit einem erhobenen Arsch.

06. 12. 85 Pardon, wie simpel: Diese Schlinge stellt doch in ihrer Schleife nur aus, wie es in uns, in einem jeden von uns zugeht! Gestern denkt jeder an die Steinzeit, heute und morgen mit Dante an das älteste Jahr vor dem Jüngsten

Tag. Wir haben den Zeitraum und beklagen uns über das Vergehen. Wir sollten mit Sterbenden reden. Aber deren Auftritte werden ja verhindert. Lieber hört man in unseren Zeiten eingeweichten Dichtern zu, bis er als Stoff tropft. Kein Handtuch! Er würfe es auch nicht. – Ich sitze hier und mache Zeit und wer sie wegholt: der ist meine andere Dimension. Oh, es ist zum Esoterischwerden. Nein, das meine ich auch nicht. Auch wenn es einen Hesse gegeben hat, sage ich – und es fällt mir schwer: Es geht vom Einfachen bis ins ungefähr schlimm Komplizierte: die gebrochene Linie, aber immerhin . . .

10. Juli 1984, München

57 Jahre alt. Sibylle rief aus New York an. Auch Siglinde dachte an mich. Ich lief mit Inges Mutter beinahe nach Hohenkasten und zurück. Nach dem Essen kam Ursula. Jetzt fahren wir nach Italien. Dann arbeite ich weiter. Lob vom Rhetor Jens für die Erlanger Lesung (Troja). Das teilte mir Martin Gregor-Dellin mit.

10. Juli 1985, München

58 Jahre alt. Frühstück mit Kerze. Die letzten beiden Bände vom Hanser-Heine in Leder. – Ich schrieb den ganzen Tag am Sisi-Schuler-Duett. Ist es bald fertig? Ich weiß nicht. Jedenfalls möchte ich es in Wien uraufführen (Sprüche!). Mittags kam Ursula mit Schierlingskraut. Am Spätnachmittag spazierte ich durch den Luitpold-Park. Eine ganze Schule Türken auf dem Rasen, fußballspielend. Ich drückte mich am Rand entlang. Auf dem Heimweg: zweimal Zwillinge. Abends in der Buchhandlung bei der Lesung von Gisela Pfeiffer. Dann Fest. Alles Gute. Ich erlaube mir, ihr das zu wünschen.

28. 07. 85 Ich liebe dieses Duett. Es ist meine Operette. Verübeln sie mir das eines Tages? Mein strenger Volker.

10. Juli 1986, München

Geburtszeit: 3 Uhr nachmittags. Um halb drei war Inge noch in Bologna. Um 20 Uhr wollen wir uns mit unseren Freunden im »Scheidecker Garten« treffen. Diana rief an, daß sie nicht kommt. Auch unser lieber Ludwig Döderlein rief ganz versorgt an, daß er nicht wisse, ob er kommen kann. Inge muß jetzt in den Alpen sein. Es ist 18.30 Uhr.

Sancho kommt nicht mehr heraus aus seinem Versteck. Heute las ich noch einmal diesen grandiosen Lebenslauf Schellings. Alle, nahezu alle beschimpften ihn, der nahezu alle Ehren sammelte. Seine Naturphilosophie werde ich studieren.

Übermorgen werde ich am Cusanus vorbei in Richtung Nolaner zu Franz von Assisi fahren und in seiner Nähe mit Inge auf dem Berg leben und schreiben – so hoffe ich.

12. Juli 1982, München

Vor zwei Tagen »Gott heißt Simon Cumascach« in der Autorenbuchhandlung. Der Sohn reißt den Vater in seine Zukunft.

07. 07. 83 Das wirkte sich aus: Ich schrieb die Prophezeiung Dorotheas ins FB.

12. Juli 1985, München

Mit Lutz Hagestedt und Bernhard Setzwein auf dem Balkon. Das Gespräch. Ruhe. Wir schauen uns an. Vorher Besprechung des Materialienbandes. Michel Krüger möchte beratend mitwirken. Drews: Das Buch muß schön werden. Wiesner: Ressentiments. Wir aber machen das so. Weil es nur auf die Bücher eines Tages ankommt.
Nur: so schön wie mit Bernhard und Lutz war es selten. Ich wüßte nicht viel. Ich war glücklich. Das kenne ich schon gar nicht mehr. Die beiden habe ich besonders lieb. Das ist eine gute Sache, die man vorher nicht besonders weiß.
Ganz anders als mit Judith. Die versteht mich nicht. Hat kein Sensorium für mich. Ich streike. Das ist schon die zweite Frau, die in der Hörspielarbeit an mir scheitert, ich sehe das schon. So dumm ist sie nicht. Sie ist unvorsichtig. Ich werde das vollziehen: ich meine, die Entfernung bis endgültig.

12. 07. 85 Der Faschist Paul Wühr.

13. Juli 1981, München

Wie Inge sagte, sollte jetzt einmal das Wegschlafen drankommen und im Traum alles: was ist, was kommt – und nicht nur hier. Inge sagte das, nachdem ich ihr die Pause des FB vorgelesen hatte – und genau also davor: diese Szene hatte ich geplant. Jetzt schreibe ich sie wirklich.

13. Juli 1985, München

Heute war Judith Schnaubelt hier. Diese feministischen Frauen werden eine Plage. Dieses Hörspiel mache ich. Mein Name steht dafür. Ich mache mein Spiel. Ich bin ein Mann, der nicht sagt, was er will. Das sind die Männer, bei denen diese Frauen hereinfallen. Ich brauche einen Toningenieur.

14. Juli 1983, München

Vorgestern Beginn der Umbruch-Korrektur. Wieder bin ich sehr verunsichert. Immer noch einmal nach Fehlern zu suchen im eigenen Text, das ist eine Tortur. Außer den mit Korrekturzeichen versehenen Fehlern entdecke ich noch einen, der bisher von mir und allen andern übersehen wurde. Das ist schlimm. Zur Zeit gehe ich nicht freiwillig an meinen Text.
Meine Rücksichtslosigkeit findet bestimmt angeregte Feinde. Also keinen Fehler will er sich machen. Etwas Richtiges will er sich machen.
Weizsäcker, darauf angesprochen, was er derzeit vorhabe: jedenfalls könne einer, der unter Steinschlag dabei sei sich abzuseilen, das Seil doch nicht kappen. Es ging, es geht, es wird gehen! Um den Frieden in dem wieder erwachenden Kalten Krieg.
Warum die Staaten ordnungshalber immer die Unzeitgemäßen sein wollen? Ordnung ist immer unzeitgemäß. Der Geist ist auf unserer Seite, könnte man meinen. Der Meinung ist der Geist nur zu selten. Wahrscheinlich ist der Geist der Ungeist. Also könnten wir seine Heiligkeit endlich abschaffen. Das wäre das Zeitgemäßeste. Er holt uns ein, der Geist, was für seine Nachlässigkeit spräche. Der Gedanke, daß sich der Geist an uns anpaßt, ist das Ungemütlichste in dieser Welt. So sehr diese Ungemütlichkeit für uns spricht, so überaus ungemütlich ist dieses Faktum. Allerdings spräche es wiederum für diesen Geist, es uns zu überlassen, ob wir ihn haben. Das Heilige haben wir aber nicht gern in uns. Oder wir müßten endlich erkennen, daß es der Dreck ist, aus dem wir gemacht sind. Und zu dem wir wieder werden sollen, aber nicht wollen. Oder ist Geist, also heiliger, was wir tun, wenn wir denken, daß solches nicht getan werden sollte? Den Geist zu verstehen sind wir zwar in der Lage, aber wir illusionieren uns mit seinem Gegenteil, insofern wir ihn anbeten.

16. 05. 85 Ein angebeteter Geist ist keiner. Das ist gegen Gott. Auch gegen Jesus, wenn er den Paraklet aussendet. Nein. Er wollte das ja nie. Und daß Gott es wollte, das wurde uns doch von anderen erklärt. Mir erscheint doch immer mehr einer, der es ist, aber . . . Es ist schon Unsinn, was alles entstand. Oder der Anfang ist Unsinn,

und das heutige Ergebnis ist Unsinn. Gott kennt keinen Anfang und kein Ende – oder, wenn man das lesen will: keine Fortdauer. Von der Anbetung sollte man lassen. Die verrenkt nicht nur den Hals. Ich bin in diesen Tagen sehr traurig. Ich weiß nicht weiter, klage ich, als hätte ich das jemals gewußt.

Das ist oder das wird werden: der heiße Herbst. Die Austauschung in höchster Frechheit: der Werte. In höchster Not: das auch. Das ist dasselbe.
Säße ich in einem Ostblockstaat im Gefängnis: ich würde den höchsten Wert Gerechtigkeit ersetzen durch Frieden. Heute sage ich, daß Freiheit und Gerechtigkeit das Souterrain des Friedens sind. Auch gegen den Schwertträger Jesus bin ich. Was mag der Paraklet machen? Die Zeit läßt uns reden. Sogar einen Gott. Die Leute reden vom Tod. Von der größten Gewalt. Ich auch.

16. Juli 1982, München

Am 13. Juli hatte ich ein Gespräch mit Elmar Stolpe. Ich erzählte ihm die Handlung meines Hörspiels »Wenn Florich mit Schachter spricht«. Er meinte, mit diesem Spiel würde ich den Menschenstoff für den Sozialtechnokraten Luhmann vorbereiten.
Heute durchdachte ich das Spiel noch einmal. Abends wird es in der Autorenbuchhandlung vorgeführt. Florich und Schachter hätten nicht auftreten sollen in dem Spiel des Direktors. Alle Direktoren müssen in den Konflikt ihrer Leute herunter- und hineingerissen werden. Der Dritte. Es geht darum, ihm sein Darüber zu verderben. Er darf nicht außerhalb bleiben, aristotelisch.
Ich plane eine Niederschrift meiner Erfahrungen mit meinen Hörspielen nach zwanzig Jahren.

07. 07. 83 Bisher unterlassen.

Die wichtigste Notiz von diesem Tag steht im Anschluß an die Notizen vom ? Verblättert . . .

16. Juli 1985, München

Ich denke lange nach, wie der Schriftsteller Heinrich Böll starb, heute um 15 Uhr. Ich saß mit Michel Langer auf dem Balkon. Wir fingen an. Das klingt dreist, ist es aber nicht. Ich hatte nicht im Leben und werde es auch im Tod nicht haben: eine Nähe zu Schriftstellern wie Heinrich Böll. Ihn verehre ich, wie jeder, der ihn kennt, also sehr. Aber nicht als Poet Paul Wühr. Als Staatsbürger. Ja, so ist das. Und so mutig wie Böll muß ich nicht sein. Das will ich auch hereinschreiben in diesen Zeitraum.
Mit dem Sisi-Schuler-Duett bin ich jetzt fertig. Morgen schreibe ich es ab. Ich will es ja in Wien vorlesen. Wie wenig geeignet ich für Vorlesungen bin, darf mir gar nicht ins Bewußtsein kommen, sonst entferne ich mich wieder zu weit.
Gestern: Heidi Fenzl-Schwab. Enttäuscht, weil es mit ihren Interpretationen zum FB nicht klappte. Sie will mir einen Schleifen-Einfall von der Kaschnitz bringen.

17. Juli 1981, München

Ich komme soeben nach Hause von einer Lesung auf den Straßen Münchens für das Goethe-Institut. Kleine Einleitung vor der Universität, dann wichen wir in den Englischen Garten aus. Ich las auf einem Kinderspielplatz, wo ich Johann Jakob und Benjamin Fröhlich mit ihrer Mama traf, aus »Gegenmünchen«. Der Regen vertrieb uns ins Institut. Wieder »Gegenmünchen« für Deutschlehrer aus der Dritten Welt. Abends Lesung aus dem FB: Seil und Casbah, Studio 54. Diskussion bis Mitternacht.

17. Juli 1985, München

Hier das Zitat von Marie Luise Kaschnitz zum Thema Tagebücher: »Wie sich herausstellte, war es ein Tagebuch, aber eines, das nicht nur für jeden Tag eines Jahres bestimmt war, bei dem man vielmehr nebeneinander viermal, also in vier aufeinanderfolgenden Jahren, denselben Tag ausfüllen konnte. Die Besitzerin hatte mit dem Schreiben erst angefangen . . . die ganze Anlage des Buches hatte etwas Faszinierendes, gerade als könne ein gemeinsames Datum für eine Entwicklung bedeutsam sein. Ich dachte mir aus, wie man das ungewöhnliche Tagebuch zum Rahmen eines dramatischen Versuchs machen könnte, in dem dieselben Tage immer gleich viermal, also eben auch in vier aufeinanderfolgenden Jahren Gestalt gewönnen. Vier Jahre einer Ehe zum Beispiel. Der Ort immer derselbe« usw.
Heidi Fenzl-Schwab schrieb zu ihrer Sendung: »Ich hatte mir zur Kaschnitz Anmerkungen in mein eigenes Tagebuch geschrieben. Ausgangspunkt war ein Rahel-Text. Sie zitiert am 3. September 1810 einen Tagebuch-Eintrag vom 4. Oktober 1806. Das ist doch auch ein interessantes Prinzip.« Aber das hatte ich ihr bereits erklärt: das ist die Methode in der Schleife oder dort ist es zur Methode gemacht.
Außerdem schreibt sie: »Ich hatte mir für die im FB bearbeiteten Textbelege zur ›Erweiterung‹ auch Ricardons Theorie zum ›Nouveau roman‹ bereitgelegt und fand dort die Schleife auch im theoretischen Kontext.«
Jetzt wird mir der Zusammenhang klar von ∞ = 8 Jahre =

Schleife. Ich könnte das Buch auch »Die ruhende Schleife« oder »Die liegende Schleife« nennen.
Im übrigen: Ich sammle alle vorliegenden Einfälle, nicht nur dazu. Keine Angst mehr vorzufinden, was man glaubte, selber erfunden zu haben. Es bleibt aber dabei: der originelle Akt ist Voraussetzung für den vitalen Ansatz. Man ist nicht ursprünglich, man muß sich ursprünglich fühlen.
Mit dem Duett von »Mama und Magna mater« bin ich heute fertig geworden. Dazu: Ausbruchspoesie (nach Fenzl-Schwab). Sisi bricht immer wieder aus der Gesprächsumklammerung, die für Cioran geschieht, aus. Schuler ist ambivalent. Er läßt sie ausbrechen. Von ihm aus ist da eher Provokation am Werk. Siehe von hier aus: Rosas Biographie = Ausbruch aus der Biographie.
Ein dunkler Tag. Radfahrt durch den englischen Schattengarten. Michel Langer teilt mit, daß der Sony-Walkman an die Firma zurückgeschickt werden mußte. Es dauert vier Wochen. Das ist schlimm. Das ist aber auch ein Zeichen. Jedenfalls denke ich so, wenn nicht diese Technik so denkt wie ich. Ich will nämlich diese Judith Schnaubelt loswerden. Jetzt ergibt sich die Möglichkeit. Mein Hinterhalt ist perfekt. Sie hat mich versetzt, hat den ersten Termin vergessen. Die Sache war nicht wichtig für sie. Ich vergesse Gelerntes, aber keine Beleidigung.
Morgen fahre ich mit Inge nach Wien. Immer habe ich zu tun mit mir: mit diesem geschwätzigen, rachsüchtigen, höflichen Menschen. Mit meiner Naivität falle ich aus allen Stunden. Nur hier: aus diesem weißen Blatt kann ich nicht fallen. Ich bin ein Schreiber, kein Leser.

18. Juli 1981, München

Zweifel. Ich muß auf Distanz gehen zum FB. Zur Verzweiflung reicht es nicht.

01. 07. 83 Das ist eine Formulierung der Freude. So wie ich sie empfinden darf. Klingt jämmerlich. Weiß ich. Also kein Kommentar von anderswo her.

14. 08. 85 Zur Verzweiflung reicht es bei mir nie. Aus Neugier. Wir erhalten uns zunächst ja alle ganz streng selber; aber die Abfälle von Liebe sind doch interessant. Wir sind schon leider nicht nur biologisch, sondern weitgehend biologistisch, und zwar deshalb, weil wir uns von der Dauer etwas versprechen. Die Dauer gibt den in ihr Wartenden nichts. Wir werden kompostiert. Das ist die Tatsache.

08. 10. 85 Es ist merkwürdig, daß ich nicht viel übrig habe für die Erhaltung des Lebens auf diesem Raumschiff; vielleicht weil die Sozialtechnokraten soviel davon reden. Auch Jost Herbig redet dieser Erhaltung das Wort als nachfolgender Evolutionist (gegen Lorenz und Eibl-Eibesfeldt, also in bestimmten Thesen).

Fahrt nach Wien. Wieder in der Hotelpension »Museum« hinter dem Volkstheater. Bei der Lesung abends in der Alten Schmiede stellte Kurt Neumann Eisendle und Wühr als ›der Wissenschaft nahestehende Schriftsteller‹ vor. Helmut las eine Satire auf die neuen Franzosen. Als ich drankam, distanzierte ich mich von der Wissenschaft (für mich ist sie nur Spielanlaß und Spielmaterial). Ich las dann aus dem FB: Autor und Buch, Alle Wetter, Totum und das Duett ›Sisi und Schuler vor Cioran‹ aus dem Talion. Anschließend sind wir mit Fritzi Mayröcker in die Elisabethstraße gefahren, wo Ernst Jandl auf uns wartete mit dem Essen. Ein liebenswürdiger Jandl trotz der Korrekturnöte mit der Gesamtausgabe und eine zarte, liebe Fritzi. Wir reden über alles und wahrscheinlich nichts, jedenfalls keine Freuden und keine Nöte: auf Beruhigung aus, wie das bei unsereinem so notwendige Sitte sein muß. Später mit Helmut und seiner Camilla (dem schnellsten Mädchen im Fach Mund) beim Ubel-Wirt und bei Kalb. Auch Ferdinand Schmatz und seine Frau waren dabei. Späte Heimkehr.

14. 08. 85 Es ist in dieser Nacht so still. Ich habe einen Mund voll Soave. Ich denke an die Arbeit mit Klaus Schöning. Ich werde ihn in Köln sehen. Köln. Das ist schon interessant für mich. Köln war der Anfang.

28. 08. 85 Es war ein kurzes, kaltes unkonzentriertes Treffen. Klaus hatte vor der ersten ›Acustica International‹ keine Zeit für mich. Da redete er von Fontanella und seinen Plänen. Ich bin außerordentlich enttäuscht und habe keine Lust zur Weiterarbeit an der Metropolis.

08. 10. 85 Fontanella: das diktierte der Zorn. Ist natürlich Bill Fontana. Er machte eine Klangskulptur. Große Namen. Ich nähere mich meiner Metropolis Mystica (mystisch: wie mit geschlossenen Augen sehen!). München Metropolis Mystica – Soundseeing.

19. Juli 1985, Wien

Ein Tag im Lainzer Tiergarten, in der Hermesvilla bei der »ruhelosen, entschieden sehr schwierigen, hochgestellten Dame« Sisi. Gedenken an Christomanos. – Dann Jause im Rohrhaus mit Schnitzel und Germknödel und viel Almdudler. Überstanden den überraschenden Angriff von Wildschweinmüttern und sahen vom Aussichtsturm lange über die Wiener Stadt. Die nicht Hochgestellten liefen auf monarchischen Spuren. Das Schloß gefiel mir auch nicht. Die Gemälde schon gar nicht. Gräßlicher als jeder Kitsch. Unerträglich, nämlich weder süß noch gspaßig: ohne Farbe, ohne ... also das Wort Form, das ich doch so liebe, kann ich nicht einmal negativ gebrauchen. Wieso sind Form und Gehalt (Inhalt) nicht mehr zu gebrauchen? Meine Frage. Als Falscher meine Antwort: Weder in der Form, noch im Inhalt gibts ein Etablissement. Also Ruhepunkt weder das eine noch das andere. Warum schaffen sie (Franz Mon z. B.) die Gegensätze ab? Damit läßt sich doch am unruhigsten spielen. Das ist es. Sie wollen – so ist das halt auch: das Alte, Hergekommene abschaffen: aus Sehnsucht nach dem Ruhen, in diesem Fall auf das Sofa des Einen. Das werde ich noch oft wiederholen müssen. Der Popo des Hermes war wirklich olympisch rund. Liebe, arme Sisi! Dieser Garten. Lainz, ich muß das wie im Märchen benennen. Beschreiben kann ich es nicht.
Abends mit Kurt Neumann und Inge in der »Glocke«. Da saß ich schon mal mit Liesl Ujvary und Bodo Hell. Sehr gutes Essen. Kluges Gespräch, aber viel mehr zwischen Inge und Kurt. Ich lauschte.

20. Juli 1982, München

Immer reißen zwei den Dritten ins Gespräch herein. Der Sohn reißt den Vater in die Zukunft mit.

11. 02. 83 Das Dritte zerreißt die zwei: durch Erklärung.

20. Juli 1985, München

Heimfahrt von Wien nach einem Interview für den »Falter« mit Wimmer und Schneider. Sehr angenehm, sehr hellhörig, sehr wissend. Die beiden möchte ich gern wieder treffen. Wimmer schreibt an einer kleinen Komposition: Wien. Ich meldete mein Interesse an, wie man sich vielleicht in Wien ausdrückt.
Wir rasteten in Ybbs neben der »Psychiatrischen Anstalt«. Am Ufer gibt es eine Gedenktafel der Frauen von Ybbs zur Erinnerung an Sisi, die auf ihrer Hochzeitsreise hier war.
Abends noch nach Haidhausen, wo Gisela und Heinz Pfeiffer in der Wörtstraße 7 ihr Hoffest gaben. Regen, aber sehr warm. Sonst gab es nicht viele Freuden. Nicht für mich. Um Mitternacht waren wir zu Hause.

21. Juli 1983, München

16.53 Uhr. Fertig. Das Falsche Buch ist fertig. – Ich habe am Umbruch gearbeitet, tagelang, mich hauptsächlich in meine Sätze verstrickt und korrigiert, vergeblich, da das Falsche stimmte. Als Richtiger bin ich in die Falle gegangen. Tortur. Odysseus. Die Tortur des Lesers. Wie ich jetzt denken muß, sind meine Texte in diesem Buch meistenteils Krimis, die auf den Leser warten. Das ist wahrscheinlich kein dunkler Stil, sondern ein geistkriminologischer. Oder? Komm selber auf alles. Diese Zumutung. Mein Anspruch an alles. Der Anspruch meiner Leser an mein Buch. Wären sie doch deckungsgleich! Freilich liebe ich die großen Erklärer, aber als Poet muß ich meine Leser als große Erklärer lieben. Leser eines Poeten müssen große Erklärer werden. Wer wird mir das Falsche, das ich so liebe, erklären eines Nachts? Er selbst. Darauf ist alles angelegt. Da darf schon jetzt jeder Gott sein. Mein Bruder. Mein Bruder soll er doch werden. Wie mein Jesus, der das nur vorgemacht hat in aller Demut, wie ein Vater Bruder sein kann, der geringste: Von Stufen spreche ich nicht. De profundis.
Um von der Schwester zu sprechen: Meine Inge hat mich in dieser schweren Zeit nie ohne ihren klaren Verstand gelassen. Sie begreift, was ich erfand. Sie verhinderte, daß ich, der nicht mehr begriff, verfälschte, was in großer Falschheit formuliert worden war in einer Zeit, in der ich so wenig begriff. Mein Poppes. – Wenn es alles doch gut sein könnte.

22. Juli 1985, München

So viele Konflikte im Juli. Das gab es, wie bewiesen werden kann (na ja?) noch selten: Mit Michael Langer aus dem Hoffmann-Seminar, der heute seinen 27. Geburtstag feierte (ich bin 31 Jahre älter), arbeitete ich heute von 11 bis 5 Uhr am Soundseeing München Metropolis. Wir fingen in Nymphenburg an (Busstart) und fuhren dann in den Englischen Garten. Es fehlte uns beiden, mir und diesem 1,90 m großen Germanen, ein Tragkreuz: so feierlich schritten wir durch die Nackten mit unserem Sony-Walkman. Aber die Haut ist nicht audionell (ha?). Diese süßen Popos – zwei habe ich unter meinen sittlichen Lidern doch entdeckt – geben nichts von sich ab, also nichts für unser Gerät, der Geräuschpegel schlug nicht aus! Sonst auch nichts, billig. Vor dem Chinesischen Turm passierte es dann: Die erste Sony-(Kamera!)Führung aus dem Lärm zum Karussell. Das will ich fortsetzen, es ist noch nicht gelungen.
Später rief meine weibliche Assistentin Judith an. Sie sprach mit mir sehr resolut (das ist genau das Wort für die Eigenschaft, die ich so sehr hasse). Ohrenhörlich reagierte auch ich scharf. Sehr kleinlaute Sätze. Das Arbeitsverhältnis ist so ziemlich gebrochen. – Im übrigen wie schlimm: gestern nacht träumte ich von einer früheren Frau (es war keine bestimmte). Ich sägte ihr ein Bein ab. Sie bekam einen Stumpf. Der weitere Auftrag lautete, ihr den Kopf abzusägen. Es wurde versprochen, am Ende ging alles gut aus. Wie so gar entsetzlich. Eine gute kleine Wohnstube sollten wir bekommen, wo wir uns schon ein klein wenig bewegen könnten.

23. Juli 1985, München

Ich versetzte Judith am Valentin-Museum. Als sie anrief, sprach ich von erneuter Verspätung, was aber unwichtig sei, da ich ohnehin nicht mit ihr zusammenarbeiten könne. Schade, sie habe das nicht so gemeint, es sei ihr gar nicht bewußt gewesen. Ich blieb hart, und somit bleibt es beim Assistenten Michael Langer.

24. Juli 1985, München

Azur. Sehr heiß. Wir waren in Nymphenburg und nahmen die An- und Abfahrten der Busse auf. Führung gab es keine. Dann zur Paradiesstraße am Eisbach: Wunderbare Stelle. Lautes Wasser mit viel Schwimmern; übrigens minderjährigen Nackten. Aber das hört man nicht. Unser zweiter Versuch mit dem ›Walk of the man‹ durch den Biergarten zum Karussell mißlingt wieder. Dann sind die Batterien leer. Erschöpft hörten wir zuhause ab. – Inge kam mit Streß und Ängsten wegen der unklaren Fragen des Arztes nach der Röntgenuntersuchung nachhause. Jo Angerer habe angerufen und sich bitter beklagt, daß ich mich von Judith getrennt habe. Er scheint aber immer noch neugierig zu sein.
Morgen und übermorgen soll es Hundstage geben, also über 30 Grad. Und heute.
Poetik – Legetik. Die Bedeutung letzterer bekam ich zu spüren beim Besuch von Heidi Fenzl-Schwab; sie kannte sich fatal in meiner Lektüre aus.

25. Juli 1978, München

Nach der Lektüre des Nietzsche-Kapitels in den »Meisterdenkern« von Glucksmann: Mein Falsches bedeutet etwas ganz anderes. Ich muß es deutlich von Nietzsches Falschem abgrenzen. Deutlich wird mir in diesem Kapitel auch, daß es mir zunächst immer darum geht: dem Ganzen (auch dem poetischen) zu entwischen. Loch. Loch der Mathematik. Das schwarze Loch. Nova. Als schwarzes Loch entwischen. Das Falsche (in der Mehrzahl): Löcher, schwarze, die unsichtbar werden im Ganzen. – Nietzsche benennt, um in den Griff zu bekommen. Bei mir keine Namen, keine Adressen: um nichts zu ergreifen, um nicht ergriffen, begriffen zu werden. Figuration für: Desertion. Poesie: Desertion aus einer Welt der Macht und Herrschaft. »Wohnt hier der Deserteur Paul Wühr?« fragte der kleine Polizist in Eichendorf 1945.

27. 04. 83 Mein politisches Leben begann also mit einer Desertion. Das war kein Plan, wurde aber zum Vorhaben. Schon damals. Von der Abweichung abgesehen, wird das ja eine Haltung – passiv. Freilich: sich stillzuhalten erfordert schon Kraft. Wegschauen von einem allgemeinen Sinn in das Eigene. Je weniger sich davon vorfinden läßt, umso größer die Anstrengung. Jetzt sollte mir die Desertion leichtfallen. Das wird zu lachhaft.

25. Juli 1982, München

Das inszenierte also Inge, jeden Freitag eines meiner Denkspiele in der Autorenbuchhandlung. Ich mußte meine Hörspiele vor den Zuhörern noch einmal durchdenken. Meine Notizen, jeweils vor einem solchen Abend ausgearbeitet, zeigen, wie ich meine poetische Position wiederentdeckte. Dies alles vor dem Abschluß von meinem FB. Heute abend: die »Fensterstürze«.
Sie fassen noch einmal alles zusammen. Mir wurde auch klar, warum ich mit den »Fensterstürzen« aufhörte, um ganz neu anzufangen: Gegenmünchen. Die »Fensterstürze« sind ein Pantakel für alles, was ich schreibe.

25. Juli 1985, München

Diese 7785, meine Zahlen. Heute auch ein Tag, an dem ich einen großen Teil des Manuskriptberges der letzten acht Jahre durchwühlte. Ich werde viele Funde mit diesem heutigen Datum in der »Ruhenden Schleife« verteilen.
Ein Fund kommt hierher: »Shalom«. Dieser Gruß. Und weil Shalom auf der Münchener Freiheit geschrieben steht, geht das Seil hoch. Für einmal. Für keinmal. – Für Israel: Der Bluträcher selektiert sich. Für einmal. Für keinmal. Es steht aber geschrieben. Es war nicht falsch. Es war richtig. Es ist geschehen. Es ist aber vorbei. Das steht nicht geschrieben im FB. – Es geschieht im Nahen Osten. Dort ist es nicht vorbei.
Ein neuer Entwurf für die »Ruhende Schleife«. Nämlich Anfang: Theorie über Rede – Jänner bis Juni (8 Jahre). Mitte: Theorie über FB – Juli bis Dezember (8 Jahre). Ende: Theorie über BT.
Soeben im TV Horst Krüger über El Escorial: das Schlakendörfchen (so hieß der Ort ursprünglich). Sehr gut gezeigt und besprochen. Spanien: nur Form, kein Inhalt, wie dieses 8. Weltwunder. Von Spanien: keine neue Idee, keine Revolution. Iberischer Konservativismus. Und hier das Ende des kirchlichen Mittelalters. 1598 am 13. September Tod von Philipp und am 16. Februar 1600 Tod von Giordano Bruno. Ende der Kirche, ihr Tod.
Ich bin hier zuhause. Ich lebe mit Wörtern. Ja. Wie schön ist diese Welt, sage ich in meinem besten Chinesisch. – Ich höre Schreie. Das sind auch die meinen. Das ist vergänglich, Schubert. Liebster. J.
Weiter mit den vorgefundenen Notizen: »So liege ich auf meiner Freiheit«.
Nur in der Wüste (alias Parkplatz) konnte ich in der Rosette Platz nehmen: die als eigentliches Loch eine gewisse formale Nachgiebigkeit annahm, insofern als es sich länger als breit aufmachte und meine Person so etwas wie einen gefällten Baum sein ließ, voll mit morgendlichen Lockrufen für sämtliche Würmer. Die so eng benachbarte Nacht wurde quasi in ihren beweglichsten und blindesten Gestalten: tödlich lebendig. Die Trauernden, quasi, neigten die Köpfe über mir – auch bot sich mir der Einblick in verwickeltes Leben.
Aber wirklich sah ich nur unsere großen Gestirne: wie sie da am hellen Rücken der sehr glaubhaft faulen Nacht klebten, wahr-

scheinlich eben an ihrer Freiheit, an ihr da und dort freilich hängend. Und mein lebendiger Hinweis erregte natürlich kein Gruseln. Als Plagiat war schon längst erkannt worden, was ich mit Eigenstem auslag. Jedoch, die bestürzenden Aufblicke verführten mich keinesfalls zu rührenden Annahmen. Also wirklich, so viele außerordentlich verbundenen Penisse mußten die zukünftige Sache, um die es himmlischwärts ging, ob sie das ausdrücken wollten oder nicht, zum großen weißen Flecken auf der überirdischen Wahrheit: nach heutiger Geographie machen. Da war also wieder etwas zu entdecken, und wie es die Brillen schon erfahren hatten: das Alte oder sagen wir es gleich (schon im Augenblick von der Majestät des Todes gezeichnet und also deshalb im Plural): die Liebe. Und plötzlich persönlich werdend, mich als Person oberkörperlich aufrichtend, den Zeigefinger nicht nur im Sinn hebend, sondern diesen auf diesen zeigen lassend, sagte ich nichts! Und ich hatte auch noch die Schamlosigkeit, etwas deutlicher zu werden, indem ich hervorstieß: die große Bedeutung. Das »ung« ging in meinem Speichel rettungslos unter. Meine Sprache aber, ob sie nun gesprochen war oder nicht: sie wurde rot. Und um ihr nicht ein Feigenblatt überziehen zu müssen, veranlaßte ich alle meine Trauernden: sich mit ihrem jeweiligen Blutgehalt zu beschäftigen, während mir der Sinn so zu Kopf stieg, daß es der Rede wert gewesen wäre, würde ich nur etwas früher und nicht in diesen verrätselten Zeiten geboren worden sein. Der Schmerz spricht aber so deutlich. Noch deutlicher spricht die Freude. Man sollte Trauernde aber nicht überraschen. Gefühle töten. Besonders die Gefühle von Toten töten meistens besonders. Mir blieb als Spieler nur, daß ich den Tod gespielt habe: die lebendigsten Sachen (was denn sonst!). Zum Beispiel wollte ich verstanden werden, schon weil mir doch, obwohl das doch nur gespielt war: wenig Zeit bleibt für Unordentlichkeiten oder wie sich das aus dem Mund von was auch immer für Prinzessinnen für wie lange blümt auch immer ausmacht. Es wird schon geschossen, sagte ich noch. Es ist schon explodiert, übertraf ich mich. Ihr fliegt schon, wußte ich nicht mehr ausgebreiteter: ausgeteilt – also diese Teile als Gipfel des Schreckens, nur um einmal verstanden, begriffen, ganz abgenommen zu werden: wortwörtlich. Das Glück. Sie hätten es nachsprechen sollen. Nicht das Wort. Wie ich. Sondern das Glück. Wie aber hätten sie das leben sollen, nachsprechend: wenn ich aus meinem Loch mich in dieses

Loch auf der Münchener Freiheit abfallen lasse: als Produkt. Sogar erfunden. Das stinkt nicht. Oder doch?
Wie wohlgestaltig (auf den ersten Augenblick) erhob ich mich und ging abseits. Schaut mir nicht nach. Es sei denn: Liebe. Mir mußte das passieren.
(Warum schrieb ich das? Weiß nicht.)

27. 10. 85 Es ist, soviel ich weiß, kein Gedicht entstanden. Ich war verzweifelt, aber nicht so, daß ich die Handwerke, deren es keine gab, hinwarf. Leerer Hände voll stand ich umso weniger gefordert als von mir selber beordert als der Dichtung Gipfel ohne die Verse da, die unser Jahrhundert höhenmessen. Sisi.

Gespräch mit Inge auf dem Balkon in einer ungewöhnlichen Sommernacht. Wir haben nicht begreifen können, was uns aneinander bindet. Ich erwarte sehr viel von ihr in Italien. Ich versprach ihr: meine Metropolis hier wirklich wunderbar fertigzumachen. Das kann ich. Das darf ich auch. Es ist ja so, daß der Wühr schon da ist, wenn die auch noch nichts davon merken. Mit mir bekommen die schon zu tun. Hier in diesem Buch, diese Erklärungen, müssen die doch viel eher befürchten. Aber ich rede ja nicht mit Feinden.
Meine Inge. Empfindlich. Ja? Ich werde immer sehr direkt. Das scheint sie noch immer nicht gewöhnt zu sein. Aber niemand liebt sie so wie ich (Schlager, 19 . ., jedenfalls sehr früh).

Ich lege auch meine Notizen zu Raymond Ruyer »Die utopische Methode« mit folgenden Ausfällen gegen die Poesie bei: ». . . dem Romanschreiber bleibt es überlassen, den Rahmen (z. B. seines Romans ›Reise zum Mond‹) mit Abenteuern zu füllen, die zwar auch mit allgemeinen Bedingungen, wie etwa der menschlichen Psychologie übereinstimmen, die jedoch weitaus partikularer und beliebiger sind.« Hier die Übereinstimmung mit Luhmann (nur daß ich Unbeliebiger die Welt beliebig, die Gesellschaft beliebig, partikular schildere, ja).
Das sagt Mach: »Während die Dichter in der Phantasie Umstände kontinuieren, die in Wirklichkeit nicht zusammentreffen oder diese Umstände von Folgen begleitet denken, welche nicht an dieselben gebunden sind, werden der solide Kaufmann und die ersten Erfin-

der und Forscher, deren Vorstellungen gute Abbilder der Tatsachen sind, in ihrem Denken der Wirklichkeit sehr nahe bleiben.«

Über der Stadt, in alle Richtungen gerufen: die Dadas; was ein Hundewetter werden soll; die weißen Meuten. Föhn. Großer Auslauf auf Azur. Besonders hochgehetzt über den Frauentürmen die Fötzeln. Wie das Wetter ausschlitzt, fischig. Von Flossen gepeitschter Geruch. Der Starnberger droht mit Gewitter. Die Luft wird auch im Norden schon traurig. Ganz umschluchzt bleibt der Elisabethplatz heller in der Erinnerung. Diesen Tag stößt es jetzt. Verzückte Schädel der Häuser.
Ein nomadischer Nachtrag. Unten auf dem Platz: Ausschweifungen. Als eine Zusammenfassung aller Querpässe der Verkündigung: diese mündlichen Platzwechsel. Wahrlich, ich sage euch. Wie das anhebt. Auf sich selber: jedes Kamel reitet seine Seßhaftigkeit, höckert in die verlassendste Oase zurück, wo die Brunnen ihre Augen aufsperren. Einsicht. Aufgefangene Botschaften. Wasser. Voraussage.
Darüber im Dreieck wird gegriebet. Wird der Westwind angerissen. Schon vor seiner Ankunft. Drei Könige. Der Hamann mit einem Tief in der Sprache. Im Föhn noch immer ein Mohr war. Ein Kopf war.
Schlagsahne. Vogelergebnis. Aber nur Träume von Fett. Der Wetterschuh garzt noch. Bald Hochzeitsglocken. Garaus der Liebe.
Und ganz oben wird das überirdische Thema verfehlt: Trockenheit wartet auf Tränen. Und wie das ist als auch du mit dem Wetter beschäftigt bist. Der Alkoholismus. Bist du schon einmal zufrieden gewesen? Als du einmal allein zuhause warst. Das war peinlich. Du selber als Erzgießer. Ich stehe im Regen. Drücke dir eine Regenzeit aus der Scheibe.
Im Augenblick die blaue Haube. Und du bist unter. Dürre. Oh, wann, wann schlagen die Fluten. Oder so ähnlich, Hölderlin, an den lebendigen Geist. Wie der heiße Wind spült, der reinliche Feger. Der haspelt jetzt auf der Haut. Entweder Frieder aus Nässe oder Tränen im Krieg. Werden in diesem Wind die Nässer neu gewickelt oder verwickeln sie sich in das Neue, obwohl es sie trocken legt? Weit ist und sehr erhaben das Fries im Giebel des Föhn, über dem Dreieck der Schaufel, die das Wasser nicht werfen kann. Poesie. Der Behälter ohne den Inhalt, den sie nicht fassen

könnte. Liebster Hamann, Dein Gott regnet Wörter. Auf diesem trocknen Platz sind sie Spreu.
Drüben: ein Kartunnel. Ansog. Der Wegpusch. Der Auslusch. Daß uns ein Vorsturm gekerscht wird, blockt davon was? Oder kernt sich das aus? Großer Klucker? Schnell kommt schon, was über uns wegwindet, nachlassend wie im Gepluder. Beinahe Freiballone mit schlagenden Beinen. Aber da fliegt sich nichts. Obwohl geschwebt wird schon, aber lachhaft. Die schreckliche Stille im Wind, wo jeder sich weiter hört neben sich selber hin bis er den eigenen Körper zugibt. Der sitzt. Das gespaltene Einverständnis mit der Schwerkraft. Noch ein Weißbier. Dazwischen leckt einen keiner am Himmel. Ach Gott.
Diese fatamorganische Vegetation im höheren Flau, denen wir verledert entgegenleuschen, in glänzenden Hosenanzügen, glanzvollen, auch Hautnachahmern: so wie wir im Trotz vor Prasseln uns schützen. Die Malefiz-(Getrockneten). Heißa! Den richtigen Nassen keine einzige Pore. Verdammt noch einmal: so ein Föhn. Unter Leder schwitzt man sich selber das Gewitter aus. Unser Durst, zu Wolken geworden, stößt mit sich selbst an. Prost. Donner und Blitz. Und in diesem Platzregen ist sich jeder selbst der Nächste.
Der Himmel wird kurz, will reißen. Seinem Zeitmangel vertrauen wir sehr. Die Verbrechen verschieben wir deshalb. Wenn er am Stauen zugrunde geht: greifen wir in der Grippe alle Erreger an, bis wir wieder genesen. Es ist aber noch nicht so weit. Ich schenke ein. Von meinem Balkon aus ein Kronios aus Erding, lasse ich in lange gläserne Hälse das Weiße treiben, wie es mir kynologisch über der Glatze trocken im Föhn flockt. Diese Hunde. – Hundswetter.

(Das habe ich vor Jahren geschrieben. Das war ein Text für das FB. Ich setze ihn hierher, um zu zeigen, wie wenig ich beschreiben kann. Das heutige Wetter verführt mich, lieber, wirklich verehrter John Ruskin, nicht dazu: es zu schildern. Ich schreibe Wörter. Ich schreibe Wörter auf weißes Papier!)

26. Juli 1983, München

Hans Blumenberg schreibt in »Die Genesis der kopernikanischen Welt« (das ich in diesen Tagen auf Empfehlung von Jost Herbig zu lesen begann), nachdem er die metaphysische Kosmogonie Schellings beschrieben hat: »Nun kann man einwenden, was eine metaphysische Kosmogonie oder Theorie der Materie dann wert sei. Die Antwort: gar nichts, sofern sie nicht etwas enthält oder in Erinnerung bringt, was in der methodisch disziplinierten Theorie vergessen worden ist oder überhaupt nicht Rücksicht finden kann. Die Metapher konserviert oder restauriert den lebensweltlichen Motivationszusammenhang, in dem ein theoretisches Interesse seinen Ursprung hat und dem es einen Anspruch entnimmt, dessen zwar nur partielle Erfüllung durch die methodisch definierten Verzichte der Wissenschaftsgeschichte erkauft worden ist. Wissenschaft floriert zu Lasten der Fragen, zu deren Beantwortung sie in Gang gesetzt worden ist; jede unkontrollierte Überschwenglichkeit stört den Erfolg, bringt aber zugleich das Motiv wieder zur Sprache.«

Das ist, freilich in herablassender Art und Weise – wie ich sie schon oft bei Blumenberg antraf –, so etwas wie die Legitimation der Poesie, insbesondere meiner. Von Dichtern hält der großartige Überblicker der Wissenschaftsgeschichte nicht viel, sonst würde er sie (so lese ich das heraus) nicht nur Konservatoren und Restaurateure nennen oder ihnen unkontrollierte Überschwenglichkeit vorwerfen. Gleichwohl, wenn er von lebensweltlichem Motivationszusammenhang spricht, so kann er nur ein Außerhalb des wissenschaftlichen Diskurses meinen, in dem sich die Poesie aufhält, um ihre dummen Fragen in den Diskurs zu werfen.

Die schlimmen Gedanken und Gefühle, die mich bei der Lektüre solcher Bücher schwer belasten, brütet ein Leser aus, der sich als Exterritorialer empfindet und vergißt, was sein Spiel zu sein hat: genau nämlich das, was so gnädig von einem Schreiber eines dieser Bücher zugelassen wird.

Diese Anfälle von Schwäche und Zweifel sind nötig. Es handelt sich vielleicht gar nicht um Selbstquälerei, obwohl es oft danach aussieht. Dennoch ist es von Zeit zu Zeit nötig, sich zu stellen und zum Beispiel einem Herrn Blumenberg, wie ich es hier tue, auch herablassend und gnädig, den Platz zuzuweisen, der ihm zusteht:

nämlich den eines überaus gerechten und gescheiten Beschreibers von Zusammenhängen in der Geschichte des Geistes; dort nämlich, von diesem Platz aus, wird, was im Geist schon geschah, überaus geistreich geordnet. Mehr nicht, auch nicht weniger. Eine pathetische Formulierung der Aufgabe der Poesie schenk ich mir hier.

Gespräch mit Inge. Die Lehre vom Falschen ist der kynische Kern des FB. Dieser rotierende Sinn/Unsinn kann nicht konsumiert werden. Der schwierige Wühr. Hier wird die Schwierigkeit zum Bollwerk (Wühr) gegen den Tauschhandel. Was denn könnte getauscht werden: das richtige Falsche gegen das falsche Falsche oder das falsche Falsche als richtiges Falsches und so weiter. Viel Spaß auf dem Kulturjahrmarkt. Schwierigkeit und Anstrengung. Sonst keine fröhlichen Puttos als Mimen der Poesie: hier und heute notwendend, nämlich richtige Freunde abweisend. Die falschen schreien nicht. Den Mischlingen in dieser Wegsicht fehlt es an Farblosigkeit, sie könnten nur rot vor Schamlosigkeit, grün vor Lieblosigkeit, gelb vor Neidlosigkeit und blau werden: neben weiß sind sie mir wurscht, weil sie dann schwarz auf eine Weise würden, die Farbigkeit verschläft. Bitte. Wer verkauft mich?

Morgen entläßt der falsche Lehrer seine Schüler nach zwei Jahren. Wir sind uns über. Das ist gut. Spiel ist auch das richtige Wort. Keine Botschaft. Ich hätte die richtigen Mütter meiner Schüler zu falschen Menschen machen müssen. Das ist mir ganz und gar mißlungen. Eine Mutter versteht vom Falschen noch weniger als ein gotischer Krieger. Für gotisch darf man auch jüdisch, auch arabisch, auch und insbesondere iranisch setzen. Diese persischen Wesen richten alles hin, was ihren Söhnen (ab und zu auch Töchtern, aber wie meist so unwichtig) in ihren mörderisch guten Augen nicht gut genug erscheint. Sie wollen noch schlimmer als alle Väter die Sorge um ihre Kinder loswerden, indem sie dieselben (nämlich die Kinder, ihre!) den härtesten Bedingungen ausliefern, in der Hoffnung, daß diese als Erwachsene eines Tages noch härtere stellen können. Man vergißt, wenn man es, als Lehrer wie ich, mit Müttern zu tun hat, daß es sich bei diesen Unwesen um weibliche handelt. Ganz bestimmt ist eine Mutter kein Weib, sondern, wenn das nicht wieder überbietbar sein müßte: ein Übervater.

Noch einmal: die Väter spielen da eine steigernde Rolle. Insofern kann man also wieder vom schwachen Geschlecht reden. Die Art der, um es noch unzweideutiger zu formulieren, Muttermütter ist eine von der dritten . . . Mir begegnete diese dritte. Es handelt sich bei ihrer Sorge um das Glück ihrer Kinder um eine Nivellierung höchsten Grades. Die Wohlbestallung, wie sich die Sprache schon tierisch ausdrückt, ist das Ziel. Züchtung von kleinen Herren. Beamte sind gemeint. Oder Kaufleute. Der armselige Reichtum von Gefühlen bei diesen Moiren ist angsteinjagend. Sie bilden die Störung, horcht man die Wünsche ihrer Kinder ab. Und meldet sich ein großer an, dann spricht so eine auf Band. Von Rückruf kann kein Telephonat sein. Man muß sie lieben, wie sie die steinzeitlichen Äxte ihrer Milde schwingen. Ihre kalten Tränen erhalten uns unser entfremdetes Klima. Amen.

Über das Totum.
In dem Buch mit der Wiederholung trenne ich mich von Nietzsche. Und von Thomas Mann. Der Zusammenhang: Blumenbergs »Arbeit am Mythos«. Aber, frage ich mich, ist nicht schon meine leichtfertige, nachlässige Arbeit am Mythos, also das gerade Spielerische meiner Arbeit, also nicht mehr so Richtungweisende, vor allem aber mein nur beliebiges Aufgreifen (innerhalb eines Spektrums) der Mythen, ihre damit sich ergebende Beliebigkeit (wobei Prometheus vollkommen wegfällt, als Hauptmythos, sagt der Kritiker) – ist das alles nicht schon ein Zeichen dafür, daß das mythische Arbeiten, indem es so beiläufig geschieht, etwas Beiläufiges bekommt, also ein Endstadium? Wobei ich mich mit den Endstadien, den immer wieder geschehenden, auch noch satirisch auseinandersetzen müßte, sollte: so daß ich also über mein Bewußtsein sagen könnte: es habe auch das Mythische nur noch quasi (wie es das Dogmatum schon überhaupt nicht mehr hat).
Wenn mein Bewußtsein aber auch das Mythische so beiläufig behandelt, was bedeutet das? Das auch Nicht-mehr-Ernstnehmen des Noch-nie-Ernstnehmens. Und das heißt: Der Schutz vor dem Absolutismus der Wirklichkeit ist schon längst gefallen (siehe Absperrung). Die Zerstreuung (das heterogene Material als Garantie für Zerstreuung) ist der Zustand unseres Bewußtseins. Es ergibt sich nicht nur ein offenes System, sondern die Offenheit ist zur Tatsache geworden und ebensoviel Heil wie Unheil. (Darüber

hinaus gibt es keinen Satz mehr, der es nicht zu einem Gesetz bringen will.) Darüber hinaus gibt es keinen Satz mehr, der es ... Unsinn!
Mein Urthema: die Auflösung, die Entropie, die Expansion, der zufällige Zerfall oder der Zerfall in die Zufälligkeiten: hier ist es ausgeführt. – Da gibt es zwar noch den Schrei nach dem Totum (aber erst am Ende der Aufklärung [im Tod]). Autolyse (Gegenmünchen).
Also dieses Buch ist in Zusammenfassung der Todesschrei nach dem Totum (aber wo hört man ihn in diesem heiteren Buch? In dem der Tod nicht vorkommt?). Der Todesschrei ist so heiter wie er gewalttätig ist, weil er das Ende sein muß. Ob er so traurig ist wie er der Anfang sein sollte?
Mein ungeheurer Spruch lautet (im Mysterium Trinitatis) in den Carmina: »Zu sein ohne eignen Wunsch aus dir«. Das ist ein Spruch der Geburt. Das ist ein Schrei der Geburt: »Zu sein ohne eignen Wunsch aus dir!« Der eigne Wunsch des Todes aus mir ist die Äquivalenz aus diesem ungeheuren Spruch. Und gerade diese Äquivalenz verabscheue ich. Warum? Unausdenkbar. Ist hier die Wurzel meines Glaubens oder ist es der Wunsch nicht, schon gar nicht der eigene, eben gar nicht der eigene, der mich am Leben hält, weshalb er mich auch nicht in das Gegenteil verführen kann, sondern allein eine Erkenntnis: von der ich gar nichts wissen will, aus Eigenem heraus, weil ich, wie Jan in den »Fensterstürzen«, so gerne zugehört habe.
Und was mir sehr aufstößt, auch brockenweise (nicht etwa stufenweise, was ich in Anbetracht der Selbstvollendung ablehnen will), tut es mir gut: zu erkennen. Oder der Vorgang des Erkennens ist mir wahrscheinlich ungeheuer wichtig, scheint so zu sein.
Wobei ich für meine Falschen in geistigen Augenschein nehmen muß, und hier spreche ich ja wieder von mir: daß sie deshalb in keinen Dogmatismus verfallen wollen, weil sie in der Versöhnung der Widersprüche auch die Enttäuschung miterleben müßten, die nach Blumenberg, und dafür, für diese Erkenntnis bin ich ihm schon dankbar, und damit zu Heiliggeist-Figuren würden (Gnade!). Also mußte ich mich zu Poppes sagen lassen: Auf diesem Ausnahmezustandsplatz findet alles, aber kein Mord, keine Geburt und deshalb nur die Erkenntnis und darum gar keine Enttäuschung statt. Resignation hat uns nicht gezeichnet. Selbstmord ist das

schreckliche Zeichen der Enttäuschung und zum Verwechseln ähnlich in seinem Dogmatismus (in seiner faktischen Versöhnung!) mit dem Heiligen Geist, auf dessen Gnade hin man das »ohne eignen Wunsch« veränderte in das »nur aus eignem Wunsch«.

14. 09. 83 Das Ganze ist das Unwahre, so Adorno. Das Partikulare, du und ich: wir sollten im Falschen nicht besser werden wollen bis gar richtig. Wir lieben das falsche Partikulare an uns im ganzen Unwahren. Ob die Liebe und nicht die Erkenntnis wirklich das Falsche erkennt? Das ist die Frage, die unser Gespräch eröffnet. Am Ende hat das sokratische Wissen als Folge eine Unmoral, in der wir uns ganz schlimm unrichtig versöhnen werden. Was dann? Keine Hoffnung auf Erlösung bestimmt, mein Jesu. Eine Hoffnung, viel mehr: daß wir bleiben. Und so. Und so falsch. Wann hätte aber etwas jemals in den Gehirnen der Denker vom Ganzen, eine falsche Versöhnung legitimiert bis unendlich? Was haben sie angerichtet? Diese metaphischen, die materialischen Philosophen? Oder was richten die Epigonen der Philosophen, die Wissenschaftler an? Sie haben etwas Richtiges angerichtet. So ein Schlamassel. Besonders deshalb ein solches, weil es so sehr stimmt. Daß es insbesondere deshalb nicht stimmt, weil es stimmt, wer glaubt das? Und gerade dieser Glaube wird zur Liebe. Deshalb gibt es sie nicht.

25. 06. 85 Wenn er es auch nicht unterschriebe, ich bin doch einer von Adornos Leuten. Aber nicht so – oder schon gar nicht traurig. Und das macht mich für ihn wieder Heidegger- oder Nietzsche-verdächtig. Ach, Ulrich Sonnemann, hilf mir aus diesem dialektischen Schlamassel. Für die Philos bin ich sowieso nicht wichtig. Nur niemals ein Gottfried möchte ich gewesen sein, ach Ben Hur.

26. Juli 1985, München

Bei Barbara und Peter von Becker. Nichts Besonderes. Ich erzählte Barbara auf ihrem Penta-Balkon von der 23. Sie kam mit den

Zwillingen. Mich berührt allein der Dritte: er muß in einem existentiellen Drama gegen die Zwillinge antreten, viel schlimmer als gegen die Paare: denn diese Zwillinge bestätigen das Schicksal. – Das muß ich recherchieren, das ist in meinem Talion eine Erzählung, ein Drama wert.
Diese Notiz widerspricht auch der Meinung, Barbara habe nur so geredet. Das schlüssige Gespräch ist steril. Das entschlaufte ist fruchtbar. Das ist es. Erfindung schaut nach einer Wirklichkeit kurz zurück.
Also: Das Wirkliche ist schon erfunden. Aber wenn man es geschehen läßt und dann erst zurückschaut: sieht man im Zurück das Neue in ihm.

24. 11. 85 Ja. Die Zwillinge. Bestätigung des Schicksals. Die Zwillingsschwester der Sisi. Oder der Zwilling des Schuler. Oder beide Zwillingspaare. Schicksal. Schicksal. Die Parallelität des Ablaufs. Der Ablauf ist schon parallel.

Dieser Eintrag ist für Freund Jörg: Unter der Sonne Eyguières. So bist Du photographiert worden. So sehe ich Dich, Liebster. Immer weniger mußt Du mich mögen. Ich weiß nicht, wie das in einem Freund ist. Da reagiere ich zu schnell?
Sehr enttäuschend das alles. Ich gebe ja auch nichts her. Als Mann. Als Poet. Nix.

27. Juli 1981, München

Im FB: Erkenntnis: Keiner Erkenntnis Taten folgen zu lassen. Sie würden sich doch nur in das große Simulacrum einfügen und dessen Sinnlosigkeit bestätigen.
In der Rede: Die schlimme Untersuchung des »totalen« Verzichts auf uns.

01. 07. 83 Ich scheine zuviel Baudrillard gelesen zu haben. Im FB sieht das alles ganz anders aus. Lektüre lenkt also oft nur scheinbar. – Ich war nicht abzulenken.
Zum Schreiber, sofern er liest: Die Bücher anderer werden ihm in den Schlund gesteckt. Ein Gesprächspartner ist dagegen immer eine leichte Vorspeise. Des weiteren fehlen mir die Worte. Hamann hilf!

25. 07. 85 Es darf nicht wahr sein. Die erste Notiz an diesem Tag schrieb ich heute, nach etwa zwei Jahren nieder.

28. Juli 1981, München

Sibylle Kaldewey war hier. – Wir sprachen über die Inszenierung, die jeder Schreiber vornimmt, und zwar seines eigenen Lebens. Dann blieben wir sehr lange bei der Strophe: »Er hat keinen Traum mehr für mich übrig.«

01. 07. 83 Ich habe in all den Jahren mit dieser Frau aus Düsseldorf, jetzt aus New York, so gesprochen, als ginge es um alles, weswegen es ja auch falsch ging. Mein Buch und ihre Augen: das war das Dritte, das Glück. Es versprach nichts. Es sprach mit mir.

24. 11. 85 Jesus. Er ist der Choreograph meines Tanzes vor dem Vater. Aber er ist auch der Choreograph seines Tanzes vor uns. Er ist der Choreograph der Liebe. Jeder liebe den andern wie sich selbst; Gott uns wie sich selbst, der Mensch Gott wie sich selbst. Was stimmt uns nicht? Nichts stimmt uns ganz. Ganz großer Abend, als fast alles nicht stimmte und wir immer lustiger wurden in den Kirschen und in den Orangen, die im Nachmittag des Jahres in Umbrien an den Bäumen zahlreicher werden als die Kinder in einem Mond.
Ich weiß ja nicht, warum ich lebe. Wie soll ich dann wissen, warum ich nach Umbrien ziehen muß?

28. Juli 1983, München

»Venus im Pelz« von Sacher-Masoch (ich hatte sie früher schon einmal gelesen). Trotz anschließender Führung (partieller) durch Deleuze war ich wenig beeindruckt. Hängt das damit zusammen, daß mich richtige Krankheiten nicht interessieren? Und zwar deshalb: sie wollen richtig geheilt werden oder noch richtiger: sie sind Voraussetzung einer richtigen Gesundheit. Zitat: »Die Kur war grausam, aber radikal, und die Hauptsache ist: ich bin gesund geworden . . . und lernte arbeiten und Pflichten erfüllen.«
Es muß getötet werden, vernichtet – und es muß Schuld getilgt werden – das spielt eine Rolle, ja: in einer richtigen Welt. So falsch ist sie jedenfalls. Der Frevel, von dem ich im FB spreche und spiele, kennt keine Schuld. Wie hier, so drückt er sich frevelnd aus. Soweit

das FB. Was mich betrifft: keine Ausartungen im Richtigen, sondern Entartung ins Falsche. Schuldgefühle schwinden oder besser, sollen verschwinden, um sie nicht richtig austilgen, nicht gewalttätig löschen zu müssen. – Das dürfte grundsätzlich sein für den Komplex Schuld in meinen Figurationen. Dazu meine Auswege, noch besser Umwege vor jeder Verstrickung im FB.
Der Sprung aus dem Schuldzusammenhang in dieser richtigen, insofern falschen Welt.
Hier wird wieder einmal klar, daß die falsche Welt der Pseudos eine ist, in der man nicht richtig werden will, am Ende gar nicht mehr richtig werden kann, was jedoch schon wieder Ansätze zu einer richtigen Welt ergeben könnte. Sehr schwierig. Aber nur in den Wörtern. Deshalb so lustig. Eben irritierend. Als ich zu meinem Bruder sagte, Jesus komme im FB nur bei Gethsemane vor, war er empört. Er hängt noch an Schuldgefühlen, er will noch Erlösung. Jetzt denke ich auch wieder an das Troja-Spiel: die Schuld wird erhalten – wegen der Arbeit. Dazu Sacher-Masoch: arbeiten und Pflichten erfüllen.
Man könnte mir den Vorwurf machen (auch ich selbst), ich würde in diesem gebrochenen Tagebuch mich selbst interpretieren. Dazu: ich habe sehr lange und unwissend (jedenfalls um die Zusammenhänge, diese erst langsam herstellend) geschrieben. Und ich bin mein erster Leser. Das ist festzuhalten. Wenn ich mein erster Leser sein will, was zwar sehr naiv und so selbstverständlich klingt: leider ist es nicht so, also muß ich als mein erster Interpret auftreten. Man hat mir nie so recht glauben wollen, wenn ich in Gesprächen behauptete: Ich schriebe, und dieses Schreiben sei ein Trip – um zunächst und zuerst mir verschlüsselte Botschaften zukommen zu lassen (auch und zuerst über mich). Wenn ich von verschlüsselten Botschaften spreche, so denke ich selbstverständlich nicht an mich als Verschlüßler. Mehr kann ich dazu nicht sagen: es klänge entweder zu verschlüsselt oder wäre nur unzulänglich.
Noch ein Wort zur Selbstinterpretation. Die Fehlanzeigen bisher in meinem Leben, was die Interpretationen meiner Schriften angeht, müssen mich darauf bringen, nicht sehr viel zu erwarten. Nun wirft man mir aber überall und sehr oft meine Schwierigkeit vor. Warum soll ich mir (und anderen) nicht helfen? Dies in der verwegenen Annahme, meine Arbeiten könnten dergleichen ertragen, ohne ihr Geheimnis (ein schlimmes Wort, ich weiß) preiszugeben. So etwas

fällt mir ein, weil ich mich an ein Wort Guardinis erinnere, der ähnlich, aber freilich mit größerem Recht davon sprach, wie wenig man zögern müsse zu denken in Werken von Dichtern. Ihr (dieser Werke) Geheimnis wüchse immer mehr. Daher also das Wort: Geheimnis. Aber keine Peinlichkeiten mehr. Diese bleiben hier stehen nach dem Motto, das Jörg Drews für mich in dem Gasthof fand, wo wir bei Nitschs 24-Stunden-Fest übernachteten: »Um Peinlichkeit wird gebeten«. Jörg hatte mit einem Taschenmesser manipuliert auf dem Plastikschild.
Mein Unterarm liegt auf einem Taschentuch, damit ich beim Absetzen nicht an der Schreibtischunterlage festklebe. Im Zimmer hat es 40 Grad. Wenn man den Journalisten glauben kann, war gestern der heißeste Tag seit 200 Jahren. Seit Anfang Juli haben wir einen außergewöhnlichen Sommer. Ich sitze am Schreibtisch wie ein Sonnenanbeter auf dem Monte Verita.
Noch ein Wort: mein Desinteresse an Psychoanalyse. Dieser Eintrag gibt Auskunft, nur partiell freilich. – Ist für das FB das Jahrhundert Freuds schon beendet? Sehr eitel. Wahrscheinlich voreilig. Aber trotzdem. Schön wärs. – Poppes und mich interessiert in der Hauptsache, was wir sehen, wenn wir in uns hineinschauen. Ich sagte ihm, ich sähe nur ihn und er antwortete, er sähe nichts. So ist das in der Welt der Falschen – wahrscheinlich noch nicht in der falschen Welt. Warum habe ich dann nicht getitelt: »Das Buch der Falschen«? Eine Frechheit. Ein Fehler. Deshalb. Oder deshalb vielleicht: weil das Falsche Buch ja in der falschen Welt als ein Fremdkörper liegen oder stehen soll. Oder: für die Welt der Richtigen ist dieses falsche Buch geschrieben worden.
Noch ein Wort zu Sacher-Masoch: Derartige Aufführungen finden nicht mehr, können nicht mehr stattfinden, auch im falschen Buch nicht, das doch hoffentlich nicht nur über das 19., sondern auch über das vulgär durchschnittliche 20. Jahrhundert hinaus ist. Krieg. Kalter Krieg. Diese säkulare Pubertät. Das infantile Geschrei von der Freiheit. Auch das infantile Geschrei von der Notwendigkeit. Verstrickung in Schuld, Erlösung in Strafe. Ein Jesus, der in diesen Zeitgeist verstrickt wurde. Freilich von den Besten. Nicht etwa von der Kirche. Aber freilich auch von den Besten in oder an dieser Kirche. – Schlimme Lauheit oder der Heilige Geist in den Lauen. Das ist so schlimm wie neu. Das ist wahrlich unerträglich. Das ist die Provokation. Das ist der höchste Wert: der

Friede. Das muß wie ein Igel den Hasen der Systemtheorie, die in ähnlicher Richtung hin- und zurückläuft, in männlichen und weiblichen Stacheln der tödlichen Ermüdung ausliefern: ohne zu stechen, ohne das Stechen mitzumachen, in breiter, schlimmster stabilitas loci, sowohl am Ende als auch am Anfang einer Rennbahn, die von Igeln nie vorgeschlagen werden.

Ich bin mir schon sehr bewußt, wie schlimm ich mich ausnehme in der Nachbarschaft eines George F. Kennan. Aber sprach der edelste Mann in Athen nicht mit dem dreckigsten Kyniker? Würden sie, was dieser allein getan hat, vor den ernsthaften Philosophen zu zweit tun und aneinander: nämlich masturbieren? Den Göttern und der Wissenschaft verginge das Lachen.

Das vorliegende Tagebuch ist bald abgeschrieben. Gestern kam mir der Gedanke: noch einmal, also mit einer zweiten Schlinge von Anfang an oder beim Anfang dieses Buches zu beginnen mit einer Fortsetzung, die jetzt aber ohne Vergangenheit auskommen muß, weil sie sich als Gegenwart, die schon in der Niederschrift zur Vergangenheit wird, in die Vergangenheit mischt. Diesem Buch entsprechend werde ich willkürlich mischen müssen, gerade weil ich bestimmter vorgehen werde. Oder ist das noch klar?

Das Verletzliche eines Konzepts ist seine Verwegenheit. Seine Entfernung von der Dummheit mißt den Erfolg. Seine Erfolglosigkeit ist die Garantie für seine Qualität. – Ich habe die Adressaten ausgelassen. Es gibt aber kluge Leute. Ich spreche aber von klugen Leuten, die einen Poeten verstehen, der immer dumm genug ist, nicht für dumme Leute zu schreiben, und nicht von klugen Leuten, die für kluge Leute schreiben. Einen schönen Gruß an Leute wie Hans Blumenberg. Also dieser kann sehr wenig dafür. Er ist nicht nur ein Wissenschaftler, sondern er schreibt auch noch über diese. Ich spreche hier nicht (oder augenblicklich schon) von klugen Leuten, die einen Wissenschaftler verstehen, der immer dumm genug ist, für nicht dumme Leute etwas zu erfinden.

Heimeran Phywa, da hörst du es, du Überblicker. Niemand ist in Wahrheit so klug wie einer, der alles überblickt. Die Entwicklungsbasis der größten Dummheit. Jetzt – wer kann mir das verdenken – möchte ich am Ende dieses heißesten Julis in zweihundert Jahren ein Weihnachtslied hören. Etwa »Leise rieselt der Schnee« oder um beim Thema zu bleiben: »Tauet nieder den Gerechten«. Nieder. Nicht den Sohn. Nicht nur den Sohn. Ich möchte schon bitten.

Furcht? Gottesfurcht? Nein. Die Liebe verbalisiert sich. Das Wort ist Fleisch geworden. Die Dreieinigkeit oder -faltigkeit ist das höchste Versteck. Ich schlage den Vater an im heiligen Geist an der nächsten Hausmauer in der Elisabethstraße, wo dieses Versteckspiel angefangen haben könnte. Gefunden! Im nächsten Spiel muß er den Esel machen – um hier noch einmal den Abzählvers umzudrehen – und suchen. Von so einem Esel will jeder gefunden werden. Dann ist es aus. Eigentlich schade. Oder nicht?
Dieser von Anfang an verdorbene Spaß unserer Geschichte könnte noch immer der schlimmste werden, wenn der erniedrigte Vater – einen Gruß an Claudel – unter Mitwirkung der evolutionären Erkenntnistheoretiker, angeführt vom Sachbuchautor Ditfurth, einige Milliarden Jahre lang bei abnehmender Unvollkommenheit – übrigens auch des Vaters – versucht, den vollkommenen Gott der Philosophen doch noch zu finden.

28. Juli 1985, München

Wir waren in der Balanstraße 19 bei Susanne Berner, die den Plan der Münchener Freiheit für das FB zeichnete. Die Wörter schneiden eine wohltuende Klarheit aus dieser Welt heraus. Armin Abmeier, Christoph Buchwald, Bettina Blumenberg und Felicitas Feilhauer, sehr blaß, sehr zurückhaltend, sehr jung. Ich habe Ihr so viel zu verdanken.
Mit Michael Langer habe ich von 9-16 Uhr gearbeitet. Aufnahmen am Marienplatz, Kaufingerstraße, Michaelskirche, Feldherrnhalle – alles ganz außerordentlich gut. Mit Michael ist diese Zusammenarbeit sehr gut. Die Frau bin ich los. Soll ich hier niederschreiben, wie wenig sie mir gefallen hat? Wenn mir die Arbeit (freilich in meinem Sinne) ganz und gar gefiele, könnte die Frau (Inge als Ausnahme) ganz und gar entfallen.
Übrigens habe ich bei Susanne einige Produktionen von Eisendle & Eisendle & Eisendle gesehen, also seine O(riginal)-Bücher. Ja, was soll ich sagen? Seine Bilder: aufwärtsgerichteter Dilettantismus. Dichte Dichter, filme nicht! Dichte Dichter, zeichne nicht! So wäre Goethes Spruch weiter zu vervielfältigen.

11. 06. 86 Ja. Gut. Übertreibungen tun mir weh. Wem sonst? Keinem.

29. Juli 1985, München

Inges 41. Geburtstag. Nächstes Jahr feiern wir ihn hoffentlich schon in Passignano. Dann soll dieses Buch schon bei Michael Krüger liegen. Seit vier Wochen.
Wir sprachen über die Ungeduld und darüber, daß Michel sich um dieses Buch kümmern sollte. Auch über den Plan, Helmut Heißenbüttel Ende August zu besuchen und ihn um Rat zu fragen (siehe Leiris). Mein erneuter Entschluß vor Inge, auch die alkoholischen Texte aufzunehmen, um endlich einmal die Pose ›nichts zu streichen‹ hier in diesem Buch zu demonstrieren. Auch weil sonstige Bekenntnisse hier nicht Platz finden. Auch eine Erinnerung an Lowry. Eine solche Methode als Erinnerung an ihn. Im Gespräch saßen wir in dieser schwülen Sommernacht schon in Le Pierle. Es war ja auch ein Abschied zu feiern – klingt komisch. Weil Inge morgen für einige Tage ins Krankenhaus geht.
Das ist die Schleife (voraussichtlich) für Metropolis:

Turm (also zu Anfang und als Ende)

beim erstenmal: Aufstieg Lösung und neue Verwirrung

beim letztenmal: Ausbruch

30. Juli 1981, München

Vormittag: Ziemlich verkrampft, kopflastig, aber dann doch sehr dumpf. Ich lese Ruyer »Utopisten«. Blätterte in Gisela Dischners Tagebuch. Aufregendes Geschwätz. Sehr gut. Kann ich nicht. Siehe diese Zeilen. Bin sehr verbeult. Vertrackt. Marschiere in mir herum und heraus. Gräßlich.

30. Juli 1985, München

Gisela zuzuhören war immer gut. Ich habe sehr viel gelernt von ihr. Sie ist dem, was ich falsch nenne, näher als ich. Sie nennt es ›romantisch‹. Ihr zuliebe würde ich es auch so nennen, wüßte ich, was sie nicht wissen kann.
Ich sprach am Telephon mit Herburger. Ergebnis wie in all den vergangenen Jahren dasselbe. Er hat nichts Neues. Er macht Gedichte. Soll er machen. Er ist ein liebenswerter, der liebenswerte Poet, den ich nicht verstehe.

31. Juli 1981, München

Traf gestern Julia und Helmut Eisendle im ›Türkenhof‹. Hufnagel und Herburger kamen dazu. Besoffene Schreiber unter sich. – Mit Inge fuhr ich dann zu Ursula und Werner Haas. Die Kunsthistorikerin Chris von Lengerke mußte sich mein Gelalle anhören. – Heute wanderte ich den ganzen Tag durch Schwabing.

01. 07. 83 Keine solche Irrfahrt kann ich bereuen. Immerhin, ich bewegte mich. Lustvoll. Sonst sowieso nicht. Das war keine Arbeit wie ebensowenig eine Reise auf dem Papier.

22. 05. 85 Ja, das ist unvergeßlich. Diese Freiheit Nr. ? Ich sprach mit dem Taxi-Mann. Ich erzählte von München. Ich war im Flug. Ich bin geflogen. Wenn mich die Schuhe drückten, so war das ein Irrtum.

31. Juli 1985, München

Heute um 8 Uhr ist Inge operiert worden. Ich warte jetzt auf Volker Hoffmann, den Freund. Ich werde mit ihm von dieser ruhenden Schleife reden. – Nachmittags gehts dann in die Metropolis. MBB nicht vergessen. Waffenindustrie. Flugplätze, aber der Militärs. Fürstenried.

Gespräch mit Volker: Die poetische Kosmogonie der ruhenden Schleife (jetzt biographisch, also nackter). – Er sprach vom Teufelspakt (seine Novellen-Vorlesungen): Stammfamilie – Übergangszeit – Vermehrungsfamilie. In der Übergangszeit: frei, verführbar – Höhenflüge – ein großer Verführer wird eingeführt (Teufel, vielnamig): es handelt sich aber um Selbstverführung. – Sehr interessant für mich: »Der Schimmelreiter«. Der Damm. Er selbst = Christus. Die Gewalt, Meer: Vater. Beide Gegner. Vater böse. Volker zog eine Verbindung zu meinem BT. Gott soll auch Mensch werden. Das sei die nächste Stufe in diesem literarischen Plan. – Wir sprachen über den haltlosen Heine, den Verräter, den nicht zu engagierenden: also den Verteidiger der Poesie. Das Mißverständnis Heine. Man sieht den linken, anarchistischen Dichter. Das ist natürlich Unsinn. Volker wies auf die Arbeit »Börne. Eine Denk-

schrift« hin. Sie bringe die genaue Verteidigung der ungenauen Poesie. Auch »Atta Troll« erwähnte er. Zum Materialienband ein Hinweis Volkers für Lutz Hagestedt: keine unkritische Übernahme von Bildern Münchens. Vielleicht das Mondhaus, vielleicht eingebaut auf dem Platz (Werner Haas?). Also Vorsicht: das wirkliche München ist nicht meine Bühne.
Ich habe bis jetzt um 15.15 Uhr noch nichts von Inge gehört.
Abends kommt Michael, aber wir können keine Aufnahmen machen: zu starker Wind. – Palaver: Er spricht von seiner Magisterarbeit über das FB. Temporale Linearität. Keine Rückblenden. – Geschriebene Stadt. Selbstbezüglichkeit, also geschlossen. Das widerspräche meinen offenen Systemen. Der Widerspruch ist aber nur scheinbar. Zu Volker sagte ich am Vormittag: Die Poesie, die an die Wirklichkeit angebaut ist (oder diese überwuchert!), erscheint in einer veränderten, umbesetzten Welt. Indem diese mit der Wirklichkeit gleichzeitig gesehen wird: glüht die wirkliche Welt, wird diese licht, durchsichtig – auch die Poesie glüht in dieser Nachbarschaft: gegenseitige Erleuchtung.

27. 05. 86 Franz Josef Strauß: »Mein genialer Freund Bölkow sagt, das mit der Radioaktivität ist nicht so schlimm.« Freilich, dem Unsinn nach zitiert.

1. August 1978, Ferney-Voltaire

Traum: Ich traf zwei Männer. Wir stellten uns vor. Da verlangte der eine von ihnen, indem er sich auszog, daß der andere und ich uns auch ausziehen sollten, um uns ganz zu erkennen. Wir wurden von einer tobenden Menge angefallen. – Diesem Traum ging ein anderer voraus: ein Drama von Voltaire. Die Traumabfolge erschien mir sehr logisch. Beide Träume hatte ich in einem Hotelzimmer, von dessen Fenster aus man in den Park des Voltaire-Schlosses blicken konnte. – Wir zwei haben den Patriarchen gesehen, wie er aus seinem Garten zu uns herüber grinste.

1. August 1983, München

Was mir auffällt: Die Zuweisung von Beliebigkeit unternimmt kein Sternenhimmel im FB, sondern ein Vertreter der Wissenschaft: der Systemtheoretiker Luhmann. Kein Wunder: weder für den Autor, den Bewohner einer hellen Stadt, noch für die Pseudos in seinem FB gibt es den nächtlichen Himmel. Für diese (und damit auch für den Autor) nur sehr obszöne Sternbilder – durchaus anthropomorphe.
Zur Gleichzeitigkeit: deshalb Monumentalität. Totalität allerdings bleibt als Rechnung, an deren Unlösbarkeit gelitten wird. Allerdings kynisch.
Nietzsche in »Über das Pathos der Wahrheit«: ». . . und die klugen Tiere (die Menschen) mußten sterben. Es war auch an der Zeit: denn obwohl sie schon viel erkannt zu haben sich brüsteten, waren sie doch zuletzt, zu großer Verdrossenheit, dahinter gekommen, daß sie alles falsch erkannt hatten!« Blumenberg zitiert diese Fabel. Er schreibt: »Nietzsche versteht diesen Mythos als Anmahnung eines Verzichts, des Verzichtes auf Wahrheit . . .« Meine Kyniker verzichten nicht auf die Wahrheit. Sie erwarten aber die Falsierung. Diese bringt sie nicht zur Resignation. Sie fühlen sich hundewohl im Falschen. Verzicht auf Wahrheit wäre Reinfall, absoluter: ins Falsche, oder eben ins Richtige. Warum zapple ich so? Im Augenblick deshalb, um mich von Nietzsches Falschem zu distanzieren. Weder habe ich – selbstverständlich – mit dem ›Übermenschen‹ noch mit der Wiederkehr des Gleichen zu tun. Aber das steht schon

im FB. Das bringt mich darauf, immer noch einmal, jetzt nur noch als Leser, mich mit der Verwandlung Rummelpuffs zu beschäftigen. Das dürfte die letzte und eigentliche Distanzierung zu Nietzsche im FB sein. Hier ist Rummelpuff schon ein schlimmer Falscher. Und: wie er durchfällt in sämtlichen Klassen dieser Gesellschaft. Hier tut er es stellvertretend für uns.
Soll ich mir, kann ich mir die barocken Bühnenbilder bei meinen Simulations-Figurationen vorwerfen? Wir befinden uns in Bayern. Deshalb. Das ist naheliegend und eine falsche Attraktion mehr.
Beneidenswert: diese überwissenschaftliche, außerliterarische Position des Überblickers Hans Blumenberg. So empfindet der einzige Richtige, der auf dem Platz bleiben muß. Auch deshalb.
Wie der Text insgesamt immer wieder, so die Figurationen im FB: alles gerät in die Untiefen des Trivialen, besonders schlimm, wenn sich das Verhalten der Pseudos mit Disco-Attitüden mischt. Kynische Bewegungen.
Das war ja in allen Jahren vor der direkten Arbeit am FB das Vorhaben: Strenge Komposition von schlimmsten Inkohärenzen.
Und noch einmal: woran mache ich unsere Unbeliebigkeit fest? Ich weiß es wirklich nicht. Schon die Aktionen, in denen sich mit Unbeliebigkeit kostümiert wird, entbehren den erhabenen Ernst.
Poesie: nicht zugelassen im systemimmanenten Diskurs der Menschen, sondern daneben, im Daneben, aber – wie sich von selbst versteht – nicht das Reden und Tun der Menschen übersteigend, übertreffend, dieses oder jenes nur mit der Intensität der Dummheit; kein Ersatz für Extraordinäres, Erhabenes, Religiöses etc. Das sieht bei mir oft nur so aus. Das ergibt sich aus der Position: daneben. Das ist wörtlich zu nehmen und so zu sehen. Der Stoff wird den thematischen Zentren geliefert. Er entartet im nachbarlichen Abseits, das seinerseits dem zentralen Diskurs die Entartung liefert. – Es ist mir schon bewußt, wie ich mich hier an der Grundfiguration meines FB versündige. Das Daneben liegt im FB im Zentrum. Poesie. Einen Jux will sie sich machen. Es bleibt ihr ja gar nichts anderes übrig. Auch der dumme August besetzt in den Pausen die Arena des Zirkus. Die Kinder spielen, wenn die Eltern aus dem Haus sind, im Wohnzimmer erwachsene Welt. Oder das von Mäusen.
Ich frage mich wieder einmal, warum ich hier belehre? Warum überhaupt, weil ich vermuten muß, es in der Hauptsache mit

gescheiten Leuten zu tun zu bekommen? Was verstehen diese aber von Dummheit? Nichts. Und das macht sie auch so gescheit.
In den vergangenen Tagen zeigte sich das wieder: absolute Unfähigkeit zur Sorglosigkeit eines Weisen. Mit Jörg Drews und Herbert Wiesner volltrunken beim Sommerfest des Instituts für Zeitgeschichte. Am nächsten Morgen Gespräch mit Volker Hoffmann, dem Langmütigen. Ich sprach wahrscheinlich von meinen Ängsten, ohne sie augenblicklich zu spüren. Nachwirkender Alkohol. Dann mit Jörg, Peter von Becker, Barbara und Inge im Garten des »Fallmerayer Hof«. In diesem kurzen Zeitraum war ich also mit vier Männern zusammen, die in den nächsten Tagen das FB zu lesen beginnen. Volker etwas später. Immerhin. Was soll man dazu sagen? – Ich habe wenig von mir gegeben. Dumpfe Anwesenheit.
In wenigen Stunden kommt Isolde Ohlbaum, um mich wieder zu photographieren. Vor Wochen war ich zu verkrampft. Ach, Krampf laß nach. – Isolde möge mir das verzeihen. Nicht sie, nicht ihre Arbeit ist gemeint. Aber das Ärgernis der Repräsentation: Obwohl: so ein wichtiger Gegenstand bin ich nun auch wieder nicht, möchte ich ungern glauben.
Zur soeben wieder einmal vorgebrachten Selbstlokalisierung der Poesie: Gottfried Heinemann schreibt in seinem Aufsatz »Das Gesetz und die Türhüter«: »Aber an der Flüchtigkeit und individuellen Vielfalt dieser privatisierenden Individuen nimmt der wissenschaftliche Gedanke keinen Teil. Er tritt ihnen gegenüber und fordert Anerkennung. In seinen internen Bestimmungen, nur den Gesetzen der Logik unterworfen, das Denken der Subjekte ihnen unterwerfend, ist er eine ›dritte Welt‹ neben dem Denken und seinen sinnlichen Gegenständen entrückt; er hockt neben der Zeit . . .«
Hier muß ich also wiederholen: Poesie nicht zugelassen am systemimmanenten Diskurs der Menschen, sondern daneben . . . Hier wiederholt sich die Bilddrehung der Lokalisierung. Poesie besetzt das Dritte, den Platz des wissenschaftlichen Gedankens, eben sein Abseits, so wie meine Pseudos den Platz Freiheit besetzen, der erst nach dieser Besetzung so genannt werden kann (was ich nie im FB berede), aber als Abseits jetzt im Zentrum liegt: oder deswegen.
Jetzt geht nach beinahe vier Wochen Hitze ein Gewitter über München nieder.

1. August 1985, München

Lektüre: »Ludwig Börne. Eine Denkschrift«. Heine: ». . . alle Menschen sind entweder Juden oder Hellenen.« Dazu der Herausgeber Klaus Briegleb: »Die kritische und polemische Analyse des Spiritualismus durchzieht nicht nur die ›Denkschrift‹, sondern Heines Schriften überhaupt. – In der politischen und soziologischen Auseinandersetzung zwischen Heine und Börne um den Sinn der revolutionären Entwicklung in Europa kann man den Unterschied auch auf den Gegensatz von Spiritualismus und Materialismus zurückführen, und Heine hier wiederum eine Mittelstellung zuweisen . . . Dieses ›wiederum‹ beziehe ich dann auch auf den Gegensatz von Juden und Hellenen.« Einige andere Passagen, die mich aufmerken ließen: »Besonders ärgert mich an ihm (Heine) seine Sucht, immer Lachen zu erregen. Lachen ist eine der untersten Seelenbewegungen, und ein Mann von Geist sollte auf höhere Wirkung ausgehen«, schreibt Börne. – Das erinnert mich an ein Fest des Konkursbuch Verlages in Tübingen. Als Inge, Jelena Kristl und Axel Matthes schon im Auto saßen, verabschiedete mich Bergfleth mit den Worten: »Was ich nicht begreifen kann: wie ist es möglich, daß ein Poet soviel lacht?«
Börne: »Wer auf dem schwankenden Seil der Lüge tanzt, braucht die Balancestange der Überlegung.« – Kein Kommentar eines Falschen.
Börne meint, Meinungen seien frei, aber Gesinnungen müsse man richten. Er schreibt auch in den Pariser Briefen gegen Goethe: ». . . beseitigt das, und eine ganze Welt wird offenbar.« Faschistische Säuberung. Dazu ein Falscher: nichts wird beseitigt, nichts korrigiert: alles bleibt. Falsche besetzen es nur nicht. Gestern erklärte ich Michael Langer, weil er wie im Frühjahr Franz Mon, Form und Inhalt ablehnte: Für einen Falschen kann, ja soll jeder Gegensatz, so auch dieser, bleiben. Ein Falscher etabliert sich nicht im Inhalt und nicht in der Form. Aus dem Inhalt schwingt er sich in die Form und aus der Form in den Inhalt (Oscillum). Mobilität.
Wieder stoße ich auf Gutzkow »Wally, die Zweiflerin«. Wer hat mir die Lektüre empfohlen? War das vor ein paar Tagen in Wien?
Börnes Ideal ist Jean Paul. – Übrigens: ein Ludwig Börne-Porträt, ein Stahlstich nach dem Oppenheim-Gemälde, hängt in unserem winzigen Flur, verstaubt und vergessen. Soeben erinnerte

ich mich daran. Eine ungelesene Jean Paul-Ausgabe steht im Regal.
Lutz und Werner Fritsch zu Besuch. Werner liest stark reduzierte Gedichte. Dabei fällt mir eines auf, das ich ein ›oberpfälzisches Orakel‹ nenne. Ich denke da an seinen Knecht Wenzel, von dem ich ein Bild und einen Text in meinem Zimmer hängen habe (ein Geschenk von Werner). Ich lese spät noch das Sisi-Schuler-Duett. War damit nicht sehr erfolgreich.

06. 12. 85 Das bin ich bis heute nicht. Gebrauchslyrik von Wühr. Wieder die Tarnkappe. Als hoher Lyriker erkennbar. Als Diskussionsteilnehmer – das wird zu eitel.

2. August 1978, Eyguières

Lektüre der Tagebücher von Anaïs Nin. – Der Mond verschwindet, also wahrscheinlich die Rede, nachdem sie auf den Platz getragen wurde (als Vollmond – das muß ich noch schreiben); sie wird zur Sichel (das ist schon geschrieben). – Jetzt das neue Gedicht: wie der Mond verschwindet, wie der Mai verschwindet, wie die Rede verschwindet, wie der Redner verschwindet, desertiert. Die Wahrheit der Wiederkehr mit Clausewitz, Mao. – Soeben hat sich Alice im Wonderland vorgestellt, die Tochter Michels.
Die Fahrt hierher war recht dramatisch. Zunächst in Genf, Voltaires Theater, die Füssli-Ausstellung, ein Sonnenplatz am Bahndamm auf den Spuren von Rousseau, dann Les Charmettes. Eine Autopanne schließlich, sodaß wir in Grenoble einen Citroën leihen mußten.
Heute nachmittag in Salon im Museum bei Napoleon, beim Regenbaum auf dem Marktplatz. Später unbegreifliche Erregungen und Streit.
Der Tabernakel in der Rede muß also den Mond ausstellen. Die Hostie der Kinder, die desertierten. Zwei Mai-Gedichte fehlen noch. Zitate: Hegel:

> Der schöne Mai ist wieder da
> vergeht nicht schläft der Traum
> ist keiner
>
> die Gurgel zugedrückt
> die Luft geht aus und eine
> Hand
>
> ist keine mehr der schöne Mai
> ist wieder da und wieder
> fort
>
> wer jetzt nicht fort ist . . .

So nicht. Oder so und dann ganz anders –
Weitere Lektüre im Boucher-Garten: Pierre Klossowski »Die Gesetze der Gastfreundschaft«. Er tastet sich zurück in die zwei

extremen Möglichkeiten der Lust am Besitz im frühen Katholizismus: Besitz wird ausgeliehen, verpachtet. Intimster Genuß des Besitzes (aristokratisch). – Auf den Besitz wird absolut verzichtet (asketisch). – Sowohl der Besitz in Abwesenheit als auch die eigene Größe im Verzicht werden genossen. Das hat weder mit dem Tauschhandel noch mit dem Kapitalismus was zu tun. Tauschhandel = primitiv. Geld/Arbeit = bourgeois.

26. 04. 83 Die Lust meiner Pseudos im FB ist weder aristokratisch-feudalistisch noch mönchisch-asketisch – weder primitiv noch bourgeois. Sie stellen dar: Lust an der Darstellung: komödiantisch. Keinem Stand zugehörig; Bettelrock, Gaukler, Scholaren sind ihre Vorfahren. Primitive Asketen. Insofern.

04. 07. 85 Ich bin stolz auf diese exakte Differenz. Stolz auch auf die Eintragung.

3. August 1983, München

Immer wieder – insbesondere während eines Besuches in der Packenreiterstraße in Obermenzing bei den Faists – also auch: während einer Heimkehr an den Ort meiner Erziehung durch meinen Lehrer Fritz Stippel: Annäherung an das Evangelium. Aber sogleich auch Ausschlag:
»Du sollst Deinem Bruder sieben mal siebzigmal verzeihen.« Auch Verzeihung, diese vielleicht in der rücksichtslosesten Art einer Geste, ist herrschaftlich. Sie schenkt keineswegs Freiheit. Sie nimmt sie. Sie bestätigt die Schuld des Bruders. Also ist sie ein juridischer Akt.
Zu Schuld: wenn es sie gibt, schlecht. Schlechter: sie zu bestätigen. In der privaten Kommunikation ist dies Paradigma des Guten Handelns: ein Übel. Dieses üble Handeln kann allenfalls einen, aber auch nur gesellschaftlich bestimmten Sinn haben im Staat: und bleibt als derart guter: ein Übel. Aber hier auch eine Anmerkung für mich: Es ist der Poesie nicht alltäglich: ihre schlimmsten Gedanken, treten dieselben über in real gedachte Zusammenhänge, mit derart vernünftigen Einschränkungen zu entlasten.
Harald Wieser spricht in der Festschrift für Sonnemann von der Bebilderung der Begriffe und der begrifflichen Darstellung von Bildern: das wäre Versöhnung von Bild und Begriff. Ich zögere, dem zuzustimmen, obwohl meine Figurationen wahrscheinlich und in etwa das einlösen. Schlimm für mich, der ich von Brecht nie etwas halten wollte und von Kafka nur ungern soviel halte wie ich muß: nämlich alles.
Heute morgen vergnügter Ausflug in die italienische Geschichte. Aber schon bald, nämlich in der Landschaft der Spätrenaissance: schmerzliche Verstrickung. Mein armer falscher Kopf wackelte bedenklich in der Gesellschaft von Gelehrten wie Vallo, Mirandola, Ficino, und ganz unnatürlich: als ich auf Cusanus und Erasmus stieß. Freilich, zugeben kann ich, wie unangenehm mir als urlaubender Lehrer der Überblick über sämtliche erhebliche (aber mich doch erhebenden) Schwächen der Evangelisten, der Ireniker des 14. Jahrhunderts wurde. Wahrscheinlich handelt es sich doch aber in der Hauptsache um ganz intime Empfindlichkeiten des Lesers, dem ungern wahrgesagt wird, was er unwillig wahrnehmen soll: wie Größen eines vergangenen Jahrhunderts einge-

ordnet, bemessen und abgeurteilt werden von – in der Abbreviatur sowieso geübten kalten Objektivität insbesondere bestimmter Historiker.

Das ist ein Beispiel mehr dafür, wie wenig ich, von meiner Entwicklung her gesehen (einer unglaublich diffusen) geeignet bin: mit meinem falschen Werk souveräner Verteidiger und Garant aller kauzigen Individuen zu werden, die in ihrem jeweiligen Zeitgeist ganz und gar außerordentlich waren (es handelt sich da nicht um die genannten Namen). Es ist mir aber trotzdem und schon sehr bewußt, daß in einem Zeitalter, das allen Subjekten insgesamt die Spitze abbricht und von Gleichförmigkeit strotzt in einem tödlichen Simulacrum: der private Wahnsinn eine große Chance hat, sich mit phantasmatischen Durchbrüchen zu befreien. Und wenn es wahr ist, daß wir in einer Geschichte a posteriori oder eben in keiner leben, dann muß in dieser Umkehrung der Geschichte auch die Umkehrung gelten, daß die privaten und nicht die hier nur scheinbar öffentlichen Wahnideen noch Wirkkraft haben. Freud müßte heute revidieren. Freilich nehme ich mir in diesem Zusammenhang nicht heraus, isoliert zu sein, nämlich von meinen Schwestern und Brüdern in ihrem partikulären Wahn. Und freilich, wäre dem so, wie ich hoffe, könnte man bald wieder und vielleicht erst wirklich dann von Geschichte reden.

In dieser Perspektive sollte man mein FB sehen. Es ist das Beispiel eines Unternehmens der schlimmsten Mängel: vor allem dem der Ferne zur Welt der Wissenschaft und der Arbeitswelt, wie sie einem kleinbürgerlichen Individuum zugestanden werden muß. Dem möge man, wie man es versteht, zur Generalisierung verhelfen: womit ich nicht Komprehensivisten zur Arbeit auffordere, sondern Poeten. Wenn möglich, aber das ist bei den falschen Begabungen meistens sowieso der Fall: parabolischen, aber und jedenfalls in ihren Erfahrungen anders betroffenen.

Das deutet schon an, was ich in diesem Zusammenhang meine: eine Zusammenarbeit nämlich, der jeder Teamgeist abgeht. Und das dürfte, so sehe ich das auch heute, nichts mehr zu tun haben mit den stimmigen Geistern der Renaissance. Es handelt sich ja nicht mehr um die Repräsentation eines Zeitalters, um eine also mehr oder weniger gutgestimmt bis geniale, sondern um existentielle Wiederbelebungsversuche eines solchen.

17. 08. 83 Mario Praz über D'Annunzio: »Sein Humor ist pedantisch, ans Wort gebunden, von der Art Rabelais', er geht niemals von der inneren Ordnung – des Satzgefüges – aus wie bei Voltaire. Das zeigt sich etwa bei der Schilderung der Schuljahre in den Faville del Maglio, wo die akademisch gekünstelte Sprache komisch wirken soll: es ist das primitivste Komödienmittel, ein rein sprachliches . . . D'Annunzios Kraft, auf der im übrigen auch seine Inspiration beruht, ist nichts anderes als die Verleiblichung des Gedankens, die Gabe, jedem Gedanken einen Teil Blut beizumischen, die Gabe des Wortes . . .« Also, da muß ich ja bemerken: negativ ist ein rein sprachliches Mittel und . . . die Gabe des Wortes ist aber, oder wie soll ich das anders verstehen: Blut, immerhin ein Teil davon.

Wo also ist der Humor wirklich? Man muß schon Humor besitzen, um diese Passage von Praz nicht zu belächeln. Denn Rabelais besitzt nach ihm doch Humor. Also bitte. Einen pedantischen allerdings – um diesen Humor pedantisch zu zensieren, wie es Praz unternimmt. Hier stimmt etwas nicht oder besser nichts. Und deshalb: Praz geht von einer Voraussetzung aus, die er nur ganz unklar andeutet mit ›innerer Ordnung des Satzgefüges‹ und mit Voltairscher Schreibe. Ich könnte Praz ja verstehen, wenn er eine Verballhornung oder Entstellung des Wortes (bis zum Kalauer) einer inneren Unruhe des Satzgefüges vorzöge. Aber diese würden von ihm im Fach Humor wahrscheinlich eine noch schlechtere Zensur bekommen.

Es wird das Allgemeinmenschliche sein, irgendetwas in oder an diesem Begriff, was ihm vorschwebt. Dies sieht er verletzt oder nicht erfüllt von Poeten, die es mit der Sprache zu tun haben (wie lustig). Sie sollten es mit dem Leben, am liebsten mit dem wahren zu tun haben (noch lustiger).

So oder anders: ich notiere dies nur, weil ich am 3. August einen Gedanken von Harald Wieser notierte. Es fiel mir, wie nachzulesen ist, nicht leicht, ihm zuzustimmen.

D'Annunzio kann ich nicht lieben, weil ich nie eine

Zeile von ihm gelesen habe. Aber Rabelais liebe ich. Und die Wörter und die Sätze und also die Sprache.

Vom Wirken Gottes in unserer Realität kann man nach Cusanus auch nur negativ reden. Warum sollte man dann nicht von dieser Realität nur negativ reden? Eine Unwirklichkeit ist sie nicht. Etwa so? – Und vom Menschen? Ein Unmensch ist er nicht. – Und von Gott? Ein Ungott ist er nicht. – Und vom Gottmenschen? Er ist kein menschlicher Ungott oder er ist kein göttlicher Unmensch. – Oder er ist kein menschlicher Gott.
Mit diesen Negationen bekomme ich keinen menschlichen Menschen. Die negative Theologie taugt dazu nicht.
Von Gott kann man nur negativ reden, nach Cusanus. Wie rede ich aber negativ von seiner Schöpfung? Ein Nichts ist sie nicht. – Oder vom Menschen? Ein Unmensch ist er nicht. – Und jetzt doch von Gott? Ein Ungott ist er nicht. – Aber bitte von Jesus? Ein menschlicher Ungott ist er nicht, schon gar kein göttlicher Unmensch, vor allem kein unmenschlicher Gott. Aber, ob er ein ungöttlicher Mensch ist, wage ich nicht zu fragen in dieser negativen Theologie, liebster Cusanus.

16. 05. 85 Daß wir unser Leben wachen und schlafen, wer hält sich das täglich vor die Stirn? Im Traum sollten wir uns ohne Auswahl der Zuhörer die Erfahrungen berichten, und im Tag sollten wir uns die Träume erzählen. Wir haben so viel zu tun, daß wir selten an unsere Vorhaben denken können, möchte man meinen. Aber es träumen so wenige, und noch weniger leben.

15. 08. 85 Deine Poesie ist eine nicht enden wollende negative Theologie, sagte dieser Bruder Hermann heute zu mir.

25. 06. 85 Theologische Negation, würde ich sagen. Diesen Dreh begreift er noch nicht, bis er es zu spüren bekommt, daß wir mit Gott ohne Gott auskommen. Ich denke, diesen letzten Satz verstünden die Niederländer, die Johannes Paul II. so gut schlimm empfingen.

Zum Erzähler-Denkspiel: Der Autor beschränkt die Freiheit seiner Figuren absolut. Das ist unerträglich. Das ist infam. Das Falsche Buch.

Die Poesie kann den Autor nicht entbehren. Wer lacht da oben? Der Poet will nicht ausgelacht werden. Schon gar nicht von einem, der es wissen muß. Poeten glauben nicht oder nur ungern an Gott. Oder soll ich von Schriftstellern reden, die es doch besser wissen müßten?

06. 12. 85 In aller geziemender Winterlichkeit: Der Autor nimmt kein außerjahreszeitliches, alias poetisches Wort zurück. Er denkt nach. Als Denker schaut er (für Heutige ›visioniert‹ er). Als Poet sagt er nicht, was er gerne gesehen hat oder früher hätte, wenn es nicht zu spät gewesen wäre.

Diese Schlinge ist nichts anderes als das eigene Gespräch . . . aber wer es sprechen kann, der höre.

4. August 1978, Eyguières

Gestern abend waren wir in Fontaine de Vaucluse (Petrarca). Öder Tourismus. Heute in Avignon. Führung durch die Gärten des Papstpalastes. Im Musée Calvet zwei schöne Breughel (Hochzeitszug und Kirmes). Viele Vernets. Nachlesen. Stelen der steinzeitlichen Totengöttin (ohne Münder). Danach eine schöne Fahrt durch die Alpilles an Glanum vorbei.
Bei Bataille über Potlatsch gelesen. Ich sollte eine andere Möglichkeit für Genuß ausdenken oder ist das Reservoir erschöpft?

06. 12. 85 Was für ein früher Text?

4. August 1984, Passignano

Das kann ich alles nur so aufzählen: Die Hannibal-Biographie von Bradford gelesen. Wir werden neben dem Schlachtfeld leben. Dann las ich römische Geschichte. Il tempo fa matto, sagen die Leute am See. Fahrt nach Cortona. Dort sind die Toskaner: laut, rassig, gefährlich. Wir sahen die Ruine von ›Le Pierle‹, nach der unser Haus genannt ist, eine imponierende Burg muß das gewesen sein. Morgens schwimmen wir im Lago. Ich habe viel getrunken. Mondsüchteleien. Nachtsitzungen auf dem Balkon. Übermüdungserscheinungen. Im Haus klappt nichts. Beim Notar die Urkunde abgeholt und bezahlt. Die ›Residenza‹ haben wir immer noch nicht. In Gubbio haben wir die Erdbebenschäden inspiziert. Inge bekam zum Geburtstag Gartengeräte. Wagner, der deutsche Aussteiger taucht immer wieder auf, prüft, schlägt vor, berät. Ein unerträglicher Mensch. Ich werde nicht ruhen, bis er keinen Schritt mehr in ›Le Pierle‹ tun darf. Ruinierte meinen Kopf bei der Begradigung des verbliebenen Haarwuchses. Umbertide: eine häßliche Stadt. Wir trafen zufällig die Wachters auf der Isola Polvese. Wir haben sie in La Mita besucht. Hinfahrt über Castel Rigone und zurück über Mercatale. Ihre Geschichte mit dem Padrone, der ›aus Versehen‹ den Wald roden ließ. Bei uns gibt es eine Marchesa mit Schloß auf dem Hannibal-Schlachtfeld. Ihre Ländereien sollen zehnmal so groß sein wie der Lago di Trasimeno. An den Häusern der Pächter die Bourbonen-Lilie. Unsere Spazier-

gänge sind bis auf einen leider keine Rundwege. In den letzten Tagen schlimme Unruhe.
Inges Geburtstag haben wir mit Barbara Wehr und Herbert Wiesner gefeiert. – Abschied von der Gräfelfinger Schule. Nach 35 Jahren hielt ich meine erste Rede im Lehrerzimmer. Champagner. Poetische Bemerkungen. Ninette brachte mich nach Pasing. Ursula kam. Wir tranken weiter. Donnerstags waren Jörg und Marion mit einem Amerikaner Ken da. Wieder krank. Dann Besuch von Klaus Ulrich Spiegel mit Pheli und Giovanni mit Renate. Wir haben gestritten. Am Montag will ich wieder mit der Arbeit beginnen. Jetzt bin ich wenigstens reproduktiv und lese für die Jury des Bremer Literaturpreises: Rudolf Fries, Volker Braun, Botho Strauß, auch Herberts »Wind«. Das Leben eines Rezensenten gefällt mir nicht. – Gerhard Köpf will im Herbst oder Winter ein Seminar über das FB halten. Im Oktober: Trauer-Weiden, von Werner Fritsch organisiert. Ich lernte ihn im Hoffmann-Seminar kennen.

25. 06. 85 Ich nahm an der Jury teil mit Simon, Drews und Hagestedt und setzte Jürgen Muck, den Lyriker durch. Das war gut so. Ist noch immer gut.

4. August 1985, München

Eike Bonk schreibt in seinen Aufzeichnungen »Wienauge / Wie'n Auge«: »Albrecht Dürer sagt ›schnekenlini‹ zur Spirale und drückt sie damit flach.« Meine ruhende Schleife als lineare Schnecke? Ja. Gelesen. Ich meine, wenn man das Buch durchliest. Die Sprache ist nicht nur flachgedrückt, eine flache Schnecke: diese ist auch eine Linie, eine ausgezogene (im Doppelsinn) Schnecke. Die räumliche Ausbreitung der Zeit in der ruhenden Schleife ist sowohl geistig als auch materiell: geistig als Gegenwart vieler Jahrestage übereinander und materiell als viele Jahrestage nebeneinander. Noch einmal: die Schnecke als räumliche Sprache ist die geistige Zeit im Buch. In der ausgezogenen linearen Schnecke gibt es aber noch das geistige Wohlgefallen an nachliegender und vorherliegender Zeit: an zwei Papierstößen, die aber beide vergangene Zeit darstellen. Zwischen diese zwei Vergangenheiten nistet sich die Gegenwart ein, aber auch sie ist ja vergangen: es handelt sich also um drei Vergangenheiten. Das Schreiben zwischen die zwei Vergangenheiten hinein:

ist scheinbar gegenwärtig wie augenblicklich. Dieser Augenblick ist verdreht, insofern er quasi den inneren Horizont beäugend bedenkt. – Die zwei Zeiten im Buch: drei Vergangenheiten; das ist bedenkenswert. Gegenwart scheint. (Es gibt nichts, übernatürlich, das nicht bedenkenswert wäre.)
Weil im Gehör die Richtungen erlöschen, warum sollten dort nicht auch alle Richtigkeiten ihre Position verlieren? Jehova, der mit Hiob spricht: Und Hiobs vergebliche Anfrage, wo sein Recht sei. Und deshalb wäre das Gehörte göttlich und gegen das Menschliche. Das Auge ist zuerst der menschliche Sinn, physiologisch; deshalb ist er der unmenschliche, wenn es darauf ankommt. Ich versuche mich an dem anderen Sinn und behaupte über ihn (und ihm): der am wenigsten menschliche (nur ungefähres Maß, ohne Orientierung, sehr passiv) kann weder unmenschlich noch göttlich sein; er ist für beides zu passiv und für das Unmenschliche und das Menschliche zu still; ob Gott still ist, ist gar keine Frage, also.

06. 12. 85 Allora.

Zyklon? Heftiger Wirbelsturm in tropischen Gebieten. Fliehkraftabschneider zur Abtrennung von Feststoffteilchen aus Gasen (Staub- oder Zyklonabschneider) oder Flüssigkeiten = Hydrozyklon. Handelsbezeichnung für blausäurehaltige Begasungsmittel zur Schädlingsbekämpfung. Im 2. Weltkrieg Deckname für Blausäure, die in NS-Vernichtungslagern zur Massentötung verwendet wurde.

08. 10. 85 Jetzt steht auf meinem Schreibtisch der »Ammonit mit Kalkspatmineralien« (Ammon = ägyptischer Gott), gekauft (ich schreibe den Text von der Karte ab) im Bürgermeister-Müller-Museum im Rathaus Solnhofen. Ein schöner Tag mit Inge im Altmühltal. – Ich mußte auch an den Paulus Pappenheimer denken und seine Familie, die unter der Regierung von Maximilian I. in München auf die allerschrecklichste Weise zugrunde gerichtet wurden (Michael Kunze »Die Straße ins Feuer«). Über diesen Maximilian schrieb ich Ahnungsloser einmal im Wittelsbacher Gymnasium in der mit zwei Mitschülern gegründeten Schülerzeitschrift »Unser Wort« einen mystischen Traktat.

5. August 1983, München

Inge fährt nach Wien. – Wieder Einbruch. Schlimme Gefühle der Vergeblichkeit. Vielleicht auch hervorgerufen von Einblicken, Überblicken in und über die Geschichte. Ich habe in kürzester Zeit die Geschichte der Renaissance, des Übergangs vom republikanischen zum kaiserlichen Rom, der Entwicklung des Christentums in den ersten drei Jahrhunderten gelesen. Zuvor, und das will ich fortsetzen, habe ich mich mit der Geschichte der Astronomie beschäftigt.
Mein FB steht, liegt dabei immer neben mir. Ich stehe, liege neben meinem Buch. Es erhebt mich und wirft mich auf den Rücken. Ich schaukle dann so lange, bis ich wieder auf alle viere zum Krabbeln komme.
Gestern war ich zum erstenmal wieder in einer größeren Gesellschaft bei Burkhart Kroeber. Kurzer Kontakt, dann Kurzschluß, Schweigen bis Inge mich wegführte. – Gestern las ich auch in »De profundis« von Oscar Wilde. Er erwähnt Renan. Sein Jesusbuch nennt er das Thomas-Evangelium. (Gnosis?)
Wenn ich das alles anlese, so handelt es sich dabei in der Hauptsache um die Anpassung, insbesondere der außerordentlichsten Geister an das, was läuft. So lief dann auch das, was man gemeinhin Geschichte nennt. Das Unangepaßte, das Geschichte machen könnte, nicht eine freilich, die sich inzwischen schon wieder abgemeldet hat, sondern eine wahre falsche (ich wage hier einmal diese Formulierung) begänne mit den wirklichen Falschen, den Unangepaßten (ein Caesar käme darin nicht vor, schon gar kein Octavio) und sähe ganz und gar anders aus, da sie es mit der Schwierigkeit des Glücks und mit der fehlenden Attraktivität des Friedens wahrhaftig zu tun bekäme: keine Aufgaben für Engel, schon gar keine für Genies, sondern für subversive Geister, welche die Genialität ihrer Seiltänzereien in den falschen Fehlern, in den unwirklichen Abstürzen zu verstecken wüßten. Und das auch noch: der falsche Applaus dieser Welt klatscht nicht mehr. Wer weiß, wie sie das zustande bringen können. Der Frieden ist die schwierigste Leichtigkeit.

04. 07. 85 Diesen letzten Teil des 5. August hatte ich gestrichen. In was für einem Zustand muß ich gewesen sein, als ich das

ausstrich? Streichen ist nicht das Schlimmste, aber beinahe. Ein Falscher liegt bei seinem Wort. Dabei kann ihm auch etwas stehen.

5. August 1985, München

Hören um zu sehen. Die Ohren versehen die um 180° verdrehten Augen mit dem inneren Halbhorizont. Sie sind somit mit allem versehen, was sie zur Produktion von Realität brauchen: zu deren Erinnerung; diese ist aber freischaffend, ungebunden und zwar noch in unvergleichlich größerem Ausmaße als die nach außen gerichteten Augen. Dies zur Arbeit an Metropolis.

6. August 1981, München

Die Marwood peinigt ihren Mellefont. – Mit Volker Hoffmann sprach ich über die Position Paranoia (Gegenmünchen). Sollte ich dort einen Hund eingegraben haben? Dieser Fehler ist merkwürdig. Die Ambiguität wird verurteilt. Warum? Ich sprach über eine Rosa, die sich selbst meint, wenn sie beschreibt wie nicht, also nur agiert, freilich mit einem Stoff, der allerdings nahezu ganz zerstört wird, jedenfalls nicht zu seiner Klarheit kommt. Keine Wiedererkennungstaktik wie bei Gustafsson. Keine Metaphern, schon gar nicht den Filmleinwänden entwendete. Davon ein Beispiel: Diese Stunde ist wie ein Raum, wie eine Landschaft in Mexiko: ungeheuer klarer Himmel, der alles scharf konturiert.
Der Leser genießt. Kein Zeugungsakt. Kein Schrecken. Lars würde sich ekeln vor meiner Schreibmethode. Er wendete sich ja auch etwas angeekelt ab, als ich in Florenz aus der »Rede« vorlas.
Gestern saß ich mit Harald Kaas am Streitberger Weiher an den Osterseen. Mein Wahnsinns-Theater, nur angedeutet. Sein Wegkippen aus dem Gespräch mehrmals. Er, im Weiher stehend: ein Engel ohne Flügel, frierend. Er hatte nur eine Badehose dabei, ich einen Schrankkoffer voll mit Hosen, Tüchern und Salben. So ist das.
Ich habe auch nicht viel zu verkünden. Aus meinen banalen Schmerzen – ein falsches Wort! – befreie ich mich, mich in Sprache verwickelnd und in ihr rasend. So etwa.
Heute Francis Thompson gelesen. Wieder einmal. Nach dreißig Jahren. Kingdom – unerhört gut, groß. Mein Sohn Tobias kam vor wenigen Stunden aus London und brachte mir einen Band »Selected Poems«, eine Ausgabe von 1932, mit. Thompson starb 1907, ich wurde 1927 geboren. Nur so. Ich liebe ihn sehr. Schließlich: ich habe ihm 1947 nachgeschrieben bei Elisabeth Richter-Stanislawski in Neulustheim.
Ich schrieb am 4. August wieder Gedichte. Ich stellte die inzwischen entstandenen Gedichte zusammen. Aber das ist alles erst Vorarbeit – noch nicht einmal ein Anfang.

01. 07. 83 Das waren keine Gedichte. Eine Kippe. Ohne Goldadern. Unbrauchbar. Fluchtmist. FB.

Ein Vorwort für ›Troja‹ (das hatte Michael Krüger für ›Akzente‹ bestellt) scheint mir gelungen zu sein. – Harald Kaas bestellte mir Grüße von meinem Lektor. Also.

01. 07. 83 Diese indirekten Aktionen sind bei Michael Krüger und mir Usus. Nicht etwa, wie ich glauben darf, weil wir uns meiden wollen. Wir lassen uns nur in Ruhe, soweit es möglich ist. Auch in diesen Tagen, wo Fahnen zurückgeschickt werden und der Umbruch bei mir eingeht. – Ich habe ganz einfach zu oft in der Kolbergerstraße erlebt, wie Michael bedrängt wird. Ich liebe auch seine Gedichte. Da darf ich seine Zeit nicht in Anspruch nehmen, ich meine eine, die ihm bleibt, die ihm bleiben soll.

7. August 1982, München

Gestern abend im Fernsehen Hayek: Der Markt reguliert alles (die unsichtbare Hand). Der Wille des einzelnen ist nur zweckgerichtet, er will überleben. Daraus entwickelt sich das ungeheure Myzel der Wirtschaft. Wahrscheinlich ist es hier doch besser, von einer Maschine zu sprechen. Von den Religionen werden Besitz, Familie, Gerechtigkeit gefördert (Evolution der menschlichen Gesellschaft). Gruppen, die sich in und durch diese Evolution am meisten vermehrten, setzten sich durch (Nationalökonomie). Hayek meinte, Rohstoffe seien in reicher Fülle für Millionen Jahre vorrätig. – Pläne zerstören den Markt (Sozialismus). Die Vernunft setze immer erst im nachhinein ein. Sie regelt nur das in vielen Jahren Angewohnte. Der Titel seines neuen Buches »Die Überheblichkeit der Vernunft«. Die Religionen korrigieren ein wenig und bemänteln sehr viel den Daseinskampf. – Fertilität: Menschenreserven im Kampf der Nationen. – Gott und Sexualität im Einsatz für: Wohlergehen. Gerechtigkeit als Selbstberechtigkeit der Völker. Und wahrscheinlich noch einmal Gott als unsichtbare Hand. Gott auf dem Marktplatz, ein Gott des Überlebens, ein Gott der Selbsterhaltung.
Niklas Luhmann war unter den Gesprächsteilnehmern. Ich sah ihn das erstemal. Hohe Stimme, runder Schädel. Sehr kleinlaut. Oder hat der Sozialtechnokrat den Nobelpreisträger einfach reden lassen?

7. August 1985, München

Im ORF eine Diskussion über die Ausstellung »Traum und Wirklichkeit«, die wir in Wien gesehen haben. Wien: Lehrstelle Hitlers (Lueger–Lichtenfels), Stadt ohne Liebe zur Psychoanalyse, ohne Sinn für bildende Kunst und Literatur. Aber: Stadt der Musik, vor allem der Oper.
Heute noch Antisemitismus. Konkurrenzangst der Österreicher, Überheblichkeit der Juden, die sich aber zugleich sehr gut assimilieren. So lautete die Diagnose der Ursache des Antisemitismus. Was ich sonst auch schon häufig las: der Jude, der aus dem Ghetto kam, war unbelasteter, abenteuerlustig, mobiler als die Wiener

Bürger, öffnete sich schneller allem Neuen. Sein Liberalismus schüchterte die Kleinbürger ein.
Die Diskussionsteilnehmer: der mir widerliche Hofrat Dr. Robert Waissenberger; Hans Hollein, der Architekt und Regisseur der Ausstellung: sehr undurchsichtig. Der Schiele-Sammler Serge Sabarsky: unausstehlich. Sehr aggressiv, aber sympathisch der Leiter der Hamburger Kunsthalle: Werner Hofmann. – Ganz typisch für den Bitte-Wiener dieser beleidigte ›entschieden sehr hinterhältige, hochgestellte (falsches Zitat Waissenberger) österreichische Beamte‹; bitte, ich kann mich ja täuschen.

8. August 1978, Eyguières

Vera und Jürgen Kolbe waren zu Besuch da. Wir fuhren zum Muschelaltar, zur Raffael-Kapelle, machten Picknick und gingen mitten in den Alpilles Wein kaufen. Dann kommt Jörg mit dem Flugzeug aus Israel. Wir holten ihn in Marseille ab. Michael Faist und Ninette waren zwei Tage da.

26. 12. 85 Diese schönen Tage. Ihre Einzigartigkeit. Wie es sein muß. Diese ist es, und sie läßt sich nicht wegdenken. Diese Mobilität: und doch beständiger Glanz, also in dieser Zeit, unvergänglich.

8. August 1982, Lanzarote

Gestern Flug über Spanien, den Atlantik und Ankunft in einer Idylle. Ein kleines Haus in Hibiskusblüten.

16. 05. 85 Ja. Ich erinnere mich. Mit der linken Hand hielt ich das Buch, mit der rechten erschlug ich in kosmischer Freude tanzende Mücken. Der Hibiskus starb täglich. Tod. Urlaub. Eine um Sauberkeit ringende Inge. Es war entsetzlich. Nie mehr Urlaub. Keine Weltgegend interessiert mich mehr. Gegenden im Gehirn, ja. Im Körper: ja. Das letztere sollte intoniert werden; aber wir Schreiber gleiten mit der Hand durch die Stille und choreographieren die Wirkungslosigkeit des Geistes. So sitze ich schon Jahrzehnte. So wie heute abend. Der Stift folgt meinen Gedanken, oder besser: meine Gedanken folgen dem Stift über diese weiße Fläche (die wahrhaftig mein Leben ist). Wann schreibe ich plötzlich einmal einem Menschen ins Gesicht, wie ich mir ihn merke?

04. 06. 85 Nach solchen Zeilen wage ich wieder dieses Buch zu lesen, das seinen Fehler schon in sich hat. Immer nämlich zählte ich seine sieben Jahre: es sind aber acht. Heute abend im »Scheidecker Garten« erklärte ich Inge enttäuscht mit den Fingern zählend meine unachtsame Achtheit. Sie aber, meine Fee, kam sofort auf die

Schleife ∞ unendlich. Meine wunderbare Frau. Das solle auch auf dem Titel erscheinen. Durch einen Fehler und mit einer Frau ist wieder etwas geglückt. Jetzt breche ich aber gleich in Tränen aus. Oder? Oder ist Weihnachten? Zeigung der Gefühle. In so einem Buch wie diesem. In einem solchen insbesondere nicht. Adorno, der Allgestrenge, warnt vor Geschwätz. Aber da hat er ja recht. Um zu begreifen: Ich wollte eine siebenjährige Schleife schreiben; doch nicht etwa wegen des knochigen George-Kopfs . . .

8. August 1985, München

Leszek Kolakowski: »Falls es keinen Gott gibt«. Gestern begann ich mit der Lektüre: »Das darwinistische Erklärungsschema für organische Phänomene mag vielen Wissenschaftlern als unbefriedigend erscheinen. Ja, seit Jacques Monod es bis zu seinen letzten Konsequenzen weiterentwickelt hat, kommt es uns vielfach paradox vor: Wir spüren eine natürliche Abneigung gegen die Vorstellung, daß die gesamte Evolution der Lebewesen, einschließlich unserer eigenen Gattung mit einer unglaublich langen Serie von zufälligen mechanischen Fehlern beim Kopieren des genetischen Codes zu erklären ist.«
Das ist deutlich und – wie es der Zufall will – stoße ich hier auf zwei mir so liebe Wörter: Fehler und Kopie. Vorgestern bei der Stadtführung (Arbeit für Metropolis) wiederholte die junge Frau am Mikrophon so oft das Wort ›Kopie‹, daß ich mich vor der internationalen Gesellschaft im Bus schämte.
Hier also: Die Kopie, an sich schon etwas Falsches, nämlich Unechtes, ist auch noch mißlungen: ein Fehler wurde gemacht, und dies unendlich oft. Wir alle sind Pseudos.
Warum aber sollte man nicht von dieser unserer Falschheit auf einen durch und durch falschen Kreator schließen: dem wir, infolge seiner unendlichen Fehlerhaftigkeit, die ihn so glücklich machen muß, wie z. B. mich im Gedicht, gelangen oder besser: glückten.
Noch einmal, weil es so schön ist:
Wir sind geglückt.
Der Mensch ist ein Geglückter.

Es ist mir schon klar, daß meine narrativen Abenteuer in theologischen Bereichen nur mit dem Gott Abrahams, Isaaks und Jakobs zu tun haben können: niemals mit dem Gott der Philosophen. Jesus weint im FB. Weil sein Vater so frei nacherzählt wird, von ihm ganz abgesehen? »Mit seiner Mutter wirren Flechten spielend Kind«. Nur also, wenn er auch Mutter ist, dieser Vater, der ja alles ist (ein narrativer Satz, weil verkehrt), erlaubt er: mit ihm zu spielen.

Später Nachmittag.

Tour durch den Englischen Garten. Während der Fahrt schon Gedanken an das Duett Sisi–Schuler. Viktoria-Stelle, dann eine, den ursprünglichen Gedanken im Wirbel verändernde Sentenz bis Sandmeer. Ausbruchsliteratur. Hier auch Ausbruch aus dem historischen Zusammenhang.
Wenn Kolakowski den Logos defensiv nennt, also dieser nur in der Verteidigung des Glaubens eine Rolle spielt, dann ist das eine arge Einschränkung. Eine schlimme Erweiterung ist es: wenn ich ihn, den Logos, zum Spielleiter der abenteuerlichen theologischen Tableaus mache.
Das Sakrale. Im falschen Gerieren tritt es mit dem Falschen auf im Augenblick seiner Beschmutzung mit Richtigkeit, also dann, wenn es die Hoch-Zeit ist, den gewählten Standpunkt zu verlassen. Dreck und Abschied sind die Zeichen der Heiligkeit, die in genügendem Abstand sich in frivolen Späßen reinigt.
Zur Schleife (ich bin mit keinem Adjektiv zufrieden):
In diesem Buch kann der Schreiber sich selber in der Vergangenheit ins Wort fallen: ich schreibe von meinen nachträglichen Imprimaturen, Vetos und Revokationen. Was sich ein Schreiber alles auf seinem Schreibtisch vormachen kann.
Nein: »ruhende« Schleife nicht. »Achternde« Schleife? Das tue ich mir und Ihm nicht an. – Umgelegte Schleife. Gefällte Schleife. Gefallene Schleife. Die gefallene Schleife.
Abends Jörg Drews. Gespräch bis tief in die Nacht hinein über »Metropolis« und die »Schleife«. Nachts rief ich noch Diana an und las ihr das Duett Sisi–Schuler vor. Am Morgen lag das Manuskript im Weinbad.

27. 02. 86 Mein Großvater Wolfgang Wühr war ein Böhme, erzählte mir gestern Tante Anni. Er kam über den (goldenen) Steig. Ich bin wenigstens einseitig gerettet. Die Mütterlichen waren Henker und die Väterlichen Böhmen. Kein Schwab drunter. Also, der Stammbaum ist so unalemannisch wie wenige. Den Fritz Schwegler nehme ich nicht etwa aus seinem Stamm heraus, sondern in demselben an. So ist das. Und der Herburger wird nicht verworfen, sondern erkältet – und wenn auch nur für immer.

9. August 1982, Lanzarote

Wir lasen den ganzen Tag vor dem Haus. Meine Beine sind angekohlt. – Lektüre: Hoimar von Ditfurth »Wir sind nicht nur von dieser Welt«.

20. 09. 83 Wir sind ausschließlich von dieser Welt. Dicker Bartträger, kleiner Denkerich.

10. August 1978, Eyguières

Streit mit Jörg. Ursache: mein schlimmer Ehrgeiz *in* und sein Genuß *an* der Literatur. Mein Neid *auf*, seine Unschuld *neben* Schriftstellern, die sich erfolgreich vollenden konnten. Ich ziehe das Tischtuch unter den Speisen und Getränken weg. Aber keine Trennung von Tisch und Literatur.

26. 04. 83 Mit Inge war ich in ›Les Charmettes‹ Kynologie. Diogenes. Auf der Münchener Freiheit. FB. Ludwig Harig war einige Tage vor uns dagewesen, das sahen wir im Gästebuch. Sein Rousseau-Buch! Wir, Inge Poppe und ich, hielten Ausschau vom Fenster im ersten Stock nach Madame de Warens.

26. 06. 83 Ja, wenn ich das lese, bin ich wieder dort. In der Gegenwart dieses Genies ist es rührend zu sehen, wie alles noch immer blüht wie dazumalen. Jean-Jacques.

04. 07. 85 Elisabeth. Auf dem Bootssteg. 1898.

10. August 1982, Lanzarote

Lektüre beendet. Linkes Bein sehr geschwollen. Das FB: Die Poesie als Paradigma eines neuen Verhaltens. Keine Selektion. Mit allem auskommen. So denkt die Naturwissenschaft nicht.
Fulguration: der Mensch wird als Unsereiner angetroffen. Ambiguität.
Wir sind keine Volkshochschüler, die auf dem je höchsten Stand des Allgemeinwissens anzukommen haben, um so dem vorzeitigen Stand der einmaligen, baldigen (in Milliarden Jahren nämlich) Selbstschau Gottes als eines Vollkommenen vorzeitig zu entsprechen. Wenn die Evolution durch Fehler (Mutationen) voranschreitet, so verharrt die Poesie in einer unendlichen Fehlerhäufung, worin und womit dieselbe der Vollendung des Ganzen nicht dient.
Der Tod der Hibiskusblüten jeden Abend im Garten: ihr trauriges Welken im Dienst an der leidigen Sache, der Evolution. Die Sache der Liebe ist niemals die Vollkommenheit der Erkenntnis, sondern die Hinnahme des Falschen, Mißlungenen. Über die hingenom-

mene Niederlage solle er schreiben, sagte ich vor Jahren zu Dieter Hasselblatt.

»Fehler dürfen künstlich nicht eingeführt werden« (Jandl!). Daß sie sich einstellen, spricht für die Sache. Korrektur nur dann, wenn sich der fehlerhafte Zustand dadurch verschlimmert.

Hier auf Lanzarote baute Manrique künstliche Fehler. Die Häuserlandschaften stehen leer.

Wo Fehler dem Ganzen dienen, fühlt sich keiner wohl.

11. 02. 83 Weder dienen Fehler, noch herrschen sie.

Wo Fehler am Ganzen mitgebaut haben, werden sie hingenommen, später geliebt.

In der Poesie gibt es die Evolution nicht. Sollten sich Wissenschaft und Theologie doch einmal wieder versöhnen: die Poesie nicht.

Sie wird weiter, umfangreicher, umfängt. Kennt keine Geschichte. Ihre Wörter trifft man auch nicht auf Stufen an, nicht auf höheren, also auch nicht auf entsprechend niedrigeren. Wenn doch: einen Jux wollen sie sich machen.

Das Aufbegehren der Augenblicke der Poesie gegen den Augenblick der Schöpfung, der sich als Geschichte feiert, als Geschichte der Erkenntnis, an deren Ende sich ein Schöpfer also augenblicklich selbst feiern kann.

Der ist es nicht. Das ist der Gott der Philosophen, der evolutionären Erkenntnistheoretiker (falls sie es mit der Angst und also mit einem Gott zu tun bekommen). Pascal: Le feu. Ich glaube an den Gott Abrahams, Isaaks und Jakobs.

Jesus war kein Philosoph. Von Evolution hatte er keine Ahnung. Ob er Philosophen geliebt hätte? Er hätte aber wahrscheinlich auch keine Dichter geliebt. Da hast Du es. Jedenfalls kann er die Überblicker nicht geliebt haben, also auch nicht einen Vater, der überblickt.

Trotzdem Poppes zu mir: Halte es aus, wenn ich dich meinen Herrn nenne. Halte diesen Fehler aus.

11. 02. 84 Warum habe ich das nicht geschrieben?

12. 08. 83 Zur Unbescheidenheit meiner Pseudos: Wer die Lust am Überblick genießen will, präpariert sich allemal eine

geschlossene Welt. Die kann dann so groß sein wie die Welt eines richtigen Gottes und so klein wie die Buchwelt eines richtigen Autors. Ich könnte hier denken an Poe, muß aber mich selber bedenken. Demnach: die Ablehnung (im FB) aller Überblicker ist nicht die Ablehnung meiner Person. Eine wahrhaft falsche Reaktion auf mein Schreiben. Meine Pseudos lehnen mit mehr Recht Überblicker ab. Deshalb treten sie auch in mir (in meinem Buch) auf. Sie präparieren sich keine geschlossene Welt; der Paul Phywa ist eben kein Pseudo.

Gottvater: Der Macher, der in seinem Machwerk in die schlimmste Situation kommen mußte. Davon hörte ich oder las ich schon: Gott muß erlöst werden. Die Unschuld aller Geschöpfe. Schuldig schlimmstenfalls können sie nur werden, wenn sie sich wie ihr Vater gerieren. Das ist aber immer noch und von Anfang an *sein* Sündenfall. –

Umgekehrt wird es der große Fall: Der Vater geriert sich wie seine Geschöpfe (dann heißen sie alle Töchter und Söhne), will wie der Jesus, der sich sowieso, als unser Bruder: als Kind unter Kindern gerierte, die er wahrscheinlich aus diesem Zusammenhang heraus zu sehr liebte.

Und jetzt zu meiner Religiosität und darauf zielenden Vorwürfen, die ich aber in langmütiger Geduld ertragen will: Wenn unser aller Vater unser aller Bruder sein wird, wir Schwestern und Brüder also gar nicht mehr auf den Gedanken kommen können: wie Gott zu sein, dann wird Religion in Wahrheit der Prähistorie angehören und hinter uns liegen wie am Mittag die Morgendämmerung. Aber soweit ist es noch nicht. Die Geschichte Gottes muß erst zuende gelebt (erzählt) werden, bevor wir selber wirklich eine haben und die seine zur Prähistorie erklären können. Anders gesagt: Diese Geschichte Gottes abzubrechen, an ihr nicht mehr interessiert zu sein, prolongiert ihre Dominanz (siehe: das Dritte, die Institution, die Wissenschaft, usw.) und übersieht, also auch das noch: daß der Sohn schon unter uns lebte, dieser Jesus, der ihn als erster als unseren Bruder anbot.

Zu sein wie Gott. Prähistorie.
Zu sein wie Mensch. Geschichte. Aber wann beginnt sie? Liebe. Wann wirklich vollendet sich diese kopernikanische Wende oder wann wird sie begriffen?
Freilich, es geht nicht nur um den Kosmos. Erkenntnisse über ihn benötigten Jahrhunderte unserer Zeit: um allgemeingültig zu werden.
Es geht um Vater und Sohn. Da läßt sich die Erkenntnis hoffentlich nicht unendlich Zeit.
Die gläubige Erkenntnistheorie ist wahrscheinlich nur eine, aber die schlimmste Ablenkung von der Hauptsache unserer Geschichte.
Es tut mir ja so leid, dem Diskurs über uns Menschen so religiös ins Wort fallen zu müssen. Aber Gott ist eben nicht tot. Und es ist der weniger große Irrtum zu glauben, wir hätten ihn ermordet: das größte ist und bleibt es wahrscheinlich: seinen Tod anzunehmen, also mit seinem Leben nicht mehr zu rechnen. Den Schrecken der Macht, den wir selber unter unseresgleichen verbreiten, nicht als einen göttlichen zu erkennen: ist die modernste Schuld. Verzeihlich nur insofern, als es sich um eine historische Dummheit handelt, die beispiellos ist. Das wütet als Anachronismus unter uns seit zweitausend Jahren: ebenso lange wie dieser Gott nämlich schon unter uns ist. Nur: er kommt nicht an bei seinen Geschöpfen. Die einzige Revolution, die wirklich alles umwälzen wird, erklärt kein Oben mehr, weil es kein Oben mehr gibt. Dann muß sie auch nicht mit schlimmstem Wiederholungszwang dort hinauf. Und wenn sie das nicht mehr muß, erst dann erübrigt sich die Religion. Erst dann. Das muß ausgestanden werden. Die Entwicklungsgeschichte des Falschen dauert noch an. Vorwürfe an den Vater verlängern sie nur. Gleichgültigkeit ihm gegenüber verewigt das. Das Phantasma der Töchter und Söhne ist die Gleichstellung mit seiner Obrigkeit. Nicht die Ermordung seiner Person. Und daß ihm damit nicht Genüge geschieht, weil er einer der Geringsten werden will, klärt den Blick auf unser Unten. Denn Glück war etappenweise meist nur ein jeweils

immer noch einmal höheres Niveau. Die Untersten werden wir nur mit ihm erreichen. Und die haben das zu allen Zeiten gewußt und geglaubt. Und daß sie das mehr geglaubt als gesagt haben, ist Paradigma ihrer entschiedenen Nähe zu dem, der von uns bis zu ihnen erniedrigt werden muß. So erzählt sich die Geschichte der Liebe zum Untersten, von dem wir bisher nur seinen Dreck wissen.

Wenn es wahr ist, daß die Kirche sich in allen Imponderabilien, von ihren Gliedern gewaltsam selber geschaffen, geführt weiß vom Heiligen Geist und deshalb so zuständig glauben kann und so fest, dann ist, um mit ihren eigenen Worten den Zusammenhang zu interpretieren, auch wahr: daß derselbe zwischen Vater und Sohn der Geist ist. Das scheint sie vergessen zu haben. Und besonders den Sohn. Und mithin den Geist. Also: Sie, die Kirchenleute, haben sich selber an den Vater gehalten, als derselbe sich schon an den Sohn auslieferte: was der Geist dieser göttlichen Sache war oder ist. Jedenfalls: Die Theologie dieser Kirche berief sich ins Leere ein Oben, als das Unten schon sang. Franziskus. Sie besetzte die einzige Wahrheit oben, die als Vater schon unten beim Sohn war. Der Heilige Geist mußte also ein Garant sein für den höchsten Posten, der nicht mehr besetzt war. Der sah dann auch dementsprechend aus: wie ein adeliger Kleriker mit dem Anspruch auf den globalen Grundbesitz. Der hat also die Kirche auf ihren Weg zum Heil geführt. Nach Geist sieht dasselbe nicht aus. Noch einmal: Da haben sich Töchter und Söhne in ein Verhältnis gemischt, in dem sie fehl am Platz waren. Ganz einfach: wo sie ein Oben vermuteten, war das Oben schon leer. Wäre ich ein Historiker, würde ich sagen: siehe die Papstgeschichte. Die Sybilla errans, die Unfehlbarkeit, gehört in die Geschichte der Usurpation. Aber hier ist diese geradezu göttlich lächerlich.

Um es kurz zu machen: Der Kniefall der Kirche käme zweitausend Jahre zu spät. Oder anders: der Dreck am längsten Hirtenstab (sprich: am römischen) ist nicht mehr abzumisten. Auch Herkules wäre da überfordert.

Mir tut die Beschäftigung mit dieser Institution einfach weh. Kein Tier könnte ich im Vergleich als Schimpf anbringen.
Zum Geist: bestenfalls ein Verführer. Notburgadrungen. Religionsmethodenzwang. Oder etwas Ähnliches. Seine strahlende Unschuld leuchtet in einem Kindergesicht, das noch nicht gebeichtet hat. Es ist wahrhaftig lächerlich ihn zu verteidigen, aber in ein solches Schlamassel kommt man schon, wenn man an Rom denkt.
Noch etwas? Nein. Ich bitte um Buße und Lossprechung für die Beschäftigung mit dem römischen Unsinn.

16. 05. 85 Es ist nicht der Glaube, der mich immer wieder zu Gott führt. Es ist die Vernunft.
Es ist die vernünftige Abkunft, die erwünscht ist. Aber auch, wenn ich es als unvernünftig ansehen müßte, was ich da als Glaube an einen Gott habe: das rühre ich nicht an. Oder es beginnt zu kochen.
Dieses Deutschland hat wahrscheinlich deshalb so viele Poeten bekommen, weil man nie mehr an einen Gott hätte denken können unter so vielen Philosophen in diesem Land.

15. 06. 85 Paul bedenke. Ohne eigenen Wunsch aus Dir. – Geschrieben bei Elisabeth in Neulustheim. – Remigius Netzer. Mit meiner Elisabeth in der Waldhornstraße las ich Deine Mallarmé-Übersetzung. Wie wundersam gut für uns Kinder, wahrscheinlich sehr gut für alle Leser. Sowie ich einen Kenner treffe, rede ich von Dir. Renate Kühn?

04. 07. 85 Remigius ist tot, schon seit einigen Wochen. Wir sind uns begegnet, so sagt man. Man sollte es sich schon sagen, während man es tut. Dieses Wenige. Im Zorn oder in der Trauer. Wie kann er plötzlich weg sein? Wie wenig hätte es ausgemacht, daß wir uns gesprochen hätten. Aber eben, warum haben wir das nicht gewollt? Werden wir sprechen? Das klingt nach einem unendlichen Gespräch. Und dabei wäre mir wohl. Was trinkt man im Jenseits?

10. August 1985, München

Kolakowski über Giordano Bruno: Bei diesem naturalistischen Pantheismus kann man eine Art von quasi mystischer Verehrung der Natur, ihrer bewundernswerten Klugheit denken; dies ist jedoch nur ein blasser Abklatsch wirklicher Mystik, und historisch tritt der naturalistische Pantheismus unzweifelhaft als kultureller Vorläufer der vollendeten Aufklärung auf, die mit ihrer Gottlosigkeit glücklich und zufrieden ist.
Die Vernachlässigung des Bösen – und das ist für die Vernachlässigung oder besser Relativierung der Schuld im BT sehr wichtig – ist zuhause im spirituellen Pantheismus.
Origenes war für die Zeitlichkeit der Strafe (543 Konsul von Konstantinopel). Armenische Kirche gegen Höllenstrafe. 1341 verdammt. Papini: Rückkehr und Aufnahme des Teufels. Nachlesen!
Urbane Zivilisation: Änderung, Bewegung, Entwicklung und Neues = die Werte.
Aufnahmen zur Metropolis: im Turm der Peterskirche. Oben: merkwürdiges Geräuschtreiben auf Münchner Plätzen. Dann wieder zum Chinesischen Turm. Das Karussell spielt eine andere, nicht so traumhafte Walze, aber die Aufnahme gelang (mit praller Turmmusik).

12. 11. 85 Wie? Pralle Turmmusik? Das passiert mir? Und noch was: das stimmt gar nicht. Es gab keine. Wie? Pralle Lüge? Doch. Das war für meinen heutigen Kopf zu schnell: nämlich alles chinesisch.

11. August 1982, Lanzarote

Wir erkunden die Insel. Vulcanus regiert. Im Norden Aussicht schön. Wasser. Teguise, Asia, Mira-Dor del Rio. Los Verdes-Höhle. Führung. Ich will mit dem Kopf durch einen Fels. Fahrt nach La Costa. Gänge mit Döblin durch Berlin. Inge ist mit Eco in Italien. In Play de Fumara, Mozaga. Inge mit Thomas Mann in Venedig; sie schafft den Aufstieg auf den Corona-Vulkan bei unserer Siedlung, ich grolle nach Hause. Jetzt bin ich mit Eco bei den Benediktinern.
War dieser Urlaub ein Fehler? Etwas Besseres kann man nicht sagen, wenn man den Spruch gelten läßt: Verba vana aut risui apta non loqui. –
Dann Fahrt zum Feuerberg. Timanfaya. Ich öffne epigon den Kühlwasserbehälter: kleine Verbrennungen. Sonst viele Kamele. Aliquando praeterea rido, iocor, ludo, homo sum.
Am Sandstrand von Puerta del Carme brennen wir wieder etwas an. Ich muß ins Bett: eine leichte Erkältung. Jeden Abend ein langes Gespräch vor dem Haus. Neue Hörspiel-Pläne. Lustiger Vormittag in Los Salinos. Fahrt in den Süden. Aussicht sehr schön, viel Wasser. Pause im schwarzen Sand. Ein schwarzer Kater quartiert sich bei uns ein. Spaziergang in Arrecife. Wir schwimmen. Ich über, Inge unter Wasser. Zwischen dreihundert Vulkanen versenke ich mich in den ›Bio-Boom‹ von Jost Herbig. Inge verlernt die Liebe bei Svevo. Fahrt nach Jameos del Agua, essen in der Höhlenoase und reden vom Essen. Suleikas Palme. Schlimm schön. Kriminalgeschichten. Kriminelle Freude auf die Heimreise. (Das war eine Zusammenfassung vom 11.-26. August.)

11. August 1985, München

Früh um 6 Uhr: Genaueres, vielfältiges Konzept von Metropolis. Vormittags in der Stuck-Villa: Ausstellung von Schrimpf. Oskar Maria Graf entdeckte den Bäcker für die Kunst. Karge Landschaften, besonders schön: Lochhausen, Pasing. – Mittags im Westfriedhof. – Rede noch einmal ein Gedicht? Zweiter Band?

12. August 1981, München

Gespräch mit Christine Linder. Ich erzählte ihr von meiner Lektüre: Pavese »Handwerk des Lebens«. Das Wort »gerieren« kommt ins FB. Gemeint ist: wir sollten uns weniger individuell aufführen. Aber aufführen müssen wir: die Freude, die Trauer. Wieder: Wir gerieren die Freude, die Trauer.

19. 05. 83 Im Lektorat mußte dieses Wort gestrichen werden. Ich schrieb schon darüber. – Der Lebensernst bis zum Suizid (Paveses) ließ mich das Wort für meine Pseudos finden. Ich, der Falsche, kann unmöglich einen solchen falschen Richtigen oder richtigen Falschen ansprechen. Er ist ja auch schon richtig tot. Und das hat er selber verfügt. Gleichviel. Ich kann da nur etwas Blödsinniges meinen, das kann ich auch unterlassen.

15. 06. 85 Christine Linder. Was soll sie mir sagen, weil sie allein mir das sagen könnte, fragte Inge heute. Hier werde ich die Antwort nicht erfahren. Das ist der falsche Tag. Und das ist interessant für einen Schreiber wie mich. Ich schreibe richtig, aber zum falschen Datum und umgekehrt. Das ist zwar keine Informatik, aber die ist ohnehin geschenkt.

Hier auf diesem abgelegenen Platz – abgelegen ist gut – (darüber später Legitimierendes, also be-): drücke ich meine Freude aus darüber, daß der Friedl Brehm Verlag meine »Materialien« bringt. Das ist gut. Das ist auch ein Zeichen. Ein Baier bin ich. Kleine Baiern treten aus kleinen baierischen Verlagen aus, um immer größer zu werden. Ich bin aber schon zu groß (für mich), um aus einem kleinen bairischen Verlag austreten zu können. Ich möchte großes Geld (wenig) und kein Trinkgeld (viel). Geld ist mir eine Wurscht, nah wie lang. Der Setzwein und seine Frau und sein Kind und seine Geschichten, von denen ich nicht viel verstehe – das ist alles so gut. So schön. Ich könnte ja auch mit Judith nicht zusammenarbeiten, wenn ich mich an etwas anderes verraten würde. Warum kann ich kein Gedicht mehr schreiben? Das trennt mich auch von Volker. In der

»Rede« liebte er mich. Hat er das große, monumentale Gedicht nicht begriffen, dessen Zeilen riesige Novellen sind? Ich muß ihm das schreiben.

Ich schreibe ihm: Lieber Volker,
während ich schreibe, stöhnt eine Frau. Du verstehst mich nicht. Ein großes Gedicht ist das als Rede. Ihre Satzfetzen sind in ihm ausgerissene Geschichten. Der Campus bleibt. Er wird größer. Beanspruche die Satzbleibsel der Rede und ihre Logik, so wird es Dir so schwer nicht fallen dürfen, auf die Buchbleibsel des FB zu übersetzen. Ich habe Großes vor, also wird mein Material größer. Ich hoffe, in Deinem Sinne, die süßesten kleinsten Details in den Brocken, die der Monumentalität (nicht) zu dienen haben, nicht vernachlässigt zu haben. Hölderlin liebte seinen Roman am Ende am schlimmsten.

Dein Paul

Dieser Brief wurde wieder nicht abgeschickt. Es sind jetzt zur Zeit die Briefe nicht mehr, die diese Unmenschlichkeit durch ihre Dezimierung verringern.

12. August 1983, München

Aufenthalt in einer Welt, die in allen Details unglaubwürdig geworden ist, die in jeder Hinsicht ein Wissen anbietet, das Anschauung nicht mehr erlaubt und sich als fataler geistiger Reichtum geriert, der verwirren muß.
Ergebnis: Das private Gespräch wird zum unzuständigen Geschwätz, wenn es sich nicht derart abschirmt, daß es seinen guten Verlauf einer lächerlichen Bescheidung verdankt. Oder: Repression in den Methodenzwang, wissenschaftlich. Oder: Repression in die Einfalt, religiös. Also die Rede mit Scheuklappen. Wenn das nicht befolgt wird: schlimmste Leiden an der Unzulänglichkeit.
Mein Fall: Abbildung eines solchen Aufenthaltes in dieser Welt ohne Einschränkung, bei erregendster Erfahrung des Schrankenlosen; keine Resignation vor dem Totalen. Poesie.

Poesie als letzte Möglichkeit, sich in dieser Welt überallhin zu öffnen. Poesie als Möglichkeit, die Zerreißprobe zu bestehen, indem die inkohärenten Details in unbescheidenster Strenge figuriert werden und die kontingente Auswahl aufs willkürlichste komponiert wird. Das ist der Fall im FB. Das kann nur der Fall in einem Leser werden, wenn er auch teilnimmt an einem totalen Spiel und erleben will, wie er dabei nicht zerrissen wird. Was dann der Fall sein müßte: ist die Einübung in ein anderes Verhalten, jenseits aller Verhaltensweisen, die ich zu Beginn aufführte.

Das will so ernst genommen werden wie es ein Jux sein soll.

Das Unzulängliche: hier wird es hinlängliches Ereignis.

Das Unzuständige ist als Fach: Poesie.

Das Dritte: Meine Pseudos und ich im FB sind als privatisierende Kinder in der Hauptsache bedroht vom Dritten in dieser Welt, das auftritt als Staat, als Wissenschaft, teils auch noch als Religion. Dieses Dritte zu unterlaufen, darum geht es. Das ist das Subversionsspiel.

Auch der Umklammerung durch das Dritte, das mit Einheit droht, versuchen die Pseudos zu entkommen.

Und das Dritte: ist das Richtige, auch das falsche Falsche: als Richtigkeit. Hier zeichnet sich besonders die Gefahr ab oder hier wird ganz und gar überdeutlich: die Gefahr der Gewalt, der Vergewaltigung, der Übermächtigung.

So wäre das Falsche in diesem großen Zusammenhang der Ausweg aus, der Umweg um Verstrickung in Gewalt.

Das Falsche ist aber auch das Strategem, mit dem die Rede (Barthes), sich selbst überlistend: aus der Sprache, die selber Gewalt ist und unfrei macht, ins Freie gelangt. Ich übersetze in mein Buch, wie Roland Barthes sagt: das Falsche nimmt niemandem die Freiheit.

Demnach ist es Unsinn, nach der Lektüre des FB zu behaupten: darin handle alles abseits von unserer Welt und bestätige damit seine Überflüssigkeit. Wie das Platzpantakel schon unbescheiden erklärt: Das Abseits dieses Buches befindet sich in der Mitte unserer Zivilisation. Dort findet das statt, was dieser Welt not tut: eine Überlistung der unfreien Rede (Diskurs).

Über die Unzuständigkeit vieler Figurationen und Passagen im Buch mag man geteilter Meinung sein. Die Willkür der Kinder bei der Auswahl ihrer Spielstoffe ist eine Sache. Die Willkür des

Autors, der sich bei seinen Kindern selber als Kind geriert, ist eine andere.
Vor vier Tagen habe ich Ursula Haas geschrieben. Sie urlaubt in Sardinien. Ich konnte ihr schreiben, daß der Limes Verlag ihr erstes Buch macht.

25. 07. 85 Zum Dritten: Der schlimme Dritte muß auftreten, sonst geschehen die richtigen Handlungen: entweder muß er von den Zweien ins Geschehen gerissen werden oder er will selbst wirken, sein Spiel treiben. Mit ihm wird die absolute, ausweglose, also richtige Situation verunreinigt, vermischt: so, daß Falsches geschehen kann. Kein richtiger Krieg und kein richtiger Friede. Gott? Der Dritte? Der alles erst zum Falschen macht? In letzter Instanz?

12. August 1985, München

Wenn gegensätzliche Qualitäten bis zur Richtigkeit entarten: müssen sie jeweils verlassen werden.
Metropolis: Aufnahmen im Tiergarten; sehr wenig, nur Vogelzelt. Sehr schönes, ja wunderbares Drahtzelt (Vorbild Olympia-Dach). Ein Murmeltier ist noch gut.
Von 15-17 Uhr Interview mit drei Damen vom Goethe-Institut, einer Französin aus den Pyrenäen, einer Polin aus Krakau und einer Amerikanerin. Erzähle viel. Große Bedenken hinterher. Aber die Verführung zum Reden war ja dringlich.
Um 20.30 Uhr fuhren Michael Langer und ich in die Maximilianstraße, liefen bis zum Stachus und zurück durch die Fußgängerzone. Verschiedene Musikgruppen, Straßenmusikanten – dann das Hofbräuhaus: mehrere Gänge (bei Blasmusik) durch das Haus, drastisch: am Ende »In München steht ein Hofbräuhaus«. Die Ausländer vor dem Haus am Platzl. – Ich bin ziemlich fertig. Verärgert. Der schwüle Abend wird zu einer gewittrigen Nacht.
Heute las ich übrigens das Interview im »Falter« (Wien). Bin betroffen über meine Formulierungen. Möchte mich am liebsten verkriechen. Ich sollte das aufgeben. Ich sollte schreiben und schweigen. Mit mir ist kein Staat zu machen. Ein wahres Wort und auf mich ganz und gar zutreffend. Insofern wieder tröstlich.

13. August 1985, München

Goethe-Institut in der Autorenbuchhandlung. Nach dem Vortrag, vielmehr mitten in diesen hineinplatzend, forderte ich Engelmann regelrecht heraus, etwa so: Kafka war Versicherungsagent, Benn Arzt, weil sie Sprache schrieben, was wenig verkauft wird. Sie haben andere Kriterien: Simmel müßte nur einen Touch mehr haben, dann wäre er Autor. Und was die Themen in der Literatur angeht, nach denen im Raum Bedürfnisse geäußert wurden, wie Ehe, Beruf etc., so ist dazu zu sagen: da kann es verlogene Antworten geben aus der Literatur. Also wieder mein Hinweis auf »Sprache«! Literatur. Oh, mein Gott. Engelmanns und Drewitzens werden uns verwalten. Das ist Grass.

14. August 1985, München

Meine Worte in Gottes Ohr. Heißt es so? Zitiere ich genau? Wenn – dann ist das in diesem Leben rettend: mir jedenfalls geht es auffallend so, daß ich Ohren (von lieben, großen Menschen) mir zugeneigt sehen muß, um reden zu können. Wir waren bei Renate Schreiber. Lieber, freier Disput. Wunderbare Bewirtung. Mindestmaß an Eitelkeiten. Liebenswürdigkeit. Mir zugute: Gespräch mit zwei Frauen. Vieles ablegen: in feine, frische Laden. Bei Frauen sein. Renate. Vielverirrt-wundersam. Unheilig, aber nie profan. Wahrscheinlich die Urbanität in weiblicher Façon. Ins Geheime so verliebt wie ins Öffentliche. – Ich erinnere mich, daß ich Minusio mit ihr zusammen entwickelte. Jetzt im Talion ist ja auch wieder vieles von Ihr, mit Ihr gestaltet. Das Rattenspiel. – Ihre Vorschläge für das Metropolis-Spiel: Käfer (Freitag); grüne (oder gläserne) Ecke hinter den Kammerspielen (tragisch!!) und: die zwei fehlenden Vorschläge muß ich zurückrufen. War das heute schön! Ich säße noch immer gern bei Renate mit Inge dort oben.

17. August 1985, München

Metropolis München: Wenig Erfolg. Gestern das Mini-Oktoberfest im Olympiadorf. Heute im Stadtmuseum. Aber: die Komposition ist sich selber näher gekommen. Keine Topoi, nur im Geist. Führungen, ja. Aber nicht Illusion von Führung. Auch nicht Ordnung der Führung. Nichts davon. Ich bin ganz nahe an meiner Komposition. Lokal-Wechsel in Frivolität, so oder so nach oben oder nach unten: ins Sakrale oder ins Profane. Die Urbanität. Der urbane Mensch umfängt das Fremde, er ist nicht tolerant. Die Toleranz hat uns Hiroshima beschert. Liebe ist einfache Umarmung von Vielfachem oder exotische Umarmung von Einfachem, und in ihrem besten Fall einfache Umarmung des Exotischen.

19. August 1985, München

Als ich heute am Kleinhesseloher See vorbeiradelte, dachte ich wieder an den Titel »Ruhende Schleife« und ersetzte plötzlich mit Achterbahn ∞ter-Bahn.
∞ter-Bahn

Ich schrieb das BT bisher auf liegende Rechtecke; um ein Oben und ein Unten zu vermeiden, wegzulassen? Wenn wir auf den stehenden Rechtecken schreiben, dann schreiben wir immer Türme. Wir schreiben uns in vielen Horizontalen von oben nach unten; um den Gedankenraum vorzubilden?
Merkwürdig: Wir hören die Richtungen nicht gut. Für den Hörraum sind sie auch nicht so nötig; hier wird sich anders orientiert.

21. August 1981, Lüneburger Heide

Eine saloppe Figuration: Die braunen Schlaraffen Schwabings. Was geht in dir vor? Eine Frage Inges. Also banal: neurotisches Zeug. Erhaben: Arbeit am FB. Also wieder nichts Erhabenes. Figurierte Banalitäten.
Fahrt nach Bargfeld. Der Ort liegt in einer sanften Mulde, sehr reich, zahlreiche geheime Winkel. Die Umgebung: großzügig, in den Himmel anhebend, dann die verbrannten Wälder. Im »Bangenhof« die Wirtstochter mit Baby. Die Schmidts? Nie gesehen. Er soll ja freundlich gewesen sein. Die Frau vollkommen unsichtbar. Badet um 6 Uhr früh im Weiher. Post kommt in einen Plastikbeutel. Der Wirt sprach nur von Reemtsma. Er vermutet ein Museum. Alarmanlage. Dahin gehöre auch die Lili, sagt er. Er glaubt uns nicht, das Frau Schmidt von den Büchern ihres Mannes leben kann. Verachtung: ganz offen gezeigte. Vielleicht aber auch nur geringes Interesse. Hielt uns für so Vögel, offenbar. Das ist die Situation. Frau Lili ist also schon zu begreifen. Die Leute verehren Löns. Ein deutsches Afteridyll.
Heute schickte ich »Troja« an den Hanser Verlag ab. – In Eschede. Auf der Fahrt hierher: 1. Station Hagen bei meinem Bruder Hermann. Ich rede mal wieder um den Brei herum. So meint der Integrierte das. Die Integrierte Gemeinde hat die schönsten Häuser in der Stadt aufgekauft und für den Prior und die Priorin restauriert. Viel Jugendstil. Lauter Wülfflin-Leute: diese Glieder; schlank, blaß, religiös vornehm und kinderreich, obwohl retuschierte Geschlechtsmerkmale. – Vorher war noch Köln mit der Ausstellung »Westkunst«. Führung von Laszlo Glozer für uns und Prof. Sauerländer. Im Initiationsraum: Klee, Roault, Schlemmer, Picasso. Schwitters. Das unerhört Außerordentliche. So etwas habe ich bisher noch nie gesehen. Und der geliebte Giacometti! – Dann in Hamburg bei Inge und Heinz Hostnig. Lesung Goethe-Institut. Schuldt war da, unterstützte mich. Ich las »Troja« und »Rede«.

01. 07. 83 Ich wußte es damals noch nicht, daß Schuldt es ernst meint mit seiner Zustimmung. Inzwischen habe ich viel von ihm gelesen und bin stolz auf seine Zustimmung. Auch einige Leute von der Zeitschrift »Annalle« traf ich.

Wenig erfreulich. – Nächste Station war Edemissen. Die Bekanntschaft mit einem – kurzfristigen – Schwager gemacht: Professor Kuhlwilm. Bienenzüchter und Wolfshundhalter. Vierzehn Bienenvölker und noch mehr Königinnen. Erfreuliche nähere Umgebung: zwei intelligente Schweine.

Dann Wolfenbüttel. Das war schon die zweite Lesung dort. Frau Solf bereute offenbar die Bekanntschaft mit dem Autor der »Rede«. Die Herzog August-Bibliothek scheint uns wieder wie das achte Weltwunder. Die polnische Gelehrte Szarotti nimmt mich brutal in Beschlag. Wir hatten vor einem Jahr im Lessing-Haus einen schlimm-schönen Rundtisch-Auftritt. Vorhaben: die von ihr herausgegebenen Jesuiten-Dramen lesen. – Katja Thiel. Das Irrlicht. – Gomringer: Grüß Gott, Herr Wühler. Mein Name ist Wühr. Wühler ist doch auch gut. Kein Kommentar. Zwei Zeilen dieses Poeten: Der einfache Weg ist einfach der Weg. Das Schwarze im Neger ist der Neger im Schwarzen.

01. 07. 83 Schon gut. Muß ja gut werden. Muß ich doch urteilen. Da hat wieder einmal die Sprache besser als der Autor gedichtet. Da kenne ich schließlich noch so einen: Die Sprache im Gomringer ist der Gomringer in der Sprache. Na endlich. Weil sie einem nicht bös sein lassen.

Bob Cobbing und seine Mitsäuslerin. Er schrie und sie wimmerte die ›million-years-agony‹ in der Lessing-Suite, und ich spielte nicht mit. Wie damals im Kindergarten in der Gabelsbergerstraße. Anschließend las ich bei Lessing die Versuchung zur Poesie aus »Gegenmünchen«. Reinfall. – Am dritten Nachmittag im Lessing-Haus: »Troja« und »Casbah«. Danach ein gutes Gespräch mit Horst Günther und einem Dozenten von der Universität Braunschweig Pirell. Er fand »Troja« graziös.

01. 07. 83 Oskar Pastior: Das FB wird ein Myzel. Siehe.

Alles ist falsch, auch das richtige Falsche. Ineinander fällt alles. Umarmungen. Irenik. Keine Polaritäten.
Alles so tun, daß es nicht bestätigt werden muß. Schweben ist der

falsche Flug. Die Erde schwebt. Es ihr gleichtun. Sie nicht. Sie konstelliert sich. Die je neue Erinnerung, weil das Wiedersehen nie mehr vorkommt: so riesig ist der Umkreis im Geist.
Erinnerungen an uns können nur neue Ansichten sein von uns. So viele sind wir. Jeder einzelne. Jeder von uns: wird die ungerechte Interpretation von vielen anderen.
Horst Günther: Ein Autodach zum Stehpult wählend, schrieb ich eine steile Widmung ins Buch »Gegenmünchen«. Darüber sollte ich noch verhandeln.
Bergen-Belsen. Schießübungen der NATO.
Jedes Bett auf dieser Reise schwitze ich naß. Ein Wiederkommen gibt es nicht.
Katja Thiel: blödsinnig bis überaus bedeutungsnah.
Ich muß nachlässiger, wischender figurieren. Fazit: eine gute Zeit für Schreiber, alle Kollegen musizieren, malen, schnitzen, tanzen und vor allem: filmen.
Bohrer lesen. Nach so vielen Spinnern: seine Sätze studieren. – Ein Satz hebt zu einem Baum an. – Alles schreiben, alle Möglichkeiten des Schreibens schreiben. Die Antworten aufschreiben.
Kein wirklicher Poet war jemals ein wirklicher Poet. Sic! Die wirklich banalen Menschen sind schon immer Poeten geworden, ob sie es werden wollten oder nicht: sie mußten. – Das Mißverständnis der poetischen Menschen über die Poeten.
Rimbauds: ». . . von gewöhnlicher Betroffenheit«. – Das Machbare ist unbewohnbar. – Ein Bild, in das zwei Augen einziehen können. Ein Gott, in dem sich zwei eine Eigentumswohnung kaufen. Soso? – Oder ein Doppelsarg? So hast du Karl und Sophie unter die Erde gebracht im FB.
Kühles Grab. Ein Bild für erhitzte Gemüter. Aber die Feuerbestattung für trockene Geister.

07. 06. 85 Als kleinlauter Geist, von Inge übersohlt: also an diesem meinem Unglückstag möchte ich die Erfindung dieses Buches ankündigen, dieser Schleife, die das Unglück und das Glück aufnimmt in ihre vielen Röhren (Kommunikation). Ich muß mich hüten vor der Selbstzensur. Ich bin für mich selbst am (bitte, wie sagt man das?), also überaus schwer (was für ein Wortgewicht!) zu verstehen. Ich kann ja nicht mit allen Augen lesen.

Ein großer Poet des 3. Jahrtausends ist ein Schreiber, der mit allen Augen gelesen werden kann; das kleine Mädchen liest einen Teddybären-Roman aus ihm. Und der in der Ewigkeit alles aushorchende Lacan auf dem Hochsitz über dem Haupt Gottes? Läßt mich . . . Für diese, für eine derartige Reaktion fehlen die Wörter.

30. 06. 85 Es ist endlich schön und warm. Ich sitze am offenen Fenster. Inge ist in Belgien, in Verviers. – Alle entscheidenden Antworten werden von mir nur in die nächste, allernächste Nähe der Entscheidung gerückt und, vom Ja oder Nein her wird ins andere hinübergelacht (dem ich nur nahestehen kann, weshalb ich in seiner Nähe auch lachen werde dürfte, auch über es, sei es eine Person oder Sache).

Wenn du einen Regenschirm mitnimmst, regnet es bestimmt nicht. Wenn du eine Sonnenbrille aufsetzt, scheint bestimmt die Sonne. Regel: so dumm wie trotzdem tief. Die Tiefe der Dummheit hat etwas oberflächlich Oberflächliches. Darüber kann man nicht mehr nachdenken. Die Dummheit kommt nämlich immer zu spät. Da sind dann auch die Denker schon weg. Ein Glück: die Dummheit hat nämlich das Nachsehen.
Du stammelnder Symposiarch Paul Wühr! Das Wunder der Konfusion erkennend: die Ballette des Friedens, seine Tableaus. Der Friede jagt über die Lammfelder. Brüllende Stille.

07. 06. 85 Die erste Eintragung ist in Wahrheit so wirklich, daß es einem durch jede Brille in die Abwässer nicht klarer gemacht werden kann. Meine Wut: wieder zu früh.

15. 06. 85 Ein Beispiel dafür, wie wenig ich mich selber lesen kann. Oder habe ich das erst heute gegeben?

22. August 1985, Köln

Nach der Lesung in Köln: kurzes Gespräch mit Herrn Nelles, der bei Peter Pütz eine Magisterarbeit über das FB schreibt: »Die Verwicklungsgeschichte des Falschen«. Mir fiel schon während der sehr langen Diskussion auf, daß hier einer genau wußte, welche Fragen im FB weiterhelfen. Auch Manfred Franke mit seiner Frau war da; leider konnte ich nicht mit ihnen sprechen, weil nach der Lesung eine riesige Schreibarbeit auf mich zukam. Das wird zur Unsitte, diese Widmungen in zahllose Bücher oder handelt es sich dabei um besondere Respektbeweise? Da blicke ich noch nicht durch. Auch Jappe und Erasmus waren da, ich wich aber aus.
Der Abend wurde noch interessant. Reiner Speck hatte uns in seine Villa in die Brahmsstraße eingeladen (Brahms lebte in der Speckgasse). Er ist nicht nur Gründer der Marcel-Proust-Gesellschaft, sondern hat auch eine wundervolle Sammlung von Petrarca-Handschriften und -Erstausgaben. Das hatte ich bisher noch nicht erlebt, ich meine: solche Stunden im Mittelpunkt. Die Tochter von Frau Dr. Ziervogel (Inges Vorgesetzte bei Inter Nationes damals) saß neben mir und Dr. Speck. Ich unterhielt mich mit dem Kunstsammler Brandhorst und dem Rechtsanwalt Rasner, der uns noch spät in der Nacht seine Bibliothek mit Erstausgaben des 18. Jahrhunderts zeigte. Den jungen Reetke sprach ich erst gegen Ende des Abends; er will nach München kommen zu einem Interview. – Unvergessen: der Blick zum Dom hoch auf der Terrasse von Henning Rasner.

28. 08. 85 Meine Unsicherheit, was die Zugehörigkeit zur Marcel-Proust-Gesellschaft angeht; die Aufspaltung der Identität (in der »Recherche« das Elend schlechthin) wird von mir (schon seit »Sheila«) zur Vision der Zukunft, gegenwärtig zum erstrebenswerten Zustand, freilich noch mit Hindernissen umstellt. Entsprechend wird Authentizität (die in der »Recherche« als verloren beklagte) nicht ersehnt. Authentische Beziehungen sind ganz einfach richtig, petrifiziert, also abzulehnen; freilich sowieso unmöglich, nur behauptet. Autonomie der Person wird nicht festgestellt. Das alles ist dann bei mir keine Entmenschlichung. Es geht also in meinem Werk

nicht um die wiedergefundene Ganzheit des Ichs – bei Proust durch den Zufall wie mit der Madeleine gefunden –, sondern um die endgültig in Zufälligkeiten aufgelöste behauptete Ganzheit. Kunst bietet dieses Schauspiel in ihrer fehlerhaften Falschheit.

23. August 1981, Lüneburger Heide

Pasolini: »Ich bin ein herrenloser Hund.« Inge liest gerade die Biographie von Enzo Siciliano. – Das FB ist ein Trumpf, kein Stich. Die kleine Dorothea im FB ist die Mutter des Odysseus. Oder habe ich das im FB gestrichen? Die Mutter des kleinen Herrn ist sie bestimmt. – Das Boulevard-Theater. Übel, ganz gemein. – Auf der Fahrt nach Köln im Regen: diese Schlaraffen werden von meinen nicht anwesenden Themen gestört. Das ergibt Entgleisungen ins Normale, z. B. handelt es sich nicht mehr um eine nackte Frau, sondern um das Banale, das Entgleisungen bewirkt. – Theater der Ablenkung, der Abschweifung. – Ich gehe von mir aus: Mein Banales. Das Geistige (wirklich Banale) wird vom künstlichen Banalen abgelenkt.

01. 07. 83 Von Geist kann keine Rede sein. Banales lenkt Banales in seine Normalität. Das ist die Sache des Daniel Ondrach. Er kann sich weder erheben noch erniedrigen. Von der Wirklichkeit ist er genau so weit weg, wie er ihre Nähe nicht reflektieren muß, weil er in ihr sitzt. Geist verkommt in seiner Gosche zur Grosche, allemal, vergleichsweise in zweidimensionaler Erhebung.

23. August 1985, an der Mosel

Heute kleine Moselfahrt bis zur Burg Metternich in Beilheim. Wir saßen auf der Filmterrasse von »Moselfahrt aus Liebeskummer« lange beim Wein und ließen die Schlepper an uns vorüberziehen. – Ich vergaß: am Morgen in Köln haben wir noch die Braut-Ausstellung gesehen. Wichtig für mich das grüne Spitzenkleid der Sisi für ihren Polterabend. – Dann im »Schweizer Hof«, der sich in der WDR-Dependance befindet: Gespräch mit Klaus Schöning. Klar wurde: Assistenz 3000 DM, dann Rohschnitt bei Giovanni. Was Schöning allerdings mit den Vierspurkassetten meinte, muß ich mir noch einmal erklären lassen. Etwas verstimmt war ich über die Kürze des Gesprächs. Klaus sprach über Fontanella. Jetzt allerdings bin ich froh darüber, daß ich nichts verriet; die arbeiten rund um den Globus.

24. August 1981, Ostenholzer Moor

Bei ›Onkel Nickl‹. Einfaches Essen. Einfache Leute. Nach einer achtstündigen Fahrt durch die Heide. Zur DDR-Grenze an die Elbe. Das bewegt mich wenig. Wie mich in den Friedhöfen der Tod wenig bewegt. Das deutsche Schicksal hat mich nie bewegt. Das muß ich sagen, wenn das auch sehr uninteressant ist. – Zwischen Obst und Gemüse das Grab des Dichters Nicolas Born, den ich gekannt habe, mit dem ich in der Autorenbuchhandlung in der Wilhelmstraße gesprochen habe. Er sagte: »Paul, die Achternbuschs lassen die Welt um sich kreisen. Wir kreisen um die Welt.«

01. 07. 83 Ich stand nie an seinem Grab. Ich fand es nicht.

Ob die andere Welt nicht der noch größere Schwindel sein wird? Wer das weiß? So eine Frage eines so Falschen, der doch einverstanden sein müßte mit dem blühendsten Blödsinn? Wie Basileus müßte ich doch die Hierarchie des Betruges bis hinauf zu Gott besingen. Gorleben. Diese Ruhe. Pause. Einschläferung. Nach allen Urnengängen. Sulzlüneburger holzten ihre Heimat schon vor Jahrhunderten ab. Die Hanseaten hatten Christus schon wörtlich genommen: »Seid das Salz der Welt.« Heute demonstrieren neben schiefen Häusern die Enkelinnen, unter Jeans die tiefen Spalten. Diese CDU-Solen. Aber im Ernst kann mich das nicht mehr so sehr interessieren wie das Uran.
Diese Hörspiele. Diese Innovationen. Ohne Erfindung geht nichts. Die Gedanken hinken. Der Geist hat keine Angst vor Gedanken, nur vor Erfindungen. Da macht er sich aber nicht gleich in seine Windhose. – Er denkt ja. Und selber. Aber aus? Also bitte. Nur windig ist er nicht. Kein Konkreter! Da muß schon was drauskommen. Bitte? Also zuschaug'n mag er net.

15. 06. 85 Franz Mon: er verbot mir, von den Gegensätzen Form und Inhalt oder Form und Stoff zu sprechen. Das ist schon lange Mode, aber die Gegensätze bleiben, z. B. Franz und Paul. Es gibt Wege, sie zu unterlaufen, sie zu umgehen, lieber Franz! Bitte, lach nicht. Es wäre ja das erste Mal!

24. August 1985, Sulzbach

Wir fuhren nach Trier. Besichtigung. Meine zweite. Wieder keine Aufregung. Das schwarze Tor. Dieses paßt zweimal in den Palatio des Kirchenstaatsgründers oder Gründer des katholischen Staates: Constantin, ein Großspuriger, der hier nur Halbfertiges hinterließ. Tietz-Fassade des Rokokoschlosses. Die älteste Kirche Deutschlands ist auch die verdorbenste: völlig barock vertortet, schwarze Schlagsahne.
Fahrt zu Ludwig und Brigitte Harig: um 16 Uhr wurde uns geöffnet. Wohlleben und Wohlgefallen. Zuerst Sportschau. Bayern und Plattling siegten. Ich begreife in etwa den Unterschied zwischen dem Deutschen Meister und dem Pokalsieger. Nur Inge weiß, warum ich mir das so genau erklären lasse.
Wir essen uns durch acht Gänge im Hause von Hermann Harig. Neben mir sitzt Margret Helmlé.

25. August 1978, München

Volker Hoffmann war hier. Zur »Rede«: Größte Einheit der Wortwelt bis jetzt. Die Wörter bilden einen eigenen Kosmos. Sparsamer Worthaushalt. Der Leser wird nicht von Privatem gestört. Von hier aus würde sich erklären, daß ich nicht indirekt, nicht tagesbezogen oder politisch schreibe. Er meint, ich sollte mich nicht beeindrucken lassen von Vorwürfen wie etwa: Pornographie, nicht engagiert, verzweifelt. Das sei alles Tatsache, aber direkt. – Wir lasen und arbeiteten wieder stundenlang. Alles hinge mit allem zusammen, meinte er. Wir dachten dem grünen Hals nach. Die vier Blöcke sollen bleiben, auch der Ablauf, so wie er jetzt steht.

01. 07. 83 Ich habe von zwei Katzen geträumt. Ich habe wirklich eine. Der Traum ist eine Fahne mit tausend Fehlern. Der gehört zu mir. Den schenk ich nicht her. Mir ist nicht wohl. Diese Freizeit habe ich nicht, die ich habe. Ein großes Buch ist ein großes Loch. Mein Schwanz geriert sich als unbefriedigt, wie einer, der es in der Lyrik schon besser konnte. Verzeih', Hölderlin. Ich bin jetzt an Jahren so feig wie ein Planet. Mir gehört so wenig wie ich mir.
Das Falsche ist der Fall. Aber es ist der Fall durch die Logik. Grüß Gott, Herr Wittgenstein. Einverstanden? Servus. Mir ist nicht wohl, Sie müssen nicht einverstanden sein. Wahrscheinlich bin ich der Mystiker. Schlimm. Sehr verehrter. Sie reden sich selbst von mir aus bin ich gefallen dorthin, wo sich nicht denken, nur sprechen läßt, also singen. Das ist aber ein Wort. Halte zu Gedanken.

25. August 1983, München

Im FB findet der sogenannte Kampf ums Dasein, also eine Selektion nicht statt. Es gibt keinen Selbsterhaltungstrieb, nicht die Faszination des Stärkeren, keine Rivalität um Rang und Platz (Blumenberg).
Es ist aber auch eine Frechheit, dies hier festzustellen: da meine

Pseudos nicht unter den Bedingungen des Menschen antreten. – Interessant dürfte unter diesem Aspekt sein: daß es eine, aber eine negative Rivalität gibt, nämlich die des Autors, und eine um den Rang seiner Pseudos: er möchte so falsch sein wie sie.
Die Figur des Heinz von Stein, so Kind sie auftritt, ist wahrscheinlich stellvertretend für alle temporären Kontingenzen im poetischen Kontinuum. Die großen Versatzstücke, ganz sicher auch die gedanklichen Partikel treten von ihrer Zeit aus rücksichtslos in Erscheinung. Ihr buchräumliches Nebeneinander ergibt erst das Konglomerat, aus dem nur spielend und in schlimmster Verknüpfung Beziehungen hergestellt wurden und vom Leser hergestellt werden können.
Ich komme noch einmal auf die anfängliche Sentenz zurück, auf einen ihrer Partikel: Der Selbsterhaltungswille des Autors kommt im FB vor: er verknüpft seine heterogenen Figurationen arbiträr. Das muß er. So erhält er sich in seinem Buch, wenn nicht am Leben, so am Verstand.
Seine Selbstherrlichkeit erwächst ihm auf dem irrealen Boden einer Bescheidenheit, die sich ausgestoßen wissen muß von der Entwicklungsgeschichte der Vernunft.
Kommt ihm, diesem Mitläufer in einer Entwicklungsgeschichte des Falschen (der Poesie), die Entwicklungsgeschichte der Vernunft sehr vernünftig vor? Nein. Überaus phantastisch. Und das ist keine Verurteilung. Ganz im Gegenteil.
Und wenn es sich während der Entwicklungsgeschichte der Vernunft um Figurationen des menschlichen Geistes handelte? Also doch um Metaphorik? Also wenn die immer neuen Ansätze zur Erkenntnis unserer Welt (und ihres Außerweltlichen) nichts anderes wären als vernünftige Poesie, als die Metaphorik der Vernunft? Die Affinität aller großen Denker der Geschichte zur Poesie, spricht sie nicht dafür?
Der Heilige Geist der unschönen Wissenschaft wird, so hat es für mich den Anschein, immer dann als anwesend gedacht, wenn es sich darum handelt, Methoden sich ablösen zu lassen von solchen, die nahtlos anknüpfen, auch wenn sie Gegenteiliges in den Blick bringen. So hätte also auch die Wissenschaftlichkeit ihre höchste Legitimation, die Einlösung ihres Wahrheitsanspruches: in einem Geist, der sie nicht etwa führt, sondern den wahren Zusammenhang bestätigt. Deshalb hat sie auch Kirchenväter und Exegeten

für ihren weltgeschichtlichen Weg in immer neue Enttäuschungen, wahrscheinlich in die absolute Resignation. Kann ein erster Denker angenommen werden, der in seiner Todesstunde verspricht, seinen Geist auszusenden, der die Arbeit des Denkens begleiten wird bis an ihr Ende? Mit dem heutigen Geist der Kirche hätte dasselbe nichts gemein: nämlich jede Station auf dem Weg durch die Geschichte zu sakralisieren, aber bestimmt insofern: schließlich am Ende den ganzen langen Weg in die Verzweiflung. Das ist das Außerordentliche an ihm, an einem Heiligen Geist, der Irrtümer gar nicht zuläßt, um am Ende das Heil zu bestätigen. Oder von daher anders gesehen: Das Außerordentliche am wissenschaftlichen Geist ist, daß er Irrtümer über das Heil schon unterwegs bestätigt, um sich am Ende nicht nachsagen lassen zu müssen: er habe das Heil bestätigt; er kann sich nachsagen lassen, daß er immer auf der Seite der Wahrheit stand: am schrecklichen Ende des Weges. Es bleibt zu sagen (von Sympathien abgesehen): keiner von diesen beiden quasi Heiligen Geistern (die Sprache lügt sich schwer aus einem Text heraus) weht, wo er will.

Tatsache ist, daß alle Geistsendungen mit außerordentlich kurzen Zeiträumen rechnen. Also auf den Geist fällt üble Nachrede. Dem schließe ich mich ungern an.

Die Poesie hat vernünftige Gründe, fröhlich zu sein. Ich soll einmal zu Jörg Drews gesagt haben: »Stellen wir das ursprüngliche Chaos wieder her!« Dabei sprach ich von der Poesie. Es sieht (nach der Lektüre Blumenbergs) so aus, als hätte ich so unrecht nicht. Die geglaubte Ordnung macht das ganz allein mit sich. Gewonnen ist damit nichts. Verloren auch nicht, wenn es keine Enttäuschung bedeutet, in dieser falschen Welt keine Ordnung vorzufinden. Ich nehme dem Mathematiker Pascal nicht das Wort aus dem Mund, wenn ich sage: die Vernunft der Liebe ist ihr Friede. Darin kann der Heilige Geist wehen, wohin er will: es stört sich darin nichts, wie sich im All und im Molekül die Partikel nicht stören können, die zweck-ungerichtet die Richtungen wechseln wie sie wollen oder nicht wollen.

Auch hat die Liebe weder einen Vorbehalt gegen oder gar Freude am Fortschritt. Zu ihrem Frieden handelt sie so: unrichtig, ungerichtet.

Es regt sich der heilige Verdacht, was an der Liebe falsch sein könnte: ihre Zwecklosigkeit, ihr Ungerichtetes sei es schon. Was an

der Zeit so zweckgerichtet scheint, nämlich der Fortschritt sowohl der Theologie als auch der wissenschaftlichen Wahrheit – also ihre Linearität, ihre teleologischen Gelüste – könnten nichts bedeuten. Das darf kein zynisches Wort sein, höchstens das kynische: das ist es schon. Das. Im übrigen in aller Halbherzigkeit der Lust: daß es den Lauf der Lustläufer nicht um die Lust ihres Laufes betrügt. Lust ist Lust. Auch kynisch gesagt. Und um den Verdacht des Barbarischen abzuwenden von uns: aber das eben können wir – mit Ruprecht gesagt – nicht sagen: es hätte auch uns die Lust des Laufens verführen können.
Daß uns die Lust des Denkens, des wissenschaftlichen, nicht verführen konnte, ist keine Erwähnung wert. Da seien die Anstrengungen eines Kant vor. Wenn wir nicht klatschen, dann erledigt das ein Gott. Wir haben zu tun. Es ist so. Es ist nicht etwa so, als hätten wir nichts zu tun. Und wie es so Gebrauch in einer Welt ist, die wir uns als Aschenbahn vorstellen müssen: von Anfang an müssen wir anfangen, aber beim Startzeichen gehen wir in die falsche Richtung weg oder bleiben gar stehen: gerichtet auf Falsches, versunken in den Anblick des Geistes.
Von beiden Entwicklungsgeschichten können wir wenig oder gar nichts übernehmen: denn Liebe kam nicht vor. Ihre Bedingungen allerdings sind so unsichtbar wie die Leere, die Teleskope im Weltall lokalisieren.
Eine Liebe, die eine Schwäche eines andern nicht nur verdeckt, sondern sie über uns alle, als ein Anlaß zur Liebe erhöht: ist mehr als . . . es gibt den Rang in der Liebe nicht. Liebe ist Subversion. Gewalt ist der Subversion so fremd wie . . . es gibt keinen Vergleich in der Liebe. Sie kann auf Äquivalenzen verzichten. Würde sie Ausreden brauchen, so wäre sie nicht. Auch ihre Identität ist ihr Wurscht. Sehr schwer. Nichts zum Denken und deshalb so anstrengend. Fangen wir wieder von vorne an. Liebe. Gott ist sicher die erste. Und wenn er Mensch geworden ist, fangen wir an. Also gestern.

05. 07. 85 Mir ist zu gut. Meinesgleichen hat blödsinnige Sorgen. Ich spiele. Ich mache keine Spiele. Mein Kopf steckt in diesem Leben drinnen, und ich rege mich schrecklich auf und ab. Hutscherei. Also mehr hin und her. Wie geht es nah?

Meine Inge tobt mit dem Kater Sancho herum. Sie muß gar nicht wissen, was sie tut. Obwohl sie es sicher besser weiß als ich: um Mißverständnissen in diesen Zeiten vorzufechten. Der Augenblick von Inges Erscheinen mit Sancho war . . . Was soll ich von diesen Zeiten denken? Besonders von meiner sogenannten »Unvollendeten Vergangenheit«, die in der Zukunft ihre Vollendung nie erreichen wird. Oder wie soll ich dieses perfekte Imperfekt nennen? Eben so!

Ärgernis der deutschen Seele, sich selbst darzustellen. Ein Ärgernis für die Literatur ist das nicht, vielmehr die Legitimation dieses Dichtens und seines großen Gedichts. Die Gefühle, die sich hier ausdrücken, sind also nachprüfbar, insbesondere für Deutsche, insofern sie ihre Ehrlichkeit exhibitionieren können. Mit dem Mißverhältnis, daß hier ein Riese auf dem Experimentierfeld seiner ersten Liebe nur Zwerge agieren sieht, muß derselbe selber fertig werden. Eitelkeit wird ihm nicht vorgeworfen; Einsicht in Weisheit trotz Drang wird er stürmisch negieren. Das kann ihm jedoch wenig nützen, da er sich selbst ganz hergibt in seiner verwegenen Hingabe, was einem Schreiber, keinem Politiker, gut ansteht oder ihn im besten Sinne schlimm auszeichnet. Und die schlimmste Position, die noch seine infantilsten Vorlieben regelt, bleibt die verheerende Neutralität seiner Poesie, die er spüren muß, weshalb er wie ein ideologischer Narr gegen sie anrennt auf jeder Seite seines parteiischen Buches.

30. 06. 85 In dieser Schleife werde ich mich nicht mehr entscheiden: wie ich mit ihr umgehen soll. Also wird es ein labiler Umgang bleiben. In meinem Buch BT, in meinem Hörspiel und auch hier entfällt die Entscheidung über Methode, Konzept usw. Das ist jeweils also etwas anderes, was vorliegt: von Seite zu Seite, von Buch zu Spiel.

05. 07. 85 Mir darf kein Geschwätz hochkommen. Auf solchen Zeilen. Da gibt es nichts zu machen. Sagen wir es so. Aber ich bin hier zuhause. Und ich schau mich in allen Zimmern um. Und wenn mir etwas nicht paßt oder nicht passen wird, werde ich das auf die Seiten schreiben

(an die Wände, also Kreide), sodaß es kein Geschwätz wird, hier zu wohnen, sondern eine strenge Sache.
Ach, nähme ich eine (vielleicht Inge) einmal wieder in eine strenge Sache. Darin bin ich so böse wie gut, nie jenseits (das geht nicht gegen den lieben Friedrich).
Ich weiß, nichts sah ich heute. Mein – nein. Sein eigener Brinkmann sah alles.
Ich? Gisela. Sie sprach von einer neuen Zecke, die die Gehirnhaut entzündet, besonders in Österreich. Sie käme aus Richtung Nürnberg. Zecke. Ungeheuer. In Bäumen. Sie scheint ein neues Thema gefunden zu haben: Zecken.
Habe ich das schon aufgeschrieben, daß ich zu Inge im »Scheidecker Garten« gesagt habe: Ich sei nicht mehr ernst? Ja, so genau. Daß ich lustig werden würde, kann ich mir bei Gerhard Polt nicht vorstellen. Aber ernst? Nein. Das könnte ich nicht mehr werden. Selbstverständlich verordnete ich mir gleich große Beispiele (nicht gleichgroße): nämlich diesen Engländer, der mit S beginnt und mit e endet und den minderen Österreicher, der Nestroy heißt. – Ist jetzt hier wenigstens auf diesen Nebenblättern der Welt eine extra Gerechtigkeit erreicht? Ja, dann!

25. August 1985, Baden-Baden

Abfahrt mit Harigs von Sulzbach. Wir besuchten Leo Kornbrust und Felicitas Frischmuth. Führung durch das neue Haus. Besichtigung eines Weinkellers, den wir in ›Le Pierle‹ ähnlich bauen sollten. – Die Straße der Plastiken war großartig. – Durch das Elsaß, wo wir unterwegs Weingläser mit grünem Stiel kauften – Goethes Spuren folgend hierher.

26. August 1978, München

Ich bin fertig (wieder einmal!).

07. 08. 85 Gemeint ist die »Rede«.

26. August 1981, Lüneburger Heide

Wir waren in Hannover. Im Georgen-Garten, dann im Wilhelm-Busch-Museum. Das Hauptwerk: eine Abschweifung. Im Landesmuseum: eine Cranach-Venus, ein Segantini-Gockel. Langes Gespräch mit Inge in der »Kastanie« in Hodenhagen: Erinnerung an den Lichthof in der Bäckerei meines Vaters in der Augustenstraße. Der Backofen: ich sprang von der Schüssel auf den heißen Boden, ohne erst geschossen werden zu müssen. Ich dachte an den verrußten Baum zwischen Vorder- und Rückgebäude in der Augustenstraße 70. Urszene, Urbaum: zum Einschauen, zum Anschlagen. Kuckuck 33. Lange vergessen. Wegreisen um heimzukommen. Man muß also räumlich weit weg sein, um zeitlich tiefer zu gelangen. Von einer Geschichte in eine andere hineinerzählen und am Ende aus der ersten wieder herauskommen. Noch so Unmöglichkeiten. Alles übereilen. Überwürfe. Überwerfungen wie in der »Rede«. Weil wir keine Zeit haben, müssen wir künstlich herstellen. Herr Scharang, wie ich heute in der SZ las, hat mich bekehrt: wird ein Erfinder der Realität gegen die Realität. Was ist los? Wenn der sich schon ändert? Ich bin nicht schuld. Ich habe immer mein Brot gebacken. Keine Hast, was den Vertrieb angeht. Verlaß auf einen bestimmten Hunger.
O-Ton. Soll ich in mein Frauenstück heutige Dokumente von Frauen einschieben? Sie sollten den Frauen der 70er Jahre ins Wort fallen. – Ich könnte diese Arbeit ja auch (partiell) herschenken, natürlich an eine Frau. Sie könnte auch gegen den Autor, Figurator des Frauenspiels auftreten. Vielleicht meldet sich eine Autorin. Vorstellbar ist auch, daß diese Autorin sich in mein Spiel mischt. Ganz allein. Die Dreizehnte.
– Auf der Heimfahrt zum FB: Über die Krimis weg oder aus ihnen heraus in noch andere Löcher etwas einfädeln oder in die Löcher anderer Geschichten hineinkriechen, aber auch wieder zurück.

Ich benötige Leute, die weiterarbeiten. Factory. Das hatte ich einmal mit Jürgen Geers geplant. Es gibt so viel zu tun. Einer allein kann das nicht. – Vieles, was ich mache, wartet auf Ausführung. Film, etc. Poesie streut. – Das letzte Wort aus »Gegenmünchen«.

07. 06. 85 Wie schön. Die Heide. Ja. Arno. Daß ich von Dir nichts versteh! Aber mein Freund Jörg. Und mit Inge war ich doch in Bargfeld. Ist denn Totsein so schön in der Literatur? Du jedenfalls bist im Streit und im Ruhm so aufgehoben, Herr Schmidt.
Ich habe so viele Freundschaften zu beantworten und schreibe immer wie schon ein Toter in dieses Buch. Das genau ist Literatur.

26. August 1985, München

Heimweg von unserer Köln-Saarland-Baden-Reise. Michael Langer – er hütete während der vergangenen Tage Sancho und Wohnung – teilt mir mit, daß mein Sony-Walkman wieder durchdreht. Ich folgte seinem Beispiel.
Was bleibt von der Reise? Inge meint, ich solle dieses Buch »Die liegende Acht« nennen. – C. G. Jung: er muß eine Bemerkung gemacht haben (aber wo?) über den Zusammenhang ›Monotheismus und Individuation‹. Genauer: von der Vereinheitlichung ist die Rede, vom Schwinden der Vielfalt (Polytheismus).
Dr. Speck: er sprach vom ›Währen‹, das würde heißen: über und im Falschen reden.
Inges Scharfsinn bei Dr. Rasner in der Bibliothek: sie erkannte sofort, daß der Signatur Albert Einsteins in einer Thomas Mann-Erstausgabe das ›Alber‹ hinzugefügt worden war, und zwar dem A, das wie ein T aussieht, vorgesetzt. Meine Detektivin!
Ludwigs Vorlesung aus »Dichtung und Wahrheit« über den Feuerberg. – Schlesingers Film »Der Tag der Heuschrecke«. Eine sich erweiternde Katastrophe. – Das ernste Gesicht Eugen Helmlés, das sich von Glas zu Glas immer ein wenig mehr erheiterte. – Ludwigs neuer Roman über seinen Vater »Ordnung ist das ganze Leben«. – Der resignierende Erasmus Schöfer. Ich erinnere mich an kein Wort von ihm. – Der liebenswürdige Gellner, der mich nach Köln einlud.

Ich habe vieles vergessen. Gedichte fingen an. Das zweite Gedicht, nein die zweite Rede. Die dritte Rede.
Wenn ich Theokrit im BT benötige, dann nach den Übersetzungen Franz Tinnefelds fragen. Uni München. Theokrit, ein poeta doctus? Syrakus. Eidyllien. Pharmacentria (Liebeszauber).
Anruf von Ursula: Wehleidmütiger Abschied – Wien – France.

27. August 1983, München

Im FB erzählt also ein Onozentaur von Cynozephalen.

15. 06. 85 Ich weiß nicht. Ich fühle mich oft mißverstanden, und meistens, denke ich, daß mir nicht genug nachgedacht wird. Ich muß darüber mit Lutz Hagestedt und mit Bernhard Setzwein reden. Werden meine Freunde zu alt? Wie sollten sie sich auch um mich kümmern? Mit mir gewinnen sie auch nur nach ihrem Leben etwas; das ist für sie bestimmt zu teuer.
Wie kann man denken, daß im FB auch nur ein einziger Gedanke ins Nichts hängt. Ich werde das Gegeneil beweisen. Zwar bin ich kein Benn, aber.

16. 07. 85 Sarah hat mich gern, die Tochter von Volker und Pierangela. Sarah wird mich vielleicht lesen. Wann?

26. 08. 85 Heute hat Jörg Geburtstag. Er kommt zu uns. Ich habe ihn in letzter Zeit ›ausgerichtet‹. Das ist das richtige Wort für diese Tat: Untat. Ausrichten. Im übertragenen Sinn heißt das ja: Böses über einen sagen.

28. August 1985, München

Mißtrauen, Mißmut – befürchtete Mißgunst: nach einem Abend mit Jörg, Herbert, Renate Schreiber und Ebba Bär. Gegen Ende las ich das Duett ›Sisi–Schuler‹ vor. Ich habe in dunkler Erinnerung, daß Herbert mäkelte. Das ist auffallend. So verhält er sich immer entstehenden Büchern gegenüber. Sein Mißtrauen? Sein Mißmut? Keine Mißgunst.
Für das BT: Die verschiedenen Pantakel (oder Wege, Reisen) durch München werden von mir wie ein Streckennetz zusammengebunden. Dieses ist in seiner Struktur (in, auf und über München liegend) insgesamt ein mehrdeutiges, ambiguoses, plurales Zeichen. So wird in diesem Buch wieder anders nach dem Totum gestrebt (also Sinnfigur über dem urbanen Chaos). Das ist wieder nicht romanhaft im konventionellen Sinne (Subjekt-Spiegel-Mikrokosmos). Auf den Geleisen, sozusagen, dieses Pantakels fährt man wahrscheinlich nicht nur einmal. So wie es dem Leser ermöglicht wird: darüber in Wiederholungen zu leben, bilden das meine Protagonisten schon vor.
Jetzt gleich kommt Lutz Hagestedt. Grund: Besprechung des Materialienbandes. Da habe ich immer ein schlechtes Gewissen. Da fällt mir ein, die erste Frage in Köln war: »Hängt das Ende Ihres Lehrerberufes mit Literatur zusammen?« Mein Schrecken: Erinnerung an meinen Beruf. Das kann bei Fontane (Apotheke!) nicht schlimmer gewesen sein. Das erzählte ich Lutz. Und vieles mehr. Die Begegnung mit Canetti im Kolbe-Haus in Aschau (oder wie heißt dieser Vorort?) 1972. Seine Friedensmasse und meine Selektion der Guten von den Bösen bei dieser Olympiade. Dann, wenige Tage später brachen die Palästinenser ein; das waren die Ausgeschlossenen, nicht die Bösen. Und Canetti? Belehrbar? Hat er sich daran erinnert? An die Worte eines unbekannten Poeten in München?
Ich muß krank sein: Also zum 46. Geburtstag schenkte ich Jörg wieder mein Gejammere über seine Joyce-Schmidt-vor-Paul-Liebe. Mein Gott, warum bin ich so blöd? Ich weiß mir nicht mehr zu helfen. Was soll ich tun, um diesen Unsinn zu bereinigen, ihn auszuräumen, meinen Kopf davon zu säubern: in eine Konzentration sollte ich solche Dummheiten sperren und dort lagern lassen bis sie faulen. Faschist Wühr.

Nochmals im Katechismus: der sich zum Himmel kräuselnde, weiße Rauch Abels und die schwarze Wolke zu Boden geraucht. Der selektierende Faschist über den Wolken. Mord und Totschlag. Amen. Es geschehe. Es geschichte. Entwicklungsgeschichte des Richtigen.
Der Mathematiklehrer am Wittelsbacher Gymnasium, der zum Büchersohn (haha!) sagte: »Wenn eine Linie zum Fenster hinausgeht, kommt sie zur Tür (gegenüber!) wieder herein (das vom gekrümmten Raum), aber das wird Paul Wühr nie verstehen.« Mein Zorn. Ich stellte ihn im Flur. er entschuldigte sich: »Bin kein Pädagoge, habe Angst, Sie werden ein Schwabinger (Bohemien). Will Sie zum genauen Denken erziehen.« – Und trotzdem: der Bäckersohn war verletzt. Ist es noch. Wurde Lehrer. Wird immer verletzt sein, wenn man ihn an seinen Beruf (nicht an die Kinder!) erinnert.
»Apotheker. Warum bin ich das? Mein Vater sprach: Car tel est notre plaisir!; zudem war er selbst Apotheker. Ein anderer Grund liegt nicht vor« (Fontane an Gustav Schwab, 1850). Fontane litt an seinem Beruf, an seiner Halbbildung. Was willst du werden, Paul, fragte mich Professor Stippel in Obermenzing (ich wohnte damals bei meinem Lehrer). Ich sagte, Postbeamter. Er sagte: »Nein. Werde Lehrer!« Ich wurde Lehrer. Ich kann auch schreiben: zudem war er selbst Lehrer (Gymnasiallehrer, Universitätslehrer), ein anderer Grund liegt nicht vor. So einfach ist es nicht. Er wählte den einzigen Beruf, den ich ausfüllen konnte (füllen?); es ist wie ein Traum, daß es mir fünfunddreißig Jahre gelang, mich mit den Kindern durch dieses Leben zu schwindeln. Ja, wirklich. Wie gelang mir das? Bin ich doch raffiniert? Klug bin ich nicht. Gescheit schon gleich gar nicht. Kein Gedächtnis. Kein Scharfsinn. Nur Sprache. Aber Sprache. Aber damit allein, kommt man damit durchs Leben? Darüber muß ich mit dem sprechen, der mir die Sprache gab und genau nur so viel, wie nötig ist, um nicht nur klug, nicht nur gescheit, nicht nur umfassend, nicht nur scharfsinnig zu sprechen.
Bevor ich in Köln las, unterwegs: Die Urszene des FB, nämlich der Besuch des Lazarus-Grabes in Bethanien und seine groteske Wiederholung nach der Aufforderung: »Kommen Sie über die Straße, ich zeige Ihnen das wirkliche Lazarus-Grab!« muß übertragen werden auf uns alle, auf alle Individuen. Das ist nicht Rosa »Kom-

men Sie mit, ich zeige Ihnen die wirkliche Rosa« undsoweiter bis unendlich: jeder ist, wie es im FB heißt: die ganze Gesellschaft oder umgekehrt.
Wenn Ottmar Ette in der »Proustiana II/III« schreibt: »Prousts Roman ist eine Reise in der Zeit, aber keine optimistische Entdeckerfahrt in die Zukunft. In einer Welt, deren Strukturen nicht mehr zu durchschauen sind, sind keine fortschrittsgläubigen Aussagen mehr möglich«, dann halte ich mit meinen Büchern dagegen: Der Zerfall des Individuums, seine glückselige Spaltung in unzählige Partikel, die selber jeweils das Ganze sind, ist schon die Zukunft und erst noch zu erfüllen. Es gibt zudem eine Regression, die sich *zurück*zieht in eine immer größer zu denkende Ausweitung (siehe die fortschreitende Verkleinerung des Schauplatzes meines Gesamtbuches: BT = Zimmer und zugleich die Erweiterung des Schauplatzes).
15.30 Uhr
Merkwürdig: ich höre eine Totenglocke. Das ist ganz unmöglich, da kein Friedhof in der Nähe liegt. Als ich den ersten Satz schrieb, hörte das Läuten auf. Jetzt fängt es wieder an.
Also zurück zum Thema: Eine optimistische Entdeckerfahrt in die Zukunft, eine Fortschrittsgläubigkeit ist das nicht, was ich schreibe, aber schon gar keine »Rückreise in die ... Vergangenheit«. – Ich sollte auch Proust einem Interview in der Aussegnungshalle ›unterziehen‹, nach dem Duett von Sisi und Schuler.
Für meinen lieben Jörg: Begreife meine tiefe Enttäuschung, daß der geliebte Freund andere Freunde – und es sind Genies – zu Freunden hat; ich weiß gar nicht, ob es sinnvoll ist, mir Vorwürfe zu machen? Vor Dir, Jörg, schäme ich mich ja auch nicht; aber es sind die Zuhörer, die nicht am Platze zu sein haben. Meine Ausschweifung darf keine Zeugen haben, nur den, dem sie gilt. Du bist die Instanz. Das ist es. Herbert Wiesner ist das auch. Aber nicht so wie Du. Du hast das ältere Recht auf mein Herz. Aber das nimmst Du nicht wahr. Ich leide nicht an Frauen. Das ist es. Wenn unsere Zerwürfnisse dem Alkohol in die Flasche gegossen werden, so ist das trivial. Ich schiebe meine Liebe in Dein Ohr, lüge Dir nichts vor. Ich werbe. Und hier kommt Joyce zu seinem Recht und der noch cleverere Arno: Ich werbe um Deinen Kopf. Einen besseren gibt es nicht.

30. August 1978, München

Ich habe die »Rede« bei Michael Krüger abgegeben.

26. 04. 83 Viele Notizen, weil sie von der »Rede« handelten, wurden von mir hier nicht aufgenommen. Nicht, weil sie störten. Nicht, weil sie über Richtiges reden. Die »Rede« ist ein falsches Buch wie jedes Buch von mir. Aber ich hatte mich so entschieden. Heute. Das kann sich ändern.

07. 06. 85 Gestern, nein vorgestern: der Hans Maier, ein Freund von Michael Langer, von Werner Fritsch und Jörg Drews, sagte, die »Rede« ist nicht mit der »Titanic« von Hans Magnus Enzensberger zu vergleichen. Mehr ist dazu nicht zu sagen (Heißenbüttel). Ach, wäre dieser gestandene Mann doch mein Freund. Aber er muß es spüren, daß ich nicht dazugehören kann. Mir schaukelt der Sitz weg. Ich stehe ganz selten und dann herum. Und am meisten macht mir das Fliegen Angst (großgeschrieben). Lieber Helmut Heißenbüttel, ich schreibe Ihnen den soundsovielten Trostspruch in Ihre Trostsprüche hier durch diese Schleife, und das ist nie zu spät, wie Sie auf der Literatur nachschauen können. Also versuche es, Heißenbüttel anzulächeln, und er lächelt zurück. Du selbst bestimmst die Dauer seines Lächelns, wenn Du befangen genug sein kannst in deinem Vergnügen an diesem Kopf, der auch der Schädel ist auf der Stätte des Lebens. Wie wenig unsere, also mein Kopf nahekommen darf. Vielleicht einmal. Wenn mir einmal jemand sagen wird, es sei einmal: dann bin ich tot und lebe. So gut meint es mit uns wohl keiner. Aber ich meine schon, daß es gut wäre, wenn jemand es mit uns so gut meinen würde; nachher geben wir es ihm. Wenn er das nicht aushalten wird, würde er gar nicht groß genannt werden dürfen einmal, wenn wir es ihm einmal geben.

28. 08. 85 Übrigens: was hier über die Bemerkung zur »Rede« aufgeschrieben wurde, hat sich inzwischen erledigt. Ich ergänze in dieser Hinsicht das Buch.

31. August 1978, München

Wer das Wagnis, über die Blödigkeit eine poetische Sprache zu suchen, ablehnt, wird mir die Zerstörung der Sprache vorwerfen.

1. September 1981, München

Zu Hause. Irritation. Selbstwertschwund. – Zur Urlaubschronik: Am 27. August in Düsseldorf. Edward Hopper-Ausstellung: sein Grün. Alles Alltägliche ins befremdend Erhabene gemalt. Besuch bei Sibylle Kaldewey. Mit Gunnar auf dem Dachgarten in der Poststraße. Darunter die Antiquariate der beiden. Dann fuhren wir zur Wohnung Sibylles in den Kaiser-Wilhelm-Ring. Am Fenster sahen wir die Rheinschiffe, im Vordergrund einen kleinen Zirkus. Dann lagen wir alle auf dem Teppich und blätterten in Gunnars New York-Buch. Reich, teuer, erlesen. Wir armen (relativ) Leute staunten. Das kann ich mir nie abgewöhnen.

04. 07. 83 Meine Mutter lehrte mich dieses Staunen. Aus abgenutztem Hausrat (siehe Valentins Filmwohnung) wurde ich zu den Söhnen reicher Leute geschickt. Der kleine Paul durfte dort meistens zuschauen oder mußte sich die Hände waschen, bevor er ein Spielzeug anrühren durfte. Das war blöd. Ich empfand das schon damals so. Ich empfinde heute noch so. Unglaubliche Blödigkeit. Zwischendurch, heutzutage, beschmutze ich gründlich. Schriftlich sowieso und mich zwischendurch. Sibylle möge mir diese Auslassung verzeihen. Hat sie aber doch schon oft und für allemal.

Wir besuchten auch noch Hildegard und Fritz Schwegler. Führung durch die Akademie. Fritz, der Professor. Sein Werk: nicht faßbar, und so eine Fülle. Die kleinen Basteleien der Studenten. Er sagte, sie kämen selten. Was treiben sie? Geschrieben sind sie nicht, keine Anzeichen.

Am 29. August in Solln bei Werner und Ursula Haas. Im Unterschenkel des Patienten Wühr knackt es. Am 30. August in der Martiusstraße röntgt Werner mein Bein. Kalkbildung, nicht schlimm. Kein Gips.

07. 06. 85 Selbstwertschwund. Größenwahn.

1. September 1983, München

Nach der Lektüre von Günter Herburger »Augen der Kämpfer. Zweite Reise«: Geschrieben ist dieses Buch ganz außerordentlich kühn. Die Thesen sind in der Hauptsache parteiisch für den Osten; nicht alle, es gibt einen irritierenden Rest. Das ist gut, das lähmt einen unguten Angriff auf das Buch. Das strotzt von Wissenschaft. Das ist oft lustig, unfreiwillig komisch, wenn zu deutlich belehrend, im großen und ganzen aber überzeugend; neue, gewagte Bilder. Morgenthau, also die erste Reise, wird jetzt einsichtig. Die Thuja-Utopie wächst sich aus. Es gibt große Überblicke. Das Kindliche bleibt auch hier erhalten. Herburger beschreibt. Er ist Romancier. Die Trilogie wird ein gewaltiges deutliches Gemälde. Seine Schreibe liegt nicht neben der Zeit – oder nicht in der Hauptsache. Mit dem, was ich unter poetologischer Chronik verstehe, kann er bestimmt wenig anfangen. Soll er auch nicht. Thematisch wird bei ihm unsere Zeit: das Schicksal der Deutschen, Kommunismus oder Sozialismus und Wissenschaft. Wenn ich ihn recht verstehe, öffnet er vom Westen her den Blick auf eine Wissenschaftlichkeit, die dem Kollektiv dient, also derzeit zu Arbeit und zu einem relativen Wohlstand verhilft. Seine Phantastik, die mit kühnen Wissenschaftsbildern arbeitet, entzündet sich aber – freilich ideologisch gerastert – am Westen, an seinem Purgatorium; hier lebt er, und hier spielt er sich in schwarzer Poesie frei. Entsprechend nur noch glühend, entwickelt er infantile Leistungsparadiese, die Freizeit nicht kennen. Trotzdem beschreibt er sie da und dort als stickige Kleinbürgerlichkeit, ausnahmslos lustlos. Arbeit genießt sich selbst in naiver Wichtigtuerei. Internationalität im Osten ist glanzlos, Revier des staatlichen Busunternehmers. Große Vorteile. Aber direkte Kritik gibt es bei Herburger nicht, wenn er sich in der DDR aufhält. Es ist anzunehmen, daß ihm das wie ein Verrat vorkäme an strengen Glaubensinhalten. Man darf das aber als die Schwäche des Verliebten erkennen. Er ist kein Doktrinär. Er verharrt ganz außerordentlich eigensinnig in dem Zustand der ersten Liebe. Der Liebe auf den ersten Blick bleibt er treu. Im Unterschied zu Dogmatikern wendet er aber keine Gewalt an: um alles in diese erste Liebesperspektive zu trichtern. Daß er Emigrantentum ablehnt (im Osten) ist jedoch kein Hindernis: eher die räumliche Differenz, die dem Kurier Weberbeck erlaubt, ein raffinierter Werbekaufmann für östliche Verhältnisse zu werden. Das dürfte auch die Selbstlokalisierung dieses Sozialisten in einer westlichen Stadt erklären. – Die ungemeine Lust seiner tumultuarischen Schreibe ist ein glaubhafter Widerspruch zu inhumanster Ordentlichkeit in der ideologischen Sache. Vielwisserei widerspräche der Ökonomie, schreibt er selber – und versündigt sich poetisch dagegen. Hier dürfte jenseits von ideologischen und politischen Ärgernissen: das . . . (hier endet der Text; der Rest muß verlorengegangen sein).

2. September 1985, München

Graue Tage. 29. August Lesung vor einem Goethe-Institut-Kurs. Für die Katz. Vorgestern Fest bei dem jüngsten Cicerone durch die Literatur: Carsten Pfeifer, auch Diana Kempff war da. – Heute rief Rudolf Volland an. Er mußte es schon oft versucht haben. Ich sagte ihm, daß ich keine Zeit hätte. Das verstimmte ihn augenblicklich (für immer?). Jetzt wandere ich zu Michael Langer. Vielleicht gibt es einen neuen Anfang für Metropolis. Ich bin müde. – Klaus Renner wünscht sich einen Text für seinen Band über Niedertracht. Rede eines Falschen über die Niedertracht. Infamie?
Nach Schmeller: trachten = ersinnen, tractare, betrachten. Tracht amal = besinne dich – beträchtlich – ertrachten. Fantasiare – trachten. Die Tracht an die Nacht. Erwägung, Überlegung, Streben. Eines Dinges trachten, danach streben. Aintracht, Zwitracht = unten tragen über ein tragen. Für trächtig = für die Zukunft sorgen. Niederträchtig = herablassend, populär. Demütige Niederträchtigkeit: Die Niedertracht = Herablassung des Herrn, des Autors – mißträchtig – Niedertracht = zur Infamie geworden, vielleicht wegen Demut = Heuchelei. Priester? Feudalistische Herablassung.

3. September 1978, München

Notizen zur »Rede«:
Das Gedicht beginnt mit dem Tod der Geliebten – dann in der Mitte: Unmöglichkeit der Liebe – dann Mord im Grab. Wie ist diese Reihenfolge zu erklären?
Im Gedicht 76: Freilich haben sie mich . . . Da steht es, da steht die Vermehrung geschrieben. Aus dem Ich wird: wir, die Kinder.
Wichtig: schon ist der Campus durchgeschnitten. Dort heißt es plötzlich nicht mehr ›hinter dem Mai‹, sondern ›vor diesem Mai‹. Sollte es nicht ›vor *dem* Mai‹ heißen? – Hinter bedeutet also immer schon danach, aber an ihm (dem Mai) hängend, nicht weitergehend, stagnierend; deshalb ist das dritte Mai-Gedicht notwendig geworden.
Jetzt ist der Mai wieder vorne. Das Vorne war bis hierher im Gedicht: schrecklich; siehe »wo es schrecklich Zeit ist« (also wie sie vergeht, siehe bei der Liebe). Damit hat auch das Wasser zu tun. Aber inzwischen ist ja auch Fisch zum Vogel geworden: Levitation des Fisches.
Ganz vermischt und unentschieden ist auch: ob alles jetzt oder morgen, hier oder dort, im Leben oder im Tod stattfindet. Diese Unentschiedenheit wird von mir immer wieder niedergeschrieben. Von den Richtigen sollte ich mich immer weniger beeindrucken lassen.
Das zweite Gedicht: »Heute ich staune . . .« Ist das nicht Selbstbefriedigung der Träume? Gegen die Penetration? Von hinten? Siehe die Maigedichte.
In diesem Zusammenhang auch: »Ich halte diese Rede wie sie läuft.« Das korrespondiert mit dem zweiten Gedicht. Die Rede weiß sich von selber zu öffnen zur schlimmsten Liebe (aber von selber! zu öffnen!! nicht zu tun!). 83: »Heute ich staune hinter dem Wort wo es schrecklich Zeit ist«. Das ist schon ein Voraus, das ist nicht mehr hinter dem Mai.
Beim ersten Maigedicht ist das »schon wieder da« noch so zu verstehen wie eine Wiederholung, nicht – wie gegen Ende – als ein Ausbruch aus dieser Jahreszeit. – Es ist auch genau zu beobachten, daß die Liebe wie der Mai festgehalten wird; oder ist es nicht das Besondere meines Gedichts, daß dieses Festhalten der Liebe viel eher aufgegeben wird als das Festhalten des Mais, sodaß dieser Mord der Liebe erst die Vorzeichen für die Befreiung aus einer

Festlegung gibt? Das wäre auch die Erklärung für den Liebesmord in diesem Gedicht. Liebe wäre dann im und jenseits vom Gedicht die Auslöserin einer Befreiung von der Stagnation. Deshalb vielleicht ist der Liebestod im Gedicht und das ganze Gedicht ein Liebestod: als Agens dieser Befreiung, auch die Penetration dieser Paarliebe soll gemordet werden, bis die Klitoris frei schwingen kann (Glocke) so wie auch schon am Anfang angekündigt: die Träume sich selbst erfüllen wollen. Ist also bei mir der Mensch nicht so immanent wie er heute gedacht wird oder gibt er bei mir wieder ganz menschlich die Träume an ihre Erfüllung frei? Sind das Anzeichen einer neuen Religiosität?
Der Körper widerspricht den Reden seines Kopfes. Es ist auch immer verfolgbar in der Sprache des Gedichts, wie ich nicht etwa leichtfertig Abschied nehme von vielen Errungenschaften. – Das Wasser im II. Teil »Vor der Geburt . . .«. Am Ende der Rede kommen uns dann Menschen von ›vor der Geburt‹ entgegen. Aber sie kommen aus einer fertigen Stadt. Wieder ein Bild dafür, daß wir nicht alles selber machen. Religiös?
So sage ich das: immerhin geringer Abstieg unter die Oberfläche unseres Zeitalters. – Der Herr, der Bruder – beide – so wie sie jetzt sind, sind sie es nicht.
Ob nämlich unsere Träume sich selbst dazu bringen müssen. Es sind unsere Träume. Aber wir sind – sagte das Gedicht – trotzdem nicht zuständig. Aber es handelt sich immerhin nicht um die Träume eines anderen. Es sind unsere Träume. Das ist eine andere Hierarchie, nämlich die umgekehrte. Aber, was hinzukommt, ist: und das ist ein großer Unterschied zur gewohnten Hierarchie, daß wir fragen, wir fragen quasi hinauf zu uns.
Das ist die wahre Umkehrung und die Umkehrung, die notwendig ist. Ausdenken. Bis jetzt ist nur das Gedicht draufgekommen. Eine neue Demut. Eine neue Gnade. Die Gnade kommt uns von uns, wenn wir so fragen. Das ist sie selbst. Wir könnten nämlich so sein, daß unsere Träume es unterlassen zu träumen.

3. September 1981, München

Schwäche. Feigheit. – Mut nur hinter dem Schreibtisch. Damit muß ich aber leben. Aus meiner Depression heraus, mich aber von ihr distanzierend: so gewinne ich Härte. – Das ist blöd formuliert, aber ich verstehe mich. In meinem Fall genügt das.

15. 11. 85 Zwar begreife ich hier – aber zu viel. Das ganze Buch. Das ist es. Ich deute in mich. Wohin geht das? Durch mich hindurch bis zu Dir, könnte ich sagen, wärst Du das Unmittelbare. Bist Du ja auch. Aber ich? Ich weiß nicht, wer Du bist. Ich sehe Dich nicht, gar sehr nicht zu wenig oder mehr als unter aller Null. – Heute ist ein Tag des Teufels.

3. September 1983, München

Das FB ist ein triviales Buch. Es ist also ein Buch der Literatur-Literatur, eines über Trivialliteratur. Heute erst endgültig erkenne ich das oder nehme ich das wahr. Es trägt seinen schlimmen Titel zu Recht. Es wird seine Gegner zu Recht unter den Richtigen finden, denn es tritt als Ganzes gegen alles Richtige an.
Nach der Passion der »Rede« ist das FB: der Sturz ins Platte, Abgedroschene, Seichte, Alltägliche; aber dies – was erst berechtigt zur Annahme der Trivialität – indem es gar nicht so trivial daherkommt: wie es in der Trivialliteratur geschieht und z. B. gar keine Alltäglichkeit schildert. Die Lebensweltlichkeit wird auch hier wieder von mir von oben gesehen. Das ist die Widersprüchlichkeit des Buches in seiner Form. Aber auch diese Widersprüchlichkeit ist trivial.
Jesus weint im Buch, er weint in der Trivialität. Damit ehre ich ihn aber nicht. Das ist mehr ein Vorwurf. Poppes fragt ja auch immer wieder: »Weint er?«
Die Lehre vom Falschen ist als Grundfiguration des FB: trivialste Philosophie oder eben die Philosophie der Trivialen, der Hunde. Diese Trivialphilosophie zeichnet aus, daß sie falsche Zugeständnisse macht, überall zu Aporien führt, diese liebend hervorhebt, sehr widersprüchlich ist, selbstaufhebend, das vor allem und in jedem Falle sinnlos, wenn man von ihrem liebsten Wert absehen will: dem Frieden. Oder wenn man sie aus der Lebenswirklichkeit hebt: die auf Frieden in Liebe aus ist. Dieser Trivialphilosophie fehlt jede Anweisung zum Handeln, fällt dem Handeln in die Arme,

vermutend, daß es sich hierbei um richtiges Handeln handeln kann: also in jedem Sinne von Übermächtigung anderer. Soviel zur Freiheit.
Ist diese triviale Philosophie die Antwort auf eine richtige, hohe – die schon immer und heute als Wissenschaftstheorie ausschließlich das Leben der Privatleute beschneidet, beschränkt; ihre Gefühle, indem sie diese ordnet, sterilisiert oder soll ich sagen atomisiert?
Privat, dieses Schimpfwort trifft auf die Falschen zu. In diesen Privatismus mußten die Falschen in dieser falschen Welt aber erst abgedrängt werden. Wenn die Pseudos die Beliebigkeit ablehnen, so tun sie das, indem sie sich mit den zur Trivialität verkommenen Heiligtümern schmücken.
Daß ich das Triviale für meine Kinder in schlimmsten Anspruch nehme, kann ich nur als kindischen Ausschlag sehen gegen eine hochwissenschaftliche, sich selber infantil ernstnehmende Technokratie. – Trivialisierung der Mythen – kindische Arbeit am Mythos oder noch besser: Kindereien im Mythos. – Das triviale Seil am Platz: schlapp. Der absperrende Phallus hängt durch.
Jedenfalls heute begreife ich, warum ich in dieser langen Zeit in diesem dicken Buch: so angestrengt dachte, so fatal philosophierte. Diese philosophischen Avancen hatten einer Poesie zu dienen, die sich selbst interpretierte. In meiner Poetologie sind von Anfang bis Ende die trivialen, sich selbst aufhebenden Sprüche edelstes Material.
Xeniades aus Korinth, ansonsten und wohl überhaupt unbekannt, der Verfechter einer radikalen Position, hat die These aufgestellt: »Alles ist falsch«. Das erfuhr ich erst vor wenigen Tagen bei der Lektüre.
Die Affinität meiner Pseudos zur Disco-Welt ist exemplarisch. Lauheit kommt hinzu als Lehre. Feigheit, Ablehnung jeder vorbildlichen Haltung. – Trivial ist der Aufenthalt auf einem Platz, in dem das Heterogene herrscht. Zusammenhangslosigkeit. Aufenthalt im Infiniten. Wohl auch im infiniten Regreß. Zirkularität. – Wenn Trivialgeschichten (sie haben in meinem Buch ihren falschen Platz) bis zu einer streng komponierten Poesie aufgehoben werden: so handelt es sich darum, die Abkunft meiner Poesie aus der Trivialität zu demonstrieren. Abkunft aus der Alltäglichkeit, nicht aus der Geschichte der Vernunft. Trivial ist vor allem die Veröffentlichung der Sexualität. Besonders trivial dürfte sein, wie hier Leid-

ersparnis zur Maxime gemacht wird. Leid wird höchstens gemimt. Jesus weint. Hier zu Recht, aber da kann ich nicht helfen. Das hängt mit der Redlichkeit eines Buches, und noch dazu eines falschen zusammen: Wenn Leid vorkommt, ist es triviale Rührseligkeit. Auch das Paradigmatische, Exemplarische ist selbstverständlich trivial. Das zeichnet sich besonders deutlich im Geschlechterkampf ab. Keine Nuancen. Große triviale Gesten. Ein Ärgernis.
Klar wird mir auch: der Aussprung aus dem infiniten Regreß, aus der Zirkularität mag philosophisch ein Jux sein (Duerr): in der Lebenswirklichkeit bedeutet das wenig. Hier bedeutet es viel, sich bis zum Infinitum selber aufzuheben: uns kommt das zugute als Friede. Von Selbsterhaltung war so aber nicht die Rede. Die ist die Aufgabe der Richtigen. Gott sei bei ihnen. Woran denke ich? Nicht an Lucifer, nicht an die Rettung durch ihn. An den Menschensohn denke ich, an Jesus, der den Gott von seinem Darüber, aus seinem Außerhalb, mimte in sich hinein, was die schlimmste Verheddetung der Geschichte ergab: weil man annehmen mußte, der Mime sei Gott; in Wahrheit war Gott im Mimen. In Wahrheit war Gott in der Gestalt dieses Mimen in diese Welt gekommen (gerissen worden). Gott hatte sich trivialisiert. Augenzeitlich erleben wir die Abgedroschenheit dieses Ereignisses.
Das Wort ist Fleisch geworden. Augenzeitlich erleben wir bei Tisch die Abgeschmacktheit dieses Abstiegs. Das Wort war bei Gott. Es ist heute beim Menschen. Guten Appetit!
Jenseits von Origines und Augustinus weiß ich: Der Thron ist leer. Der selber steht nicht mehr oben. In unser Geschichtsgeplapper hineingeschwätzt: er stand nie oben. Gleichviel. Weil wir es dramatisch haben wollen, und das ist so dumm wieder nicht: der Mitläufer ist schon lange da, seitdem es der Menschensohn feststellte. Bist du es? Du kannst nicht verneinen. Aber rege dich bloß nicht auf. Dein Name genügt ihm. Schicklich ist, was ihn vergißt. Oder es schickt sich, ihn zu vergessen. Oder – am Ende dieses zweiten Jahrtausends – endet die Angst vor ihm. Das ist mehr als wir hoffen konnten.
Noch einmal: der schwache Sophist Xeniades behauptet: alles sei falsch, so kann man dazu sagen: wenn alles falsch ist, dann ist auch falsch, daß alles falsch ist. Seine These ist selbstaufhebend. – Der arme radikale Unphilosoph. Note 6.

In meiner Richtig-Falsch-Lehre findet auch Selbstaufhebung statt. Aber sie hebt sich selber auf. Freilich: es handelt sich um keinen Denkansatz, sondern um einen Stil. Es wird allerdings erst auszumachen sein, ob man innerhalb einer Poetologie einen Stil entwickeln kann/darf für diese dreckige Lebenswirklichkeit. Auch der Faschismus war/ist ein Stil. Auch er kannte/kennt keinen Inhalt. Wesentlich ist derselbe jedenfalls nicht. Frage: Wäre es die Möglichkeit, daß man ihm – dem Faschismus – damit also so kommen kann? Die Pseudos und der Rummelpuff! So stellt sich das im Buch doch an oder dar.
In meinem Buch kann er nicht vorkommen. Er ist ein Richtiger. Tut mir leid, obwohl seine Behauptung einen selbstaufhebenden Charakter hat. – Wird an diesem Philosophen klar, wie ich Trivialität verstehe?
Es gibt eine – wenn auch lächerliche – Sicherheit für mich: Mit meinem FB trete ich in dieser falschen Welt auf als der ganz und gar falsche, weil unzuständigste Fürsprecher unser aller, von beinahe allen großen Denkern gedemütigten Lebenswirklichkeit. Das ist es. So habe ich geschrieben. Ich weiß selbst nicht mehr, wieso ich dazu kam. Ich habe nicht nur gedichtet. Ich habe die Dichtung gedichtet. Das ist kein Mehrwert. Ich weiß. Beschimpfen werden mich die Wirklichen in diesem Leben und die Dichter, die diese Lebenswirklichkeit beschreiben. Insofern kann ich auch sagen, ich hätte nicht ein Buch, sondern das Buch geschrieben: nämlich das falsche.
Als Disco-Philosoph allenfalls könnte ich in den Gesellschaftsspalten ein Lob erfahren.
Das fällt mir noch ein: die Trivialisierung von wissenschaftlichen Erkenntnissen bei der Siedenden Urmaterie.
Wenn ich das bescheiden (vor der Arbeit der Philosophen) anmerken darf: Das triviale Lebendige rührt sich unter der Sterilität des Überblicks oder der Ontologie. Aber ich habe für das Lebendige wenig Hoffnung, solange Metaphysik durch physikalische oder biogenetische Theologie ersetzt wird. Die Wissenschaft, so daneben sie immer noch zu sein scheint, ist in Wahrheit darüber: wir werden überblickt. Noch schöner: wir werden uns in ihren tausend Namen überblicken: selber als Schaftler. Sterile Schreie der Blicker. Sterile Gehöre Erblickter. Von Gespräch keine Rede. Viel Geschrei. Bands. Geschrei von Bands, nicht mehr nur unterhaltend,

das schon – aber schon gar nicht der Verständigung dienend. Die richtige Diskussion allerdings unterhalb einer richtigen Sozialtechnokratie. Der verwissenschaftlichte Mensch bekam die Erlaubnis: sich in der Sterilität auszutoben!

07. 06. 85 Dieses Buch lebt. Ich bin drin. Mir ist so gut. Ich bin Jehwa.

02. 09. 85 Was ich über den Mimen und Gott schrieb, ist zu mißträchtig. Inzwischen ist das schon genauer formuliert im BT.

3. September 1985, München

Das ist interessant, was Erica Wuppermann in der SZ schreibt: Da gibt es einen Professor in Cambridge, George Steiner, den in »Paris erzogenen Amerikaner«, der in eben dem Saal von Trinity College, in dem 1946 Ludwig Wittgenstein in »keine Peinlichkeit scheuender Offenheit brummte: Ich kann nicht viel finden an Shakespeare«, in wesentlich eleganterer Art Gericht hielt über das Weltwunder aus Stratford und zugleich über die »wundervoll leichtfüßige Professionalität« britischer Kunst. Mit rhetorischer Brillanz, mehr als paneuropäisch polyglott, beschwor er in einer literarischen Tour de force alle Geister Europas von Marlowe bis Verdi, die sich gegen den großen Dramatiker auflehnten. Shakespeare sei – nach Wittgenstein – zwar ein Sprachschöpfer, aber kein »Dichter«, der es je gewagt hätte, die Grenzen des Unsagbaren zu überschreiten. Wer so unerbittlich wie Steiner allem Spielerischen die Gottlosigkeit vorhält, eckt an . . .
Die Professionalität, also die Gewerbsmäßigkeit, der literarische Berufssport, diese Handwerkerzunft seit dem Kriegsende in der Bundesrepublik: hat mich immer schon drausgebracht und wird mich immer wieder draus-, aber nicht vom Weg abbringen.
Zum Labyrinth: eines, das überall (wie eine Stadt) Ausgänge hat, die aber nicht benutzt werden. – Hierzu fällt mir ein, daß ich bei der letzten Lesung des 1. Kapitels vom FB erschrak bei der Stelle: »Würden Sie mich nämlich nicht über das Seil steigen lassen, so könnte ich mich über die ganze Erde, die von Ihnen abgesperrt wird, bewegen, also sehr viel.« Das heißt doch, wenn man im

Stadtbild bleibt, daß die Stadt sich über den Globus ausgebreitet hat. Und das ist ja schon angelegt in der Besetzung Münchens mit Gebäuden aus der ganzen Welt, jedenfalls soll es so werden. Es handelt sich um ›die‹ Stadt, also nicht mehr um München. Wie auch immer, in diesem Denkfehler (die zitierte Stelle!) ist das alles enthalten, nämlich Größenwahn, Zukunftsstadt, Anti-München-Gefühle usw.

Nun zur Schleife oder Schlaufe oder zur Liegenden Acht oder wie immer dieses Buch einmal heißen wird: Ich werde nun auch noch – also zu den einzelnen, über und durch die Jahre ausstrahlenden Tagen (und hier handelt es sich um zufällig betroffene) – auf andere Art durch die Jahre schreiben, um dort, wo ich mich doch noch genauer erinnere, die Erinnerung wuchern zu lassen, immer mit dem deutlichen Verweis an jenen Tag, an welchem ich mich derart zurückdenke. – Gestern nacht kam mir auch der Gedanke, den ich aber erst in der nächsten Schleife, also in der italienischen verwirklichen kann: nämlich schon Raster für Tage zu erfinden, die vom Zeitpunkt des Schreibens aus in der Zukunft liegen. Wie diese Raster aussehen könnten, davon habe ich nur vage Vorstellungen. Die liegende Acht, das ist jedenfalls ein Gebilde: lesbar, wie ich mir Lesestoff vorstelle. Die Verschiebungen, die sich ergeben, also die dauernden Zeitstürze im Buch, auch die Zeitaufstiege sozusagen, bilden doch wieder (freilich nur fiktiv und dies durch die Figuration) ein vielschichtiges Bewußtsein mit all seinen Verwerfungen ab (analog zur Geologie). Es ist nur eine Abbildung, ja.

So ist es nicht möglich, einen Augenblick in unserem Bewußtsein in seiner ungeheuren Vielgestaltigkeit abzubilden, ich meine realiter. Immerhin wird in dieser Schleife überwiegend Realität angeboten, freilich gelebte, freilich wiedergegebene. Die Figuration mit allen in diesem Jahr und gegen Ende der Schleife zu – ich meine: kurz vor meinem Schreibabbruch – sich häufenden Kniffen und Einfällen produziert also mit einer ablaufenden Wirklichkeit einen Augenblick, der steht, im Buch, gleichsam. Poesie überlistet. Der Leser solcher List muß sich überlisten lassen, quasi ein Auge zudrücken, um mit der List der Poesie quasi Reales sehen zu können.

Wird Poesie nicht allgemein nur mit diesem einen Auge gelesen? Wer das andere zudrückt, lacht über den: der mit einem Auge blickt wie Gott.

Ich muß beide Augen zudrücken, wenn ich an die viel zu spät erfundenen Vorhaben denke. Diese Schleife bleibt ein arges Fragment.
Das BT, dieses in weitester Ausführung zersplitterte Werk soll wieder Bewußtseinsdarstellung werden, in der Hauptsache wohl eine: die eine verrückte Programmvielfalt bringt. Verrückt nenne ich sie deshalb, weil jedes Programm mit dem Anspruch der absoluten Geltung in allen Bereichen auftreten wird. – Über Gott nicht mehr nachzudenken, weil es sowieso wenig oder gar keinen Sinn hat: ist Niedertracht in jedem Sinn, also nicht nur Demut, sondern auch Infamie.
Kolakowski las mir gestern nacht die Leviten: als da sind Unamuno, Kierkegaard, Dostojewski, Nietzsche und der russische Jude Leo Schestow (Athen und Jerusalem!). Geliebte Feinde der Aufklärung? Ich weiß nicht recht, ich meine: ob sie ein Falscher lieben kann? Hassen nicht! Lesen ja!
Jetzt muß ich wieder einmal das großartige Kapitel über Nikolaus von Kues von meinem Lehrer und Freund Ulrich Sonnemann lesen. Was nämlich, das will ich wissen, hat seine »Logik des Unendlichen«, in der der Satz vom Widerspruch ersetzt wurde durch das Prinzip der »Coincidentia oppositorum, des Zusammenfallens gegensätzlicher Qualitäten dann, wenn sie ihre Grenzwerte erreichen« zu tun mit dem Oscillum der Falschen?
Übrigens: Kolakowskis »Falls es keinen Gott gibt« ist aufschlußreich, aber sehr arm an historischen Bezügen, auch was die Moderne betrifft. Am Ende ist einem alles klar, und man ist doch so klug als wie zuvor!

4. September 1982, München

Bei Volker Hoffmann in der Clemens-August-Straße. FB: überall angreifbar. Insbesondere die Leidersparnis, ja so nennt man das. Inaktivität.
Der Kopf und das Herz = die Poesie. Die Füße stehen in der Welt. Rascher Wechsel der verschiedenen Sprachwelten. Auch da keine Sauberkeit.

20. 09. 83 Wie ich dem Volker in die Arme falle, so.

4. September 1984, München

Der letzte Durchgang durch das Tagebuch könnte eine ganz harte, nach außen gewandte Reise werden durch die Tage, am besten die Dokumentation dieses heißen Herbstes, also die Bewegungen der Friedensbewegung (unter Umständen aber jetzt überhaupt nur noch als Streuung) – nein, hier fehlt die Chronik – aber ich müßte diesen Teil vielleicht unten am Rand des Buches als Chronik laufen lassen, je nach Textumfang größer oder kleiner auf den Seiten oder mit einer anderen Schrifttype.
Über diese Figuration nachdenken. – Ich müßte tagebuchartig *am Ende* des Buches: diese Figuration entwerfen und dann von vorne beginnen = das wäre das Ende. Hier müßte ich besonders anmerken, daß ich zwar von vorne nach hinten schreibe, aber *willkürlich* die Eintragungen einsetze. Verwendung des PEN-Briefes. – Aber wo bleiben dann die Bemerkungen über das FB (Anhang?)? Das System ganz unauffällig. Daher (damals), dazu (heute): Erinnerungen (werden während des Jahres ohne Datum eingetragen), Zitate, kleinere Aufsätze (also sehr gestaltet!). – Ich muß also doch alles auf Einzelblöcke schreiben, da ich ja beim Wiederlesen wieder in den Text einbreche. – Briefe an mich – etwa Ursulas Bemerkungen – Lektüre. Weiterhin ... Kritiken. Die schreibe ich dann wie die Erinnerungen gestreut, hier wechselt das Datum. Ich lasse nur weg, was zu sehr mit der »Rede« zu tun hat – *oder ganz unwichtig ist*, sonst ziemlich alles: Weil der Titel »Nebenher im falschen Leben oder Nebenher ein falsches Leben« etwa sein könnte.

5. September 1982, München

Ich habe mein kleines Cockpit-Zimmer verlassen und bezog das Westzimmer. Viel Platz. Vor allem gesünder.

19. 06. 85 Ja. Herzinfarkt. Inzwischen. Jetzt bin ich also schon fast drei Jahre heraus aus dieser Kammer. Hier in diesem Zimmer zu den Hinterhöfen der Isabellastraße hinaus sitze ich auch nur noch etwa neun Monate. Dann gibt es Italien. Morgen lasse ich meine Ohren untersuchen. Sie sind unter großem Druck. Ich höre oft doppelt soviel, und das kurz bevor ich mein Hörspiel Metropolis, München Soundseeing beginne.

5. September 1985, München

Der Türhüter sollte fallen: 1. Kapitel des FB. – Die Lamentationen über den Verlust der Identität unterbricht die Frage Sheilas: »Wer bin ich?« – Bei mir haben sie alle nie Untersuchungen angestellt. War wohl zu schwierig. Nur zum Beispiel: Diese zwei Fälle waren unwillkürlich. Ich verlasse, wenn, eine dumme Welt.
Telephongespräch mit Michael Langer. Er ist krank. Virus. Unser Tonbild: Metropolis. Das verbindet uns sehr. Die Hindernisse. Wie schwer uns die Arbeit in diesem letzten Sommer (für mich!) in München gemacht wird. – Ich höre soeben den »Rosenkavalier«. Die Überreichung der Rose werde ich einbauen. Jetzt eben der Höhepunkt, sehr leise das Glockenspiel (im Anschluß an das falsche des Marienplatzes).
Ich werde schon eine Partitur schreiben, denn ich bringe viele Stellen wiederholt in immer neuen Figurationen. – Ursula ist jetzt schon in der Nähe der Côte d'Azur. Soll ich etwa dort einsetzen, wo der Kavalier in unendlicher Melodie verweilt? Ja. Wie schön, wie schön! Da bin ich gern ein Baier. Und Adorno kann mir gestohlen bleiben. Obwohl, wenn ich an sein Amordorf (hieß es so?) denke. Ja.

6. September 1981, München

Gestern abend war Jörg Drews da. Gespräch über das FB. Ob ich Habermas noch einbauen will, fragte er.

04. 07. 83 Michael Krüger, während wir das Manuskript im Verlag durchgingen: Ich habe Habermas gefragt, was er sagen würde, wenn ihn ein Schriftsteller in seinem Buch verwenden würde. Seine Antwort: Die tun doch, was ihnen einfällt. Er meinte, also Schritte würde er dagegen nicht unternehmen. – Ich habe trotzdem eine Entschuldigung eingebaut im FB, was Niklas Luhmann angeht. – Nun sterben und liegen in zehn Särgen auch die bekanntesten Stars der Disco-Szene. Werden sie sich wie Schauspieler verhalten? Die sterben doch auch auf der Bühne. Ich weiß, der Vergleich hinkt. Also abwarten. – Wenn die Phantasie und die Realität sich so mischen wie bei mir: gibt es solche Schwierigkeiten. Ein Prozeß in diesem Betreff wäre Veranlassung: die Wührsche Poesie zu entwickeln; allen wäre damit geholfen.

8. September 1978, München

Klaus Mauter stellt fest: Leichter Leberschaden. Rauchen dezimieren. – Klaus Voswinckel: Gedicht (Liebe) deshalb Mord, um sie aus der Gewöhnlichkeit zu heben und Getroffene nie mehr zurückkommen zu lassen in diese. Das gehöre zum Exercitium. Den engen Lebensraum ausweiten. Wir sprachen über die Transzendenz innerhalb der Immanenz, wie gestern bei Peter Faist: wir machen nichts allein, das Unsere handelt ohne uns.
In Erinnerung an ein Gespräch mit Volker Hoffmann: Der große Bruder wird im Gedicht nicht direkt abgelehnt, aber auch nicht angenommen. Andererseits, und damit im Zusammenhang, spricht der Redner, der sich ja später zum Wir erweitert, sehr häufig mit den Worten Christi; das ist eine wichtige Figuration in der Gesamtfigur.
Mit Klaus Voswinckel kam ich zu folgender Orientierung: Surrealismus sprengte nur das Gewöhnliche, das Normale; das ist nicht mehr unsere Aufgabe, obwohl S. für mich notwendige Voraussetzung ist und bleibt. Der darauf folgende Aktionalismus übersetzte den S. ins Soziale, Politische und Extra-Literarische; Annäherung an Leben, fließende Übergänge. Wir aber versuchen Einübungen in Verwandlung (radikal). Neue Sprache, anderes Sprechen, Aufhebung aller Zwänge in der überkommenen Syntax. Exercitien. Das Gedicht selbst ist der Stoff, in den wir uns verwandeln. Nichts mehr geschieht *darin darüber*; das steht in diesem ausgesprochenen Sinn nicht gegen S. und A. Es kommt nur hinzu, daß sich auf ein großes Phantasieprojekt eingeübt wird: auf ein anderes Leben, anderes Denken. Das sind keine Anstöße mehr, dann Neues zu finden. Das ist schon Übungsfeld für das Neue.
Ich finde hoffentlich den Übergang zum Falschen Buch, in dem es sich ja auch um eine vielleicht amüsantere, heiterere Einübung auf das Falsche, auf diesen Balanceakt des Lebens in einer verdammt richtigen Welt handelt.

05. 09. 85 Ich muß an die Erweiterungen der Heidi Fenzl-Schwab denken. Wo sie jetzt ist? Was sie tut? Dumme Fragen.

9. September 1983, München

Ambiguität. – Ich hatte geschrieben Ambiquillity. Dieses Wort, so stellte sich heraus, gibt es nicht. Inge verbesserte. Als ich heute bei Aristoteles nachlas, erkannte ich, daß ich mich vertan hatte. Ich kannte Ambivalenz, Ambiguität übersetze ich Ungebildeter mit ›Vielfältigkeit‹. Zwei Stunden litt ich. Dann leitete ich aus dem »Philosophischen Wörterbuch« ab: Ambiguität = nach zwei Seiten auseinandergetrieben (wortwörtlich: ambigare). Es kann also schon stehenbleiben, denn das heißt nichts anderes als: das Zerrissene. Ich war nicht glücklich. Aber ich hatte nicht korrigiert (war auch unmöglich). Und trotzdem: es soll so heißen. Das gehört zur Geschichte des Falschen.
Ich schreibe das mit einem nachdrücklichen Daumen, der fünf Wochen untauglich war. Depressionen, weil Aussicht auf ein ungeschriebenes Fortleben. Aber Werner Haas, mein Arzt, der mich schon wieder einmal in Gang brachte – siehe gebrochenes Bein –, verneint aus dem Röntgenbild eine Atrophie des dritten Gliedes beim Schreiben. Die wahrscheinliche Gichtität werde er bekämpfen können, meinte er. Die Dragees, von ihm heute dreifach verabreicht, lassen mich hier wieder jungfräulich schreiben. Meine Hand, so seine Diagnose, sei so unverbraucht wie die eines Zwanzigjährigen. Staunender Seitenblick meinerseits jetzt auf die beschriebenen Seiten in diesem Zimmer. Neben mir liegen in drei Kartons 1400 Bögen des FB. Morgen muß ich sie mit meinem Namensbogen versehen. Sic. So drückt sich die Angst aus.
Achim Sartorius war zu Beginn des Monats da. Wir speisten im »Fallmerayer Hof« und sprachen über Lowry. Wir verstanden uns nie so gut. Er aß Rösti und ich Schweinsbraten. Am Sonntag kam Ludwig Harig hier an. Seine Freude über mein Buch fand bei mir nur gedämpfte Emotionen, da er erst siebzig Seiten gelesen hatte. Fand er nicht. Das wurde nicht vorgezeigt. Für wenige Stunden machte er mich doch glücklich, vor allem damit, daß er zu begreifen schien, worum es mir geht. Ich habe dann bei den Faists noch einmal angesetzt und mir widerliche Rechtfertigungen verschafft. Die Frage, ob Jesus Mensch oder Gott ist, hielt ich für zweitrangig. Den Heiligen Geist beleidigte ich, indem ich ihn zu einem Mitwisser und zu einem Hauptbestätiger der kirchlichen Leeren erniedrigte, was Ihn nicht treffen kann, wie ich meine, weil er nichts ist,

was man aus seinem Wind für einen Druck gemacht hat. Er weht immer noch, wo er will.
Jesus stellt den Gott dar. Der Sohn imaginiert den Vater. Also erübrigt sich, weil der Vater als unser Bruder in Seiner Welt ist, die Frage nach der Natur des Sohnes. – Es gibt keine Theologie in griechischer oder lateinischer Version: sondern nur in der irdischen. Und mein Bruder muß mich nicht verlassen, wenn ich behaupte, daß Jesus nur bis Gethsemane kam, weil das Theater von der Erlösung am Kreuz eine Angelegenheit aller Herren bis hinauf zu deren höchstem ist: in einem Himmel und auf einem Thron, der verlassen ist. Liebste Therese von Lisieux.
Es gibt also keinen Grund mehr, kein Christ werden zu wollen, keinen: keiner zu sein. Auch Lichtenberg war ein Christ. Die Pseudos sagen: Wer sich Wahrheit bestätigen lassen muß, hat einen richtigen Geist. Der Heilige Geist ist nicht richtig. Das kann so nicht sein. Wenn in meiner Lehre vom Falschen Bestätigungen abgelehnt werden, so deshalb: Nach der Lehre des Falschen, die sich von niemandem bestätigen lassen wird, gibt es keine bestätigte Lehre mehr. Ausgelehrt. Ausverbrannt. Ausgeurteilt. Es muß niemand mehr sterben in und an und für die Wahrheit. Die Feierlichkeit der Richtigkeit hat ihr Ende gefunden. Die Menschen sind nackt, weil ihr Schöpfer nackt unter ihnen weilt: nicht als sein Sohn, sondern als er selber. Das Theater der Erlösung und das Theater der Evolution haben abgewirtschaftet. Die Aufregungen, entsprechend der Revolutionen erübrigen sich. Die Schwierigkeit des Friedens beginnt. In der Sicherheit der Liebe bleibt sie auf dem Seil. Clownerie. Die Schuldfrage verblutet aus den verstümmelten Opfern der Unschuldigen in Bologna, im Libanon, in Paris, in und überall, wo die letzten Richtigen ihre Bomben zünden; ihre Detonationen können nur noch die Blutrichtigen eines überkommenen Sicherheitsdenkens zu Todesurteilen bewegen.
Was bleibt (auf dieser Erde): die entsetzlichste Wichtigkeit des unwichtigsten Volkes, das sich so freiwillig wie vollkommen verdummt zur Grenze stigmatisierte des gerecht geteilten Blödsinns. In dieser Situation, wo Duckmeiers hart an Duckmeiers hocken, hinter denen jeweils Großmeierei verbrochen wird, da kann man nur noch rufen: Her mit den Clowns. Gott selber ist einer darunter. Ihm sollte es ein leichtes sein, wie seine Stellvertreter es Jahrtausende geübt, hier und dort, aber jetzt die Waffen zu Tode zu segnen.

Ein Waffensegner wie Faulhaber sollte nichts mehr zu lachen haben, wenn es einen Gott, der ein Mensch geworden ist, gibt, der ein Mensch geworden ist, wie sein Menschensohn gesagt hat.
Die Geschichte der Vernunft geht zuende. Es kommt kein Ufo, das sie bestätigt. Sie hat mit den Stagiriten den Satz nach Seiendem zerlegt und am Himmel nur Löcher ausgemacht und uns im alten Loch der Lebenswirklichkeit mit immer den gleichen Verantwortlichkeiten in der Hauptsache ohne uns überbesetzt: unsere Souveränität war der Schmerz, in Anteilnahme die Freude: das Glück aber nie. Eine Selbstverständlichkeit wäre also unser Einverständnis mit der Katastrophe: als dem leichtesten Ausgang aus dem Schlamassel des Daseins (wie Poppes schon meint). Davor kann also wieder nur ein Gott sein, der ein Mensch ist, in einem Augenblick, wo wir das Menschsein schon satt haben. Er nicht. Das ist die Hoffnung. Der Neuling verhindert das; er ist nicht resigniert. Die besondere Dummheit muß gewesen sein, daß wir uns *nur* an den Sohn hielten. Der hatte sein Phantasma nicht aus sich. Der Heilige Geist augenblicklich ist der negative Anthropologe, der vom Vater nicht sprechend: diesen als Bruder in die Solidarität seiner Schwestern und Brüder einlädt und die Souveränität des Geringsten erhitzt zur siedenden Liebe. Keine Angst. Keine Schuld. Keine Kirche. Keine Erlösung. Und gar kein Gesetz, nur untergesetzliche Versöhnung.
Jeden Tag, am Morgen, hängt meine Bettwäsche auf dem Balkon. Ich bin wirklich der Überanstrengte. Ich werde mich bestimmt überfordert haben. Schlaf ein, dann pißt deine ganze Figur. Vom Traum kann die Feuchtigkeit nicht sein. Überanstrengung. Du verlangst von dem kleinen Wühr zuviel, lieber Wühr. Was Du an Dir nicht verstehst, schweigst Du im Schweiß an den anderen aus. Als Ontologe bist Du in der Praxis theoretisch ein Materialist. Reue ist schon Nässe bevor Du einen neuen Ansatz versuchst zur Bewältigung Deiner Freveltaten, die in der Hauptsache über den rechten Arm ins Satzbild flimmern. Quietas vermittelt sich Dir in der getrockneten Kugelschreibe. Weil Du Dich auch nicht zusammennehmen mußt außerhalb eines Buches.

26. 11. 85 Ja. Und sonst noch? Eine Frau? Die Überprüfung der Ökumene in Rom? Diese Männer? Aber auch diese Frauen? So oder so. Es kommt nichts zustande. Der

schiefe Turm, der von Pisa. Der Rühm, der wunderklare und der Widmer, der wunderbare: beide ganz weit oben, vor wenigen Tagen, so gut. Wie schön und wie lieb war das mit den Freunden Gerhard und Urs. Diese Poeten. Diese arroganten Pisaner Tauben. Ich möchte alles noch einmal leben und immer wieder mit diesen zwei großen Poeten. Ich liebe sie.

10. September 1978, München

Jörg war da. Besprechung der Rede. Er: das ist beinhart. – Erdformationen, die durch großen Druck verschoben, gebrochen werden und übereinander lagern. Wenn bei Hölderlin große Blöcke sich widersprechen: These / Antithese / Synthese – so bei mir die Partikel: also ganz dicht.

26. 11. 85 Ich werde Ihn nicht verlieren. Ich . . .

10. September 1984, München

Beginn der Zusammenstellung und der entsprechenden Ergänzungen der Rede über die Lüge. Erstes Drittel. Allerdings lasse ich Inge sicher absagen, allerdings erst im Oktober. Im August und Anfang September war ich ganz mit dieser Grazer Rede beschäftigt. Lektüre: Whitehead »Organistische Philosophie«; für Comic: »Leben im Mittelalter«.
Faulheit. Tagelanges Dösen. – Sibylle war hier. Sie las vor. Erzählungen. Sehr dichte Prosa, keine Konturen, verfließend, zerlaufend. Ich empfahl ihr, rigoros alles Gewöhnliche zu streichen. Ich las aus dem BT vor. Sisi und Schuler. Schlimm, daß sie so weit entfernt lebt.
Jörg war hier. Hörspiel. 2. Preislied? Ich muß Schöning schreiben. Ich habe jetzt auch die Trennung weiterentwickelt. Jörg glaubt nicht, daß ich Männer für dieses Hörspiel bekomme.
Mona und Hansjörg Schmitthenner waren da. Gespräch über Schuld und Unschuld. Nekropole, aber dieser Titel wurde wieder verworfen. Auch Heinz von Stein wächst. Inge und ich werden an einem der nächsten Wochenenden daran arbeiten.
Heute also das erste Mal von 9-13 Uhr geschrieben. Nicht schlecht diese Zeit. Dann Spaziergang. Nachmittags Studium.

10. September 1985, München

Acht Tage lang gelähmt. Gestern nacht der Traum von meinem Mädchen in der Steinheilstraße. Sie trocknet mir die Tränen. Wir waren beide drei Jahre alt. Jetzt begrüßte mich in einer Schulkon-

ferenz in Florenz (!) eine ältere Frau mit ungewöhnlich großen schwarzen Augen. Sie hatte all die Jahre von mir gehört (!). Ich sagte, ich hätte mein Leben verschrieben. Sie wies mich auf eine Konferenzteilnehmerin hin, die ihr von meinem Erfolg, aber auch von meinem nachfolgenden Absturz erzählt habe. So war das. War das so?
Es ist augenblicklich so. Ich verliere mehrmals täglich das Selbstvertrauen. Ebenso schnell finde ich es wieder. Heiliger Antonius! Da bleibt für die Arbeit wenig Zeit.
Ulrich Sonnemann war eine halbe Stunde hier. Wir sprachen über das kommende Zeitalter des Ohres (in Zusammenhang mit meinem Hörbild). Ich sagte zu ihm: »Ich arbeite jetzt mit Geräuschen. Aber keine Angst, ich kann mit Geräuschen denken.« Er ist mein Lehrer. Sein Essay über die Judenfrage in L'80 ist großartig. Der Jude und seine Gaunereien. Ich werde das Buch von Reinicke lesen. Jedenfalls hat mir Ulrich hier wieder einen Anstoß gegeben für die Reise, jetzt den Gaunertrip des Juden Seligmann durch München. Ob ich doch schon in diesem Winter kommen werde? Das entscheidet sich in den nächsten Wochen. Heute beginnt die Materialsammlung erneut mit Michael Langer. Sehr peinlich ist mir die Materialsammlung zu meiner Person. Ich darf nicht dran denken. Daß es sich um den Kleinverlag von Friedl Brehm handelt, freut mich. Das paßt.
Für Florenz sollte ich Notizen über das Ohr sammeln. Jetzt wächst immer mehr die Kraft zur Erweiterung (nicht nur in Büchern!) des Lebens. Ich muß hier raus. Dieser Turm wird gefährlich. Lektüre: Nando dalla Chiesa über seinen Vater Alberto Carlo dalla Chiesa. Ich stimme hier so leidenschaftlich zu, daß ich den jungen Professor gern kennenlernen möchte. Wie er über den Rechtsstaat denkt und über alle Parteien hinweg (aber nicht ohne sie!), an ihm arbeiten will, das sagt mir ganz zu. Ein Hinweis mehr, für viele meiner Kritiker oder eigentlich ›Abstandnehmer‹, daß mein Falsches aus der Poetologie kommt, keine Handlungsanleitung darstellt, nirgendwo die Voraussetzung bildet für das Handeln. Es handelt sich um ein poetisches Exercitium. Der Satz des Psychologen in GM bleibt grundsätzlich.
Der Titel des Buches: – ich habe es verlegt.
Fiasko: Der Sony-Walkman von Giovanni dreht auch durch. Wir kommen aufgeregt von unserer Tour auf der Freiheit zurück. Ja, eine Weiterarbeit wieder nicht möglich. Wir besaufen uns sinnlos.

11. September 1984, München

Irland und England – Irland als Hetäre, Prostituierte (Aphrodite!) von England = Muttergöttin.
Dies zu *Richard Dadd* und vor allem zum Schlußbild am Monopteros im *Englischen* Garten.
Die Feen. Irland als *Feen*land. Da muß ich aber erst bei der »Heidin Göttin Abendrot« nachlesen.

12. September 1985, München

Vorgestern also das erneute Fiasko. So schwer wurde es mir noch nie gemacht. Ich kann mich jedenfalls nicht erinnern. Michael Langer ist sehr deprimiert. Jetzt gibt es nur noch die Hoffnung, daß mein Gerät repariert zurückkommt. Das ist jetzt die dritte Unterbrechung durch mangelhafte Sony-Geräte. Ich arbeite jetzt an der Materialsammlung seit dem 6. Juni, also seit vierzehn Wochen; dabei gab es wenige gute Tage. Mit Michael Langer arbeite ich seit sieben Wochen; ebenso viel Zeit habe ich – und beinahe ohne Ergebnis mit Sabine Schnaubelt vertan. Immerhin entstanden das Duett Sisi–Schuler und die Einträge in dieses Buch.

Der Titel des Buches, von dem ich am 10. 9. schrieb, heißt »Gaunerwirtschaft« von Helmut Reinicke. »Die erstaunlichen Abenteuer hebräischer Spitzbuben in Deutschland«, Transit Verlag. – Ein Absatz, der mir in Zusammenhang mit dem Duett zu denken gibt: »Wer einen Rotwelsch-Text liest, ohne daß ihm nicht sofort die Affinität zu einem Heine-Gedicht oder einer Marx-Glosse oder der Luther-Sprache das Herz warm macht, der soll in den kritischen Geheimwissenschaften sich rar machen.« Also: meine oder vielmehr »die« Sisi, die Kaiserin als Liebhaberin des Gauner-Dichters. Meine Nachfolge.

Mit Christine Linder bei Alf Lechner (bei seinem Werk). Sie störte mich. Sie ist eine große Künstlerin, aber auch sehr verschwätzt. – Alf Lechner, dazu ist nicht viel zu sagen, nur zu besehen, vielmehr zu berühren, aber im Raum und mit den Augen: diese entschiedenen Formulierungen sind so, daß sie alles freigeben für die Haut, die Augen und die Ohren.

Tobias war den Abend bei mir. Er hat viel erzählt und wie ein wirklicher Wühr ganz wenig gesagt. Jetzt weiß ich genau nichts. Er lacht mich wohl aus. Ich habe große Sehnsucht nach den Menschen, wie sie sind und wie sie deshalb sagen, was sie tun. Amen.

Ich sollte mir für die Seligmann-Phase den Stuhlmüller, 1823 (ist ein bayrischer Linguist) besorgen: Mem = München, Chasser Matina = Bayern in der Gaunersprache.

13. September 1985 – ein Freitag –, München

Ungebrochen ich. Stolz auf das Wachs. Gedanken zu Barbara und Jost. Wo sind sie? Und Gedanken, die nichts Bestimmtes mehr suchen. So Gedanken, die abtriften in das nahe gelegene . . . Dafür gibt es das Möbel nicht.
Bellmann. Ihn grüße ich. Ach, Wolfgang, sei nicht böse. Nach Dir nur noch Brahms. Bist Du zufrieden?

14. September 1983, München

Michael Theunissen soll beim Frankfurter Adorno-Kongreß (Beginn 11. September – 80. Geburtstag Adornos) gesagt haben: »Das Wahre als das Positive müßte also dem Unwahren abgewonnen werden.« Gemäß Adornos berühmtem Satz, sei das Ganze das Unwahre. Der Referent Klaus Podak schreibt in der SZ: Alle Versuche, dies zu leisten, münden nun aber, wie Theunissen dies zeigte, in Aporien. Den Ausweg in Metaphysik zerstört Adorno bewußt, weil er die Metaphysik selbst zerstören möchte. Jedoch, so Theunissens These, wird Metaphysik dabei negativ und positiv aufgehoben. Zerstört wird sie als Ontologie, bewahrt aber als Theologie, indem ein Absolutes ohne Totalität zurückbleibe. Zum Fluchtpunkt wird die Theologie des sich erniedrigenden Gottes. Bejahung – so kann man das umschreiben – wohnt in der äußersten Selbstverneinung des Absoluten, an die auch das Denken nicht umstandslos rühren kann. Wegen dieses theologischen Restes wohl konnte Theunissen formulieren: Adornos »Negative Dialektik« sei noch nicht negativistisch genug.

Genug davon, das genügt auch. Der Rest ist »Die Sache der Vernunft in unvernünftiger Zeit« (so der Titel des Podak-Aufsatzes).

In aller poetologischen Bescheidenheit (wenn ich mich in so universitärer, kritisch aufgeklärter Gesellschaft befinde) staune ich zu Adorno zurück.

Gott will vergessen werden. Das ist noch mehr als Erniedrigung. Und ich bin noch weniger als ein Philosoph, wenn ich hier schreibe: Reden wir miteinander, als gäbe es ihn nicht. Keine Angst.

16. September 1982, München

Gestern Besuch von Sabine Awiszus und ihrer Freundin Bärbel. Auch Jörg Drews war da. – Ich wurde wieder einmal in meinen eigenen vier Wänden an die Wand gespielt. Zweimal konnte ich mich äußern.

22. 06. 85 Mich ekelt, besonders bei dieser Notiz, dieses Buch an. Die Obengenannten (stiftlerisch?) sind nicht männlich gemeint, selbstverständlich auch nicht fraulich, lieber Jörg, hauen wir dazu ab.

17. September 1978, München

Gespräch mit Klaus Voswinckel. Es ist so, als würden wir alle in die große Beliebigkeit verstoßen, wo alles erlaubt, aber auch alles unwichtig für das Große und Ganze sein wird. Es ist so, als müßten wir durch diese Beliebigkeit hindurch, weil wir in ihr endlich – nahe der Neuzeit und Jetztzeit – aufwachen werden und das Leben dann erst – wie Götter, nämlich in der Unbeliebigkeit unseres Redens und Tuns – leben können.

26. 04. 83 Sehr hochgespannt. Aber ich nehme nichts zurück. Auch die Götter nicht. Was ist schon ein Gott? Aber beliebig ist er nicht. Da es die Menschen werden müssen, kann man keinen mehr heißen wollen.

17. September 1983, München

Mein jähzorniger Angriff in Bielefeld. Aber ist es zu begreifen, daß Poeten dieser widerlichen Wissenschaft dienen wollen, die stolz darauf war, die Planetensysteme der Kirche zu stürzen, und nicht bemerkte, wie mit Beginn des dritten Jahrtausends derjenige zur Abdankung gezwungen wird, der solches gedacht hat? Die Dummheit der Gescheitesten aller Arten ist unübertrefflich. Da komme ich mir schon gescheit vor in meiner Dummheit, wenn ich ein Bollwerk baue, ein Wührwerk davor. Der Todeskampf dieser Kirche interessiert mich wenig. Wenn ich ihm zuschaue: nur zynisch. Oder ganz ohne Gefühl. Gefühle für uns hatte sie ja wenig. Als es darum ging, den Menschen zu lieben, liebte sie Gott, und als es darum ging, den Gott nicht mehr zu lieben, liebte sie die Menschen noch weniger. Sie hat unsere Wahrheit nie besessen, deshalb wird sie von unserer Unwahrheit immer besessen sein. Ich schenke ihr keinen Blick mehr. Jesus, die Liebe handelt so. Aber sie weint auch.

17. September 1985, München

»Die Alternative ist ein wünschliches Unternehmen, manchmal auf Augennähe herangerückt, dennoch mit dem offiziellen Trott ver-

wirtschaftet und verzwängt«, schreibt Reinicke in der »Gaunerwirtschaft«. – Das Falsche ist dagegen kein wünschliches Unternehmen, es läßt sich als erfülltes ein mit dem offiziellen Trott und findet seine Freude und Wohlgefallen dran, diesen nicht zu erfüllen, ihn nicht zu perfektionieren und damit zu petrifizieren – und damit auch sich selbst.
»Die Akkommodation der Juden an die bürgerliche Gesellschaft liquidierte dieses Element möglichen Widerstandes«. Umgekehrt: »Die Neurose, die subversive Lebensweise der Gauner, macht sie stabiler.« Diese Erinnerung an physische und psychische Stabilität hat die Herrschaftsgeschichte dem Gedächtnis nehmen müssen. Dieses Bewußtsein mußte den Juden, aber auch den christlichen Fahrenden, den Vaganten und Landstreichern ausgetrieben werden. »Die Entwürdigung des Bewußtseins war Vorbedingung der Vernichtung«, schreibt Reinicke. Meine Fragen: Verhältnis vom Falschen zur Neurose? Wie ist das? Kommt es überhaupt zu einer subversiven Lebensweise der Falschen? Sind sie nicht vielmehr ohne Alternative? Nämlich ganz anwesend, aber auch niemals ganz dabei (also niemals von den Aktionen, den offiziellen ganz engagiert)?
Etwas anderes: Die Stabilität der Mitglieder der RAF? Neurose? Eine intakte?
Es ist still bei mir heroben. Der Mitarbeiter läßt nichts von sich hören. Er ließ. Ich hatte das noch nicht lange geschrieben, da meldete Michael Langer, daß wir am Freitag mit ziemlicher Sicherheit das Gerät von Giovanni haben würden. Inge bekommt vom Rundfunk eins für Sonntag. Vor wenigen Minuten rief mich Werner Haas an und ließ mich mehrere Leihparks notieren. Das hätte ich von Anfang an tun sollen: leihen.
Jetzt wieder zurück zu Reinicke: Mir war es nie eingefallen, den verfemten Beruf einer Linie mütterlicherseits meiner Vorfahren zu verheimlichen: Carnifexe. Dazu lese ich bei ihm: »Henker: Verstoßener der Gesellschaft, der er angehört und zugleich gesellschaftlich Ausgestoßener.« Das ist nicht mehr zu übertreffen, also die Randexistenz schlechthin und die Dreh- und Dreckfigur der Gewalt.

20. September 1983, München

Gestern war ich bei der Hautärztin. Ihre Diagnose: Was in Ihnen vorgeht, meldet sich auf Ihrer Haut auf eine Weise, die medizinisch nicht eindeutig bestimmt werden kann. Ich sehe auf dieser Haut, und zwar überall, daß etwas nicht stimmt. Mehr kann ich nicht sagen. Sie sollten aber zur Ruhe kommen.
Eine Stunde später saß ich mit Inge auf der Wies'n hinter einer Maß im Freien. Über mir hob sich der Riesenrock eines bayrischen Weibes, wenn sie den Mastochsen umdrehte. Die internationale Großdult. Gewaltige Lustgefühle überall; ins Maximale vergrößerte Derbheit. Krachende Empfindungen. Die Seichrinnen. Die Einsatzpolizei. Die Mater bavaria schwarz vor dem Rosa der Illusion.
Wenn man mich genau lesen würde, sagte ich zu Inge, dann müßten wir eine schlimme Zukunft erwarten. Aber das geschieht heutzutage nicht mehr. Und noch einmal genauer: Das macht in meinen schlimmen Augen genau die Poesie aus. Sie mischt sich auf eine Weise in die Realität, die zum Fürchten ist. Sie verletzt. Aber, und das unterscheidet sie von der Gemeinheit des richtigen Zugriffs: sie zielt nicht, sie trifft nur. Es handelt sich um falsche Schüsse. Wie sie also verletzt, so sollte sie auch geliebt werden: aufs ungefähre. Das Absichtslose ersehnt die Versöhnung. Über solchen Wunden sollten sich die Worte verständigen. Noch genauer: Verständnis ist nur über solchen Wunden möglich. Liebe.
Über die Verletzungen wollte ich nachdenken. Justierung ist vielleicht mit Schuld beladen. Aber auch sie noch kann nur von ungefähr als Schuld justiert werden. Wahrlich gibt es eine Schuld in politischen, öffentlichen, sozialen Zusammenhängen. Unsere durchaus falschen Positionen in durchaus falschen Situationen lassen einige von uns in richtige Schuldzuerkennungen geraten. Und wenn mir jemand sagt: wirkliche Schuldige bildeten die Ausnahme, so muß ich dringend daran erinnern, daß die Opfer die Gewalttaten verursachen. Oder anders gesagt und direkt: große Verbrecher sind das Opfer der Opfer. Das ist kein Freispruch. Ich spreche ja nie von einem Freispruch. Mag sein, daß die Gewalt verursachenden Opfer Liebe entziehen müssen. Das ist aber auch schon das Endgültigste. Schuldsprüche müssen sie sich ersparen. Unter Menschen gibt es kein Gericht. Daß man Gott damit, und noch dazu mit einem zur

Rechten, beauftragte: zu richten, ist eine menschliche Lächerlichkeit und gehört in die Geschichte der boshaften Hierarchie. Ich rede von Abwendung und von Zuwendung. Mehr nicht. Wer als erster den Stein wirft. Oder das vom Stab. Schon der rachsüchtige Vergleich des Menschen mit einem Stab, der gebrochen wird, ist dumm und insofern gefährlich. Gebrochene Stäbe, um in diesem gefährlichen Vergleich zu bleiben, sind wir alle. Ein gebrochener Richter, der einen gebrochenen Schuldigen bricht: das mag zweckdienlich sein in vergänglichen Verhältnissen, ist aber Unsinn. Nur insofern, als es sich als Unsinn in unsere falschen Verhältnisse so schrecklich gut einfügt, mag es eine gewisse Bedeutung erreichen. Jedenfalls sehr kurzfristig. Was ich immer wieder sagen will, ist: daß Erlösung nicht nötig ist. Und dieser frevelnde Gedankenstieg ist auch gleich wieder ganz oben und fragt an, ob eine Theatralisierung des Schuld- und Sühnezusammenhangs im ganz großen, also quasi göttlichen Stil jemals nötig war? Ob er nicht ganz im Gegensatz zur Erlösung: das Elend, das unsere nur zu bestätigen hatte. Wenn man Jesus reden hört, also seinen Vater: dann muß man sich von einer richtigen Geschichte, insbesondere der einzig richtigen Kirche abwenden. Wenn heutzutage sich ein Johannes Paul II. in aller Welt und in allen ihren Medien tummelt, so wird klar: wie wenig sich die Kirche von dieser Welt unterscheidet. Aber muß man das noch einmal behaupten? Die weltlichste Organisation in dieser Welt ist die Kirche. Sie würde mich einen Dreck interessieren, wäre dem nicht so und würde ich mich nicht an dem weltlichen Zustand der Welt ärgern.

Wie ich diesen Jesus verstehe, so hat er kein Gespräch, keinen Dialog, oder wie heutzutage gesprochen wird, keinen Diskurs *unterbrochen*, weder mit der Bestätigung einer Richtigkeit, noch mit der Verzeihung einer Falschheit. Es ist und bleibt die richtige Lüge, ihn zur Rechten des Allerrichtigsten zu erhöhen, damit er richte. Dort genau wird er nie erscheinen, schon deshalb nicht, weil es eine Seitenposition neben einer Fehlanzeige gar nicht gibt. Der ewige Richter ist eine Fehlanzeige. Keine Strafe also und keine Erlösung. Kein Höhenflug und kein Höllensturz. Das muß einfach weitergeschwiegen und weitergeredet werden. Im Dreck. Allenfalls hat sich im Dreck einer weniger dreckig gemacht als der andere. Aber wenn einer weniger falsch ist als der andere Falsche, dann muß er schon sehr wenig vom Falschen verstehen, wenn er den Falscheren be-

oder gar verurteilt. Als Komödie könnte man das doch durchgehen lassen. Sollte man aber nicht. Da gäbe es nämlich nichts zu lachen. Freilich, es gibt hier noch nichts zu lachen in einer Welt, wo man diese Übung für ausreichend bis sehr gut hält. Die Welt ist ja noch immer auf eine so unzureichende Weise falsch, daß sie für hinreichend richtig gelten kann. Sie ist also noch nicht so falsch geworden, daß Richtiges für außerordentlich falsch gelten muß. Und es spricht für meine schlimmen Ausführungen, wenn das noch nicht der Fall ist, und diese meine Ausführungen auch nicht, und nicht einmal in utopischen Gedanken: eine solche Vollendung auszudenken: denn Falsche würden in solch einer Vollendung zu Richtern werden müssen.

Ein falscher Denker, der über das Falsche nachdenkt, durchaus und ganz und gar unphilosophisch, denkt auch entsprechend falsch, nämlich überhaupt und gar nicht und nichts zuende. Das zeichnet ihn als falschen Denker einfach aus: daß er sämtliche Zuendedenker im falschen Denken an sich zum Ende vorbeiläßt, stehenbleibt auf der Rennbahn und sich vom Publikum der zuende denkenden Denker beschimpfen läßt.

Die Philosophie ist angekommen. Am Ende. Trotzdem wird ihr Rennen noch immer beklatscht. Aber von wem? Wie setzt sich dieses Publikum zusammen? Das ist jetzt die schlimmere Frage. Das Publikum handelt. Es rennt selbst in diesem Handeln. Es handelt sich auch um ein wissenschaftliches Publikum. Die Metaphysik ist nicht tot.

Das falsche Denken lebt. Aber nicht, noch nicht hinreichend lebendig. Wer nämlich ließe sich gerne als falscher Denker beschimpfen? Der Schimpf ist die Auszeichnung der Liebe. Die Liebe ist die schimpflichste Weise des Lebens. Die schimpflichste Weise des Lebens sollte sich selbst ausdenken. Endlich. Nicht zurück. Nicht voran. Sich selbst. Nicht hinein und nicht hinaus. Sich selbst. Nur. Dieses Nur der Liebe ist ihr größter Schimpf. Als erste Liebe ist dieser Schimpf zu allergrößten und meistenteils poetischen Ehren gekommen. Es gibt aber eine zweite, die ihre erste nicht beschimpft. Und eine vierte. Ich meine, daß die dritte Liebe sich mit der ersten Gerechtigkeit gemein macht. Aber alle weiteren, und die fünfte, und wenn sie sich verzählt, besteht die Gefahr, daß ich sie selber liebe, was eine besondere Gefahr bedeutet für einen Poeten. – Schwarm. So urteilt die dritte Liebe. Die lassen wir aus in

unserem System, das gewohnheitsmäßig noch immer dekadisch ist. Oder wir müssen mit dem Dreier-System das Dritte zur gewöhnlichen Liebe erniedrigen, die es dann weiß wie alle anderen. Eine numerische Subversion.
In solchen Gedanken hänge ich wie an einem Fliegenfänger über einem besonderen Alltag in was für einem Biergarten: in dem ich mit meinen Freunden sitze und esse und trinke und rede – und das alles kann, weil alles, was unserer Liebe nicht würdig ist, kleben bleibt an mir.
Eine solche Poesie, wie ich sie mache, hängt. Sie ist klebrig. Ich bitte nicht um Verzeihung.

14. 05. 85 Es gibt hier keine Schuld, aber hier wird sie verurteilt werden müssen. Aber deshalb verurteilt man hier etwas, was es hier nicht wirklich gibt: Schuld. Hier muß sie verurteilt werden.
Der einzelne im Zusammenhang, oder schon als solcher, weil selber auch ein solcher, ist derart verstrickt, daß kein Gericht von menschlichen Ausmaßen das beurteilen kann. Wir handeln derart, daß wir mit den mildesten Sprüchen unsere größten Fehler unterspielend: diesem Menschen das Maß seiner Strafe zusprechen, welches das Maß seiner Größe als Mensch *nie* verletzt.
Der Abgrund der bösen Bosheit ist nicht so tief wie der Abgrund der guten Gutheit, die der boshafteste Abgrund ist, von der besten Bosheit nicht übertroffen. Über Gut und Böse müßte nachgefühlt werden ohne Mackie. Wie traurig mich sein Wunder macht. In der Ratio ruhig zu werden, ist für die Dummköpfe. Ich höre sie brummen.

Was mir jede Nacht den Schweiß aus den Poren treibt, was mich jeden Tag aus der Haut fahren läßt, die wund ist und juckt, das ist, das kann nur verursachen dieses Meinungsgeflecht, in dem ich mich immer wieder verstricke.
Den Anfang mache ich täglich mit mir. Ich schreibe. Ich bin so frei. Dann, nach aufs schlimmste geübter Freiheit, schaue ich auf. Ich muß mich vergleichen. Ich werde überblickt. Ich lebe als Schreiber

in der Literatur. Aus. Schluß. Gefangen. Hierarchisch ausgemacht. Zensiert. Eingestuft. Nicht alleingelassen wie ich mich selber hatte, was mich so ausgelassen sein ließ. Warum aber schmerzt mich das? Habe ich ein Recht, insofern schmerzfrei zu bleiben? Und wie würde sich dieses Recht legitimieren? Damit: daß Poesie jenseits von Vergleichen bleiben muß. Deshalb, weil sie unvergleichlich ist. Damit, daß Poesie deshalb Poesie sein will: um außerhalb jedes einzuordnenden Diskurses bleiben zu dürfen. Bitte, der Schreiber hätte sich doch sonst in Vergleichbares eingemischt und mitgeredet, wo Argumente gut oder weniger gut sind. Ich denke, mein Eigensinn macht sich so wichtig, weil er einen Poeten bestimmt, der wahrscheinlich ausnahmslos Poesie im Falschen ansiedelt, also gute, bessere und ganz gute, also richtige, richtigere und ganz richtige Machart der Lächerlichkeit preisgeben muß. Und was den Autor betrifft, die Beurteilung seiner Person, freilich als Schreiber, aber doch wieder auch eben als Person, müßte mir Wurscht sein, wäre mir das auch, gäbe es nicht den kläglichen Rest in dieser Person, der doch gern richtig, gar richtiger oder gar am richtigsten wäre. Womit ich mir alle Schmerzen und Zerwürfnisse wieder selber zuschreiben muß. Krampf. Oder keiner: insofern ich nicht recht behalte, nicht richtig argumentierte. Gut, schwitz weiter, Autor!

Du bist das Kind nicht mehr, das so frei war: zu spielen. Daß du trotzdem weiterspielst, verstrickt dich. Lach' dich frei, wenn du schon nicht so frei sein kannst: frei zu sein. Lach' über dich!

Der Fall ist, daß ich meine Feinde nicht liebe. Ich meine das nicht im neutestamentarischen Sinne. Aber, ich liebe mich selber nicht. Deshalb Unsicherheit und Aggression. Deshalb auch dieser Hang des Poeten zum Autisten. Seinen Frieden will er mit sich selber machen. Wer ihm zustimmt, dem wird Zutritt gewährt in Großmut. Mit Feinden hat es gerne zu tun, wer sich selber liebt, was doch heißt, daß er der eigenen Qualität auf realistische Weise, also selbstkritisch zustimmt. So läßt sich dann auch streiten. So wird sich dann auch schlagkräftig verteidigt. Und das macht dann auch Spaß, wenn nicht Freude. Und so entsteht dann in der Realität das Werk eines Lebens. Und das genau machte den Unterschied: nämlich so entsteht eben nicht das Werk eines Poeten. Was mich die kühne Behauptung aufstellen läßt, daß der Poet außer sich ist: er liebt sich in seinem Werk. Sehr ingeniös. Ganz und gar Kunst. Kein

Leben. Ein feiges Gelebe. Verteidigungen sind in Wahrheit Erlasse. Feinde werden in Wahrheit verdrängt. Diese unfreiwillige Komik aller nur bedingt freiwilligen Aufforderungen der Poeten: sie zu vergessen.
Die Affen Gottes verdienen alle eine besondere Behandlung. Auf eine dieselben gesundheitsnivellierende Weise sollten sie untergebracht und zur Besichtigung freigegeben werden in einer Art Zoo. Artangaben und Gattungsbezeichnungen müßten entsprechend wertimmun sein. Das Experiment dieser Sonderunterbringung könnte als gelungen angesehen werden: wenn sich große Autoren mit großen Seelen mit kleinen Seelen, die große Autoren sind oder waren, auf höchstem Niveau, in trivialstem Geschwätz ihrer scheinbaren Größe im winzigsten Geplänkel versicherten, bis sie sich alle als niveaulose Langweiler in die Arme fallen, was die Großmut der Wärter ermöglichen müßte: Das absolute Kunstwerk, dargestellt von den Künstlern selbst.
Die österreichischen Autoren müssen es gewesen sein, die den Wichtel erfunden haben. Ja, freilich, die waren es.
Wenn man das so liest. Und Wörter muß man lesen.
Was geschieht derzeit? Aber was sollte schon geschehen? Was sollte? – Nur der evolutionären Erkenntnistheorie liegt der Fall klar vor ungeborenen Augen: Die Wichtigkeit des Schöpfers dieser unausdenkbaren Schöpfung hält den Platz 1 auf der Sellerliste bis wir alle und alle Kommenden und so weiter uns als seine Leser in einer beata literatura versammeln, um ihm seine Wichtigkeit vorzulesen. Dann wird dem ewigen Autor und seiner Wichtigkeit ewig Genüge getan.
Der Fall eines unwichtigen Geschöpfes ist da nicht mehr verhältnismäßig zu beurteilen und ganz und gar lächerlich, wenn es sich bei so einem Geschöpf um einen Schöpfer handelt.
Man muß diesen wichtigen Satz genau lesen, um nichts mehr zu verstehen. – Aber das Wort ›Wichtigkeit‹ kann man sich dann umso mehr auf dem Trommelfell verlauten lassen.
Ich will aber nur sagen, wie wichtig Wichtigkeit sein kann oder nicht. Höchstens oder verpißt. Es soll ja Autoren gegeben haben, die an ihrer Wichtigkeit gestorben sind. Es soll ja Autoren gegeben haben, die an ihrer Wichtigkeit verrückt wurden. Es soll ja einen höchsten Autor gegeben haben, der sich in aller Wichtigkeit selbst vergaß. Es soll ja Autoren gegeben haben, die dies zum Anlaß

nahmen, sich nicht zu vergessen. – Ich. – Es gibt also auch richtige Autoren. Bestimmt. Die gibt es.
Wenn man uns zuhört. Ich biedere mich da nicht an, wenn ich von Ohren schreibe. Mir hört nur mein Kopf zu. Der muß gar nicht hören können. Beidenfalls nicht mit Ohren. Der weiß schon, was er von sich selber zu hören bekommt. Das ist so etwas wie die Luftlinie in das Eigene. Manchmal die erdachten Umwege durch eine Landschaft. Ehrlicher: direkt, wie erdacht. Schlimmer: gar keine Luftlinie. Das ist der schreckliche Kopffall bei mir.
Andere, die sich nach dem gewichtigen Urteil unserer vielbewanderten und herumgereisten und wirklich bestimmt auf dem Boden der Wirklichkeit gestandenen Rezensenten – und dort noch herumstehenden – mit ihrer Schreibe auf einem vielbewunderten und ganz und gar bereisten Boden bewegen, sind besser dran: oder an ihnen ist mehr Realität herum, wie ich so sage, weshalb sie auch triftiger, dringlicher, irdener, blutiger, körperlicher und auf ihrem Schreibtisch schreiben. Sie schreiben nicht etwa mit ihren Händen, was sie in ihren Köpfen haben, sondern mehr mit dem Herzen, was ihre Füße stampfen. Sie schreiben aber auswendig. Das ist es. Das ist mir sehr bewußt. Und deshalb lerne ich das.
Wichtig ist die Unterscheidung allemal: die einen schreiben unter ihrem Kopf mit den Händen, die anderen mit den Händen über ihren Füßen. Oder noch einmal anders? Bitte, um was für eine Ecke? Aber bitte nicht denken.
Ich will sagen, daß ich nicht nur pisse auf diese Unterscheidungen. Wie alt sind wir eigentlich geworden? Oder muß ich noch mehr Vulgarität in Anspruch nehmen? Oder hat Novalis gelebt? Oder nicht?
Ich habe meine Hand gerührt, und es steckte zwischen den ersten drei Gliedern ein Stift – und Homer hatte damals schon sein erstes Buch geschrieben. Mit seinem linken oder seinem rechten Fuß? Weil es so real war, was er schrieb, bis hinauf zu den Göttern?
Jeder winzige Mensch, und damit auch ich, hat eine Menge Glieder und strampelt damit. Wenn er schreibt, hat er jedoch nur einen einzigen Strampler, der fünffach bestückt ist. Und wenn er seinen Kopf anhebt, so befindet er sich nur mit einem in diesem Schlamassel.
Wenn er also schreibt, was das Schlimmste nicht sein kann in einer Welt, in der man mit Kopf und Hand morden kann: so schreibt er. Geschriebenes steht dann auf dem Papier. Wann endlich wird klar,

daß das eine Realität ist auf einem weißen Papier? Bitte, nachprüfen! Also ob er Wirkliches schreibt, ist so wirklich, wie es unwirklich ist, wenn er Unwirkliches schreibt. Und es ist so unwirklich, was er schreibt, wie es unwirklich ist, wenn er wirklich schreibt. Wirklich ist es jedenfalls! Freilich kann etwas unwirklich wirken, was er wirklich schrieb. Wirklich ist es auf dem Papier. Das ist wirklich. Was drauf geschrieben steht ist wirklich. Oder bin ich so dumm? Oder muß ich hier auf diesem weißen Papier die Wirklichkeit beweisen? – Gut, das gebe ich zu. Die Lüge der Wirklichkeit, wenn einer auf weißem Papier die Wirklichkeit auf diesem weißen Papier lügt: die ist noch einmal wirklicher, weil sie vielleicht den Umweg über den Kopf des Lesers gar nicht nehmen muß, sondern ohne diesen Kopf schon so wirklich ist, wie die Wirklichkeit. Ich will sagen, daß ich gar nichts mehr sagen will. Man müßte mich ja kopfhalber verstehen. Sagen will ich, daß ich das Geschwätz satt habe. Das Schreiben nicht.
Aber gut wie schlecht. Das haben wir schon gehabt. Der Grass schreibt einmal wirklicher als der Soundso. Schluß da. Realität. Realität. Das Zauberwort. Vor lauter Realität sieht keiner mehr die Realität. In einer verpfuschten Zeit zu leben, ist beinahe irreal. – Du schreibst ein Buch. Du schreibst kein Buch. Das wäre so einfach. Aber du schreibst ein realistisches Buch, und ich schreibe kein realistisches Buch – und das ist beinahe kompliziert.
Jeder Leser und jeder Schreiber ist ein gefallener Leser und ein gefallener Schreiber. Nur der Rezensent steht. Der weiß nämlich genau, was die Realität ist, obwohl er hauptsächlich liest. – Kein Kommentar.
Ob einer die Realität schreibt oder ob er sie schreibt, das genau ist der Unterschied zwischen uns – von Cervantes bis Pavese oder? Oder darf ich mit anderen irrealen Zusammenhängen dienen?
Schreib' wie du nicht bist und dann real. Da dürfte nichts fehlen. Die Leser erkälten sich in diesem Buch oder der sogenannte Sonnenstich.
Ich schreibe nicht vom Schreiber, der schreibt wie er ist, weil sich dann niemand erkältet oder gar einem Sonnenstich zum Opfer fallen wird. – Die Literatur ist der Fall. Die Literatur gehört dem Rezensenten um die Ohren geschlagen bis er nicht mehr sieht, was er noch gar nicht empfunden hat.
Der arme Kerl könnte allenfalls ein Poet werden. Meistens war er

es schon. Und weil das zu billig ist, verteuere ich mich und sage: der Rezensent soll unrezensierte Realität lesen.
Ich sollte mir einen Jux machen. Ich sollte leben. Wenigstens einmal. Einmal gelebt ist tot, aber wie. Die nachgereichte Realität. Da es kein Gericht gibt, aber ein Weiterleben. Ich bin doch so interessiert. Ich armer Hund. Da habe ich nun wirklich, wie ich merke, gar nichts zu sagen. Das hängt ab. Und von? Wer bist Du? Ich habe Dich in der Andeutung großgeschrieben. Es geht mir natürlich – wie anders – um mich. Solltest Du das kennen? In Demut, Dein Paul.

24. 06. 85 Das war der letzte Eintrag vor dem Herzinfarkt.

20. September 1985, München

Morgen also wieder ein Anfang mit dem Tonbild Metropolis. Inzwischen wurde Giovannis Sony repariert und mein Gerät von Sony durch ein neues ersetzt.
Erstaunlich ist, daß ich am 17. Februar verdrängte, was mir Schuldt am 15. September vor dem ersten Besuch bei Diana Kempff mitteilte: Unsere Lesereise wird in New York beginnen, Fortsetzung bis Florida, dann San Francisco, Seattle und zurück nach New York, alles etwa im April 1986.
Am 18. Besuch von Ursula. Kleine Katastrophe. Sie wirft Inge wieder Gegnerschaft in der Jury für den Münchner Literaturförderpreis vor.
Heute mit den Fahrrädern an der Isar. Ich las im »Familienlexikon« von Natalia Ginzburg und der schöne Nachmittag wurde zu einem unserer schönsten. Wie kann ich der Poetin das sagen im Herbst in Florenz?
Jetzt hat Diana im III. Programm in der Reihe ZEN gelesen. Sehr lebendig, leider zu kurz. Das Fernsehen ist trotzdem für uns zu banal, illustrierend. Mein Gott, was sollen sie denn anderes machen als Bildchen, laufende – und die rennen den Geist um und kleben ihn dann mit Hansaplast zu.
Ich schwitze wieder wie vor zwei Jahren. Gewichtszunahme.

21. September 1985, München

Heute mit Michael im Schottenhamel-Zelt auf der Tribüne der Fernsehleute von 9 Uhr bis 13 Uhr, dann: O'zapft is! mit Kronawitter, Winfried und später noch Strauß und Tochter und Stoiber, oh Graus. Fünf Minuten vor dem großen Ereignis schaffte Werner Herzog Platz für sich und sein Team: ein Mann, der weiß, was er will, schaut nicht links und nicht rechts. Mir war stundenlang übel nach diesem Vormittag. Ausgelacht wurden wir nicht, trotzdem, es war komisch: unser winziger Sony und wir zwei als Techniker und Aufnahmeleiter.
Zitat aus »Oktoberfest. Ein Attentat« von Ulrich Chaussy: »Das Brausebad ist ein pavillonartiger, gelbgetünchter Steinbau, der auf einer Verkehrsinsel unmittelbar gegenüber dem Ende der Wirtsbudenstraße steht, vom Oval der Theresienwiese durch den Bavariaring getrennt. Zur Wirtsbudenstraße hin hat das Brausebad einen leicht pompösen Vorbau, vier Säulen, die ein kleines Kapitell tragen. Links dieser Säulen hatte Bahr, der Hauptzeuge gestanden, mit Blickrichtung Theresienwiese. Von hier aus, etwa zehn Meter in Richtung Straße sieht man die Parkbänke. Zwischen ihnen stehen Bäume, vor ihnen verläuft das Trottoir, dann eine weitere Reihe Bäume, dann erst endet die Verkehrsinsel. Schräg rechts, genau in der Mitte zwischen den beiden Parkbänken rechter Hand, ein wenig hinter diesen Bänken auf das Brausebad zu, dort hatten sich Köhler und seine Begleiter nach Bahrs Schilderung befunden. Dem einen aus der Dreiergruppe hat er ins Gesicht gesehen, dem Jungen mit dem Wuschelkopf, der die Plastiktüte und den Koffer dabei hatte. Die anderen sah er von hinten. Von hier aus schon. Aber dann ging Bahr weiter . . .«
Am 26. September 1980 keine Notiz. Ich hätte ohne diese hier auch niemals die Katastrophe von Mexico City erwähnt. Aber jetzt tritt dieses Brausebad für mich in Erscheinung. Ist diese Ecke Martin-Greif-Straße und Schwanthalerstraße katastrophenträchtig? Flugzeugabsturz nach dem 2. Weltkrieg!
Müder, unlustiger Anfang mit Metropolis. Ich gab sofort wieder auf. Schwierigkeiten auch in der Verständigung mit Michel. Depression. Mißtrauen. Wenig Konzentration. Wutausbrüche. Verdächtigungen. Selbstgefühl gleich Null.

23. September 1985, München

Außerordentliche Gunst – Huld, würde Günter Herburger sagen –. Schöning hat geschrieben und das Honorar erhöht, auch für Michael Langer. Er und ich planten am Vormittag die nächsten zwei Wochen. Dann Fahrt zu Inge in die Buchhandlung – wir besorgen uns Geld. Um 11.30 Uhr sind wir auf der Wies'n. Rundgang. Wunderbare Klänge. Neuer Name: Klang-Environment, Sound-Environment. King Kong vor der Geisterbahn; wieder eine mechanische Stimme, später noch Dracula. Orgel. Der Irrgarten ist aufgebaut. Ich befürchtete, daß er fehlen könne. Ganz versteckt: das Kasperltheater. Beginn 15 Uhr stand auf dem Theaterzettel. Dort werden, dort müssen wir stehen. Ich baue in meiner Metropolis die Kinder der Stadt ein. Mein Oscillum in Betrieb. Wir trinken und essen beim Hacker. Michels Einfall: um 23 Uhr die Betrunkenen von der Wies'n heimbegleiten.
Wir fahren zur Freiheit. Nochmals die Aufnahmen, eine Wiederholung. Die Penner, Michel geht ganz nahe ran. Ich stehe mit 10 Mark Auslösesumme hinter einem Baum. Heimfahrt. Fiasko. Gerät Sony dreht wieder durch. – Wühr schreit. Jetzt ist er wieder ruhig. Der 23! Gunst-Ungunst = 5.

25. September 1982, München

Das Phantasma der Poesie spricht mit dem Stoff Realität (Gegenwart) – aber nebenan.
Im FB entwerfe ich meine Punk-Scene neben der realen. Traum: Meine Literatur wurde von einer Jury beurteilt und verworfen. Während dieses unangenehmen Vorgangs: meine (und der Jury) Beschäftigung mit einer Fahrerfluchtepisode. Also gleichzeitig, immer übergangslos: war beides Stoff. Während ich dies schreibe, erinnere ich mich, daß viele Figurationen im FB so gebaut sind. Ein weiterer Traum: Ich zerstöre mein Mobiliar, allen Besitz. Einzelstücke werden auch unter Preis abgegeben. Anschließend erfahre ich, daß man für alles Phantasiepreise gezahlt hätte. Gesteigerte Wahrnehmung im Traum: meiner derzeitigen Situation. Depression.

25. September 1985, München

Die Gleichzeitigkeit von Innovationen (eine ständige Irritation für alle Schreiber). Meine Metropolis sollte, und das wird auch so gemacht, drei Ebenen miteinander verbinden: Unterwelt – Tag – Überblick. Und zwar durch Auf- und Abstiege in Türmen (der Gedanke kam mir bei der Oktoberfest-Ausstellung im Stadtmuseum). Jetzt lese ich am Ende des Aufsatzes über die Neugestaltung der Theresienwiese durch Andreas Meck, den Gottfried Knapp für die SZ schrieb: »So bleibt schließlich noch die hübsche utopische Pointe in Mecks Vorschlag übrig: der junge Architekt stellt sich vor, daß es irgendwann ein Oktoberfest-Museum geben wird. In zwei schlanken postmodernen Türmen am Rande des Teichs sollen die Besucher durch die Geschichte der Schaustellerei hinaufsteigen zu einer Aussichtsplattform, von der aus sie das reale Gelände des historischen Fests überblicken können.«
Ich wollte heute morgen wieder einmal – wie oft eigentlich schon in den vergangenen fünfzehn Wochen? – mit ›neuem Mut‹, wie man so frisch sagt, an die Arbeit gehen. Jetzt ist dieser schon wieder beschädigt. Mulford liegt auf meinem Schreibtisch. Ich gebe also nicht auf.
Heute arbeite ich selbst an dem Kassetten-Protokoll.

Was ich von der Lokalisation der Poesie sagte, gilt allgemein für das Auditive / es ist nebenhältig und wird hinterhältig (hinter den Augen befindlich). In diesem Hinterhalt bildet es einen anderen Kreis, nämlich (den Gesichtskreis meistens ergänzend) den Gehörkreis, der ebenfalls im Horizont (scheinbar) nach der Erweiterungsmöglichkeit endet. Ich kann nicht so weit gehen, Gehör und Geist gleichzusetzen, aber ich muß es das Worthaftere, das Verbalere nennen und bestimme damit die engere Verwandtschaft. Dann kann ich auch behaupten: Das Wort fällt aus dem Hinterhalt über die Wirklichkeit her. – Das ist alles noch unausgereift.
Etwas anderes: Der Mensch ist klein und schwach. Er ist niemals schuldig – egal, was er tut. Das sagt Simenon. Sehr liebenswürdig. Mir ist aber doch lieber zu behaupten: Die Behauptung der Schuldlosigkeit des Menschen macht ihn, auch wenn er relativ (in der Gesellschaft und im Zusammenhang mit ihrer Schuldhaftigkeit) Schuld auf sich geladen hat, letztlich unantastbar im weitesten Sinne von Schuld: unbestrafbar. Die Anerkennung dieses ethischen Grundsatzes würde einschneidende Folgen für den Strafvollzug haben. Verachtung wäre offenbar unangebracht, aber auch eine Barmherzigkeit oder ein Mitleid, das der eigentlichen Verachtung in nichts nachhöhnt.
Abends: ich lese bei Colli »Nach Nietzsche«: »Die Wahrheit gehört dem Sagen an.« – Aber ich sollte nicht gegen das Visuelle andenken und die Vision verleugnen und das Auditive allein dem Denken zuordnen. Ich habe es mit Klängen zu tun, die nicht mehr in einem audiovisuellen Zusammenhang Dienst tun an einem noch vielgestaltigeren Ganzen (alle übrigen Sinne sind beteiligt). Die Folge dieser Einschränkung, eine eventuelle, in anderer Hinhörung: Erweiterung ist zu überdenken. Ich denke an fehlende Störungen, insofern vielgestaltige Sinnlichkeit unsinnlich werden läßt: insofern wäre jede Einschränkung Erweiterung. Der eine Sinn fängt an sich zu ergänzen (arbeitet geistig oder spielt). Jetzt ist die Frage interessant, ob das Gehör eine außerordentliche Zulassung hat zu diesem geistigen Spiel, also insbesondere geeignet ist. Nochmals: Sagen, reden, hören: die Worte hören, die Worte lesen.

26. 11. 85 Am Tage, als ich meinen großen Streit mit Sancho austrug, der jetzt über meinem linken Ohr lauscht und zwei gelbe Laternen schaukeln läßt.

Ich arbeite am Morgen an München, Metropolis, Soundseeing. Sehr langsam. Immer noch nicht langsam genug. Und alles ist im Ungenügen erarbeitet, erdichtet. So neu. Meine Unzulänglichkeit steht ganz deutlich als Umwelt, in der ich notiere. Sehr bequem. Die Welt hat nur scharfe Kanten. – Wie immer bisher habe ich es ja so bequem, so warm, daß ich meine sogenannten poetischen Schmerzen im eingebettetsten Leid herumwühlen lassen kann.
Proust: Heute haben sie noch eines seiner Manuskripte gefunden. Wie klug er ist! Er ist ja so klug. Und die Dummen – und an einem solchen Tag sage ich das besonders gern – sind ja so dankbar, wenn ein Poet klüger ist als alle Leser. Ist das der Poesie Definition? Oder sollen wir wieder von Scheiben sprechen? Von Treffern? Singe ich deshalb von Fehlern? Ein wirklicher Leser begreift die wahren Fehler eines Autors und liebt sie, denn er hat sie nur für ihn gemacht. Sie helfen ihm wenig auf Parties und im Leben ›an sich‹, aber sie lassen ihn üben. Exercitium. Der Poet ist zuständig für diese Art Einweihung. Der Guru soll seine Wahrheiten auf seine Wäscheklammern hängen. Der gibt was Ganzes, was Tiefes, was Großes. Eben Alles und Nichts. Der Poet immer weniger als Alles und mehr als Nichts, wie es so unter Menschen das Geschäft ist, nach Gothie.

28. September 1980, München

Jetzt stehen die Phasen 2, 3, 4, 5 und 6 des FB. Im September sehr viel an der 4. Phase gearbeitet. Ich werde jetzt wieder an der 1. Phase weiterschreiben.
Wann ich ernsthaft mit dem Weiterschreiben begonnen habe, läßt sich jetzt nicht mehr feststellen. Seit dem 14. Mai 1978 sitze ich in diesem kleinen Zimmer, also schon über zweieinhalb Jahre.
Am 10. Januar 1979 konnte ich schreiben: Inzwischen habe ich das falsche Buch bis 160 Seiten korrigiert, beinahe alles schon geschrieben. Ich muß also nochmals begonnen haben, wahrscheinlich im November 1978. Also schrieb ich in zwei Jahren etwa 300 Seiten. Das ist nicht viel, aber das Buch ist figuriert. Mein Beinbruch. So langsam geht das voran. Geduld.
Eine Stunde später: Unruhe, Scham, Verwirrung. Ich kann das nur wieder auffangen, indem ich mir vorsage: Mein Buch ist der Zustand meines Gehirns in einer Durchsicht, allerdings streng figuriert. Damit meine ich aber nicht eine strenge Aufteilung des Inhalts. Das nicht. Gegensatz zur Volkshochschulbildung: also kein zweckgebogenes, geschnittenes Wissen. – Beruhigungspille. Wie lange wird sie wirken?

28. 07. 85 Das korrigierte ich: zurechtgebogenes in zweckgebogenes.

21. 08. 83 Auch hier muß ich das anmerken. Der gestirnte Nachthimmel versorgte uns vor Jahrhunderten mit dem Horror der Beliebigkeit. Heute tun das die Sozialtechnokraten. Das ist ein Unterschied in der Wirkung. Der Schrecken hat sich in der Gesellschaft breitgemacht. Kein vom Schrecken abgebrochener Hochblick.

28. September 1985, München

Aufregender Abend mit Renate im »Mykonos« in der Einsteinstraße. Dann aber entartete alles und der »Umweg« führte ins »Adria«. Und dann ins Dunkel. Die Polizei Dein Helfer. Auch noch den Schlüssel verloren. Ende der Reise in die Zärtlichkeit: 1985.
Während ich mit Sonnemann und anderen über das Zeitalter des

Ohrs nachdenke, öffnet Aids die Wände in Interieurs. Das aseptische Schauen. Die vorgetäuschte Wand als Schutz vor Ansteckung. Sexualität an der Vergabelung von Treue und Voyeurismus: die Schwestern (die natürlichen) von Olimpia, Hadalay (Villiers de l'Isle-Adam) und Jean Pauls ›Frauen aus Holz‹ werden in der Not wieder zu visuellen Objekten; in der neuen Sinnlichkeit waren sie wohl kaum zu Subjekten geworden. Die Peep-Show drehte ein böses Omen. Die Haut verschwindet wieder hinter Nacktbädern und imaginären Fenstern. Der Schrecken vor der Feuchtigkeit. Angst vor Blut.
Heute mit Bert und Fritz und Inge bei Barbara. Sehr gut. Man kann das nicht nachzeichnen. Diese erregenden Gespräche. Kein Film leistet das. Niemand. Gott? Schon deshalb müßte es ihn geben. Solche Annäherungen. Dieser Zynismus: wenn es vergeblich ist. Es war so schön zu leben. Barbara! Diese schöne Frau! Was bin ich für ein armer W.
Mir nehmen sie meine Frau nicht mehr weg. Ich werde auch nicht mehr von Frauen weggenommen.

29. September 1982, München

»Permanente Revolution der Rede« – nicht der Gesellschaft. Flickinger (Kassel) in der Festschrift für Ulrich Sonnemann. Für Ursula: Innovationen sind Fallen für Dilettanten. – Gestern war Frank Lucht zu Besuch da. Es ging um die Assistenz bei meiner zukünftigen Hörspielarbeit. Er ist noch sehr jung, kennt nichts von mir, hört das erste Mal von Originalton-Hörspielen. Sehr bemüht um eine rasche Annäherung.
Wieder Flickinger: Über die Vorentscheidungen Descartes', Marx' und Freuds. Überall kommt das Subjekt zu kurz.
Rationalismus = Technokratie – Luhmann.
Die Wahl des Repräsentanten der Wissenschaft ist also so schlecht nicht.
Flickinger: Offensichtliche Verwissenschaftlichung der subjektiven Impulse: ihnen wird die Spitze abgebrochen.
Klaus Horn gelesen in der Festschrift. Dazu Rummelpuff: Aus dem Faschismus heraus in das Grüne bis zu buntester Aufführung.

11. 02. 83 Das Rummelpuffkapitel schrieb ich im Dezember 1982.

30. September 1985, München

Fahrt ins Altmühltal. Bei Denkendorf verließen wir die Autobahn, wie von Herrn Stauder empfohlen, dem wir die wunderbare Route verdanken. Kipfenberg: geographische Mitte Bayerns. Eichstätt, dort fahren wir nur durch. Solnhofen: Besuch des Museums. Die Tierwelt des Solnhofer Schiefer. Begegnung mit den – in Muschelkalk – verdrifteten Tieren der Rede II: besonders mit dem Urvogel, dem »Archaeopteryx«, mit Fischen, Krebsen, Ammoniten, Libellen. Dann 90 Minuten Irrgang oder vielmehr Irrsteigen. In Pappenheim sehen wir ein Klenze-Palais, studieren ein wenig die Wirrungen der Reformationszeit. Dann Wanderung um den Karlsgraben, die Fossa carolina: Denkmal eines historischen Scheiterns. König Karl läßt im Herbst 793 einen Graben zwischen Altmühl und Rednitz ausheben, ein fossarum magnum, das die Verbindung bei der europäischen Wasserscheide zwischen Nordsee und Schwarzem Meer herstellen soll. Regenfälle und Erdrutsche machen den Plan zunichte. Großartigstes Bodendenkmal Deutschlands. 30 m breiter Sohlgraben, 1300 m lang, beiderseits Erdwälle. Die Fossa zieht sich vom Ostrand des Ortes hinauf zur Wasserscheide, steigt von dort aber nicht direkt ins Tal hinab, sondern biegt, mit ihrem Südrand der 420 m Höhenlinie folgend, nach Osten ab. Weitere Literatur: F. Beck »Die Fossa Carolina« (München, 1911) und H. H. Hofmann und H. Benmann »Karl der Große, Persönlichkeit und Geschichte« (Düsseldorf, 1965), S. 437 ff. Wir pumpten am Brunnen der Wasserscheide aus einem scheußlichen Gedenkstein aus dem Jahre 1935. – Dann Fahrt nach Weißenburg. Besichtigung des römischen Kastells und der Thermen leider nur durch die Scheiben, da Montag. Also Wiederholung dieser Fahrt. Plan: Einbau des Karlsgrabens in das Weichbild von München. Vielleicht Verbindung Würm – Amper? Dachte Goethe an den Karlsgraben im Faust II?
Lektüre nachts: Aufsatz von Nicole Loraux in »Mythos Frau« aus dem publica Verlag, Berlin. Wieder im Zusammenhang mit dem Mythos: das Gehör, mit den Ohren sehen, am Rande meiner Arbeit am Soundseeing. Genaueres schrieb ich am Anfang der Schleife, im Zusammenhang mit Einträgen aus Eilat 1978.
Während des Irrsteigens in Solnhofen: Nach einer Führung (quasi!) durch das ganze Leben, die aus einer andauernden Selbstaufhebung

– was ihre einzelnen Faktizitäten anbetraf – bestand, erfährt der Geführte am Ende: Das alles gibt es nicht, was du bei dieser Führung erkanntest. Nicht nur bei den einzelnen Fakten gewannst du keine Sicherheit: der gesamte Zusammenhang ist nicht faktisch, das Faktum ›Führung‹ ist es nicht. Das kannst du *alles* vergessen (in vulga gesprochen: Vergiß es!). Entsetzlicher Gedanke: am Ende der Rückblick ins Nichts. Oder sollte ich so formulieren: Keine Unsicherheiten mehr – und wenn auch – in allen Einzelheiten der Führung, sondern eine einzige Unsicherheit in allem und über allem: Das Ganze ist nicht sicher, das ist noch keine Richtigkeit. Der Rückblick ins Nichts ist richtig und tödlich (im endgültigen Sinn).
Auf diese Gedanken stieß mich ein Artikel im ›Spiegel‹, in dem von einer neuen archäologischen Arbeit berichtet wird, in der allen bisherigen Thesen der Bibelforschung grundlegend widersprochen wird und nicht nur beinahe alle biblischen Orte als fragwürdig lokalisiert beurteilt werden, sondern das Heilige Land selbst (Israel) als falsch lokalisiert erscheint.

1. Oktober 1985, München

Ich fand heute eine Notiz, deren Herkunft mir nicht mehr einfällt: Herakles (übersetzt): »Das Sichtbare haben wir nicht dabei – das Verborgene haben wir dabei.«

2. Oktober 1982, München

Ulrich Sonnemann rief an. Seine gelassenen Erkundigungen – meine spontane Emotion. Vom Philosophen der Spontaneität wurden meine begeisterten Entgleisungen zurechtgemahnt mit warmer Stimme. Ich wollte ihm in traumhafter Plötzlichkeit nur sagen, wie gegenwärtig er sei.
Das notiert mein Gemüt: Wie in der Ehe »Mein Mann erträgt gutmütig die Lyrikerin«. Frauenliteratur.

15. 06. 85 Hermann Wühr sprach heute von Ulrich. Sehr hoch einschätzend. Vorher kippte er Hegel und Marx. Gebrüder Wühr.

2. Oktober 1985, München

Ich notierte vor einiger Zeit: Im Gehörfeld gibt es keine Orientierung; es sei jedenfalls sehr schwer (und immer nur mit Unsicherheit festzustellen), aus welcher und in welche Richtung Geräusche, Töne und Sprache kommen und gehen. Heute muß ich mich korrigieren: das gilt für aufgezeichnete Gehörfelder wie mein Metropolis eines sein wird. Und zwar deshalb: der Hörer hatte keinen direkten Anteil an der Situation der Aufnahme, seine körperliche Anwesenheit fehlte: diese körperliche Anwesenheit hätte ihm – auch bei geschlossenen Augen – erlaubt, die Geräusche, Töne und Worte zu lokalisieren, auch ihre Wanderung auf dem Gehörfeld, da er sich seiner eigenen Aufstellung (Tastsinn) im Raum bewußt gewesen wäre. Wenn dieses Bewußtsein fehlt, dem Hörer also das Produkt einer Anhörung vorgestellt wird, ist es ihm nahezu unmöglich: sich auf dem angebotenen Gehörfeld zu orientieren. Man kann jedenfalls sagen, daß ihm jede Sicherheit fehlt.
Abschließend: Diese Situation vor einem Produkt, vor einem Hörwerk, bildet eine in Wirklichkeit nicht herstellbare Situation ab: nämlich das Hören in absoluter Ausschließlichkeit.
Eine offene Frage bleibt, ob meine Behauptung, das Gehörfeld befinde sich im Hinterhalt der Augen und werde durch die nebenhältigen Ohren hergestellt, zutrifft.

Raum – Ohren:	Offene Systeme, durchgehend, durchgängig geöffnet.
Augen:	Kurzzeitige und langzeitige Schlußzeiten. Augenschlußzeiten. Liderschlußzeiten.
Gefahr:	hierarischen Gelüsten nachzugeben. Das sinnliche Auge, das geistige Ohr.
Vulgo:	Plumpes Medium Fernsehen – feineres Medium Hörfunk.

Das Hörzentrum der Gehirnrinde, wo die nervös elektrischen Impulse als Geräusche, Töne, Sprache bewußt gemacht werden, ist noch unerforscht.
Es gibt im Gehörfeld keine Entsprechung zum Blick; also »Mach deine Ohren auf« = nur Übertragung. Hör auf mich! Der Blick fällt auf . . ., unter seinen Blick fallen (des Gottes!). Unter sein Ohr fallen . . .? Blick: aktives Sehen. Akt des Sehens. Akt des Hörens? Es gibt ein relatives Erlahmen des Hörens im Schlaf.
Der Blick auf sich selber. Sich selber anhören: Aktionen für sehr schwache und sehr starke Personen.
»Die Rede eines Falschen über die zweigeschlechtliche Institution«. Titelei eines Kapitels im Talion.
Dabei wird dieser Falsche am Satz vom Widerspruch festhalten und in seinem Zwischenraum als Dritter reflektierend schaukeln. Sich auch nicht in dieser Reflektion etablierend: wie es so seine falsche Art ist, damit ihm die Mobilität nie abgehe, sondern läufig bleibe. Die Frau und der Mann ihrer zweiwertigen Falschheit konstant, aber nicht kontinuierend für einen: der weder das eine noch das andere, aber vieles im Schwung zwischen beiden: ist wie seinesgleichen, womit er nicht nur die Frauen, sondern auch die Männer meint.
Talion. Rache. Die Israeli zur Zeit (Tunesien, Arafat, PLO). Was für ein wunderbares Volk im Zorn, in seiner Verirrung. Die Deutschen – und das ist der schlimmste . . . (hier bricht die Notiz ab und die Fortsetzung ist nicht zu finden).

3. Oktober 1982, München

Das FB steht immer deutlicher vor mir. Sehr langes Arbeiten im Dunkel. Was habe ich getan? Die Weltstoffe in meiner Welt dorthin geschoben, wo ich aufhören muß.

15. 06. 85 Ob es dem Volker Hoffmann so wirklich recht war? Ich bezweifle das. Er hätte lieber wieder eine Rede von mir gehabt. Dann muß er mir auch eine illusorische Frau zahlen, die mich in Wahrheit aufregt. Mit Inge lebe ich in Wahrheit.

4. Oktober 1985, München

In einem Aufsatz von Norbert Kapferer »Nietzsches philosophischer Antifeminismus« steht: »Derridas Begriff des Logozentrismus hat zwar auch jene Klagessche Vernunft und rationalismuskritische Stoßrichtung, aber es ist umfassender angesetzt: Logozentrisch ist die Sprache des abendländischen Denkens schlechthin die Sprache der Metaphysik (Heidegger), die unser aller Sprache ist. Auch der Klagessche Biozentrismus wäre demzufolge noch innerhalb des Logozentrismus angesiedelt, die Seele-Geist-, Leben-Geist-Dualismen dessen klassische Ausprägungen.
Es gibt keine Gegenposition, die sich außerhalb des Logozentrismus einnehmen ließe: Was als Möglichkeit bleibt – auch als letzte Möglichkeit des weiblichen Diskurses – ist die Revolte im Innern, die Ver-rückung, die Subversion der Zeichen gegen die Identitätslogik, wie Derrida sie bei Nietzsche u. a. glaubt, ausfindig gemacht zu haben. In Nietzsches Schreiben ereignet sich diese Revolte als eine Befreiung des Signifikanten aus der logozentrischen Umklammerung. Die Nietzschelektüre wird sich also vor einem logozentrischen Verstehen hüten müssen.«
Da steht es jetzt also in meiner Schleife. Das klingt wie die Zusammenfassung des FB. »Die Revolte im Inneren« = der Platz meiner Falschen *in* der Stadt, abgesperrt. Das Falsche ist die, oder bescheidener gesagt, eine Taktik der Subversion, der Verrückung, der Identitätsverschiebung. – Auffallend auch die ähnliche Formulierung. Bei mir, einfach: Alles bleibt für den Falschen, er ändert nichts, aber er selber ist mobil, etabliert sich nirgendwo, in keinem Satz, in keinem Gegensatz. Derrida: »Es gibt keine Gegenposition, die sich außerhalb des Logozentrismus einnehmen ließe.«
Und warum notiere ich das in dieser liegenden Acht? Der Ammonit zieht sich in sein Labyrinth zurück oder hier zutreffender: baut sein Labyrinth weiter. Ich bin mit meinen falschen Spielern zu allein. Es gibt wenig Zuspruch. Ich muß mir selber helfen. Es ist wie die Angst vor Strafe, die mich stört: es ist die Angst vor einer irrtümlichen Stoßrichtung meiner subversiven Taktik. Auch vor offenen Türen. Sehr komisch: Ich benehme mich sozusagen wie ein ängstlicher Schüler in dieser Welt, der fürchtet, vom Lehrer gesagt zu bekommen, er habe schlecht, nämlich nicht in seine Richtung revoltiert (wie vorsichtig ich mich in meiner falschen Welt aus-

drücken muß!). – Dieses Buch ist mein Ammoniten-Gehäuse. Ein neuer Titel? Der achtringige?
Nochmals: Der Lehrer wird gefürchtet, der vor der Klasse lächerlich macht. Urszene.
Apologischer Ammonit. Diese Schleife ist kein Tagebuch, mehr eine Verteidigungsanlage. Eine Rechtfertigung wohl nicht; das ist etwas anderes. – Der musterhafte Rebell, der logische, ordentliche, entsprechende Subversive.
Da kommen die Umrisse eines Selbstporträts zum Vorschein. Ich höre lieber auf (das ist ein rätselhafter Ausdruck).
Abends: Was ich auch schrieb, dieser Michael Langer ist. »Ob du Augen hast ist gar nicht so schlimm«. Er wird das ins Italienische übersetzen – oder wie auch immer, ist wahrscheinlich vollkommen egal. Dieser übersichüberlegene Paul. Was ist das doch für ein Leger. Denke seinen Gedanken nach, Du bekommst keine Luft mehr. Dabei soll er Natur sein. Sogar solchen liebevollen Pflanzen bekomms.

6. Oktober 1985, München

500 = magische Zahl. Immer wieder diese Zahl. – 4 – das heißt vier Spuren auf einem Band, das war heute mein Problem, da muß ich mit Herrn Greb vom BR sprechen.
Dann muß ich auch Jost Herbig weiterlesen: »Im Anfang war das Wort«. Auf den Seiten 170 bis ... macht er Zicken. Da spielt er auf. Ich weiß nicht, wohin das läuft. Ich laufe ihm die Bude ein, wenn er seine Argumente in mein Gesicht spritzt. Also morgen Erde und ›Erde‹, Seite 181.
Sonst: Nordfriedhof. Alles diesem Jost gewidmet. Ich spreche von den Gesprächen. – Mit Diana telephoniert. Diana erklärt mir zu oft ihre Besonderheit abseits von ihrem Vater. Aber das gehört zu ihren Ritualen wahrscheinlich. – Dann »Ente auf Orange« (wir sehen uns jetzt jeden italienischen Film an). Die Vitti. Sehr gut. Wir sind nicht so schön. Das stört jeden Film. Aber daran gewöhne ich mich nie. Ich würde mich wahrscheinlich an einen Klumpfuß eher gewöhnen, als an meine sehr »gewöhnliche Körperbeschaffenheit«. Rimbaud. Das Außerordentliche. Schön oder häßlich? Mit zwanzig Jahren kam ich in eine Wohnung bei der Stuck-Villa, Ecke Ismaninger und Prinzregentenstraße. Die Gastgeberin war extrem häßlich, unvergeßlich. Rudolf Volland führte das Wort und erklärte mich zum Schweiger: die auswendigste Rolle.
Vordtriede ist in der Urne. Er hat mir einmal nicht die Hand gegeben. Mißachtung. Ja. Langér sagte auch: »Viele beurteilen dich so: dem läuft die Phantasie davon.« – Die Wies'n: die Oktoberwies'n 85 geht jetzt eben ihrem Ende zu oder schon nach. Wir – also Langér und ich – wollten die Besoffenen auf Band nehmen. Was wir versäumten ist ein schönes Band. Das hört der große Maanitu. Ja?
Jost und Barbara haben nicht angerufen. Wir sind schwierig. Oder sie haben nicht so viel Kraft: um uns aufzufangen. Das ist ganz recht, so geschieht ihnen (das Komma in seiner Position. Heil du Zeichen!).
Wir haben den Termin für den Umzug nach Italien verschoben: Mai 1986. Frau Spiegel, die Nachbarin, läßt uns nicht in ihre Wohnung. Das ist gut so. Wir haben also keinen Zwischenaufenthalt in Nebenräumen.

7. Oktober 1982, München

Habe bis zum V. Buch korrigiert: freilich nur solche Texte, die bisher nicht abgeschrieben waren. – Das FB: Also keine Nachahmung des Falschen, keine, weil unnötige Beschreibung des Falschen dieser Welt. Poesie: neben der Realität. Adorno: Übertreibung; nicht nur, muß ich ergänzen, sondern noch dazu: im Abseits eine subjektive Erfindung des Vorhandenen, des Falschen. – Bei den Hörspielen: Authentizität durch meine Brüche figuriert.

22. 07. 85 Ich bin jetzt anderen Sachen auf der Spur. Metropolis. Soundseeing, das ist neu. Hören. Wir hören ja nicht. Über das Ohr nehmen wir gar nichts wahr. Unsere Augen löschen auch noch die Wörter. In unseren Augen verlöschen die Geheimnisse (einem Filmer ins Gästebuch). Als Michael Langer mit mir durch den Englischen Garten ging: Was alles hörten wir in dieser kühnen Sony-Übersetzung! Da ging ein ganz anderer Vorhang auf! Das Hörbare ist schon Geheimnis. Wie arg muß es um uns stehen. Das Hörspiel – seine Zukunft – für die, ach für wen? Es gibt einige Formen, die haben es weit gebracht: die anderen verkümmern. Mein Geist hat sich an den Kümmernissen verbraucht. Sela. Große Oper. Da capo.

8. Oktober 1981, München

Eines kann man mir nicht vorwerfen: Ich hätte aus einem einzigen Einfall Kapital geschlagen für mein ganzes FB. Vielmehr: mit solchen Einfällen unterschlug ich das eine Kapital: Buch. So wird das realiter auch werden.

8. Oktober 1985, München

Lektüre: »Am Anfang war das Wort« von Jost Herbig. Endlich komme ich dazu. Dabei wird mir sehr klar, wie wir zueinander stehen. Er baut an Übersichten, sehr gut, sehr klug, vor allem sehr elegant geschrieben. Er geht die Sachverhalte kühl an, z. B. sein Kapitel über die Lüge. – Poesie ist ein Strategem zu Auflösungen, Zerstörungen. Ich überfalle. Ich denke verrückend (siehe Derrida), z. B. meine Rede über die Lüge. – Wir sollten uns öfters verständigen.
Zum Falschen, zur Pseudologie, zur Falsologie: Bisher habe ich nur die mehr passive Rolle des Falschen im Oscillum betrachtet und beachtet. Vergessen wurde von mir die Aktion, nämlich der Rauswurf der Richtigen aus ihrem Etablissement. Schaukeln als gefährliche Bewegung.
Noch einmal zu Herbig: Poesie ist Provokation. Durchaus. Dieses Falsum ist auch provokativ. Pseudologie: Krankhaftes Lügen. Das ist der medizinische Begriff. Wörtlich übersetzt lautet es aber doch: »Lehre vom Falschen«. Allerdings ist pseudo = Bestimmungswort. Also ist die Lehre vom Falschen doch nicht ganz richtig. Doctrina falsi?
Die Notizen vom heutigen Tag brachten mich während der Tour durch den herbstlich nassen Oktober im Englischen Garten auf die Verhaltensregel: im Gespräch mit affirmativen, ruhigen Menschen meine Gedanken zurückzuhalten. Das muß ich noch lernen. Der Lehrer sollte jetzt ganz abdanken.
»Auf Grund evolutionärer Notwendigkeit hat sich das Denken und Handeln vom Homo sapiens sapiens seit Anbeginn zwischen Freiheit und Ordnung, zwischen Wahrheit und Lüge, moralischem und amoralischem Verhalten bewegt. Daß wir die Wahrheit erkennen, verdanken wir unserer Fähigkeit zu lügen, daß wir menschlich sein können, verdanken wir unserer Fähigkeit, unmenschlich zu sein«,

schreibt Jost Herbig und an anderer Stelle: »Die Lüge, so kann man Rappaports Untersuchungen pointiert zusammenfassen, steht am Anfang der menschlichen Suche nach der Wahrheit.«
Dazu das Oscillum: Richtige Wahrheit – Wahrheit – Falsches – Lüge – richtige Lüge. Am Anfang des Schwunges durch das Falsche, der quasi passiven Mobilität (auch ausweichend, von der Petrifizierung ausbrechend) oder der dynamischen Aktion gegen den richtigen Gegensatz (oder denselben Satz, denn das ist er) – also am Anfang des Schwunges ist die Gefahr der Etablierung: ihre Bewußtwerdung, ob man nun diesen Anfang in der richtigen Wahrheit oder in der richtigen Lüge sehen will, man muß ihn im Falle dieser Sätze in der Lüge machen.
Heute arbeitete Michael Langer mit mir am Irrgarten (an der Aufnahme). Wir hatten etwa 12 Passagen aus der Kassette herausgelöst, da stellten wir fest, daß bei zwei Dritteln die zweite Tonspur nicht da war. Das vernichtete uns wieder einmal plötzlich. Jetzt ist nicht wieder – wie schon dreimal geschehen – der Sony-Walkman außer Betrieb, sondern das Kopfmikrophon fällt – wahrscheinlich vollkommen und für immer – aus. Morgen versucht Michel, ein neues zu kaufen. Daß ich da noch Worte habe! Warum wird es mir so schwer gemacht?
Übrigens faßte ich folgenden Entschluß: Mit einem kühlen, logozentrischen Begleiter (im Sinne Dantes, also einem Vergil, wobei dieser nicht logozentrisch genannt werden soll) möchte ich mich an einem der nächsten Tage und einen ganzen Tag lang auf die Reise durch dieses Buch machen und alle alkoholisierten Passagen kommentieren. – Ähnliche Trips durch dieses Buch wären zu wünschen. – Abends sah ich in der Regie von Wolf Gremm »Nach Mitternacht« von Irmgard Keun. Neomanieristisch, aufregend. In der SZ stand eine Vorkritik, die sich dreckig ausließ über diesen Regisseur. Da sollte Inge mal mit Annerose Katz reden. Das ist eine Unverschämtheit.

Diesen Brief wollte ich am 8. Oktober nach Sulzbach schreiben:

Liebe Brigitte
Lieber Luckel (liebster Ludwig)
immer, an jedem Samstag um 18 Uhr sehe ich Euch hinter dem

Garten (oder vor) sitzen, eingeweiht, ach. Mit meiner Inge kam ich einmal von der Mosel zu Euch, um 16 Uhr.
Von 19 Uhr bis ich weiß nicht wann ging es Inge und – was ich besonders genau weiß: mir so außerordentlich gut, daß es mir nicht leicht fiel, noch ein wenig frech zu werden, um dem Ruf der Poesie viel zu schaden, weil sie einen so schlechten hat und man ihr ein wenig hinunterhelfen muß: wo sie auf die wahre Lüge stößt . . .
Es war schön bei Euch, so klinkt es, nein so klingt es ein im Chor. Ach Brigitte, ach Ludwig! Mein Herz ist schwer. Meine Rede trifft gegen. Sie fällt zurück. Inge kämpft um unser neues Asyl droben stehet die Kapelle. Der Kastellan aber sagt wenig Glocken.

9. Oktober 1981, München

Meine Schreibe erzeugt kein Vertrauen bei meinen Lesern. Angst wird sie ergreifen, wenn sie nach Festem in meinem Buch greifen. Die Türme sind schief geschrieben, Brücken schwimmen weg. Wahrscheinlich aber schreibe ich zu vertrauenerweckend, sehr logisch, überaus und übertrieben; deshalb die Angst vor der großen und ganzen Katastrophe.

04. 07. 83 Aber schließlich auch bei mir ist das so. Nur: mich beruhigt das. Zwar liebe ich den Dichter Kafka, den Menschen jedoch nicht. Ganz einfach: beunruhigender wäre es aus meinem Gefühl heraus, arrangierte sich alles zum Wohlgefallen. Klipp: Erfolg und Glück sind das große Schlamassel. So blöd das auch klingen mag: Er arbeitete bei der Versicherung, ich in der Schule. Er mußte die Unsicherheit hassen, ich das Falsche lieben.
Meine Gedichte: in sich abgesichert – zur Welt hin unsicher. Zu sicheren Bauten aufgeführt von einem Unsicheren.
Immer wieder dieses Bild: Stolze (logische) Schiffe auf dem unlogischen Meer dieser Welt. Ihre Stürme verfangen sich in der Logik. Gefahr. – Das wäre aber wieder eine Übereinstimmung. Wir haben es eben mit der Poesie zu tun.

9. Oktober 1985, München

Habe ich früher diese wunderbaren, vor anderen, Masken aufgesetzt: jetzt muß ich sie vor mir aufsetzen. Das wird die Ambiguität sein. Ja? Das, was war, war Illusion. Herbig sagt: das alles sei Illusion: ohne Gesellschaft. Wie soll ich ihm antworten?
Man muß mit seinen Freunden streiten, besonders wenn sie weit weg sind.

10. Oktober 1980, München

Was bedeutet im FB das Gestecktsein? Phallisch. Ist es die vorgezeichnete Liebe? Phallus als Bindeglied, wobei die Frau – wie ich bei Rosa zeige – hier im Wortsinn nicht zurückstehen muß?
Wir wissen noch gar nicht, was Liebe ist. Ein dummer Satz. Ja und nein. Die schreckliche Wahrheit. Wir träumen die Liebe. Mehr nicht. Auferstehung.
Meine Absage an jede Selbstzerfleischung im FB. Über das vielleicht Regressive des Gerierens, Mimens, Demonstrierens kann es nur wieder vorwärts zu einer vermenschlichten Göttlichkeit gehen oder zur erwachsen gewordenen Kindheit. Davon steht im FB wenig oder nichts. Kann gar nicht stehen. So nimmt Poesie nicht vorweg. Sie ist Entwurf. Das scheint nur ein Widerspruch. Sie kann keine reale Vorwegnahme sein, ist trotzdem zu dumm.

10. Oktober 1985, München

1 Uhr früh. Die Wechselfälle des Lebens sollen nur darüber hinwegtäuschen: daß es eine Zeit gibt. Dem, der die Zeit nicht liebt, wird gesagt: leide, dann haßt du sie. Und vice versa. Ich weiß, daß ich nicht über neue Gedanken nachdenke. Wer über-inhaupt tut das? Aber der Schmerz formuliert sich immer wieder, und wenn auch mit denselben Worten, Tönen und Geräuschen.
Pascal? Was wir uns selber antun, ist das schlimmer als, was uns die anderen antun? – Mir hat die Zeit angetan, daß heute nicht mehr der Tag ist: an dessen Abend mich Isabel in ein ZumZum in der Feilitzschstraße ruft. Dort traf ich sie. Ich treffe sie immer wieder. Habe ich deshalb ihre Freundin Barbara im Philomena letzte Woche so schlimm umarmt?
Ich fahr' dahin. Deutsches Volkslied.
Meine Sucht, in die Fremde zu fahren. Wie blöd. Das hätte ich auch anders ausdrücken können. Ich möchte aber mit Inge verreisen. USA reizt mich nicht. Es ist auch nicht mehr so, wie es zu Allan Poes Zeiten war.

11. Oktober 1985, München

Unruhig. Unzufrieden. Wie immer freilich. – Gestern Heinrich Vormweg in der SZ über die erste »Acustica International« in Köln. »Die Radiokunst in Bewegung«: Im Hörspiel geschieht noch immer vieles von dem, was in den vielfältigen künstlerischen Bemühungen tatsächlich in die Zukunft weist. Das erste Zeichen. Wir stecken mitten in der Arbeit.
Die Live-Klang-Skulptur: Das ist Show. Sehr effektiv, nehme ich an. Plakat, sagt Vormweg. Ja.
Es handelt sich um Komponisten. An den Klangstrukturen soll schon fünfzehn Jahre gearbeitet werden? Kagel? Cage? Rühm? Da bin ich spät dran. Ruhe bewahren!
»Ich muß meine Geschichte von Stunde zu Stunde neu einrichten«, schreibt Michel de Montaigne. Und, wie eine Zustimmung zu meinem Oscillum klingt das: »Die Welt ist nichts als eine ewige Schaukel. Alle Dinge in ihr schaukeln ohne Unterlaß: die Erde, die Felsen des Kaukasus, die Pyramiden in Ägypten.«
Aufnahmen mit Michael auf dem Viktualienmarkt, am Odeonsplatz: Protestversammlung gegen den Bau der Staatskanzlei. Kein besonderer Erfolg. In den Medien nur ein flüchtiger Hinweis. Alles in Bayern hört auf Strauß. Wahrscheinlich können die meisten Bürger die Schönheit eines Hofgarten gar nicht beurteilen. Intellektuelle machen sich da immer wieder Illusionen. Kolbes waren auf dem Platz: Vera, Jürgen und Julia. Auch Barbara, Jost und Lola Herbig trafen wir und Laszlo Glozer. Wir tranken einen Schoppen in den Pfälzer Weinstuben in der Residenz. Abschiedsstimmung. Jost ist außerordentlich zurückweisend. Ich muß ihn verletzt haben, aber wann und wie? Die alten Freunde werden von Tag zu Tag weniger.

12. Oktober 1981, München

Getrunken mit Ursula
Getrunken mit Michael Gummer
Getrunken mit Tobias Wühr
Getrunken mit Klaus und Ulrike Voswinckel
Michael Gummer wird nicht wiederkommen. So vermute ich. Heute schrieb ich sehr viel.

07. 06. 85 Vollkommen betrunken. Ich habe alles zusammengeschlagen. Es gibt nicht mehr viel. Mir macht das Leben keinen Spaß. Die Vögel singen. Ja. Aber wie schön. Ja schön. Redet meiner Verzweiflung nicht drein. Ich bin müde. Seid still. Hört auf zu singen.

12. 10. 85 Die Vögel, jedenfalls in der Fülle wie ich es vorhatte, vergaß ich aufzuzeichnen in diesem Sommer (Metropolis).

12. Oktober 1985, München

Metropolis: WAA-Demonstration. Mit Michael Langer am Start auf dem Olympiagelände. Sie kamen von überall und weit her. Es wurde ein gewaltiger Zug. Wir nahmen ihn in der Elisabethstraße auf (WAA = Wiederaufbereitungsanlage in Wackersdorf in der Oberpfalz). Konstanze trafen wir. Das wird ein merkwürdig stiller Vorbeimarsch geworden sein. Ich habe ihn noch nicht abgehört.
Teilnahme an einer Demonstration: Absehen von Privatem, eine ganz neue Demut, sich nämlich zur Zahl machen zu lassen mit dem Wunsch: mit vielen eine Summe zu bilden, die überzeugt. Einflüsterungen der Vergeblichkeit. So ein Zug schafft auch schlechtes Gewissen. In der Elisabethstraße ließ sich kaum jemand am Fenster sehen. Die gemeinsame Sache befremdet die meisten: sie ist auch keine Sache für die Reichen, für die Schönen, die Eleganten. Ich stellte Ähnlichkeiten mit der Fronleichnamsprozession fest, an der in der Hauptsache die Unattraktiven teilnehmen.

13. Oktober 1985, München

Meine Pseudologie ist – wenn überhaupt etwas – wahrscheinlich nur erneuter, poetisch sich darstellender, moralischer Rigorismus jesuanischer Abkunft, wenn dieser Rigorismus normenzerstörende Kraft war (siehe Bergpredigt!).
Ich werde in den nächsten Tagen mit Peter Nolls »Gedanken über Unruhe und Ordnung« beginnen. Einblicke in das Buch lassen mich hoffen, für die »Rede eines Falschen über Schuld und Strafe« durch Argumente eines Strafrechtlers an dieses Thema dichter heranzukommen.
Pessoas »Buch der Unruhe« – ich las darin eine Stunde – hat mich nicht sehr bewegt.

14. Oktober 1985, München

Gestern abend der außerordentlich dumme Visconti-Ludwig. Da trieb er es wieder bunt bis blaß. Nicht ein Gedanke provozierte einen zweiten. Kein Knoten. Nur farbige Fädchen, in Leere hängend. Ganz schlechte Schauspielerei (Romy Schneider).
Wieder der Wunsch (auch Inges), weitere Grüß Gott-Gedichte zu schreiben; das tue ich, das würde ich nur dann tun, wenn ich nicht nur in der Tagespolitik bleiben kann. Alles müßte auch die Poetologie der vergangenen Monate aufnehmen.

15. Oktober 1985, München

Zu Michael Langer: Wie ich erzähle, derart abschweifend und am anderen Ende Anfänge knüpfend; meine Geschichte 45-51 bauen, vielleicht in dieses Buch hinein, und zwar dort anknüpfend, wo es Anlässe gibt. Das wäre ein Abenteuer.
Die Photographie machte die dokumentarische Malerei und das Porträt überflüssig: das war der Beginn einer visuellen Epoche (Film). Unsere Hörgeräte gibt es auch und schlimmerweise in Nachfolge der Musikaufnahmen (Platte bis Kassette!). Jetzt lösen diese Bänder nicht die Musik ab, aber mit ihnen beginnt die auditive Dokumentation und damit die Epoche des Ohrs. Nicht Malerei und Musik sind ungut betroffen: das Gegenteil ist der Fall. In einer Epoche des Ohrs – sollte sie kommen, wie es verlautet, was ich aber nicht glauben kann – würde Gehörtes über den Sehnerv im Namen des Geistes die Augen sehend machen: eben nicht mehr auf das Unwesen hin in Verliebtheit, sondern für das Wesen. Ach was, das sind in analogia Träume, deren Schaum im Trivialen hängen bleibt. Im realen Sinn mystisch kann in dieser Welt nichts werden (also von geschlossenen Augen sehbar). Die Augen werden aufgeschlagen. Die Ohren unverhängt ins Öffentliche zu drehen, ist schon das Äußerste; außer sich sein im Hören ist »unheimlich« innerlich. Heimlich innerlich zu sein, ist zu sein wie gehörlos. Unheimlich ist die in sich gesammelte Veräußerung. Ohr. Mystik. Soundseeing.
Dem Hörer des Kunstgeräuschs, Kunstklangs, Kunstwortes wird sein Körper zu nichts gut sein; damit kann er sich in den hergestellten Räumen nicht orientieren. Auch seine innere Uhr – die eine Stunde der Anhörung ausgenommen, mit der er sich subjektiv versichern kann und an sich halten also – ist in den Zeiten dieser ausgestellten Räume nicht pünktlich: das sind Vergangenheiten, ja: immer Plural, was die Verwirrung verschlimmert. Da Hersteller dieser Kunsthörräume zu wiederum anderen Zeiten produzierten: wird jede Chronologie verwischt. Soundseeing: corpus mystica, corpus artifex artifex and so on.
Die Aufführung auf einem Platz dieser Welt ist die Widerlegung der artifiziellen Wirklichkeit mit der artifiziellen Wirklichkeit, was der Wahrheit nie schaden kann. Die Authentizität hat gar nicht die Möglichkeit sich zu zeigen. Zeigt her euer Echtes . . .

Jeder formale Spaß bedeutet Gewichtsverlust für den moralischen Ernst. Der ernste Ästhet wird übergewichtig, wie schon geschrieben.

16. Oktober 1985, München

Mit Michael Langer im Zoo. Aufnahmen. Wieder nicht viel. Trauer über die Knastkatzen und die einsitzenden Primaten, über die besonders. Die Schuhfirma ›Puma‹ stiftete das Gefängnis für das Tier gleichen Namens. Es ist zum Kotzen. Die Seehunde haben sich (nur scheinbar) angepaßt: es handelt sich um Seehund-Darsteller. Noch widerlicher die Beschau durch die Menschen. Wir schleichen angeekelt weg.

Abends der erste Umbrien-Unterricht im Wilhelmsgymnasium. Inge und ich sitzen in der Schule. Glücklich, sehr angespannt. Wir kennen ja unsere Heimat noch so wenig. Das Tal von Perugia bis Spoleto soll also das Herz Italiens sein, das grüne.

Assisi. Ich denke zurück an das Osterfest in Santa Maria degli Angeli.

Abends bei Ulla und Uwe Fleischle in Gern.

17. Oktober 1981, München

Gestern las S. J. Schmidt in der Autorenbuchhandlung. Große Poesie außerhalb der Poesie. So ist sie, die seine: solitär. Ich habe ihm ein Wort für seinen Katalog in Münster versprochen.

04. 06. 83 Da hielt ich mein Versprechen. Den Text finde ich aber nicht. Auch schrieb er mir. Und wieder einmal antwortete ich nicht.

Vom Löwenbräu heimkehrend: Ein gutes Gespräch mit Michael Faist. Er will jetzt gegenständlich malen, ein radikaler Anfang.

04. 06. 83 Jetzt arbeitet er in einem Stehausschank hinter der Theke. Wahrhaftig ein langsamer Abschied, wie Handke so wehmütig titelt. Der bleibt mir für immer gestohlen nach seinem Wort (im Bleistift), wonach nur die Erfolgreichen lieben können, weil sie wie Brillanten von denselben (Erfolg) geschliffen worden seien. Sehr frei wiedergegeben, sehr schlecht. Wurde mir auch, als ich das las. Vor Kleist und nicht vor ihm: so ganz und gar dumm.

17. Oktober 1985, München

Sibylle K. Zehnstündiges Gespräch. Sie las Erzählungen: sehr gewählte, aber auch präzise Poesie. Strenge Abläufe auf der Stelle, ich will schreiben: alles läuft auf der Stelle ab. Einheit des Ortes, der Zeit der Handlung in extremster Bedingungslosigkeit. Unvergessene Bilder: »Mit dieser Erzählung endet auch dieses Zimmer; wir werden es nie verlassen.« Wenn sie nur mehr davon schriebe. Das ist bei solcher Dichtung wahrscheinlich nicht möglich. Allerdings: ein Buch, so geschrieben – ist genug in einem Leben.
Schade, sie fällt noch von sich selber ab. Drei Erzählungen waren mit den übrigen nicht zu vergleichen, gingen, flossen völlig daneben. Das machte uns traurig und auch betrunken und böse. Ich nehme es an. Sie wird, sie muß mir verzeihen.
Foucault: »Keine Zivilisation hat eine gesprächigere Sexualität

gehabt als die unsere. Und dennoch glauben viele noch immer, subversiv zu sein, wenn sie dem Geständniszwang gehorchen – der uns Menschen des Abendlandes seit Jahrhunderten unterwirft, indem er uns nötigt, alles über unser Begehren zu sagen.« Von Anfang an – und das schrieb ich auch Michael Krüger, als ich ihm die Arbeit an dieser Schleife mitteilte – war ich entschlossen: die Geständnisliteratur nicht zu vermehren. Dieses Buch öffnet vor dem Leser meiner Bücher den Kopf, in dem sie entstehen. Die Öffnung ist nicht sein einziges Begehren, aber das wichtigste.
Von Anfang an – also schon in »Gegenmünchen« und also im Jahre 68 – versuchte ich auf meine Weise das linke Weltgefühl (Jean Améry) mit Spontaneismus, Anarchismus, mit hohen Ansprüchen ans Glück, also mit Bedürfnissen zu bereichern. Aber es verarmte bis zum heutigen Elend. Die Dialektik wehrte sich gegen das ›tertium datur‹. In meinem Oscillum ist der Schwung der Schaukel das Dritte zwischen den beiden richtigen Sätzen und also die Bewegung, das Leben.
Verrückter Plan: Tonaufnahme der Selbstdarstellung des Körpers. Das Mädchen. Der Mann. Wäre das eine Erweiterung meines Hörspiels von der unbekannten Nackten? Nein. Solche Kassetten können nur im Separaten vorgestellt werden. Aber auch hierbei wäre Nacktheit Voraussetzung; damit der Körper mit überall sprechen kann.

18. Oktober 1982, München

Sancho, der schwarze Kater ist jetzt schon den dritten Tag bei uns. Wir sind sehr aufgeregt. – Heute kommt Julia. Ein klarer Föhntag. Las in Eisendles Büchern. Auffallend ruhig das alles, radikal gelassen. Luzid. Übergenau.

08. 10. 85 In Wien lasen wir vor Wochen beide. Julia war nicht mehr da. Ich weiß gar nicht mehr, wie sie schaut, nur noch wie sie ausschaut. Sie hat nichts begriffen. Sie hat nur gelebt, ich meine mit mir – um mich nicht zu tiefgehend zu äußern. Ach was, ich schreib nicht weiter.

18. Oktober 1985, München

Helmut Frisch und Gerhard Bruckmann im Gespräch. Der Volkswirtschaftler und der Sozialbiologe im Nachtstudio. Über das Sozialprodukt, wobei Bruckmann der optimistischen Statistik des Prof. Frisch mit dem Einwand kommt: es werde weder der Grenznutzen bemessen (z. B. ab wann wird das nützliche Auto nur noch Statussymbol?), noch würden beim Wohlstandsindikator die entstehenden Schäden in Rechnung gestellt (wie Unfälle bei erhöhter Geschwindigkeit, psychische Schäden bei Medienmißbrauch oder Waldsterben). Dr. Bruckmann sprach von Verwechslung von Mittel und Zweck: von Wohlergehen, um sich geistig freier entwickeln zu können und nicht, um dieses Wohlergehen noch mehr auszuleben. Der Ökonom stellte sich liberal und wollte das dem einzelnen überlassen.

19. Oktober 1978, München

Es öffnet sich etwas. Ich denke auch wieder an das FB. Ich habe doch schon viele Luhmann-Kapitel. Darauf kommt es an. – Ich müßte nämlich zeigen, daß mein Reagieren auf Richtiges, das so etwas wie eine Strategie des Falschen ergibt: die Parallelaktion zu Luhmann darstellt, insofern es auch für Luhmann nichts mehr gibt, was gilt, da für ihn alles beliebig ist, mit Ausnahme der Selbsterhaltung der Erde und ihrer Bewohner. Das Ende scheint nahe zu sein. Wir gelten nichts mehr. Für mich aber bleibt alles unbeliebig. Mein falsches Strategem soll eine Vorbereitung werden für den plötzlichen Umschlag des Beliebigen in den Sinn.
Ich darf das aber nur zeigen. Das Buch: der Wegweiser.
Es handelt sich also um ein Spiel im Abseits – kindlich – wie es hinter den Häusern (Rede) geplant wird.
Die Münchener Freiheit = ein Buch. Das Buch wird am Ende ins Abseits gebracht, wenn die Absperrung endgültig zusammengezogen wird.

26. 04. 83 Heute sage ich: Das Daneben = Poesie. Aber Abseits war doch besser. – Was ich mit Parallelaktion zu Luhmann meine, ist mir heute nicht mehr klar.

12. 10. 85 Jesus meint jeden in seiner Unbeliebigkeit. Mit seinen Worten wird alle Humanbiologie, alle Humansoziologie (Herbig?) zum Schweigen verurteilt. Was der Mensch jemals glaubte, hat nicht nur bei Jost Herbig (und das ist eine ehrenwerte Position) eine Funktion (bei ihm eine gemeinschaftsbildende, gemeinschaftserhaltende), sondern ist eine Wahrheit, und zwar keine menschliche, nicht nur. Ich erkenne immer mehr, daß die Religionen den Menschen in die Einmaligkeit, in die ganze Tiefe und in die ganze Höhe holen. Diese Außerordentlichkeit seines Wesens, seiner Gedanken, seiner Wünsche ist es, was ihn zu einem Menschensohn, zu einer Menschentochter macht. Alles andere ist wissenschaftliche Bescheidenheit: ich lebe ohne Bedeutung, sehr kurz, und nach meinem Tod wird mein Leben keines gewesen sein. In einem derart demütigen Gebet lebt dann die Natur, das große Ganze, der Kosmos – ja, eben etwas

Umfassendes, das den Menschen nicht erfaßt, nicht faßt. Nicht zu erfassen ist, wie schwach wir geworden sind und wie anspruchslos. Gebrochener Stolz nach so vielen geistigen, vor allem geistlichen Niederlagen. Aber das ist nicht das Ende.

20. Oktober 1983, München

Lieber Christoph, 20. Oktober 83

ich werde das nicht vergessen, wie Du mir, nach meinem Auftritt auf der wirklichen Münchener Freiheit Deinen Brief zustecktest. Während des Abends las ich ihn immer wieder in einem anderen Abseits. – Ich kann es ja gar nicht beurteilen, mir jedenfalls gab der Brief in der Tasche Ruhe und Sicherheit. Mein Verleger, so hatte ich ja gelesen: war auf meiner Seite. Das wußte ich ja schon, aber daß Du es noch einmal und so ausdrücklich sagtest, dafür danke ich Dir ganz herzlich. Ja – das Buch ist in Deinem Verlag über die Maßen schön geworden. Ich stehe dazu. Es macht mich sehr glücklich.
Auf besondere Weise hast Du mich schon all die Jahre ruhig meine Unruhe schreiben lassen, weil Du mir in Deinem Verlag eine Heimat gabst. Bitte, versteh' mich recht; ich denke da nicht richtig und rede da nicht in einer versicherten Etablierung. Aber in aller Unbescheidenheit lasse ich die Poesie sich bei Dir bedanken, in deren Kopf ich von Zeit meine Finger stecken darf.
Die falschen Bilder hin oder her: Wir haben schon so viele Jahre die gute Nachbarschaft geübt, daß Mißverständnisse ausgeschlossen bleiben.
Grüße bitte Deine liebe Nicola von mir. Ich habe mich über Euren Besuch bei der Lesung in der Autorenbuchhandlung sehr gefreut. Daß Ihr danach immer noch lachen konntet, beruhigte sehr. Jetzt lach' bitte Du nicht über mich, wenn ich das hier so festhalte.
In Frankfurt gab es von meiner Seite den »Versuch einer Annäherung«; es blieb dann bei einem solchen. Wenn ich Dir mit diesen Zeilen zu nahe trat, dann als Dankender.

Es grüßt Dich herzlich
Dein

24. Oktober 1985, München

Ich sitze das erste Mal an der Partitur – Versuch einer Gesamtstruktur – Notensystem und Zeiteinheiten.

26. Oktober 1984, München

Etwa sieben Wochen keine Einträge mehr. Inzwischen wurde die »Lüge« (Rede für Graz) fertig. Ich fuhr mit Inge nach Graz. Dort lernte ich Dietmar Kamper kennen. Er bedankte sich für die Rede. Gleich nachdem ich sie gehalten hatte, kam er auf mich zu. Ich solle in dieser Denkweise auch über Atlantis schreiben. – Dann mußte ich nach Weiden in der Oberpfalz. Lutz Hagestedt hielt die Einleitung zu meiner Lesung. – Morgen soll der Gips von meinem Bein wegkommen. Fünf Wochen hatte ich jetzt mit dieser Fissur zu tun.

26. Oktober 1985, München

Abends Gespräch mit Frau Tilmann, Tonmeisterin im Bayerischen Rundfunk. Sie ist ganz Ohr. Sie versteht sofort. Ich begreife erst einen Tag später. Wie ist das zu verstehen? Michael saß dabei, ganz still. Seine Intelligenz zeigte sich plötzlich, als er seine Fragen für bereits beantwortet erklärte. Der Schlaumeier Giovanni Jauß redete viel von Technik und Oper, hatte aber alles im Sinn, in dem er mit dem Poeten zu reden vorhatte, aber erst, wenn es an der Zeit ist. Die attraktive große Dame mit graumeliertem Haar amüsierte sich – jedenfalls hatte ich den Eindruck.
Wie vorsichtig ich mich an dieses Soundseeing herantastete. War das immer so?
Zeit. Verlust? Ja? Der Zorn in mir. Ich liege wie über ihm unter der Zeit, überströmt. Ist eine Zeit zwischen ihr und dem Zorn auf ihr Verströmen gut zu heißen? Guter Zorn auf gute Zeit = immer schlimmer Strom. Was kann die Zeit dafür, daß wir sie vergehen lassen? Was kann vor allem die Zeit dafür, daß sie eine für uns vergehende zu sein scheint. Von hinten erlebt, vergeht sie nicht, von oben nur. Von unten im Schein. Ach was. Sie weht mir ins Gesicht. Sie veraltert mich. Und sie ist süßer als der Stand: das ist es. Im Weggehen öffnet sie sich aromatisch. Die Plausibilität: der Herbst. Noch etwas Musikalisches gefällig?
Ich habe immer nur dieses eine Fenster nach Westen in die Zeit. Heute nacht ist es kühl. Es ist so dunkel wie – nein, nicht wie immer. Ich höre nur immer diese Autos von der Elisabethstraße, von der Isabellastraße. Und das muß ein Ende nehmen. Ich möchte

bald nur noch auf einem Berg meinen beohrten Kopf zum Fenster hinausstecken. Kunst. Passignano. Den Trasimeno sah ich heute in einem Photo-Band: violett-rötlich mit Tagebuchstelle von Goethe, wo er schreibt, daß er sich den See eingeprägt habe.

27. Oktober 1984, München

Der Gips ist weg. – Sibylles Besuch. Sie kam von New York und flog nach Ägypten. Der Poet: Erfinder des Buches. Der Leser: Entdecker. Ist nicht ganz neu. Als Inge heimkam, bat Sibylle um ein Glas Wasser. Sie hatte mir zu lange zugehört.
Mit dem BT komme ich nicht weiter.

27. Oktober 1985, München

Sibylles Besuch. Sie kam aus dem Schwarzwald. Vor ihr führe ich den Paul besonders konzertant auf. Der Gunnar war zu überstehen, der Liebste. Der liebt seine Sibylle immer noch, nicht? Dann kam ich, der größte Weiberheld dran. Das war dann auch so. Vorlesen – nicht Vorlesung. Begutachtung. Gut. Sehr gut. Dann plötzlich nicht mehr gut, nämlich bei oder nach den Schwarzwälder Torten der mir so lieben New Yorkerin, die mir diesen Eintrag verzeihen möge. Ich liebe sie ja. Aber die Erzählungen waren so gut bis die Schwarzwälder Torten kamen, daß ich mich vergessen haben muß und wenig Schmeichelhaftes zur Äußerung schickte. Soweit so schlimm. Jetzt exkursiere ich.

Umbria. Die Totas nicht entdeckt. Auch die Landschaft. Franziskus und Benedikt sind längst ins Abendland eingemannt und haben sich entsprechend herausgeherrscht. Aber das ausgedehnte, schöne, im Glanz sich selber rühmende Herz Italiens von Perugia bis Terni schlägt vor unseren Stirnen.

29. Oktober 1981, München

In der SZ Heißenbüttels Erwähnung meines FB. Abends in Haidhausen: Harigs, Dahlems, die Guldens, Michael Krüger, die Helmlés. Der liebe Luckel. Michael (auf meine erstaunte Frage): Doch, im Verlag gibt es keine Widerstände gegen dich. Christoph Schlotterer sei für mich.
Ursula Haas besorgte vor Tagen den Groschenroman von der Amsteller, Maria »Karl und Sophie«. Das erste Buch wird voll. Die Bäckerstochter entwickelt planmäßig ihr Schicksal mit Karl.

1. November 1985, München

Zu Joachim Ernst Behrendt »Nada Brahma«. Das ist alles sehr aufregend. Freilich sind es in der Hauptsache Bestätigungen – bisher – dessen, was ich während der Arbeit am Soundseeing dachte. Auffallend: die aufdringliche Mann-Weib-Dichotomie. Hier muß ich vorsichtig lesen. Ohr: Muschel-Vagina? – Hören: Gehorsam? Kommt mir bekannt vor.
Nada = lauter Ton, Geschall, Gedröhne, Rauschen, Brüllen, Schreien (Sanskrit) – Stier, brüllender Stier.
Nadi = der Strom, der Fluß – rauschend, tönend, klingend.
nadi = deutsch: naß.
Nadi = Strom des Bewußtseins (Rigveda).
Hier der Zusammenhang mit den fünf O-Ton-Spielen; dort: Gruppenbewußtsein, Gesamtbewußtsein; hier: Strom des Bewußtseins, dargestellt an der rasenden, steigenden, fallenden Führung durch die Stadt.
Nada Brahma = Klang ist Gott. Sound is God. God is Sound. Gott ist Klang.
Brahma = identisch mit seiner Welt, er ist die Welt. Prinzip Brahman.
bri = wachsen. Nada Brahma = der Ur-Klang des Seienden. Jetzt kann es also losgehen. Behrendt sagt ja selbst: an dieser Stelle beginnt der Trip. Das wird eine universelle Befragung, wie er ausposaunt.
Koan = öffentliches Dokument. Matters of fact. Formeln, Fragen, Aufgaben, rational – jedoch nicht rational lösbar. Nur: Meditation. Keiner kann die Lösung von irgend jemandem anderen übernehmen. – Das ist deutlich. Das ist nicht mehr überprüfbar. Poesie? So wie ich sie verstehe? Ich weiß nicht.
In meinen matters of fact findet man sich bis zum Aufhören doch zurecht, aber eben für sich. Verbundenheit stellt das Gedicht her. Jeder hat es für sich und teilt es mit dem anderen. Entsprechend muß es geschaffen, beschaffen sein, nämlich: so vielräumig, so viel verwegt, vernetzt wie nur möglich. Behrendt schreibt: die jeweiligen Lösungen der einzelnen seien bedeutungslos für die anderen. Das sind sie in Relation zu meinem Gedicht eben nicht: da diese als andere Lösungen die Vielheit des Gedichtes ausdrücken und in ihm schon vorher korrespondieren, nur nicht so entfaltet

wie eine Korrespondenz von den betreffenden Lösern sich anhörte.
Aber Behrendt will ja ausdrücken oder referiert entsprechend, daß alle Koans das Leben ändern. Wahrscheinlich war es mein Fehler, Gedicht und Koan identisch zu nehmen. Ich lasse diesen Fehler wieder einmal stehen.
Aussagen von Japanern, Chinesen, Indern usw. im Orient widern mich an. Das macht die Lektüre des Buches so unangenehm. Die Zersetzung des Elitären durch das Triviale und dessen Zersetzung durch das Elitäre: meine Arbeit. Also immer und überall. In und mit mir: Verhinderung von Selektionen, keine Verführung durch Absolute, d. h. durch auf Absolutem Insistierende. Die ordentliche, verordnete gegenseitige Durchdringung von Geist und Materie, von Geist und Alltag usw. ist nichts weiteres als die Usurpation des jeweils anderen. Solche Machtübernahmen kommen mir orientalisch vor; orientalisch kommen sie auch im Okzident vor. Despotien bilden sich aus. Das Brahma als Despot des Körperlichen, Materiellen.
Wie kann es anders sein: Behrendt schreibt, ahmt (orientalisch) nach: Polaritäten sind unwichtig. Es treibt ihn heraus aus ihnen und in sich hinein und hinunter oder hinauf (d. h. eben in keine Richtung, weil diese ja die Gegenrichtung abweist) zu, zum, ja da gibt es am Ende nichts mehr. Das »Erkenne dich selbst«, dieser weltweite Aufruf zur Reise nach innen endet im Alles und Nichts, im Schweigen, das klingt nach Geschall, das Leeres einläutet usf. weiter.
Mir ist übel von den ersten 36 Seiten dieses Buches. Wie schreibt Behrendt: Lies Groening, eine deutsche Atem-Therapeutin, die vier Jahre im Kloster Shokoko-ji als einzige Frau unter Zen-Mönchen meditierte, bekam von ihrem Meister die Aufgabe, einen Glockenklang während seines Erklingens zum Stillstand zu bringen. Auch hier ging es also darum, Sinn und »Ton« auszulöschen.

04. 11. 85 Michael Korth, zur Zeit im Waldviertel mit seiner Frau Nancy Arrowsmith, lachte beim Italiener in der Wörthstraße – wie dieser Platz wirklich heißt, weiß ich nicht mehr; von meinem Platz aus schaute ich die Pariser Straße. Die Nummer 23, die Quinte: 2:3 – oder Caspar und Christa. Links von mir saß Renate Schreiber, rechts

Inge. Jörg war da, und dieser gescheite, fröhliche Michael, dessen Frau »Kraut und Rüben« herausgibt (H. C. ist ihr Nachbar). Jörg und Michael werden in einem neugegründeten Verlag die Epen des Abendlandes neu herausgeben. Inge meinte, ich solle mit Barbara Wehr die »Flamenca« ins Deutsche bringen. Die Geschichte dieses provenzalischen Ehemanns, den seine Liebe überwächst, liebe ich. Seine Frau hasse ich nicht. Julia. – Es steht immer noch aus, worüber dieser Michael Korth lachte! Nämlich über Behrendt, über sein Nada Brahma. Als Musiker und Musikwissenschaftler, sagte er, könne er nur lachen über so viel angerührten Unsinn, im Kochsinn selbstverständlich, oder herdlich gemeint. Schöner Sonntag in Haidhausen, dieser 3. November. Mit Jörg dann noch im Osten von Riem auf einem Hügel die Starts und Landungen mit genauen Kommentaren zur Kenntnis genommen. Als wir heimfuhren und Jörg sich auf seinen Flug nach Köln vorbereitete, leuchtete über dem Panorama von München die Sonne so rot und so rund wie noch nie. So sieht und schreibt man das immer. Ich wollte schreiben: Die Sonne übertrifft sich immer. Ich trinke einen Valpolicella classico superiore 1983, die Flasche ist schwarz. In wenigen Tagen fahre ich durch dieses Tal.

In dieser Nacht, nämlich auf den 2. November, trank ich so wild, daß Michael Langer, von mir gerufen, mir Robert Schumanns orphische, okkulte Symphonie immer wieder und immer wieder auflegen mußte bis wir zusammenbrachen. So fand uns Inge am Morgen.

3. November 1978, München

Ich teile Jost Herbigs Hoffnung auf die Politiker nicht. Und was die Entwürfe Luhmanns angeht, so überholt zwar seine Elite von selektierenden Überpolitikern die Politik, aber sie entmündigen damit auch uns. Das ist eine Katastrophe, eine geistige, die notwendig aus einer verhinderten biologischen Katastrophe kommt. – Das soll der Angriff im FB werden. Gegen Luhmann.
So schaukelt sich alles hoch, bis es wie im großen Versteckspiel zur sterilen Harmonie wird. Da sollte ich noch eine große Figuration schreiben.
Ich habe mich im Verdacht, daß nach der Lektüre Luhmannscher Texte sich im Laufe der Jahre mein Luhmann ergeben hat. Da nehme ich auch nichts zurück. Mein Luhmann steht für die Beliebigkeit. Heute könnte ich viele Wissenschaftler nennen, alle evolutionären Erkenntnistheoretiker zum Beispiel. Freilich käme hinzu: Sie sprechen von der neuen Bescheidenheit. Das ist aber dasselbe in Grau. Diese kopernikanischen Umwender unseres Geistes lassen uns nur noch sein Futter sehen und begehren. Aber nichts gegen die Tiere. Wenn wir wie sie fressen werden, könnte es sein, daß der notwendige Sprachverlust unsere Ohren für das Unerhörte öffnet. Ernst Jünger, der mich heute zu solchen Hoffnungen animiert, notiert seinen geistigen Respekt vor seiner Katze.

26. 04. 83 Das ist ein unerhoffter Aspekt: kamen die Götter in Tiergestalt zu den Menschen, wir könnten derart zu Göttern werden. Der Geist weht, wo er will – auch im Stall. Die Schafe des Herrn Jesus. Das ist also nie eine Beleidigung gewesen. Wie Lichtenberg sagt: so in etwa, aber nicht genau wiedergegeben.

25. 07. 85 Aus den gefundenen Blättern dieses Tages: Die Vervielfältigung aller Toten in einer Person latent: Das Fleisch vergißt auch nicht, nicht nur der Geist. Der Körper entreißt die Toten auch aus dem Vergessen und verreißt sie durch diese Bewegung für die plurale Gegenwart. Der Körper erzählt die Toten.

04. 11. 85 Nada Brahma: Tozan (Zen-Meister, 9. Jahrhundert)
Laß das Auge die Klänge fangen
Dann wirst Du endlich verstehen.

oder: Laß das Ohr die Farben fangen,
dann . . .

Also: Das Transzendieren, was alle tun. Das Wort im Anfang: OM. Der Ton schuf die Welt. Tónos tonus = Ton Spannung. – Für Herder war das Ohr der erste Lehrmeister der Sprache.

Ich löffle nicht mehr weiter in dieser östlichen Suppe. Der Autor, übrigens wohnhaft in Baden-Baden, geht auf den Grund.

4. November 1978, München

Brief an Michael Krüger: Lieber Michael, – zunächst war ich ja wirklich gebrochen, als der Umbruch kam. Nach unserem kurzen Gespräch vor beinahe sieben Wochen habe ich mich nämlich hingesetzt und nicht nur nachgedacht: auch da und dort verändert, im Glauben daran, daß wir uns nochmal zusammensetzen werden. Inzwischen habe ich mich wieder erholt. Die Widersprüche bleiben, auch die härtesten. – Zur Korrektur: zwei Blut-Stellen konnte ich herausnehmen. Einige Strophen strich ich heraus. Das macht doch nicht viel Arbeit? Seite 75 soll neu gesetzt werden. Es handelt sich leider um ein Gedicht, das Du mit Fragezeichen versehen hast, schlimm? Seitenzahlen ändern sich nicht.
Jetzt muß ich Dir endlich danken. Das Buch wird so, wie auch ich es mir vorgestellt habe. Daß die Paginierung nicht durchgängig linksbündig wird, darüber sprachen wir schon. Mir ist das so recht. Mit Deinem Text bin ich ganz und gar einverstanden, der meine gefällt mir weniger – vielleicht sollte man das (»Exercitium«) weglassen, klingt so schlimm.

4. November 1985, München

Heute: die ersten zwei Seiten der Partitur von Metropolis. Das klingt schon sehr eingebildet, ist es nicht: zwei Seiten Prosa würden mich mehr freuen. Sehr kühle Arbeit oder sehr aufgeregt, erregt, aber ich drücke das nicht durch die Sprache – oder eigentlich sie durch mich – herein. Ich kalkuliere. Es war alles schon heiß, bevor ich es notierte. Das kann in der Musik nicht so sein. Also heute.
Die Atlantis-Leute werden aber im Talion aus der Isar über die Bäche in den Kleinhesseloher See verstoßen und mit Sombart, der dafür vom Europaparlament in Straßburg ein Schiff ausrüsten durfte, dortselbst Atlantis entdecken. Seligmann raubt im Talion die Waffen der SS-Soldaten an den Ehrentempeln und bringt sie den Iranern im nördlichen Pentagon von München.
Das kalte Auge. Das warme Ohr: kein Vergleich findet statt. Keine Blasiertheit, keine Differenz, kein Leid, vor allem kein sinnloses, kein banales: kein Pfahl im Fleisch wie Haecker sagen würde – hat er Kierkegaard zitiert? Das Auge – ihm sind wir nicht gewachsen.

Wir möchten es schließen; niemals die Ohren. Ihnen ist nichts um uns gewachsen, weil wir es lieben und über uns hinaus wachsen lassen. Das Hörbild ist zu warm. Es löst wunderbar auf und doch nur ins Andere: das Hohe ins Niedere, das Niedere ins Hohe, Austausch von Sakralem und Profanem. Keine Versöhnung: das nie, aber auch nicht eine einzige Zulassung von Selektion. Und von Toleranz ist hier nicht die Rede. Von Liebe.
Das Hörbild oder diese Klangskulptur oder dieses schallende Gemälde muß sich selber wagen, wenn es nicht seine eigene Lieblichkeit bleiben will. Deshalb die Frivolität. Im FB war es der Frevel. Alles wird herausgehört werden müssen. Das wird einigen wenig gefallen. Dem Mann im Karls-Haus nicht und seinen zwei nicht weniger schönen Parteigesellen bestimmt nicht, die ein langes Leben haben müssen, wenn München ruiniert werden soll. Mir wird übel bei dem Gedanken, in derselben Stadt zu schlafen wie diese Anzahl.
Mattenklott Seite 48 unten: er schreibt vom monströsen, selektierenden Ohr?
Ich setze der Lampe das jüdische Mützchen auf, das mir Jörg vor vielen Jahren aus Israel mitbrachte. Jetzt haben sie den Fassbinder des Antisemitismus verdächtigt. Wie dumm sind unsere Deutschen und erst unsere deutschen Juden. – Das war doch einmal anders. Wir waren die Dümmeren. Schon gut. Sie werden sich dafür nicht so dumm rächen wie wir. Aber daß sie sich so musterhaft aufführen, erinnert an unsere Väter. Warum freuen sie sich nicht, wenn einer der ihren ein erklärter Gauner ist? Wie auch immer, wir: der Ulrich Sonnemann in der ersten Reihe im Parkett, Mitte und wir anderen erfreuen uns nicht, daß ein Gauner bei den Juden nichts mehr gilt und dabei haben sie in Israel wahrhaftig nicht wenige – und – um die Wahrheit zu sagen: die besten zu allen Zeiten wie Reinicke nachweist. Mein Seligmann hat von Ulrich und von Reinicke gelernt. Hoffentlich führt er sich schlimm genug auf.
Konstanze, die Tochter, die meine, war hier. Das war ein belehrender Abend. Ich schwänzte den Unterricht und besoff mich.
Inge: Alexander Kluge wehrt sich hier in Bayern. Alle anderen schlafen. Ja wirklich. Was ist aus uns geworden? Wir haben Grüne. Schon müssen wir nicht mehr rot werden. Eine windige Zeit. Keine für Gedichte.

5. November 1978, München

Gespräch mit Sibylle Kaldewey. – Meine Arbeitsweise: Die Zeit wird aufgehoben, keine Chronologie meiner Sätze, Gefühle, Gedanken, Verzweiflungen, Hoffnungen, also keine Entwicklung. Ich versetze alles aus allen gelebten Zeiten in ein Werk, bringe es dort aber in anderen Zusammenhängen unter, verschiebe auch noch bis zur Fertigstellung, stelle also mit diesen Bruchteilen andere Zusammenhänge her.
Also: Weder die lineare Entwicklung des Werkes dominiert, noch die lineare Entwicklung meiner Person (die es wahrscheinlich nicht gibt, jedenfalls interessiert sie mich wenig und selten). Ich habe mich auch deshalb nie zurückgezogen, um ausschließlich an einem Werk zu arbeiten, in einem geschlossenen Zeitraum.
Poesie: Aufhebung der Biographie.
Wahrscheinlich auch deshalb die langen Gedichte: das eine Buch. Keine Zyklen. Ich kann deshalb auch keine Romane schreiben. Jetzt ist die Rede endgültig fertig. Umbruch. Am 7. November wird sie im Verlag sein.

09. 05. 83 Heute will jeder die Zeit aufheben. Sie finden sich alle nur noch im Raum zurecht (Schuldt).

12. 05. 83 Er hat recht. Ich habe aber die Zeit aufgehoben, um sie zu schreiben: die 70er Jahre. Mein Zeit-Abseits gilt ihr bis zur Uhr. Wer sich außerhalb des Diskurses in der Poesie aufhält, möchte sie aus den Angeln heben. Aber das konnte schon Archimedes mit der Erde nicht. Denkbar ist es doch. Frecher: In der Poesie sind solche zehn Jahre immer aufgehoben, im Sinne der Erhebung, ich meine den Sturz von der Schaukel. Sehr überheblich. Wie ich solche Nachsätze hasse. Insofern ist ein Buch, wie ich es hier schreibe, schon beinahe keine Poesie mehr; jedenfalls nicht, was ich unter diesem Wort verstehe. Oder ich gehe hier auf den Strich in diesem Buch. Meine Huren laufen. Warum? Weil meine Wörter wie die Huren in München noch immer besser Literatur vermitteln als diese Gesellschaft. Die Löcher. Wer eben steckengeblieben ist im Nichts, der zieht sich im Alles so an wie ich nach einem Gedicht. Freilich muß das keine

Parallelaktion sein. Bei mir ist das so. Bei Huren und bei Wörtern. Basta.

Nachtrag zu Jost Herbig. Unser Gespräch über Voltaire: Keine Angst, auch keine Resignation deshalb, weil Jüngere folgen: Die Form, die immer mehr eigene, persönliche, das ist es, was uns bleibt. Die Inhalte mögen vergehen, d. h. überholt werden. Lyrik freilich ist schon in sich so inhaltslos, daß sie dem Fortschritt viel weniger ausgeliefert ist. Spott: Der Dichter schreibt Ewiges.
Umbruch. Jetzt ist die Rede endgültig festgelegt. »Wer das liest«. Meine Inge hat sie noch einmal gelesen.

04. 11. 85 Sibylle ist mir sicher böse. Ich ahne das. Die drei Schwarzwälder Geschichten verzeiht sie sich nicht und mir noch viel weniger. Wir verstehen nur unsere guten Taten. Das Schlechte verzeihen wir uns selber nie und deshalb strafen wir den anderen mit unserem Zorn auf uns.

5. November 1985, München

Krankenhaus: Echo-EKG. – Meine Schleife ∞ als »Nun« (im Eckhartschen Sinn); wieder Raum gewordene Zeit (Buch). Ich denke also an einen Raum (hier) und einen vieldimensionalen Raum (sonst), wenn ich die Zeit sehe.
Ich denke an meine vielen Fehler im Talion, auch in der Darstellung der minowskischen Zeitinsel oder Spielfelder des Rattenspiels. Fehler zu machen, heißt nichts anderes als, das petrifizierte Richtige mit Sprüngen »versehen«, um derart seinen jeweiligen Bruch, sein Aufbrechen zu verursachen. Wenn man genau hinsieht, handelt es sich bei diesen Fehlern um Halbheiten, Vorläufiges, Nicht-ganz-zuende-Gedachtes – also nicht um richtige Dummheiten. Diese Fehler wirken nur im Falschen. Sie wahren den notwendigen Abstand vom Richtigen und vom richtigen Falschen: in diesem Zusammenhang vor der Dummheit. Lehrsätze können sie also nicht werden; Schüler wird es also nicht geben, die jene lernen, aber solche nun wieder doch, welche erlernen, wie weit jeweils der Abstand zu sein hat, der einen Fehler gefähr-

lich werden läßt für das, wovon man abständig blieb. Die unsichtbare poetische Linie.
Ich werde eines Tages ausführlich darstellen, wie sich der Falsche zum physikalischen, mystischen und orientalischen (hinduistischen in der Hauptsache) Wissen verhält über Raum und Zeit, über Zeit und Ewigkeit. Oder ist das nicht mehr nötig? Weil es klar ist, daß den Leuten kein Recht gegeben wird, die alles vergehen sehen, ebensowenig wie den Leuten, die eine räumliche Zeit sehen: in der es Vergangenheit, Gegenwart und Zukunft immer gegeben hat, jetzt immer gibt und immer geben wird. Kein Recht wird ebenfalls gegeben jenen, die von der großen Verschmelzung aller Zeiten und aller Räume reden und/oder eben diese »und andere« – wenn auch aus jeweils anderer Richtung – die vom Nichts reden. Ein Falscher schaut als Vergänglicher sehnsüchtig in die räumliche Ewigkeit der Zeit und blickt aus dieser sehnsüchtig in die Vergänglichkeit, und darum allein geht es. Die Absoluten, die Gläubigen richten uns zugrunde wie ihre Feinde, die Ungläubigen. Und von Neutralität ist die Rede hier nicht. Wo steht ein Falscher? Er steht nicht. Er bewegt sich. Das ist soviel eine Mystik wie keine. Das ist etwa so realistisch wie nicht.
Mein Bruder, bei seinem – (bisher?) letzten – Besuch lachte über mein Strategem. Er sprach, als ich auch noch Gott einbezog, von dem Ganz-Anderen, den meine Gedanken nicht berühren könnten. Und doch hatte er ganz-allein Angst, seinen Standpunkt als Unbeweglichkeit zu erkennen. Den unberührbaren Gott, den Anderen: den hätte er ja ohne weiteres in der nächsten Bewegung bekommen. Warum »steht« er immer – und warum steht er immer auf der »richtigen« Seite? Am Ufer des Ostersees waren wir Castor und Pollux und suchten noch andere Brüderpaare. Das ist schon lange her und immer weniger wahr.
Kafka, auch ein »richtiger« Mystiker, schreibt: »Nur unser Zeitbegriff läßt uns das Jüngste Gericht so nennen, eigentlich ist es ein Standrecht.« Wo immer er sich ins Recht setzt, geht es unbedingt zu. Und metaphysisch ist sein Standrecht sowieso, wie unser aller Schuld. Da kann es für einen richtigen Mystiker keinen Zweifel geben.

26. 11. 85 K. verrinnt die Zeit. Ach.

6. November 1985, München

reinhard priessnitz starb heute.

den regenmantel um (doch wollt ich nichts bemänteln)
und hol'pre stolpernd aus des verses szene,
nur pfützen hinterlassend, kringel, kritzel,
die, durch ein komisches gedächtnis übertragen,
mir zeigten, was zu zeigen ich versucht war,
lebt wohl!
(und stirbt bei vollem licht).

»Ich auch«, flüsterte er, nachdem er das gedicht »tragödie« in bielefeld in diesem jahr (mai) gelesen hatte und verließ »fluchtartig« die aula.
Wir wußten, daß er krebskrank war. –
In den letzten Jahren glückten unsere Begegnungen nicht mehr. In den 70er Jahren waren wir beide ausgelassen und deshalb zusammen oft sehr glücklich (mit sehr viel Gin und Whisky). Dieser große Poet war auch ein Intellektueller – hatte ausgesprochene Fachgebiete –, was mich wahrscheinlich einschüchterte.
Ich weiß, daß man sehr viele Gedichte bei ihm finden wird. Er hatte keinen Spaß an eigenen Büchern.
Unvergessen, wie er vortrug, in einer frechen, süßen, gesungenen Leierei; ganz schlüpfrig, mundschlüpfrig, Abstand schaffend. Er wurde verehrt. Er wird bleiben.

Leb wohl, reinhard

7. November 1985, München

Die dritte Partitur-Seite ist fertig, also ¼ Stunde. Ich legte mich auf eine Stunde fest. – Spätnachmittag bei Prof. König im Schwabinger Krankenhaus.
Er erklärte mir den Zustand von meinem Herz. Die dritte, größte mittlere Arterie macht an ihren Enden die Druckbewegungen nur noch halb mit, sie ist vernarbt. Es ist also nicht so, daß mir ein Drittel Herz fehlt. Da diese dritte Arterie nicht im ganzen lahmgelegt ist, gab es und gibt es keine Operation, auch keinen Bypass. Die Verbindung ist ja vorhanden. Ergebnis: Ich bin nicht voll belastbar. Aber das EKG war ausgezeichnet, relativ. Auch das Echo ergab nichts schlechtes Neues.
Zu den Herzkrämpfen empfiehlt Professor König: Spielerische Fluchtbewegungen – Ablenkungen – Spaziergänge. Schlecht seien verbissene Sporthöchstleistungen (selbstverständlich auf meinem niederen Niveau).

Was ich im Talion (auch Schuler) vergaß: Die Nachkommen von Chronos und Ananke mordeten Kairos (also die anarchische Zeit, jenseits von Maß und Notwendigkeit, d. h. Zwang).

Jetzt sind Falk und Priessnitz tot.

8. November 1982, München

Zurück von Frankfurt. Lesung in der Autorenbuchhandlung. Wir saßen bei Barbara und Peter von Becker. Die Buchhandlung meldete: kein Besucher. Alle bei der Demo (Startbahn West). Bombendrohung im Westend. Dann meine Zuhörer: die beiden Buchhändlerinnen, Christoph Buggert, Peter von Becker, Wolfgang Rohner, Elisabeth Weyer, Inge und zwei Gäste. Ich las über eine Stunde. Diskussion über das Ende des FB. Unmöglich – möglich? Wahrscheinlich endlos. Wie trotzdem beenden?
Frühstück mit Christoph. –

04. 07. 83 Ein Freund – immer zu weit weg. Wir schreiben uns auch nicht. Wir haben ja schon einmal so genau und so gut zusammengearbeitet. Und er ist es: der mich in die Literatur befördert hat. Ja. Wie gut für mich. Oder: Er ist schuld daran.

Das Ergebnis der Diskussion für mich: Ich werde die Elisabethstraße 8 verkehrt auf die Münchener Freiheit stellen und das Buch beenden mit dem Besuch von Poppes bei mir heroben. Das nächste Buch wird dann in diesem Haus spielen. (Später in der Wohnung. Noch später in einem Zimmer dieser Wohnung.) Je kleiner der Schauplatz, umso umfangreicher. Zum Lachen. Noch etwas: Beim Übertritt über das Seil bringe ich mein »Gegenmünchen« mit, und Er + Sie deponieren es auf dem Platz. Plan. – Und: Das Ende des FB.

9. November 1985, München

16 Uhr Gesellschaftersitzung in der Autorenbuchhandlung. Das sah so aus: Fleischle legt – ohne Inge vorher informiert zu haben – ein Papier vor, bei dessen Lektüre wir alle sehr verstört sind. Aber keiner faßt sich. Inge schweigt. Gregor-Dellin kann auch nicht durchschauen, was hier gespielt wird. Herburger ist unruhig, ich bin entsetzt. Das liest sich wie eine Beleidigung. Gabi Knoll und Ebba Bär scheinen eingeweiht gewesen zu sein, sind sich aber der Wirkung nicht bewußt oder hat Uwe Fleischle alles allein gemacht? Wie sonst können die zwei so ruhig bleiben? – Wir werden mit der Gesellschaftersitzung nicht fertig. Die Mitgliederversammlung beginnt. Ich beginne zu trinken. Inge wirkt hilflos. Fleischle redet vom Geld. Das sind neue Töne in diesem Raum. Anschließend beim Türken wieder eine Farce. Dann zurück in die Buchhandlung.
Meine Zutraulichkeit (oder wie soll ich diesen Blödsinn nennen?) zu Barbara Wehr. Aber sie wehrt ab, keine Zusammenarbeit, was die »Flamenca« betrifft. Sie sei noch nicht so weit. Darum geht es aber gar nicht. Sie weiß es. Ich werde nur darauf aufmerksam gemacht, daß ich als Mitarbeiter nicht gut genug bin. Meine sofortige Abdankung. Am nächsten Morgen mein klarer Bescheid. Abschied. Eine Freundschaft war das gar nicht. Aber die gute Nähe wurde von ihr abgebrochen.
In der Nacht auf den 10. November das Übliche: Beschimpfungen und Beweinungen zwischen Günter und Paul, diesmal in Anwesenheit von Michael Langer, der anschließend, als ich mich im Suff auflöste, aufgeklärt wurde darüber: wie miserabel meine Poesie sei. Dieses Tagebuch erfreute sich der Gunst Herburgers, einer nicht erbetenen, keineswegs gewährten. Aber seine Augen wurden darin lang: ob es seine Finger wurden, weiß ich noch nicht. Michael verbot ihm jedenfalls eine Fortsetzung der Lektüre. Dieser Poet hat keinen Charakter, ebensowenig wie ich.

10. November 1981, München

Gestern acht Jahre Autorenbuchhandlung gefeiert wie alle Jahre.

15. 06. 85 In diesem Jahr zwölf Jahre Autorenbuchhandlung und Schluß. Das ist es. Ich weiß nicht. Wir entscheiden. Ich nie. Es war so gut. So viele Tränen. So großes Gewitter. So viele, viele Freunde. Ich werde doch heute abend keine Rede vor meinem offenen Fenster halten. Ich. Ach.

22. 07. 85 Nein. Aufhören. In dieser Metropolis. Doppelt. – Noch etwas, und zwar zum 8. November: Jürgen Geers ist ein mobiler Rundfunkmann. Ja. Und das war er schon bei mir. Und so großartig, wie ich einen solchen nie mehr bekomme. Das war sein Weg. Er geht ihn. Sehr römisch. Ich meine, meine Formulierung. Aber dieses nationale Adjektiv soll man ihm eines Tages überall tätowieren dürfen.

04. 11. 85 Jürgen Geers war großartig, ja. Ich hätte nicht so schnell diese Spiele zusammengebracht ohne ihn. Zur Zeit denke ich sehr oft an ihn.

10. November 1984, München

Morgen ist Narrentag. Ich habe mich schon heute wie ein Narr aufgeführt. Das endet nie: der kindische, zu laute, sich überschlagende Auftritt, die Entblödung. Das alles dann sichtbar. Wie die Strafe dafür: so viele Gedanken ohne Liebe.

10. November 1985, München

Bei Tobias und Heidi und Michael Faist mit Inge. Bei Wasser und Fleisch. Keine besonderen Vorkommnisse.

12. November 1981, München

Heute kam ein Kettenbrief. Mein Aberglaube. Ich habe viele Leute beunruhigt. Vielleicht waren sie Menschen. Ich nicht. – Ursula kommt von Rom zurück. Sie bringt die Photographie der Spanischen Treppe.

04. 07. 82 Mit Jürgen Geers und seinem Bruder Elmar Stolpe stieg ich 1970 die Treppe hinauf. Wir kletterten über den Zaun der Kirche und setzten uns vor das Portal. Was wir vor einem Hauseingang am Trevi-Brunnen begannen, setzten wir hier fort oder umgekehrt: Das Falsche. Ich gerierte mich in aller fröhlichen Lächerlichkeit als Lehrer des Falschen.

04. 07. 83 Damals wußte ich noch nicht, wie ergiebig der blödsinnige Austausch des Gegensatzes ›falsch–richtig‹ werden würde. Das ist eine Sprachirritation. Poesie. Das muß ich ja wohl nicht betonen als Philosoph.
Einen Jux will er sich machen. Inzwischen steht Nestroy in meiner kleinen Bibliothek. Und: wird gelesen. Notabene: die Jünger des Meisters. Jürgen Geers, ein Mann mit medialer Zukunft. Elmar Stolpe: der Reich-Ranicki der 90er Jahre. Ich meine ja nur.
Wir liebten uns damals oder vielmehr das Falsche. Wir stanken bald so in dieser Lehre, daß uns die Leute auswichen. Zu unseren ersten Taten gehörte die vergebliche Auferweckung der Toten auf dem Friedhof von Fiesole und die Vernichtung des Autos des Meisters. Den rührte das wenig, seine Jünger noch weniger. Der Poppes muß es gewesen sein, der unsere Existenz in Florenz bezweifelt hatte. Es gibt uns noch. Aber wir sehen uns nicht mehr. Keine Angst also vor Gemeindegründung.

12. November 1982, München

Ich arbeitete vier Wochen am Buch. – Bei seinem Übersetzer Burkhart Kroeber lernte ich Umberto Eco kennen. Als er in einem Nebenraum Flöte spielte, fragte ich seine Frau, wie es zugehe, daß

einer auf so vielen Gebieten etwas gelernt habe und es bei so vielen Gelegenheiten gut anbringen könne. Sie mußte lachen und übersah meine Frechheit. Die kleine Gesellschaft war etwas betroffen. Der Übersetzer Michael Walter (»Tristram Shandy«) setzte sich zu mir. Wir vereinbarten ein zweites Treffen.
Ich bin wieder einmal durch (FB!). Niemand glaubt das mehr. Ich auch nicht. – Sancho ist eine Freude.

12. 11. 85 Wenige Wochen später beklagte sich Eco im »Spiegel« über die Teutonen: sie seien ihm zu einseitig. Der erfolgreiche Mann bereitet uns derzeit die Freude, auf eine Riesenverfilmung warten zu dürfen.
Der Geist als Alleinunterhalter. Der Heilige Geist als Alleinunterlasser. Hallo, Ober, another one! Ruhm ist ein Schild, den kein Strahl durchbohrt, es sei denn, um sich einlieben zu können in ihm: dann rahmt es sein Wundmal.

12. November 1985, München

Ich schreibe während im Fernsehen der Zapfenstreich abgezapft wird. Die Schwiegermutter singt begeistert mit. Wir dürfen nicht hoffen.
Die Zahl der Menschen auf Erden ist eine Hellziffer. Man kann seinen Nächsten kaum erkennen.
Inge schrieb heute an die Gesellschafter als Reaktion auf das Fleischle-Papier: »Im übrigen kann das Papier in dieser Form nicht zu den Akten gehen, da ohne Ergänzung bzw. Erläuterung oder Änderung von Formulierungen der Eindruck entsteht, als hätten meine bisherigen Mitarbeiter und ich unkorrekt gehandelt.« Inge weint nicht, sie handelt.
Hermann schrieb einen Brief, der von Kardinälen, Erzbischöfen und Bischöfen derart überfloß, daß mir die Lachtränen und ihm das Priesteramt kamen.
Von meinem Duett (Sisi und Schuler) höre ich nichts. Das hat es noch nicht gegeben. Diese Fehlanzeige übertrifft die Lüge. Bald wird man nicht mehr mit mir reden.
Übermorgen die Fahrt nach Florenz. Ich bin gefaßt. Man will mir nichts Gutes.

13. November 1981, München

Ich bin drausgekommen.

04\. 07. 83 Ein unbekanntes Wort, wenn ich Michael Krüger glauben darf. Ich mache es bekannt. Draus. Drausgekommen: Guter Anfang. Schlechte Durchführung. Böses Ende. Unzuständigkeit eines Gerichtes. – Wieder ein Artikel in einem menschlichen Lexikon.

Mir kann es gültig sein: so gleich. Ich sitze in einem Buch. Ich war im Leben schon oft der Dumme. Jetzt muß ich das vormachen.

07\. 06. 85 Dieser Tag ist drausgekommen. Ich bin schon so (pathetisch) verloren.

14. November 1985, San Miniato

Bei der Abfahrt gestern in München tiefer Schnee, in den Alpen Spätherbst, in Italien Spätsommer. Rückreise ins Jahr. Wir kommen zu spät zum ›Incontro letterario sul radiodramma tra Italia e Germania‹ ins Kloster Cappuccini. Nichtsahnend saß ich bei der Cena neben Uta Treder: diese Person hat unsere Tage in der Toskana – mir fällt kein Wort dazu ein. Ich kann das nicht berichten. Viel Rotwein. Alles sehr komfortabel.
Ein perfekter Konferenzraum in der ehemaligen Kirche. Simultanübersetzung, mit der ich schlecht zurechtkomme.
Beginn des Marathons mit Hans Jürgen Fröhlich. Geistreich, poetisch – aber die Sprecher: sofort wird klar – und während der Tagung blieb dies ein Thema ersten Ranges –, daß die Hörspiele deshalb veralten, weil sie von Schauspielern gesprochen werden, vorausgesetzt, die Texte überdauern die Jahre . . . In den Funkanstalten muß eine Wiederbelebung stattfinden, freilich wieder mit Schauspielern. O-Ton wird im Gegensatz dazu eher besser. Er darf alt werden. Der Mensch wird hier nicht altmodisch: ich spreche von seiner Stimme. Er spricht aus der Vergangenheit, ohne zur nostalgischen Nebenbeschäftigung mit seinem Gehabe, seiner Erscheinung aufzufordern: die Darstellung seiner Gedankengänge setzt keinen Staub an.
Auch bei »Fünf Mann Menschen« von Jandl und Mayröcker wird der Zustand kritisch. Vor allem hört man hier gepeinigt die Perfektion. Alles wird klinisch sauber. Das nervt. Leere. Wenn diese nicht thematisch ist, sterilisiert sie. Ich mag Schauspiel und Schauspieler sowieso nicht. Jetzt weiß ich besser, warum. Ihre Eitelkeit spielt mit. Unsere Spiele werden alle davon verdorben. Das muß schon Kleist geahnt haben. Er sah aber keinen Ausweg. – Ich gab nach den »Fenstersturzen« (1967) keinen Text mehr aus der Hand. Der Leser hört die Personen eines Spiels, z. B. im FB. Er erfindet die Klänge, den Sound der Sprechweisen jedes einzelnen Protagonisten. Im O-Ton wird ihm dieser Teil der Erfindung abgenommen: er kann im ›sound-seeing‹ mitspielen. Der Leser muß zuerst den Sound erfinden, um dann Personen evozieren zu können. Ist also der Vortrag des Schreibers ein Hindernis? Verstellt er mit seiner Stimme die Stimme der Personen? Wenn ja, so wird die Problematik von Autorenlesungen offenkundig. Warum sollen Leser den

Autor hören? Auch wenn er seine eigenen Gedichte spricht, behindert er damit die Lesung des Lesers, er nimmt diesem die Entdeckung des Sounds ab (also auch des Rhythmus). Vermehrung der Fragen. Vermehrung der Absagen: der Selbstvortrag verliert an Bühne. Es radikalisiert sich dieser Zusammenhang immer mehr.
Zur Schleife oder Schlinge. So wie oben sollte notiert werden. In diesem Buch: nichts bis zur Reife gebracht. Gedanken bei der Arbeit, keine Traktate, keine Ergebnisse, schon gar nicht deren virtuose Vorführung. Auf den Vorwurf von Bequemlichkeit: im Werk sollte nachgeprüft werden, ob sich auswirkt, was aufstößt. Das Werk kann nicht schuld daran sein, es wurde noch nicht geschluckt. Oder sollte es in der Schreiberei wieder einmal umgekehrt sein: bevor es geschluckt wird, verursacht das Werk schon Aufstöße.
Zurück nach San Miniato: Friederike Mayröcker las am Ende der Hörspielvorführungen vom Vormittag aus der »Reise«. Sehr lange. Und am Nachmittag sollten wir alle lesen im Palazzo Vecchio. Sie nahm uns die Zeit zur Diskussion oder zur Entspannung. Unbegreifliche Geduld aller Autoren.
Fahrt nach Florenz im Bus. Groß und einschüchternd die Sala Dugento. Aufzug einer Bläsergruppe in Renaissance-Kostümen. Gelb dominiert. Lettura e presentazione degli autori con il saluto del Sindaco di Firenze Bogianckino. Faggi macht den Anfang, dann negiert sich imponierend Ernst Jandl. Nachdem mich Klaus Schöning mit: »Im Italienischen klingen deine Texte wie Gedichte« heruntergemacht hatte, eilte ich nach vorne, wurde mit meinen Preisen präsentiert und vergewaltigte das Mikrophon. Applaus. Wahrscheinlich prämierte man meine Kürze. Fünf Minuten. Hätten sich alle so kurz gefaßt; so dauerte die Lesung vier Stunden. Franz Mon las vor beinahe leerem Saal; Hans Jürgen Fröhlich, der Initiator des Ganzen, verzichtete. Ich kann nicht sagen, wer die Hauptschuldigen waren: Uwe Herms war jedenfalls darunter. Nach mir las Gerhard Rühm. Danach verließen wir mit ihm und Klaus den Saal. Gerhard hatte einen Satz, der die Vernichtung unserer Welt aussagte, mehrmals wiederholt und begann ihn dann in immer kleinere Partikel zu zerlegen, die er mit tâlas (rhythmische Reihen der indischen Musik) – mir fällt keine andere Bezeichnung ein – voneinander distanzierte, bis dieser Percussionist nur noch mit der Hand den Tisch zu ›schlagen‹ schien, er morste (es gibt kein Wort

dafür im Bereich des Hörens): die Buchstaben verloren sich im tâla. Die Zuhörer verloren die Geduld, aber Gerhard nicht die Fassung, obwohl es unerhört war, daß Uta Treder und Giuseppe Bevilaqua, die durch die Veranstaltung führten, während dieses Vortrags schwätzten. Syntax als Grenze der Germanisten. Das war der eigentliche Beginn der *Hör*-Spiel-Tagung. –
Wir wanderten durch das abendliche Florenz und einmal staunend um den Dom. Nach einer weiteren Stunde Zuhörens und einer Stunde Wartezeit an einer Arno-Brücke endlich mit dem Bus nach Fiesole. Am Ortseingang wurden wir von Uta Treder mit der Entscheidung belästigt, ob wir zu Fuß oder per Bus ins ›Centro Internationale di Dramaturgia‹ fahren wollten. Ich blieb sitzen, mit anderen. Wenig später mußten wir raus und haben dann 45 Minuten auf ein Taxi gewartet, das Jürg Amann, Hans Meier, Uwe Herms und mich den ganzen Weg zurück nach Florenz fuhr zu einem Institut, das mit unserem Besuch nicht rechnete. Mit der neuen Adresse der ›Scuola di Musica‹ wieder zurück nach Fiesole. Wir stiegen an der Stelle aus, wo uns die Fußgänger (!) vor etwa zwei Stunden verlassen hatten. Mein Bühnenauftritt in der Vorhalle: Zornausbruch. Wunderbares Abendessen in kleinen Gruppen und verschiedenen Räumen, nur Inge war nirgendwo zu finden. Fortsetzung des Essens, das immer flüssiger wurde. Am Tisch Hans Jürgen Fröhlich, Barbara König, Hans Meier, Jürg Amann und Ingrid Holzapfel. Erneute Suche nach Inge. Ohne Ergebnis. Barbara König und Angela Susdorf halfen dem immer mehr Erregten.
Fiesole, warum mußte ich wieder hierherkommen, war das doch schon einmal ein so okkulter Ort für mich gewesen! Ich wollte zusammenbrechen, da tauchte sie auf. Umarmung. Sie hatte in sämtlichen Discos von Fiesole nach mir gesucht, da Klaus Schöning gesagt hatte, er habe mich in einer Discoteca zuletzt gesehen. Inge wußte: ihr Paul war ohne Geld, ohne Ausweis und fremdsprachlos. – Wiedersehensumtrünke. Späte Heimkehr.

15. November 1985, San Miniato

Zur Schlinge: Sie verraumt die vierte Dimension, ich schreibe eine zum Buch gewordene Zeit.
Faggi kam dran, Regie von Giorgio Bandini, originale radiophonico. Sechziger Jahre, aber alle loben. So wurde mein »Experiment« 63 von Döpke realisiert. Das Hörspiel »Giochi di fine d'anno« selbst aufregend. – Dann las Scabia seinen Hörspieltext, den er der RAI verweigert hatte. »Imbecile«, zischte er immer wieder, »alles Idioten«. Das war die Kampfansage, dann wurde gestritten zwischen den Autoren und den Vertretern der RAI. Scabias »Wildschweine am Waldrand« war für uns Kinderfunk, aber schlechter. Wir schwiegen. – Dann war Franz dran: Das war alles gekonnt. Mich überschlimmerte es ganz unerträglich. Der Norden. Diese norddeutsche Ausputze, diese Anrede einer Sprache »Wenn zum Beispiel einer allein im Raum ist« (im Kühlschrank). – Urs, der Indianer. Sein radiodramma liegt auf Kassette neben mir. Morgen bringt Langér den Recorder, damit wir es zusammen hören können. Der Sog, man wird weggeholt. – Barbara König, das war wieder ganz Vorzeit. – Biancamaria Frabotta »Exorcismo al chiaro di luna«, eine Hommage an Sylvia Plath. Mein Zorn: sie verarbeitete riesige Zitate – 80% des Ganzen – ohne sich selber zurückzunehmen. Sie dichtete auf dem Genie der Plath. Unerträglich. Eine herrische Feministin. – Cena, Rotwein.

17. November 1981, München

Die Punker-Feministinnen greifen Burkhart Driest an. Farbe und faule Eier um die Autorenbuchhandlung. Im »Stern« Inge mitten unter den Kriegerinnen. Journalismus! Diesen Typen ist alles eine große Wurst. Mit dieser werden sie in die Vergangenheit entleert. Wenigstens hier auf dieser Seite. Ich halte mir schriftlich die Nase zu. Aber der Dante muß es nicht sein. Die stinken sich selbst in die große Scheiße im Ganzen. Da liebe ich oder beginne, die Richter zu lieben, sogar beinahe die Polizei.
Ich lese die »Negative Anthropologie«. Ulrich Sonnemann. Das regt mich beruhigend auf.

17. November 1985, San Miniato

Inge ist mit Britta Anwandter an den Lago di Trasimeno gefahren. Sie soll dort Frau Cantarelli auf dem Gut Monte Melino im Nachbarort Tuoro kennenlernen, die uns vielleicht am Anfang helfen kann. Ich mit Gerhard und Urs nach Pisa. Uwe Herms' Hörspiele laufen ohne uns; leider auch das von Jürg Amann. – Der schiefe Turm. Die beiden grüßen herunter. Ich bin von der pathetischen Selbstdarstellung der toskanischen Tauben fasziniert. Wahrscheinlich analysierte ich die italienischen Autoren: Immer auf dem Tanzboden, rührend ihre Drohgebärden, ihre plötzlichen Ausfälle, die später zurückgenommen werden. »Scusi« hört man immer und überall. Ihre Freundlichkeit und eine unglaubliche Lobhudelei: »Bellissimo, complimenti!« Das praktizieren aber ebenso, wenn nicht besser, unsere Wiener, das ungleiche Paar. Auf italienisch: ich lobe dich so weit weg, daß ich deine Verachtung nicht mehr zu spüren bekomme. Claudio Novelli sprach von sich als einem Nicht-Autor, Nicht-Poeten. Übrigens können sie ihr Lob so plötzlich abschalten, im Mund, im ganzen Gesicht, am ganzen Körper: daß der Gelobte ebenso erstarren würde, kennte er die Spielregeln nicht. Wir lachten ununterbrochen auf dieser kleinen Reise von San Miniato nach Pisa und zurück.
Um 15 Uhr wartete ich auf Zuhörer. Es fanden sich sehr wenige ein. Von meinem »Preislied« wurde wenig gebracht, d. h. ich war mit meinen Arbeiten in vier Tagen 20 Minuten lang vertreten.

Umgerechnet auf alle: es hätten ihre Beiträge zusammen 20 × 16 = 320 Minuten, also 5 Stunden und 20 Minuten gedauert. Das hätte auf vier Tage verteilt bedeutet: 1 Stunde und 20 Minuten anhören pro Tag. Da wir täglich etwa 10 Stunden hörten und redeten, wären gute 8 Stunden täglich für Diskussion übriggeblieben. So ist das. Und wenn ich zu kurz kam, so wird man sagen, ich sei selber schuld. Aber ein Wühr drängt sich nicht vor.
Die Diskussion dauerte. Novelli kam mit einem eigenen Projekt: Reise von Sizilien nach Oberitalien. Thema: Politik des Landes. Methode: Mischung der Stimmen von geistig Gesunden und geistig Kranken. Sehr gut. Auch Bandini hat mit dokumentarischem Material gearbeitet. Er sagte, er sei selber manipuliert worden. Das war seine Reaktion auf meine als »offene« gekennzeichnete Manipulation. Sehr spannende Beiträge. Schöning sprach mir wieder den O-Ton-Pioniertitel ab, den ich gar nicht zur Sprache gebracht hatte, das war Heinz Hostnig. Uwe Herms wiederholte, was ich über meine Produktionsweise gesagt hatte. Übrigens: Heinz leitete mich ausgezeichnet ein.
Daccia Maraini stellt kein Hörspiel, aber einen sehr schönen Prosatext vor. Es gab eine RAI-Diskussion. – Cena: ich betrank mich und soll Uwe Herms beschimpft haben.

18. November 1982, Amsterdam

Ich kam gegen 16 Uhr an. Jill holte mich ab. Radebrechend (englisch) kamen wir zum Hotel Silton. Unterkühlter Empfang durch einen Organisator. Von der Bell. Oder so. Dann Fahrt zum Cultural Center. Dort ließ man mich überhaupt stehen, bis Benn Posset auf meine dringende Mahnung hin meinen Namen verstand und so etwas – vom Niederländer zum Bundesrepublikaner hin – Freundlichkeit zeigte. Er versorgte mich mit Festival-Programmen und wollte mich so schnell wie möglich wieder loswerden. Da trank ich im Café einen Whisky und überdachte die Situation. Reinfall. Wieder einmal und diesmal ganz und gar schlimm. Und ich hätte es doch wissen müssen, ich habe doch meine Erfahrungen. Aber jetzt ist endgültig Schluß. Ich muß also jetzt den morgigen Tag überstehen. Dann setze ich mich an den Flughafen und warte auf den Heimflug.
Was nicht auf dem Papier geschieht – ist nichts. Ich gehöre nicht in diese Welt – ohne Wehleidigkeit kann ich das sagen. Amsterdam ist schön. For amusing. Will ich gar nicht wissen. Diese Illusion. Aber ich hatte sie doch gar nicht. Ich wollte gar nicht hierherkommen. Ich habe es mir ja in den schlimmsten Träumen so vorgestellt. Es trifft doch alles zu. Inge. Aber ich bin ihr nicht böse. Gar nicht. Das ist der Betrieb. Da müßte man für sich etwas herausholen können. Aber daran liegt mir nichts mehr.
Ich habe nun einmal keinen Namen. Aber weiß der Teufel, wer mich dann hierhergelockt hat. Bin ich als Füllsel gedacht? Es kann doch gar nicht anders sein.
Das ist wie verhext. Um mich herum singen Liebespaare. Das alte Lied. Das gefiel mir schon früher wenig. Jetzt kann ich nicht einmal mehr lachen.
Ich denke an Passignano. An das Schreiben. An mein falsches Buch. An Michel und unser Gespräch am Montag. Wenn es doch schon soweit wäre. Ich fliege Euch schon jetzt entgegen. Ist nicht wahr: bin ziemlich schwer auf der Erde. Soll schon was sein. Also: das war nur eine Mutmacherei voll mit Sprüchen. Sela.
Also wieder einmal wie schon oft: Revue – morgen muß ich mein Girl machen.
Also deshalb hat mich Posset so lange übersehen: Jewtuschenko sprach mit ihm. Da war er natürlich ganz außer sich. – Dieser Julian Beck (heißt er so?), das war schon gut. Aber auch USA: Auftritt –

Zirkus. New wave. Jewtuschenko trug ein Russia-Schwarz-Hemd. Julian ein violettes. Kostümierung für die Lyrik. Beck zerriß nach jeder Lesung das Gedicht – oder schob es in die Gesäßtasche. Wie soll man das deuten?
Das also ist die große Welt. High-Society der Poesie. – Meine Frage hier, an wen? Werden die Leute die deutsche Sprache verstehen?
19.15 Uhr. Eben rief mich Inge an. Ich mußte aber in der kleinen Bar sprechen, konnte also nicht reden. – Wondratschek soll das Festival sehr gelobt haben. Wer verstehts? Vielleicht urteile ich vorschnell. Ich glaube nicht. Ich konnte Inge nichts Gutes mitteilen. Tut mir leid. Da gibt es wirklich nichts.
23.50 Uhr. Wieder im Silton-Hotel – nach der Lesung. Wie überall, auch in der BRD: Poesie wird zur Schauspielerei – ist wahrscheinlich nicht schlecht. Ich halte mich mehr an die Texte. Hörte sehr viel Pointiertes – einfache Stories. Und sehr viele Vorreden auf der Lyrikbühne. Jewtuschenko = eine Operndiva, ein Torero ohne Stier. Sowas habe ich noch nicht erlebt. Niederste Schmiere, und alle, alle Herzen fliegen ihm zu.

18. November 1985, San Miniato

Kalter Empfang beim Frühstück. Ernst Jandl »Aus der Fremde«. Dann Claudio Novelli »Da seminare il bello«: ungeheuer aufregend. Eine wunderbare Arbeit von Bandini. Das zerreißt. Unvergessen. – Gerhard Rühm »Ein Wintermärchen«. Dieses Kunstwerk ist einmalig. Die schreckliche Anklage. Überfall auf einen jungen Mann. Die fünf Täter ziehen ihn aus und fesseln ihn im Schnee. Nach Stunden kann er sich befreien und zur Autostraße schleppen. Aber alle Autos fahren vorbei. Er erfriert. Gerhard arbeitet mit Opern. Zuerst alle entsprechenden Zitate nur auf dem Klavier, dann alle Zitate über Not und Leid, ganz starr und pathetisch gesprochen, dann die Erzählung, dann immer schlimmer schrumpfende Geräusche vorbeifahrender Autos.
Beim Pranzo: Hans Jürgen Fröhlich: »Paul, bleib wie du bist«, dann Gerhard: »Paul, bleib wie du bist. Und der Uwe Herms soll bleiben, wo er ist.«
Das zu meinem schlechten Benehmen. Die Absolution der Freunde. Schönes Gespräch mit Heinz. Abschiede.

Fahrt durch eine überflorte Toskana; die Landschaft, die Trauer, die Pein. Passignano. Das neue Hotel »La Vela«. Wir gehen zum Essen ins »Aviazione«. Fernsehen »Le Strade di San Francisco«. Wasser. Sturm. Schlagende Fensterläden in der Nacht. Wieder Stadtwanderungen, Campi, Menschenpuppen, Zimmer, die sich schließen und zu Särgen schrumpfen.

19. November 1985, Passignano sul Trasimeno

Mit Franco Sciurpi, dem Baumeister, auf den Berg. Die Wohnung im Rohschnitt. Große Öffnungen. Ausblicke. Auch der Vorplatz ist betoniert. – Die Pinien sind gewachsen, leuchten ihr Grün sehr hell. Heimfahrt durch eine spätsommerliche Toskana. Die Emilia ist verschneit. Die Alpen sind schneefrei. Ab Innsbruck fahren wir durch den tiefen Winter nach München.

20. November 1981, München

Das FB: Ein Exodus in die Stadt. Wie »Gegenmünchen«. Aber jetzt ein Exodus auf den Platz.

04. 07. 83 Der Platz. Die Hoffnung. 83. Herbst. Jungk. Jost Herbig, Kolakowski. Der Platz. Sie berufen sich auf die Demokratie, wenn sie die Macht in Händen halten. Sie vergessen, daß wir auch unsere Individualisation schreiben in eine Stadt, nicht nur Kreuze. Kreuze schon gar nicht. Das Kreuz ist der mindeste Willen vor oder unter einem Herrn. Das Kreuz hat auch ohne Haken schon seine Haken. Jesus hat es nicht gewählt. Er hat es nicht gewählt. Muß ich darauf hinweisen, daß er daraufgenagelt wurde? Diese Katholiken, ihm, dem Jesus eine Wahl zu unterstellen. Um katholisch bleiben zu können, muß man Jesus nur bis Gehtsemane lieben. Den Rest rühmen die Herrenmenschen. Jesus muß nicht auferstehen, wir lieben ihn ohne Grab. Ihr philosophischen Religiösen – wir werden auch viel begreifen. Begriffen seid ihr sowieso schon. Ihr habt immer zwischen Realität und Irrealität unterschieden. Ihr habt uns zu Irrealisten gestempelt. Ihr seid die ärmsten Realisten in der Irrealität.

Herbert Wiesner teilt mir gerade mit, daß Buckminster Fuller gestorben ist. Ich bestrafe ihn nicht für diese Nachricht. Auch ich sterbe, während ich schreibe. Schön wäre es, wenn ich schon gestorben wäre – während ich das schreibe. Ein Bucky lebt immer. Da muß ich mich aber noch sehr anstrengen. Er schaut hinauf und sieht den rosa Zwickel. Rosa grüßt dich. Mein Nekrolog. Er ist so, daß ich das nicht glaube. Ob du jetzt gestorben bist oder jemals lebtest: gleichviel, du bist. Sela. Wie wir leben und sterben alle sind hier auf der Seite dieses und anderer Bücher, wo wir Audienzen geben, dem, der uns geschaffen hat. Er steht schon an. Der wie vielte ist er wohl? Das ist nicht mehr auszumachen bei so vielen Ebenbildern. Darunter mag er selber ja sein. Vielleicht fällt er auf, weil er uns nicht ganz gleicht. Jedoch, wie ich denke, wird er sich hüten auffallen. Liebe. Nicht die Liebe, die sich selbst liebt. Die Liebe, die er in uns zu uns hinliebt. Auffallend genug würde ich sagen, genug.

20. November 1982, Amsterdam

13.30 Uhr. – Schreckliche Nacht. Lärm. Türenschlagen. Wahrscheinlich Julian Beck, der schon bei der Lesung so auf die Pauke haute. Träume. Alpträume in Amsterdam. Dann Frühstück: ein dünnes Blättchen Wurst, ein dünnes Blättchen Käse, ein Mini-Ei. Da wird eingespart. Inges Anruf. Ach, mein Lieb. – Und wieder konnte ich nicht erzählen. Sie saßen um mich herum. Rosemarie ist nicht erreichbar. Auch gut. Zu Dirnaichner gehe ich nicht. Ist mir zuviel. Mir reichts. – Soeben kam ich zurück von einem Spaziergang durch Amsterdam. Eigentlich war ich auf der Suche nach einer Flasche Gin. In ganz A. aber nichts Scharfes aufzutreiben. Es gibt hier nur Bier, Peep-Sex und so das Übliche wie in Düsseldorf oder Hannover. Die Niederländer sind unhöflich, wortkarg, barsch, rüppelig. Die Einkaufsstraßen unterscheiden sich in nichts von der Hohe Straße in Köln. Hier ist Europa besonders widerlich. Wenn man hinter all dem die Stadt, nur sie, sieht: das ist etwas anderes. Sehr schön. In meinem Geschwafel trinke ich einen Wasser-Beaujolais primeur. Traurig. Aber mir geht es sofort etwas besser, wenn es mir hier schlecht wird. Ich habe in einem Supermarkt die zwei Flaschen und Mandarinen und etwas Brot gekauft. Das muß reichen.
Wie gut, daß Du, liebe Inge, nicht hier bist. Da hättest Du es nicht leicht mit mir. Ich denke an mein falsches Buch und bleibe ruhig. Aushalten, Paul. Die Zerreißprobe durchhalten.
Das Taxi kostet zuviel. Praktisch wurde nur für die Anfahrt ins Hotel gesorgt. Dann war Schluß. Keine Termine. Keine Fürsorge. Keine Ansprache. Beim Frühstück saß noch so ein Einsamer herum, aber er spricht Englisch. Also war es wieder nichts. Nur so radebrechen, das will ich mit einem Schriftsteller nicht. Dann schon lieber schweigen. Jetzt muß ich die Gedichte auswählen. Einiges aus »Grüß Gott« und dann aus der »Rede«. Vielleicht kann ich dann schlafen. Das Schönste wäre, wenn ich morgen früh ein Flugzeug

bekommen könnte. Inge, Du rufst mich morgen um ½ 10 Uhr an. Wenn es doch schon soviel wäre. 24 Stunden sind vorüber. Etwa die Hälfte, es geht voran. Es geht vorbei.

Jetzt weiß ich nicht mehr warum
es mir naß eingeht oder ist es
sogar kalt oder wahrscheinlich
von unten herauf sind meine
deutschen Hausschuhe in den
Grachten leck geworden als
ich in Amsterdam standhaft
wurde oder habe ich etwas sagen
wollen oder habe ich es schon
gesagt.

Dieses Verslein wollte ich den Amsterdamern aufsagen. So hatte ich mir das gedacht. Daraus wurde aus den Gründen, die Du kennst, nichts. Bin ich ein Biedermann? Auf den Augenblick aus? Schon, aber allein. Schade, ich weiß.

18.30 Uhr – Kurzer Spaziergang, Gleichgewichtsstörungen. Aber das ist immer so, spielt keine Rolle mehr. Interessant ist nur die minimale Wichtigkeit, die sich von der minimalen Wörtlichkeit so derb abzuheben versucht, sogar krankhaft. »Komödie der Äquivalenzen«.
Habe soeben mit Jill die Abfahrt besprochen. Morgen 16.30 Uhr. – Wieder so komisch. Es ist schon alles geschehen. Aber das sieht mir wieder gleich, diese Betrachtungsweise. Wenn jemand auf sein Tun hier und heute vertraut, so denkt er nicht derart. Also muß ich mich besser einsetzen. Heute hier, nicht nur auf dem weißen Blatt. Wie ist mir das beizubringen? Mit den Imponderabilien habe ich es nicht, es sei denn, ich bestimme sie selbst, also wieder auf dem Blatt. Auch hat die Menge, und sei es eine sogenannte Kulturmenge, für mich etwas Abstoßendes. Zur Strafe für diesen Satz werden es sehr wenige sein: um eine Menge bilden zu können. Ich merke zugleich meiner Schreibe an, wie gleichgültig ich jetzt schon bin. Aber das kann sich ändern. Vor wenigen Stunden ließ ich mich noch auf einen Kampf ein mit dieser Menge, vorstellungshalber, so wie ich es geübt habe, seit die Welt mich einschüchtert: also von Anfang an.

Zuerst schreien, jahrelang und dann schreiben, jahrzehntelang. Schreib wie du schreist. Das tust du doch immer noch. Unerklärlich wie Asoziale zu Sprechern (Schreibern) von Sozialen gemacht werden: oder sich etwa selber machen, was erklären würde, daß Soziale kaum lesen. Dann wäre also Literatur für Asoziale geschrieben, die geschrien haben, aber nie übersetzt haben ins Schreiben. Das ist schon wieder ein Verdikt gegen die Gesundheit; es wäre eines, wenn man annimmt, daß gewöhnliche Liebe und sonst nichts ganz einfach genügt. Aber auf diese Liebe läuft alles in meiner Panik hinaus. Hinaus ist so gut wie bezeichnend. Schlecht. Da gibt es die Nadel nicht, neu zusammenzunähen oder vorher schon fehlt der rote Faden. Der Zusammenhang wird von mir also nicht gesucht. Das hängt auseinander. Kultur. Eine falsche Welt. Adorno. Gedichte jedenfalls dürfen immer geschrieben werden, da irrte er. Sie gehören in diese fatale Zusammenhangslosigkeit. Und diese habe ich immer geliebt oder ich werde mir das immer einbilden.
Inge, es ist bald 19 Uhr. Was macht Sancho? Ich wäre so gern bei Euch, aber es ist gut so, daß ich es nicht bin. Jetzt wurde das so entschieden. Und das klingt, als sei ich auf hoher See oder bei Waterloo. Herzzerbrechend. Ich habe eben zu nahe an den Ernst gebaut; da kommen manchmal selbst mir die Tränen vor Lachen. – Gar nichts ist zu sagen gegen eine Lesung mit Diskussion im engsten Kreis, der erweitert werden kann, ja.
19.20 Uhr – Ich habe nichts zu lesen. Ich sitze in einem fahl erleuchteten Zimmer. Mein Bett ist ungemacht. Es ist kalt. Im Sack habe ich eine Flasche schlechten Wein für hinterher. Ich brabble also einfach drauflos. Wahrscheinlich nur, um bald das Vergnügen zu haben: solche Pein im neuen Sessel im Turm genießen zu können. Wenn jemand nicht für Abenteuer gebaut ist: so, wie schade, Dein Paolo. Wirklich, ich wäre es gerne. Leider. Nichts zu machen. Dazu fehlt es an allem. Ich habe Amsterdam so durchgrollt, so durchschimpft wie wahrscheinlich nur wenige vor mir, jedenfalls derart grundlos. Mach Dir einen schönen Tag, so heißt es doch. Also, wenn das in der Hauptsache den Helden ausmacht, bin ich keiner. Laß Dir den ganzen Tag vom Buckel rutschen, faulenzend oder schreibend: das ist eher nach meiner Form.
So schwätze ich, und jetzt ist es 19.30 Uhr, und ich sitze immer noch hier. Bald kommt der Kopf herunter. Geraucht habe ich gar nicht

schlecht. Bin wirklich ein Schlot. Ob da was aus dem Mund herauskommt. An Kafka denken und sich in der Angst klein vorkommen vor ihm. Der säße doch schon in der Wartehalle des Flughafens. Sieh einer an, wie ich mich hochstilisiere. Wie einen das Alleinsein zum Schreiber/Schwätzer macht. Das läuft ja wie geschmiert. So eine Schreibe. So also haben meine Kollegen in den Hotelzimmern geschrieben: die meisten läufige Reiseschreiber. Das mußte ich doch auch einmal probieren. So, jetzt wird es ernst.
Und dann eine Nacht, ein mieses Frühstück, ein Spaziergang mit Nachwehen, wie schon so oft gehabt und hinein ins Flugzeug.

21. November 1982, Amsterdam

Es ist alles vorbei. Hurra, mein Lieb! Sancho, du sollst leben! Feierliche Stille, Applaus. Ich habe wieder einmal nicht einmal hoch- und hinuntergesehen. Völlig vergessen. Stehpult. Schlimm, kam aber zurecht damit. Als ich hinter der Bühne verschwand und in die Garderobe herauskam, beglückwünschte mich ein schönes Mädchen. Eine junge Frau fragte, ob ich sehr einsam dort oben gewesen sei. Na ja. Jetzt bin ich es bald nicht mehr. Am Ende, nach der Lesung wurden auch plötzlich die Veranstalter freundlich. Da wurde ich widerborstig, sehr kurz angebunden (nicht schlau, aber charaktervoll, sic!). Dann ging ich. Taxi. Hier sitze ich. Bestimmt wird jetzt getrunken, und mir entgeht einiges. Aber ich konnte nicht mehr. Die Veranstaltung begann um 20.30 Uhr, und ich war um 23.45 Uhr dran. Na, bitte. Bin ich (natürlich nur halb) froh, daß ich hier sein kann mit meiner zweiten Flasche Wein, nach der ich in den Amsterdamer, verdienten Schlaf fallen kann. Meine Bücher waren ausgestellt. Ob sie auch nur eines verkauft haben, weiß ich nicht. Presse ist mir Wurscht, die kennen wir ja, was, Inge? Die junge Frau sprach noch davon, wie unbeliebt die deutsche Sprache in Holland sei. Die Leute finden sie häßlich. Dagegen ist das Englische so beliebt. Mir kommt es so vor, als sei das Englische für das Entertainment am besten geeignet. Es wird wirklich damit gespielt. Sehr schnelle Phrasen. Unglaublich pointiert. Mein Denken blockt da richtig auf. Denke ich mir. Für mich ist Deutsch das Paradies, obwohl ich mich damit so anstelle, als wolle ich es verlernen. Ich darf aber jetzt einmal böse werden (und dumm) und sagen: Also diese Krächzer, diese Wortebrötler haben an der reinsten Sprache etwas auszusetzen? Unerhört. Oder doch. Man traut seinen Ohren nicht. Aber jetzt wird verziehen und Abschied genommen. Und wieder gibt es eine Stadt, in die ich keinen Fuß mehr setzen werde. Drastisch gesagt.
Hans Bakx – er hatte versprochen zu kommen. Er wollte übersetzen, neben mir auf der Bühne. Nichts. Vergessen. Poesie kann auf Dienste verzichten. Am schlimmsten ist sie allein. Wie sagte die junge Frau doch: Waren Sie sehr einsam? Ja. Weil Poesie keine Störung zulassen kann. Sie schaltet frei – vollkommen ungezwungen. Und gerade deswegen bin ich in dieser Welt – auch wenn sie dabei ist – so unglücklich. Sie ist ein Hund, der mich an seiner Leine

in die Stille zieht. Ich kann das Geschwätz nicht mehr ertragen. Aber das ist gar keine Verzweiflung. Alles ausschließende Freude. Sage ich und denke an Dich. Widerspruch.
Ein merkwürdig melodiöses Martinshorn vor meinem Fenster.
Richtig gemütliche niederländische Katastrophen wollen derart erreicht werden. Nachtwäldler-Crash.
Ich schreibe das alles für Dich auf, liebste Inge. Ich möchte nicht erzählen und wiedergebend verändern. Du kriegst die frischen Brötchen. Meinen Kummer, meine dummen Gedanken und so gar keine Freude – das sollst Du alles miterleben, freuen kann ich mich erst wieder bei Dir.
Sosehr es danach aussehen will: ich bin kein Kind dieser Welt. Ich habe mich danebengesetzt. Dort sitze ich gut in der Poesie. Sie hat auch, wenn sie außerordentlich sie selber ist: nein, nicht einmal ein verwandtschaftliches Verhältnis mit mir. Spiegel. Seitenverkehrt, ein scheinbares Bild, von keinem Schirm aufzufangen. Ihr Regen benäßt den Geist. Und der gehört ebensowenig dazu. Da kann man einmal sagen, daß er unsichtbar ist.
Zahlt man ein großes Trinkgeld nach einer Taxifahrt, wird sich anstrengend höflich verabschiedet. Sonst, ja was? Schweigen ist mir ein zu schönes deutsches Wort dafür. Sind halt Abkömmlinge von Händlern. Können doch gar nichts dafür. Ein bayerischer Bauer ist auch nicht besser. Nicht die Barbarei geht ihrem Ende entgegen, schreibt der ginkluge Augstein, sondern die Zivilisation. Nördlich muß das schon früher begonnen haben. Aber bei uns wird sicher aufgeholt. Ach, ich könnte schwätzen auf devil come out with beinahe brokenem heart. Habe mich im übrigen mit meinen englischen Resten ganz gut durchgespokt. Zwar mehr mit Händen und Füßen, aber – noch ein Jahr hier, was Gott verhüten möge – und ich spräche im Stillstand.
Ich glaube, das wärs. Wenn ich morgen aufwache: ist das schon ein Sonntag bei Dir. Daß ich nur 350 Gulden verdient habe, mögst Du mir verzeihen in Anbetracht der einsachtzig großen Tatsache, daß Du mich wieder hast. 700 hätte es für zwei Lesungen gegeben. Die Differenz habe ich zu fühlen bekommen. Und die war mehr wert.
Essen tue ich im Leid fast nichts; darum werde ich bei Dir so dick. Der Gürtel muß sich an ein neues Loch gewöhnen. Diese schlimmen Entwöhnungswochen für ihn bei Dir. Aber Leid mag für Gürtel gut sein, für Poeten nicht. Der Meinung bin ich: denn solche

Leute schreiben gut, solange es ihnen gutgeht. Wenn es ihnen schlechtgeht: schreiben sie nicht.
Da fällt mir ein, daß es mir gar nicht so schlecht gegangen ist, als ich schrieb – zwei Jahre lang. Also sollte es mir doch gutgetan haben, um nicht zu schreiben, gutgegangen sein? Da ist er wieder, der Ödipus. Grüß Gott. Die wie vielte Interpretation?
Jetzt komme ich nach Hause und mache mein Buch fertig und beginne das erste von vielen Hörspielen. Nur kein Theater. Am liebsten Gedichte. Dafür war Amsterdam wahrscheinlich gut. Es könnte ja sein. Aber versprechen kann ich nichts.
Jetzt bist Du dran. Umarme Deinen Paolo.
Nachsätze: In der Poesie begegnet man sich nur einmal.
Deshalb wünscht man sich viel Glück, für
das ganze Leben, Schmerz:
Lesungen?
Greg has a wonderful stomach,
diese Selbst-zertifikation.

To Greg Gatenby
be not for me
see us later in Munich
ring
ring
Autorenbuchhandlung
Wilhelmstraße 41 33 12 41

21. November 1985, München

Seligmann-Weg von Berg am Laim bis Knorrstraße ist sein Lebensweg.
Diese Lebenswege verraumen die richtige Dimension: also von Geburt bis Tod (auch einmal meine Biographie) und das im Stadtraum. Das Rattenspiel ist ja schon die große Formel der 4. Dimension.

22. November 1982, München

Michael Krüger war hier. Das FB lag vor uns auf dem Teppich. Er setzte sich davor. Das sah ich gern. Das habe ich nicht etwa genossen. Es war schön.
Er will das Buch ganz allein machen. Im Januar soll ich mich um ein Duplikat kümmern im Verlag. Im März, meint er, wird es ernst. Ich habe also noch Zeit. So war das. Wenige Worte, wie immer bei uns zwei.
Jesus. Jehoshua. Zur Rechten wird er nie sitzen, der mündliche Läufer.
Neue Gedichte? Die großen Fehler. Die große traurige Freude. Die Hoffnung ist das Fleisch. Erinnerung an sie sind die Knochen.
Kipphardt ist tot. Günter Herburger sagte es mir.

08. 10. 85 Aber: dieses, dieses Buch ist nicht der Trip. Weil es seine Beschreibung ist, ist es eine Barriere: ein Block, ein riesiger Stein auf meinem Weg.

22. November 1985, München

Lutz Hagestedt und Werner Fritsch bei mir. Werner liest vor: »Sense«. Das Buch von oder über Wenzel. Ein Autor läßt wieder sehr lange mit sich reden (über O-Ton, Non-fiction, Figuration), ohne das geringste anzunehmen. Reinfall.
Werner: »Warum ist das FB so dick? Ich fürchte mich davor, es zu lesen.« Er hat gar nicht.

24. November 1981, München

Mit Inge auf der Freiheit. Sie kauft mir einen neuen Stift. Nähe Marschallstraße. Dann saßen wir im Café Freiheit. Anschließend wählte Inge ein Haus auf dem Platz, das ich durch die Elisabethstraße 8 ersetzen werde. Ein leuchtender Novembertag. Über dem Platz: der Himmel in heller Aufregung. Buden werden gebaut (Weihnachtsmarkt).

28. 07. 83 In diesem heißen Sommer: der Himmel ist heute und war gestern und alle Tage vorher: bedrückend. Aber ein guter Tag. Wahrscheinlich Präfiguration meiner Existenz auf dem Berg über dem Trasimeno. Die Nähe von Rom allerdings hätte sich, wenn man das beachtet, sehr zweischneidig auf die Theologie des Poetologen ausgewirkt. Das, was das Falsche betrifft, formulierte ich leider so genau, daß ich befürchten muß, dieses Irritationsmuster könnte weniger hergeben, als ich mir kühn vorgestellt.

11. 06. 85 So ist es: Für das Falsche gibt es keinen Geist. Sie werden geboren und denken, so wird es richtig werden. Und die Vorgeburten bieten ihnen richtige Programme an. Da gibt es Fehler. Die darf es nicht geben. Da gibt es Tote. Das Falsche als Trampolin steht abseits, unehrenhalber wie alles, was keine Religion, keine Philosophie oder sonst keine Lehre ist.

Es lädt auch nicht ein. Ist keine Gemeinde. Nicht einmal ein Bestimmter. Nur das: jene, also Sie oder Du. Sei falsch oder richte Dich. –

Ich habe mir seit einigen Tagen (das ist hier nachzulesen) versprochen, alkoholisierte Texte nicht mehr zu streichen.

Gedichte schreibe ich anders. So sind sie mal. Nämlich zur Zeit: gar nicht.

Ich kann nicht mehr dasitzen und eine »Rede« schreiben. Aber wenn ich es einfach nicht kann?

Ich möchte sprechen. Und jetzt gehen wir so weit weg. – Die Frage ist, ob Inge ins Private wandert und ich: also niemals dorthin. Aber ich liebe sie.

Gibt es schon wieder Auseinandersetzungen? Was für ein sitzendes Kriegswort.
Na, ich werde ihr nachfolgen bis sie, sich selber nachfolgend zufällig mir nachfolgt und ich sie in ihre Ausgangsposition zurückwerfe (waffenlos – nicht wortlos) bis sie freiwillig als Notgedrungene notgedrungen freiwillig mir notgedrungenem Freiwilligen folgt.

24. November 1982, München

Michael Krüger ruft an. Endgültige Zusage. Das FB wird gemacht. Unglaublich gut, seine Worte. Jetzt reist er nach Rom, Villa Massimo. Danke.

18. 07. 83 Dort hat er ein strenges, großes Gedicht geschrieben. Die »Wiederholungen«.
26. 07. 83 Wie er das geschrieben hat, möchte ich ihn fragen. So fragen wir bei uns an. Wenn etwas da ist, ein Gedicht, erübrigen sich die Antworten. Die Rezensenten mischen sich in unser Schweigen. Von der ersten unbeantwortbaren Frage wissen sie nichts. Es gibt Ausnahmen. Die haben dann auch einen anderen Beruf. Oder den falschen.
07. 06. 85 Ich bin verzweifelt, Inge. Oder und so weiter.

24. November 1985, München

Elfriede Jelinek ist eine große Poetin. – Ich lese einen Essay über Djuna Barnes. Clever.
Inge und ich sind ab 17 Uhr in der Bäckerstraße 8 in Pasing bei Bernhard Setzwein und seiner Ursula und der kleinen Lena. Mein Vortrag, ganz spät: Die Liebe steht am Pfahl gebunden. Mörike – die Deutschen lieben ihn nicht, warum? »Ach sage alleinzige . . .« Der schöne große Bernhard. Wir vereinbarten für 5. Dezember einen Hörspieltermin: Urs Widmer, Bernhard Setzwein, Gerhard Rühm.

25. November 1985, München

U. war hier. Die Schlinge, so heißt sie auch; das Thema. Meine Gedanken dazu: keine Angst, das sei Exhibitionismus, jedenfalls nicht, wie man sich das vorstellt. Aber die vielen Vorwarnungen durch wütende Äußerungen von Schriftstellern. Ihre Meinung: ich sei dumm. So bemerkt von Kieseritzky, Schuldt und Herms. Freilich könnte ich aus der Schulzeit noch viele, wahrscheinlich alle Lehrer dieses Urteil unterschreiben lassen. Meine Angst also jetzt: mit diesem Buch noch viele und wahrscheinlich unzählige Zensoren zu berufen.
J. H. in seinem Buch »Im Anfang war das Wort« schreibt über die Lüge. In meiner »Rede über die Lüge« schreibe ich auch über die Wahrheit. Die Wahrheit zwischen ihm und mir ist leider keine Lüge mehr. Wie traurig dieses vieldeutige Wort am Ende einer solchen Feststellung in seiner Eindeutigkeit klingt; auch »kein« ist zwischen Menschen ein schlimmer Sound. Ich nehme Abschied. Aber Scheiden tut weh. Warum dieses »aber« hier? Wer hat das in Frage gestellt – oder ist gar kein Fehler gemacht worden?
Warum dieser Eigensinn (Poesie, eines ihrer vielen Synonyme): ein Buch aus lauter Fehlern schreiben zu wollen, wenn mir das doch gelänge, könnte ich es doch, wenn es nur schon da wäre. Talion.
Tobias. Wie denkst Du Dir die Poesie? Ihre Geographie ist nicht nur global, auch krumm wie der Raum. Setz' Deinen schiefen Hut drauf. Konstanze. Im Leopardenlook. Oder war es Tiger?
Ein Mann, der sich alles holt, aber alles jedesmal viel zu spät, dem werden seine Beutestücke nicht zum Sockel.
Kleist. Heinrich von verspäteten Ruhmes Gnaden. Büchner ist zu edel. Heinrich liebte ich immer. Seine Pädagogik und seine Anarchie. Seine Verhaltensproben und seine poetischen Experimente: den Richtigen, der er im Leben und den Richtigen, der er in der Poesie sein wollte, den Poeten, der alles falsch gemacht hat, falsch gedichtet, ganz gedichtet.

26. November 1985, München

Ein langsamer Tag. Die langsamen Tage Gottes, schrieb ich vor vier Jahrzehnten. – München »Soundseeing« wurde heute um fünf Minuten, also um eine Partitur-Seite gekürzt. Das erste Viertel ist jetzt dicht. Klingt komisch, als würde es nicht mehr durchregnen.
Krach mit Sancho. Der verkratzte mir die Hand, weil Inge nicht heimkommt. So ist unser Dreiecksverhältnis. Jetzt hockt er über meinen alten Manuskripten mit geknicktem Blick. Draußen zerrinnt der Schnee, und die E. schreit ins Telephon.
Sag mir dein Ohr in den Mund.

27. November 1981, München

Gespräch mit Ursula. Das neue Verhalten meiner Talmisten. Ihr Mimen, sie gerieren sich nur. Oberflächlichkeit – Göttlichkeit. Neue Strategeme des Falschen.

28. 07. 83 Der Abschied von der Psychoanalyse. Lustig, ich hatte nie in Praxis ihre wühlende Bekanntschaft gemacht. Armer Pavese. – Unbetroffener Henry. Einen Jux wollte der sich machen. Hatte er sich. Verkorkste Psyche in Gestalt nackter Vollkommenheit in Kalifornien. Da bin ich immer schon beinahe leer ausgegangen. Weil ich auch nicht richtig sein wollte. Ätsch.

29. November 1984, München

Inge blieb in der Nacht zum 30. November bei mir. Vor einem Jahr war der Herzinfarkt. Meine dritte Begegnung mit der letzten Art. Ich lief heute im Luitpoldpark: strahlender, blattloser, blauer November – allerdings mit heftigen Schmerzen in Hals und Rücken. Der Schreibtisch, wahrscheinlich auch die fehlende Bewegung durch die Fissur. Zur Zeit arbeite ich am Rattenspiel, das in Milbertshofen auf einem Pentagon abläuft.

06. 12. 85 Also selbst in seiner kleinen Biographie kennt der Schreiber sich nicht aus. Es war also zum 30. November. – Dieser Park. Wenn wahr ist, daß Alfred Schuler im Haus Nr. 8 Elisabethstraße wohnte, dann war das auch sein Park. Ja? Ich werde diesen Obelisken zwischen neunzig Linden im Winter, im Schnee, die Blumen geometrisch unterbrechend im Sommer, den Frühlung beuhrend in früher Wiese – nie vergessen. Mit meinem Kopf hing ich dem Juden nach, dem Jesus, seinen vielen bethlehemischen Geburten, eine erbärmlicher als die andere, und im Norden des Parks ließ ich immer mehr diese Toilette aus und verschwand im Gebüsch; die Krankheit. Die Mütter, die breiten Wägen der Zwillinge. Meine rechte Wegzeile. Meine geballten Fäuste. Der Eigensinn des Gängers, der zwar nicht gesehen werden kann (Tarnkappe), aber gegrüßt, denn er weicht nicht aus. Müttern schon gar nicht. Diese kommen mit ihren Kinderwägen zu zweit, oft zu dritt. Das Übersehen ist in diesem visuellen Zeitalter an der Ordnung. Mein Haß. Aber die Titania meines Rattenspiels: Renater Schreiber. Mit ihr begann ich Dadds Abenteuer, sie weiß es. Sie war nicht im Park dabei. Dort steht das letzte Narrenhaus Dadds. Und ich schrieb es noch nicht. Feerin: Musäus. Auf der letzten Fahrt nach Umbrien las ich einige Märchen. Sehr fahrig, sehr lieblich, vom Seichten das Tiefste. Karl Theodor durchschnitt meine Gedanken an Oberon und durchschneidet den Park. Stand ich still, oft, dann fielen die Einschnitte aus und das Alte verjüngte sich in seine neueste Schön-

heit aus großem Raum und im fröhlichen Zuge erreichte der Traum ohne Zwang alles Mögliche: wie eine Jahreszeit. Ein einziger Park nirgendwo, wie ich meine: gestört. Utrillo soll schwangere Frauen in den Bauch gestoßen haben. Er wird nicht verdammt, er stört hier nicht.

29. November 1985, München

Die Nacht zum 30. November. – Von Urs kam so ein lieber Brief. Wie gerne würde ich sie alle wiedersehen, den Urs und alle. »Soundseeing« ist zur Hälfte fertig. Schöning sitzt mir im Nacken – ich meine mit seiner Angst. Nichts wird er an meiner Figuration verändern. Wenn ich schon oder auch Komponist wurde, was . . . Wie?
Sprache habe ich zur Zeit nicht: nur Sound. Ob sich das auswirkt, ich meine verzögernd? Nur *ein* Leben habe ich, sollte ich es nicht nur ganz allein den Fehlern geben?
Heute ist es so. Die Erde gibt es noch.
Ich höre. Was die Orientierungslosigkeit in Wahrheit bedeutet, weiß ich noch nicht. Sie ist in meinem Spiel wie der Schlüssel. Aber das wird schlimm zensiert.
Der Paul ist ein Merker, so die Worte von Heinz Hostnig. Am Tisch, an einem von San Miniato in diesem Spätherbst. Und? Ein Merker? Das bin ich nicht. Und ich bin nicht böse. Ich hänge sein Bild an die Wand. Da rechts hinter mir grüßt er. Ein Merker. – ?
Grüß Gott, Mrs. Sibylle! Mir fürchtet sich das ganze Herz rundherum um Ihre Liebe zu mir. Amen.
Das war doch die Lossprechung.
Warum ich immer noch katholisch bin? Es ist ein Synonym für menschlich; siehe Johannes Paul II. Im übrigen werde ich als Katholik antreten und erliegen. Der »Steppenwolf« erschien vier Wochen vor meiner Geburt. Seine Orthographie-Fehler konnte ich – in Unansehlichkeit meiner Person – damals noch nicht korrigieren. Die gab es. Schlimmer als die preußischen Haushalte überlasen.

30. 11. 85 Dieser Hesse war ein Dichter, aber seiner Sprache war er nicht mächtig, wie der Morgenländer seiner Erinnerungen. Sela.
Die Juden. Das ist eine andere Sache. So ein schlechter deutscher Dichter, der weltweit wie die Deutschstunde, nicht wie Heine, reüssiert, das ist zwar ein Problem, aber doch nur ein Loch. Nichts für meine Poesie. Es steht zwar schon manches geschrieben.
Heute bin ich zur Hälfte angekommen. Sagt man so? Es sind jetzt 30 Minuten. Mein Sound ist nicht sauber. Der Schöning macht es sich nicht leicht. Was für ein österlich abgelenkter Satz. Der Schöning liebt seine Frau und seine Tochter und sonst noch – mich jedenfalls nicht. Das muß ich sagen. Ich bin Paul le Wühr. Herzliche Grüße.

30. November 1983, München

Morgens, gen 4 Uhr (»Gegenmünchen«?): Herzinfarkt.

14. 05. 85 Mit der Abschrift, Reinschrift von diesem Ereignis meines Lebens beginne ich einen Tag, nachdem Jost Herbig mit Herzinfarkt ins Schwabinger Krankenhaus auch zu Dr. Ohly gefahren wurde. Das ist keine willkürliche Kombinatorik.

Also dieser 30. November 1983. Die Zeit: 4 Uhr – siehe »Gegenmünchen«. Diese halkyonische Stunde, Beginn des Vogelgesangs. Damals kam ich aus dem Haus Franz-Joseph-Str. 41 (von Annemone Sch.) und fuhr an meiner jetzigen Wohnung vorbei durch die Elisabethstraße und weiter nach Gräfelfing.

Die Zeit vor dem Infarkt: Ich schrieb kein Tagebuch mehr; letzter Eintrag, eine Serie von Einträgen, am 20. September 83: in ihm kündigt sich schon der Zusammenbruch an.

Ich memoriere: zwei Fahrten nach Mainz, also zwei Doppelstunden Seminar in der Universität. Wir arbeiteten im FB. Bruno Hillebrand hatte mir in Berlin, wo ich an einer DAAD-Tagung teilnahm und mit Professoren ein Seminar hatte, den Auftrag erteilt. Dieses Berlin war schrecklich, wild, schön. – Die Schule muß mich nach diesem heißen Sommer und der vielen Aufregung sehr angestrengt haben. Letzter Elternabend. Wunderbare Kinder. Sophia Wild, Jean Blaufuß. Dann die Lesung bei Boll, Schmid und Co. in Solln mit dem Fernsehen, dazu drei Tage die Kameraleute und den Bittermann vom SWF in der Wohnung. Aufnahmen auf der Straße, auf der Rolltreppe an der Freiheit. Ein Sonntag lag dann dazwischen. Am Montag rief Inge weinend in der Schule an: Bremer Literaturpreis. Ich hielt noch eine Geschichtsstunde: Kanalbauten der Alten Ägypter am Nil. Die letzte Schulstunde mit meiner Klasse. Bevor ich abfuhr lief ich noch zu Ninette Holzhaider ans Auto und erzählte ihr, daß ihre Heimatstadt mir einen Preis gibt. Das wars. Ulrich Beil kam bald. Ich saß mit ihm zusammen und trank Gin. Dann kam der Anruf aus Bremen vom Kulturreferenten Opper. Als Ulrich Beil gegangen war, fuhr ich zum Jakobsplatz, um mir im Stadtmuseum die Lesung von Ursula Haas anzuhören. Ich trank und rauchte. Dort traf ich auch Tobias. Werner Haas fuhr mich nachhause, mein Arzt. Ich hatte keinen Schlüssel. Herburger machte mir auf und richtete mir in seiner Wohnung ein Bett. Dann kam Inge. Ich redete noch eine Stunde mit ihr. Dann schlief ich ein, so gelöst, so froh, so zufrieden wie wahrscheinlich noch nie. – Um 4 Uhr: ein Schlag, mehr ein Stich; viele Stiche folgten. Ich rollte aus dem Bett und weiter brüllend durch die Zimmer. Dann muß ich ohnmächtig geworden sein. Später erklärten mir die Ärzte, daß es sich um einen Vernichtungsschmerz gehandelt habe.

07. 06. 85 Meine Inge ist fort. 18 Uhr. Ich sitze an meinem Schreibtisch. Wie lange schon? 30 Jahre. Also, sagen wir 30 Jahre. So wird es sein. Meine einjährige Konstanze. Ich kenne mich nicht mehr aus. Judith? Die ist viel jünger als meine Tochter. Wie schrecklich. Wie göttlich. Gott muß ja einfach platonisch durchdrehen. Ich habe das spirituelle Gefühl, wenn ich das so sagen möchte mit meinem großen Freund Gerhard Polt, daß der God höchste Zeit hat, in dieses globale Zeitphänomen eine indirekte Ordnung zu manövrieren, so als ob es noch zu machen sei, also Raum gegen Zeit, grün gegen Tod. Wenn Sie mich fragen, würde Polt sagen, dann hat die Zeit keine Farbe, weil sie verblaßt. (Ich bitte die Streichungen wegen bestimmter Merkmale aufzunehmen: + wie er vertreffend sagen würde.)
Die Wirklichkeit hat immer das Nachsehen. Was du erfindest, Bub, ist immer für immer. So sagt die Mutter nie. Keine. Das ist kein Muttermal; geschweige. Aber ich selber als Mensch (nämlich) möchte mich anschließen: auch kein Menschmal ist das.

15. 06. 85 Das war wie in Eger. Ich bin kein Wallenstein. Aber die Speere habe ich fühlen müssen. Das war keine historische Situation. Aber ich bin ein Dichter, ein deutscher.

Die Speere muß man mir; geschenkt. Lateinisch: Dolch. Plural.
Die Freude tötet, Freunde. So schüchtert man uns ein. Dieser Gott ist ein Herr. Er hat keine Freude an unserer Freude. Das ist der Herztod. Dieser Gott, er hat keine Freude an Zufriedenheit: das ist der Krebs. Er hat Freude an Tod. Er ist kein Gott. Das ist doch klar. Aber damit sage ich doch nichts Neues. Die Welt ist ein Geschwür. Freude ist das Intermezzo von Strauss. Ich glaube ja am wenigsten, was ich schreibe. Aber das ist ja von keiner Wunde zu weisen. Und das bleibt ja als Rest in jedem Tag: diese Anklage. Und das Lachen. Und wem ich hier zu einfach reden sollte, den besuche ich im Krankenhaus. Ich muß so drohen, weil unser Leichtsinn vor einer Gottheit, der alles zuzutrauen ist, grenzenlos ist. Gott ist falsch. Das ist die einzige Rettung. Ich bin nicht Tarzan.

06. 12. 85 Nach diesem Unsinn: den Infarkt vor zwei Jahren vergaß ich an diesem 30. November, weil ich mich außerordentlich krank fühlte. So ist es. Ich kann nicht anders.

2. Dezember 1985, München

Vexiersound: also Fallen und Rätsel für den Hörer. So könnte ein Short-Sound-Seeing aufgebaut sein.

06. 12. 85 Auch das Hörspiel München Metropolis Soundseeing wird so gebaut. Das Rätsel wird immer mehr zum Transporteur des Materials.

Abends Gesellschaftersitzung. Für Inge die letzte als Geschäftsführerin: Um 18 Uhr sollten wir beginnen, um 18.30 fingen wir an, und zwar mit Ebba Bär als Teilnehmerin, von Jörg Drews eingeladen, wie sich herausstellte. Sie hatte diese Einladung angenommen, obwohl Inge ihr die Teilnahme untersagt hatte. Um 18.40 Uhr unterbrach ich und forderte Ebba auf zu gehen. –

Laemmle und Herburger waren mit der Übertragung der Geschäftsführung an Uwe Fleischle nicht einverstanden, unterzeichneten aber. Ich schlug ein halbes Jahr Probezeit vor, was angenommen wurde.

Zur Seite auf dieser Seite: War es Gregor-Dellin, der sich bei Laemmle für diesen Vorschlag bedankte? Dieser übrigens nahm diesen Dank gnädigst an. Sollte ich wirklich eine Tarnkappe tragen? Es war nicht das erste Mal, daß ich in nächster Nähe übersehen wurde.

In nächster Zeit? Da wird sich wenig ändern, auch meine Entfernung nach Umbrien nicht.

Fritz Arnold. Er hört mehr, immer. Dann sagt er aber nicht alles. Mich bringt das dazu, über ihn nachzudenken: Über seine vielen Finger, die er in der deutschen Literatur hat. Mein Respekt vor ihm ist sehr groß. So kann man sich selber auch vergrößern.

3. Dezember 1979, München

Übermorgen muß ich zum drittenmal ins Krankenhaus in diesem Jahr. Wieder nach Ulm. Das Knie.

28. 04. 83 Ich habe ein halbes Jahr nichts mehr notiert. Auch in Ulm nicht, als Professor Burri mein Bein rettete? Wie ist das möglich? Werner Haas vermittelte. Er hatte im August eine Atrophie festgestellt. Meine spätere Krankengymnastin Margret List lehnte es nach Besichtigung der Röntgenaufnahmen ab, mich zu massieren. Sie meinte, das Bein könne wieder brechen. Nach der Operation in Ulm fuhr mich Ursula Haas zweimal wöchentlich ins Großklinikum Großhadern zur Heilbehandlung durch Margret. Inge fuhr mich alle vier Wochen nach Ulm zu Prof. Burri, der mir den Doktortitel krankheitshalber verlieh. – Im Großklinikum sollte drei Jahre später meine Isabel sterben. Heute morgen war ich wieder einmal vor dem Flughafengebäude. Oder ist es ein Raumschiff?
Heute abend Lesung im Goethe-Institut. Der liebe Wolfgang Rohner-Radegast führte mich ein: der Schriftsteller, nachdem »Semplicita« erschienen ist. Ich las aus der »Rede«. Die Leute aus der Dritten Welt hätten es lieber gehabt, wenn ich Manifeste verlesen hätte. Chrisostomos, der Grieche, verstand. Ob ich jemals nach Athen kommen werde?
Nach der Lektüre von Friedenthals »Goethe«: Den größten Dilettanten kann man nur lieben.

3. Dezember 1983, München (Schwabinger Krankenhaus)

Der vierte Tag auf der Intensivstation im Schwabinger Krankenhaus.

14. 05. 85 Erst heute erfuhr ich von Barbara Herbig, daß Dr. Ohly, wie er sich ausdrückte, drei Tage um mein Leben gekämpft hatte.

Zurück zum 3. Dezember 1983. Ich erinnere mich an eine Schwester Silke und einen Pfleger Heinecke. Euphorie. Werner Haas besuchte mich. Unvergeßlich sein weißes Hemd, in dessen weißen Taschen zwei Schachteln Gitanes leuchteten. Er erklärte mir, daß es mit dem Rauchen endgültig vorbei sei. Ich bat ihn, eine Spitze in Spazierstocklänge für mich zu konstruieren.

06. 12. 85 Ich kann Zigarettenrauch nicht mehr ertragen. Diese Pein in der Kneipe. Auch im Raucherabteil (irrtümlich gewählt) des Zuges nach Bielefeld.

3. Dezember 1985, München

Fahrt mit Michael Langer nach Bielefeld. Auswahl der Kapitel für die Lesung unterwegs. Klaus Ramm holt uns ab. Abendessen im Ratskeller, auch Susi kommt dazu. Gespräch über die Geräuschhörspiele. Verdikt von Ramm, er habe bisher noch nichts Gutes gehört. Er halte sowieso nicht viel von der Metropolis-Reihe. Das war, sollte wohl auch so sein: wenig erheiternd. Ich wurde ausdrücklich gewarnt. Das wiederholte sich in der Nacht, gegen Morgen. – Lesung im Ulmenbunker. Der Saal ist beinahe besetzt. Etwa sechzig Zuhörer. Jörg Drews ist da, auch Rolf Grimminger. Ich sehe Udo Dieckmann, er schaut finster drein. Aus GM, Grüß Gott, Rede und FB lese ich je eine Viertelstunde. Das war gut so. Jedenfalls versicherte mir man das. Besuch einer Kneipe, Gespräch mit einem Schütte, mit einer Journalistin, mit Studenten. Viele hatten das FB gelesen. Jörg verwarf seine Kritik von vor vielen Jahren (GM betreffend). Ich trank wenig. Klaus schien enttäuscht zu sein. Er hatte sich auf einen silenischen Abend eingerichtet. – Michel war ein guter Begleiter.
Das noch: vergessen.

4. Dezember 1985, München

Heimfahrt. – Großer Empfang in der Elisabethstraße. Rotwein bis zur Neige oder besser bis zur Heimsuchung durch den Schlaf. Ramm hatte von der Beerdigung Reinhardts in Wien erzählt. Die Dichter waren nicht dabei, aber sehr viele Wiener. Kein Gedicht also – auch keines von ihm selber vorgelesen an seinem Grab für ihn. Aber das sagt wenig. Aufsichtsräte werden poetisch beerdigt.
Auf der Heimfahrt. Die Werra. Ich fuhr an Ulrich Sonnemann vorbei. Ein sanftes Land mit lustigen Burgen zum Träumen auf weichen Brüsten. Jakob Fugger (der IC) brachte mich ganz unkeusch nahe vorbei, vorbei.
Das will ich festhalten: Ein Doktorand in der Bielefelder Kneipe meinte, es sei schon wieder eine Konvention, über das Falsche ein so dickes Buch zu schreiben. Ich warf freundliche Argumente um mich her. Langér, der andere Heinrich, sagte beim Rotwein zu Hause: Der Hinweis auf den Titel des FB widerlege ihn. Mein Michel, als Heinrich verdutzt. Sein, Heinrichs, Verstand hat auch eine Tarnkappe auf, wenn er/ich versteht.

5. Dezember 1979, Ulm

Zimmer 140 b. Morgen Operation. – Lektüre: Lessing-Biographie von Dieter Hildebrandt.

22. 05. 85 Der Mäander meiner Trauer: die Oker, schrieb er. Dieser deutsche Aufbruch in Lessing. Der große gute Wille. Für meine falsche Seele viel zu richtig. Aber insofern schon wieder falsch. Maßlos richtig. Ungeduldigste Menschlichkeit. Wunderbar. Mir kamen ja, wie ich in dieser Schlinge schrieb: die Tränen. Die Aufklärer, wie sie lebten: das ist ganz und gar ergreifend. Und gar nicht zu trennen vom Leben eines Eckhart. Was die Wissenschaft da trennen will – mich gehts nichts an.

07. 06. 85 »Aufklärung, was sonst?« so der Titel eines Aufsatzes von Kamper. Damit bin ich einverstanden. Daß diese Hell-Männer nicht begreifen können, daß wir – und dazu zähle ich auch Kamper – keine Angst um das Dunkel haben müssen, denn wir müssen es aufklären. Die Hell- und die Dunkelmänner sind gefährlich, ihre Sätze zu kurz. Im Licht ist genauso viel Geduld eine heilige Notwendigkeit wie im Dunkel. Wer Tag und Nacht wandert. Wissen. – Hier schnell noch der Fehler des ›Einen Horns‹ bei der Übersetzung der Bibel ins Griechische: das Einhorn, mein Fehler-Tier. Mein Wunsch: in allen Fehlern zu wandeln. Ich bin nicht so kindisch, nur mein Bomarzo zu bauen, vor allem nicht so reich freilich. Aber die Dichter haben alle immer wieder so gedacht, wie ich ganz und gar nur denken kann: falsch.

Hier fällt mir noch ein, daß Michael Langer, der heute wieder so lieb anrief, sagte: ich habe im FB eine vollkommen für sich seiende Wortwelt geschaffen. Das ist, nach dem von mir am heutigen Tag beschimpften Hans-Günter Vester, die Voraussetzung für die Postmoderne. Trotzdem. Diese vorzeitige Zeitscheidung ist widerlich. Aber: einem Poeten würde ich sie verzeihen. Ist er das? – Wo ist mein Jörg jetzt? Wieder bei diesen platten Amis?

5. Dezember 1980, München

Sehr vieles, was ich vorhatte, steht jetzt geschrieben. Ich schreibe ein Tagebuch über das Schreiben. Oder ich schreibe nur auf, ob ich schrieb. Jörg ist in München. Rohner-Radegast sagte, er habe im Goethe-Institut emphatisch über mich gesprochen. – Ich bin verstimmt. – Vor zwei Wochen Diskussion über das »Preislied« in der Universität. Vorgestern führte Inge das Band in der Uni vor, soll gut gelaufen sein. Von der Diskussion hatte ich jedenfalls bald genug. Große, überspannte Mühe. Dafür gar nichts oder nur sehr wenig.
Die Nächte schlimm. Schweiß. Ich bade etwas aus. Sehr viel geschrieben. Nicht das, was ich schreiben wollte. Von der Form kann ich nur träumen. Bewußtloser Inhalt.
»Hundejahre«. Gestern nacht im Adenauer-Buch von Elisabeth Endres gelesen. Das Buch selbst las ich nie. Er hat also auch über die Hunde geschrieben, dieser Diesseiter. – Meine Ungeduld. Seine Pornographie – die meine. Er keine, ich auch keine. Aber was für ein Unterschied! Dieser Schollen-Günter. Gras drüber. Vollblüter muß ich doch hassen. Aber der besondere Saft. Er kommt eben von H. Mann her, der SPDler.

19. 05. 85 Heinrichs Henri ist wunderbar. – Es wird mir wenig nützen, gegen diesen Schnauzbart zu sein. Er hat sich den Speck schon geholt.
Meine Vorfahren: Therese, die Kleine und Francis Thompson. Warum erlaube ich nur diese zwei zu nennen und nicht auch den Cues und den Valéry?
Sein Danzig muß ihm gestohlen bleiben. Mein München.
Den Haag, las ich heute: das Keltengrab. O Tassilo III., uns haben die Franken geschafft. Mein Kloster: mein Schreibtisch.
Dieser nordische Koch. Dieser Würzer. Der meine Günter einen Stock tiefer: der Kräuter- und Kohlschwabe.

5. Dezember 1983, München (Schwabinger Krankenhaus)

Endlich liege ich in einem Einzelzimmer bei Professor König, der Nachbar von Christoph Schlotterer ist und mich las und mich im Hause meines Verlegers schon kennengelernt hat, wie er mir erzählte.
Gestern besuchte mich Barbara Keller. Abends kam Jörg Drews. Heute war Renate Schreiber da. Meine Inge blieb lange bei mir. Heinz Hostnig rief an.

5. Dezember 1984, München

Das Extrem ist der goldene Mittelweg, also gibt es davon jeweils zwei. Zwischen ihnen ist immer die extremste Komplexität.

6. Dezember 1984, München

Neues Netz-Kompositions-Prinzip:
Einer erinnert sich: der Ort, an dem er einmal auftrat (und den er jetzt erinnert) ist auch Aufenthaltsort vieler anderer, an deren Erinnerung der sich Erinnernde jetzt im Text (also *nur* in der Poesie!) teilnehmen kann.
Ich möchte im blauen Talion einen oder mehrere solche Erinnerungskomplex-Orte (auch textlich ineinander verwoben!) weben, komponieren. Die Personen des Buches könnten derart auf das unglaublichste miteinander verwoben werden.
Dieses Prinzip könnte natürlich auch besonders geeignet werden für das Buch Poppes.
Das Liebesfriedenspiel:
Da gibt es natürlich viele Möglichkeiten. Mitlauf, Gegenlauf? Nachdenken! Beim Liebesspiel jedenfalls spielen Titania und Oberon mit jeweils fünf Figuren.
Hier gibt es auch die Möglichkeit, die Figur in zehn Felder voranzubringen, wenn man sie trifft. – Zwei Versionen also oder beide auf einmal, wenn trotzdem gegeneinander gespielt wird:
Hypnose, das von den elf Fingern (Test im Fernsehen). Es kann etwas gelöscht werden aus dem Gedächtnis.
Das blaue Talion: das ist die zweite oder erste Thematik. Gott hat sich selbst aus der Erinnerung gelöscht.
Das mit den elf Fingern könnte ich zu einem Krimi machen, abgesehen davon, daß P. D. James das schon untersucht, aber ich will eben wieder ins Triviale. Wirklich eine Geschichte mit elf? Werde ich die Story finden? Hat das mit dem Brillen-Krimi zu tun? Natürlich: mit Brille sieht man wieder, aber der Brillen-Krimi ist schon wieder sehr metaphysisch.

6. Dezember 1985, München

Wieder an der Arbeit. Das 7. Blatt von München Metropolis ist fertig. Zwölf sollen es werden, eine Stunde. Abgefeimte Stadtführung, so meine ich das. Wer hören kann, der höre.
Es kommt immer deutlicher heraus, was ich ja hätte voraussehen können, daß es sich nicht um ein Stimmungsbild (wie konnte ich

das nur befürchten?) und schon gar nicht um eine Tapete handeln wird. Hören-denken, das ist die Reihenfolge. Und fühlen? Jedenfalls passe ich darauf nicht besonders auf. Das Verschwimmende – so schlimm: daß, von sanften Übergängen zu sprechen, untertrieben wäre. Und wieder: das Fremde, das Andere. Dafür öffnet sich in diesem Sound alles Eine: als ein vorklangliches Ohr (aber das klingt im Deutschen nicht alles aus). Ich müßte in Gedichten das Wort »Klang« ausweiten, ausdehnen.
Morgen werde ich an den 60. Hochzeitstag meiner Eltern denken. Wie oft habe ich sie verraten.

7. Dezember 1979, Ulm

Noch sehr schwach. In der Lessing-Biographie Seite 279. Allegorie. – Schmerzen. Lassen ab 19 Uhr nach.

7. Dezember 1981, München

Die Amanda Zwiffelwitsch-Kapitel sind geschrieben. Kannibalismus auf dem Platz. – Günter Maschke heiratet Jane Fröhlich.

07. 07. 83 Schon wieder geschieden.
28. 07. 83 Heiliger Masoch. An dieser Jane gesund zu werden und anschließend zu der Pflicht zurückzukehren, wäre das Unvollkommenste nicht. Ihr Hütchen saß, als ich sie das letzte Mal sah, wie ein höherer Schiß auf dem Weib. Ich bitte nicht um Applaus.
22. 05. 85 Ja, das war in der Sonnenstraße beim Merkur-Fest. Ich betrank mich derart schlimm, daß es fast ein Skandal wurde. Heute noch sehe ich Mendelssohn sitzen und mich anstarren. Das war kurz vor seinem Tod. Wieviel habe ich mir da sozusagen verscherzt? Vermerkurt? Auch die deutschen Schriftsteller, oder diese insbesondere, sind anständige Leit. Apollo, der Andeutende, hat mich bestraft, nicht nach Heraklit, weder verborgen noch ausgewiesen. Dionysos ist ein schlimmer Berater.

7. Dezember 1982, München

Habe viel geschrieben. Meine fünf Pseudos: ihre drei Auftritte. Ihre Tänze auf dem Platz. Angstschreibe vor Torschluß.
Gestern nacht: da war alles ganz klar. So wie das FB jetzt vorliegt, soll es bleiben. So ist es gut. Keine grimmige Arbeit ins Perfekte hinein. So wie einzelne Kapitel am schönsten wurden, je genauer sie schnell heraussprangen, so soll es im ganzen sein. – Vieles in Andeutungen, nur wenig in Ausführung. Das Werk, sein Leben, hinter den Wörtern.
Ich denke heute an meine Eltern. Vor 57 Jahren heirateten sie, am

7. Dezember 1925. Beatrice, sie wäre jetzt 30 Jahre alt. – Diese große Arbeit, mir über die Poesie das Wirkliche zu öffnen.

15. 06. 85 Heraklit. Der Orakel-Werfer. Der Provokateur. Nicht-Mitdenker: Andenker. – Aber in jeder Philosophie, in der jedes Volkes: Ausscheidung aller vorgebahnten Wege. Kein Fatum. »Die Götter leben nichts vor, die Menschen nichts nach: das griechische Fatum.« (Colli)

29. 08. 85 Ottmar Ette in der »Proustiana II/III«: »Am Symbol des Zimmers wird die Regression als Grundstruktur der Proustschen Ästhetik deutlich. Grundlegend für die Ästhetik ist die Dialektik zwischen Beobachtung und Rückzug . . .«
Damals, in der Augustenstraße: der Rückzug begann mit dem Schreiben. Ich mußte allerdings meinen jüngeren Bruder täglich einmal aus dem Nest werfen. Mein Vater brach in meine erwählte (!) Einsamkeit ein, meine Mutter begriff nichts. Siehe »Rede«: die Fenster.
Meine erste Berührung vor einigen Tagen mit der Proust-Gesellschaft. Meine Rückbesinnung auf die Großfiguration: Stadt (GM), Platz (FB), Haus (BT), Zimmer (?). Haus: siehe ›Le Pierle‹ 86.

7. Dezember 1983, München (Schwabinger Krankenhaus)

Klaus Voswinckel hat mich besucht. Sigi Geerken rief an. Ich bekomme die ersten Briefe von meinen Schulkindern.

7. Dezember 1985, München

Drei Minuten nach Mitternacht. Die Funkstreife drang gerade ein. Es gab keine Furcht. Das muß ich schon sagen. Sie haben nichts getan. Ich bin traurig. Mein Herz ist klein.

13. 12. 85 Mit dieser Zeile sollte wohl der Glückwunsch enden für meine Eltern, die heute ihren 60. Hochzeitstag feiern würden.

Ich weiß nicht, was genau in dieser Nacht geschah. Jedenfalls muß ich die Tür aufgerissen und die Nachbarn, wahrscheinlich auch den Herburger, bedroht haben. Das Schloß der Tür lockerte sich, und ich versuchte, es wieder anzunageln. Das verursachte großen Lärm im Stiegenhaus. Brief der Hausverwaltung: Letzte Verwarnung, im Wiederholungsfall: Kündigung. Das Schulleben hört doch nie auf. Die Ursachen meines Wutanfalls waren sehr banal: Das Türenschlagen (Tag und Nacht) meines Untermieters, der Toilettengriff meiner Nachbarin, der an die Wand donnert (Tag und Nacht) und die anderen haben, ohne uns zu fragen, mit der Kithan über die Nachmiete unserer Wohnung verhandelt. Wir haben sie schon Ute Mings versprochen. Komplexer Sachverhalt. Nie mehr trinken.
Abends nach der Lesung von Peter Hamm und Michael Krüger im »Weinkrug«. – Hamm und Meister, da gibt es einen Zusammenhang; sehr streng, sehr reduziert, Schritte in einem Gedanken. – Michel, wie ich ihm schon zur »Dronte« schrieb: Notar, Testamentsvollstrecker der Restbestände unserer Welt. Er las Tiergedichte, meditative Fabeln. Wo ist hier der Zusammenhang mit LaFontaine oder besser: der Riß zu . . .
Am Tisch waren Marianne Koch, Fritz Arnold und eine mir unbekannte junge Frau. Bis nach Mitternacht war es fröhlich, ganz ausgelassen. Zu Hause trank ich mit Konstanze und Michael Heinrich weiter. Es wird 5 Uhr. Nie mehr trinken.

8. Dezember 1979, Ulm

Nicolas Born ist tot.
Inge kommt auf dem Rückweg von Baden-Baden bei mir vorbei.
Meine Wut auf Lessing, vielleicht nur auf Hildebrandt. – Enzensbergers Molière-Übersetzung: Jetzt wird der also den Leerlauf bestätigen, dieser Internationale mit der radikalen Haut.
Rechts von meinem Bett das Panorama von Ulm. Leider nicht sichtbar: eine Wand dazwischen. Vor dem Fenster noch eine Wand, auch mit Fenstern, kein Ausblick. Links von mir liegt ein schwäbischer Tierarzt, mit dem ich immer wieder zu Gesprächen auslaufe, bis ich irgendwann plötzlich stehenbleiben muß, weil von Sachen geredet wird, die ich nicht einmal verschweige.

8. Dezember 1983, München (Schwabinger Krankenhaus)

Renate kommt. Julia ruft an. Inge kommt abends.

9. Dezember 1978, München

Die »Rede« ist der Ausbruch aus dem Spielplatz der Kinder in das Erwachsene, aber schon in ihm findet die Rückkehr statt. Jetzt bin ich wieder im falschen Buch wie in einem Sandkasten.

19. 12. 85 Die Ratten. So hieß auch eine Gruppe in Berlin 1968.
Die 60er Jahre: Hoffnung
Die 70er Jahre: Verzweiflung
Die 80er Jahre: Quittung: Wald–Kohl–Glykol. Prost!

9. Dezember 1979, München

Der Campus. An einer Stelle sollte einmal – wenigstens – die Seilspannung erklärt werden. Immer wieder viele Erklärungen, die weich zulaufen.
Ich denke auch wieder an archäologische Szenen. Wie in Jerusalem. Ich müßte nur eine für meine Spiele willige Figur finden, die ein solches Labyrinth zuließe.

25. 07. 85 Aus den gefundenen Notizen dieses Tages. Nach Baudrillard: Meine Falschen widersprechen dieser Welt nicht mehr. Die darf so bleiben wie sie ist: ein Simulacrum. Ihr zu widersprechen, bedeutete: sich spiegeln in ihr.

9. Dezember 1983, München (Schwabinger Krankenhaus)

Konstanze bei mir. Inge.

9. Dezember 1984, München

Sonntäglicher Besuch in der Buchhandlung, diesmal mit Herbert Wiesner. Er hat große Schwierigkeiten mit der »Rede über die Lüge«.

19. 12. 85 Heute kommt er zu uns aus Berlin, wo er seit einigen Monaten das neue Literaturhaus leitet. Ich freue mich auf ihn.

10. Dezember 1979, Ulm

Jetzt wird sie gut, Hildebrandts Lessing-Biographie. Seite 425. Freimaurerei. Gegen Revolution. Gegen Blutvergießen. Geduld. »Erziehung des Menschengeschlechts«.
Die zwei Kardinäle im FB. – Grobe, bayerische, politische Szenen – auch gegenwärtige.
15 Uhr Sonntagnachmittag fertig mit der Biographie. Tränen. Es ist doch klar, ich habe einige Motive einfach liegenlassen, z. B. Jeanne Exmartyr. Dazu Raimonda Tawil, die Palästinenserin: »Mein Gefängnis hat viele Mauern«. Solche Szenen: Ein Volk läßt den Feind einfach kommen, wehrt ihn nicht ab, nimmt sein Feindsein ernst. S. 126. Dem Erzähler im FB soll der Blutschweiß ausbrechen bei so viel nationaler Schande. Alles in den Ausschweifungen über das FB.
Das wirklich Falsche: das Unerträgliche.
Anruf von Ursula Haas. Morgen geht es nach München.

10. Dezember 1983, München (Schwabinger Krankenhaus)

Tobias besucht mich. Inge und Else. – Ich spreche beinahe täglich mit Prof. König. Er meint, ich würde nie wieder rauchen. Er glaubt, ich könne ein neues, anderes Leben beginnen und benötigte die Zigaretten nicht mehr. Da gäbe es gar keinen Verzicht. – Der ungläubige Paul.

14. 05. 85 Professor König hatte recht. Askese ist keine negative, keine verzichtende Haltung. Geahnt hatte ich das schon früher, in der katholischen Zeit. Der Verzicht macht krank wie die Gier. Sehr weise.

25. 06. 85 Und was macht gesund? Also der Anspruch, der Wunsch? Ich habe nicht richtig gelesen. Der Spruch war geschlossen. Ich sah wieder einmal obszön ein Loch. Mitnichten gab es eines. Gier macht krank. Anspruch ohne Gier ist schlapp. Wunsch ohne Gier ist in bester Gesellschaft mit der Heilsarmee. Amen.

10. Dezember 1985, München

Die 9. Partiturseite, also 45 Minuten der Metropolis fertig. Ich werde auf einem der nächsten Blätter meine Theorien über das Schallspiel aufschreiben.
Jetzt geht es los. Ich werde das ganz schreiben in diesem Dezember.

11. Dezember 1979, München

Gespräch mit Inge. Plan einer kleinen Funkoper. Bialas. Versteckspielregelspiel.
Auch was für Jörg: meine unübertragbare Prosa.

11. Dezember 1983, München (Schwabinger Krankenhaus)

Gestern rief Ludwig Döderlein an. Wir freunden uns immer mehr an. Inge ist wie jeden Tag bei mir. Sie wird sich überanstrengen. Das Weihnachtsgeschäft und diese täglichen Besuche. Astrid Hufnagel kam. Heute war Jörg lange bei mir. Er sprach von einem größeren Artikel in »Akzente« über das FB.

22. 06. 85 Diesen Artikel gibt es bis heute nicht. Ich bin *nur* sein Freund.

11. Dezember 1985, München

Die 10. Seite der Partitur ist fertig. 50 Minuten.
Audienz: feierlicher Empfang hochgestellter politischer oder geistlicher Würdenträger
Audition: inneres Hören einer übernatürlich-göttlichen Vision. Stimme.
Auditor – Auditorium – der Aditus – Audiologie – Audition colorée: farbiges Hören – Akustik: Lehre vom Schall, von den Tönen – akustisch: klangmäßig.
Wenn die Lehre des Falschen eine *Verhaltens*lehre (nicht religiös: eine Erlösungslehre) ist:
1. dann bleibt also alles, wie es ist, aber Mobilität der Falschen
2. dann muß aber auch initiiert werden, um dieses Verhalten nachvollziehen zu können.

Ritus: a) Rauswurf aus dem Etablissement
aus dem Richtigen
aus *allem*!!

also das ist aber doch antirituell schlechthin, geradezu dynamisch.

nichts ist mir heilig
nichts ist mir dreckig

am Fußball nicht
am Kinde nicht

12. Dezember 1983, München (Schwabinger Krankenhaus)

Röntgen, Gymnastik. Ich bin MOB 3. Hasselblatt ruft an. Er will »Die Hochzeit verlassen« wiederholen. Luckel Harig rief an. Besuch von Ursula.

14. 05. 85 Gott fällt durch seine Schöpfung, bis er an einer Peripherie aufschreit (Geburt in Bethlehem). Unvorstellbar, sehr unklar.
Mit unserem Jesus haben wir nur Gottes Oben zu retten versucht. Nicht in seinem Sinn.

Enrico Mainardi weihte in die Suiten für Cello von Bach ein. Schumanns und Mendelssohns Verbesserungsversuche: Dekoration, Ornamentik. – Jörg spricht von: »Von der Hand in den Mund essen, seit der Kindheit, Kreisbewegung, fehlende Brust.« Es ging um das Rauchen.

14. 05. 85 Das kann auch nicht stimmen. Wahrscheinlich meine falsche Notiz.
07. 06. 85 Mein Jörg. Ich wollte, ich hätte ...
13. 12. 85 Meine Pullover tragen das Firmenschild MOP. Jetzt kann ich das erklären. Alle fragen mich, welchem Club ich angehöre.

12. Dezember 1985, München

Heute die 11. und 12. Partiturseite fertig. 60 Minuten. Jetzt kommen nur noch die Ausbesserungen. Das Spiel steht. Ich bin genau am Ende angekommen. Das ist nicht so blöd wie es klingt. – Abends eine Dezemberüberraschung. Brief von der Kithan: die fristlose Kündigung bei Wiederholung eines solchen Auftritts. Wie mir Gisela später erzählte, hatte ich ihr bei der Gelegenheit zugerufen: »Kleopatra, bourgeoise, frisier' erst mal deine Grammatik!«

13. Dezember 1983, München (Schwabinger Krankenhaus)

Prof. König teilt mir mit, daß ich zum Weihnachtsfest nachhause kann, dann aber für neun Wochen in die Lauterbacher Mühle muß, ein Herz-Sanatorium an den Osterseen.
Renate kam mittags. Vormittags brachte Inge mir die miese Kritik in der FAZ von einem Steinbrink. Spaziergang mit Elisabeth.
Die unredliche – größtenteils aus meinen Interviews abgeschriebene – Besprechung in der FAZ ist es nicht, was mich niederdrückt. Dieser Steinbrink hat da einfach wieder die Behauptung aufgestellt: mein Buch sei langweilig, man würde seiner überdrüssig. Vorher beschreibt er genau und denkt ganz hart an der Sache entlang. Ich verstehe diesen Widerspruch nicht. Warum lassen diese Rezensenten nicht offen, was sie nicht entscheiden können? Wo sie doch nur ganz subjektiv sein müßten. Erlaubt ihnen das der Redakteur nicht?
Wie ich schon schrieb: Diese Rezension macht mich nicht traurig. Was ist es dann? Die Aussicht auf neun Wochen Kur? Oder ganz einfach die Angst, daß ich in meiner Lebenskraft gebrochen bin? Eben doch, und daß alle nur so um den Brei herumreden.

13. Dezember 1985, München

Arbeiten an der Partitur. Englische Führer. Pennbruder. Ich komme bis zum Ende durch, es fehlt aber doch noch das eine oder andere.

14. Dezember 1983, München (Schwabinger Krankenhaus)

Morgens Lektüre von Gisela Pfeiffer: »Zu bauen eine Kathedrale in der Wüste« mit Bildern von Sis Koch. Bezaubernd schöne Hexengedichte. Eine Zigeunerin schreibt.
Versuche »Frisch« zu lesen, kann aber auf seine Ansichten über das Leben verzichten. Solid, mondän. Etwas für Joachim Kaiser. Die kahle Gruppe.

14. Dezember 1985, München

Grundgesetz des München Metropolis Soundseeing

Großfiguration: alles rückt quasi in den Mittelpunkt. Es gibt immer nur dasselbe Zentrum, in dem auf- und abgestiegen wird, aber: wenn man oben oder unten herauskommt, hat sich das Zentrum verändert. Das entspricht der quasi Ausdehnungslosigkeit des hörenden Sehens und seiner Richtungslosigkeit, obwohl Spuren vorhanden sind, wenngleich nur aus der Erinnerung des Sehens, des gesehenen Gehörten.
Das ist wichtig für die Führung: sie hat keine Chronologie, die ja zugleich eine Popologie herstellen würde. Also Zentralität und Willkür der Reihenfolge. Diese ist allein: semantisch = figurativ. »Figurative Absicht«, sagt Ligeti.
Grundregel der Führung: profan – sakral. Schon in der Führung Irritation, nicht vom Fleck kommen, in sich selber laufen und von Höhen wieder absacken in Triviales.
Kreis: Karussell, Tierstimmen, Kinder. Zusammen Frivolität des Urbanen. Dies immer wieder nämlich in die Nähe des Entweihenden. Entweihung wie ich es mit dem Sakralen beschrieb (Falsches = vom zusammenbrechenden Richtigen weg ins Mittelfeld, ins Lachen. – Die Entweihung des Todes, Totenzug, Tiergartenzug.
Die Kreisbewegung der Führung: sie kommt wieder an den Start zurück. Start und Ziel sind eins.
Jetzt lasse ich folgendes passieren: Das Ziel ändert sich, löst sich in etwas anderes auf. Hier also geschehen spirituelle Auf- und Abstiege, wie sie sich in der Treppensteigerei ganz naiv und zeichen-

haft für das Ohr offenbaren. Das ist etwa für den Hörer: auf und ab = transzendierendes Ohr.
Bei dieser Verwandlung wird entweder geheiligt, erhöht, um gleich auf der Kehrt entweiht, erniedrigt, in den Schmutz gezogen zu werden. Also: einmal geht es mit Erhebung, einmal mit Entweihung und oft nur mit der Führung weiter. Dabei wird auf Geographie, da Hörbild, überhaupt keine Rücksicht genommen: Spiritualität des Hörens, völlig andere Situierung. Also ganz andere Orte (entweihend frivol, auch frivol erhöhend) werden eingetauscht; ganz abgesehen davon, daß sich eine Stadt nicht planmäßig kartographisch offenbart.
Ich werde also nun wieder kleine Kreise wählen, die zu immer neuen Kreisen ansetzen (Stadt = kein Ziel, sondern immer wieder Ausgangspunkt: das ist gut!: nur Ausgangspunkt!).
Frivolität ist Urbanität. Profanierungen. Das Nebeneinander des Fremden: das allerdings ist, extrem gesagt, die heilige Gestalt des profanen Lebens. Das Fremde, Exotische, wird nicht nur toleriert, es wird ausprobiert, ausgehalten. (Beispiel: unter die Tanzgruppe auf der Peterskirche kommen Griechen, Türken.) Also ganz nah ins Gehör bringen, ganz sinnlich, den Orient, wunderbar.
Gegenbewegung zur Frivolisierung. Ich sollte vom Sakralen zum Frivolen und dann noch einmal aus dem Frivolen heraus in ein ganz ernst zu nehmendes: Geistiges kommen. Das ist dann wieder die Auf+Ab+Kreisbewegung im Geist.
Frivolität ist Urbanität ist Möglichkeit der Entsperrung der Stadt: die Stadt sperrt das Sakrale nicht ab gegen das Profane. Im Profanen erst kann sich das Urbane zeigen.
Freilich zeige ich auch die Zusammenbrüche des Sakralen in die Richtigkeit wie des Profanen in die Richtigkeit. Das ergibt dann die Stillen: die Löcher im Spiel. Schmerz – kein Kitsch – Augenblicke der Wahrheit.
Die Gestalt wird also immer komplizierter: die einzelnen Fahrten kommen vom Start also anscheinend gar nicht ins Ziel. So ist es, weil ich im Gehör ja die geometrische Figur gar nicht erfüllen muß: ich komme ganz schnell zum Ende und sacke ab oder steige auf. Aber hier muß die Phantasie arbeiten: wie Kinder und Tiere: gut. Erwachsene und Tiere: böse. Menschen im Dom und Tiere irgendwo: frivole Sakralität.
Diese Ambivalenz, diese Wendigkeit, diese Auf- und Abstiege des

Bewußtseins in ungeheurer Schnelligkeit wird durch die Führung hergestellt. Das Labyrinth ist doppeldeutig: weder gut noch böse.

Grundfiguration: Solche Schleifen wie bei Figuration C15/1 (5) Vierjahreszeiten sind beispielhaft. Schnörkel. Führung ganz labyrinthisch, mit drive, und zwar durch Geräusche und deren Ablauf (Achterbahn) und Tausch durch thematische Abläufe wie oben notiert.
Die Führungen gebrauchen! Und zwar zu solchen Kurven im Labyrinth. Ansonsten haben sie keine erfundene Funktion im Metropolis. Also mehr formale Funktion, der Inhalt ist meist zufällig, wenn es nicht um die wenigen wichtigen Zentren geht, z. B. Alexanderschlacht und Fußball. Der drive ist oft schon hart, gewaltig, aber in der Hauptsache ist er Schwung, südlicher Tanz: Thema, wechsle dich! Auch eben im Wechsel frivol.
Der drive folgt der anarchischen Spontaneität. Was die Metropolis nicht wird: Versöhnungsgestik, Traumstadt, positives Preislied. Aber es gibt auch keine direkte Aggression, sondern (durch Geisterbahn, lustiges Labyrinth, Achterbahn schon bedingt) ein frivoles Stück.
Tertium datur: darin geschieht keine Versöhnung, darin arbeiten die Gegensätze, durchwirken: tolle, verwegene Metropolis.
Ich muß übersetzen: immer wieder, immer übersetzen = Aussagen über Gegenstände für andere Gegenstände in anderen Situationen gelten lassen.

15. Dezember 1981, München

Das FB lebt nach allen Richtungen. Ist in schlimmster Bewegung. Verfolgung der Poesie.

28. 07. 83 Sadistisch ist das, trotz Bewegung, nicht. Ich wünsche mir Ausleger, die jungfräulich sind in dieser analytischen Hinsicht. Da gibt es in diesem trivialen Jahrhundert kaum einen. Mich. Schon, das sind aber zu wenige.

15. Dezember 1983, München (Schwabinger Krankenhaus)

Barbara Bronnen schickt eine Minibibliothek. Anrufe von Hartmut Geerken und Hanna Pensel. Ich erledige Post mit Inge: Christoph Buggert, Achim Sartorius und Klaus Schöning. – Elio Vittorini, zwei Erzählungen. – Renate. Bruno Hillebrand rief an. Er kommt mit seiner Frau. Ich kann die Seminare im Sommer 84 halten, die Studenten ließen mich grüßen. – Mit Hartmut lachte ich viel am Telephon. Ich bin selten traurig in diesem Zimmer. Meine liebe Inge. – Ich hatte ein wunderbares Gespräch mit Barbara Herbig, sie ist außerordentlich. Sie wollte zunächst sagen: Ich fühle dein Buch so oder so. Dann sagte sie: »Ich fühle dein Buch ganz buch.« Und: »Das ist eben alles so, wie der einzelne Mensch auch ist, den man kennenlernt, wenn man sich in dein Buch hineinliest.« Sie kann ihre Gefühle wortwörtlich ausdrücken. Sie läßt sich dabei Zeit. Sie ist märchenhaft unzaghaft. Sie probiert mit heißem Gesicht die verschiedenen Schlüssel. Man läßt sie wohl wenig mit ihren Gefühlen allein. Sie spricht von häufigen Störungen.
Was suche ich eigentlich in diesen Krankenhäusern? Immer wieder komme ich hierher.
Empfehlung von Barbara Keller: Kahlil Gibran. Sofort gekauft, aber nicht gelesen.

15. Dezember 1985, München

Ja. Diese Nacht. Von Isolde Ohlbaums Weinprobe kommend. Sie zeigte ›Frauen am Grab‹ für einen neuen Photoband. Ich bin ganz gefolgt: ungeheure Sexualität über der verdrängten Verwesung. Die süßesten Weiber in den allerfeinsten marmornen Formen. Oder auch Augen: von Trauer bis Aufstand, bis Auferstehung in den Gesichtern, schöner als es sie im Leben je gab. Es sind Farbaufnahmen, aber wie sie alle verwegen vorsichtig farbig werden läßt, hinter, also neben der Figuration, das ist es!

16. Dezember 1984, München

Morgen werden es vierzig Jahre, daß ich unter den Trümmern des Hauses Nr. 70 in der Augustenstraße lag. Vor drei Tagen feierte ich etwa 30 Stunden mit Diana Kempff.
Warum soll ich Hans Henny Jahnn lesen oder gar lieben? Nach einer Sendung im Fernsehen lasse ich das auch in Zukunft bleiben.

17. Dezember 1983, München (Schwabinger Krankenhaus)

Jost rief gestern an, auch Gunnar Kaldewey. Barbara Keller brachte Geschenke von den Kindern. Dann Inge. – Heute Werner Haas. Er will die Pensionierung für mich erreichen, aber mit dem Rauchen hat er Zweifel: ich müßte mich entscheiden. Aber das war nicht immer die Entscheidung. Ich muß ihm das sagen. Er denkt wie ich an eine absolute Verringerung des Nikotins, wenn ich entsprechende, heute erst entwickelte Spitzen benützen würde. Es gäbe auch noch unterstützende Medikamente (Verdünnung des Blutes). Das klingt alles ganz albern. Ich muß jetzt vor allem alle Nichtraucher beobachten.
Vor neununddreißig Jahren wurde unsere ganze Familie in der Augustenstraße 70 verschüttet.
Ich mache mir sicher zu viele Gedanken, heute, also jetzt auf einmal. Wir werden sehen, was sich durchsetzt. Fest steht: ich möchte an meinem großen Gedicht weiterbauen. Ich muß noch die Konsequenzen des Falschen ausdenken. Ich muß Jesus umdrehen – so, wie ich es vor Tagen andeutete und immer schon in dieser Schleife.
Heute kommt Jost Herbig. – Sehr ruhig war er. Sehr lieb – nicht belastend. – Ruth rief an. Michael Walter besuchte mich.

14. 05. 85 Wir haben uns wieder entfernt. Ich muß ihn verletzt haben.

17. Dezember 1985, München

Erinnerung an die Lesung in Bielefeld. Dieser Doktorand erinnerte mich an die Arbeit mit Whitehead. Heute begann ich wieder. Einblicke in die organistische Philosophie. Hat mich alles überzeugt. Vor allem die vier elementaren Kategorien: Kreativität, Eines, Vieles, Gemeinsames. Weg von der aristotelischen Kategorie Substanz zum Einzelwesen, zum Einzelereignis. Und Gott. Und Jehoshua. Die Schlinge. Die zarte Schleife, die galiläische. – Vor einundvierzig Jahren die Verschüttung.

18. Dezember 1983, München (Schwabinger Krankenhaus)

Nur noch 150 Exemplare FB im Lager bei Hanser. Das erzählte mir Inge heute abend, auch die »Rede« reduziert.
Siglinde rief an. Rührend. Instruierend. Es ging um meine Pensionierung. – Andreas Schiff: Goldberg-Variationen.

18. Dezember 1984, München

Aesthetica in cota – in luto – in nude – in nuce. Vom Bewußtsein plötzlich gestörte Grazie: als brechende schön.

14. 05. 85 Computer-Physiker in Salzburg stören Programme mit kleinen Fehlern. Ergebnis in deren Worten: utopische Bilder. Ergebnis für die Physik: winzige Fehler bringen – mit meinen Worten – den Kosmos draus. Kleiner, bescheidener klingt im Ergebnis: Eine Zigarette verändert das Wetter eines Landes. Das sagte schon Karel in den »Fensterstürzen«: Ein kleiner Fehler und alles ist falsch. Und wieder zurück in die Ästhetik: Alles Falsche ist schön.

19. Dezember 1979, München

Neun Jahre mit Inge.

19. Dezember 1983, München (Schwabinger Krankenhaus)

Nicola Schlotterer besuchte mich gestern. Das war eine besondere Freude. Alles sehr heiter.

14. 05. 85 Ich besuchte sie nicht, als sie im Krankenhaus lag. Der befangene Exhibitionist.

Inge hat in diesem Jahr neben ihrem Laden auch viele Wochen bei mir mitgearbeitet.
Plan: »Das richtige Buch« – die richtigen Bücher oder die falschen Bücher. Etwa eine oder viele Führungen: museal, archäologisch, nekrologisch. Das Jesus-Gott-Gethsemane-Vergessen. Ausbau der Schaufel, Verlängerung des Stiels bis Marienplatz. Zwischen-Band: das reale Tagebuch.

14. 05. 85 Durch die »Schleife« ersetzt. – Das neue Streckennetz meiner Pseudos.

Nicola Schlotterer erzählte, daß sie zu Ausgrabungen in die Türkei gehe, nach Milet. Sie empfindet wahrscheinlich meine Unrast und empfiehlt mir: alles langsam auf mich zukommen zu lassen, von Mal zu Mal zu entscheiden, nicht alles jetzt schon überblicken zu wollen. Inge kam weinend. Sie ist überarbeitet. Bei den Adventssingern im Gang draußen heulen wir beide dann. Überwindung unseres 13. Jahres. Gegenseitige Gratulation. – Nachts: Einführung in die Musik von Edgar Varèse. – Die Sprache des Ulrich Sonnemann. Aufsatz?

19. Dezember 1984, München

Merkwürdig, daß es hier so wenig Einträge gibt. Vierzehn Jahre mit Inge. Das ist ein trauriges Jubiläum.

19. Dezember 1985, München

Vor wenigen Minuten beendete Michael Langer das Referat über das FB vor Volker Hoffmann, der mir vor wenigen Tagen mitteilte, daß die größten Aussichten bestehen für seine endgültige Anstellung an der Uni. – Inge und ich feierten unser 15. Jahr zusammen mit zwei Flaschen Chianti classico, und zwar Gallo nero. Von Siglinde kam heute ein Brief, eine Einladung für die Weihnachtsfeiertage.
Lektüre: »Der Baader-Meinhof-Komplex« von Stefan Aust. Meine armseligen Beschwerden: siehe Metropolis. Was für eine Zeit!

20. Dezember 1983, München (Schwabinger Krankenhaus)

Hanna besuchte mich. Das wurde so bedrängend, daß ich sie bat zu gehen. Es dauerte lange bis ich mich beruhigt hatte. Ich kann das nicht erklären. In diesem Buch nicht.
Die Poesie benimmt sich immer daneben. Ihre Gouvernanten? Die Poesie ist monumental wie die Wüste: zu standhaften Hauptsachen kommt es in ihr nicht.

21. Dezember 1983, München (Schwabinger Krankenhaus)

Bruno und Dorothea Hillebrand kommen zu Besuch. Renate Schreiber. – Volker Hoffmanns Vorlesung »Über die poetische Nennkraft«. Ich denke wieder an Führungen im neuen Buch.
Das Nebenhältige in der Poesie. Oder sie ist selbst ganz und gar nebenhältig. Die Hauptsache Welt macht hinterhältig die Poesie zur Nebensache; deren Antwort weicht mit jedem neuen Wort zur Seite. Schlimm und nebenhältig. Solche Eigenschaften hat für mich die Poesie.
Anruf von Ernst Hess. Er erzählte mir von unserer Freundschaft in den vierziger Jahren. Julia R. rief an und erzählte von ihrer neuen Puppe: Baron Cosimo.

21. Dezember 1984, München

So offen wie die Ohren ist die Urbanität. Ihre Frivolität sind die zwei Fotzen am Kopf der Stadt. Tag und Nacht geöffnet. Wie fragwürdig klein wird der Mund. Keiner Lippe ist zu trauen. Das Ohr gehört der Photographie, die nichts hört. Die Tiefe im Ohr flacht das Bild. Die Fläche des Bildes ist die Lasur als Lüge. Sound ist die tiefe Gefahr für das Falsche: es könnte sich in ihm aufgeben.

26. 12. 85 Ja. Nach einem Jahr muß ich schreiben: Das Datum muß ein Fehler sein. Ich kann nicht glauben, daß ich so dachte. In diesem Buch allerdings ist ein Jahr so dünn wie wenige Seiten Papier: beinahe durchscheinend, wenn man so selten schreibt wie ich. Über seinesgleichen.
Im Gespräch möchte ich Ihn rufen: Sei der Dritte! Tertium datur. Gott. Ohne Dich zu sprechen, ist der Frevel, der Deine Abwesenheit dokumentiert. Kinderei. Kind. Also Kinder. Schön. Aber es wachse ein Kind bis Gott. Sela.
Mein großer Bruder Philosoph Whitehead führt mich eine Strecke weit zurück zu nicht meinem Herrn – bis ins Talion bin ich selber mein Bruder, der mich zur Schwester führt. Mein armes Buch ist dies. Ich sage das.

21. Dezember 1985, München

Winteranfang. Gestern Anruf von Klaus Schöning. Soundseeing. Das ist noch nicht alles klar. – Heute Grüße von Sibylle, und Barbara Keller schreibt von ihrer Theaterarbeit. – Werner Fritsch: betulich, aber wunderbar, was ich nie konnte. Das Wenzel-Stück. Er legte es auf den Tisch. Ein Weihnachtsgeschenk. – Dann ein sechsstündiges Gespräch mit Lutz. Er wird es zu ertragen wissen. Whitehead. Adorno. Alles dazwischen. Vor allem der große, aufregende Sonnemann, mein liebster Philosoph. Themen: Meine Dummheit. Das Gespräch. Das Gedächtnis. Das hohe Paar. Gott. Dazu meine Freunde Jörg und Herbert. Ihre Frauen. Dazu meine Person. Und so. Ich werde 59 alt. Das begreife ich nicht. Nie. Aber eine Schwäche liegt vor, was heißt vor: liegt da. Ganz einfach.

Wenn Proust in seinen zweitausend Seiten einmal erklärt, nach welchem Konzept er schreibt, schreibe ich zweitausend Seiten Konzepte: wie ich einige Seiten schreiben könnte. Grundzug eines Vortrages vor der Proust-Gesellschaft, der ich merkwürdigerweise angehöre.

Zu Kleist und zu dieser Gesellschaft ist zu sagen: ich liebe die bittere Ulrike Meinhof, seine Schwester. Kleist ist die große Frage an den Staat. Freilich ist er vor allem als Heinrich die Frage an die große Konzeption: an Gott. Den wahrhaftig wünschte er sich mit seiner Kugel ewig in seinen Kopf. Uns graut vor ihm nicht.

22. Dezember 1981, München

Ich las das erste Buch des FB in der Siegfriedstraße 10 bei den Voswinckels. Die Zuhörer: Ludwig Döderlein, Jörg Drews, Gottfried Knapp, Johannes Mager, Barbara Wehr, Ursula Haas, Tobias Wühr, Heidi Schreyvogel, Klaus und Ulrike und später, nach ihrem Weihnachtsessen, Ebba und Inge. – Ich bin etwas entlastet. Mut zum Weiterschreiben.

28. 07. 83 Mut? Eine Frechheit ist das. Mir gegenüber.

21. 12. 85 Ja. Wie schön. Zurückrufen möchte ich das. Gottfried lief zu mir vor und rief: »Das ist ja ein Genuß!« Mir fällt nicht mehr ein, was er über Genuß sagte. Jörg war griesgrämig und besprach seine eigenen Schwierigkeiten beim Zuhören. Er liest lieber. Da gebe ich ihm immer mehr recht. Was für ein wunderbares Theater ist der Kopf des Lesers. Man könnte denken, seine Ohren läsen, und doch sind es seine Augen, und doch sind es seine Augen nicht: sondern seine Ohren. Der Lesende hört. Der Lesende ist alles im Augenblick. Vor allem, um nicht alle aufzählen zu müssen: die Rollen selbst. Er gibt ihrer Sprache die Melodie. Das Theater ist eine autoritäre Anstalt. Jede Veranstaltung jenseits der Stille der Poesie ist vulgär. Überredenskünste. Kunst überredet nicht. Wascht Euer Theater im Morgenland der Stille. Dann haltet Ihr Euren Mund. Die Zukunft gehört den Partituren. Das Gegröle den Tieren. Wenn es Galiläa nicht gäbe, würde ich ausarten. So bleibe das Schwein Wühr unter den Schweinen.

23. Dezember 1983, München (Schwabinger Krankenhaus)

Gestern das Gespräch mt Professor König, Inge war dabei: keine Operation, keine besonderen Belastungen in Zukunft, aber ein eingeschränktes Leben. Auch der Termin für die Lauterbacher Mühle ist klar: bis zum 21. Januar.

16. 05. 85 Wie gut ich davongekommen bin, geht mir jetzt erst auf, während Jost auf der Intensiv-Station liegt. Das scheint ernster zu sein. Werner Haas spricht von einer langen Krankheit. Das will ich nicht glauben. Jost sträubt sich gegen eine Operation.

Figuration eines sich selbst entmachtenden Vaters. Tanz. Dorotheas Prophezeiung im FB. Mit seiner ›Tochter‹ wirren Flechten spielender Vater. Umdrehung alles Religiösen.

25. 06. 85 Am 15. Juni 85, als Beitrag zum 24. November 81, schrieb ich: Sei falsch oder richte dich.

22. 12. 85 Ja. Heute wieder ein Gespräch mit Lutz über Dorothea. Das begreift er nicht. Ich kann es ihm auch nicht erklären. Ich bin nicht der Professor Wühr, dessen Seminare über Wühr laufen . . . Auslaufende Stifte verstimmen mich immer. Schrecken. Das Leben. Das Blut. Auch das schwarze.

24. Dezember 1980, München

Vor einer Woche im Goethe-Institut: die Griechen, die Brasilianer, der Ghanese. Ich kann ihnen ihre revolutionäre Sprache nicht verbessern, das merken sie. Wenn sie aber eines Tages ans Ruder kommen, wie sich mein Vater ausdrückte?
Michael Krüger erschrickt nicht vor meinen 500 Seiten FB. Jetzt aber Pause. – Meine Entzifferin: Karen Onken. – Renate Schreiber: kleine aufregende Gedichte. – Ursula Haas hat sehr gute Gedichte. – Michael Faist, der Freund, in der Nußbaumstraße.
Die Schule. Wahrscheinlich zu leicht. Zu leicht gewogen. – Von den literarischen Maschinen versteht Volker Hoffmann mehr als ich. – Ursula Haas sagte, sie habe alles aufgeschrieben, was wir sprachen. Ist das gut?

19. 05. 83 Kurzes Gespräch mit Ursula am Telephon. Sie schreibt zur Zeit die Passagen aus ihren Tagebüchern heraus, wo wir über die »Rede« und das FB sprachen. Ich habe immer noch vor, in dieses Tagebuch Passagen aus dem ihren aufzunehmen. Das war ein Einfall vor Wochen. Jetzt wird es sich zeigen, ob das durchgeht. Das ist ja wieder sehr eitel, könnte so gedeutet werden. Aber als Quelle bin ich mir selber zu sehr Rinnsal. Vielleicht sprudelt es mit ihr stärker. Morgen will sie vorlesen.

Heiliger Abend. – Wir sind Abschweifungen. Auch Abschweifungen sind nur Zeichen von Bescheidenheit. Die Heiligen gaben sich ganz thematisch.
Ich denke an meinen Vater, an meine Mutter, an meine Beatrice. Und an Jesus. An Hermann, meinen Bruder. An die Meinen. Wieso?
Heute versuchte ich, die dreiundzwanzig einleitenden Kapitel zu schreiben.

11. 05. 83 Daraus wurde nichts. Der Rest steht im FB.

Wuehr = 5 Buchstaben. W = der 23. Buchstabe. 2 + 3 = 5. Ich liebe die Zahl 7. Die 5 gegen diese Welt. Durch dieses Blatt

schimmert es rosa. Rosa? Die geschriebene Frau, die ich im Buch liebe. Da möchte ich aber nicht umblättern.
Gesegnete Weihnacht 80.

19. 05. 83 Da hat es mich schön erwischt. Paul, der Illuminator. Gar kein weißer Ingolstädter Vater. Das wird sich ja noch zeigen: Vielmehr eine Dreckschleuder.

24. Dezember 1984, München

Weihnachten nach einer schlimmen Nacht bei Gisela. Den ganzen Tag hatte ich Angst um sie. In der Wohnung rührte sich nichts. Nachmittags in der Erlöserkirche auf der Münchener Freiheit mit dem schönen Pfarrer Drechsel. Keine Predigt, Hirtenspiel. Meine Pseudos haben die Kirche nie betreten. In den letzten Tagen schrieb ich viel. Feier mit Inge alleine. Wir haben jetzt ein Jesuskind von Gisela Pfeiffer! Diana am Telephon. Sie schrieb eine schöne Karte.

24. Dezember 1985, München

Wiederbeginn mit den Studien von Whiteheads »Prozeß und Realität«. Tatsache und Form. Anfang von »Das extensive Kontinuum«. Das wird die Arbeit (als Studium) der nächsten Jahre, der nächsten Schlinge. Adorno – Sonnemann – Whitehead.
Poesie als Vergegenwärtigung, als erste Aktivität unserer Sehnsucht.
Inge zündet soeben den Weihnachtsbaum an. Unsere letzte Weihnacht in der Elisabethstraße 8.
Alfred = Elfenkönig.
Die Poesie springt in die Systeme der Philosophen. Meine liebste Elisabeth von Neulustheim. Wären wir uns der Zeit in der Vergangenheit bewußt gewesen, wie könnten wir heute sein? Aber ich sehe dich in dieser Zeile die Treppe herunterkommen, leichter Schritt, Zögern, und dieser einverstandene Wegblick: ins nächste Rendezvous.
Nein. Ich habe mit Inge alles besprochen, was unsere Zukunft

ausmacht. Wir waren mit poetischer Melodie an der Sache. Ihre enorme Intelligenz. Meine enorme Dummheit. Alles für die Poesie. In diesem Buch wird man die Wahrheit über Gegebenes nie erfahren, nur eben die Wahrheit über die Lüge darüber. Whitehead soll das lösen.
Ich trinke Mosel. Mit Jörg sprach ich auch. Sehr fröhlich. Nichts Besonderes. Auch mit Ursula. Mit Inge war alles originär und außerordentlich.

25. Dezember 1984, München

Bei Herbigs. Zu kurz. Wir aßen viel und tranken nichts. Ausflug mit Barbara zum Jesuskind (dem mechanischen!), morgen gehe ich mit Wolfgang Bächler in den »Regensburger Hof« (vierzig Jahre nach der Katastrophe).

26. Dezember 1983, Lauterbacher Mühle

Der Weihnachtsabend mit Jörg war für mich kurz. Ich schlief um neun Uhr ein.
Heute bin ich mit Inge hierhergefahren, sie bleibt vierzehn Tage.

26. Dezember 1984, München

Bei Konstanze. Drei Stunden. Sehr kühl. Tobias meldete sich nicht.

26. Dezember 1985, München

Wie dürftig, dieses Buch. 8 Jahre. Nur immer ganz wenige Wörter wie heute. Das war alles sehr viel. Vor allem der Weg durch Irschenhausen mit Wolfgang Ebert. Seine Erklärungen. Auch seine schönen Verbindlichkeiten. Brahms. Der zwischen uns, der auf die Frage, ob er bescheiden sei, zurückfragte: worauf? Das war alles gut. Außerordentliche Bescheidenheit bei geforderter Anerkennung: Wolfgang. Ich kann das verstehen. Wie liebenswürdig. Wer sein »Taschentheater« liest, begreift. Oder seinen Bellheim: der mit seiner Angst, mit seiner Empfindlichkeit diese Welt erkennt, staunend, wie sie so sein kann: nämlich so, wie er ohne Angst selber wäre. Unvergleichlich und einmalig. Die zauberhafteste, indirekteste Vernachlässigung aller Moral.
Jost Herbig ist zur Zeit nicht gesprächig. Hört auch nichts.

27. Dezember 1982, München

Am zweiten Feiertag waren wir bei Jost und Barbara. Jost erzählte überraschend schöne Friedensgeschichten aus der ethnologischen Literatur. Ich muß mir unbedingt die Blättergeschichte wiederholen lassen.

18. 06. 83 Die Phantasie mußte gar nicht an die Macht kommen. In allerhöchster Ohnmächtigkeit handelte sie wie Bruder-Schwester.

26. 12. 85 Diese Notiz, meine ich Dorothea? Ihre letzte Prophezeiung?

27. 12. 85 Am zweiten Feiertag waren wir bei Jost und Barbara Herbig. Bellheim was here. Er ist wunderbar. Erzählt, wie es ihm geht. Jost ist nicht anwesend. Umso mehr Barbara. Sie lebt. Und Lola. Utz wird krank.

27. Dezember 1985, München

Gespräch mit Ulrich Beil. Ich lese ein Kapitel von ihm mit dem Titel »Das letzte Buch«. Er wird in »Akzente« kommen. Michel hat hier vielleicht einen neuen Autor. Ich bin schon lange von diesem jungen Schriftsteller überzeugt.
Beim Gespräch wieder unsere Themen: Falsches Zitat, das Sprunghafte, jenseits jeder Exegese ablaufende Bibellesungen der Juden.

30. Dezember 1980, München

Michael Faist kam heute aus der Nußbaumstraße zu mir. Urlaub. Gespräch am Telephon mit Sibylle Kaldewey. Allein. Mein FB.

26. 06. 83 Bevor Michael damals zu mir kam: ein Telephongespräch Nußbaumstraße-Elisabethstraße. Er, in der Nußbaumstraße, überredete mich, in der Elisabethstraße, die Nummer 8 in derselben trotz größter kontaktarmer Ungefühle zu verlassen und Brot und Wein (um mich biblisch zu gerieren) zu holen, unten auf dem Markt. Seine erfolgreiche Therapie.

28. 12. 85 Schuler. In this house. Mein Jörg.

30. Dezember 1984, München

Judaica-Ausstellung im Stadtmuseum. Rachel Salamander beriet uns. Eva Maria Volland rief an. Will mich mal besuchen. – Leiser Schnee.
Nach langer Zeit großer Verwirrung und Arbeit im Bergwerk, dumpf, sehr wenig Überblick (Dada), heute morgen sehr schnell ziemlich viel:

1) Viele Detektive, die sich in ihrer Arbeit überschneiden. Ein riesiges Werk wird Talion von vielen Untersuchungen: vielen Fehlern: trivialen und metaphysischen.
Nochmals: die Überschneidungen sind wichtig. Also Untersuchung: das Geheimnis wird (wie ich es immer gemacht habe) angedacht, läßt sich aber nicht endgültig erreichen, erklären.
2) Die vielen Unsereiner bleiben. Von Anfang an tauchen aus diesen Unsereiner die Detektive auf: wie schon die James – so auch Agatha und Dorothee (?!). Die Auftraggeber müssen noch untersucht werden.
Oft geschieht es, daß von einer Detektivin (wie James) etwas untersucht wird, das gar nicht in ihren Bericht (Stoff) gehört: so z. B. die 4. Szene beim Pentagon.
3) Mensch-ärgere-dich-nicht. Grundthematik im Talion: großes Rauswerfen, gegenseitiges (wie im FB Versteckspiel).

4) Grundformprinzip: wie beim Teppich oder dem Weltlebensteppich: viele Fäden hängen ins Leere, und die Logik ist nur an einigen Stellen in diesem Labyrinth ganz deutlich und ergreifend.
5) Das Elf-Finger-Spiel muß ich noch erfinden.
6) Am Ende des Jahrtausends: Giftansammlung und die Anzeichen (in uns!!) der Befreiung und des ›rückkehrenden Fortschreitens‹ oder der Erneuerung in der Umkehr: wie ich selbst. Alle Anzeichen sprechen dafür, daß alles in mir wieder mal nach dem Göttlichen (aber unter uns!) Ausschau halten will.
7) Also: der okkulte, starre Stil im Dadd = so ganz zugehörig.

Toleranz. Die taugte nichts, das ist historisch bewiesen. Es ist unsinnig, an die eigene Wahrheit und ihren Alleinanspruch zu glauben und andere Wahrheiten mit Alleinanspruch zu tolerieren: das ergibt Heuchelei oder nivelliert die eigene Wahrheit. *Daraus entsteht nur neuer Streit*; dieser wurde nur aufgeschoben.
Ich denke, man sollte auch nicht auf die eigenen Wahrheiten von vornherein verzichten und eine friedliche Masse darstellen: ohne Sinn.
Ich sprach schon einmal von der schwachen Wahrheit: die nur durch Lüge richtig werden kann (»Rede über die Lüge«). Dieser schwachen Wahrheit sollte man sich nicht schämen und nicht auf sie verzichten. Man sollte lieben: *aber vor allem die Schwäche dieser Wahrheit.*
Ist das effektiver für den Frieden als Toleranz? Und wieso?

Krimi. Tochter (Sohn) liebt die Mutter und ist deshalb lesbisch. Die Mutter ist Detektivin und verfolgt sie (ihn), als sie (er) sich an anderen Frauen vergeht. Mord, und die Mutter räumt die Opfer weg. Das ist jedenfalls der Kern. Daran muß ich herumdenken.

Lüge. Ich baue in die Lüge den polnischen Heiligen und andere Autoritäten (für die Wahrheit) ein. So spanne ich das Thema noch strenger.

Auf dem Weg ins Stadtmuseum sagte Inge, ich sollte Grüß Gott-Gedichte schreiben – mit der Zeitung, mit den Freunden. Also werde ich sie einfach ergänzen, einiges herauswerfen. Mein Einfall:

Ich schreibe einen zweiten Teil der »Rede«, das wird dann aber ein Band. Immer wieder werden diese zwei Bücher: jeweils eins. Bei »Grüß Gott« ergänze ich aber zwischen die Gedichte hinein.
Am Ende bemerkt man den großen Schriftsteller. Deshalb läßt uns Gott das Ende der Welt, seiner Schöpfung nicht erleben.
Hörspiel Metropole: Geisterbahn als Großfiguration (später dann auch durch das ganze Buch Talion).

31. Dezember 1979, München

Dieser vorletzte Krankenhaus-Aufenthalt in Ulm (Vollnarkose) hat mich doch – wie ich jetzt ganz traurig feststellen muß – sehr drausgebracht. Ich konnte nur »Troja« bearbeiten. Noch einige Seiten, aber noch nichts Bestimmtes. Besuch der Japanerin Kimure. Übersetzungsschwierigkeiten.
Schwierigkeiten mit Michael Faist. Wir waren in der Ausstellung seines Meisters Fruhtrunk. Byzantinismus. Schrecklich. Groß. Überwältigend.
Ich muß wieder an die Arbeit gehen. Mit Volker Hoffmann hatte ich ein »Bargfelder Boten-Gespräch«.

30. 04. 83 Ich frage mich, wann ich überhaupt geschrieben habe. Es kann nur so sein, daß ich umso weniger notierte, je mehr ich im FB schrieb. Irgendwann muß doch dieses dicke FB geschrieben worden sein?

31. Dezember 1980, München

Mit Inge bei Gottfried Knapp in der Bismarckstraße. Vorher war ich mit Hermann Wühr, meinem Bruder beisammen. Seine Integrierte Gemeinde und mein falsches Buch.

14. 09. 83 Gottfried habe ich schon lange nicht mehr gesprochen. In dieser lauten Welt ist er besonders leise. Sein leises Gesicht. Keine weiteren Versuche, ihn zu erinnern, jedenfalls nicht mit Worten. – Das Öffentliche an Wörtern fällt mir besonders auf, wenn ich an Gottfried denke. Da bin ich aber ein Hund. Über ihn deshalb nichts mehr. Gäbe es mehrere wie ihn: so leise wie das Schreiben vor sich geht und das Lesen. Unterließe man beides?

31. Dezember 1981, München

Nach einem ruhigen Weihnachtsfest mit Inge, nun Silvester. Vor 34 Jahren meine Silvestermysterien.

In der zweiten Hälfte des vergangenen Jahres viele Hindernisse: Aufregung in der Schule. Krankheit am Finger. Wenig Öffentliches. Das Buch etwa 570 Seiten.
Michael Faist entfernt sich. Im Dezember war ich bei Heinz von Stein. Mir fällt der Besuch bei Theniors ein, in der Wasserburg im Münsterland.
Viele Gespräche mit Volker Hoffmann, meinem Begleiter. Sein Sohn Manuel kam an. Sein Artikel im KLG.
Schlimm: das Merkur-Fest. Das muß der letzte derartige Auftritt bleiben.
Neue Pläne für das FB: Das Boulevard-Theater. Klonologie. Mein Wunsch für das kommende Jahr: große, letzte Durchgänge durch das Buch.

07. 06. 85 Ja. Ist schon gut. Ich rufe jetzt eine Frau an. Das haben mir alle verboten. Aber eine Frau, wenn ich aufzählen müßte, war das Hymnischste in diesem Rechenschaftsbericht. Die Wirklichkeit ist ein Dreck dagegen.

31. Dezember 1982, München

Arbeit am FB. Den ganzen Tag. Habe probehalber schon heute mit der Korrektur begonnen. Sehr schwierig. War noch bei den Onkens. Holte Abschriften Karens. Wieder außerordentlich gut. – Inge bereitet die kleine Feier mit Jörg und Marion vor. Bin ziemlich erschöpft. Denke an die Freunde. Habe ja wenig hören lassen von mir in diesem Jahr.

31. Dezember 1983, Lauterbacher Mühle

Der Weihnachtsabend mit Jörg war für mich kurz. Ich schlief schon um 9 Uhr. Seit einer Woche bin ich mit Inge hier. – Christoph Schlotterer rief an. Auch Arthur Schäfer, der mir Mut machte. Wir haben uns zurückgezogen. Inge ist sehr überreizt. Kein Wunder. Sie hat ja die vergangenen Wochen bewußt erlebt und dabei noch schlimm arbeiten müssen. Jetzt muß sie sich von allem erholen.

Jetzt die richtigen Bücher I und II. Das Buch Poppes als erstes. Und das Tagebuch in das Poppes-Buch einarbeiten. Es geht jetzt um die Travestie meiner eigenen Trivialphilosophie: viele richtige Führungen über die Münchener Freiheit – wie damals in Jerusalem. Die Urszene meiner Poesie: Besuch mehrer Lazarus-Gräber. Siehe auch Theodor Lessing – »Geschichte als Sinngebung des Sinnlosen«, S. 110 (Empfehlung von Walter Kumpmann).

31. Dezember 1984, München

Das ganze Jahr hindurch Schwierigkeiten mit dem Stundenplan. Jetzt paßt es, nehme ich an.
Wo war ich? Bremer Preis. Lesung und Bremer Jury. Gasteig. »Welches Tier gehört zu mir?« Peter Hamm. Ich las Freiligrath: »Leviathan«. Weiden. Graz: Lüge. Provence. PEN-Tagung in Erlangen. Lesung in der Uni. Wien, Schmiede.
Vom September bis, ja immer noch: Schwierigkeiten mit dem Beinbruch. Schlimmer Sommer von August bis Mitte September. Sehr viel gelesen. Der Dadd-Strang wächst.
Heute kommen unsere Freunde: Jörg, seine Marion, Giovannis, Ludwig Döderlein.

31. Dezember 1985, München

Abschied Inges von der Buchhandlung. Jörg hält eine kurze Rede. Sehr traurig. Ende einer schönen Zeit. Aber es wird weitergehen. Inge ist nicht sentimental. Syberberg, seine Frau und seine Tochter waren da, erstes Gespräch. Peter Laemmle: hoffentlich nicht unser letztes Gespräch: ich erinnerte mich mit ihm an seine Lebenspläne, Arbeitskonzepte auf Pappe im Haus in Gauting. Dieser finstere Dezember. Ab dem 5. war es schrecklich. Ich verließ nur zweimal kurz das Haus. Deshalb bin ich nicht gesund, freilich auch nicht krank. Kreislauf.
Jetzt wollen sehr viele Menschen zu uns kommen. Inge lud alle ein, die ihr lieb sind. Wir fahren noch einmal in die Buchhandlung, holen Stühle, den Gugel, den Günter Bruno Fuchs, ein lesendes Mädchen und ein weißes Goethe-Haupt.

Lektüre heute: Whitehead, Kapitel II »Das extensive Kontinuum«. Langsam beginne ich zu begreifen, was er mit einem »wirklichen Ereignis« meint. Sehr aufregend.
Aufregend ist es auch, aus dieser Schlinge in die nächste zu wechseln. Zunächst wird es ein Jahr ohne vorgelebten Zeitraum. Ich schreibe also in die leere Zukunft, wie schon immer erlebt.
Inge beginnt ein neues Leben. Also auch ich, mit ihr.
Nachtrag: Die Gäste bei der Silvesterfeier: Jörg Drews mit der Übersetzerin Claudia Schmölders, Michael Langer, Diana Kempff, Binette Schröder und Peter Nickl, Barbara und Peter von Becker, Thomas Hölscher mit Frau und Kind, Patricia Merkel-Reimann mit Kind, Gitte Rechenberg und Gary Deuter, Ludwig Döderlein, Ute Mings, Barbara Wehr, Britta Anwandter aus Rom, Walter Kumpmann, Giovanni Jauß, Christine Linder, Michael Titzmann mit Johanna, Oliver Böck mit Freundin, Lutz Hagestedt, Inges Schwester Else. Ludwig hielt eine Rede für Inge und mich. Sehr feierlich. Alles war heiter und gelöst. – Später Ausbruch zu früher Stunde: gegen Michael Langer. Diana verteidigte. Aber davon muß ich mir erzählen lassen. Ich habe keine Erinnerung daran.
Die letzte Silvesternacht in der Straße der Elisabeth, von welcher jetzt eine Malerei auf Kupfer vor meinem Schreibtisch hängt. Das wird so sein, auch in »Le Pierle« in Italien.

Die vorliegende Ausgabe ist im Sommer 1987 in einer Auflage
von 1000 numerierten und signierten Exemplaren erschienen.
ISBN 3-446-15007-2. Alle Rechte vorbehalten
© 1987 Carl Hanser Verlag München Wien
Umschlag- und Einbandgestaltung von Klaus Detjen, Hamburg
Satz: LibroSatz, Kriftel im Taunus
Druck und Bindung: Friedrich Pustet, Regensburg
Printed in Germany

Dieses Exemplar trägt die Nummer

0035